아이아이에

낭떠러지

월계수 숲

키르케의 집

파도가
까다로운 곳

연못

몰리

스킬라

카립디스

KB017309

CIRCE

CIRCE

키르케

매들린 밀러 장편소설
이은선 옮김

이봄

차례

너새니얼에게 바친다

1

맨 처음 태어났을 때 나에게는 걸맞은 이름이 없었다. 주위에서는 내가 어머니와 이모들과 수많은 사촌들과 비슷할 줄 알고 나를 님프라고 불렀다. 하급 여신 중에서도 가장 말단인 우리는 능력이 워낙 미미해서 영생이나마 가까스로 보장할 정도였다. 물고기와 대화를 나누고 꽃을 가꾸며, 구름에서 물방울을 파도에서 소금을 만들어 내는 것이 우리의 능력이었다. 님프라는 단어에서 우리 미래의 모든 것을 짐작할 수 있었다. 우리 언어로 님프라는 말에는 그냥 여신만이 아니라 신부라는 뜻도 담겨 있었다.

어머니가 그중 한 명으로 샘물과 시냇물의 정령인 나이아스*였다.

---

* 흐르는 물에 깃든 님프를 가리킨다. 복수형은 나이아데스.

나의 아버지가 어머니의 아버지인 오케아노스의 신전에 놀러왔을 때 그녀가 아버지의 눈에 들었다. 당시에는 헬리오스와 오케아노스가 종종 왕래하며 지냈다. 그들은 사촌지간이었고 그래 보이지는 않았지만 동갑이었다. 아버지가 방금 벼려진 구리처럼 환하게 빛났다면 오케아노스는 태어났을 때부터 눈동자가 흐리멍덩했고 흰 수염이 무릎까지 내려왔다. 하지만 둘 다 티탄 신족이었고, 천지 창조도 못 봐놓고 빽빽대기만 하는 올림포스의 햇병아리 신들보다 서로와 함께 있는 걸 더 좋아했다.

오케아노스의 신전은 기반암 속에 깊숙이 자리잡은 걸작이었다. 아치형의 높은 천장이 달린 홀에는 금박을 입혔고, 수 세기 동안 신의 발길이 닿은 석조 바닥은 반질반질했다. 오케아노스의 강물이 흐르는 소리가 방마다 희미하게 들렸다. 온 세상에 담수를 제공하는 오케아노스의 강은 워낙 시커메서 어디에서 물이 끝나고 암반이 시작되는지도 알 수 없었다. 강둑에서는 풀과 은은한 회색 꽃뿐 아니라 오케아노스가 수도 없이 낳아놓은 나이아스들과 님프와 강의 신들이 자랐다. 그들은 어둑어둑한 허공을 배경으로 수달처럼 윤기가 흐르는 얼굴을 환히 빛내며 웃고, 황금 술잔을 주거니 받거니 하고, 힘자랑을 하고, 사랑놀음을 벌였다. 그들의 중심에 그 모든 순백의 미를 압도하는 나의 어머니가 앉아 있었다.

따스한 갈색 머리칼은 안에서 빛이 나는 듯이 한 올 한 올 윤기가 흘렀다. 그녀는 모닥불에서 불어오는 바람처럼 뜨거운 아버지의 시선을 느꼈을 것이다. 어깨 위로 늘어뜨려지도록 옷의 매무새를 바로 잡는 그녀의 모습이 눈앞에 선하다. 반짝이는 손가락으로 물속을 토닥토닥 두드리는 그녀의 모습이 눈앞에 선하다. 나는 그녀의 수천 가지 수법을 수천 번 봐왔다. 아버지는 항상 거기에 넘어갔다. 그는 자신의 기분에 맞춰 움직이는 것이 곧 자연의 법칙이라고 믿었다.

"저 아이는 누군가?" 아버지가 오케아노스에게 물었다.

오케아노스는 나의 아버지를 통해 황금빛 눈의 손자들을 이미 많이 얻었지만 더 생기더라도 환영이었다. "내 딸 페르세. 마음에 들면 데려가도 좋네."

다음날, 아버지는 지상의 샘물가에서 그녀와 맞닥뜨렸다. 꽃송이가 큼지막한 수선화로 가득하고 얼기설기 얽힌 오크나무 가지가 위를 덮은 아름다운 공간이었다. 진흙이나 끈적끈적한 개구리도 없었고, 깨끗하고 동글동글한 돌멩이에 이어 풀밭이 펼쳐졌다. 님프들의 절묘한 손재주에 관심 없던 아버지조차 감탄할 만한 풍경이었다.

어머니는 그가 온다는 걸 알았다. 그녀는 가녀렸을지 몰라도 뾰족한 이빨이 달린 뱀장어처럼 꾀가 많았다. 자기 같은 존재가 힘을 얻으려면 어떻게 해야 하는지 알았고, 강둑에서 몸을 섞거나 사생아를 낳는 건 알맞은 방법이 아니었다. 아버지가 찬란함을 뽐내며 눈앞에 등장했을 때 그녀는 그를 보며 웃음을 터뜨렸다. 동침을 하자고요? 내가 왜요?

물론 아버지는 자신이 원하는 대로 할 수도 있었다. 하지만 그는 노예가 됐건 여신이 됐건 모든 여자들이 그와의 동침을 간절히 원한다는 데 자부심을 느껴왔다. 그의 제단은 배가 부른 산모와 행복한 사생아들이 바치는 제물로 연기가 끊일 날이 없었다.

"결혼이 아니면 사양할게요." 그녀가 말했다. "그리고 결혼할 거면 명심해요. 밖에서는 아무 여자하고 마음대로 해도 되지만 집으로는 아무도 데리고 올 수 없어요. 당신의 신전은 나 혼자 쥐고 흔들 거니까."

　조건과 제약. 아버지에게는 참신한 개념이었고 신들이 참신함보다 더 사랑하는 건 없었다. "좋소." 그는 아주 귀한 호박을 꿰어 직접 만든 목걸이를 징표로 건넸다. 나중에 내가 태어났을 때 그는 두번째 목걸이를 선물했다. 내 밑으로 세 동생이 태어날 때마다 또하나씩 선물했다. 초롱초롱한 목걸이와 그걸 쳐다보는 자매들의 질투 어린 시선, 어머니가 그 둘 중에 뭘 더 소중하게 여겼는지는 모르겠다. 목에 걸린 목걸이가 황소에 씌운 멍에처럼 될 때까지 모으고 또 모을 수도 있었겠지만 높은 신들이 가로막고 나섰다. 그 무렵 우리 넷의 정체를 파악했기 때문이었다. 그들은 어머니에게 아이를 더 낳아도 좋지만 아버지하고는 안 된다고 했다. 하지만 다른 남편은 호박 목걸이를 선물하지 않았다. 내가 흐느껴 우는 어머니의 모습을 본 것은 그때가 처음이자 마지막이었다.

　내가 태어났을 때 한 이모가—내 이야기에는 이모들이 넘쳐나니 이름은 굳이 밝히지 않겠다—나를 씻기고 강보로 감쌌다. 또다른 이모는 어머니의 입술을 다시 빨갛게 칠하고 상아 빗으로 머리를 빗기며 시중을 들었다. 세번째 이모가 문을 열고 아버지를 들였다.

　"딸이에요." 어머니는 콧잔등을 찡그리며 그에게 말했다.

　하지만 아버지에게는 처음 짠 올리브처럼 금빛으로 반짝이는 온순한 딸이라도 상관없었다. 남자라면 신이건 인간이건 어떻게든 자기 핏줄을 남기려고 안간힘을 썼고, 아버지의 보물창고는 이미 으뜸 신과도 맞먹을 정도였다. 그는 내 머리에 손을 얹고 축복했다.

　"적당한 배필을 만날 거야." 그가 말했다.

"얼마나 적당한 배필을요?" 어머니는 알고 싶어했다. 나를 좀더 나은 상대와 맞바꿀 수 있다면 위로가 될지도 몰랐다.

아버지는 솜털 같은 내 머리칼을 만지작거리고 내 눈과 뺨의 모양을 들여다보며 고민했다.

"아마도 왕자겠지."

"왕자요?" 어머니가 물었다. "설마 인간을 얘기하는 건 아니겠죠?"

그녀는 누가 봐도 혐오스러워하는 표정을 지었다. 어렸을 때 나는 인간들이 어떻게 생겼느냐고 물은 적이 있었다. 아버지는 이렇게 대답했다. "우리하고 비슷하게 생겼다고 볼 수도 있겠지만, 지렁이가 고래하고 비슷한 만큼이지."

어머니의 대답은 더 간단했다. 썩은 살이 담긴 미개한 마댓자루랄까.

"당연히 제우스의 아들하고 결혼하겠죠." 어머니는 힘주어 말했다. 그녀는 벌써부터 올림포스에서 열린 연회에 참석해 여왕 헤라의 오른편에 앉은 자신의 모습을 상상하고 있었다.

"아니야. 머리칼이 스라소니처럼 희끗희끗하잖아. 그리고 턱을 봐. 보기 싫게 뾰족한 구석이 있어."

어머니는 더이상 왈가왈부하지 않았다. 화가 나면 헬리오스가 어떤 식으로 폭발하는지 그녀도 들어서 알고 있었다. 아무리 황금빛으로 반짝이더라도 그의 불같은 성미를 잊으면 안 돼.

그녀는 일어났다. 배는 벌써 꺼지고 허리는 다시 쏙 들어가고 뺨은 처녀처럼 상큼하게 발그스름했다. 우리 신들은 원래 회복이 빠르지만 그녀는 오케아노스의 딸답게 아이를 어란魚卵이라도 되는 듯이 낳았다.

"이리 와요." 그녀가 말했다. "우리 좀더 괜찮은 아이를 만들어요."

나는 금세 자랐다. 몇 시간 만에 요람기가 끝났고, 그뒤로 몇 분 만에 아장아장 걷는 시기가 끝났다. 어머니의 환심을 사고 싶은 마음에 곁에 남은 이모가, 눈이 노랗고 우는 소리가 특이하고 가늘다며 내 이름을 매hawk라는 뜻의 키르케라고 지었다. 그 이모는 어머니에게 자신의 도움은 밟고 다니는 땅바닥만큼이나 존재감이 없다는 사실을 깨달았을 때 어디론가 사라져버렸다.

"어머니," 내가 말했다. "이모가 없어졌어요."

어머니는 아무 대꾸도 하지 않았다. 아버지가 이미 하늘을 달리는 전차를 타고 떠났기에 꽃으로 머리를 엮으며, 비밀스러운 물살을 헤치고 자매들이 있는 풀이 우거진 강둑으로 떠날 채비를 하느라 정신이 없었다. 나도 따라갈 수 있었지만 그러면 하루종일 이모들의 발치에 앉아서 관심도 없고 이해도 못하는 그들의 수다를 듣고 있어야 했다. 그래서 신전에 남았다.

아버지의 신전은 어둑어둑하고 고요했다. 기반암 속에 묻혀 있는 오케아노스의 신전과 이웃해 있었고 반질반질한 흑요석으로 벽을 만들었다. 그러면 안 될 이유가 없었다. 이집트의 핏빛 대리석에서부터 아라비아의 발삼나무에 이르기까지 온 세상의 무엇으로든 벽을 만들 수 있었다. 하지만 그는 빛을 반사해내고, 자신이 지나가면 반질반질한 표면에 불이 붙는 흑요석을 좋아했다. 두말하면 잔소리지만 그가 없는 동안 벽이 얼마나 어두컴컴할지는 그의 안중에 없었다. 아버지는 자신이 없는 세상을 절대 상상해본 적이 없었다.

아버지가 없는 동안 나는 뭐든 하고 싶은 걸 할 수 있었다. 횃불을 붙이고 달리며 시커먼 화염이 내 뒤를 따라오는 걸 구경할 수 있었다. 부드러운 땅바닥에 누워서 손가락으로 조그만 구멍을 낼 수 있었다. 땅벌레나 지렁이는 없었고 나는 그 녀석들이 어떻게 생겼는지도 몰랐다. 신전에는 우리 말고는 아무도 살지 않았다.

저녁이 돼서 아버지가 돌아오면 땅바닥이 말의 옆구리처럼 물결쳤고 내가 만들어놓은 구멍은 저절로 메워졌다. 잠시 후에 어머니가 꽃향기를 풍기며 돌아왔다. 어머니가 달려가 맞이하면 아버지는 그녀가 목에 매달리도록 해주고, 포도주를 받아들고, 은으로 만든 으리으리한 의자로 가서 앉았다. 나는 아버지의 꽁무니를 따라갔다. 어서 오세요, 아버지. 어서 오세요.

그는 포도주를 마시며 체커*를 두었다. 어느 누구도 그의 체커 상대로 낙점을 받지 못했다. 혼자 돌로 만든 말을 놓고 체커판을 돌려서 다른 편 말을 놓았다. 어머니는 꿀을 바른 목소리로 물었다. "이제 그만 자러 들어가지 않을래요, 여보?" 꼬챙이에 꿰어진 통구이처럼 그의 앞에서 풍만한 몸매를 드러내며 천천히 돌았다. 그러면 대개 아버지는 게임을 그만두고 일어났지만 그러지 않을 때도 있었고 그런 때가 나는 제일 좋았다. 어머니가 미르라나무로 만든 문을 쾅 소리 나게 닫으며 나가버리기 때문이었다.

아버지의 발치에 있으면 온 세상이 금빛으로 물들었다. 그의 노란 피부와 부드럽게 빛나는 두 눈과 구릿빛으로 번쩍이는 머리칼, 이 모든 곳에서 한꺼번에 빛이 퍼졌다. 그의 몸은 화로처럼 뜨거웠고, 나는 한낮의 바위를 향해 가는 도마뱀처럼 아버지가 허락하는 한도 안

• 체스 무늬의 게임판에 말을 놓고 움직여 상대방의 말을 모두 따먹으면 이기는 게임.

에서 최대한 바짝 다가갔다. 이모가 말하길 일부 하급 신은 그를 감히 쳐다보지도 못한다고 했지만 나는 그의 딸이자 피붙이였기에, 그가 시선을 돌려도 내 시야에 새겨져 바닥에서, 반짝이는 벽과 무늬가 새겨진 탁자에서, 심지어 내 살갗에서 은은한 빛을 발하도록 한참 동안 그의 얼굴을 바라보았다.

"아버지의 영광이 극에 달했을 때 인간이 아버지를 보면 어떻게 돼요?" 내가 물었다.

"단박에 타서 재만 남을 거다."

"인간이 저를 보면요?"

아버지는 미소를 지었다. 나는 체커 말이 움직이며 내는, 대리석이 나무에 쓸리는 그 익숙한 소리에 귀를 기울였다. "재수가 좋은 하루라고 생각하겠지."

"저를 봐도 불에 타지 않아요?"

"물론이지."

"하지만 제 눈은 아버지랑 비슷하잖아요."

"아니지," 그가 말했다. "잘 봐라." 그의 시선이 벽난로 옆에 있는 장작으로 향했다. 장작은 이글거리다 불길에 휩싸였고 재가 되어 바닥으로 떨어졌다. "이게 나의 가장 간단한 능력이다. 이 정도나마 할수 있겠느냐?"

나는 밤새도록 장작을 쳐다보았다. 할 수 없었다.

여동생이 태어났고 남동생이 곧바로 뒤를 이었다. 어느 정도 간격이었는지는 정확히 모르겠다. 신의 하루는 폭포수와 같이 저물었고 나는 그걸 세는 인간의 방식을 아직 터득하지 못했었다. 모든 일출을 함께하는 아버지가 가르쳐주지 않았느냐고? 심지어 그마저 내 남동생과 여동생을 쌍둥이라고 부르곤 했다. 확실히 남동생이 태어난 순간부터 그 둘은 밍크처럼 서로 뒤엉켰다. 아버지는 한 손으로 두 아이를 한꺼번에 축복했다. "너는," 은은하게 빛이 나는 내 여동생 파시파에를 두고 하는 말이었다. "너는 불멸인 제우스의 아들과 결혼하게 될 거다." 확실한 미래를 이야기하는 예언자의 말투를 썼다. 어머니는 그 말을 듣고 제우스의 연회에 입고 갈 예복을 상상하며 얼굴을 환히 빛냈다.

"그리고 너는," 이번에는 여름날 아침처럼 청명하고 쩌렁쩌렁한 평소 목소리로 말했다. "모든 아들은 어머니를 반영하기 마련이지." 어머니는 그 말에 기뻐했고 아이의 이름을 자기가 지어도 좋다는 뜻으로 받아들였다. 어머니는 자신의 이름을 따서 아들을 페르세스라고 부르기로 했다.

그 둘은 영리해서 금세 분위기를 파악했다. 흰담비의 발 뒤에서 나를 보며 비웃는 걸 좋아했다. 눈이 노란 게 오줌색이야. 목소리는 올빼미처럼 끽끽거리고. 저렇게 못생겼는데 매가 아니라 염소라고 불러야 하는 거 아니야?

처음에는 이런 식으로 빈정거리더니 날이 갈수록 점점 날카로워졌다. 나는 그들을 피해 다니는 법을 터득했고 그들은 이내 오케아노스의 신전에서 갓 태어난 나이아스들이나 강의 정령 중에서 더 재미있는 상대를 찾았다. 둘은 어머니가 자매를 만나러 가면 따라 나가 나긋나긋한 사촌들을 후려잡고서 강꼬치고기의 입 앞에 놓인 피라미처럼 혼을 쏙 빼놓았다. 그들이 개발한 괴롭히기 놀이가 한두 가지가 아니었다. 이리 와, 멜리아, 그들은 이런 식으로 꼬드겼다. 요즘 올림포스에서는 머리를 뒷덜미에 닿도록 자르는 게 유행이야. 우리 손에 맡기지 않으면 네가 무슨 수로 남편감을 찾을 수 있겠니? 멜리아가 고슴도치처럼 잘린 자기 머리카락을 보고 울음을 터뜨리자 그들은 동굴이 쩌렁쩌렁 울리도록 깔깔대고 웃었다.

나는 그들과 거리를 두었다. 나는 아버지의 조용한 신전이 더 좋았고 기회가 있을 때마다 아버지의 발치에서 어른거렸다. 하루는 아마도 기특해서였을 텐데, 아버지가 신성한 소떼를 보러 같이 가겠느냐고 물은 적이 있었다. 아버지의 황금 전차를 타고 아버지가 날마다 지상을 지날 때마다 보며 즐거워하는 순백색의 어린 암소 오십 마리를 구경할 수 있다는 뜻이었으니 엄청난 영광이었다. 모든 신들이 부러워하는 암소였다. 나는 보석이 박힌 전차 옆면으로 몸을 내밀고 발아래로 지나가는 세상을 바라보며 경이로워했다. 짙은 초록색 숲, 삐죽빼죽한 산 그리고 널찍하게 펼쳐진 파란 바다. 인간을 찾으려 했지만 너무 높아서 보이지 않았다.

암소들은 나의 이복자매 둘의 보살핌을 받으며 풀로 덮인 트리나키에 섬에서 자랐다. 우리가 도착하자 그 둘이 당장 달려와 탄성을 지르며 아버지의 목에 매달렸다. 미모를 자랑하는 아버지의 자식들 중에서도 그 둘이 으뜸이라 피부며 머리칼이 황금을 녹인 듯했다. 둘의 이름은 람페티에와 파에투사였다. 비추는 자와 빛나는 자라는 뜻이었다.

"데리고 오신 애는 누구예요?"

"페르세의 아이인가보네. 눈을 봐."

"그러네!" 람페티에가—내가 생각하기에 람페티에였다—내 머리칼을 쓰다듬었다. "얘, 네 눈은 걱정할 거 없어. 걱정할 거 하나 없어. 너희 어머니는 뛰어난 미인이긴 하지만 강인하지는 않잖아."

"내 눈은 너희들이랑 비슷하잖아." 내가 말했다.

"귀여워라! 아니지, 애. 우리 눈은 불꽃처럼 환하고 우리 머리칼은 수면을 비추는 태양과 같은걸."

"머리를 땋고 다니다니 영리하네." 파에투사가 말했다. "이렇게 하면 희끗희끗한 갈색머리가 별로 보기 싫지 않으니 말야. 목소리도 그런 식으로 감출 수 없는 건 아쉽다."

"앞으로 아무 말도 하지 않으면 될 텐데. 그럼 해결되지 않겠어?"

"그럼 되지." 그들은 미소를 지었다. "소 보러 갈래?"

나는 소라고는 그 어떤 종류도 본 적이 없었지만 상관없었다. 누가 봐도 워낙 아름다운 동물이라 그 어떤 것과도 비교할 필요가 없었다. 털가죽은 백합 꽃잎처럼 순수했고, 두 눈은 온순하고 속눈썹이 길었다. 뿔에는 금박이 입혀졌고—두 자매의 작품이었다—풀을 뜯으려고 고개를 숙이자 목이 무희처럼 굽어졌다. 등은 지는 해를 받아 반들반들하니 부드럽게 빛났다.

"와!" 나는 말했다. "만져봐도 돼요?"

"안 된다." 아버지가 말했다.

"이름 가르쳐줄까? 쟤는 흰둥이, 쟤는 빛나는 눈, 그리고 쟤는 깜찍이야. 저쪽은 귀염둥이, 예쁜이, 황금 뿔, 반짝이. 저쪽은 깜찍이 그리고 저쪽은—"

"깜찍이는 이미 얘기했잖아." 내가 말했다. "쟤가 깜찍이라며." 나는 평화롭게 풀을 씹고 있는 첫번째 소를 가리켰다.

두 자매는 서로 쳐다보다가 황금빛 시선을 딱 한 번 움직여 우리 아버지를 흘끗 쳐다보았다. 하지만 아버지는 망연히 영광에 취해 그의 암소들을 응시하고 있을 따름이었다.

"네가 착각한 거야." 그들이 말했다. "방금 전에 우리가 소개한 애가 깜찍이야. 그리고 애는 별이 그리고 애는 번개 그리고—"

아버지가 말했다. "이게 뭐지? 예쁜이의 몸에 딱지가 있나?"

두 자매는 당장 호들갑을 떨었다. "무슨 딱지요? 어머, 그럴 리가! 아, 못된 예쁜이, 상처를 입었구나. 아, 이 못된 것, 상처를 입었어!"

나는 허리를 숙이고 들여다보았다. 아주 작은 딱지라 내 새끼손톱보다도 작았지만 그래도 아버지는 눈살을 찌푸렸다. "내일까지 고쳐놓아라."

두 자매는 고개를 까딱였다. 그럼요, 그럼요. 정말 죄송해요.

우리는 다시 전차에 올라탔고 아버지가 은으로 감싼 고삐 끝을 쥐었다. 두 자매가 그의 손에 마지막으로 입을 몇 번 맞추었고 말들이 껑충 뛰어오르자 전차가 하늘로 훌쩍 날아올랐다. 첫 별자리가 어둑어둑해져가는 빛 사이로 벌써 고개를 내밀고 있었다.

예전에 아버지가 지상에는 그의 뜨고 짐을 기록하는 천문학자라는 인간들이 있다고 했던 게 기억이 났다. 그들은 인간들 사이에서 최고로 존경을 받았고 왕의 고문으로 왕실에서 지냈지만, 아버지는 가끔 여기저기에서 미적거려 그들의 계산을 어그러뜨렸다. 그러면 이 천문학자들은 섬기는 왕 앞으로 끌려가 사기죄로 처형당했다. 그 이야기를 하면서 아버지는 미소를 지었다. 당해도 싸지, 그가 말했다. 태양신 헬리오스는 오로지 자신의 의지에 따라 움직였고 이 세상 어느 누구도 그가 어떻게 움직일지를 말할 수 없었다.

"아버지," 그날 내가 말했다. "천문학자를 죽일 만큼 늦었을까요?"

"그렇구나." 아버지는 대답하고 짤랑거리는 고삐를 흔들었다. 말들이 앞으로 돌진하자 발치의 세상이 흐릿해졌고 바닷가에서 밤의 그림자가 피어올랐다. 나는 보지 않았다. 빨래를 짜듯 가슴이 조여오는 느낌이었다. 천문학자들 생각이 났다. 허리를 숙이고 축 늘어져 벌레처럼 흐물흐물해진 그들이 그려졌다. 그들은 뼈만 앙상한 무릎을 꿇고 울부짖었다. 폐하, 태양 자체가 늦은 게 저희 탓은 아니지 않습니까.

태양이 늦을 리가 있느냐, 왕들은 왕좌에서 대꾸했다. 그렇게 이야기하는 자체가 불경죄이니라, 죽어 마땅하다! 이와 함께 도끼가 떨어지고 읍소하던 남자들이 두 동강 났다.

"아버지," 내가 말했다. "기분이 이상해요."

"배가 고파서 그런 거다." 그가 말했다. "연회 시간이 지났잖니. 네 자매들은 부끄러운 줄 알아야 해. 그 둘 때문에 지체되었으니."

저녁을 든든히 먹었는데도 그 느낌이 남아 있었다. 내 표정이 이상했는지 페르세스와 파시파에가 앉은 자리에서 키득거렸다. "개구리라도 삼켰어?"

"아니," 나는 대답했다.

내 대답에 그들은 더 깔깔대고 웃으며 서로에게 걸쳐놓은 팔다리를 비늘의 광을 내는 뱀처럼 문질러댔다. 여동생이 말했다. "아버지의 황금빛 암소들은 어땠어?"

"아름다웠어."

페르세스가 폭소를 터뜨렸다. "모르나봐! 저렇게 바보 같은 소리 들어본 적 있어?"

"절대 없지." 여동생이 말했다.

묻지 말고 넘어갔어야 하는데, 나는 목이 잘린 채 대리석 바닥 위에 대자로 쓰러진 시신을 상상하며 아직까지 상념 속을 헤매고 있었다. "내가 뭘 모른다는 거야?"

여동생이 그야말로 밍크 같은 표정으로 말했다. "아버지가 걔네를 따먹는다는 거지, 당연히. 그런 식으로 새로운 암소를 만든다는 거. 아버지가 황소로 변신해서 새끼를 만들고 늙으면 잡아먹어. 다들 걔네들이 죽지 않는다고 생각하는 게 다 그 때문이야."

"말도 안 돼."

그들은 야단법석을 떨며 빨개진 내 뺨에 대고 손가락질했다. 그 소리에 어머니가 관심을 보였다. 그녀는 동생들의 장난을 좋아했다.

"키르케한테 암소의 진실을 폭로하고 있었어요." 남동생이 말했다. "몰랐다네요."

어머니는 암반 위를 흐르는 샘물처럼 낭랑하게 웃음을 터뜨렸다. "바보 같은 키르케."

그 시절의 내가 그랬다. 줄곧 거기에서 벗어날 기회를 엿보았다고 얘기할 수 있으면 좋겠지만 사실 그 무지근한 고통이 전부라고 믿으며 마지막까지 그냥 부유浮游했던 것 같다.

2

삼촌 하나가 벌을 받게 됐다는 소문이 들렸다. 나는 그를 본 적이 없었지만 가족들이 불길하게 속삭이는 그의 이름은 여러 번 들은 기억이 있었다. **프로메테우스.** 오래전에 인간들이 아직 동굴 속에서 벌벌 떨며 움츠리고 지내던 시절에 그가 제우스의 뜻을 거역하고 그들에게 불을 선물했다. 질투심 많은 제우스가 차단하고 싶어했던 온갖 기술과 문명의 이기가 그 불길 속에서 피어올랐다. 반역 행위를 저지른 프로메테우스는 지하에서도 가장 깊숙한 곳으로 추방돼 알맞은 고문이 고안될 때까지 거기서 지냈다. 그리고 이제 제우스가 때가 되었음을 선포했다.

다른 삼촌들이 수염을 펄럭이며 아버지의 왕궁으로 몰려와 우려를 토했다. 그들은 각양각색이었다. 나무줄기처럼 근육이 울퉁불퉁한 강의 신도 있었고, 짠물에 흠뻑 젖었고 수염에 게가 대롱대롱 매달린 바다의 신도 있었고, 말라서 근육밖에 없고 잇새에 물개 고기가 낀 노인도 있었다. 대부분 삼촌이라기보다는 팔촌에 가까웠다. 그들은 나의 아버지와 외할아버지처럼, 프로메테우스처럼, 신들의 전쟁에서 살아남은 티탄 신족이었다. 다치거나 족쇄에 매이지 않고, 제우스의 번개와 평화협정을 맺은 이들이었다.

한때, 세상이 막 움트던 시기에는 티탄 신족밖에 없었다. 그러던 어느 날 나의 종조부 크로노스가 나중에 자식에게 왕좌를 빼앗길 거라는 예언을 들었다. 아내 레아가 첫아이를 낳자 아직 핏덩이일 때 그녀의 품에서 아이를 낚아채 통째로 삼켰다. 이후로 네 명이 더 태어났지만 똑같은 운명을 맞았다. 결국 절박해진 레아가 돌을 강보에 싸서 그걸 삼키게 했다. 크로노스는 속아넘어갔고 목숨을 구한 제우스는 몰래 딕테 산으로 보내져 거기서 자랐다. 성인이 되자 제우스는 정말로 반란을 일으켜 하늘에서 번개를 끄집어내고 제 아버지에게 억지로 독초를 먹였다. 그의 뱃속에 살아 있던 형제자매들이 밖으로 토해졌다. 그들은 남동생의 편에 섰고 그들의 터전인 산봉우리 이름을 따서 올림포스의 신을 자처했다.

기존의 신들은 편이 갈렸다. 대다수는 크로노스에게 힘을 보탰지만 나의 아버지와 외할아버지는 제우스의 편에 합류했다. 일각에서는 헬리오스가 예전부터 거만한 크로노스를 싫어했기 때문이라고 했다. 또 일각에서는 예지력으로 전쟁의 결과를 미리 간파했기 때문이라고 수군댔다. 전쟁으로 하늘이 쑥대밭이 됐다. 공기가 불타올랐고 신들이 서로의 뼈에 붙은 살점을 뜯어냈다. 땅이 부글거리는 핏방울로 흠뻑 젖었고 그 진한 핏방울이 떨어진 곳에서 귀한 꽃들이 피어났다. 결국에는 제우스가 승리를 거머쥐었다. 그는 자신에게 도전했던 자들에게 족쇄를 채우고, 남은 티탄 신족의 권력을 빼앗아 자신의 형제, 자매, 자식들에게 나누어주었다. 한때 바다를 호령했던 네레우스 삼촌은 새롭게 등장한 포세이돈의 종복이 되었다. 프로테우스 삼촌은 신전을 빼앗겼고 그의 아내들은 밤시중 노예로 끌려갔다. 나의 아버지와 외할아버지만이 신분과 신전을 지켰다.

티탄 신족은 냉소를 흘렸다. 저들 쪽에서 고마워해야 하는 거 아닌가? 누구나 알다시피 헬리오스와 오케아노스가 전세를 뒤집었다. 제우스가 새로운 권력과 새로운 지위를 잔뜩 선물해야 맞는 거였다. 하지만 제우스는 불안해했으니, 그들의 권세가 이미 자신과 맞먹었기 때문이었다. 다들 나의 아버지를 쳐다보며, 그가 어마어마한 화염을 뿜으며 이의를 제기하길 기다렸다. 하지만 헬리오스는 제우스의 서슬 퍼런 시선과 멀찌감치 거리를 둔 채 땅속의 신전으로 돌아가고는 그만이었다.

그뒤로 몇 세기가 지났다. 땅의 상처가 나았고 평화가 유지됐다. 하지만 신들의 원한은 그들의 육신처럼 영원불멸했고, 연회가 열린 저녁이면 삼촌들이 아버지의 옆으로 모였다. 나는 그들이 아버지에게 말을 걸 때면 시선을 떨어뜨리는 것이, 아버지가 자리에서 몸을 움직이면 말없이 귀를 기울이는 것이 좋았다. 포도주 잔이 비워지고 횃불이 이울었다. 기다릴 만큼 기다렸네, 삼촌들은 속삭였다. 우리의 힘이 다시 강해졌어. 자네가 그 불덩이를 휘두르기만 하면 어떻게 될지 생각해보게. 자네는 옛 혈통 중에서 가장 위대하네, 심지어 오케아노스보다도 더. 마음만 먹으면 제우스보다 더 위대해질 수 있어.

아버지는 미소를 지었다. "형제들이여," 그가 말했다. "이게 다 무슨 소리인가? 우리 모두 먹고 마실 게 충분하잖나? 제우스 이 친구가 잘하고 있어."

제우스가 이 말을 들었다면 뿌듯해했을 것이다. 하지만 그와 달리 나는 아버지의 얼굴에 역력히 드러난 표정을 보았다. 입 밖으로 내뱉지 않고 보류한 단어를.

제우스 이 친구가 잘하고 있어, 아직까지는.

삼촌들은 손을 비비며 마주 미소를 지었다. 그들은 희망을 곱씹고 다시 티탄 신족의 세상이 되었을 때 당장 해치울 일을 상상하며 돌아갔다.

그것이 내가 맨 처음 터득한 교훈이었다. 매끄럽고 익숙한 표면을 헤치면, 세상을 두 동강 낼 다른 무언가가 그 아래에서 기다리고 있다는 것.

이제 삼촌들이 불안한 마음에 눈동자를 이리저리 굴리며 아버지의 신전으로 몰려들었다. 갑작스럽게 프로메테우스를 처벌하겠다는 것은 제우스와 그의 일당이 마침내 우리를 처단하려고 나서려는 증거라고 했다. 올림포스의 신들은 우리를 완전히 말살하기 전에는 절대 만족하지 못할 걸세. 프로메테우스의 편을 들고 나서야 하네. 무슨 소리, 제우스의 번개가 우리 머리 위로 떨어지지 않게 그를 배척해야지.

나는 평소처럼 아버지의 발치에 있었다. 내 존재를 알아차린 그들에게 내쫓기지 않도록 잠자코 있었지만, 전쟁이 다시 벌어질지 모른다는 엄청난 전망으로 인해 가슴속이 어지러웠다. 벼락이 작렬하는 우리의 신전. 회색 창을 들고 우리를 추격하는 제우스의 전사 딸 아테나, 그녀와 나란히 선 형제이자 살육의 신 아레스. 우리는 족쇄를 차고 벗어날 길 없는 불구덩이 속으로 내동댕이쳐질 것이었다.

그들의 중심에서 아버지가 침착하고 부드럽게 말문을 열었다. "왜들 이러나, 형제들. 프로메테우스가 벌을 받는다면 그건 자업자득이지. 음모를 운운하면 되겠나."

하지만 삼촌들은 조바심을 냈다. 공개적으로 처벌을 당한다 하네. 모욕을 주면서 우리를 가르치려는 게지. 복종하지 않는 티탄 신족은 어떻게 되는지 보라고.

아버지에게서 나오는 빛의 가장자리가 강렬하고 하얘졌다. "이것은 그저 변절자를 응징하는 것에 불과하네. 프로메테우스는 인간을 향한 어리석은 애정으로 방향을 잃었어. 티탄 신족에게 뭘 가르치려는 속셈이 아니라고. 알겠나?"

삼촌들은 고개를 끄덕였다. 실망과 안도가 한데 어우러진 표정을 지었다. 피를 흘릴 일은 없었다, 아직까지는.

신을 처벌하다니 좀처럼 없는 끔찍한 사건이라 삽시간에 소문이 퍼졌다. 프로메테우스를 죽일 수는 없었지만 죽음에 버금갈 만큼 끔찍한 고문을 가할 방법은 많았다. 칼이나 창을 쓸까 아니면 팔다리를 찢을까? 시뻘겋게 달군 대못이나 불의 바퀴를 동원할까? 나이아스들은 서로의 무릎 위로 까무러쳤다. 강의 정령들은 점잔을 뺐지만, 얼굴은 흥분으로 어두웠다. 신들이 고통을 얼마나 두려워하는지는 아무도 모를 일이었다. 그들에게 그보다 더 낯선 개념이 없었으니, 그보다 더 기대되는 구경거리도 없었다.

기일이 되자 아버지의 대회의장 문이 활짝 열렸다. 보석이 점점이 박힌 큼지막한 횃불이 벽에서 이글거렸고 그 불빛 옆으로 님프와 각양각색의 신들이 모여들었다. 호리호리한 드리아스*들이 숲에서 쏟아져나왔고 돌처럼 차가운 오레이아스**들이 바위에서 뛰쳐나왔다. 나의 어머니도 나이아스 자매들과 그 자리에 있었다. 어깨가 말과 같은 강의 신들이 물고기처럼 하얀 바다의 님프와 짠물의 주인들과 더불어 북적북적 몰려왔다. 심지어 유명한 티탄 신족까지 모습을 드러냈다. 아버지와 오케아노스는 물론이고 변신의 귀재 프로테우스와 바다의 신 네레우스, 은색 말을 몰고 밤하늘을 가로질러 온 고모 셀레네, 얼음장 같은 삼촌 보레아스가 몰고 온 네 종류의 바람. 수천 개의 열띤 눈빛. 빠진 얼굴이 있다면 제우스와 올림포스의 주인들뿐이었다. 그들은 지하에서 열리는 우리의 회합을 경멸했다. 소문에 따르면 그들은 이미 구름 위에서 자기들끼리 한 차례 고문 잔치를 벌였다.

---

* 나무의 님프를 가리킨다.
** 산의 님프를 가리킨다.

저승에 사는 극악무도한 복수의 여신 에리니스* 자매 중 하나에 게 처벌의 책임이 맡겨졌다. 우리 가족은 평소처럼 높은 자리에 앉았 고, 나는 그 엄청난 인파의 맨 앞에 서서 문만 똑바로 쳐다보았다. 내 뒤에서 나이아스들과 강의 정령들이 서로 밀치락 달치락하며 수군 거렸다. 복수의 여신들은 머리카락 대신 뱀이 달려 있다던데. 아냐, 전 갈 꼬리가 달렸고 눈에선 피를 흘린댔어.

문 앞에는 아무도 없었다. 그러다 갑자기 누군가가 등장했다. 그 녀의 얼굴은 천연의 바위를 잘라 만들기라도 한 듯 칙칙하고 냉혹했 고, 등에서는 독수리처럼 마디가 달린 시커먼 날개가 펼쳐졌다. 끝이 갈라진 혓바닥이 입술 밖으로 날름거렸다. 머리 위에서는 벌레처럼 가느다란 초록색 뱀들이 꿈틀거리며 살아 있는 리본처럼 머리카락 사이를 누볐다.

"죄인을 데리고 왔다."

사냥감을 향해 짖는 사냥개처럼 거칠게 으르렁거리는 그녀의 음 성이 천장에 부딪혀 메아리쳤다. 그녀가 성큼성큼 안으로 들어왔다. 오른손에 들린 채찍이 바닥을 쓸자 끝에서 희미하게 쇳소리가 났다. 다른 손으로는 쇠사슬을 길게 잡고 있었는데, 프로메테우스가 그 끝 에 매달려 따라왔다.

그는 흰색의 두툼한 눈가리개를 하고 튜닉의 남은 천을 허리춤에 두르고 있었다. 손과 발이 묶였지만 비틀거리지는 않았다. 내 옆에서 한 이모가 위대한 대장장이 신 헤파이스토스가 직접 만든 족쇄라 제 우스도 부수지 못할 거라고 속삭였다. 에리니스가 독수리 같은 날개

---

* 티시포네, 알렉토, 메가이라 세 자매로 이루어진 복수 및 저주의 여신.

를 펴고 위로 솟구쳐 쇠고랑을 끌고 올라가서 벽에 걸었다. 프로메테
우스가 대롱대롱 매달리자 두 팔이 팽팽하게 당겨졌고 살갗 사이로
뼈마디가 드러났다. 아프다는 게 뭔지 아는 게 거의 없는 나조차 그
고통을 느낄 수 있었다.

　아버지가 한말씀하시겠지, 나는 생각했다. 아니면 다른 신이라도.
그에게 알은체하거나 따뜻한 말 한마디라도 건네겠지. 이러니저러
니 해도 한 가족이니까. 하지만 프로메테우스는 고요한 가운데 혼자
매달렸다.

　에리니스는 설교조차 늘어놓지 않았다. 그녀는 고문의 여신이었
고 폭력을 통해 얼마나 많은 말을 할 수 있는지 알았다. 채찍 소리는
오크나무 가지가 부러지듯 날카로웠다. 프로메테우스의 어깨가 경
련을 일으켰고 옆구리가 내 팔 길이만큼 벌어졌다. 사방에서 뜨거운
암석에 물이 닿았을 때처럼 날카로운 소리를 내며 일제히 숨을 마셨
다. 에리니스가 다시 채찍을 들었다. 쩍. 그의 등에서 피 묻은 살점이
떨어져나왔다. 그녀는 열심히 무늬를 새기기 시작했다. 채찍이 한 번,
다시 한 번 강타할 때마다 길쭉하게 살갗이 뜯기면서 일자의 기다란
흔적이 그의 몸 위를 가로지르고 다시 가로질렀다. 날카로운 채찍 소
리와 숨을 죽이고서 터뜨리는 프로메테우스의 숨소리 말고는 아무
소리도 들리지 않았다. 그의 목에서 힘줄이 불거졌다. 누군가가 시야
를 확보하느라 내 등을 밀었다.

　신들은 상처가 생기더라도 금세 아물지만 에리니스가 이런 일에
워낙 정통하다보니 속도가 더 빨랐다. 그녀는 채찍 가죽이 피로 물들
때까지 휘두르고 또 휘둘렀다. 나는 신들도 피를 흘린다는 걸 알긴
했지만 직접 본 적은 없었다. 프로메테우스는 우리 중에서도 으뜸가

는 신이었기에 그에게서 떨어지는 핏방울은 황금빛이었고 그의 등은 섬뜩하지만 아름답게 물들었다.

에리니스의 채찍질은 계속 이어졌다. 몇 시간, 어쩌면 며칠이 지났다. 아무리 신이라도 채찍질을 영원히 구경하고 있을 수는 없는 법이었다. 피와 극도의 고통이 지루해지기 시작했다. 그들은 편안한 공간과, 차려져 있는 만찬과, 그들의 팔다리를 감쌀 태세가 갖추어진 자주색의 푹신한 침상을 떠올렸다. 여기저기서 하나둘씩 자리를 떴고 에리니스도 마지막 채찍질 후에 그들을 따라나섰다. 그런 과업을 완수한 다음이니 연회를 즐길 자격이 있었다.

삼촌의 얼굴에서 눈가리개가 벗겨졌다. 그는 눈을 감고 턱을 가슴에 묻고 있었다. 그의 등은 금빛으로 너덜너덜하게 찢겼다. 삼촌들에게 듣기로는 제우스가 그에게 무릎을 꿇고 빌면 처벌의 수위를 낮추어주겠다며 기회를 주었다고 했다. 그는 거부했다.

남은 건 나 하나였다. 이코르° 냄새가 꿀처럼 진하게 진동했다. 녹은 피가 그의 다리를 타고 개울처럼 계속 흘러내렸다. 심장이 혈관을 때렸다. 그는 내가 여기 있는 걸 알까? 나는 조심스럽게 한 걸음 다가갔다. 나지막하게 쉰 소리를 내며 그의 가슴이 올라갔다가 내려왔다.

"프로메테우스 님?" 내 목소리가 가늘게 울려퍼졌다.

그의 고개가 나를 향해 들렸다. 감았다 뜬 그의 눈은 수려하고 큼지막하고 까맸고 속눈썹이 길었다. 뺨은 반질반질하고 수염이 없었지만 왠지 모르게 외할아버지만큼 나이가 많을 것 같다는 느낌이 들었다.

• 신들의 몸속에 혈액처럼 흐른다는 영액.

"넥타르* 가져다드릴까요?" 내가 물었다.

그의 시선이 내 위에서 머물렀다. "그래주면 고맙겠구나." 그가 말했다. 목소리가 숙성된 나무처럼 울림이 깊었다. 목소리를 들은 건 그때가 처음이었다. 그는 고문을 당하는 동안 한 번도 소리를 지르지 않았다.

나는 몸을 돌렸다. 껄껄대며 웃는 신들로 가득한 연회실을 향해 숨가쁘게 복도를 걸어갔다. 에리니스는 연회실 저쪽에서, 곁눈질하는 고르곤의 얼굴이 새겨진 거대한 술잔을 들고 건배하고 있었다. 프로메테우스에게 말을 걸지 말라고 명령을 내린 적은 없었지만 어차피 아무 상관이 없었던 게, 꼬투리를 잡는 것이 그녀의 소관이었다. 내 이름을 부르짖는 그녀의 무시무시한 목소리를 상상할 수 있었다. 내 손목에서 덜거덕거리는 족쇄와 허공을 가르는 채찍을 상상할 수 있었다. 하지만 거기까지가 상상의 끝이었다. 나는 채찍에 맞아본 적이 없었다. 내 피가 무슨 색인지도 몰랐다.

하도 떨리는 바람에 잔을 두 손으로 날라야 했다. 누가 내 앞을 가로막으면 뭐라고 해야 할까? 하지만 되짚어가는 동안 복도는 고요했다.

대회의장으로 들어가보니 프로메테우스는 쇠사슬에 묶인 채 아무 소리도 내지 않았다. 눈은 다시 감겼고 상처들이 횃불에 비쳐서 반짝였다. 나는 머뭇거렸다.

"안 자고 있단다." 그가 말했다. "잔을 내 쪽으로 들어주겠니?"

나는 얼굴을 붉혔다. 당연히 그는 잔을 잡고 마실 수 없는 상황이

• 신들이 마셨다는 생명의 술.

었다. 앞으로 바짝 다가가자 그의 어깨에서 뿜어져나오는 열기가 느껴졌다. 그가 흘린 피로 바닥이 축축했다. 잔을 들어서 입으로 갖다대주자 그가 마셨다. 그의 목이 부드럽게 움직이는 걸 보았다. 피부가 반질반질하게 윤을 낸 보기 좋은 호두나무 빛깔이었다. 비에 흠뻑 젖은 푸른 이끼 냄새가 났다.

"너는 헬리오스의 딸이구나, 그렇지?" 잔을 다 비운 걸 보고 내가 뒤로 물러섰을 때 그가 물었다.

"네," 그 질문이 내 가슴을 후벼팠다. 내가 제대로 된 딸이었다면 그가 물어볼 필요도 없었을 것이다. 내가 아버지 쪽에서 곧바로 물려받은 완벽한 미모로 환하게 빛나는 딸이었다면.

"친절 베풀어줘서 고맙다."

내가 친절을 베푼 건지도 모르겠고, 그 무엇도 모르겠다는 생각이 들었다. 그는 조심스럽게, 거의 머뭇거리다시피 얘기했지만 그래도 뻔뻔한 반역자였다. 앞뒤가 안 맞는 이 상황에 내 머릿속이 어지러웠다. 대담한 짓을 저지른다고 해서 속까지 대담한 건 아니구나.

"배고프세요?" 내가 물었다. "먹을 것 좀 가져다드릴 수 있는데."

"두 번 다시 배고플 일이 없을 것 같다."

인간이었다면 애처롭게 느껴졌겠지만 그의 경우는 그렇지가 않았다. 우리 신들은 자면서 먹는다. 먹지 않아도 살 수 있지만 그게 사는 낙이기 때문이다. 기운이 남아돌면 어느 날부터 아무것도 먹지 않겠다고 마음먹을 수도 있다. 프로메테우스는 기운이 셌다. 나는 아버지의 발치에서 그 오랜 시간을 보내는 동안 힘의 냄새를 맡는 법을 터득했다. 삼촌들 중에는 앉아 있는 의자보다 체취가 약한 이들도 있었지만 나의 외할아버지 오케아노스는 강바닥의 진흙처럼 진한 체취를 풍겼고, 아버지는 방금 전에 불을 지핀 이글거리는 화염과도 같았다. 프로메테우스에게서 풍기는 푸른 이끼 냄새로 사방이 진동했다.

나는 빈 잔을 내려다보며 용기를 냈다.

"인간들을 도우셨죠." 내가 말했다. "그래서 벌을 받으시는 거죠."

"그렇다."

"인간은 어떻게 생겼는지 얘기해주실 수 있어요?"

어린아이의 질문이었지만 그는 진지하게 고개를 끄덕였다. "한마디로 대답할 순 없어. 저마다 다르게 생겼거든. 한 가지 공통점이 있다면 불사의 존재가 아니라는 것뿐. 그게 무슨 뜻인지 아니?"

"알아요." 내가 말했다. "하지만 죽는다는 걸 이해하지는 못해요."

"신이라면 누구든 그렇지. 그들은 몸이 바스러져서 땅속으로 흡수된단다. 영혼은 차가운 연기로 바뀌어 저승으로 날아가고. 거기에서는 아무것도 먹지 않고 아무것도 마시지 않고 아무런 온기도 느낄 수 없지. 뭐든 잡으려 해도 잡지 못하고."

한기가 내 살갗을 훑고 지나갔다. "그걸 무슨 수로 견뎌요?"

"최대한 잘."

횃불이 점점 꺼져가고 있었기 때문에 그림자가 시커먼 물처럼 우리를 향해 찰랑찰랑 다가왔다. "용서해달라고 빌라는 걸 거부하셨다던데 진짜예요? 붙잡힌 게 아니라 제우스한테 가서 솔직하게 얘기하셨다는 것도요?"

"그렇다."

"왜요?"

그의 눈이 내 눈을 똑바로 바라보았다. "네 얘길 한번 들어보자. 신이 왜 그런 짓을 했을까?"

나로서는 대답을 알 수가 없었다. 신의 처벌을 자청하다니 내가 보기에는 미친 짓 같았지만, 그가 흘린 피를 밟으며 서 있는 마당에 내 생각을 얘기할 수는 없었다.

"모든 신이 똑같을 필요는 없어." 그가 말했다.

뭐라고 대꾸하면 좋을지 알 수가 없었다. 멀리서 복도를 타고 고함소리가 들렸다.

"이제 그만 가거라. 알렉토가 곧 나를 찾아올 거야. 그녀의 잔인함은 잡초처럼 금세 자라기 때문에 얼른 다시 베어내야 하지."

자신이 베이게 된 마당에 그런 소리를 하다니 이상했다. 하지만 마음에 들었다. 무슨 비밀 같았다. 돌멩이처럼 생겼지만 안에 씨앗을 품고 있는 어떤 것 같았다.

"그럼 갈게요." 내가 말했다. "괜찮……으실까요?"

"괜찮다, 충분히." 그가 말했다. "이름이 뭐니?"

"키르케요."

그가 살짝 미소를 지었을까? 아마 나의 착각이었을 것이다. 평생 꿈조차 꾸지 못한 일을 저지르고 부들부들 떨고 있었으니까. 나는 몸을 돌려서 그의 곁을 떠났고 흑요석이 깔린 복도를 다시 걸어갔다. 연회실에서는 신들이 서로의 무릎을 베고 누워서 계속 술을 마시며 웃고 있었다. 나는 그들을 지켜보았다. 내가 없다는 걸 알아주는 이가 있길 바랐지만 아무도 몰랐다. 어느 누구도 나는 안중에 없었다. 당연히 그럴 수밖에 없었다. 나는 아무것도 아닌, 돌멩이였다. 수천 곱하기 수천의 어린 님프 가운데 한 명일 뿐이었다.

낯선 감정이 내 안에서 솟아올랐다. 얼음이 녹은 겨울날의 벌떼처럼 가슴이 웅웅거렸다. 반짝이는 보화로 가득한 아버지의 보물창고로 걸어갔다. 황소 머리 모양으로 만들어진 황금 잔, 청금석과 호박 목걸이, 석영을 깎아서 백조의 목처럼 생긴 손잡이를 단 그릇. 내가 가장 좋아했던 보물은 사자의 얼굴 모양으로 깎은 상아 손잡이가 달린 단검이었다. 어떤 왕이 아버지의 환심을 사려고 선물한 거라고 했다.

"그 왕은 그래서 성공했어요?" 아버지에게 물은 적이 있었다.

"아니." 아버지가 말했다.

단검을 꺼냈다. 방으로 들고 가자 청동 칼날이 양초 불빛을 받고 반짝였고 사자가 이빨을 드러냈다. 그 아래에 부드럽고 주름 하나 없는 내 손바닥을 놓았다. 흉터도 생기지 않고 곪지도 않을 것이다. 아주 희미한 세월의 흔적조차 남지 않을 것이다. 동반될 고통은 두렵지 않았다. 나를 엄습한 것은 다른 공포였다. 칼날에 베이지 않으면 어쩌나. 연기를 가르듯 칼날이 나를 그대로 관통하면 어쩌나.

쓸데없는 걱정이었다. 칼날이 닿자 살갗이 찢어졌고 번개처럼 뜨거운 은백색의 고통이 쏜살처럼 나를 갈랐다. 나에게는 삼촌의 능력이 없으니 빨간 피가 흘렀다. 상처는 한참 동안 피를 흘린 다음에야 저절로 아물어갔다. 나는 가만히 앉아서 그걸 지켜보았고 그러는 동안 새로운 생각 하나가 머릿속에 떠올랐다. 자기 손이 자기 거라는 사실을 깨달은 갓난아이처럼 너무 미숙한 발상이라 고백하기 부끄럽지만 내가 그랬다. 나는 갓난아이나 다름없었다.

그 생각이란, 내 인생 자체가 뿌연 심연이었지만 내가 그 어두컴컴한 바다의 일부는 아니라는 것이었다. 나는 그 안에 사는 생명체였다.

3

일어나보니 프로메테우스가 보이지 않았다. 바닥에 떨어졌던 황금빛 핏방울도 닦였다. 족쇄 때문에 생겼던 구멍도 메워졌다. 나이아스 사촌에게 소식을 들었다. 그가 높고 험난한 코카서스 산꼭대기로 끌려가 바위에 쇠사슬로 묶였다고 했다. 독수리가 매일 정오마다 날아와 그의 몸속에서 간을 쪼아내 따끈따끈할 때 먹는다고. 그녀는 차마 입에 담을 수 없는 형벌이라며 신이 난 목소리로 아주 소소한 부분까지 설명했다. 피가 묻은 독수리의 부리, 갈기갈기 찢겼다가 다시 생겨서 다시 뜯어먹히는 간. 상상이 안 되지?

나는 눈을 감았다. 그에게 창을 가져다주었어야 하는 건데, 싸워서 탈출할 수 있게 아무거라도. 하지만 그건 바보 같은 생각이었다. 그는 무기를 원하지 않았다. 스스로 포기했다.

프로메테우스의 형벌을 둘러싼 수군거림은 달이 기울기도 전에 끊겼다. 어떤 드리아스가 머리핀으로 카리테스* 중 한 명을 찔렀다. 보레아스 삼촌과 올림포스의 아폴론이 한 인간 청년에게 동시에 반했다.

나는 삼촌들의 잡담이 멈출 때까지 기다렸다. "프로메테우스는 새로운 소식 있나요?"

그들은 뭔가 고약한 게 담긴 접시를 내밀기라도 한 듯 미간을 찌푸렸다. "어떤 소식이 있을 수 있겠느냐?"

흉터는 남지 않았지만 칼날에 베인 손바닥이 욱신거렸다.

---

* 세 자매로 이루어진 미와 우아함의 여신이다.

"아버지," 내가 말했다. "제우스가 프로메테우스를 풀어줄까요?"

아버지는 실눈을 뜨고 체커를 들여다보았다. "그보다 괜찮은 제안이 있어야겠지." 그가 말했다.

"예를 들면 어떤 거요?"

아버지는 대꾸가 없었다. 누군가의 딸이 새鳥로 변했다. 보레아스와 아폴론이 사랑하는 청년을 두고 싸우다 그를 죽게 만들었다. 보레아스는 연회 자리에서 음흉하게 웃었다. 그의 우렁찬 음성에 횃불이 흔들렸다. "아폴론이 그 아이를 차지하도록 내버려둘 수 있나. 그에게 그런 꽃이 가당키나 해야 말이지. 내가 원반을 후 불어서 아이의 머리를 맞혀 그 올림포스의 도둑놈한테 본때를 보여주었네." 삼촌들의 웃음소리는 돌고래가 끽끽대는 소리, 물개가 짖는 소리, 파도가 바위를 때리는 소리가 한데 뒤섞여 정신이 하나도 없었다. 뱀장어의 뱃가죽처럼 하얀 네레이데스* 자매들이 소금 신전으로 돌아가느라 그 앞을 지나갔다.

페르세스가 내 얼굴을 향해 아몬드를 던졌다. "요즘 너 왜 그래?"

"사랑에 빠진 모양이지." 파시파에가 말했다.

"하!" 페르세스가 폭소를 터뜨렸다. "아버지조차 쟤를 치워버릴 방법이 없을걸? 치우려고 해보셨을 게 분명한데."

어머니가 우아한 어깨 너머로 돌아보았다. "적어도 저 아이의 목소리를 들을 일은 없으니 그건 좋지 않니?"

"내가 입을 열게 만들 테니까 두고 봐." 페르세스가 손가락으로 내

---

* 바다의 신 네레우스와 바다의 여신 도리스 사이에서 태어난 딸들로 오십에서 백 명에 이른다. 단수형은 네레이스.

팔을 잡고 꼬집었다.

"너 너무 취한 거 아니야?" 여동생이 그를 보고 웃었다.

그는 얼굴이 벌게졌다. "아무튼 별종이라니까. 뭔가 숨기는 게 있어." 그가 내 손목을 잡았다. "손에 뭘 들고 다니는 거야? 뭐가 있어. 손 벌리게 해봐."

파시파에가 긴 손톱으로 찔러가며 내 손가락을 하나씩 떼어냈다.

그들은 내 손바닥을 내려다보았다. 여동생이 내뱉었다.

"아무것도 없잖아."

어머니가 또 아이를 낳았다. 아들이었다. 아버지가 축복을 내렸지만 아무 예언도 하지 않았기에 어머니는 아이를 떼어놓을 만한 곳을 찾느라 주위를 두리번거렸다. 이모들은 그즈음 머리가 트여서 뒷짐을 지고 있었다.

"제가 데려갈게요." 내가 말했다.

어머니는 콧방귀를 뀌었지만 새로 받은 호박 목걸이를 자랑하고 싶어서 몸이 달았다. "좋아. 너도 쓸모가 있구나. 둘이 서로 쳐다보면서 꽥꽥거리도록 해."

아버지는 그의 이름을 아이에테스라고 지었다. 독수리라는 뜻이었다. 내 품에 안긴 그의 살결은 햇빛에 달구어진 돌처럼 따뜻했고 꽃잎처럼 보드라웠다. 이보다 더 귀여운 아이는 없었다. 꿀과 방금 전에 켠 불꽃 냄새가 났다. 내 손가락을 빨았고 내 가냘픈 목소리를 듣고도 움찔하지 않았다. 내가 들려주는 이야기를 들으며 내 목에 기대 웅크리고 잠을 자는 것 말고는 바라는 게 없었다. 둘이 함께 있을 때마다 나는 거의 말할 수도 없을 만큼 어마어마한 사랑으로 목이 메는 걸 느낄 수 있었다.

그도 나를 사랑하는 듯하다는 게 더욱 놀라운 일이었다. 그가 맨
처음 한 말이 키르케였고 그다음으로 한 말이 누나였다. 어머니가 알
았더라면 질투할 수도 있었다. 페르세스와 파시파에는 우리가 전쟁
이라도 일으키는지 예의 주시했다. 전쟁이라니. 우리는 그런 걸 좋아
하지도 않았다. 아이에테스가 아버지에게 외출 허가를 받아서 둘이
있기 좋은, 아무도 없는 바닷가를 찾았다. 해변이 작고 어두침침하고
나무라고 해봐야 관목에 불과했지만 내게는 숲이 우거진 거대한 황
야처럼 느껴졌다.

눈 깜빡할 새 그가 자라서 나보다 키가 더 커졌지만 그래도 우리
는 팔짱을 끼고 걷곤 했다. 파시파에가 연인처럼 보인다고 조롱하며
남매끼리 짝을 맺는 그런 신이 될 거냐고 했다. 나는 그런 생각이 드
는 걸 보니 전적이 있는 모양이라고 받아쳤다. 어설픈 모욕이었지만
아이에테스가 웃음을 터뜨렸고, 덕분에 나는 번뜩이는 지혜의 여신
아테나가 된 듯한 기분을 느낄 수 있었다.

나중에, 사람들은 아이에테스가 나 때문에 이상해졌다고 말하곤
했다. 나는 아니라고 증명할 방법이 없다. 하지만 내 기억 속의 그는
예전부터 이상해서 내가 아는 그 어떤 신과도 달랐다. 심지어 어렸을
때부터 남들은 모르는 걸 아는 눈치였다. 그는 가장 어두컴컴한 바닷
속에 사는 괴물들의 이름을 알았다. 제우스가 크로노스에게 억지로
먹인 풀이 파르마콘이었다는 것도 알았다. 그 풀은 세상에 기적을 행
할 수 있었고 신들이 흘린 피에서 많이 자랐다.

나는 고개를 젓곤 했다. "무슨 수로 그런 소문을 듣니?"

"그냥 귀를 기울이면 돼."

귀를 기울였지만 나는 아버지의 총애를 받는 후계자가 아니었다. 아이에테스는 아버지가 주관하는 회의마다 불려갔다. 삼촌들이 그를 자기들의 신전으로 초대하기 시작했다. 나는 방에서 기다리고 있다가 그가 돌아오면 아무도 없는 그 바닷가로 같이 나가서 바위에 앉아 발치에 부딪히는 포말을 구경했다. 내가 그의 어깨에 뺨을 대면 그는 내가 생각하지도 못했고 이해하기도 버거운 질문들을 건넸다. 예를 들면 이런 식이었다. 누나는 신의 광휘를 어떤 식으로 느껴?

"그게 무슨 소리야?" 내가 물었다.

"자," 그가 말했다. "나는 어떤 식으로 느끼는지 알려줄게. 같은 자리로 쏟아지고 또 쏟아지며 바위를 향해 맑게 흐르는 물기둥 같은 느낌이야. 이제 누나 차례."

나는 대답해보려고 했다. 험준한 바위에 부는 산들바람 같다고. 둥지에서 깍깍대며 우는 갈매기 같다고.

그는 고개를 저었다. "아니야. 내가 한 말을 듣고 그렇게 대답하는 거잖아. 실제로 어떤 느낌인지 눈을 감고 생각해봐."

나는 눈을 감았다. 인간이었다면 심장이 두근대는 소리가 들렸을 것이다. 하지만 신들의 혈관은 움직임이 둔하기 때문에 사실 아무 소리도 들리지 않았다. 그럼에도 그를 실망시키고 싶지 않았다. 가슴에 손을 대고 누르자 잠시 후에 뭔가가 느껴지는 듯했다. "껍데기." 내가 말했다.

"아하!" 그가 허공에 대고 손가락을 흔들었다. "조개 껍데기 아니면 소라고둥 껍데기?"

"소라고둥."

"그 안에는 뭐가 있어? 달팽이?"

"아무것도 없어." 내가 말했다. "공기뿐이야."

"그 둘은 서로 다르지." 그가 말했다. "아무것도 없다는 건 텅 비었다는 뜻이고 공기는 다른 모든 걸 채우는 것이니까. 그건 숨결이자 생명이자 영혼이자 우리가 얘기하는 언어야."

내 동생은 철학자였다. 그런 신이 몇이나 될까? 나는 동생 말고는 딱 한 명밖에 본 적이 없었다. 파란 하늘이 머리 위로 둥그스름하게 펼쳐져 있었지만 나는 족쇄와 핏자국이 있는 어두컴컴한 예전의 그 대회의장으로 돌아갔다.

"비밀이 있어." 내가 말했다.

아이에테스는 재미있어하며 눈썹을 치켜세웠다. 그는 농담인 줄 알았다. 내가 아는 것 중에 그가 모르는 건 없었다.

"네가 태어나기 전에 있었던 일이야." 내가 말했다.

내가 프로메테우스 이야기를 하는 동안 아이에테스는 나를 쳐다보지 않았다. 그가 입버릇처럼 말했다시피 집중력을 흐트러뜨리는 게 없을 때 머리가 제일 잘 돌아가기 때문이었다. 그의 시선은 수평선에 고정됐다. 그의 눈은 자기 이름을 따온 독수리처럼 날카로웠고 구멍이 난 선체를 쑤시는 물처럼 모든 틈새를 들여다볼 수 있었다.

내 얘기가 끝났을 때 그는 한참 동안 아무 말도 하지 않았다. 이윽고 그가 말문을 열었다. "프로메테우스는 예언의 신이었어. 자기가 처벌을 받을지, 어떤 식으로 받을지도 알았을 거야. 그런데도 그렇게 했어."

나는 거기까지 생각하지 못했다. 프로메테우스는 인류를 위해 불을 훔친 순간에도 자신이 독수리와 그 황량한 영겁의 바위를 향해 다가가고 있음을 알았을 것이다.

괜찮다, 충분히. 내가 물었을 때 그는 이렇게 대답했다.

"이 얘길 또 누가 알아?"

"아무도 몰라."

"진짜?" 그는 내가 자주 들어본 적 없는 다급한 말투로 물었다. "아무한테도 얘기 안 했어?"

"응," 내가 말했다. "누가 있겠어? 누가 내 말을 믿어주겠어?"

"하긴." 그는 고개를 한 번 끄덕였다. "아무한테도 얘기하면 안 돼. 심지어 나한테도 두 번 얘기하면 안 돼. 아버지가 모르셨기 망정이지."

"아버지가 노발대발하셨을 것 같아? 프로메테우스는 아버지의 사촌이잖아."

그는 콧방귀를 뀌었다. "우리는 전부 친척이야, 올림포스의 주인들까지. 아버지가 하마터면 자기 자식도 간수하지 못하는 바보처럼 보일 뻔했잖아. 누나를 까마귀밥으로 던져버렸을 거야."

공포로 내 뱃속이 뒤틀렸다. 동생은 내 표정을 보고 웃음을 터뜨렸다. "진짜라니까." 그가 말했다. "그리고 왜 그랬어? 프로메테우스는 어차피 벌을 받는걸. 내가 충고 하나 할게. 또다시 신들에게 반항하려거든 더 그럴듯한 이유를 찾도록 해. 아무것도 아닌 일로 내 누나가 잿더미로 변하는 걸 보기는 싫으니까."

파시파에의 배필이 정해졌다. 아버지의 무릎에 앉아서 번듯한 아이들을 낳고 싶다고 아양을 떨며 오래전부터 공을 들인 결과였다. 남동생 페르세스가 지원병으로 나서 식사 때마다 술잔을 들고 건배하며 그녀의 혼기를 들먹였다.

"미노스," 아버지가 연회용 침상에 앉아서 말했다. "제우스의 아들이자 크레테의 왕이다."

"인간이요?" 어머니가 자세를 바로 했다. "신일 거라고 했잖아요."

"불멸인 제우스의 아들이라고 했으니 그대로야."

페르세스는 비웃음을 흘렸다. "뭔 예언이 그래요? 그래서 그자가 죽어요, 안 죽어요?"

불꽃의 심장 같은 섬광이 화르륵 피어올랐다. "그만! 미노스는 내 세에서 다른 모든 인간의 영혼을 다스릴 자다. 그 이름이 길이 남을 테고. 그걸로 끝이야."

남동생은 감히 아무 말도 하지 못했고 어머니도 마찬가지였다. 아이에테스와 내 시선이 마주친 순간, 이렇게 얘기하는 그의 음성이 들리는 듯했다. 봤지? 충분히 그럴듯한 이유가 아니면 어떻게 되는지.

나는 여동생이 강등된 자기 신세를 두고 눈물을 흘릴 줄 알았다. 그런데 보니 웃고 있었다. 그게 어떤 의미인지는 알 수 없었다. 내 생각은 다른 곳으로 향했다. 온몸으로 홍조가 번졌다. 미노스가 오면 그의 가족, 조관, 고문, 봉신과 천문학자, 술 따르는 자, 하인과 잔심부름꾼도 따라올 것이다. 프로메테우스가 그의 영원한 삶을 내준 존재. 인간들 말이다.

결혼식 날이 되자 아버지가 우리를 황금 전차에 태우고 바다를 건넜다. 크레테의 크노소스에 있는 미노스의 거대한 왕궁에서 연회가 열릴 예정이었다. 벽에는 회반죽을 새로 칠했고 곳곳에 산뜻한 꽃이 걸렸다. 태피스트리는 샛노란 색으로 환히 빛났다. 티탄 신족만 참석하는 게 아니었다. 미노스는 제우스의 아들이었기에 올림포스의 아첨꾼들까지 참석해 경의를 표할 예정이었다. 길쭉한 주랑이 의기양

양한 신들로 금세 가득찼다. 그들은 장신구를 달가닥거리고 웃으며 또 누가 초대를 받았는지 흘끗거렸다. 가장 많은 인파가 몰린 곳은 아버지 주변이었다. 각양각색의 신들이 달려들어 눈부신 동맹의 탄생을 축하했다. 특히 삼촌들이 좋아했다. 혼인이 유지되는 한 제우스가 우리를 공격할 리 없었다.

신부 대기실에 앉은 파시파에는 무르익은 과일처럼 싱그럽게 빛났다. 살결은 황금빛이었고 머리카락은 윤기가 흐르는 구리에 비친 햇빛 색이었다. 백 명의 님프들이 그녀를 에워싸고 서로 질세라 그녀의 미모에 감탄했다.

뒤로 물러서 그 무리에서 빠져나왔다. 내 앞으로 티탄 신족들이 지나갔다. 셀레네 고모. 해초를 뒤로 늘어뜨린 네레우스 삼촌. 기억의 여신 므네모시네와 날렵한 아홉 딸들. 나는 그들을 건성으로 훑으며 이리저리 시선을 돌렸다.

마침내 홀 구석에서 그들을 찾았다. 머리를 한데 조아리고 옹기종기 모여 있는 희끄무레한 이들. 프로메테우스는 그들이 저마다 다르다고 했지만 내 눈에는 구분이 안 되는 무리로 보였다. 피부는 하나같이 칙칙하며 땀에 절었고, 하나같이 쭈글쭈글한 로브를 걸치고 있었다. 좀더 가까이 다가가보았다. 머리칼은 볼품없이 늘어졌고 살은 말랑말랑하게 처졌다. 그들에게 다가가 그 죽어가는 거죽을 손으로 건드리는 상상을 해보았다. 생각만 해도 몸서리가 쳐졌다. 그들이 혼자 남겨진 님프에게 어떤 짓을 할 수 있는지, 사촌들이 속삭이는 얘기를 들은 적이 있었다. 능욕과 유괴, 겁탈. 믿기지 않았다. 그들은 버섯 주름만큼이나 힘이 없어 보였다. 온갖 신들을 피해 조심스럽게 고개를 숙이고 있었다. 신과 엮이면 어떻게 되는지, 인간들에게도 전해

내려오는 나름의 이야기가 있었다. 부적절한 순간에 흘끗 쳐다보거나 엉뚱한 곳에 발을 들여놓았다가는 목숨을 잃고 이후로 십여 세대 동안 가문에 저주가 내릴 수 있었다.

공포의 연쇄 관계로구나, 하는 생각이 들었다. 그 정점이 제우스였고 나의 아버지가 바로 아래였다. 그다음이 제우스의 형제와 자식들, 그다음이 나의 삼촌들, 이런 식으로 강의 신과 바다의 왕과 에리니스와 아네모이*와 카리테스를 거쳐 맨 밑바닥에 이르면 서로를 탐색하는 우리 님프와 인간들이 있었다.

아이에테스가 내 팔을 잡았다. "별로 볼만한 위인들이 못 되지? 가자, 올림포스의 신들이 어디 있는지 찾았어."

나는 쿵쾅거리는 심장을 달래며 따라나섰다. 천상의 왕좌에 앉아 다스리는 그 신들은 한 번도 만난 적이 없었다. 아이에테스가 눈부신 태양이 비추는 안뜰이 내려다보이는 창가로 데려갔다. 거기에 그들이 있었다. 리라와 반짝이는 활의 제왕 아폴론, 달빛이 머무는 그의 쌍둥이자 냉혹한 사냥꾼 아르테미스, 프로메테우스를 동여맨 쇠사슬을 만든 신들의 대장장이 헤파이스토스, 삼지창으로 바다를 호령하는 음울한 포세이돈, 수확한 농작물로 온 세상을 먹여 살리는 넉넉한 마음씨의 데메테르. 나는 권세를 자랑하며 미끄러지듯 움직이는 그들을 바라보았다. 그들이 지나가면 공기마저 길을 내주는 듯했다.

"아테나는?" 나는 속삭였다. 나는 예전부터 회색 눈의 전사, 지혜의 여신, 번개보다 더 빠른 두뇌를 자랑하는 그녀에 얽힌 이야기를 좋아했다. 하지만 그녀는 거기 없었다. 아이에테스가 말하길 지상에

• 그리스 신화에 등장하는 바람의 신들.

묶인 티탄 신족과 어울리기에는 너무 콧대가 높아서 그런 걸지 모른다고 했다. 인파에 섞여서 찬사를 건네기에는 너무 똑똑한 걸 수도 있고. 아니면 오기는 했지만 다른 신들의 눈에도 보이지 않게 숨어 있을지 모른다고도 했다. 올림포스의 신들 중에서도 가장 능력이 뛰어났으니 얼마든지 몸을 숨기고서 힘의 흐름을 파악하고 비밀을 엿들을 수 있었다.

그런 생각이 들자 목덜미에 소름이 돋았다. "지금 우리가 하는 얘기도 듣고 있을까?"

"바보 같은 소리하지 마. 최고신들을 상대하겠지. 어, 미노스가 온다."

미노스, 제우스와 인간 여자 사이에서 태어난 크레테의 왕. 그와 같은 부류는 반신반인이라고 불렸고 인간이기는 하지만 신의 혈통이라는 축복을 받았다. 그는 고문관들에 비해 키가 우뚝했고, 머리칼은 엉겨붙은 솔처럼 숱이 많았고, 가슴은 갑판처럼 넓었다. 흑요석이 깔린 아버지의 복도를 연상시키는 두 눈이 황금 왕관 아래에서 까맣게 반짝였다. 그럼에도 내 여동생의 가녀린 팔에 손을 얹는 순간, 벌거벗고 조그맣게 오그라든 겨울나무처럼 느껴졌다. 그도 그렇다는 걸 아는지 인상을 썼지만 그로 인해 내 동생이 오히려 더 빛나 보였다. 동생이 여기서 행복한 생활을 할 수 있겠다는 생각이 들었다. 아니면 돋보이는 생활을 할 수 있을 텐데, 동생에게는 그게 그거였다.

"어?" 아이에테스가 내 귀에 대고 허리를 숙이며 말했다. "저길 봐."

어떤 인간을 가리키며 하는 말이었다. 처음 보는 인물이었고 남들처럼 몸을 움츠리지 않았다. 젊었고, 이집트식으로 머리를 깨끗하게 밀었고, 윤곽선을 따라 피부가 편안하게 얼굴을 감쌌다. 나는 그가 마음에 들었다. 두 눈이 남들처럼 포도주에 찌들어 흐리멍덩하지 않고 또렷했다.

"마음에 들 수밖에." 아이에테스가 말했다. "다이달로스야. 인간계의 경이로운 작품으로 꼽히는, 거의 신에 맞먹는 재주꾼이지. 내가 왕위에 오르면 저런 자랑거리를 모아서 곁에 두고 싶어."

"그래? 언제 왕위에 오르는데?"

"조만간." 그가 말했다. "아버지가 왕국을 하사하시겠대."

나는 농담인 줄 알았다. "나도 거기서 살아도 돼?"

"아니," 그가 말했다. "내 왕국이잖아. 누나도 누나의 왕국을 가져야지."

평소처럼 나와 팔짱을 끼고 있었지만 문득 모든 게 달라진 것처럼 느껴졌다. 우리가 서로에게 묶인 것이 아니라 각자의 줄에 묶인 두 피조물인 듯 그의 목소리가 자유롭게 오락가락했다.

"언제?" 나는 침울한 목소리로 물었다.

"이 연회가 끝나면. 아버지가 나를 거기로 곧장 데려가실 거야."

그는 별일 아닌 듯이 얘기했다. 나는 몸이 점점 돌처럼 변해가는 느낌이었다. 나는 그에게 매달렸다. "어떻게 나한테 말도 없이 그럴 수 있어?" 나는 말했다. "내 곁을 떠나면 안 돼. 나는 어쩌라고? 너는 몰라, 그전에는 어땠는지—"

그는 자기 목에서 내 팔을 떼어냈다. "그렇게 난리 부릴 것 없어. 이렇게 될 줄 누나도 알았잖아. 내 것 하나 없이 땅속에서 평생을 썩을 수는 없어."

나는 어쩌라고? 묻고 싶었다. 나는 그냥 썩으라고?

하지만 그는 삼촌에게 말을 거느라 이미 몸을 돌렸고, 신혼부부가 침전에 들자마자 아버지의 전차에 올라탔다. 금빛의 소용돌이를 반짝이며 그렇게 사라졌다.

페르세스가 며칠 뒤에 떠났다. 여동생이 없는 아버지의 신전은 그에겐 공허하게 느껴졌을 테니 아무도 놀라워하지 않았다. 그는 동쪽으로 가서 페르시아인들과 함께 살게 되었다고 했다. 페르시아라니, 그의 말에 따르면 나처럼 덜떨어진 이름이라고 했다. 듣기로 그들은 데바*라는 존재들을 떠받든다던데 나도 한번 만나보고 싶다.

아버지는 눈살을 찌푸렸다. 아버지는 페르세스가 미노스를 두고 빈정거렸을 때부터 그를 못마땅하게 여겼다. "그들이 우리가 아니라 데바를 섬기는 이유가 무엇이냐?"

페르세스는 대꾸조차 하지 않았다. 물길을 헤치고 갈 거라 아버지에게 태워달라고 할 필요가 없었다. 적어도 이제 네 목소리를 들을 일은 없겠네. 그가 내게 마지막으로 한 말이었다.

단 며칠 만에 내 인생이 편안해졌다. 나는 다시 아버지가 전차를 몰고 다니는 동안, 어머니가 오케아노스의 강둑에서 노닥이는 동안 가만히 기다리던 어린 시절로 돌아갔다. 아무도 없는 신전에 누워서 외로움으로 쓰라린 목을 달랬고, 더이상 참을 수 없는 지경에 이르면 아이에테스와 함께 다니던 예전의 그 바닷가로 피했다. 거기서 아이에테스의 손길이 닿은 돌멩이를 찾았다. 그의 발자국이 남은 모래사장을 걸었다. 당연히 그는 떠날 수밖에 없었다. 그는 눈부시게 빛나고, 목소리가 고결하고 영리하며, 왕위에 대한 기대를 가진 헬리오스

---

* daeva. 인간과 신의 중간적인 존재로 페르시아에서 숭배했다.

의 신성한 아들이었다. 그리고 나는?

애원하는 나를 보고 그가 어떤 눈빛을 보였는지 기억을 떠올렸다. 나는 그를 잘 알았기에 그 눈빛에 담긴 의미를 알 수 있었다. **충분히 그럴듯한 이유가 못 돼.**

바위에 앉아서 돌이나 울부짖는 새로 변할 때까지, 바보 같은 짐승이나 호리호리한 나무로 변할 때까지 울었다는 님프들의 이야기를 떠올렸다. 온갖 생각들이 한참 동안 꼬리에 꼬리를 물고 이어졌다. 나는 심지어 그러지도 못하는 모양이었다. 삶이 화강암 벽처럼 나를 압박했다. 그 인간들에게 말을 걸어봤어야 하는 건데, 하는 생각이 들었다. 그들 가운데 아무한테라도 남편이 되어달라고 빌 수 있었을 텐데. 그래도 헬리오스의 딸인데, 그 후줄근한 인간들 중에 나와 결혼하겠다는 사람이 없었을까. 그 어떤 것도 이보다는 나았다.

바로 그때 그 배가 보였다.

4

나는 배를 그림에서 보았고 이야기에서도 들었다. 황금빛에 레비아단처럼 으리으리했고, 난간은 상아와 뿔을 깎아서 만들었다. 함박웃음을 짓는 돌고래들이 끌고 오거나, 머리는 새까맣고 얼굴은 달빛처럼 은색인 네레이스 오십 명이 노를 젓기도 했다.

이 배는 돛대가 묘목처럼 얇았다. 가장자리를 때운 너덜너덜한 돛이 삐딱하게 걸려 있었다. 사공이 고개를 들었을 때 내 목 속에서 뭔가가 움찔했던 게 기억이 난다. 시커멓게 탔고 햇빛을 받아 반짝거렸다. 인간이었다.

인간들이 세상 곳곳으로 확산되고 있었다. 남동생이 우리 둘의 놀이터로 삼은 아무도 없는 그 땅을 인간들이 발견한 지 몇 년이 지났다. 나는 튀어나온 벼랑 끝에 서서, 남자가 암초를 피하고 그물을 끌어당기며 배를 모는 걸 지켜보았다. 그는 미노스의 왕궁에서 보았던 용모 단정한 귀족들과 전혀 달랐다. 머리칼은 길고 까맸고 물보라에 젖어서 축 늘어졌다. 옷은 해졌고 목에는 딱지가 앉았다. 생선 비늘에 베인 팔뚝에는 흉터가 남았다. 초자연적인 우아한 움직임은 없었지만 그래도 파도를 헤치는 튼튼한 선체처럼 동작이 힘차고 깔끔했다.

요란하게 귓전을 때리는 내 맥박 소리가 들렸다. 인간들에게 유괴와 겁탈을 당한 님프 이야기가 다시금 생각났다. 하지만 이 남자의 얼굴은 앳되어서 부드러웠고, 잡은 고기를 끌어올리는 손길은 날렵할 뿐 잔인해 보이지 않았다. 어찌됐건 하늘 위에는 파수꾼이라고 불리는 나의 아버지가 있었다. 내가 위험에 빠지면 아버지가 달려와줄 것이었다.

그는 해안 근처에 와서 물속을 들여다보며 내 눈에는 보이지 않는 물고기의 흔적을 뒤쫓았다. 나는 숨을 마시고 바닷가로 나섰다.

"반갑구나, 인간이여."

그는 그물을 더듬었지만 떨어뜨리지는 않았다. "안녕하십니까." 그가 말했다. "어느 여신께 제가 말씀을 건네고 있나이까?"

그의 목소리는 부드럽고 여름 바람처럼 달콤했다.

"키르케라고 한다." 내가 말했다.

"아," 그는 조심스럽게 무표정을 유지했다. 훨씬 나중에 그가 실토한 바에 따르면 내 이름을 들어본 적이 없어서 혹시라도 나의 노여움을 살까봐 그런 것이었다. 그는 거친 갑판에 무릎을 꿇었다. "으뜸으로 존경하옵는 여신이여. 제가 당신의 바다를 침범하였나이까?"

"아니다." 내가 말했다. "내 바다는 없다. 그것이 배라는 물건이냐?"

어떤 표정들이 그의 얼굴을 스치고 지나갔지만 나로서는 읽을 수가 없었다. "그렇습니다." 그가 말했다.

"한번 타보고 싶구나." 내가 말했다.

그는 머뭇거리다 이내 해안 쪽으로 배를 저었지만 나는 기다릴 줄 몰랐다. 물살을 헤치고 나아가 배에 올랐다. 샌들을 타고 뜨거운 갑판이 느껴졌고, 뱀을 타고 가는 듯 희미하게 꿈틀거리는 느낌이 마음에 들었다.

"앞으로 가거라." 내가 말했다.

나도 모르게 신의 위엄을 풍기며 얼마나 뻣뻣하게 굴었던가. 하지만 그는 나보다 더 뻣뻣했다. 내 옷소매가 그의 옷소매를 스치고 지나가자 벌벌 떨었다. 내가 말을 걸 때마다 시선을 이리저리 돌렸다. 내가 아는 몸짓이라는 사실을 깨닫고 충격을 받았다. 아버지와 외할아버지 앞에서, 그때까지 만난 그 모든 위대한 신들 앞에서 내가 수천 번 반복해온 몸짓이었다. 공포의 연쇄 관계.

"아, 괜찮다." 나는 그에게 말했다. "나는 그런 존재가 아니다. 가진 능력이 거의 없어서 너를 해치지 못한다. 그러니 편히 대하거라."

"감사합니다, 마음씨 고운 여신이여." 하지만 어찌나 움찔거리며 그 말을 하는지 웃음을 참을 수가 없었다. 내 말보다는 그 웃음소리에 그는 긴장이 살짝 풀린 듯했다. 한 순간 그리고 또 한 순간이 지났고 우리는 주변의 이런저런 것들을 얘기하기 시작했다. 튀어오르는 물고기, 머리 위에서 수직 낙하하는 새. 내가 그물 만드는 법에 대해 물자 그는 열띤 목소리로 설명했다. 워낙 그물을 애지중지했던 것이다. 내가 아버지의 이름을 밝히자 그는 하늘을 흘끗거리며 전보다 더 심하게 떨었지만 하루가 저물도록 벼락은 내리지 않았고 그는 내 앞에서 무릎을 꿇으며 지금까지 이렇게 그물을 가득 채워본 적이 없었으니 내가 그의 그물을 축복한 게 분명하다고 말했다.

나는 저무는 햇살을 받고 반짝이는 그의 숱 많은 까만 머리와 납작하게 수그린 그의 튼튼한 어깨를 내려다보았다. 우리 신전의 모든 신들이 갈망하는 것이 이런 식의 숭배였다. 아마 그는 엉터리였을 테고, 그보다 내가 더 엉터리였을 것이다. 나는 그의 얼굴을 다시 한번 보고 싶은 마음뿐이었다.

"일어나거라." 내가 말했다. "얼른. 나는 너의 그물을 축복한 적 없고 그럴 만한 능력도 없다. 나는 민물만을 관장하는 나이아스에게서 태어났고 얼마 안 되는 그들의 재능마저 내게는 없다."

"그래도, 제가 또 찾아와도 되겠습니까?" 그가 물었다. "다시 여기서 뵐 수 있을까요? 제 평생 이렇게 놀라운 일은 처음입니다."

나는 그때까지 줄곧 아버지의 광휘 옆에 서 있었다. 예전에 아이에테스를 품에 안은 적도 있었고 내 침대에는 불사의 손들이 엮은 두툼한 모직 담요가 무더기로 쌓여 있었다. 하지만 생각해보면 그 순간까지 온기를 느낀 적이라고는 없었다.

"그래," 나는 그에게 말했다. "여기서 다시 만나자."

그의 이름은 글라우코스였고 날마다 찾아왔다. 그가 들고 온 빵은 내가 한 번도 먹어본 적 없는 음식이었고, 치즈는 먹어본 적 있고, 올리브는 그가 이로 베어 먹는 모습을 구경하는 것이 좋았다. 내가 가족에 대해 묻자 말하길, 그의 아버지는 나이가 많고 신랄하며 호통과 끼니 걱정이 끊일 날이 없고, 어머니는 예전에는 약초를 만들었지만 일을 너무 많이 해서 지금은 몸이 망가졌고, 누이는 아이를 벌써 다섯이나 낳았는데 항상 아프고 화가 난 상태라고 했다. 왕국에서 할당한 공물을 바치지 못하면 전부 집에서 쫓겨날 거라고 했다.

여태 내게 그 정도로 속내를 공개한 이는 아무도 없었다. 나는 파도를 삼키는 소용돌이처럼 모든 이야기를 흡수했지만 가난과 고생과 두려움, 그게 다 어떤 건지 절반도 이해하지 못했다. 딱 한 가지 분명한 게 있다면 글라우코스의 얼굴뿐이었다. 반듯한 이마와, 상심으로 살짝 촉촉해져 있지만 나를 보면 항상 미소를 짓는 진지한 두 눈뿐이었다.

나는 휘리릭 거룩한 힘을 내보이는 대신 손으로 직접 일과를 수행하는 그의 모습을 지켜보는 게 좋았다. 그는 찢어진 그물을 손보고, 배의 갑판을 청소하고, 부싯돌로 불을 붙였다. 불을 지필 때는 마른 이끼로 조금씩 끙끙대며 불을 붙인 다음 작은 나뭇가지를 얹고 그 위에 좀더 큰 나뭇가지를 얹어가며 점점 더 높게 쌓았다. 이런 기술도 나는 모르던 것이었다. 아버지가 불을 붙일 때는 나무를 살살 달랠 필요가 없었다.

그는 내 시선을 의식하고 굳은살이 박인 손바닥을 겸연쩍게 마주 비볐다. "당신 눈에 제가 얼마나 추하게 보일지 압니다."

아니다, 나는 속으로 생각했다. 나의 외할아버지의 신전은 눈부신 님프와 근육질을 자랑하는 강의 신들로 가득하지만 나는 그 누구보다 너를 바라보고 싶다.

나는 고개를 저었다.

그는 한숨을 쉬었다. "신으로 지낸다는 건 참으로 근사하겠죠. 몸에 흉터 하나 남지 않는 신으로요."

"예전에 내 남동생은 물이 쏟아지는 느낌이라고 하더구나."

그는 곰곰이 생각했다. "네, 어떤 건지 상상이 돼요. 가득찬 잔처럼 찰랑거리는 느낌. 어느 남동생이죠? 지금까지 동생 얘기는 한 번도 하신 적이 없잖습니까."

"왕이 되어 멀리 떠났다. 이름은 아이에테스고." 하도 오랜만이라 그 이름이 낯설게 느껴졌다. "나도 따라가고 싶었지만 동생이 안 된다고 했지."

"이제 보니 멍청한 동생을 두셨군요." 글라우코스가 말했다.

"그게 무슨 소리냐?"

그는 눈을 들어 내 눈을 바라보았다. "이렇게 찬란하고 아름답고 다정한 여신님인데. 저한테 그런 누나가 있다면 절대 헤어지지 않겠습니다."

그가 배의 난간에서 일을 하다보면 우리의 팔끼리 스치고 지나가곤 했다. 같이 앉으면 내 옷자락이 그의 발을 덮었다. 그의 살결은 따뜻하고 살짝 까끌까끌했다. 가끔 나는 뭘 떨어뜨리곤 했다. 그가 주워주면 손과 손이 만날 수 있기 때문이었다.

그날 그는 바닷가에 무릎을 꿇고서 점심을 해먹으려고 불을 지폈다. 부싯돌과 부싯깃이 만들어내는 그 단순하면서도 인간적인 기적은 내가 가장 좋아하는 구경거리 가운데 하나였다. 그의 머리칼이 귀엽게 눈을 덮었고 두 뺨은 불빛으로 상기됐다. 그에게 불을 선물한 삼촌 생각이 났다.

"예전에 그를 만난 적이 있다." 내가 말했다.

글라우코스는 꼬챙이에 물고기를 꿰어서 굽고 있었다. "누굴요?"

"프로메테우스." 내가 말했다. "제우스에게 벌을 받았을 때 내가 넥타르를 가져다주었지."

그는 고개를 들었다. "프로메테우스." 그가 말했다.

"그래," 평소답지 않게 그의 반응이 느렸다. "불씨를 가져다준 자."

"한 열 세대 전의 이야기네요."

"그보다도 더 됐지." 내가 말했다. "물고기 조심해라." 꼬챙이가 그의 손에서 떨어져 물고기가 불 위에서 시커멓게 타고 있었다.

그는 물고기를 꺼내지 않았다. 내 눈만 똑바로 바라보았다. "하지만 당신은 저랑 비슷한 나이잖습니까."

내 얼굴에 속아넘어간 것이었다. 내가 그만큼 젊어 보였던 것이었다.

나는 웃음을 터뜨렸다. "아니다. 그렇지 않아."

그는 내 무릎에 자기 무릎을 대고 한쪽으로 구부정하게 앉아 있었다. 그러다 무릎을 떼고 어찌나 벌떡 일어나서 앉는지 그가 있었던 자리에서 한기가 느껴질 정도였다. 나는 깜짝 놀랐다.

"그 시간은 아무것도 아니다." 내가 말했다. "허송세월을 했으니. 너는 나만큼 세상을 많이 알고 있지 않으냐." 나는 그의 손을 향해 내 손을 내밀었다.

그는 손을 홱 하니 치웠다. "어떻게 그런 말씀을 하실 수 있습니까? 몇 살이신데요? 백 살? 이백 살이요?"

나는 하마터면 다시 웃음을 터뜨릴 뻔했다. 하지만 그가 목에 뻣뻣하게 힘을 주고 눈을 휘둥그레 뜨고 있었다. 우리 둘 사이에 놓인 모닥불 위에서 물고기가 연기를 피웠다. 나는 그에게 내 삶에 대해 얘기한 게 거의 없었다. 할 얘기가 뭐가 있겠는가. 반복되던 학대, 내 뒤에서 되풀이되던 비웃음밖에 없었으니. 그 당시에는 어머니가 유난히 기분이 언짢았다. 아버지가 그즈음부터 어머니보다 채커를 더 좋아했기에 그 분풀이를 나한테 하고 있었다. 나만 보면 으르렁거렸다. 키르케는 돌머리야. 키르케는 맨땅보다 더 천지분간을 못해. 머리칼이 개털처럼 엉겨붙었네. 그 갈라진 목소리로 한 번만 더 말을 하면 내가 아주 그냥. 자식들 중에 왜 하필 쟤가 남은 거야? 쟤는 아무도 데려가지 않을 텐데. 아버지는 들었다 한들 아무런 티도 내지 않고 채커 말을 이리저리 옮기기만 했다. 예전에는 두 뺨 위로 눈물을 흘리며 내 방으로 슬금슬금 들어가곤 했지만 글라우코스를 만난 뒤로는 그 모든 게 침이 없는 벌의 공격과도 같았다.

"미안하다." 내가 말했다. "바보 같은 농담이었어. 나는 프로메테우스, 그를 만난 적이 없다. 만났으면 좋겠다고 생각했을 뿐. 걱정 말거라, 우리는 비슷한 나이야."

그의 몸에서 천천히 긴장이 풀렸다. 그가 숨을 내뱉었다. "하," 그가 말했다. "말이 안 되죠. 당신이 당시에 살아 있었을 리가 없잖아요."

그는 식사를 마쳤다. 남은 찌꺼기를 갈매기들에게 던져주고는 뱅글뱅글 하늘로 날아오르는 새들을 쫓아갔다. 그러다 은빛 파도를 배경으로 튜닉으로 감싼 어깨를 들어올리고는 나를 돌아보며 씩 웃었다. 그 뒤로 그가 불을 지피는 것을 수도 없이 바라보았지만 삼촌 얘기는 두 번 다시 꺼내지 않았다.

어느 날 글라우코스의 배가 늦게 도착했다. 그는 닻을 내리지 않고 딱딱하게 굳은 얼굴로 갑판에 서 있기만 했다. 뺨에 폭풍이 부는 날의 파도처럼 시커먼 멍자국이 나 있었다. 아버지에게 맞은 자국이었다.

"이런!" 나는 심장이 쿵쾅거렸다. "쉬어야겠구나. 앉아 있어라, 내가 물을 가져다주마."

"아뇨," 그는 한 번도 들은 적 없는 날카로운 목소리로 말했다. "오늘은 물론이고 두 번 다시 앉아 있지 않을 겁니다. 아버지가 저더러 잡아오는 물고기 양이 줄었다며, 게으름을 부린대요. 우리 모두 굶어 죽을 거예요, 저 때문에."

"그래도 와서 앉아라. 내가 도와주마." 내가 말했다.

"당신은 아무것도 할 수 없잖아요." 그가 말했다. "그렇게 얘기했잖아요. 아무 능력도 없다고."

나는 멀어지는 그를 바라보았다. 그러다 휙 하니 몸을 돌려 외할아버지의 신전으로 달려갔다. 아치 모양의 복도를 지나 북과 술잔과 팔찌 달그락거리는 소리로 요란한 규방에 들어갔다. 나이아스들을 지나, 놀러온 네레이스와 드리아스 무리를 지나 외할머니가 군림하는 단상의 오크나무 권좌로 직행했다.

테티스*, 온 세상의 물을 다스리는 나의 외할머니의 이름이었다. 남편과 마찬가지로 천지개벽 때 대지의 여신에게서 태어났다. 옷자락이 파란색 웅덩이처럼 발치를 감쌌고 물뱀을 목에 스카프처럼 두르고 있었다. 앞에는 그녀가 엮는 피륙이 걸린 황금색 베틀이 놓여

---

* Tethys. 우라노스와 가이아 사이에서 태어난 티탄 신족. 아킬레우스의 어머니인 님프 테티스(Thetis)는 이 티탄 테티스의 손녀이다.

있었다. 그녀의 얼굴은 나이를 먹었지만 쭈글쭈글하지는 않았다. 이루 헤아릴 수 없이 많은 아들과 딸들이 그녀의 풍요로운 자궁에서 태어났고, 그들의 후손들이 아직까지 축복을 구하기 위해 그녀를 찾아왔다. 나도 예전에 그 앞에 무릎을 꿇고 앉은 적이 있었다. 그녀는 부드러운 손끝으로 내 이마를 건드렸었다. 잘 왔다, 아가.

나는 이제 다시 무릎을 꿇었다. "저는 페르세의 딸 키르케입니다. 저를 좀 도와주세요. 바다에서 고기를 잡아야 하는 인간이 있어요. 저는 못하지만 할머님은 그에게 축복을 내릴 수 있지요."

"고귀한 인간이냐?" 그녀가 물었다.

"성품으로는요." 내가 말했다. "가진 건 없지만 기백과 용기는 넘쳐나고 별처럼 반짝입니다."

"그 대가로 인간이 너에게 무얼 바치느냐?"

"무얼 바치느냐고요?"

그녀는 고개를 저었다. "아가, 아무리 작은 거라도, 하다못해 네 샘물에 포도주를 붓는 것도 좋으니 반드시 뭔가를 바치게 해야 한단다. 안 그러면 고마운 마음을 잊을 거야, 나중엔."

"저한테는 샘물도 없고 고마운 마음도 필요 없어요. 간청할게요. 할머님께서 도와주지 않으시면 저는 그를 두 번 다시 만나지 못할 거예요."

그녀는 나를 보더니 한숨을 쉬었다. 수천 번도 넘게 들은 간청이었을 것이다. 그게 신과 인간의 한 가지 공통점이었다. 젊었을 때는 어떤 감정이든 자기가 세상에서 맨 처음으로 느낀다고 생각하는 것 말이다.

"네 소원대로 그의 그물을 채워주마. 하지만 그 대가로 그와 동침하지 않겠다고 맹세해주길 바란다. 너희 아비가 너한테 한낱 고기잡이보다는 훌륭한 배필과 짝을 지워주리라는 건 알 테니 말이다."

"맹세할게요." 나는 말했다.

그가 파도를 가르고 큰 소리로 나를 부르며 왔다. 숨 돌릴 틈도 없이 할말을 쏟아냈다. 그물을 내릴 필요도 없었다고, 암소만큼 큼지막한 물고기들이 갑판 위로 껑충 올라왔다고. 그의 아버지는 누그러졌고 공물은 내년치까지 해결했다고 했다. 그는 내 앞에 무릎을 꿇고 고개를 숙였다. "감사합니다, 여신이여."

나는 그를 일으켜세웠다. "나한테 무릎 꿇을 것 없다. 내 할머니의 능력이었으니까."

"아닙니다," 그는 내 손을 잡았다. "당신 덕분이에요. 당신이 할머님을 설득하셨잖습니까. 기적을 일으키는 키르케여, 내 삶의 축복, 덕분에 제가 살았어요."

그는 따뜻한 뺨을 내 손에 갖다댔다. 그의 입술이 내 손가락을 스치고 지나갔다. "저도 신이었으면 얼마나 좋을까요." 그가 내뱉었다. "그러면 걸맞은 감사를 전할 수 있을 텐데."

그의 고수머리가 내 손목 위로 떨어졌다. 내가 진정한 여신이라 금 쟁반에 받친 고래를 그에게 선물할 수 있으면 얼마나 좋을까 싶었다. 그러면 그는 나와 절대 헤어질 일이 없을 것이었다.

우리는 날마다 나란히 앉아서 이야기꽃을 피웠다. 그는 꿈이 많았고 나이를 먹으면 아버지에게서 독립해 자기 배와 자기 집을 가지고 싶다고 했다. "그리고 계속 불을 지필 거예요." 그가 말했다. "당신을 위해 항상 피워놓을 거예요. 허락만 해주신다면."

"그보다는 의자를 항상 준비해놓았으면 좋겠구나." 내가 말했다. "찾아가서 너와 이야기를 나눌 수 있게."

그는 얼굴을 붉혔고 나도 마찬가지였다. 나는 그때 아는 게 너무 없었다. 어깨가 넓은 신과 나긋나긋한 님프들이 사랑을 속삭일 때, 사촌들과 노닥거린 적도 없었다. 구혼자와 함께 아무도 없는 구석으로 슬그머니 숨은 적도 없었다. 내가 원하는 게 뭔지 얘기하지도 못할 만큼 아는 게 없었다. 내 손으로 그의 손을 건드리고, 고개를 숙여서 입을 맞추고, 그런 다음에는?

그가 나를 쳐다보고 있었다. 얼굴이 모래와 같아서 수백 가지 감정의 결이 고스란히 드러났다. "아버지께서……" 그는 살짝 말을 더듬었다. 헬리오스 얘기를 꺼내면 항상 불안해지기 때문이었다. "아버지께서 당신의 남편감을 골라주시나요?"

"그렇겠지." 내가 말했다.

"어떤 남자로요?"

나는 울고 싶었다. 그에게 몸을 기대고 그였으면 좋겠다고 얘기하고 싶었다. 하지만 외할머니에게 한 맹세가 있었다. 때문에 아버지가 왕자를 찾는다고, 이방인일 경우 왕이어야 할 거라고 솔직하게 말했다.

그는 자기 손을 내려다보았다. "그렇겠죠," 그가 말했다. "당연히 그렇겠죠. 눈에 넣어도 아프지 않은 딸일 테니까요."

나는 아니라고 하지 않았다. 그날 저녁 신전으로 돌아갔을 때 아버지의 발치에 무릎을 꿇고 인간을 신으로 만들 수도 있느냐고 물었다.

아버지는 짜증이 난 듯 체커판을 바라보며 얼굴을 찌푸렸다. "그럴 운명이 새겨져 있지 않은 이상 안 된다는 걸 너도 알지 않느냐. 아우리 나라도 운명의 여신 모이라이*가 세운 법칙을 바꿀 수는 없다."

나는 더이상 아무 말도 하지 않았다. 생각이 꼬리에 꼬리를 물고 이어졌다. 글라우코스가 인간으로 남는다면 나이를 먹을 테고, 나이를 먹으면 죽을 테고, 바닷가에서 아무리 기다려도 그가 오지 않는 날이 찾아올 것이다. 프로메테우스도 이 얘기를 한 적이 있었는데 내가 무슨 말인지 이해하지를 못했다. 그렇게 바보 같았을 수가. 어쩜 그렇게 바보 멍청이 같았을 수가. 나는 겁에 질려서 다시 외할머니를 찾아갔다.

"그 남자요," 나는 숨이 막혔다. "그 남자는 죽겠죠."

그녀의 권좌는 오크나무로 만들어졌고 그보다 더 부드러울 수 없는 천이 드리워져 있었다. 손에 들린 실은 강변의 돌을 닮은 초록색이었다. 그녀는 그걸 북에 감고 있었다. "아, 손녀딸아," 그녀가 말했다. "당연히 죽는단다. 인간이니 그것이 그들의 운명이야."

"불공평해요." 내가 말했다. "그럴 수는 없어요."

"너희 둘이 속한 세상은 서로 다르단다." 할머니가 말했다.

광채를 뿜어내며 잡담을 나누던 네레이스 자매들이 일제히 우리 얘기에 귀를 쫑긋 세웠다. 나는 계속 졸랐다. "제발 도와주세요." 내가 말했다. "위대한 여신이여, 그를 이곳으로 데리고 와서 영생을 부여해주세요."

"그건 어떤 신도 할 수 없는 일이란다."

"저는 그를 사랑해요." 내가 말했다. "무슨 방법이 있을 거예요."

---

* 클로토, 라케시스, 아트로포스로 이뤄진 운명의 여신 세 자매. 그리스 신화에서 운명의 영역은 신들조차 함부로 침범할 수 없다.

외할머니는 한숨을 쉬었다. "지금까지 너와 똑같은 희망을 품었다가 실망한 님프가 얼마나 많은지 아느냐?"

그 님프들은 상관없었다. 그들은 세상을 깨부수는 이야기를 들으며 자란 헬리오스의 딸이 아니었다. "뭐라고 표현해야 할지 모르겠지만 무슨……방책 같은 게 있지 않을까요? 모이라이와 흥정할 방법이나 어떤 묘수나 파르마콘이라든지—"

아이에테스가 신들이 흘린 피에서 자라는, 놀라운 능력이 깃든 약초가 있다며 들먹인 단어였다.

외할머니의 목에 감겨 있던 물뱀이 똬리를 풀고 화살처럼 생긴 입 밖으로 까만 혓바닥을 날름거렸다. 할머니가 화난 음성으로 나지막이 속삭였다. "어디서 감히 그런 소리를."

갑자기 달라진 분위기에 나는 화들짝 놀랐다. "그런 소리라뇨?"

외할머니가 자리에서 일어났다. 내 앞에서 외할머니의 키가 점점 자라서 우뚝해졌다.

"아가, 내가 할 수 있는 건 모두 다 했고 더는 없다. 나가거라. 그리고 그 부정한 단어는 두 번 다시 입에 담지 말거라."

머릿속이 어지러웠고 희석하지 않은 포도주라도 마신 듯 입안이 깔깔했다. 나는 침상과 의자 사이로, 얄궂게 웃으며 수군대는 네레이스들의 치맛자락을 지나서 뒷걸음질쳤다. 태양신의 딸이니까 자기 마음대로 세상을 뒤흔들 수 있는 줄 아나봐.

너무 화가 나서 아무런 수치심도 느낄 수 없었다. 맞는 말이었다. 글라우코스를 내 옆에 붙잡아놓을 수만 있다면 뒤흔드는 정도가 아니라 세상을 찢고 불태울 수도 있었다. 하지만 내 머릿속에 가장 생생하게 남은 건 내가 파르마콘이라는 단어를 내뱉었을 때 외할머니가 지은 표정이었다. 신들 사이에서 좀처럼 보지 못한 표정이었다. 글라우코스가 공물과 고기가 잡히지 않은 그물과 그의 아버지 얘기를 했을 때 지은 표정이었다. 나는 공포가 뭔지 알아가고 있었다. 신은 뭘 두려워할까? 나는 그 대답도 알고 있었다.

자기보다 더 뛰어난 능력.

이러니저러니 해도 나는 어머니에게 배운 게 있었다. 머리를 여러 개의 고리 모양으로 묶고 가장 예쁜 옷을 입고 가장 화려한 샌들을 신었다. 모든 삼촌들이 와서 자주색 침상에 기대고 앉아 있는 아버지의 연회장으로 갔다. 포도주를 따르고 그들의 눈을 들여다보며 미소를 짓고 목을 끌어안았다. 프로테우스 삼촌, 나는 말했다. 이에 물개 고기가 낀 그 삼촌이었다. 삼촌은 용감한데다 전쟁에서 씩씩하게 앞장섰잖아요. 전쟁 얘기를 듣고 싶어요, 어디에서 싸웠고 그런 거요. 네레우스 삼촌, 삼촌은 어땠어요? 삼촌은 올림포스의 포세이돈한테 그 자리를 빼앗기기 전까지만 해도 바다의 주인이었잖아요. 우리 신족의 위대한 업적을 듣고 싶어요. 어디서 피를 가장 많이 흘렸는지 얘기해주세요.

나는 그들에게 이야기를 유도했다. 신들이 피를 흘려가며 싸운 수많은 곳의 지명과 위치를 파악했다. 그러다 마침내 글라우코스의 해변에서 그리 멀지 않은 곳에 대해 들었다.

5

"따라오너라." 내가 말했다. 한낮이라 뜨거웠고, 발밑에서 흙이 바스러졌다. "아주 가깝다. 네 지친 몸을 누이고 잠을 청하기에 완벽한 곳이야."

그는 뚱한 얼굴로 따라왔다. 해가 높이 떠 있을 때면 늘 그렇게 언짢아했다. "배를 두고 이렇게 멀리 나온 게 마음에 걸려요."

"네 배는 별일 없을 거야, 내가 약속하마. 자! 다 왔다. 이 꽃들을 보니 걸어온 보람이 생기지 않느냐? 아주 옅은 노란색이고 종처럼 생긴 것이 아름답구나."

나는 무리를 지어서 핀 꽃밭 사이로 그를 유도했다. 물과 먹을거리를 담은 광주리를 들고 왔다. 아버지가 위에서 내려다보고 있다는 걸 나도 알았다. 아버지가 우리 쪽을 흘끗 쳐다볼 경우에 대비해 소풍을 나온 것처럼 포장하려는 게 나의 의도였다. 외할머니가 아버지에게 뭐라고 했을지 알 수 없는 노릇이었다.

나는 글라우코스 앞에 음식을 차리고 먹는 동안 그를 지켜보았다. 신이 된 그는 어떤 모습일까? 궁금했다. 조금 먼 곳에서 숲이 자랐고 그늘이 워낙 짙어서 아버지의 눈을 피하기에 충분했다. 그가 달라지면 그곳으로 데려가 내가 한 맹세가 더는 걸림돌이 되지 않는다는 것을 보여줄 참이었다.

나는 바닥에 쿠션을 놓았다. "눕거라." 내가 말했다. "눈 좀 붙여. 기분 좋게 잘 수 있지 않겠느냐?"

"머리가 아픕니다." 그는 투덜거렸다. "그리고 햇빛이 얼굴로 쏟아지고요."

나는 그의 머리칼을 쓸어넘기고 자리를 옮겨 해를 가렸다. 그러자 그는 한숨을 쉬었다. 늘 피곤해했기에 순식간에 그의 눈이 스르르 감겼다.

꽃들을 헤집어 그의 주변으로 눕혔다. 됐다, 나는 생각했다. 이제 됐어.

그는 내가 수백 번 보았던 것처럼 계속 단잠을 잤다. 머릿속으로 이 순간을 상상했을 때는 꽃들이 닿는 순간 그가 달라졌었다. 불멸의 피가 그의 혈관 속으로 흘러들어갔고 신으로 변신한 그가 일어나서 내 손을 잡으며 말했다. 이제 걸맞은 감사를 전할 수 있겠군요.

꽃들을 다시 헤집었다. 몇 개를 따서 그의 가슴 위에 떨어뜨렸다. 향기와 꽃가루가 그의 위로 날리도록 후 불었다. "바뀌어라." 나는 속삭였다. "그는 신이 되어야 해. 바뀌어라."

그는 계속 잠을 잤다. 꽃잎들이 나방 날개처럼 힘없이 축 늘어졌다. 뱃속이 데인 듯이 화끈거렸다. 제대로 찾은 게 아니었나봐, 나는 속으로 중얼거렸다. 사전에 탐색을 했어야 하는 건데 마음이 너무 급했다. 나는 일어나서 언덕비탈을 걸으며 선명하고 누가 봐도 분명한 능력을 풍기는 새빨간 꽃무더기를 찾아보았다. 하지만 어느 언덕에서든 볼 수 있는 평범한 꽃들뿐이었다.

글라우코스 옆에 주저앉아 울었다. 나이아의 혈통이 흘린 눈물은 영원토록 마르지 않는다던데, 내 모든 상심을 토해내려면 영원이 필요할지도 모르겠다는 생각이 들었다. 나는 실패했다. 아이에테스의 말이 틀렸다. 이 세상에 능력이 깃든 약초는 없었고, 글라우코스는 영영 내 곁을 떠날 테고, 그의 사랑스러운 미모는 소멸해 흙속으로 스러질 것이다. 하늘 위에서 아버지가 궤적을 따라 움직였다. 그 야들야들하고 바보 같은 꽃들이 주위에서 한들거렸다. 꼴도 보기 싫었다. 한 움큼 잡아서 뿌리째 뽑았다. 꽃잎을 뜯었다. 줄기를 갈기갈기 찢었다. 축축한 찌꺼기가 손에 들러붙었고 즙이 내 살갗 위로 흘렀다. 오래된 포도주처럼 시큼한 냄새가 강렬하게 코를 찔렀다. 다시 한 움큼 뽑았다. 손이 끈적끈적하고 뜨거웠다. 귓속에서 벌집처럼 음산하게 웅웅거리는 소리가 들렸다.

그뒤로 벌어진 일은 말로 잘 설명이 되지 않는다. 내 혈관 깊숙한 곳에서 어떤 깨달음이 눈을 떴다. 속삭임이 들렸다. 어떤 피조물이건 가장 참된 모습으로 변신시키는 이 꽃의 능력은 즙 안에 들어 있다고.

나는 의문을 제기하지 않았다. 그 무렵 태양은 지평선을 넘어갔다. 글라우코스는 꿈을 꾸느라 입을 벌리고 있었다. 나는 꽃을 한 움큼 집어서 그의 입에 대고 쥐어짰다. 흘러나온 즙이 한 점으로 모였다. 한 방울, 한 방울씩 그의 입안으로 떨어뜨렸다. 방향을 찾지 못한 한 방울이 입술에 떨어지기에 손가락으로 밀어 혓바닥 위로 넣었다. 그가 콜록거렸다. 너의 가장 참된 모습, 나는 그에게 말했다. 그걸 보여줘.

다시 한 움큼을 준비하고 허리를 숙였다. 그래야 한다면 꽃밭 전체를 짜서 먹일 수도 있었다. 하지만 그런 생각을 하는 동안 그의 살갗 위로 그림자가 움직였다. 내가 지켜보는 가운데 살갗이 점점 까매졌다. 갈색을 지나고 자주색을 지나 그의 온몸이 가장 짙은 바다색이 될 때까지 멍처럼 번졌다. 그의 손과 다리와 어깨가 부풀었다. 동록색의 긴 수염이 턱에서 자라나기 시작했다. 튜닉이 벌어진 틈새로 그의 가슴에서 돋아나는 수포가 보였다. 나는 그것들을 빤히 쳐다보았다. 따개비였다.

글라우코스, 나는 속삭였다. 내 손가락에 닿은 그의 팔의 느낌이 이상했다. 단단하고 두툼하고 살짝 서늘했다. 나는 그 팔을 흔들었다. 일어나.

그가 눈을 떴다. 숨을 한 번 쉬는 시간 동안 꼼짝도 하지 않았다. 그러다 벌떡 일어나 폭풍 해일처럼, 본연의 바다의 신답게 우뚝 섰다. 키르케, 그가 외쳤다. 내가 달라졌어요!

숲으로 달려갈 새도, 이끼 위에서 그를 내 쪽으로 끌어당길 새도 없었다. 그는 기운을 주체하지 못하고 봄바람을 맞은 황소처럼 콧김을 뿜었다. "이것 좀 봐요." 그가 두 손을 내밀며 말했다. "딱지도 없고. 흉터도 없고. 피곤하지도 않아요. 평생 처음으로 피곤하지가 않아요! 바다를 이 끝에서 저 끝까지 헤엄칠 수도 있겠어요. 내 모습을 보고 싶은데. 나 지금 어떻게 생겼어요?"

"신처럼 생겼어." 내가 말했다.

그는 파란 얼굴 사이로 하얀 이를 반짝이며 내 팔을 잡고 나를 빙글빙글 돌렸다. 그러다가 무슨 생각이 퍼뜩 떠올랐는지 멈추었다. "이제 당신이랑 갈 수 있겠어요. 신들의 신전으로 갈 수 있겠어요. 나를 거기로 데려다줄래요?"

안 된다고 할 수 없었다. 그를 외할머니에게 데려갔다. 손이 살짝 떨렸지만 입술 위에는 거짓말을 준비해놓았다. 풀밭에서 자고 일어나보니 이렇게 되었다고 말이다. "그를 신으로 만들고 싶다는 제 소원이 일종의 예지였나봐요. 제 아버지의 자식들 중에 그런 능력이 더러 있잖아요."

할머니는 내 말을 듣는 둥 마는 둥했다. 아무것도 의심하지 않았다. 지금까지 어느 누구도 나를 의심한 적이 없었다.

"형제여," 할머니는 외치며 그를 끌어안았다. "가장 새로운 형제여! 운명의 여신의 소행이로다. 그대의 신전을 찾을 때까지 여기서 지내도 좋다."

해변 산책은 그길로 끝이었다. 나는 날마다 그곳에서 신이 된 글라우코스와 함께 지냈다. 땅거미가 지는 외할아버지의 강둑에 앉아서 그에게 온갖 이모와 삼촌과 사촌들을 소개하고, 그전까지만 해도 이름을 모른다고 잡아뗐을 님프들의 이름을 줄줄이 나열했다. 그들 쪽에서는 그를 에워싸고 기적과도 같은 변신 이야기를 들려달라고 외쳤다. 그는 아주 그럴듯하게 포장했다. 언짢았던 기분, 벼락처럼 찾아온 졸음, 운명의 여신들이 직접 부여한 능력이 물마루처럼 그를 떠받드는 느낌. 그들 앞에서 신의 근육이 장착된 퍼런 가슴을 드러내고 파도 속에서 뒹군 조개껍데기처럼 반질반질한 손을 내밀었다. "이렇게 자라났지 뭐예요!"

그럴 때면 권능과 기쁨으로 환하게 빛나는 그의 얼굴을 보는 것이 좋았다. 내 가슴까지 덩달아 부풀어올랐다. 내가 준 선물이라고 알리고 싶었지만, 스스로 신의 반열에 올랐다는 데 얼마나 즐거워하는지 느낄 수 있었기에 그 즐거움을 빼앗고 싶지 않았다. 나는 여전히 그 어두컴컴한 숲속에서 그와 동침하는 꿈을 꾸었지만 이미 그걸 넘어서 새로운 단어들을 되뇌기 시작했다. 결혼, 남편.

"가자." 나는 그에게 말했다. "나의 아버지와 외할아버지를 뵈어야지." 그의 피부와 가장 잘 어울리는 색상으로 내가 직접 그의 옷을 골랐다. 어떤 식으로 예를 갖추어야 하는지 주의를 주고, 그가 예를 갖추어서 인사하는 동안 뒤로 멀찌감치 떨어져 지켜보았다. 그는 썩 잘했고 그들은 그를 칭찬했다. 그들이 예전에 바다를 다스렸던 티탄 신족 네레우스에게 그를 데려가자 네레우스가 새로운 주인인 포세이돈에게 소개했다. 그들은 힘을 합쳐서 금과 파도에 실려 온 보물로 물속에 그의 신전을 건설할 수 있게 거들었다.

나는 그곳을 매일 찾아갔다. 소금물 때문에 살갗이 따끔거렸고, 그는 손님들을 보며 감탄하느라 바빠서 나에게는 아주 잠깐 미소를 지어 보이는 게 고작일 때가 많았지만 상관없었다. 이제 우리에게는 시간이 많았다. 시간이 무궁무진하게 많았다. 은 식탁에 앉아서 그의 관심을 끌려고 난리법석을 떠는 님프와 신들을 구경하면 재미있었다. 예전 같았으면 생선장수라고 비웃었을 그들이 이제는 인간이었던 시절의 경험담을 들려달라고 애원했다. 이야기는 할 때마다 점점 부풀려졌다. 그의 어머니는 꼬부랑할망구처럼 허리가 굽었고 아버지는 하루도 빠짐없이 손찌검을 했다. 그들은 헉 소리를 내며 가슴에 손을 얹었다.

"이제는 괜찮다." 그가 말했다. "파도를 보내서 배를 박살냈더니 아버지가 충격으로 죽었거든. 어머니에게는 내가 축복을 내렸지. 덕분에 새 남편과 설거지를 돕는 노예가 생겼다. 어머니가 나를 모시는 제단을 만들었고 거기서 이미 연기가 나고 있어. 마을 사람들은 내가 좋은 물때를 선물해주길 바라지."

"선물해줄 거예요?" 깍지 낀 손으로 턱을 괴고 있던 님프가 물었다. 내 여동생과 페르세스가 가장 친하게 지냈던 친구 중 하나로 원래는 동그란 얼굴에 심술이 덕지덕지 묻어 있었는데, 이제는 잘 익은 배처럼 변하여 글라우코스에게 말을 걸었다.

"글쎄다." 그가 말했다. "그들이 뭘 바치는지 보고." 기분이 아주 좋으면 발이 팔딱이는 꼬리로 변했는데 지금이 그랬다. 나는 첩첩이 겹쳐진 비늘이 무지갯빛으로 어렴풋하게 일렁이는 그 꼬리가 아주 연한 회색으로 반짝이며 대리석 바닥을 쓰는 것을 지켜보았다.

"아버지가 돌아가신 게 정말이야?" 그들이 사라지자 내가 물었다.

"그럼. 불경죄를 저질렀으니 벌을 받아 마땅하지." 그는 포세이돈에게 직접 선물받은 새 삼지창을 닦고 있었다. 낮 동안에는 자기 머리만큼 큰 술잔으로 술을 마시며 침상에서 빈둥거렸다. 삼촌들처럼 입을 벌리고 포효하듯 웃었다. 그는 구질구질한 꽃게의 정령이 아니라 마음만 먹으면 돌고래를 자기 강으로 부를 수 있고, 암초와 모래톱에 부딪히려는 배를 구할 수 있으며, 사공들이 탄 뗏목을 집채만한 파도 위로 들어올릴 수 있는 위대한 바다신 중 하나였다.

"그 얼굴 동그란 님프 말이야." 그가 말했다. "그 예쁜 애. 걔 이름이 뭐야?"

나는 딴 데 정신이 팔려 있었다. 그가 어떤 식으로 청혼해올지를 상상하고 있었다. 장소는 바닷가가 되겠지, 나는 생각했다. 우리가 처음 만난 그 해변일까.

"스킬라 말이야?"

"응, 스킬라." 그가 말했다. "꼭 물처럼 움직인다, 그치? 흐르는 시냇물처럼 은색이고." 그의 시선이 내 시선과 만났다. "키르케, 내 평생 이렇게 행복해본 적이 없어."

나는 마주 미소를 지었다. 내 눈에는 드디어 빛을 발하기 시작한, 내가 사랑하는 소년 말고는 아무것도 보이지 않았다. 그가 나의 것이었으니 그에게 쏟아지는 모든 영광, 그의 이름으로 만들어지는 모든 제단, 그에게로 몰려드는 모든 숭배자들이 내게도 선물처럼 느껴졌다.

어딜 가든 그 님프 스킬라가 보이기 시작했다. 여기에서는 글라우코스의 익살에 깔깔거렸고, 저기에서는 손으로 목을 만지며 머리칼을 흔들었다. 그녀가 엄청나게 예쁜 건 사실이었다. 우리 신전의 보석이었으니. 강의 신과 님프들이 그녀를 보며 탄식을 터뜨렸고, 그녀는 한 번의 눈빛으로 희망을 한껏 부풀렸다가 또 한 번의 눈빛으로 깨버리는 걸 좋아했다. 움직일 때마다 그들이 억지로 떠넘긴 수천 개의 선물로 희미하게 달가닥거렸다. 산호 팔찌, 실에 꿰서 목에 건 진주. 그녀는 내 옆에 앉아서 그걸 하나씩 보여주었다.

"예쁘네." 나는 거의 쳐다보지도 않았다. 그럼에도 그녀는 보석을 두 배, 세 배, 고깃배를 가라앉힐 수도 있을 만큼 달고서 다음번 연회에 또 참석했다. 이제 와 생각해보면 그녀는 아무리 용을 써도 알아차리지 못하는 나를 보고 속을 부글부글 끓였을 것이다. 그 무렵에는 사과만한 크기의 진주들을 내 얼굴 앞에 갖다대기에 이르렀다. "이렇게 엄청난 보석 본 적 없지?"

사실 나는 그녀가 내게 마음이 있는지 의심이 들던 참이었다. "예쁘다." 나는 성의 없게 대꾸했다.

결국 그녀는 이를 악물고 단도직입적으로 터뜨렸다.

"글라우코스는 나만 기쁘게 만들 수 있다면 바다에 있는 걸 싹 다 긁어다 줄 수도 있대."

우리는 향 때문에 공기가 탁한 오케아노스의 신전에 있었다. 나는 흠칫 놀랐다. "글라우코스한테 받은 거라고?"

그 희희낙락하는 표정이란. "모두 다. 아무 소리도 못 들었단 말이야? 둘이 워낙 가까운 사이라 너한테 맨 처음 알렸을 줄 알았더니. 그이한테 너는 네가 생각하는 것만큼 친한 친구가 아닌가봐?" 그녀는 나를 쳐다보며 기다렸다. 다른 얼굴들도 눈에 들어왔다. 너무 좋아서 숨을 못 쉬는 얼굴들. 이런 싸움이 우리 신전에서는 금보다 더 귀했다.

그녀는 미소를 지었다. "글라우코스가 나랑 결혼하고 싶대. 뭐라고 대답할지 아직 결정 못 했는데. 어떻게 했으면 좋겠어, 키르케? 그이를 받아줘야 할까? 파란 피부, 지느러미 발, 그런 걸 다 감안하고?"

나이아스들이 웃음을 터뜨리자 천 개의 분수가 첨벙거리는 소리가 났다. 나는 자리를 피했다. 그녀가 내 눈물을 보고 또하나의 전리품처럼 걸치고 다니게 둘 수는 없었다.

아버지는 강에 사는 아켈로오스 삼촌과 함께 있다가 내가 들이닥치자 얼굴을 찌푸렸다. "왜 그러느냐?"

"저 글라우코스하고 결혼하고 싶어요. 허락해주실래요?"

아버지는 웃음을 터뜨렸다. "글라우코스? 그 친구는 점찍은 배필이 있잖니. 그게 너는 아닐 거라고 보는데."

충격이 나를 관통했다. 잠깐 숨을 돌리며 머리를 빗거나 옷을 갈아입지도 않았다. 매 순간이 지날 때마다 피가 한 방울씩 빠져나가는 느낌이었다. 글라우코스의 신전으로 달려갔다. 다른 신의 신전에 갔다기에 연회의 흔적으로 뒤집힌 술잔과 포도주로 흠뻑 젖은 쿠션들이 나뒹구는 그곳에서 부들부들 떨며 기다렸다.

마침내 그가 돌아왔다. 그가 손을 한 번 퉁기자 난장판이 사라지고 바닥이 다시 반질거렸다. "키르케," 그가 나를 보고 말했다. 마치 발을 보고 발이라고 할 때의 느낌이었다.

"스킬라하고 결혼할 생각이야?"

나는 환한 빛이 그의 얼굴을 스치고 지나가는 것을 보았다. "그렇게 완벽한 피조물은 본 적 없지 않아? 발목이 어찌나 앙증맞고 가녀린지 숲속에서 제일 귀여운 암사슴 같아. 그녀가 나를 마음에 들어 한다니까 강의 신들이 성을 내고 있어. 듣자하니 심지어 아폴론까지 질투를 하고 있대."

나는 우리 신족 모두가 타고나는 머리칼과 눈과 입술의 재주를 부리지 않은 걸 그때 후회했다. "글라우코스," 내가 말했다. "걔가 예쁘긴 하지, 맞아. 하지만 너한테 어울리는 상대는 아니야. 성격이 포악하고 다른 누구만큼 너를 사랑하지도 않아."

"그게 무슨 소리야?"

그는 얼굴이 잘 기억나지 않는 상대를 대하듯 나를 보며 미간을 찌푸렸다. 내 여동생이라면 어떻게 했을지 열심히 머리를 굴렸다. 나는 그에게 다가가 손가락으로 천천히 팔을 훑었다.

"너를 그애보다 더 사랑해줄 다른 누구를 내가 알거든."

"누군데?" 그가 물었다. 하지만 이내 알아차린 듯한 눈치를 보이기 시작했다. 나를 막아내려는 듯이 두 손을 들었다. 우뚝한 신인 그의 손. "너는 나한테 누이야." 그가 말했다.

"더한 게 되어줄게." 내가 말했다. "모든 게 되어줄게." 내 입술을 그의 입술에 갖다댔다.

그가 나를 밀쳤다. 분노와 공포 비슷한 것이 반씩 섞인 표정을 지었다. 예전의 그와 거의 흡사했다.

"배를 타고 온 너를 처음 본 날부터 너를 사랑했어." 내가 말했다. "스킬라는 네 지느러미와 푸른 수염을 비웃지만 나는 네 손에 생선 내장이 묻어 있었을 때부터, 아버지에게 맞고 울었을 때부터 너를 소중하게 생각했어. 기억 안 나? 네가—"

"싫어!" 그는 손으로 허공을 갈랐다. "그 시절은 생각하지 않을 거야! 매시간 새로 멍이 생기고 새로 아픈 데가 생기고, 항상 피곤하고, 항상 어깨가 무겁고 기운이 없었어. 나는 이제 너의 아버지와 회의에 참석하는 사이야. 뭐든 일일이 구걸할 필요가 없어. 님프들이 아우성을 쳐대니 그중에서 가장 훌륭한 님프를 고를 수도 있는데 그게 바로 스킬라고."

한 마디, 한 마디가 돌덩이처럼 나를 때렸지만 그렇게 쉽게 그를 포기할 생각은 없었다.

"내가 가장 훌륭한 선택이 될 수 있어." 내가 말했다. "나는 네 기분을 맞춰줄 수 있어, 진짜야. 나보다 더 충성스러운 배필은 없을 거야. 내가 뭐든 할게."

그도 나를 사랑하는 마음이 조금은 있었던 것 같다. 내 가슴속에 담긴 천 가지의 굴욕적인 발언과, 지금까지 비축한 열정의 모든 증거와, 앞으로의 비굴한 다짐을 쏟아내기 전에 그의 능력이 나를 감싸는 걸 느낄 수 있었다. 그는 쿠션을 정리했을 때처럼 손을 퉁겨 나를 내 방으로 돌려보냈다.

나는 땅바닥에 쓰러져 흐느꼈다. 그 꽃의 즙을 먹고 드러난 그의 진면모는 파랗고 지느러미가 달렸고, 내 것이 아니었다. 너무 아파서 죽을 것만 같았다. 아이에테스가 떠났을 때처럼 무기력하고 무감각한 느낌이 아니라 칼날이 내 가슴을 관통하는 듯 날카롭고 격렬했다. 하지만 나는 죽을 수 없는 몸이었다. 데일 듯한 순간을 견뎌가며 계속 살아가야 했다. 우리 신족이 육신을 버리고 돌이나 나무로 지내는 쪽을 선택하게 만드는 것이 바로 이런 상심이었다.

어여쁜 스킬라, 암사슴처럼 앙증맞은 스킬라, 독사의 심장을 품은 스킬라. 그녀가 왜 그런 짓을 저질렀을까? 사랑은 아니었다. 비웃는 눈빛으로 지느러미발을 운운하는 걸 나는 보았다. 나를 경멸했던 여동생과 남동생을 사랑했기 때문이었을까. 그녀의 아버지는 별 볼 일 없는 강의 신이고 어머니는 상어의 얼굴을 한 바다의 님프이다보니 태양의 딸에게서 무언가를 빼앗는다는 발상이 마음에 들었을까.

상관없었다. 내가 아는 건 그녀를 증오한다는 사실뿐이었다. 나는 다른 이를 사랑하는 누군가를 사랑한 여느 머저리와 같았으니. 나는 생각했다, 그녀만 사라져주면 모든 게 달라질 거야.

아버지의 신전을 나섰다. 태양이 지고 창백한 고모는 아직 떠오르기 전이었다. 나를 본 이가 아무도 없었다. 진면모를 드러나게 하는 꽃을 꺾어 스킬라가 날마다 목욕을 한다는 후미진 곳으로 들고 갔다. 줄기를 꺾어 하얀 즙을 한 방울, 한 방울 물속에 떨어뜨렸다. 그녀는 살무사 같은 독기를 더이상 숨기지 못할 것이다. 추한 면모가 만천하에 드러날 것이다. 눈썹이 짙어지고 머리색은 칙칙해지고 코는 길어져서 툭 튀어나올 것이다. 신전이 분노한 그녀의 비명소리로 쩌렁쩌렁 울릴 테고 높은 신들이 나를 찾아와 채찍질을 하겠지만 나는 달게 받을 것이다. 채찍이 내 몸을 때릴 때마다 글라우코스를 향한 내 사랑을 그만큼 더 입증할 수 있을 테니까.

6

그날 밤에는 복수의 여신 에리니스가 나를 찾아오지 않았다. 다음 날 아침에도, 오후에도 마찬가지였다. 해가 질 무렵, 나는 거울 앞에 앉아 있는 어머니를 찾아갔다.

"아버지는 어디 계세요?"

"오케아노스의 신전으로 곧장 가셨다. 거기서 연회가 열리거든." 그녀는 콧잔등을 찡그리고 잇새로 분홍색 혓바닥을 내밀었다. "발이 어쩜 그렇게 더러울 수가. 좀 씻으면 안 되겠니?"

씻지 않았다. 더는 기다리고 싶지 않았다. 스킬라가 연회에서 글라우코스의 무릎에 앉아 있으면 어쩌나. 둘이 이미 결혼했으면 어쩌나. 꽃즙의 효과가 없었으면 어쩌나.

내가 그걸 얼마나 걱정했는지 이제 와 기억을 더듬어보니 기분이 묘하다.

신전은 평소보다 더 북적거렸고 모든 님프가 자기만의 특별한 매력이라고 주장하는 똑같은 장미유 향이 진동했다. 아버지는 보이지 않았지만 셀레네 고모가 있었다. 고개를 들고 바라보는 무리 한가운데 서 있어서 마치 어미 새와 먹이를 기다리는 아기 새 같았다.

"물이 너무 탁해서 살피러 간 거였어. 일종의…… 은밀한 만남이 이루어지고 있겠다고 생각했고. 스킬라가 어떤 앤지 너희들도 알잖니."

가슴속에서 숨이 멎는 게 느껴졌다. 사촌들이 키득거리며 서로 눈빛을 주고받고 있었다. 무슨 얘기가 들리더라도 절대 티를 내면 안 돼, 나는 생각했다.

"그런데 아주 이상하게 허우적거리고 있더라구. 물에 빠진 고양이처럼. 그러더니…… 차마 말을 못하겠네."

그녀는 은빛이 나는 손으로 입을 눌렀다. 우아한 손놀림이었다. 고모는 모든 게 우아했다. 그녀의 남편은 영원히 잠을 자는 주문에 걸려서 영겁의 시간 동안 그녀의 꿈을 꾸고 있는 미소년 양치기였다.

"다리였어." 그녀가 말했다. "흉측한 다리. 오징어처럼 뼈가 없고 점액질로 덮여 있었어. 그게 그녀의 배에서 튀어나오더니 그 바로 옆에서 하나가 또 튀어나오고 또하나, 또하나, 결국에는 열두 개가 대롱대롱 매달렸지 뭐니."

즙이 닿았던 내 손끝이 희미하게 따끔거렸다.

"그건 시작에 불과했어." 셀레네가 말했다. "어깨를 구부리고서는 펄쩍펄쩍 뛰지 뭐야. 피부가 회색으로 변하더니 목이 길어지는 거야. 거기에서 머리가 다섯 개 새로 솟았는데, 하나같이 듬성듬성한 이빨이 가득 박혀 있더라."

사촌들이 헉 하고 탄성을 내뱉었지만 멀리서 치는 파도처럼 아스라하게 들렸다. 셀레네가 묘사하는 끔찍한 광경을 상상하기란 불가능할 것 같았다. 나 자신을 설득하는 차원에서 중얼거렸다. 내가 한 거야.

"그러는 동안 계속 사나운 개떼처럼 으르렁거리고 짖고 악을 썼어. 마침내 파도 속으로 모습을 감추었을 때 어찌나 다행이다 싶던지."

나는 꽃의 즙을 짜서 스킬라의 만에 흘리며 사촌들이, 그러니까 스킬라의 자매와 이모와 형제와 연인들이 어떤 반응을 보일지 궁금해하지 않았었다. 만약 거기에 생각이 미쳤다면 다들 스킬라를 애지중지했으니 에리니스가 나를 잡으러 왔을 때 여기저기서 내 피를 보겠다며 아우성을 치겠거니 생각했을 것이다. 그런데 좌우를 둘러보니 다들 벼린 칼날처럼 환한 표정을 짓고 있었다. 서로 부둥켜안고서 깍깍거렸다. 나도 봤으면 좋았을걸! 믿어지니?

"다시 이야기해줘." 어느 삼촌이 외치자 사촌들도 큰 소리로 맞장

구쳤다.

고모는 미소를 지었다. 입술이 밤하늘의 그녀처럼 초승달 모양으로 구부러졌다. 그녀가 다시 얘기했다. 다리, 목, 이빨.

사촌들의 목소리가 와글와글 천장을 찔렀다.

스킬라가 이 신전의 절반이랑 같이 잔 거 알지?

나는 절대 유혹에 넘어가지 않았으니 다행이네. 어느 강의 신의 목소리가 모두를 제압했다. 당연히 짖을 수밖에. 원래부터 암캐 같은 년이었으니!

날카로운 웃음소리가 내 귓전을 할퀴었다. 글라우코스와 결전을 치러서라도 그녀를 차지하겠다고 맹세했던 강의 신이 포복절도하는 모습이 보였다. 스킬라의 여동생은 개처럼 울부짖는 흉내를 냈다. 심지어 나의 외할머니, 외할아버지까지 나와 그들의 맨 끝에 서서 웃으며 얘기를 들었다. 오케아노스가 테티스의 귀에 대고 뭐라고 속삭였다. 뭐라는지 들리지는 않았지만 나는 거의 영원 동안 그를 지켜보았기에 입 모양을 읽을 수 있었다. 속이 시원하구만.

내 옆에서 한 삼촌이 외쳤다. 다시 이야기해줘! 이번에는 고모가 진주 같은 눈을 이리저리 굴리기만 했다. 그에게서 오징어 냄새가 났던 데다 연회를 시작할 시간이 지났기 때문이었다. 신들이 각자의 자리로 흩어졌다. 포도주가 따라졌고 암브로시아*가 건네졌다. 그들의 입술이 포도주로 빨개졌고 얼굴은 보석처럼 빛났다. 웃음소리가 온 사방을 쩍쩍 갈랐다.

저들이 느끼는 짜릿한 즐거움을 알지, 나는 생각했다. 전에 여기

---

* 그리스 신화에서 신들이 먹는 음식.

가 아닌 다른 어두컴컴한 홀에서 본 적이 있었다.

문이 열리고 삼지창을 쥔 글라우코스가 들어왔다. 머리칼이 어느 때보다 파랬고 사자 갈기처럼 사방으로 뻗쳤다. 사촌들이 눈을 반짝이며 흥분해서 날카롭게 속삭이는 소리가 들렸다. 구경거리가 또 하나 생겼다. 이제 그의 연인이 어떤 식으로 달라졌는지 알려서 그의 얼굴을 달걀처럼 갈라놓고 무엇이 거기서 쏟아져나오는지 보며 깔깔대고 웃을 차례였다.

하지만 그들이 말문을 열 겨를도 없이 나의 아버지가 뚜벅뚜벅 다가가 그를 옆으로 데려갔다.

사촌들은 샐쭉하니 팔꿈치로 딛고 뒤로 누웠다. 흥을 깨는 헬리오스가 재미를 망치고 있었다. 나중에 페르세가 남편한테서 끄집어낼 테니 상관없긴 했다. 아니면 셀레네가 해도 되고. 그들은 술잔을 들고 다시 여흥을 즐겼다.

나는 글라우코스를 따라갔다. 어디서 그런 용기가 났는지 모르겠다. 머릿속이 휘몰아치는 파도 같은 잿빛 너울로 가득했을 따름이었다. 나는 아버지가 그를 데리고 들어간 방 앞에서 걸음을 멈추었다.

글라우코스가 나지막이 묻는 소리가 들렸다. "다시 돌릴 수 없는 겁니까?"

신으로 태어난 자라면 누구나 강보 시절부터 답을 알고 있었다. "그렇다," 아버지가 말했다. "운명의 여신들이나 다른 신이 저지른 짓을 되돌릴 수 있는 신은 없다. 하지만 이 신전에는 이 아이, 저 아이 할 것 없이 잘 여문 예쁜 아이들이 넘쳐나지 않느냐. 다른 애들로 찾아보거라."

나는 기다렸다. 글라우코스가 나를 떠올려주길 바라는 마음이 아직 남아 있었다. 하지만 그 전날까지도 몰랐던 또다른 바람이 있었다. 그가 단 하나뿐인 진정한 사랑이었다고 스킬라가 돌아오길 바라며 온 혈관의 소금기가 다하도록 눈물을 흘려주길 바라는 마음이었다.

"알겠습니다." 글라우코스가 말했다. "안타까운 일이긴 하지만 말씀하셨다시피 다른 아이들도 있으니까요."

쨍 하는 금속음이 나지막이 울려퍼졌다. 그가 삼지창의 창날을 손끝으로 튀기는 소리였다. "네레우스의 막내가 괜찮던데요." 그가 말했다. "이름이 뭐죠? 테티스던가?"

아버지는 혀를 찼다. "너무 노련해서 내 취향은 아니던데."

"아무튼," 글라우코스가 말했다. "훌륭한 조언 감사합니다. 생각해보겠습니다."

그들은 내 바로 옆을 지나갔다. 아버지가 외할아버지 옆의 상석을 차지하고 앉았다. 글라우코스는 자주색 침상으로 향했다. 강의 신이 뭐라고 말을 하자 쳐다보며 웃음을 터뜨렸다. 횃불에 비친 진주처럼 반짝이던 그의 치아와 파란색으로 물든 살결. 이것이 내가 마지막으로 기억하는 그의 모습이다.

그뒤로 오랫동안 그는 나의 아버지의 조언을 성실하게 따랐다. 천 명의 님프와 동침해 파란 머리와 꼬리가 달린 아이들을 낳았다. 그 아이들은 종종 만선을 선물하며 어부들의 사랑을 받았다. 나는 가장 골이 깊은 물마루 안에서 돌고래처럼 뛰어노는 그들을 가끔 볼 수 있었다. 그들은 해안 근처로는 얼씬도 하지 않았다.

시커먼 강물이 강둑을 따라 흘렀다. 옅은 색의 꽃들이 줄기 위에서 까딱였다. 그 어떤 것도 내 눈에는 보이지 않았다. 희망이 하나둘씩 꺾였다. 나는 글라우코스와 영원을 함께할 수 없었다. 우리가 결혼할 일은 없었다. 숲속에서 몸을 누일 일도 없었다. 나에 대한 그의 사랑은 물살에 떠밀려 사라졌다.

님프와 신들이, 횃불을 밝힌 향긋한 허공에 조잘조잘 떠드는 소리를 남겨가며 계속 내 옆을 지나갔다. 그들의 얼굴은 평소처럼 생기 넘치고 은은하게 빛이 났지만 문득 낯설게 느껴졌다. 그들이 두른 보석이 새 부리처럼 요란하게 딸깍거렸고 웃음을 터뜨리자 빨간 입술이 쭉 찢어졌다. 어딘가에서 글라우코스가 그들과 함께 웃고 있었지만 그의 음성을 구분할 수가 없었다.

모든 신이 똑같을 필요는 없어.

얼굴이 화끈거렸다. 아픈 건 아니었지만 따끔거리는 그 느낌이 가실 줄 몰랐다. 손가락을 뺨에 대고 눌렀다. 프로메테우스를 떠올린 게 얼마 만이었을까? 그의 모습이 내 눈앞에서 고개를 들었다. 갈기갈기 찢긴 등과 흔들림 없었던 표정, 모든 걸 아우르던 까만 눈.

프로메테우스는 소리 한 번 지르지 않았다. 녹인 금에 담근 조각상처럼 보일 정도로 피투성이가 될 때까지. 그러는 내내 신들은 번개처럼 촉각을 곤두세우고 지켜보았다. 그럴 수만 있었다면 번갈아 에리니스의 채찍을 휘두르며 즐거워했을 것이었다.

나는 그들과 달랐다.

다르다고? 낮고 우렁찬 삼촌의 목소리가 들렸다. 그럼 생각을 해야 한다, 키르케. 그들이라면 어떻게 하지 않겠는지.

아버지의 의자에는 새까만 새끼 양가죽이 여러 장 드리워져 있었다. 나는 대롱거리는 새끼 양의 모가지 옆에 무릎을 꿇었다.

"아버지," 나는 말문을 열었다. "스킬라를 괴물로 만든 게 저예요."

내 주변에서 웅성거리던 목소리들이 잦아들었다. 맨 끝 침상까지 그랬는지, 글라우코스까지 그랬는지는 모르겠지만, 적어도 삼촌들은 심드렁한 대화를 나누다 말고 일제히 고개를 홱 돌렸다. 나는 짜릿한 희열을 느꼈다. 난생처음으로 그들의 관심을 독차지하고 싶었다.

"제가 사악한 **파르마콘**을 써서 글라우코스를 신으로 만들고 스킬라를 변신시켰어요. 글라우코스가 그녀를 사랑하는 데 질투가 나서 흉측한 몰골로 바꾸어버리고 싶었어요. 억울한 마음에 이기적인 짓을 저질렀으니 결과에 책임을 지겠습니다."

"파르마콘이라고?" 아버지가 되물었다.

"네. 크로노스가 피를 흘린 자리에서 자라난 노란 꽃이요. 먹으면 가장 진정한 본연의 모습이 드러나게 된다는 그 꽃을 백 송이 뽑아다가 그녀가 목욕하는 물에 넣었어요."

나는 채찍이 대령되고 에리니스가 소환될 줄 알았다. 삼촌과 나란히 바위에 쇠사슬로 묶일 줄 알았다. 하지만 아버지는 자기 잔만 채우고 그만이었다. "몇 송이가 됐건 상관없다. 그 안에는 아무런 능력이 없거든, 이제는. 제우스와 내가 확인한 거다."

나는 그를 빤히 쳐다보았다. "아버지, 제가 그랬어요. 제 두 손으로 줄기를 꺾고 즙을 글라우코스의 입술에 대고 문질렀더니 그가 달라졌어요."

"그런 징조를 느낀 거겠지. 내 자식들에게는 본래 예지의 능력이 있으니." 그의 목소리는 침착했고 돌벽처럼 확고부동했다. "그 순간 달라지는 게 글라우코스의 운명이었던 게야. 그 풀은 아무 역할도 하지 않았어."

"아니에요." 내가 설명하려고 했지만 아버지가 말을 멈추지 않았다. 내 목소리가 들리지 않게 언성을 높였다.

"생각해보아라, 딸아. 인간을 그렇게 쉽게 신으로 만들 수 있다면 모든 여신들이 자기가 총애하는 인간에게 그걸 먹이지 않겠니? 님프의 절반은 괴물로 변해버리지 않겠니? 질투에 사로잡힌 여자애가 이 신전에서 네가 맨 처음도 아니고."

삼촌들이 미소를 짓기 시작했다.

"하지만 그 꽃들이 어디서 피는지 아는 건 저밖에 없죠."

"그럴 리가." 프로테우스 삼촌이 말했다. "그 꽃이 어디서 피는지 나한테서 들었잖니. 그걸로 누군가를 해코지할 수 있을 거라고 생각했다면 내가 가르쳐줬을 것 같으냐?"

"그리고 그 꽃의 능력이 그렇게 엄청나다면," 네레우스가 말했다. "스킬라의 만에서 사는 내 물고기들이 모두 달라졌겠지. 하지만 하나같이 멀쩡한걸."

내 얼굴이 벌게졌다. "아니에요," 나는 해초가 달린 네레우스의 손을 뿌리쳤다. "제가 스킬라를 달라지게 만들었으니 벌을 받아야 해요."

"딸아, 점점 웃음거리를 자청하는구나." 한 마디, 한 마디가 허공을 갈랐다. "세상에 그런 능력이 있다 한들 너 같은 애의 눈에 발견될 리 없지 않으냐."

내 뒤에서 나지막한 웃음소리가 들렸고, 삼촌들은 대놓고 재미있어했다. 하지만 쓰레기 떨구듯 이야기하는 아버지의 말투가 가장 충격이었다. 너 같은 애. 다른 날 같았으면 나는 몸을 웅크리고 울었을 것이다. 하지만 그날은 아버지의 경멸이 마른 장작 위에 떨어진 불똥과도 같았다. 나는 입을 열었다.

"아버지 생각이 틀렸어요." 내가 말했다.

아버지는 외할아버지에게 무슨 말을 하려고 몸을 저쪽으로 기울인 상태였다. 이제 그의 시선이 나에게로 돌아왔다. 그의 얼굴이 이글거리기 시작했다. "방금 뭐라고 했느냐?"

"그 꽃에는 능력이 있어요."

아버지의 얼굴이 하얗게 이글거렸다. 불꽃의 심장처럼, 가장 깨끗하고 가장 뜨거운 재처럼 하얗게 이글거렸다. 의자에서 일어난 아버지의 키가 점점 커졌다. 천장을 뚫고 땅을 뚫고 별에 닿을 때까지 멈추지 않을 기세였다. 아버지에게서 뿜어져나온 열기가 성난 파도와도 같은 소리와 함께 나를 덮치자 살갗에 물집이 잡히고 숨이 턱 막혔다. 나는 헐떡였지만 숨을 쉴 수가 없었다. 아버지가 산소를 모두 앗아가버렸다.

"감히 내 말에 반박을 하는 게냐? 불꽃 하나 피울 줄 모르고 물 한 방울 소환할 줄 모르는 네가? 자식들 중에 제일 못나서, 하도 시들시들하고 신통치 못해서 값을 치러도 데려가겠다는 남자 하나 없는 네가? 태어났을 때부터 하도 가엾기에 곁을 허락했더니 이제 반항하고 오만하게 구는구나. 내가 너를 얼마나 더 미워해야 직성이 풀리겠느냐?"

조만간 돌덩이가 녹고 물로 이루어진 내 사촌들이 다 증발하고 뼈만 남을 기세였다. 내 살갗이 부글거리다 구운 과일처럼 터졌고, 목청이 입안에서 쪼그라들고 그을어 재 가루로 변했다. 존재할 거라고는 상상하지도 못했던 고통이, 타는 듯한 괴로움이 모든 생각을 삼켜버렸다.

나는 아버지의 발치에 몸을 던졌다. "아버지," 나는 꺽꺽거렸다. "용서해주세요. 그런 걸 믿다니 제가 잘못했습니다."

서서히 열기가 식었다. 나는 쓰러진 그대로, 물고기와 자주색 과일이 모자이크로 새겨진 바닥에서 일어나지 않았다. 눈이 거의 멀었다. 두 손은 녹아서 집게발처럼 변했다. 강의 신들이 고개를 젓자 바위 위로 물이 흐르는 듯한 소리가 났다. 헬리오스, 자네 아이들은 참으로 이상하단 말이지.

아버지는 한숨을 쉬었다. "페르세 때문일세. 그전에 낳은 아이들은 모두 멀쩡했는데."

나는 꼼짝하지 않았다. 몇 시간이 지나도록 아무도 나를 쳐다보거나 내 이름을 부르지 않았다. 다들 자기들의 관심사를 놓고 떠들거나 포도주와 음식이 훌륭하다는 얘기만 했다. 횃불이 꺼지고 침상이 하나둘씩 비워졌다. 아버지가 일어나 내 위를 지나갔다. 그가 일으킨 희미한 바람이 내 몸에 칼처럼 꽂혔다. 외할머니가 다정한 위로를 건네고 화상에 바를 연고를 들고 올 줄 알았건만 그녀는 자러 들어가버렸다.

호위병을 보낼지 몰라, 나는 생각했다. 하지만 그럴 이유가 없었다. 나는 이 세상에 아무 위협도 되지 않았다.

고통의 파도가 처음에는 차갑게, 그러다 뜨겁게, 그러다 다시 차갑게 나를 강타했다. 벌벌 떠는 동안 몇 시간이 지났다. 팔다리가 시커멓게 그을려 쓰라렸고 등에 부글부글하게 물집이 잡혔다. 얼굴은 건드리기가 겁이 났다. 조만간 동이 틀 테고 온 가족이 그날 벌어질 재미있는 일을 재잘거리며 아침을 먹으러 쏟아져들어올 것이었다.

입을 삐죽거리며 쓰러져 있는 내 옆을 지날 것이었다.

조금씩, 천천히 몸을 일으켰다. 아버지의 신전에 다시 들어갈 생각만 해도 목구멍에 하얀 숯이 박히는 느낌이었다. 집으로 돌아갈 수는 없었다. 온 세상을 통틀어 내가 아는 다른 곳은 딱 한 군데뿐이었다. 내가 꿈속에서 숱하게 떠올렸던 그 숲. 짙은 그늘이 나를 감추어줄 테고 이끼로 덮인 바닥은 엉망이 된 내 살갗을 부드럽게 감쌀 것이다. 그 광경을 눈앞에 떠올리며 절뚝절뚝 숲을 향해 걸어갔다. 소금기를 머금은 바닷가의 공기가 찢어진 내 목구멍을 바늘처럼 찔렀고 바람이 불 때마다 화상이 다시금 비명을 질렀다. 마침내 나를 에워싸는 그늘이 느껴지자 나는 이끼 위에 웅크리고 누웠다. 비가 살짝 내린 뒤라 축축한 땅바닥이 상쾌하게 느껴졌다. 글라우코스와 함께 거기 누워 있는 내 모습을 수도 없이 상상했었지만 그 잃어버린 꿈을 아쉬워하며 흘릴 눈물은 말라버리고 없었다. 가차없는 나의 신성이 천천히 발휘되기 시작했다. 숨을 쉬기가 수월해지고 시야가 밝아졌다. 팔다리가 여전히 욱신거렸지만 손끝으로 훑어보니 검댕이 아니라 살결이 느껴졌다.

나무 뒤로 이글거리며 태양이 졌다. 별과 함께 밤이 찾아왔다. 셀레네 고모가 꿈나라에 사는 남편을 찾아가는 날이라 달이 어두웠다. 그걸 보고 일어날 용기가 생겼던 것 같다. 그녀가 어떤 소문을 낼지 상상만으로도 감당이 되지 않았다. 그 바보가 정말로 찾아보러 갔더라니까! 아직도 그 꽃에 능력이 있다고 진심으로 믿는 모양이야!

밤공기가 내 살갗을 간질였다. 한여름의 열기로 풀이 건조하고 납작해졌다. 언덕이 보이자 비탈을 올라가다 말고 걸음을 멈추었다. 별빛 속에서 회색으로 희미하게 피를 흘리는 꽃들이 조그맣게 보였다.

하나를 줄기째 뽑아서 손에 쥐었다. 즙이 모조리 말라서 축 늘어졌다. 내가 뭘 기대했을까? 꽃이 벌떡 일어나서 이렇게 소리를 질러주길 바랐을까? 너희 아빠가 틀렸어. 네가 스킬라와 글라우코스를 바꾼 게 맞는데. 너는 덜 떨어진 딱한 아이가 아니야. 제이의 제우스랄까?

하지만 거기 무릎 꿇고 앉아 있는 동안 무슨 소리가 들렸다. 소리가 아니라 일종의 정적이었고, 노래에서 한 음과 다른 음 사이의 여백과도 같은 희미한 웅웅거림이었다. 나는 그것이 허공으로 사라지길, 내 정신이 다시 맑아지길 기다렸다. 하지만 계속 이어졌다.

거기서, 그 하늘 아래에서 터무니없는 생각이 떠올랐다. 내가 이 약초를 먹어야겠다. 그러면 뭔지 모를 내 안의 진면모가 마침내 드러나겠지.

꽃을 입 쪽으로 옮겼다. 하지만 용기가 없었다. 내 진면모가 뭘까? 감히 알고 싶지 않았다.

거의 새벽 무렵에 아켈로오스 삼촌이 서두르느라 수염으로 거품을 일으키며 나를 찾아왔다. "네 남동생이 왔다. 네가 소환됐어."

나는 여전히 살짝 휘청거리며 그를 따라 아버지의 신전으로 갔다. 반질반질하게 닦인 탁자와 휘장이 쳐진 어머니의 침실을 지났다. 아이에테스가 아버지의 체커판을 내려다보며 서 있었다. 성인이 되면서 얼굴이 뾰족해졌고 황갈색 수염이 고사리처럼 무성했다. 신이라는 걸 감안하고도 차림새가 화려했고 곳곳에 금색으로 빽빽하게 수를 놓은 남색과 자주색 옷을 입었다. 하지만 그가 내 쪽으로 고개를 돌린 순간, 나는 지진과도 같은 옛정을 느꼈다. 달려가 그의 품에 안기지 않은 이유는 딱 하나, 아버지가 옆에 있기 때문이었다.

"동생아," 내가 말했다. "보고 싶었어."

그는 미간을 찌푸렸다. "얼굴이 왜 그래?"

얼굴을 손으로 건드려보니 벗겨진 피부가 아파서 화끈거렸다. 나는 얼굴을 붉혔다. 이 자리에서는 얘기하고 싶지 않았다. 아버지가 평소처럼 이글거리는 의자에 앉아 있었고, 그가 습관적으로 내뿜는 희미한 광채만으로도 다시금 몸이 욱신거렸다.

아버지 덕분에 대꾸할 필요 없이 그 순간을 모면할 수 있었다. "그래, 데려왔으니 얘기해보거라."

못마땅해하는 그의 말투에 나는 몸이 떨렸지만 아이에테스는 아버지의 분노가 탁자나 걸상과 같은 방안의 다른 가구나 다름없다는 듯이 침착한 표정을 유지했다.

"제가 여길 찾아온 이유는," 그가 말했다. "키르케의 손을 거쳐 스킬라와 글라우코스가 변신했다는 소문을 들었기 때문입니다."

"운명의 여신의 소행이지. 얘기하지만, 키르케에게는 그럴 만한 능력이 없다."

"아버지가 잘못 알고 계신 겁니다."

나는 그에게 아버지의 불벼락이 떨어질 거라고 생각하며 눈을 동그랗게 떴다. 하지만 남동생은 하던 얘기를 계속했다.

"콜키스 왕국에서 저는 그런 것뿐 아니라 그보다 더한 것, 훨씬 더한 것도 한 적이 있습니다. 땅에서 우유를 소환하고 마법으로 인간들의 혼을 빼놓고 흙으로 전사를 빚었지요. 용을 소환해 전차를 몰게한 적도 있죠. 주문을 외워 하늘을 시커먼 장막으로 뒤덮고 죽은 자를 살리는 묘약을 만들기도 했고요."

다른 자의 입에서 이런 이야기가 나왔다면 황당한 거짓말처럼 들렸을 것이다. 하지만 남동생의 말투는 예전처럼 완벽한 확신으로 가득차 있었다.

"그런 술수를 파르마케이아라고 부릅니다. 세상에 변화를 유발하는 능력이 있는 약초 파르마콘을 쓰기 때문인데, 신들이 피를 흘린 곳에서 피어나기도 하고 지상에서 지천으로 자라기도 하죠. 그 약초의 능력을 끄집어내는 것이 재능이고 저 혼자 그런 재능을 가지고 있는 것도 아닙니다. 크레테에서는 파시파에가 독약으로 왕국을 다스리고 바빌론에서는 페르세스가 육신에 영혼을 다시 불어넣습니다. 키르케가 마지막으로 능력을 입증한 셈이죠."

아버지의 시선은 먼 곳을 향했다. 바다와 육지를 거쳐 콜키스까지 내다보는 듯했다. 난롯불로 인한 착시일지 몰라도 얼굴의 광채가 희미해진 듯했다.

"보여드릴까요?" 남동생이 옷 속에서 밀랍으로 봉한 조그만 단지를 꺼냈다. 봉인을 깨고 그 안에 담긴 액체를 손끝으로 건드렸다. 코를 톡 쏘는 파릇파릇하고 살짝 소금기가 섞인 냄새가 느껴졌다.

그가 엄지손가락을 내 얼굴에 대고, 뭐라는지 알아들을 수 없을 만큼 나지막하게 단어 하나를 중얼거렸다. 얼굴이 가려워지더니 양초가 꺼지듯 통증이 사라졌다. 뺨에 손을 대보니 반질반질했고 향유를 바른 듯 살짝 윤기가 돌았다.

"제법 효과가 좋죠?" 아이에테스가 물었다.

아버지는 아무 대꾸도 하지 않았다. 이상하리만치 잠자코 앉아 있었다. 나도 할말을 잃었다. 상처를 치유하는 능력은 우리 같은 존재가 아니라 가장 위대한 신들에게만 허락되는 것이었다.

남동생은 내 생각을 읽기라도 한 듯 미소를 지었다. "그리고 이건 제 능력 중에서 가장 간단한 수준에 불과합니다. 땅 자체에서 나오는 거라 신계의 일반적인 법칙을 따르지 않고요." 그는 그 말이 잠깐 허공에 머무르게 했다. "아버님이 지금은 가타부타하실 수 없다는 걸 당연히 이해합니다. 주위의 자문을 구하셔야죠. 하지만 제우스 앞에서 기꺼이 좀더…… 인상적인 시범을 보일 의향이 있다는 걸 알아주셨으면 합니다."

어떤 눈빛이 그의 눈에서 늑대의 이빨처럼 번뜩였다.

아버지는 천천히 한 단어씩 내뱉었다. 그 명한 표정이 여전히 얼굴을 덮고 있었다. 나는 묘한 충격과 함께 깨달았다. 불안해진 거로구나.

"네 말마따나 자문을 좀 구해야겠다. 이건…… 새로운 일이라. 결정이 내려질 때까지 이 신전에 있거라. 너희 둘 다."

"그래야 할 거라고 생각하고 있었습니다." 아이에테스가 말했다. 그는 고개를 숙이고 몸을 돌렸다. 나는 갑작스럽게 밀려드는 생각과 점점 부풀어오르는 숨가쁜 희망으로 따끔거리는 살갗을 달래며 그의 뒤를 따랐다. 미르나무 문이 등뒤에서 닫히고 우리는 복도에 섰다. 아이에테스는 기적을 일으켜 아버지의 말문을 막은 것치고는 표정이 침착했다. 내 입에서 천 개의 질문이 쏟아져나오려고 했지만 그가 먼저 얘기를 꺼냈다.

"그동안 뭘 하고 있었어? 이렇게 한참이 걸릴 줄이야. 어쩌면 누나는 파르마키스가 아닌가보다는 생각이 들던 참이었다고."

내가 모르는 단어였다. 그 당시에는 어느 누구도 모르던 단어였다.

"파르마키스." 내가 말했다.

마녀라는 뜻이었다.

소문이 봄철 강물처럼 번졌다. 저녁을 먹으러 가면 오케아노스의 아이들이 나를 보고 자기들끼리 수군대며 잽싸게 돌아서 갔다. 나와 팔이 부딪히기라도 하면 얼굴이 하얘졌고, 내가 어느 강의 신에게 술잔을 건네자 그가 시선을 피하며 이렇게 얘기한 적도 있었다. 아, 고맙지만 됐다. 목이 마르지 않아서.

아이에테스는 폭소를 터뜨렸다. "익숙해질 거야. 이제 우리는 외톨이야."

하지만 그는 외톨이 같지 않았다. 매일 저녁 아버지와 다른 삼촌들과 함께 외할아버지의 단상에 앉았다. 나는 넥타르를 마시고 이를 보이며 웃음을 터뜨리는 그를 지켜보았다. 표정이 물속을 가르는 고기떼처럼 일순 환해지는가 하면 일순 어두워졌다.

나는 아버지가 사라질 때까지 기다렸다가 그의 옆 의자에 가서 앉았다. 나란히 침상에 앉아서 어깨에 기대고 싶었지만, 그가 어찌나 엄숙하고 꼿꼿해 보이던지 나로서는 어떤 식으로 다가가면 좋을지 알 수가 없었다.

"네 왕국은 마음에 들어? 콜키스라고 했지?"

"세상에 그만한 곳은 없지." 그가 말했다. "전에 얘기한 그런 일들을 하고 있어, 누나. 거기에다 우리 땅의 온갖 경이로운 작품들을 모으고 있어."

그가 나를 누나라고 불러줘서, 그 옛날의 꿈 얘기를 할 수 있어서 미소가 절로 나왔다. "나도 보고 싶다."

그는 아무 대꾸도 하지 않았다. 그는 뱀의 이빨을 부러뜨리고 오크나무를 뿌리째 뽑을 수 있는 마법사였다. 나를 필요로 하지 않았다.

"다이달로스도 거기 있어?"

그는 인상을 썼다. "아니, 파시파에가 붙잡아놓고 있어. 어쩌면 나중에 데려올 수 있을지 몰라. 하지만 큼지막한 황금 양모피도 있고 용도 여섯 마리나 돼."

내 쪽에서 얘기를 유도할 필요가 없었다. 어떤 주문과 부적을 썼는지, 어떤 짐승을 소환했는지, 달빛 아래에서 어떤 약초를 캐 기적의 묘약으로 달였는지 그의 입에서 봇물 터지듯 터져나왔다. 뒤로 갈수록 점점 더 황당해져서 손끝으로 천둥을 모으고, 새끼 양을 잡아먹은 다음 새까맣게 탄 뼈에서 다시 부활시키는 식이었다.

"내 얼굴을 치료할 때 중얼거린 게 뭐였어?"

"힘의 주문."

"나한테 가르쳐줄 수 있어?"

"마법은 가르칠 수 있는 게 아니야. 자기 스스로 찾지 않으면 못하는 거야."

그 꽃을 건드렸을 때 들렸던 웅웅거리는 소리와 나를 훑고 지나갔던 섬뜩한 깨달음이 생각났다.

"너한테 그런 능력이 있다는 걸 안 지 얼마나 됐어?"

"태어났을 때부터 알았지." 그가 말했다. "하지만 아버지 눈에서 벗어날 때까진 기다려야 했어."

나와 함께 그 오랜 시간을 지내는 동안 아무 말도 하지 않았다니. 나는 따지려고 했다. 어떻게 나한테도 얘기하지 않았어? 하지만 선명한 색상의 옷을 입은 이 새로운 아이에테스는 너무 위협적이었다.

"무섭지 않았어?" 나는 물었다. "아버지가 노여워할 수도 있는데."

"아니, 모든 이들 앞에서 아버지의 자존심을 건드릴 만큼 어수룩하게 굴진 않았으니까." 그가 나를 향해 눈썹을 치켜세우자 나는 얼굴을 붉혔다. "아무튼 아버지는 이 능력을 어떤 식으로 유리하게 활용하면 좋을지 열심히 머리를 굴리는 중이지. 아버지가 걱정하는 건 제우스야. 우리를 딱 알맞게 포장해야 하거든. 제우스를 고민하게 만들 만큼 위협적이지만 어떤 조치를 취해야 할 만큼 위협적이지는 않게 말이야."

내 동생, 예전부터 그는 세상의 틈새를 들여다볼 줄 알았다.

"올림포스의 신들이 너한테서 마법을 빼앗아가면 어떡해?"

그는 미소를 지었다. "무슨 수를 동원하더라도 그건 불가능할 거라고 봐. 얘기했다시피 파르마케이아는 일반적인 신의 한계에 구속받지 않거든."

내 손을 내려다보며 그걸로 세상을 뒤흔들 만한 주문을 만들어내는 광경을 상상해보았다. 하지만 그 꽃즙을 글라우코스의 입술에 묻히고 스킬라의 만을 오염시켰을 때 느꼈던 확신은 더는 느낄 수 없을 것 같았다. 그 꽃을 다시 만지면 되살아날지 몰라, 나는 생각했다. 하지만 아버지가 제우스와 얘기를 마칠 때까지 이곳을 떠날 수 없었다.

"그럼…… 나도 너처럼 그런 놀라운 능력을 발휘할 수 있을 거라고 생각해?"

"아니," 남동생이 말했다. "우리 넷 중에서는 내가 제일 세거든. 하지만 누나도 변신에 재주가 있다는 걸 보여주고는 있어."

"그 꽃 덕분이었어." 내가 말했다. "가장 진정한 본연의 모습이 드러나게 만드는 꽃이야."

그는 철학자 같은 눈빛으로 나를 돌아보았다. "그 가장 진정한 본연의 모습이 누나가 바라던 모습이었다는 게 너무 편리하지 않아?"

나는 그를 빤히 쳐다보았다. "나는 스킬라를 괴물로 만들 생각이 없었어. 그녀 안의 추악한 면모를 드러내고 싶었을 뿐이야."

"그녀 안에 있었던 게 정말로 그거였다고 생각해? 머리 여섯 개 달린 침 흘리는 괴물이었을 거라고?"

내 얼굴이 화끈거렸다. "그럴 수도 있지. 네가 그애를 몰라서 그래. 얼마나 잔인했다고."

그는 웃었다. "아, 키르케. 그애는 그냥 남들처럼 겉만 번드르르한 뒷방의 매춘부였어. 우리 시대를 통틀어 가장 흉측한 괴물이 그애 안에 숨어 있었다고 고집을 부린다면, 내가 생각했던 것보다 누나가 훨씬 멍청하다는 얘기가 되는데."

"그 안에 어떤 게 숨어 있는지는 아무도 단정지을 수 없다고 생각해."

그는 눈을 이리저리 돌리고 포도주를 한 잔 더 따랐다. "나는 말이야," 그가 말했다. "스킬라가 누나가 계획한 형벌을 모면했다고 생각해."

"그게 무슨 소리야?"

"생각해봐. 못생긴 님프가 우리 신전에서 뭘 할 수 있겠어? 살아서 뭘 하겠어?"

그는 질문하고 나는 대답하지 못하는 예전의 그 시절로 돌아간 듯했다. "모르겠는데."

"알면서 왜 그래. 그래서 그게 훌륭한 형벌이 될 수 있었던 거야. 가장 눈부신 미모를 자랑하는 님프도 대체로 별 쓸모가 없는데 못생긴 님프는 아무것도 아니지. 아무것도 아닌 것보다 더 미천하지. 결혼도 하지 못하고 아이도 낳지 못하겠지. 가족에게는 짐이고 이 세상을 더럽히는 얼룩이겠지. 멸시와 악담에 시달리며 어둠 속에서 살아야 하니. 하지만 괴물은," 그가 말했다. "괴물은 항상 자기 자리가 있잖아. 그녀는 이제 그 이빨로 모든 영광을 낚아챌 수 있어. 그 덕분에 사랑을 받을 일은 없겠지만 구속당할 일도 없지. 그러니까 바보처럼 우울해하고 있다면 잊어버려. 내가 보기엔 누나가 그애의 신세를 개선했다고 말할 수도 있으니까."

아버지는 이틀 저녁 동안 삼촌들과 밀담을 나누었다. 나는 마호가니 문 앞을 서성였지만 아무 소리도, 심지어 중얼거리는 소리마저 듣지 못했다. 그러다 밖으로 나왔을 때 그들은 결연하고 엄숙한 표정을 짓고 있었다. 아버지가 뚜벅뚜벅 전차를 향해 걸어갔다. 자주색 망토가 포도주처럼 짙은 색으로 이글거렸고 머리에서는 황금빛 광선으로 이루어진 거대한 왕관이 반짝였다. 그는 뒤도 돌아보지 않고 하늘로 솟구쳐 올림포스 쪽으로 말머리를 돌렸다.

우리는 오케아노스의 신전에서 그가 돌아오길 기다렸다. 아무도 강둑에서 노닥거리거나 애인과 그늘 속에서 뒹굴지 않았다. 나이아스들은 얼굴을 붉혀가며 옥신각신했다. 강의 신들은 서로 밀치락달치락했다. 단상에서는 외할아버지가 빈 잔을 손에 들고 우리를 내다보았다. 어머니는 자매들 사이에서 으스댔다. "당연히 페르세스하고 파시파에가 제일 먼저 알아차렸지. 키르케가 제일 꼴찌였던 게 과연 놀랄 만한 일일까? 앞으로 백 명은 더 낳을 작정이야. 아이들이 구름 사이를 날아다니는 은색 배를 만들어주겠지. 우리가 올림포스 산에서 세상을 지배할 거야."

"페르세!" 외할아버지가 저쪽에서 나지막이 쏘아붙였다.

아이에테스만 긴장하지 않는 눈치였다. 그는 자기 침상에 평온하게 앉아서 연철 잔에 담긴 술을 마셨다. 나는 뒤편에서 긴 복도를 왔다갔다 걸으며 물의 신들이 하도 많다보니 항상 희미하게 축축한 돌벽을 손으로 훑었다. 글라우코스도 왔는지 살폈다. 심지어 그때까지도 그를 보고 싶은 마음이 아직 남아 있었다. 아이에테스에게 글라우코스도 다른 신들과 연회를 즐기고 있느냐고 물었을 때 그는 씩 웃었다. "그 파란 얼굴을 숨기고 있어. 어떤 경로로 그런 얼굴을 하게 됐는지 모두 잊어주길 바라면서 말이지."

뱃속이 뒤틀렸다. 내가 자백하면 글라우코스의 가장 큰 자부심이 어떤 식으로 무너질지 미처 생각하지 못했다. 엎질러진 물이야, 나는 생각했다. 진작 알았어야 하는 게 한두 가지가 아니었는데 너무 늦어버렸다. 저지른 실수가 너무 많아서 엉킨 실타래를 풀고 맨 처음에 저지른 잘못으로 돌아갈 방법이 없었다. 스킬라를 변신시킨 것? 글라우코스를 변신시킨 것? 아니면 외할머니에게 맹세한 거였을까? 애초에 글라우코스에게 말을 건넨 것부터 잘못이었을까? 그보다 훨씬 이전, 맨 처음 숨을 터뜨린 순간으로 거슬러올라가자 불안해지면서 속이 메슥거렸다.

지금쯤 아버지는 제우스 앞에 서 있을 것이다. 동생은 올림포스의 신들이 우리를 건드리지 못할 거라고 장담했다. 하지만 네 명의 티탄 신족 마법사는 간단히 묵인할 수 있는 문제가 아니었다. 다시 전쟁이 벌어지면 어쩐다? 대회의장이 쪼개져 우리를 덮칠 것이다. 제우스의 머리가 빛을 가리고 그의 손이 내려와 우리를 한 명씩 으스러뜨릴 것이다. 아이에테스는 용을 불러서 대적이라도 할 수 있을 것이다. 나는 뭘 할 수 있을까? 꽃을 꺾는 것?

어머니가 발을 씻고 있었다. 두 자매가 은 대야를 들었고 또다른 자매가 병에 담긴 달콤한 미르라 향유를 부었다. 바보 같은 걱정을 하고 있어, 나는 속으로 중얼거렸다. 전쟁은 나지 않을 것이다. 아버지는 백전노장이었다. 제우스를 달랠 방법을 찾을 것이다.

방안이 환해졌고 아버지가 돌아왔다. 망치로 난타당한 청동 같은 표정을 짓고 있었다. 우리의 시선이 방 앞쪽의 단상을 향해 성큼성큼 걸어가는 아버지를 따라갔다. 왕관에서 뿜어져나오는 광선이 모든 그림자를 관통했다. 그가 우리를 내려다보았다. "제우스와 얘기를 나누고 왔소." 그가 말했다. "합의를 도출할 수 있는 방법을 찾았소이다."

사촌들이 밀밭을 가르는 바람처럼 안도의 한숨을 내뱉었다.

"그도 새로운 현상이 벌어지고 있다는 데 동의했소. 이 능력은 기존의 그 무엇과도 다르다는 것도. 나와 님프 페르세 사이에서 태어난 네 아이에게서 발현된다는 것도."

다시 파문이 일었다. 이번에는 흥분이 고조되는 느낌의 파문이었다. 어머니는 입술을 핥으며 이미 왕관이라도 쓴 것처럼 턱을 들었다. 그녀의 자매들은 질투를 곱씹으며 서로 흘끗 쳐다보았다.

"그리고 이 능력이 지금 당장은 위협이 되지 않는다는 데에도 의견의 일치를 보았소. 페르세스는 우리 반경 너머에서 살고 있으니 위험할 게 없소. 파시파에는 남편이 제우스의 아들이니 아내가 선을 넘지 않도록 알아서 단속할 것이오. 아이에테스는 감시를 받겠다고 동의하는 한 왕국을 계속 다스릴 수 있고."

남동생은 심각한 표정으로 고개를 끄덕였지만 내 눈에는 장난기 어린 눈빛이 보였다. 마음만 먹으면 내가 하늘을 가릴 수도 있는데. 얼마든지 감시해보시지.

"게다가 모두들 이 능력을 갈구하거나 찾아 나선 적이 없다고도 해두었소. 어떤 악의를 품거나 반란을 시도한 것이 아니라고. 다들 약초의 마법을 우연히 발견한 것뿐이라고."

나는 놀라서 남동생을 흘끗 쳐다보았지만 표정을 읽을 수가 없었다.

"키르케만 예외일 뿐. 그 아이가 그 능력을 공공연하게 찾아 헤맸다고 고백했을 때 그대들 모두 이 자리에 있었소. 그 아이는 손을 떼라는 경고를 받았음에도 말을 거역했소."

외할머니가 상아를 깎아 만든 의자에 앉아 냉랭한 표정을 지었다.

"그 아이는 내 명령을 거부하고 내 권위에 도전했소. 독약으로 동족을 변신시켰고 다른 반역 행위도 저질렀소." 새하얗게 이글거리는 그의 시선이 나에게로 향했다. "그 아이는 우리 이름을 더럽혔소. 우리가 보여준 애정에 배은망덕한 태도를 보였소. 그렇기 때문에 처벌을 받아야 한다고 제우스와 합의를 보았지. 키르케는 아무런 해를 끼칠 수 없는 무인도로 추방될 거요. 바로 내일."

천 개의 시선이 나에게 꽂혔다. 소리를 지르며 애원하고 싶었지만 숨이 막혔다. 그 가느다란 목소리마저 나오지 않았다. 아이에테스가 대변해줄 거야, 나는 생각했다. 하지만 그도 나머지 전부와 함께 나를 돌아보기만 할 따름이었다.

"한 가지 더," 아버지가 말했다. "언급했다시피 이 새로운 능력은 나와 페르세의 합궁이 그 원천인 게 분명하오."

의기양양한 어머니의 얼굴이 내 흐릿한 의식을 뚫고 환하게 빛났다.

"따라서 합의를 보았소. 그녀와는 더이상 자식을 낳지 않기로."

어머니가 비명을 지르며 자매들의 무릎 위로 쓰러졌다. 흐느껴 우는 소리가 돌벽을 맞고 메아리쳤다.

외할아버지가 천천히 일어섰다. 턱을 문질렀다. "자," 그가 말했다. "이제 연회를 벌일 차례구나."

횃불이 별처럼 이글거렸고 머리 위에서는 천장이 창공처럼 높다랗게 이어졌다. 나는 모든 신과 님프들이 자기 자리에 앉는 것을 마지막으로 지켜보았다. 어안이 벙벙했다. 작별인사를 해야 하는데, 계속 이 생각만 들었다. 하지만 사촌들은 바위를 돌아나가는 물살처럼 나에게서 다들 멀어졌다. 지나가며 나지막이 비웃는 소리가 들렸다. 스킬라가 그리워졌다. 적어도 그녀는 내 면전에 대고 빈정거릴 용기는 있었을 것이다.

외할머니, 나는 생각했다. 외할머니한테 설명을 해야겠어. 하지만 그녀도 내게 등을 돌렸고 물뱀은 고개를 묻었다.

그러는 내내 어머니는 자매들에게 둘러싸인 채 흐느껴 울었다. 내가 다가가자 그 아름답고 화려한 상심의 그늘을 만인이 볼 수 있게 얼굴을 들었다. 그 정도 했으면 충분하지 않니?

그러자 남은 건 머리에 해초가 달리고 텁수룩한 수염에 짠물을 머금은 삼촌들뿐이었다. 하지만 그들 앞에 무릎을 꿇는 장면을 그려보니 차마 그럴 수가 없었다.

내 방으로 돌아갔다. 짐을 싸자, 속으로 중얼거렸다. 짐을 싸자, 내일 떠난다잖아. 하지만 옆구리에 멍하니 늘어뜨려진 두 손이 움직일 줄 몰랐다. 뭘 들고 가면 좋을지 알 수가 없었다. 나는 이 신전에서 벗어난 적이 거의 없었다.

억지로 자루를 찾아서 옷과 신발, 머리빗을 챙겼다. 벽에 걸린 태피스트리도 들고 갈까 고민했다. 어떤 이모가 결혼식과 피로연 장면을 넣어서 짠 것이었다. 이걸 걸 수 있는 집에서 살게 될까? 알 수 없었다. 아무것도 알 수 없었다. 아버지는 무인도라고 했다. 바다 위로 민둥 바위가 솟았고 모래톱에는 자갈이 깔렸고 황야에는 덤불이 뒤엉킨 그런 곳일까? 금박을 입힌 쓰레기로 가득한 내 자루는 어리석은 선택이었다. 칼, 나는 생각했다. 사자 머리가 달린 칼, 그걸 들고 가야겠다. 하지만 칼을 막상 들고 보니 마치 쪼그라든 것 같은 게, 연회에서 음식을 써는 용도로나 알맞아 보였다.

"그만하길 다행인 거 알아?" 아이에테스가 내 문 앞에 서 있었다. 그도 용을 소환해놓고 떠날 채비를 하고 있었다. "제우스가 누나를 본보기 삼아서 처형하려고 했었대. 하지만 아버지가 남에게 그 정도로 어마어마한 권한을 허락할 리 없지."

팔에서 털이 곤두섰다. "아버지한테 프로메테우스 얘길 한 건 아니지?"

그는 미소를 지었다. "왜? '다른 반역 행위'를 운운해서? 아버지가 어떤 분인지 알잖아. 누나의 섬뜩한 면모가 더 공개될까봐 만전을 기하려고 그런 말을 한 거야. 게다가 얘기하고 말고 할 게 뭐 있어? 누나가 뭘 어쨌는데? 넥타르 한 잔 가져다준 거?"

나는 고개를 들었다. "아버지가 알면 나를 까마귀밥으로 던져버릴 거라고 했잖아."

"바보처럼 그걸 시인하는 경우에는."

내 얼굴이 화끈거렸다. "네가 시키는 대로 모든 걸 부인해야 한다고?"

"응," 그가 말했다. "세상은 그런 식으로 돌아가는 거야, 키르케. 나는 아버지에게 마법을 우연히 발견했다고 얘기하고, 아버지는 내 말을 믿는 척하고, 제우스는 아버지의 말을 믿는 척하고, 그렇게 세상은 균형을 유지하지. 실토한 누나가 잘못했어. 왜 그랬는지 나는 절대 이해하지 못할 거야."

그렇다, 그는 이해하지 못할 것이다. 프로메테우스가 채찍질을 당했을 때 아직 태어나지도 않았으니.

"진작 얘기하려고 했는데," 그가 말했다. "간밤에 누나의 그 글라우코스를 드디어 만났거든. 내 평생 그런 광대는 본 적이 없어." 그는 혀를 찼다. "다음번에는 더 괜찮은 상대를 선택하길 바랄게. 누나는 항상 너무 쉽게 믿어버리는 구석이 있더라."

나는 긴 로브를 입고 늑대 같은 눈을 반짝이며 내 방문에 기대고 선 그를 바라보았다. 그를 만나면 늘 그랬듯이 심장이 쿵쾅거렸다. 하지만 그는 예전에 한번 얘기했던 그 물기둥처럼 차갑고 직선적이며 자기만족적인 존재가 되었다.

"충고 고마워." 내가 말했다.

그는 떠났고 나는 태피스트리를 두고 다시 고민했다. 신랑은 눈을 휘둥그레 떴고 신부는 베일에 묻혀 있었고 그들의 뒤에서는 가족이 바보처럼 입을 떡 벌리고 있었다. 나는 예전부터 그 태피스트리를 싫어했다. 여기서 썩게 내버려두어야겠다.

7

다음날 아침에 나는 아버지의 전차에 올라탔고 우리는 아무 말도 없이 어두컴컴한 하늘로 휘청 날아올랐다. 바람이 우리 곁을 지났다. 바퀴가 한 번 돌 때마다 밤이 멀어졌다. 나는 옆쪽을 내려다보며 강과 바다, 어두컴컴한 골짜기를 짚어보려고 했지만 달리는 속도가 너무 빨라서 아무것도 알아볼 수가 없었다.

"무슨 섬이에요?"

아버지는 대답이 없었다. 분노로 턱에 힘이 들어갔고 입술이 새하얗게 질렸다. 너무 가까이 서 있었더니 예전에 입은 화상이 다시 욱신거렸다. 육지가 지나갔고 바람이 내 살갗을 훑었다. 황금 난간을 넘어 발아래의 허공으로 몸을 날리는 상상을 했다. 얼마나 기분이 좋을까. 땅에 부딪히기 전까지는.

덜커덩하는 충격과 함께 도착했다. 눈을 떠보니 빽빽하게 풀로 뒤덮인 높고 완만한 언덕이 보였다. 아버지는 앞을 똑바로 쳐다보고 있었다. 나는 문득 무릎을 꿇고 다시 데려가달라고 간청하고 싶은 충동을 느꼈지만 억지로 전차에서 내렸다. 내 발이 바닥에 닿자마자 아버지와 전차가 사라졌다.

풀이 우거진 그 공터에 나 혼자 남겨졌다. 바람이 날카롭게 내 뺨을 때렸고 공기에서는 상쾌한 향이 났다. 하지만 그걸 음미할 수가 없었다. 머리가 무거웠고 목구멍이 욱신거리기 시작했다. 몸이 휘청거렸다. 지금쯤 아이에테스는 콜키스로 돌아가 우유와 꿀을 마시고 있을 것이다. 이모들은 강둑에서 깔깔거리고 사촌들은 다시 놀이를 시작했을 것이다. 두말하면 잔소리지만 아버지는 위에서 온 세상을 향해 빛을 뿌리고 있었다. 내가 그들과 보냈던 그 오랜 시간은 연못에 던져진 돌멩이와 같았다. 벌써부터 물결이 사라지고 보이지 않았다.

내게도 일말의 자존심이 있었다. 그들이 울지 않으면 나도 울지 않을 작정이었다. 손바닥을 눈에 대고 시야가 맑아질 때까지 기다렸다. 마음을 먹고 주위를 둘러보았다.

눈앞에 보이는 산꼭대기에 집이 한 채 있었다. 현관이 넓고, 아귀가 잘 맞는 돌로 벽을 쌓았고, 문은 남자 키의 두 배만큼 높게 깎아서 만든 집이었다. 그 아래로 숲이 층층이 이어졌고 그 너머로 바다가 언뜻 보였다.

내 시선을 사로잡은 것은 숲이었다. 오크와 보리수와 올리브나무로 울퉁불퉁하고, 우뚝한 사이프러스가 그 사이를 관통하는 오래된 숲이었다. 거기서 파릇파릇한 향이 풀로 덮인 언덕을 타고 흘러 내려오고 있었다. 바닷바람에 나무들이 울창하게 몸을 흔들었고 새들이 그늘을 쏜살같이 통과했다. 지금도 그때 느꼈던 경외감이 기억이 난다. 나는 평생을 어두침침한 신전에 틀어박혀 있거나 나무가 듬성듬성 난 그 수준 미달의 바닷가를 걸으며 지냈다. 이런 풍성함은 처음이라 연못을 만난 개구리처럼 그 안으로 뛰어들고 싶은 충동이 문득 느껴졌다.

하지만 망설여졌다. 나는 나무의 님프가 아니었다. 뿌리를 더듬더듬 피하는 요령이나 가시덤불을 건드리지 않고 지나는 요령을 알지 못했고, 저 그늘 안에 뭐가 도사리고 있을지도 짐작조차 할 수 없었다. 그 안에 움푹 들어간 구멍이라도 있으면 어쩔 것인가. 곰이나 사자가 있으면 어쩔 것인가.

나는 겁에 질린 채로 그 자리에 한참 동안 서서 누군가가 찾아와 괜찮다고, 가도 된다고, 별일 없을 거라고 안심이라도 시켜줄 것처럼 기다렸다. 아버지의 전차가 바다를 넘어 파도 속으로 잠길 참이었다. 숲의 그늘이 짙어졌고 나무줄기들이 서로 휘감는 듯이 느껴졌다. 지금은 너무 늦었어, 나는 속으로 중얼거렸다. 내일 가보자.

집의 대문은 쇠로 띠를 두른 널찍한 오크나무였다. 건드리자마자 쉽게 열렸다. 안에서는 향냄새가 났다. 연회를 위해 마련된 듯 식탁과 긴 의자가 여러 개 놓인 거실이 나왔다. 거실 한쪽 끝에는 벽난로가 있었고 다른 쪽 끝에는 부엌과 다른 방들과 연결되는 복도가 있었다. 여신 열댓 명이 살아도 될 만큼 넓었고, 실제로 나는 모퉁이를 돌 때마다 님프와 사촌들이 나오지 않을까 기대했다. 하지만 아니었다. 그게 내 유배의 조건이었다. 철저하게 혼자 지내는 것. 다른 누군가를 박탈하는 것보다 더 심한 형벌이 어디 있겠느냐고, 우리 가족은 그렇게 생각했을 것이다.

집 자체는 형벌이 아니었다. 곳곳에서 보물이 반짝였다. 무늬가 새겨진 궤짝, 폭신한 러그와 황금색 걸개, 침대, 걸상, 정교한 삼발이, 상아 조각상. 창턱은 흰색의 대리석이었고 덧문은 소용돌이무늬가 있는 물푸레나무였다. 부엌으로 들어가 구리와 쇠뿐 아니라 자개와 흑요석으로 만들어진 칼을 엄지손가락으로 훑었다. 수정과 은을 두드려서 만든 사발도 있었다. 방안은 아무도 없어 황량했지만 먼지 한 점 보이지 않았고, 나중에 알고 보니 먼지는 단 한 톨도 대리석 문지방을 넘지 못했다. 내가 아무리 밟고 지나다녀도 바닥은 항상 깨끗하고 식탁은 항상 반질거렸다. 난로의 재는 저절로 없어지고 접시는 저절로 씻기며 밤새 장작이 다시 자랐다. 식료품 곳간으로 가보면 단지에는 신선한 향유와 포도주가, 사발에는 치즈와 보리가 항상 그득 담겨 있었다.

그 아무도 없는 완벽한 집에서 내가 느낀 감정은, 뭐라고 표현하면 좋을지 모르겠다. 실망감이었다고 해야 할까. 한편으로는 코카서스 산의 험준한 바위에 묶이고 독수리가 내 간을 먹으려고 달려들길 바라는 마음도 있었던 것 같다. 하지만 스킬라는 제우스가 아니었고 나는 프로메테우스가 아니었다. 우리는 그렇게 신경쓸 필요도 없는 님프였다.

하지만 그래서 그런 것만은 아니었다. 아버지는 나를 돼지우리나 어부의 판잣집이나 천막밖에 없는 황량한 해변에 버려두고 갔을 수도 있었다. 제우스의 판결을 전하면서 아버지가 어떤 표정을 지었는지, 얼마나 선명하고 쩌렁쩌렁하게 노여워했는지 기억을 더듬어보았다. 당시에는 나 때문에 그런 줄 알았지만, 아이에테스와 대화를 나누고 난 지금에 와서는 좀더 많은 걸 이해할 수 있었다. 신들 간의 휴전이 유지되는 이유는 오로지 티탄 신족과 올림포스의 신들이 각자의 영역을 고수하기 때문이었다. 제우스는 헬리오스의 핏줄에 대한 징계를 요구했다. 헬리오스는 대놓고 반박하지는 못했지만 일종의 대응 비슷한 것을, 저울추의 재조정을 거부하겠다는 뜻을 전할 수는 있었다. 우리는 유배자라도 왕들보다 더 잘살아. 우리의 능력이 얼마나 심오한지 알겠지? 너희 올림포스의 신들이 공격을 강행하면 우리는 전보다 더 벌떡 일어날 거야.

그것이 내 새집의 역할이었다. 아버지의 자부심을 과시하는 상징이었다.

그 무렵 해질녘이 지났다. 부싯돌을 찾아서 기다리고 있는 불쏘시

개 위에 대고 부딪쳤다. 글라우코스가 하는 건 숱하게 구경했지만 내가 직접 시도해본 건 처음이었다. 몇 번 실패하기는 했지만 드디어 불이 붙어 번지자 전에 없는 뿌듯함을 느낄 수 있었다.

배가 고파서 그릇마다 백 명은 먹일 수 있음직한 분량의 음식이 그득그득 담겨 있는 식료품 곳간으로 갔다. 몇 개를 접시에 덜어서 홀에 있는 여러 개의 커다란 오크나무 식탁 한 곳에 앉았다. 내 숨소리가 들렸다. 혼자 식사를 하는 게 이번이 처음이라는 생각이 들었다. 아무도 내게 말을 걸거나 나를 쳐다보지 않았지만 그래도 항상 근처에 사촌이나 형제자매가 있었다. 고운 결이 돋보이는 나무를 손으로 문질렀다. 살짝 콧노래를 부르고 허공 속으로 삼켜지는 그 소리에 귀를 기울였다. 앞으로 모든 날이 이렇겠구나, 하는 생각이 들었다. 불을 피워놨는데도 구석구석 그림자가 졌다. 밖에서는 새들이 악을 쓰기 시작했다. 적어도 내가 생각하기에는 새인 것 같았다. 그 시커멓고 굵직했던 나무줄기들이 다시 떠오르자 뒷덜미가 쭈뼛 섰다. 덧문 앞으로 가서 문을 닫고 걸쇠를 걸었다. 나는 온 사방을 감싸는 기반암의 무게와 거기에 얹힌 아버지의 권세에 익숙해져 있었다. 이 집의 벽은 나뭇잎처럼 얇게 느껴졌다. 누구라도 발톱을 휘두르면 뜯겨나갈 것 같았다. 그게 이 집에 숨겨진 비밀일지 모르겠다는 생각이 들었다. 진정한 형벌은 아직 남아 있을지 몰랐다.

그만, 나는 속으로 중얼거렸다. 양초에 불을 붙이고 복도를 지나 내 방으로 들고 갔다. 낮에는 넓어 보여서 기분이 좋았는데, 이제는 구석구석이 한눈에 들어오지 않았다. 침대 속의 깃털이 서로 쓸리며 서걱거렸고, 나무로 된 덧문이 폭풍을 만난 배의 밧줄처럼 삐걱거렸다. 어둠 속에서 점점 부풀어오르는 이 섬의 황량하고 움푹 꺼진 공간들이 온 사방에서 느껴졌다.

그전까지만 해도 나는 내가 두려워하는 게 얼마나 많은지 몰랐다. 언덕을 슬금슬금 올라오는 거대하고 유령 같은 레비아단, 구멍에서 꿈틀꿈틀 기어나와 앞 못 보는 얼굴을 이 집 대문에 갖다 대는 밤벌레. 미개한 욕구를 달래려는 염소 발 달린 신들, 나를 어떤 식으로 데려갈지 꾀하며 이 섬의 부둣가에서 노 젓는 소리를 죽이는 해적들. 그런데 나는 뭘 할 수 있을까? 아이에테스는 나를 파르마키스라고, 마녀라고 했지만 내 모든 능력은 몇 바다 멀리 있는 꽃 속에 들어있었다. 누가 들이닥치면 나는 비명을 지르는 것 말고는 아무것도 할수가 없는데, 그 방법이 얼마나 효과적인가는 나 이전의 천 명의 님프들도 다 아는 바였다.

공포가 철썩철썩 나를 때렸고 파도가 한 번 칠 때마다 점점 더 싸늘해졌다. 고요한 공기가 내 살갗을 스멀스멀 가로질렀고 그림자들이 손을 내밀었다. 나는 어둠 속을 응시하며 내 혈관이 뛰는 소리 말고 다른 소리를 들으려고 귀를 쫑긋 세웠다. 한 순간, 또 한 순간이 하룻밤 같았지만 마침내 하늘의 질감이 점점 깊어지고 가장자리가 희부예져갔다. 그림자들이 서서히 사그라지고 날이 밝았다. 나는 다치지 않은 멀쩡한 몸으로 일어섰다. 밖으로 나가보니 누가 돌아다닌 발자국도, 꿈틀거린 꼬리 자국도, 문을 할퀸 흔적도 없었다. 그럼에도 내가 바보 같았다는 생각이 들지 않았다. 엄청난 시련을 통과한 기분이었다.

그 숲을 다시 한번 쳐다보았다. 어제는—그게 고작 어제였다니—누가 와서 별일 없을 거라고 얘기해주길 기다렸다. 하지만 누가 그래주겠는가. 아버지가? 아이에테스가? 이것이 바로 유배의 의미였다. 아무도 오지 않는다는 것, 아무도 올 일이 없다는 것. 그 자체가 두려운 사실이었지만 공포로 얼룩진 긴 밤을 보내고 났더니 모든 게 사소하고 대수롭지 않은 것처럼 느껴졌다. 가장 못난 겁쟁이의 면모가 진땀과 함께 날아갔다. 아찔한 번뜩임이 그 자리를 대신했다. 새장에서 사육당하는 새는 되지 않을 거야, 흐리멍덩해서 문이 활짝 열렸는데도 날아가지 못하는 새처럼은 살지 말아야지, 하는 생각이 들었다.

나는 숲속으로 들어갔고 이렇게 새로운 인생이 시작됐다.

나뭇가지에 걸리지 않게 뒤로 머리를 땋는 법, 거스러미가 붙지 않게 치맛단을 무릎에서 묶는 법을 터득했다. 각기 다른 덩굴 꽃과 현란한 장미를 구분하는 법, 반짝이는 잠자리와 똬리를 튼 뱀을 찾는 법도 터득했다. 사이프러스가 시커멓게 하늘로 솟은 산꼭대기에 올라갔다가 자주색 포도가 산호처럼 빽빽하게 자라는 포도밭과 과수원으로 기어 내려갔다. 벌떼가 웅웅거리는 백리향과 라일락 벌판과 언덕을 걷고, 노란 해변에 내 발자국을 남겼다. 모든 만과 동굴을 뒤지고 파도가 잔잔한 후미와 배를 대기 안전한 부두를 찾았다. 늑대들이 울부짖는 소리와 개구리들이 진창에서 우는 소리를 들었다. 꼬리로 용감하게 공격을 감행한 전갈들의 갈색 유리 같은 껍데기를 쓰다듬었다. 독에 쏘여도 거의 꼬집히는 느낌이었다. 아버지의 신전에서 포도주와 넥타르를 마셨을 때는 겪어본 적 없는 수준으로 취했다. 내가 그렇게 아둔했을 수밖에 없었다는 생각이 들었다. 여태껏 나는 실이 없는 직녀, 바다가 없는 배였다. 그런데 보라, 이제는 어딜 항해하고 있는지.

밤이 되면 집으로 돌아갔다. 이제는 그림자가 신경쓰이지 않았다. 그림자가 보인다는 건 아버지의 시선이 하늘에서 사라지고 온전히 나만의 시간이 찾아왔다는 뜻이었다. 아무도 없는 것도 신경쓰이지 않았다. 나는 천 년 동안 나와 가족 간의 거리를 채우려고 애를 쓰며 살아왔다. 거기에 비하면 내 집을 채우는 건 수월했다. 벽난로에 백향목을 피우면 시커먼 연기가 동무가 되어주었다. 예전에는 어머니가 물에 빠져 죽어가는 갈매기 소리 같다며 못 부르게 했던 노래도 불렀다. 정말로 외로워질 때에는, 남동생이나 예전의 글라우코스가 그리워질 때에는 숲이 있었다. 도마뱀들은 나뭇가지를 따라 쏜살같이 움직였고, 새들은 날개를 번뜩였다. 꽃들은 나를 보면 만져달라고 폴짝폴짝 뛰는 강아지처럼 앞으로 밀치락달치락하는 느낌이었다. 처음에는 거의 피해 다녔지만 날이 지날수록 대담해져서 마침내 헬레보루스* 무더기를 앞에 두고 축축한 흙바닥에 무릎을 꿇고 앉는 순간이 찾아왔다.

야리야리한 꽃송이가 줄기 위에서 팔랑거렸다. 칼을 쓸 필요도 없이 손톱으로 충분히 꺾을 수 있었다. 즙이 묻는 바람에 손톱이 끈적끈적해졌다. 꽃을 광주리에 넣고 천으로 덮은 다음 집으로 돌아가 덧문을 꼭 닫은 다음에야 천을 들추었다. 나를 막으려고 하는 자는 없을 듯했지만 그래도 괜히 자극하고 싶지는 않았다.

식탁 위에 놓인 꽃잎을 바라보았다. 쪼그라들고 누레진 것 같았다. 그걸로 뭘 어쩌면 좋을지 전혀 알 길이 없었다. 다질까? 끓일까? 구울까? 남동생이 발라준 연고에 향유가 들어 있었지만 어떤 종류

• 독성이 강한 뿌리줄기가 달린, 미나리아재비과의 다년생초.

의 향유였는지는 알 수 없었다. 부엌에서 쓰는 올리브유도 될까? 아닐 것이다. 헤스페리데스*의 열매를 압착한 씨 기름, 이런 어마어마한 것이라야 될 듯했다. 하지만 그건 구할 수가 없었다. 한 손가락으로 줄기를 굴렸다. 줄기가 물에 빠져 죽은 벌레처럼 축 늘어진 채 몸을 뒤집었다.

자, 자. 나는 속으로 중얼거렸다. 거기 그렇게 돌처럼 가만히 서 있지 말고. 뭐라도 해봐. 끓여보자. 안 될 것 없잖아?

앞에서도 밝혔다시피 나에게는 일말의 자존심이 있었고 그래서 다행이었다. 그보다 더 많았다면 치명적이었을 것이다.

이쯤에서 설명하자면 마법은 머릿속에 떠올리고 눈만 깜빡이면 되는 신적인 능력이 아니다. 마법은 만들고 작업하고 계획하고 모색하고 파헤치고 말리고 다지고 빻고 끓이고 그 위에 대고 말을 걸고 노래를 불러야 한다. 그걸 다 했어도 실패할 수 있다. 신들의 방식과는 다른 점이다. 약초가 신선하지 않으면, 내 집중력이 흐트러지면, 의지가 약하면 묘약이 내 손안에서 상해 퀴퀴한 냄새를 풍긴다.

원칙적으로 따지면 나는 마법에 재미를 들이지 말았어야 했다. 신들은 힘든 일을 질색한다. 그것이 그들의 천성이다. 우리가 하는 힘든 일이라고 해봐야 길쌈 아니면 대장일이었고 그마저도 마음에 안 드는 부분은 능력을 발휘해 없애버리기 때문에 고생스러울 일이 없다. 털실에 물을 들일 때도 냄새가 코를 찌르는 통에 넣어서 숟가락으로 젓는 게 아니라 손가락을 한 번 퉁길 뿐이다. 광석이 산에서 제

---

* 황금 사과밭을 지키는 석양의 님프들.

발로 튀어나오기 때문에 지긋지긋하게 채굴할 필요도 없다. 손가락을 쓸릴 일도, 근육을 혹사할 일도 없다.

그에 비하면 마법은 고역과 다름이 없다. 약초가 자라는 곳을 일일이 찾아다니며 시기에 맞춰서 캐고 흙바닥에서 뽑고 추리고 껍질을 벗기고 씻고 다듬어야 했다. 이런 처리과정을 거친 다음이라야 어디에 능력이 있는지 파악할 수 있다. 날마다 끈기 있게 오류를 수정하고 처음부터 다시 시작해야 한다. 그런데 나는 왜 그런 수고를 마다하지 않았을까? 우리는 왜 모두 그런 수고를 마다하지 않았을까?

다른 형제자매들은 모르겠지만 내 경우에는 답이 간단하다. 나는 백 세대 동안 나른하고 몽롱하게, 하는 일 없이 편한 대로 세상을 살아왔다. 발자취를 남기지도, 업적을 쌓지도 않았다. 나를 조금이나마 사랑했던 이들조차 내 곁에 남으려 하지 않았다.

그러다 활을 구부려 화살을 끼우듯 세상을 내 뜻대로 주무를 수 있다는 사실을 깨달았다. 그 능력을 보유할 수 있다면 그런 노고는 천 번이라도 반복할 수 있었다. 나는 생각했다, 맨 처음 번개를 치켜들었을 때의 제우스가 이런 기분이지 않을까.

두말하면 잔소리지만 처음에는 끓이는 족족 실패로 돌아갔다. 묘약은 아무 능력이 없었고 연고는 으스러진 채 탁자 위에서 무용지물이 되었다. 어쩌다 괜찮아 보이는 운향풀을 맞닥뜨리면 양을 늘릴수록 더 효과 만점일 거라고, 약초를 다섯 개 섞은 것보다 열 개 섞은 게 더 훌륭할 거라고, 내 집중력이 흐트러지더라도 주문까지 같이 흐트러지지는 않을 거라고, 묘약 하나를 만들다가 중간에 다른 묘약을 추가로 만들어도 될 거라고 생각했다. 인간들이라면 어머니의 무릎에서 터득하는 약초에 얽힌 아주 간단한 상식마저 나는 알지 못했다.

물레나물을 끓이면 비누 비슷한 걸 만들 수 있다는 것, 벽난로에서 주목나무를 태우면 연기가 심하게 난다는 것, 양귀비를 먹으면 졸리고 헬레보루스를 먹으면 죽는다는 것, 가새풀을 바르면 상처가 아문다는 것. 나는 이런 것들을 시행착오를 통해, 손을 데고 집밖으로 달려나가 마당에서 기침을 해댈 만큼 고약한 연기를 피워가며 배워야 했다.

초창기에는 마법을 한번 익히면 복습할 필요가 없을 거라고 생각했다. 하지만 그것조차 사실이 아니었다. 예전에 아무리 자주 썼던 약초라도 자를 때마다 매번 달랐다. 어떤 장미는 빻아야, 또 어떤 장미는 짜야, 또 어떤 장미는 물에 담가야 신비를 드러냈다. 모든 마법이 새롭게 등반해야 하는 산과 같았다. 지난 경험에서 내가 건질 수 있는 건 할 수 있다는 믿음뿐이었다.

나는 끈질기게 밀어붙였다. 내 어린 시절을 통해 터득한 게 하나 있다면 그건 인내심이었다. 조금씩 귀가 트이기 시작했다. 식물 속에서 즙이 흐르는 소리, 내 혈관을 타고 피가 흐르는 소리. 나의 의도를 파악하는 법을 터득하고, 가지를 치고 더하고 능력이 모여 있는 곳을 느끼고 알맞은 단어를 동원해 그걸 최대치로 끌어올리는 법을 터득했다. 마침내 모든 게 선명해지고 마법이 나를 위해, 나만을 위해 불순물 하나 없는 노래를 부르는 순간, 그 순간을 위해 살았다.

용을 부르거나 뱀을 소환하지는 않았다. 초창기에는 뭐든 생각나는 대로 한심한 마술을 부렸다. 첫 상대가 도토리였던 것은, 초록색이고 물을 먹으며 자라는 걸 선택하면 나의 나이아스 혈통이 도움이 되지 않을까 싶었기 때문이었다. 며칠 동안, 몇 달 동안 그 도토리에 대고 향유와 연고를 문지르며 싹이 트라고 주문을 외웠다. 아이에테스가 내 얼굴을 치료했을 때 낸 소리를 흉내내보려고 했다. 욕도 하고 기도도 했지만 도토리는 잘난 척 씨앗을 품고만 있었다. 창밖으로 내던지고 다른 도토리를 들고 와서 반평생 동안 그 옆에 쭈그리고 앉았다. 화가 났을 때, 마음이 평화로울 때, 행복할 때, 반쯤 정신이 나갔을 때 주문을 외워보았다. 하루는 주문을 또 외우느니 차라리 능력을 포기하는 편이 낫겠다고 속으로 중얼거린 적이 있었다. 오크나무 묘목이 있어봐야 뭘 하겠는가. 이 섬은 사방이 오크나무였다. 내가 정말로 원하는 건 갈증이 난 목구멍을 달콤하게 타고 내려갈 산딸기였기에 그 갈색 껍데기에 대고 그대로 얘기했다.

하도 삽시간에 바뀌는 바람에 내 엄지손가락이 물렁물렁하고 빨간 과육 속으로 파고들었다. 빤히 쳐다보다가 승리의 함성을 지르자 창밖의 나뭇가지에 앉아 있던 새들이 놀라서 날아올랐다.

말라 죽은 꽃을 다시 살렸다. 파리들을 집밖으로 내쫓았다. 제철이 아닌 벚나무 꽃을 피웠고 불을 선명한 초록색으로 만들었다. 아이에테스가 옆에 있었다면 그런 하찮은 묘기를 보고 수염이 목에 걸리도록 웃었을 것이다. 하지만 나는 아는 게 아무것도 없었기에 더이상 내려갈 곳도 없었다.

능력이 파도처럼 차곡차곡 쌓였다. 알고 보니 나는 없는 부스러기를 소환해 생쥐를 살금살금 쫓아가게 만들고, 가마우지의 부리 아래에서 옅은 빛의 피라미가 파도를 헤치고 튀어오르게 만드는 등 착시를 일으키는 데에 소질이 있었다. 생각의 틀을 좀더 넓혀서 흰담비를 만들어 두더지를 혼비백산하게 하고, 올빼미를 만들어 토끼의 접근을 막았다. 달이 뜨면 이슬과 어둠으로 즙이 농축되기 때문에 약초를 캐기에 그때가 가장 좋다는 걸 터득했다. 마당에서 잘 자라는 건 무엇이고 숲속에 그냥 내버려두어야 하는 건 무엇인지도 터득했다. 뱀을 잡아 이빨에서 독을 뽑아내는 방법도 터득했다. 말벌을 살살 달래 꼬리에서 독 한 방울을 얻어냈다. 죽어가는 나무를 살렸고 한 번의 손길로 독성이 있는 덩굴을 죽였다.

하지만 아이에테스의 말마따나 내가 가장 재능이 있는 분야는 변신이었고 계속해서 생각이 나는 것도 그것이었다. 내가 장미 앞에 서면 붓꽃으로 바뀌었다. 물푸레나무 뿌리에 묘약을 뿌리면 털가시나무로 바뀌었다. 밤마다 삼나무 향이 거실을 채우도록 장작을 모두 삼나무로 바꾸었다. 벌을 잡아다 두꺼비로 만들고 전갈을 쥐로 만들었다.

그러다 마침내 내 능력의 한계를 발견했다. 약초를 섞어서 만든 혼합물이 아무리 강력해도, 주문을 아무리 잘 만들어도 두꺼비는 계속 날려고 했고 쥐는 계속 침을 쏘려고 했다. 변신이 몸에만 영향을 미칠 뿐 정신까지 바꾸어놓지는 못했다.

그러자 스킬라 생각이 났다. 그 머리 여섯 개 달린 괴물 안에 아직 님프의 자아가 남아 있을까? 신들의 피를 마시고 자란 꽃이니 진정한 변화가 이루어졌을까? 알 수 없었다. 나는 허공에 대고 말했다. 어디 있는지 몰라도 만족스러운 삶을 찾길 바랄게.

두말하면 잔소리지만 지금은 그녀가 그랬다는 걸 안다.

그 시기의 어느 날이었다. 걷다보니 숲 안에서도 가장 빽빽한 덤불에 다다랐다. 나는 가장 낮은 바닷가에서부터 가장 높은 서식지에 이르기까지 섬을 돌아다니며 숨어 있는 이끼와 양치식물과 덩굴을 찾고, 주문에 쓸 잎사귀를 채집하는 걸 좋아했다. 늦은 오후였고 광주리는 넘칠 지경이었다. 관목을 돌아나가자 멧돼지가 나왔다.

그 섬에 멧돼지가 살고 있다는 건 전부터 알고 있었다. 꽥꽥거리는 울음소리와 나무에 부딪치는 소리가 들렸고 짓밟힌 진달래나 뿌리째 뽑힌 어린나무가 종종 보였었다. 직접 만난 건 이번이 처음이었다.

몸집이 내가 상상했던 것보다 훨씬 컸다. 등뼈가 킨토스 산등성이처럼 가파르고 시커멨고 어깨는 전투들이 남긴 번개 모양의 흉터로 낭자했다. 가장 용감무쌍한 영웅이라야, 그것도 창과 개, 궁수와 조력자로 무장하고 뒤에 전사를 대여섯 명 거느린 상황이라야 상대할 수 있는 짐승이었다. 내게는 땅을 파는 데 쓰는 칼과 광주리뿐이었고, 마법의 묘약은 한 병도 없었다.

녀석이 발을 구르자 하얀 거품이 입에서 흘러내렸다. 엄니를 낮추고 이를 갈았다. 눈빛으로 얘기했다. 나는 백 명의 청년을 박살내 그 주검을 울부짖는 어머니들의 품으로 돌려보낼 수 있어. 너의 내장을 갈기갈기 찢어서 점심으로 먹어주마.

나는 녀석의 눈을 똑바로 쳐다보았다. "어디 한번 해보시지." 내가 말했다.

녀석은 한참 동안 나를 쳐다보았다. 그러다 몸을 돌려서 씰룩이며 덤불 사이로 멀어졌다. 이 자리에서 밝히지만 온갖 마법에도 불구하고 내 스스로 마녀가 되었다고 진심으로 느낀 건 그때가 처음이었다.

그날 저녁에 벽난로 앞에 앉아서, 어깨에 새를 얹고 다니거나, 손에 대고 계속 주둥이를 비비거나 뒤에서 섬약하게 휘청거리는 새끼 사슴을 데리고 다니며 으스대는 여신들을 떠올려보았다. 내가 그들에게 무안을 줄 수 있겠다는 생각이 들었다. 가장 높은 봉우리로 올

라가 딱 하나뿐인 흔적을 찾았다. 꽃이 으스러지고 흙이 살짝 파헤쳐
지고 나무껍질이 뜯겨 있었다. 달이 하늘 꼭대기에 떴을 때 캐낸 크
로코스와 노랑재스민, 붓꽃과 사이프러스 뿌리를 넣어서 만들어놓
은 묘약이 있었다. 노래를 부르며 그걸 뿌렸다. 내가 너를 소환하노라.

그 아이는 다음날 땅거미가 질 무렵, 돌덩이처럼 단단한 어깨 근
육으로 물결을 일으키며 대문으로 들어왔다. 벽난로 앞에 가로누워
서 내 발목을 거칠게 핥았다. 낮에는 토끼와 물고기를 잡아왔다. 밤
이 되면 내 손가락에 묻은 꿀을 핥고 내 발치에서 잠을 잤다. 가끔 녀
석이 내 뒤를 슬금슬금 따라와 내 뒷덜미를 덮쳐 쓰러뜨리며 장난을
칠 때도 있었다. 그러면 뜨거운 사향의 입냄새와 내 어깨를 누르는
앞발의 무게를 느낄 수 있었다. 이것 좀 봐, 나는 아버지의 신전에서
가지고 나와 들고 다녔던, 사자의 얼굴이 새겨진 칼을 보여주며 말했
다. "어떤 바보가 이걸 만들었을까? 너 같은 애를 본 적이 없는 거지."

녀석은 갈색의 큼지막한 입을 쩍 벌리며 하품을 했다.

내 침실에는 천장 높이의 청동 거울이 있었다. 그 앞을 지날 때면
거의 알아볼 수 없는 모습이 나를 맞았다. 내 눈빛은 전보다 밝아 보
였고 얼굴은 더 뾰족해졌고 낯익은 야생 사자가 뒤에서 나를 따랐다.
마당에서 일을 하느라 발은 흙투성이고 치맛단은 무릎 근처에 질
끈 동여맨 채 가냘픈 목소리로 목청껏 노래를 부르는 나를 보면 사촌
들이 뭐라고 할지 상상이 됐다.

그들이 왔으면 좋겠다는 생각이 들었다. 늑대 소굴 사이를 걸어다
니고 상어들이 먹이를 찾는 바다에서 헤엄치는 나를 보고 왕방울만
해질 그들의 눈을 보고 싶었다. 나는 물고기를 새로 변신시킬 수도
있었고, 내 사자와 몸싸움을 벌이다가 머리를 풀어헤친 채 그 아이의

배에 누울 수도 있었다. 그들이 꺅꺅거리고 헉 하며 숨을 토하는 소리를 듣고 싶었다. 악, 저애가 나를 봤어! 이제 나는 개구리로 변할 거야!

내가 그런 존재들을 정말로 두려워했던가? 정말로 생쥐처럼 만년 동안 피해 다녔던가? 아이에테스가 왜 그렇게 대담했는지, 어떻게 아버지 앞에서 높다란 봉우리처럼 서 있을 수 있었는지 이제는 알수 있었다. 나도 주술을 외우면 똑같은 폭과 무게를 느낄 수 있었다. 이글거리며 하늘을 가로지르는 아버지의 전차 궤적을 좇았다. 자, 이제 뭐라고 하실 참인가요? 저를 까마귀밥으로 던지셨죠. 알고 보니 그쪽보다 여기가 더 마음에 드네요.

아무 대꾸도 없었고 고모인 달의 여신도 마찬가지였다. 겁쟁이들 같으니라고. 나는 온몸을 환히 빛내며 이를 악물었다. 내 암사자가 꼬리를 휘둘렀다.

아무도 용기가 없나? 어느 누구도 감히 나를 상대하지 못하겠단 것인가?

그러니까 나는 앞으로 닥칠 일들을 나름대로 열심히 기다렸던 셈이다.

8

해질 무렵이었고 아버지의 얼굴이 이미 나무 아래로 저물었다. 나는 길쭉한 덩굴을 버팀목으로 받치고 로즈마리와 바꽃을 심으며 꽃밭에서 일을 하고 있었다. 별 의미 없는 노래도 부르고 있었다. 사자는 큰 들쥐를 잡아먹느라 입에 피를 잔뜩 묻히고서 풀밭에 누워 있었다.

"솔직히 놀랍군." 누군가의 음성이 들렸다. "그렇게 잘난 척하더니 이렇게 평범할 줄이야. 꽃밭과 땋은 머리라. 그냥 평범한 시골 아가씨라 해도 믿겠어."

젊은 남자가 내 집에 기대고 서서 나를 쳐다보고 있었다. 헝클어진 머리칼을 풀어헤쳤고 얼굴은 보석처럼 환했다. 비출 만한 빛이 없는데도 황금색 샌들이 반짝였다.

나는 그가 누군지 당연히 알았다. 얼굴에서 빛을 발하는 능력, 뽑힌 적 없는 칼날처럼 날카로운 그 능력은 착각의 여지가 없었다. 올림포스의 신이자 제우스의 아들이자 그가 선택한 전령이었다. 신들에게 빌붙어 농간을 일삼는 헤르메스였다.

내 몸이 떨리는 게 느껴졌지만 티를 내지는 않을 작정이었다. 높은 신들은 상어가 피냄새를 맡듯 두려움의 냄새를 맡을 수 있었고 상어와 마찬가지로 그 냄새를 좇아서 먹잇감을 삼켰다.

나는 허리를 폈다. "어떤 걸 기대했는데요?"

"뭐, 알잖아." 날씬한 요술 지팡이가 그의 손가락 안에서 하릴없이 빙글빙글 돌았다. "좀더 으리으리한 거. 용이라든가. 춤을 추는 스핑크스 공연단. 하늘에서 떨어지는 피."

나는 어깨가 두툼하고 수염은 하얀 삼촌들만 보았을 뿐이라 그렇게 완벽하고 무심한 미모에는 익숙하지 않았다. 조각가들은 돌을 다듬을 때면 그의 형상을 따라 만들었다.

"다들 나를 두고 그렇게 얘기하나요?"

"당연하지. 제우스는 너희가 우리 모두에게 대항하는 독약을 만들고 있다고 확신해. 너하고 네 남동생 둘 다. 그가 얼마나 안달복달하는 성격인지 알잖아." 그는 무슨 공범인 양 서글서글한 미소를 지었다. 제우스의 분노가 가벼운 농담이라도 된다는 식이었다.

"그럼 제우스의 염탐꾼으로 온 건가요?"

"나는 사자使者라는 단어를 더 선호하지. 하지만 아냐, 이 문제는 아버지 스스로 해결할 수 있어. 내가 찾아온 건 형이 나한테 화가 났기 때문이야."

"형이라고요." 내가 말했다.

"응," 그가 말했다. "너도 그에 대해 들어봤을 텐데."

그는 망토 안에서 리라를 꺼냈다. 황금과 상아로 무늬를 새겼고 새벽처럼 환하게 빛났다.

"아무래도 내가 이걸 훔친 것 같거든." 그가 말했다. "그래서 폭풍이 지나갈 때까지 숨을 곳이 필요해. 너라면 나를 가엾게 여겨주지 않을까 싶었어. 여기라면 그가 들여다보지 않을 것 같거든."

내 뒷덜미가 곤두섰다. 제정신이 박힌 자라면 누구나 햇빛처럼 고요하고 역병처럼 치명적인 아폴론 신의 분노를 두려워했다. 그가 이미 하늘을 성큼성큼 걸어오고 있지는 않은지, 황금 화살로 내 심장을 겨누고 있지는 않은지 어깨 너머로 확인하고픈 충동이 들었다. 하지만 공포와 경외라면, 하늘을 쳐다보며 무슨 허락이 내려질지 궁금해하는 거라면 지긋지긋한 마음도 있었다.

"들어와요." 내가 말하고 앞장서서 집안으로 들어갔다.

나는 어렸을 때부터 헤르메스의 대담한 행각을 들어서 알고 있었다. 갓난아이였을 때 요람에서 일어나 어떤 식으로 아폴론의 소떼를 훔쳐서 달아났는지, 어떤 식으로 천 개의 눈을 일일이 재운 뒤에 무시무시한 감시자 아르고스의 목을 베었는지, 어떤 식으로 돌멩이에서 비밀을 캐내고 경쟁 상대 신들조차 홀려서 자기 뜻대로 움직이는지.

전부 사실이었다. 그는 실을 감듯 상대방을 유인할 수 있었다. 웃다가 숨이 막힐 때까지 기발한 이야기를 늘어놓을 수 있었다. 나는 진정한 지성이 뭔지 잘 몰랐다. 프로메테우스와 잠깐 대화를 나눈 게 전부였고 오케아노스의 신전에서는 교활하고 못된 걸 영리하다고 간주했다. 헤르메스의 머리가 천 배는 더 예리하고 더 빨랐다. 파도를 비추는 햇살처럼, 앞이 안 보일 정도로 눈이 부셨다. 그날 밤에 그는 높은 신과 그들의 한심한 행각에 대해 끝도 없이 들려주었다. 아리따운 처녀를 유혹하려고 황소로 변신한 호색한 제우스. 두 거인에게 패배해 일 년 동안 항아리 안에 갇혀 지냈던 전쟁의 신 아레스. 아내 아프로디테가 아레스와 불륜을 저지르자 덫을 놓아서 알몸인 상태로 황금 그물에 가둬 그들을 모든 신들에게 구경시켰던 헤파이스토스. 어처구니없는 비행, 술에 취해 벌인 싸움, 옹졸한 말다툼을 예의 그 매끈하고 웃음기를 머금은 목소리로 쉬지 않고 늘어놓았다. 나는 내가 만든 묘약을 마시기라도 한 듯 열이 나고 머리가 어지러웠다.

"여길 찾아와서 내 유배 생활을 중단시켰다고 벌을 받지 않을까요?"

그는 미소를 지었다. "아버지는 내가 하고 싶은 대로 한다는 걸 알아. 그리고 내가 뭘 중단시킨 것도 없어. 여기 갇혀 지내야 하는 쪽은 너잖아. 남들이야 내키는 대로 왔다갔다할 수 있지."

나는 깜짝 놀랐다. "하지만…… 나를 혼자 지내게 해야 더 큰 벌이 되잖아요."

"그야 널 찾아오는 자가 누구인가에 따라 달라지지 않겠어? 어쨌든 유배는 유배지. 제우스는 네가 갇혀 지내길 원했고 너는 그러고 있잖아. 그들은 거기서 더이상 복잡하게 생각하지 않았어."

"그걸 다 어떻게 알아요?"

"나도 그 자리에 있었으니까. 제우스와 헬리오스의 협상은 언제나 재미있는 구경거리거든. 폭발해야 할지 말지 계속 고민하는 두 개의 화산을 보는 기분이야."

생각해보니 그는 대전쟁에 참전했다. 하늘이 이글거리는 걸 목격했고 머리가 구름에 닿는 거인의 목을 베었다. 행동이 경박하기는 해도 그 광경이 그려졌다.

"말해줘요." 내가 물었다. "그 악기를 연주할 수 있어요? 아니면 그냥 훔치기만 한 거예요?"

그가 손끝으로 현을 건드렸다. 은쟁반처럼 달콤하고 눈부신 음이 흘러나왔다. 마치 음악의 신이라도 되는 양 그가 아무렇지 않게 그걸 한데 모아서 엮자 온 방이 선율 안에서 숨쉬는 듯했다.

그가 고개를 들자 얼굴 위로 장작불 빛이 어른거렸다. "노래 부를 줄 아니?"

그게 그의 또다른 재주였다. 그와 얘기를 하다보면 비밀을 공개하고 싶어졌다.

"혼자 있을 때만 불러요." 내가 말했다. "목소리가 별로라서. 갈매기 우는 소리 같대요."

"그런 말을 들었어? 갈매기는 아니지. 인간의 목소리잖아."

혼란스러워하는 표정이 너무 여실하게 드러났는지 그는 폭소를 터뜨렸다.

"신들은 대부분 천둥과 바위 소리를 내지. 인간과 얘기할 때 소곤소곤하지 않으면 귀가 갈기갈기 찢길 거야. 우리가 듣기에 인간들의 목소리는 희미하고 가늘지."

글라우코스가 맨 처음 내게 말을 걸었을 때 얼마나 부드럽게 들렸는지 기억이 났다. 나는 그걸 어떤 신호로 착각했었다.

"흔한 일은 아니야." 그가 말했다. "하지만 하급 님프들이 인간의 목소리로 태어나는 경우가 가끔 있어. 너처럼 말이야."

"왜 아무도 나한테 알려주지 않았을까요? 그리고 어떻게 그럴 수가 있어요? 내 몸속에 인간은 없어요. 티탄 신족의 피만 흐르는데."

그는 어깨를 으쓱했다. "신의 혈통이 어떤 식으로 일을 벌이는지 어느 누가 알겠니? 아무도 알려주지 않은 건, 아마 그들도 몰라서 그랬을 거야. 나는 신들보다 인간들과 보내는 시간이 더 많아서 그들의 목소리에 익숙하거든. 나한테 그건 또하나의 맛에 불과해. 음식에 다른 향신료를 넣은 것처럼. 하지만 인간들 틈바구니에 있어보면 너도 느낄 수 있을걸. 그들은 우리를 무서워하듯 너를 무서워하지는 않을 거야."

그는 내 인생 최대의 수수께끼 중 하나를 삽시간에 해결했다. 나는 손가락을 들어 목에 댔다. 그 안에 담긴 이상한 것을 건드릴 수 있기라도 한 것처럼. 인간의 목소리를 한 신이라니. 충격이었지만 머릿속 한구석에서는 그럴 줄 알았다는 인식 비슷한 게 느껴졌다.

"연주해봐요." 내가 노래를 부르기 시작하자 리라가 아무렇지 않게 내 목소리를 따라왔고 그 음색으로 모든 가사를 달콤하게 적셨다. 노래가 끝났을 때 장작불은 잿더미로 변했고 달은 장막에 가렸다. 그의 눈은 햇빛을 향해 든 까만 보석처럼 반짝였다. 그의 까만 눈은 가장 오래된 일 세대 신들의 혈통답게 깊숙한 곳에서 흐르는 능력의 상징이었다. 티탄 신족과 올림포스의 신들을 구분하다니 이상하다는 생각이 난생처음으로 들었다. 제우스도 티탄 신족 부모에게서 태어났고 헤르메스의 외할아버지인 아틀라스도 티탄 신족이지 않은가. 우리의 혈관에는 같은 피가 흐르고 있었다.

"이 섬의 이름을 알아요?" 내가 물었다.

"내가 명색이 여행자의 신인데 세상에 이름 모르는 곳이 있을 리 없지."

"알려줄 수 있어요?"

"아이아이에라고 해." 그가 말했다.

"아이아이에." 나는 그 발음을 음미해보았다. 어두워진 허공 속의 날개처럼 부드럽고 조용하게 접히는 느낌이었다.

"어떤 섬인지 아는구나." 그가 말했다. 그는 나를 예의 주시하고 있었다.

"당연하죠. 제 아버지가 제우스 앞에서 모든 능력을 내던지며 충성을 맹세한 곳이잖아요. 여기 하늘 위에서 티탄 신족 거인을 쓰러뜨려 땅을 피로 적셨고요."

"우연의 일치로군." 그가 말했다. "너희 아버지가 다른 데도 아닌 이 섬으로 너를 보내다니."

그가 내 비밀을 향해 손을 뻗는 것이 느껴졌다. 예전 같았으면 해답으로 넘칠 듯이 채워진 잔을 얼른 내밀고 그가 원하는 걸 뭐든 내주려고 했을 것이다. 하지만 지금의 나는 그때의 내가 아니었다. 나는 그에게 신세를 진 일이 없었다. 그는 내가 내주는 만큼만 나를 가질 수 있었다.

나는 일어나 그의 앞에 섰다. 강가의 돌처럼 노란 내 눈을 느낄 수 있었다. "당신 아버지가 내 독약을 두고 한 판단이 틀렸다는 걸 어떻게 알아요?" 내가 물었다. "내가 지금 이 자리에서 당신에게 약을 먹이지 않으리라는 걸 어떻게 알아요?"

"몰라."

"그런데도 위험을 무릅쓰고 여기 있겠다는 거예요?"

"나는 위험한 일이면 뭐든 좋아하거든."

이렇게 해서 우리는 연인이 되었다.

헤르메스는 그뒤로도 한참 동안 땅거미를 가르며 종종 찾아왔다. 제우스의 창고에서 훔친 포도주, 꿀벌들이 백리향과 보리수 꽃에서만 거둔 히블라 산의 가장 달콤한 꿀과 같은 신들의 별미를 들고 왔다. 우리의 대화는 즐거웠고 합방도 마찬가지였다.

"내 아이를 낳아줄래?" 그가 물었다.

나는 폭소를 터뜨렸다. "아뇨. 절대, 절대."

그는 기분 나빠하지 않았다. 그는 그런 식의 날카로운 대응을 좋아했다. 상대방이 어떤 식으로 나오든 피 한 방울 흘릴 일이 없었으니까. 해답을 강구하고 상대방의 약점을 찾는 것이 그의 천성이기에 오로지 호기심 해소 차원에서 물은 거였다. 내가 그에게 얼마나 빠졌는지 궁금했던 것이다. 하지만 내 안의 뱅충이는 모두 사라졌다. 낮동안 드러누워서 그의 꿈을 꾸거나 베개에 대고 그의 이름을 속삭이는 일은 없었다. 그는 남편이 아니었고 심지어 친구라고 할 수도 없었다. 그는 독사였고, 나도 마찬가지였다. 우리는 그런 조건으로 만나만족스러운 시간을 보냈다.

그는 내가 듣고 싶었던 소식들을 들려주었다. 세상 구석구석을 여행하는 동안 진흙을 부르는 치맛단처럼 소문을 수집했다. 그는 글라우코스가 누구의 연회에서 술을 마셨는지 알았다. 콜키스의 분수에서 우유가 어느 정도 높이로 뿜어져나오는지 알았다. 아이에테스는 색을 입힌 표범 가죽 망토를 입고 잘 지낸다고 했다. 인간을 아내로 맞았고, 낳은 아이가 강보에 누워 있었고, 다른 하나가 뱃속에서 자라는 중이었다. 파시파에는 여전히 묘약으로 크레테를 다스렸고 그동안 남편이 수병水兵으로 쓸 아들과 딸을 대여섯 명씩 낳았다. 페르세스는 계속 동쪽에 머물며 통에다 크림과 피를 섞어서 죽은 자를 살렸다. 어머니는 슬픔을 딛고 마녀들의 어머니라는 칭호를 추가로 얻어 그걸 뽐내며 이모들 사이를 유유자적하게 누볐다. 우리는 그런 얘기를 하며 깔깔대고 웃었고, 나는 그가 떠나면 이번에는 내 얘기가 퍼져나갈 차례임을 알았다. 흙이 껴서 시커메진 손톱, 사향 냄새를 풍기는 사자, 내 집으로 찾아와 음식물 찌꺼기를 먹고 등을 긁어주길 바라는 돼지들. 그리고 두말하면 잔소리지만 내가 어떤 식으로 얼굴을 붉히며 그에게 달려들어 동정을 바쳤는지. 뭐, 얼굴을 붉히지는 않았지만 나머지는 전부 사실이었다.

그에게 아이아이에의 위치가 어디인지, 이집트와 아이티오피아와 다른 흥미진진한 곳들과는 거리가 얼마나 되는지 좀더 캐물었다. 나의 아버지는 기분이 풀렸는지, 조카들 이름은 어찌되는지, 바깥세상에서 어떤 왕국이 새롭게 전성기를 맞이했는지도 물어보았다. 그는 모든 질문에 대답했지만 내가 글라우코스와 스킬라에게 먹인 꽃은 여기서 얼마나 멀리 떨어져 있는지 물었을 때는 나를 보며 웃었다.

내가 암사자의 발톱을 갈아줄 일이 있나?

나는 최대한 무심한 말투로 물었다. "그리고 바위에 묶인 그 프로메테우스라는 티탄 신족은요? 잘 지내고 있어요?"

"어떨 것 같아? 날마다 간을 쪼아 먹히는데."

"아직도요? 인간을 도와준 걸 가지고 제우스가 왜 그렇게 화를 내는지 이유를 모르겠네."

"생각해봐," 그가 말했다. "불행한 인간과 행복한 인간, 둘 중에 누가 더 제물을 열심히 바치겠어?"

"당연히 행복한 인간이죠."

"틀렸어." 그가 말했다. "행복한 인간은 열심히 사느라 정신이 없거든. 아무한테도 신세를 진 게 없다고 생각하고. 하지만 그를 쓰러뜨리고 아내를 죽이고 아이를 불구로 만들면 저절로 소식이 들릴 거야. 온 가족을 한 달 동안 굶겨가며 새하얀 한 살배기 송아지를 제물로 바칠 거야. 여건만 허락한다면 백 마리도 사서 바칠걸."

"그래도 결국에는 보답을 해야 하잖아요." 내가 말했다. "그러지 않으면 더이상 제물을 바치지 않을 테니까."

"아, 인간들이 얼마나 오랫동안 계속 바쳐대는지 알면 너도 놀랄걸? 하지만 맞아, 결국에는 뭔가를 선물하는 게 좋지. 그러면 그는 다시 행복해지지. 그러면 이쪽에선 처음부터 다시 시작하고."

"올림포스의 신들은 그런 식으로 시간을 보내는군요. 인간들을 괴롭힐 방법을 궁리하면서."

"정의로운 척할 것 없어." 그가 말했다. "너희 아버지의 솜씨가 어느 누구보다 훌륭하니까. 암소를 한 마리 더 얻을 수 있다면 마을을 아예 쑥대밭으로 만드는 것도 마다하지 않을걸."

제물이 수북이 쌓인 아버지의 제단을 보며 나 혼자 속으로 흐뭇해했던 적이 얼마나 많았던가. 나는 벌게진 얼굴을 들키지 않으려고 잔을 들어 마셨다.

"프로메테우스를 좀 찾아가봐요." 내가 말했다. "그 날개 달린 신발을 신고. 뭔가 위로가 될 만한 것도 들고 가고."

"내가 왜 그래야 하는데?"

"당연히 색다른 경험을 위해서죠. 평생을 방탕하게 살던 당신 생에서 처음으로 좋은 일을 하는 거예요. 어떤 기분일지 궁금하지 않아요?"

그는 웃음을 터뜨렸지만 나는 더이상 다그치지 않았다. 그는 여전히 올림포스의 신이었고 여전히 제우스의 아들이었다. 그가 내게 방종을 허락하는 이유는 재미있기 때문인데, 언제 그 재미가 끝날지 모를 일이었다. 손으로 주는 먹이를 받아먹도록 독사를 가르칠 수는 있을지 몰라도 물기 좋아하는 천성을 제거할 수는 없는 법이었다.

봄이 지나고 여름으로 접어들었다. 어느 날 저녁에 나는 포도주를 앞에 두고 헤르메스와 시간을 보내다 마침내 스킬라에 대해서 물었다.

"아." 그가 눈을 반짝였다. "언제쯤 그녀 얘기가 나올지 궁금했었는데. 어떤 걸 알고 싶지?"

불행하게 살고 있나요? 하지만 그렇게 애처로운 질문을 하면 그는 폭소를 터뜨릴 테고 그럴 만도 했다. 나의 주술, 이 섬, 사자, 그 모든 게 그녀의 변신으로부터 비롯됐다. 나에게 새로운 인생이 부여된 것을 애석히 여긴다고 하면 거짓말이었다.

"바닷속 깊이 들어간 이후로 어떻게 됐는지 소식을 들은 적이 없어요. 어디에서 사는지 알아요?"

"여기서 멀지 않아. 인간의 배를 타고 하루도 안 돼서 닿을 수 있어. 마음에 드는 해협을 찾았거든. 한쪽에는 소용돌이가 있어서 배가 됐든 물고기가 됐든 지나가는 걸 뭐든 빨아들이지. 그 반대편 낭떠러지에는 그녀가 머리를 숨길 동굴이 있고. 소용돌이를 피한 선박은 그녀의 입속으로 직행해 먹잇감으로 전락하지."

"먹잇감이라고요." 내가 말했다.

"응. 그녀는 선원들을 잡아먹거든. 입 하나당 한 명씩 여섯 명을 한꺼번에. 노 젓는 속도가 느리면 열두 명을 잡아먹지. 싸우려고 드는 인간도 가끔 있지만 어떤 식으로 끝날지 너도 알잖아. 비명소리가 제법 멀리에서도 들리지."

나는 의자에 앉은 채로 얼어붙었다. 바닷속 깊은 곳에서 헤엄치며 오징어의 차가운 살을 빨아먹는 그녀를 상상했다. 그런데 아니었다. 스킬라는 예전부터 밝은 빛을 좋아했다. 남을 울리는 걸 좋아했다. 그리고 지금은 이빨이 가득하고 불사로 무장한 게걸스러운 괴물이 되었다.

"아무도 막을 수 없어요?"

"제우스나 너희 아버지는 가능하지, 마음만 먹으면. 하지만 뭐 하러 그러겠어? 괴물은 신들에게 요긴하거든. 다들 얼마나 열심히 기도를 드릴지 생각해봐."

목구멍이 조여왔다. 그녀가 잡아먹은 인간들은 예전의 글라우코스처럼 행색이 남루하고 절망적이며 공포로 너덜너덜해진 뱃사람이었다. 그들 모두가 죽었다. 내 이름이 찍힌 싸늘한 연기가 되었다.

헤르메스가 호기심 많은 새처럼 고개를 모로 꼬고 나를 쳐다보고 있었다. 어떤 반응을 보일지 기다리는 거였다. 나는 엎질러진 물을 두고 우는 여자일까 아니면 심장이 돌로 이루어진 매정한 여자일까? 중간은 없었다. 그 두 개가 아닌 다른 반응은 그가 좋아하는 재미난 이야기에 들어맞지 않았다.

사자의 머리 위에 손을 얹으며 큼지막하고 단단한 머리뼈를 느꼈다. 녀석은 헤르메스가 있는 동안에는 절대 잠을 자지 않았다. 눈을 반쯤 감고 예의 주시했다.

"스킬라는 원래부터 한 명으로는 만족하지 못했죠." 내가 말했다.

그는 미소를 지었다. 심장이 낭떠러지나 다름없는 계집이로군.

"전부터 얘기하려던 게 있었는데," 그가 말했다. "너에 대한 예언을 들었거든. 신전을 떠나 벌판을 떠돌아다니며 점을 쳐주는 늙은 예언자한테."

그의 관심사가 금세 바뀌는 거라면 이골이 나 있었고 이번에는 그래서 고마웠다. "그 옆을 지나는데 마침 그 사람이 내 얘기를 하던가요?"

"그럴 리가. 돋을무늬를 새긴 황금 잔을 주며 헬리오스의 딸, 아이아이에의 마녀 키르케에 대해 아는 게 있으면 전부 알려달라고 했지."

"그랬더니요?"

"내 피를 물려받은 오디세우스라는 남자가 언젠가 네 섬을 찾아올 거라고 하더군."

"그리고요?"

"그걸로 끝이었어." 그가 말했다.

"그렇게 한심한 예언은 살다 살다 처음이네." 내가 말했다.

그는 한숨을 쉬었다. "그러게. 내 잔만 버렸지."

앞에서 얘기했다시피 나는 그의 꿈을 꾸지 않았다. 그의 이름과 내 이름을 한데 엮지도 않았다. 밤이 돼서 같이 눕고 자정이면 그가 떠나도 다음날에 멀쩡히 일어나 숲으로 들어갈 수 있었다. 종종 사자가 내 옆에서 같이 걸었다. 축축한 나뭇잎이 다리를 스치고 지나가는 가운데 시원한 공기를 마시며 걷는 그 시간에 가장 심오한 희열을 만끽할 수 있었다. 가끔 걸음을 멈추고 이런저런 꽃을 꺾기도 했다.

하지만 내가 정말로 원하는 꽃, 기다리는 꽃은 따로 있었다. 헤르메스와 처음으로 대화를 나눈 뒤에는 한 달 그리고 또 한 달을 그냥 흘려보냈다. 그에게 보이고 싶지 않았다. 여기에 그가 낄 자리는 없었다. 이건 나만의 의식이었다.

횃불은 들고 오지 않았다. 내 눈은 어둠 속에서 그 어떤 올빼미의 눈보다 더 밝았다. 어둠으로 덮인 나무와 고요한 과수원과 수풀과 덤불을 지나고 모래사장을 가로질러 낭떠러지를 올라갔다. 새들이 잠잠했고 짐승들도 마찬가지였다. 들리는 소리라고는 나뭇잎 사이로 흐르는 공기와 내 숨소리가 전부였다.

그곳의 부엽토 안에, 고사리와 버섯 아래에 숨어 있었다. 손톱만 하고 우유처럼 하얀 꽃이었다. 아버지가 하늘에서 쓰러뜨린 거인이 흘린 피. 뒤엉켜져 있는 줄기를 잡아당겼다. 뿌리가 잠깐 저항하다가 뽑혀 나왔다. 시커멓고 굵었고 쇠와 소금 냄새가 났다. 꽃 이름을 알 수 없었기에 '몰리'라고 부르기로 했다. 신들이 쓰는 고대어로 **뿌리**라는 뜻이었다.

오, 아버지, 아버지가 저한테 어떤 선물을 주었는지 아세요? 밟으면 부서질 정도로 여린 그 꽃 안에는 액운을 막는 **아포트로페**라는 단단한 능력이 담겨 있었다. 저주를 푸는 꽃이었다. 순수하기에 신처럼 떠받들어지는 방벽이자 보루였다. 온 세상을 통틀어 나를 배신하지 않으리라 장담할 수 있는 딱 한 가지였다.

나날이 섬이 꽃으로 뒤덮였다. 내 꽃밭이 담벼락을 타고 넘었고 향기가 창문 너머에서 불어왔다. 그때쯤에는 덧문을 열고 지냈다. 나는 좋아하는 일을 하며 지냈다. 누가 물으면 행복하다고 대답했을 것이다. 하지만 나는 결코 잊지 않았다.

내 이름이 찍힌 싸늘한 연기를.

9

태양이 이제 막 나무 위로 고개를 내민 아침이었고 나는 꽃밭에서 식탁에 꽂을 아네모네를 꺾고 있었다. 돼지들은 음식물 찌꺼기에 대고 코를 킁킁거렸다. 수퇘지 한 마리가 짜증을 내며 다른 친구들을 밀쳤고 위세를 부리느라 허공에 대고 꿀꿀거렸다. 나와 녀석의 시선이 만났다. "어제 네가 개울에서 물거품 일으키는 거 봤어. 그 전날에는 점박이 암컷한테 귀를 물어뜯기고 쫓겨났지? 좀 점잖게 굴어라."

녀석은 흙에 대고 씩씩거리다 배를 깔고 털썩 주저앉아 잠잠해졌다.

"내가 없을 때는 항상 돼지들한테 말을 거냐?"

헤르메스가 여행용 망토를 입고 챙이 넓은 모자를 푹 눌러쓰고 서 있었다.

"나는 그 반대라고 생각하고 싶은데요." 내가 말했다. "이 멀쩡한 대낮에 웬일이에요?"

"배가 오고 있어." 그가 말했다. "너한테 알려주는 게 좋을 것 같아서."

나는 일어섰다. "이쪽으로요? 무슨 배요?"

그는 미소를 지었다. 그는 내가 당황하면 항상 재밌어했다. "얘기해주면 뭘 줄 테냐?"

"꺼져주시죠." 내가 말했다. "어두울 때 만나는 게 훨씬 좋네요."

그는 껄껄 웃으며 사라졌다.

헤르메스가 지켜보고 있을 경우에 대비해 오전 내내 평소처럼 움직였지만 긴장감과 팽팽한 기대감을 느낄 수 있었다. 자꾸만 수평선으로 향하는 시선을 어쩔 수 없었다. 배라니. 헤르메스의 호기심을 자극할 만한 손님들이 타고 있는 배. 누구일까?

그들은 환한 거울 같은 파도를 헤치며 오후 느지막이 등장했다. 글라우코스가 타고 다니던 배보다 열 배는 큰 함선이었고 멀리서 봐도 얼마나 고급스러운지 알 수 있었다. 날렵하고 화려한 색상으로 칠했고 거대한 선수상이 달려 있었다. 일정하게 노를 저으며 무거운 공기를 가르고 곧장 나를 향해 다가왔다. 그들이 가까워지자 해묵은 열망이 내 목젖을 눌렀다. 인간들이었다.

선원들이 닻을 내렸고 남자 하나가 야트막한 옆쪽으로 뛰어내려 첨벙첨벙 해안으로 걸어왔다. 그는 해변과 숲의 경계선을 따라 걷다가 돼지들이 다져놓은 오솔길을 발견했다. 아칸서스 가지와 월계수 수풀 사이로 가시덤불을 지나서 구불구불 이어지는 오르막길이었다. 그 지점에서 그가 시야에서 사라졌지만 나는 그 길의 끝이 어디인지 알았다. 그래서 기다렸다.

그는 사자를 보고 걸음을 멈추었지만 잠시뿐이었다. 어깨를 수그리지 않고 꼿꼿하게 편 채 공터의 풀밭에서 내게 무릎을 꿇었다. 이제 보니 아는 인간이었다. 나이를 먹어서 얼굴에 주름이 늘었지만 여전히 민머리에 눈빛이 맑았다. 온 세상을 통틀어 신들의 귀에까지 소문이 들어가는 인간은 몇 명에 불과했다. 현실적인 관점에서 생각해보라. 우리가 그들의 이름을 알 때쯤이면 그들은 이미 죽은 몸이다. 유성 정도는 되어야 우리의 눈에 들 수 있다. 그냥 훌륭한 정도로는 먼지에 불과하다.

"여신이여," 그가 말했다. "번거롭게 해드려 죄송합니다."

"아직은 번거로울 것 없다." 내가 말했다. "일어나도 된다."

그는 인간과 같은 내 목소리를 알아차렸는지 몰라도 티를 내지 않았다. 자리에서 일어났다. 워낙 근육질이라 우아했다고 말할 수는 없겠지만 잘 맞는 경첩에 달린 문처럼 매끄럽게 일어났다. 나와 시선이 마주쳐도 움찔하지 않았다. 신들을 상대하는 데 이골이 났군, 나는 생각했다. 마녀도 마찬가지고.

"그 유명한 다이달로스가 어쩐 일로 여길?"

"저를 알아봐주시니 영광입니다." 그의 목소리는 서풍처럼 흔들림이 없고 따뜻하고 일정했다. "당신의 여동생께서 보낸 전언을 듣고 왔습니다. 아이를 임신중이신데 출산이 임박해서요. 여신께서 분만을 옆에서 지켜봐주길 바라십니다."

나는 그를 빤히 쳐다보았다. "제대로 찾아온 게 맞나, 전령? 여동생과 나는 그렇게 애틋한 사이가 아닌데."

"애틋한 마음에서 저를 보내신 게 아닙니다."

바람이 불자 보리수 향이 실려 왔다. 그 끝에 돼지들이 풍기는 진흙 냄새가 느껴졌다.

"동생이 이미 여섯 명의 아이를, 그것도 갈수록 수월하게 낳았다고 들었다. 동생이 아이를 낳다가 죽을 일도 없고, 태어난 아이는 어미에게 물려받은 힘으로 잘 자랄 텐데. 내가 필요한 이유가 뭐냐?"

그는 재주가 좋아 보이고 두툼하게 근육이 잡힌 두 손을 펼쳐보였다. "죄송하지만 저는 더이상 아무 말씀도 드릴 수가 없습니다. 다만 왕비께서 여신님이 아니면 도울 수 있는 자가 아무도 없다고 전하라고 하셨습니다. 당신의 능력이 필요하다고요. 오로지 당신이어야 한다고요."

파시파에도 내가 어떤 능력을 가지고 있는지 소문을 듣고 자신에게 쓸모가 있겠다고 판단한 모양이었다. 그녀에게 칭찬을 듣다니 내 평생 처음 있는 일이었다.

"동생께서는 아버님께 허락을 받았다는 얘기도 전하라고 하셨습니다. 이번 일을 위해 유배를 잠깐 중단한다고요."

나는 미간을 찌푸렸다. 이상했다. 너무 이상했다. 그녀가 아버지를 찾아갈 만큼 중요한 일이 뭐였을까? 그리고 마법사가 더 필요하다면 왜 페르세스를 부르지 않을까? 뭔지 모를 계략 같았지만 동생이 그런 계략을 꾸미는 이유를 알 수가 없었다. 나는 그녀에게 아무런 위협도 되지 못했다.

솔깃한 일이긴 했다. 당연히 호기심이 생겼지만 그뿐만이 아니었다. 그녀에게 내가 어떻게 달라졌는지 보여줄 수 있는 기회였다. 그녀가 어떤 덫을 설치했는지 몰라도 이제는 그걸로 나를 잡을 수 없었다. 더이상은.

"유배가 유예됐다니 듣던 중 반가운 소식이구나." 내가 말했다.

"이 끔찍한 감옥에서 어서 빨리 탈출하고 싶다." 계단처럼 이어지는 주변의 언덕들이 봄빛으로 반짝였다.

그는 계속 정색하고 말했다. "한 가지가…… 더 있습니다. 그 해협을 지나야 한다고 사전에 말씀드리라는 지시가 있었습니다."

"무슨 해협?"

하지만 그의 표정에서 대답을 알 수 있었다. 눈 아래로 시커멓게 진 그늘, 피곤에 찌든 비통한 표정.

욕지기가 치밀었다. "스킬라가 사는 곳 말이구나."

그는 고개를 끄덕였다.

"여기로 올 때도 그 길을 지나야 한다고 동생이 명령을 내렸더냐?"

"그렇습니다."

"몇 명을 잃었느냐?"

"열두 명이었습니다." 그가 말했다. "속도를 충분히 내지 못했습니다."

내 여동생이 어떤 아이인지 무슨 수로 잊을 수 있을까. 그녀는 그냥 부탁을 하는 걸로는 절대 만족하지 못하고 자기 말을 듣도록 채찍을 휘둘러야 직성이 풀렸다. 미노스에게 으스대며 깔깔거리는 그녀의 모습이 그려지는 듯했다. 키르케가 인간이라면 사족을 못 쓴다고 하더라고.

그때처럼 그녀를 증오한 적이 없었다. 잔인하기 이를 데 없는 처사였다. 내 집으로 성큼성큼 들어가 문을 쾅 닫아버리는 상상을 했다. 어떡하니, 파시파에. 다른 바보를 찾아야겠네.

하지만 그랬다가는 여섯 아니면 열두 명이 더 죽을 것이었다.

코웃음이 나왔다. 내가 나서면 그들이 목숨을 건질 수 있다고 어느 누가 장담할 수 있을까? 나는 괴물을 물리치는 주술이라면 아는 게 전혀 없었다. 게다가 내가 보이면 스킬라가 광분할 것이다. 나 때문에 그들을 향해 더욱 격렬하게 분노를 표출할 것이다.

다이달로스는 어두운 얼굴로 나를 지켜보았다. 그의 어깨 너머에서 아버지의 전차가 바닷속으로 미끄러져 들어가고 있었다. 칙칙한 왕궁의 방안에서 천문학자들이 지금도 저녁놀의 후광을 추적하며 그들의 계산이 맞길 바라고 있을 것이다. 사형 집행인의 도끼를 떠올리며 뼈만 앙상한 무릎을 떨고 있을 것이다.

나는 옷과 간단한 소지품을 넣어 자루를 챙겼다. 등뒤로 문을 닫았다. 해야 할 일은 그걸로 끝이었다. 사자는 알아서 잘 지낼 수 있을 것이다.

"준비 끝났다." 내가 말했다.

그 배는 늘씬하고 물속으로 많이 잠기는, 처음 보는 양식이었다. 선체에는 굽이치는 파도와 등을 수그린 돌고래들이 아름답게 그려져 있었고 선미에서는 문어가 뱀 같은 다리를 뻗고 있었다. 선장이 닻을 올리자 나는 뱃머리로 다가가 좀 전에 보았던 선수상을 살폈다.

무용복을 입은 여자아이였다. 눈을 동그랗게 뜨고 입을 살짝 벌려서 뜻밖의 일로 행복해하는 표정을 짓고 있었고 풀어헤친 머리칼을 어깨 너머로 늘어뜨렸다. 작은 손은 가슴 앞에서 깍지를 꼈고 음악이 이제 막 시작되려는 듯 발끝으로 서서 자세를 잡고 있었다. 곱실거리는 머리칼하며 옷의 주름하며 모든 선 하나하나가 워낙 생생해 당장이라도 아이가 하늘로 뛰어오를 것 같았다. 하지만 진짜 기적은 따로 있었다. 무슨 수를 썼는지 모르겠지만 이 작품을 통해 여자아이의 내면이 언뜻 들여다보였다. 무언가를 찾는 듯 영민한 눈빛, 결연하고 우아한 눈썹. 편안하고 초원처럼 파릇파릇한 흥분과 순수.

누구의 작품이냐고 물을 필요도 없었다. 내 남동생은 다이달로스를 가리켜 인간계의 경이로운 작품이라고 했지만 이 정도면 어떤 세상에서도 경이로운 존재였다. 나는 선수상을 자세히 들여다보았고 시시각각으로 즐거운 볼거리를 새롭게 발견했다. 턱에 살짝 파인 보조개, 튀어나온 발목, 망아지 같은 젊음.

놀라운 작품이지만 일종의 선언이기도 했다. 나는 아버지의 발치에서 자랐기에 권력을 과시하려는 의도를 간파할 줄 알았다. 다른 나라의 왕이 이런 보물을 가지고 있었다면 감시병을 붙여서 방벽을 최고로 높이 쌓은 공간에 보관했을 것이다. 하지만 미노스와 파시파에는 소금물과 햇볕, 해적과 해초 더미와 괴물들에게 노출되는 뱃머리에 매달았다. 마치 이런 식으로 선포하는 듯했다. 이 정도는 약과야. 천 개는 더 있고 거기서 한 걸음 더 나아가 그걸 만들 줄 아는 사람을 데리고 있거든.

북소리에 내 관심이 다른 데로 쏠렸다. 선원들이 각자 자리에 앉았고 크게 요동치는 느낌이 처음으로 전해졌다. 부둣가의 바닷물이 우리 곁을 미끄러져 지나가기 시작했다. 내 섬이 뒤에서 점점 작아졌다.

내 주변의 갑판을 가득 메운 사람들에게로 시선을 돌렸다. 모두 합해서 서른여덟 명이었다. 고물에서는 망토와 황금 갑옷을 입은 다섯 명의 경비병이 서성거렸다. 하도 여러 번 부러지다보니 다들 코가 뭉툭했고 휘었다. 아이에테스가 그들을 보고 빈정거렸던 게 생각났다. 왕자처럼 떨쳐입은 미노스의 졸개들이지. 크노소스의 막강한 해군 가운데에서 선발한 이 노잡이들은 덩치가 어찌나 큰지 손에 쥔 노가 가날파 보일 정도였다. 그들 주변에서 다른 선원들이 잽싸게 움직이며 햇빛을 막아줄 덮개를 설치했다.

미노스와 파시파에의 결혼식장에서 언뜻 보았던 인간들은 나무에 달린 이파리처럼 멀찍하고 흐릿하게 느껴졌었다. 하지만 태양이 비치는 여기 이곳에서는 저마다의 얼굴이 잔인하리만치 뚜렷했다. 누구는 굵고 누구는 매끈하며 누구는 매부리코에 턱은 좁고 수염을 길렀다. 각자 흉터, 굳은살, 찰과상, 주름살, 삐친 머리가 있었다. 한 명은 열기를 식히느라 물에 적신 천을 목에 둘렀다. 다른 한 명은 어린애가 만들었음직한 팔찌를 차고 있었고 또다른 한 명은 두상이 피리새를 닮았다. 이들은 세상이 낳은 수많은 인간들 가운데 일부 중에서도 일부라는 생각이 들자 현기증이 났다. 이런 다양성이, 이 끝없는 생각과 얼굴의 반복이 무슨 수로 유지됐을까? 어떻게 세상이 미치지 않았을까?

"의자 가져다드릴까요?" 다이달로스가 물었다.

나는 그를 돌아보았고, 그라는 한 인간을 보며 한숨을 돌릴 수 있다는 데 감사했다. 다이달로스는 잘생겼다고 할 수 없는 얼굴이었지만 이목구비가 보기 좋게 강건했다.

"서 있는 게 더 좋다." 나는 말하고 선수상을 가리켰다. "아름다운 소녀로구나."

그는 칭찬에 익숙한 사람답게 고개를 숙였다. "감사합니다."

"궁금한 게 있다만. 내 동생이 너에게 감시를 붙이는 이유가 무엇이냐?" 우리가 선상에 오르고부터 경비병 중에서도 가장 덩치가 큰 우두머리가 그를 험상궂게 쳐다보았다.

"아." 그는 살짝 미소를 지었다. "미노스와 파시파에 님은 제가 두 분의…… 호의를 충분히 인식하지 못하는 건 아닌지 걱정하시기 때문이죠."

아이에테스가 했던 말이 생각났다. 파시파에가 붙잡아놓고 있어.

"오는 길에 도망칠 수도 있었을 텐데."

"도망칠 기회는 지금까지 여러 번 있었습니다. 하지만 파시파에 님이 제가 절대 두고 떠나지 않을 걸 쥐고 계셔서요."

나는 더 자세한 설명을 기다렸지만 그걸로 끝이었다. 그는 난간에 손을 얹었다. 손마디가 짓이겨졌고 손가락은 베었다가 하얗게 변한 흉터들을 품고 있었다. 나무나 유리를 주먹으로 박살내기라도 한 듯했다.

"해협에서," 나는 말문을 열었다. "스킬라를 보았느냐?"

"제대로 보지는 못했습니다. 낭떠러지가 물보라와 안개로 뒤덮인 데다 그녀가 하도 빠르게 움직여서요. 다리만큼 긴 이빨이 달린 여섯 개의 머리가 두 번 들이닥쳤어요."

나는 이미 갑판에 남은 흔적을 보았다. 씻어냈지만 핏자국이 깊숙이 스며들었다. 열두 명의 생명이 남긴 것이라고는 그게 전부였다. 파시파에가 의도했던 것처럼 내 뱃속이 죄책감으로 뒤틀렸다.

"그렇게 된 게 나 때문이라는 걸 너도 알고 있겠지." 내가 말했다. "내가 스킬라를 지금의 모습으로 만들었다는 걸. 그래서 내가 추방을 당했고 내 동생이 너에게 이 길을 강요한 거다."

나는 그가 놀라거나 혐오스러워하거나 아니면 공포에 질린 표정을 짓는지 지켜보았다. 하지만 그는 고개를 끄덕이고 그만이었다.

"그분께 들었습니다."

당연한 얘기였다. 그녀는 가슴에 독을 품고 있었다. 나를 구세주가 아니라 악당으로 포장하고 싶었을 것이다. 이번에는 그게 진실이었지만.

"이해가 안 되는 게 한 가지 있다." 내가 말했다. "내 동생이 잔인할지언정 멍청하지는 않은데 위험하게 너에게 이런 심부름을 맡긴 이유가 뭐냐?"

"제가 자초한 일입니다. 더이상은 아무 말씀도 드릴 수 없지만 크레테에 도착하면 아시게 될 겁니다." 그는 머뭇거렸다. "저희가 대처할 방법이 있을까요? 스킬라를 상대할 방법이요."

머리 위에서 태양이 마지막 남은 구름 조각을 불태우고 있었다. 덮개를 쳤는데도 인간들은 숨을 헐떡였다.

"모르겠다." 내가 말했다. "노력해봐야지."

하늘로 솟구치는 소녀 옆에 아무 말 없이 서 있는 동안 바다가 점점 멀어졌다.

그날 저녁에는 초록이 무성한 육지의 바닷가에서 야영을 했다. 그들은 공포로 숨을 죽인 채 긴장한 표정으로 조용히 모닥불을 둘러싸고 앉았다. 속삭이는 소리와 철벅거리며 포도주를 돌리는 소리가 들렸다. 어느 누구도 멀쩡한 정신으로 누워서 내일을 상상하고 싶어하지 않았다.

다이달로스가 침낭과 함께 조그만 공간을 따로 할애했지만 나는 자리를 피했다. 숨을 토하며 걱정하는 인간들에게 둘러싸여 있을 자신이 없었다.

내 섬이 아닌 다른 땅의 흙을 밟는 기분이 이상했다. 작은 숲이 있 겠거니 생각한 곳에서 덤불이 등장했다. 돼지들이 있겠거니 생각한 곳에서 오소리가 으르렁거렸다. 내 섬보다 지형은 더 평평하고 숲은 더 야트막했고 다른 조합의 꽃이 피었다. 비터 아몬드나무와 꽃이 핀 벚나무가 보였다. 그 안의 기름진 양분을 수확하고 싶어서 손가락이 근질거렸다. 허리를 숙이고 양귀비 한 송이를 따서 그 빛깔을 손에 담았다. 두근거리는 까만 씨가 느껴졌다. 자, 우리를 마법의 묘약으로 만들어주세요.

유혹에 넘어가지 않았다. 나는 지금까지 들은 모든 정보를 토대로 스킬라의 모습을 그려보는 중이었다. 여섯 개의 입, 여섯 개의 머리, 대롱거리는 열두 개의 다리. 하지만 노력하면 할수록 점점 멀어졌다. 그 대신 우리 신전에서 깔깔대며 웃던 그녀의 동그란 얼굴이 떠올랐 다. 그녀의 손목은 구부린 게 백조의 목과 비슷했다. 내 여동생의 귀 에 대고 떠도는 소문을 속삭일 때면 턱을 우아하게 기울였다. 그리고 그들 옆에는 내 남동생 페르세스가 히죽거리며 앉아 있었다. 스킬라 의 머리칼을 손가락으로 꼬며 만지작거렸다. 그녀가 고개를 돌려서 그의 어깨를 치면 그 소리가 쩌렁쩌렁 울렸다. 항상 이목이 집중되는 걸 좋아했던 그 둘은 웃음을 터뜨렸고 나는 여동생이 그런 식의 애정 표현에 아랑곳하지 않은 이유를 궁금해했던 기억이 났다. 그녀는 페 르세스 옆에 자기 말고 아무도 접근하지 못하게 했음에도 불구하고 지켜보며 웃기만 했다.

아버지의 신전에서 앞 못 보는 두더지처럼 지냈던 세월을 잊고 지 낸 줄 알고 있었다. 이어서 몇 가지 세세한 기억이 되살아났다. 특별 한 연회 때 스킬라가 입었던 초록색 로브와 끈에 청금석이 달렸던 은색 샌들. 머리칼을 위로 고정시킬 때 꽂았던, 끝에 고양이가 달린 금색 핀. 아마도…… 테바이에서 건너온 선물이었다. 이집트의 테바이에서 그녀를 떠받들었던, 짐승의 머리가 달린 어떤 신에게서 받은 선물이었다. 그 장신구는 어떻게 됐을까? 그녀가 벗어놓은 옷과 함께 아직까지 물가의 풀밭에 놓여 있을까?

검은 미루나무가 빽빽하게 심어진 조그만 둔덕에 다다랐다. 줄기가 울퉁불퉁한 나무 사이를 걸었다. 그중 한 그루는 얼마 전에 벼락을 맞았는지 검게 그은 몸통의 상처에서 수액이 흘러나오고 있었다. 불에 탄 수액에 손가락을 갖다댔다. 그 힘이 느껴졌고 이걸 담을 병을 들고 오지 않은 게 후회스러웠다. 뼛속에 불덩이를 담고 있는 꼿꼿한 다이달로스가 생각났다.

그가 두고 떠날 수 없었던 게 뭐였을까? 그 얘기를 하면서 그는 조심스러운 표정을 지었고, 분수에 타일을 얹듯 신중하게 말을 골랐다. 분명 연인 아닐까, 생각했다. 왕궁의 예쁘장한 시녀 아니면 잘생긴 마부. 내 여동생이라면 그런 은밀한 관계의 냄새를 일 년 가야 닿을 수 있는 거리에서도 맡을 수 있었다. 미끼 삼아 그들에게 그의 방으로 찾아가라는 명령을 내렸을 수도 있었다. 하지만 그들의 얼굴을 상상하려고 애를 써보니 왠지 믿기지가 않았다. 다이달로스는 얼마 전에 실연의 아픔을 겪었거나 오래전에 연을 맺고 옆에서 썩어가는 아내를 두고 애인을 만나는 것 같지 않았다. 연인 중 한 사람이 아니라 혼자인 혈혈단신으로만 그려졌다. 그렇다면 돈일까? 그가 만든 발명품일까?

나는 생각했다. 내일 그의 목숨을 구해주면 알아낼 수 있을지 몰라.

머리 위로 달이 지나갔고 그와 함께 밤도 깊어졌다. 다이달로스의 목소리가 다시금 귓전을 맴돌았다. 다리만큼 긴 이빨이 달려 있었습니다. 싸늘한 공포가 나를 훑고 지나갔다. 무슨 근거로 내가 그런 괴물을 상대할 수 있을 거라고 생각했을까. 그녀는 다이달로스의 목을 따고 나를 낚아채 입속에 넣을 것이다. 잡아먹히면 나는 뭐가 될까? 재나 연기가 될까? 죽지도 못하고 바다 밑에서 이리저리 쓸려 다니는 뼈만 남겠지.

발길이 바닷가로 향했다. 차가운 잿빛 바다를 따라 걸었다. 파도의 중얼거림과 밤새들의 울음소리에 귀를 기울였지만 솔직히 내 관심사는 그게 전부가 아니었다. 이제는 익숙해진, 공기를 잽싸게 가르는 소리가 들리길 기다렸다. 헤르메스가 깔깔대며 내 앞으로 등장해 놀려주길 계속 기다렸다. 그래, 아이아이에의 마녀, 내일 어쩔 생각이지?

모래사장에 무릎을 꿇고 손바닥을 위로 들어올리며 그에게 도와달라고 간청할까? 아니면 바닥으로 쓰러뜨리고 그 자리에서 환락을 제공할까? 그가 무엇보다도 좋아하는 게 기습이니. 나중에 그가 뭐라고 얘기하고 다닐지 들리는 듯했다. 어찌나 마음이 급했던지 고양이처럼 내 위로 올라타더라니까? 그가 내 여동생이랑 잤어야 하는 건데, 하는 생각이 들었다. 둘이 서로 잘 맞을 텐데. 어쩌면 이미 잤을지 모른다는 생각이 처음으로 들었다. 어쩌면 그 둘은 종종 나란히 누워서 나의 아둔함을 비웃었을지 모른다. 어쩌면 이게 다 그의 발상이었을 수도 있다. 오늘 아침에 그가 찾아와 나를 놀리며 희희낙락한 게 다 그 때문이었을 수도 있다. 우리 둘이 나누었던 대화를 떠올리며 의미를 분석했다. 그가 누구 하나를 얼마나 금세 바보로 만들 수 있던가. 그는 남들을 의혹의 구렁텅이에 빠뜨려 이랬다저랬다 하는 그의 뒤에서 계속 궁금해하고 안달복달하며 비틀거리게 만드는 데서 가장 큰 재미를 느꼈다. 나는 어둠을 향해, 거기서 조용히 떠다니고 있을지 모르는 날개를 향해 외쳤다. "당신이 그 아이랑 자더라도 상관없어요. 페르세스하고도 동침하지 그래요, 잘생겼는데. 내가 당신 때문에 질투할 일은 절대 없을 거예요."

그가 듣고 있을 수도, 그러지 않을 수도 있었다. 상관없었다, 어차피 오지 않을 테니. 그의 입장에서는 내가 어떤 극단적인 조치를 동원하는지, 어떤 저주를 내리려다 실패하는지 구경하는 편이 더 재미있을 것이다. 아버지도 돕지 않을 것이다. 아이에테스라면 단순히 자기 능력을 시험해보기 위해서라도 도울지 모르지만 그는 다른 세상에 있었다. 내가 하늘로 날아오를 방법을 터득하지 않는 한 그에게 닿을 방법이 없었다.

내 처지가 여동생보다 더 쓸쓸하다는 생각이 들었다. 나는 그 아이를 위해 가고 있었지만 나를 위해 와줄 사람은 없었다. 그 생각이 들자 마음이 차분해졌다. 나는 평생 혼자였다. 아이에테스, 글라우코스는 내 기나긴 고독의 쉼표에 불과했다. 무릎을 꿇고 모래에 손가락을 묻었다. 손톱을 할퀴는 모래알을 느꼈다. 추억 하나가 떠올랐다. 글라우코스에게 구제불능의 해묵은 법칙을 설명하는 아버지의 모습이었다. 다른 신이 저지른 짓을 되돌릴 수 있는 신은 없다.

하지만 그 짓을 저지른 장본인이 나였다.

달이 기울었다. 파도가 차가운 입술을 내 발에 갖다댔다. 나는 생각했다. 목향, 물푸레와 올리브와 전나무. 불에 탄 층층나무 껍질과 사리풀, 그리고 이 모든 것의 바닥에는 몰리. 주문을 풀고, 애초에 그녀를 변신시켰던 나의 못된 생각을 물리칠 몰리.

모래를 털고, 어깨에 멘 약초 주머니를 대롱거리며 일어섰다. 걸음을 옮기자 종을 흔드는 염소처럼 병들이 나지막이 뎅그렁거렸다. 내 살결만큼이나 익숙한 냄새가 맴돌았다. 흙과 엉겨붙은 뿌리, 소금과 쇠를 닮은 피냄새였다.

다음날 아침에 인간들은 안색이 어둡고 말이 없었다. 한 명은 삐걱거리는 소리가 나지 않도록 노걸이에 기름을 칠했고 또 한 명은 핏자국이 남은 갑판을 닦았다. 얼굴이 시뻘게진 건 더위 때문인지 상심 때문인지 알 수 없었다. 고물에서는 또다른 인간이 기도를 드리며 바다 위로 포도주를 붓고 있었다. 아무도 나를 쳐다보지 않았다. 이러니저러니 해도 나는 파시파에의 언니였고 그들은 그녀에게 도움을 받을 생각을 버린 지 오래였다. 하지만 허공을 빽빽하게 압박하는 그들의 긴장감과 시시각각으로 고조되는 숨막히는 공포를 느낄 수 있었다. 죽음이 다가오고 있었다.

그 생각은 하지 말자, 나는 속으로 중얼거렸다. 내가 단단히 버티면 오늘은 아무도 죽지 않을 거야.

경비대장은 퉁퉁 부은 얼굴에 눈이 누렜다. 이름은 폴리다마스였고 몸집이 거대했지만 나는 여신이라 키가 비슷했다. "네 망토가 필요하다." 나는 그에게 말했다. "그리고 튜닉도, 당장."

그는 눈을 가늘게 떴고 반사적으로 거부하는 눈빛을 보였다. 나는 이런 부류의 인간을 자주 접하게 될 것이었다. 보잘것없는 권력에 집착하는 그에게 나는 한낱 여자일 따름이었다.

"왜요?" 그가 물었다.

"너희 동료들의 죽음을 원치 않으니까. 너는 달리 생각하는 건 아니겠지?"

내 말이 갑판을 타고 전해지자 서른일곱 쌍의 눈이 나를 올려다보았다. 그는 옷을 벗어 내게 건넸다. 흰색 소모사에 짙은 자주색으로 테두리를 단, 선상에서 가장 화려하고 고급스러운 옷이 갑판을 쓸었다.

다이달로스가 내 옆으로 와서 서 있었다. "제가 도와드릴까요?"

나는 그에게 망토를 들고 있게 했다. 그 뒤에서 옷을 벗고 튜닉으로 갈아입었다. 진동이 벌어지고 허리에 주름이 잡혔다. 시큼한 인간의 살냄새가 나를 감쌌다.

"망토를 입혀주겠느냐?"

다이달로스가 내 위에 망토를 걸치고 문어 모양의 금색 핀을 채웠다. 담요처럼 묵직하게 늘어진 망토가 어깨에서 헐렁하게 미끄러져 내려왔다. "외람된 말씀이지만 그다지 남자처럼 보이지 않습니다."

"남자처럼 보이려는 게 아니다." 내가 말했다. "내 남동생처럼 보이려는 거지. 스킬라가 예전에 그 아이에게 연정을 품고 있었는데, 지금도 그 마음이 남아 있을지 모르거든."

나는 히아신스와 꿀, 물푸레나무 꽃과 바꽃에 호두나무 껍질을 넣어서 같이 으깬 연고를 입술에 발랐다. 동물이나 식물이라면 모를까, 나 자신에게 변신의 주문을 건 적은 처음이라 의구심의 나락이 갑작스럽게 나를 덮쳤다. 그 생각을 애써 떨쳐버렸다. 어떤 주문을 부리든 실패에 대한 두려움이 가장 해로웠다. 그 대신 페르세스에 집중했다. 나른하고 거들먹거리는 표정, 투실투실한 근육과 두툼한 목, 긴 손가락이 달린 게으른 손. 이것들을 차례로 소환해 내 안으로 집어넣었다.

눈을 뜨자 다이달로스가 나를 쳐다보고 있었다.

"가장 견실한 인간들에게 노를 맡겨라." 나는 그에게 말했다. 목소리도 바뀌어서 저음이었고 신의 거만함으로 가득했다. "절대 노젓기를 멈추면 안 된다. 무슨 일이 있어도."

그는 고개를 끄덕였다. 그는 칼을 들고 있었고 이제 보니 다른 인간들도 그 비슷하게 창과 검과 투박한 곤봉으로 무장하고 있었다.

"아니," 나는 말했다. 온 함선이 들을 수 있도록 언성을 높였다. "스킬라는 불멸이다. 무기는 아무 소용없으니 두 손 모두 노를 젓는 데 써야 한다."

여기저기서 당장 칼을 칼집에 탁 하고 넣고 창을 내려놓는 소리가 들렸다. 심지어 남에게 빌린 튜닉을 입은 폴리다마스마저 내 말을 따랐다. 하마터면 웃음이 날 뻔했다. 내 평생 이렇게 존중받기는 처음이었다. 페르세스로 지내는 기분이 이런 걸까? 하지만 벌써 수평선 너머로 해협의 윤곽이 희미하게 보이고 있었다. 나는 다이달로스를 돌아보았다. "잘 들어라. 그녀가 내 주술에 속아넘어가지 않고 나를 알아볼 가능성도 있다. 그럴 경우 절대 내 옆에 서 있으면 안 된다. 어느 누구도 그래선 안 된다."

먼저 안개가 등장했다. 축축하고 빽빽한 안개가 점점 다가와 절벽과 하늘을 잇달아 덮었다. 보이는 게 거의 아무것도 없었고 물을 빨아들이는 소용돌이 소리가 귓전을 가득 채웠다. 두말하면 잔소리지만 스킬라가 이 해협을 선택한 것이 그 소용돌이 때문이었다. 끌려들어가지 않으려면 반대편 낭떠러지 쪽으로 배를 몰아야 했다. 그녀의 이빨 바로 앞으로 다가가는 수밖에 없었다.

짙은 안개를 뚫고 나아갔다. 해협에 진입하자 소리가 암벽에 부딪혀 점점 공허해졌다. 내 살갗, 갑판, 난간, 모든 표면이 물보라로 번들거렸다. 바닷물이 거품을 일으켰고 노가 암벽을 긁었다. 작은 소리임에도 인간들은 천둥소리라도 되는 듯 움찔거렸다. 저 위로 보이는 안개 속에 동굴, 그리고 스킬라가 숨어 있었다.

배가 움직이는 것 같았지만 사방이 하도 흐리다보니 얼마만큼 갔고 속도가 어느 정도 되는지 알 길이 없었다. 노를 젓는 선원들은 그노고와 공포로 떨었고 기름칠을 했음에도 노걸이에서 소리가 났다. 나는 시간을 쟀다. 틀림없이 우리는 지금 그녀의 아래에 있었다. 그녀가 가장 통통한 자의 냄새를 맡으며 동굴 입구로 기어나오고 있을 것이었다. 땀이 어깨를 웅크린 노잡이들의 튜닉을 적셨다. 노를 젓지 않는 사람들은 밧줄 사리가 됐든 돛대가 됐든 되는대로 그 뒤에 숨었다.

나는 눈에 힘을 주고 위를 올려다보았고, 그녀가 등장했다.

그녀는 공기처럼, 낭떠러지처럼 회색이었다. 내 상상 속의 그녀는 항상 뭔가를 닮았었다. 뱀이나 문어 아니면 상어. 하지만 그녀의 실체는 압도적이었고 적응이 되지 않을 만큼 거대했다. 목은 돛대보다 더 길었다. 입을 떡 벌리고 있는, 흉측하게 덩어리 진 여섯 개의 머리는 녹아내린 화산암 같았다. 시커먼 혀가 칼만큼 긴 이빨을 핥았다.

인간들에게 고정된 시선은 식은땀에 전 그들의 공포를 의식하지 못했다. 바위를 미끄러지듯 넘으며 슬금슬금 다가왔다. 땅속의 벌레 소굴처럼 지독한 파충류 냄새가 내 코를 찔렀다. 그녀가 허공에서 목을 살짝 비틀자 어느 입에선가 번뜩이는 침 기둥이 길게 떨어졌다. 몸은 보이지 않았다. 셀레네가 오래전에 섬뜩하게 물컹거린다고 했던 다리와 함께 안개 뒤에 숨어 있었다. 헤르메스는 그녀가 인간들을 잡아먹으려고 몸을 낮출 때 집게발처럼 그 다리로 동굴 안쪽을 붙잡는다고 했다.

그녀의 목이 물결을 일으키며 쭈글쭈글하게 접히기 시작했다. 공격할 준비를 하는 것이었다.

"스킬라!" 내가 신의 음성으로 외쳤다.

그녀는 괴성을 질렀다. 천 마리의 개가 한꺼번에 짖는 듯이 어지러운 소리가 귀청을 찢었다. 노잡이 몇 명이 노를 떨어뜨리고 귀를 막았다. 다이달로스가 그중 한 명을 옆으로 밀치고 대신 노를 잡는 것이 곁눈으로 보였다. 지금은 그를 걱정할 여력이 없었다.

"스킬라," 내가 다시 외쳤다. "페르세스다! 너를 찾느라 일 년 동안 바다를 헤맸다."

그녀는 회색 살 위에 죽은 구멍처럼 뚫린 눈으로 나를 쳐다보았다. 어느 목구멍에서 목 졸린 소리가 났다. 이제 성대가 없는 것이었다.

"내 몹쓸 누나는 너한테 그런 짓을 저지른 죄로 추방당했다." 내가 말했다. "하지만 그 정도로는 안 되지. 어떤 식의 복수를 바라느냐? 얘기해보아라. 파시파에와 내가 들어주겠다."

나는 일부러 천천히 얘기했다. 매 순간 노를 한번 더 저을 수 있었다. 그 열두 개의 눈이 나에게 꽂혔다. 그녀의 입가에 남은 핏자국과 이빨에 아직까지 대롱대롱 매달린 살점이 보였다. 속이 뒤틀리는 게 느껴졌다.

"우리는 너를 치료할 방법을 찾아다녔다. 원래대로 되돌려놓을 강력한 묘약을. 예전의 네 모습이 그립구나."

남동생이었다면 절대 이런 식으로 얘기하지 않았겠지만 상관없었다. 그녀는 귀를 기울였고 바위에 몸을 감았다 풀었다 하며 우리 배를 따라왔다. 지금까지 노를 몇 번이나 저었을까? 열두 번? 백 번?

그녀의 아둔한 머리가 돌아가는 게 보였다. 신이라고? 신이 여기는 어쩐 일이래?

"스킬라," 내가 말했다. "우리가 시키는 대로 하겠느냐? 치료를 받겠느냐?"

그녀는 쉭쉭거렸다. 목구멍에서 뿜어져나오는 입김이 썩은 내를 풍겼고 불덩이처럼 뜨거웠다. 하지만 벌써부터 그녀의 주의가 산만해졌다. 두 개의 머리가 이미 노잡이들을 돌아보고 있었다. 나머지도 그쪽으로 고개를 돌렸다. 목들이 다시 쭈글쭈글 접히기 시작했다. "자," 내가 외쳤다. "여기 있다!"

내가 뚜껑이 열린 병을 허공으로 들어 보였다. 딱 한 개의 머리만 고개를 돌렸지만 그걸로 충분했다. 나는 병을 들어 그 머리를 향해 던졌다. 병은 그녀의 이빨 뒤편을 맞혔고 그걸 삼키자 목젖이 물결을 쳤다. 나는 그녀를 원래대로 돌려놓을 주문을 외웠다.

처음에는 아무 일도 벌어지지 않았다. 그러다 잠시 후 그녀가 괴성을 지르자 세상이 쪼개지는 소리가 울렸다. 그녀는 고개를 채찍처럼 휘두르며 나를 향해 달려들었다. 나는 간신히 돛대를 붙잡을 새밖에 없었다. 도망쳐라, 나는 다이달로스를 향해 생각했다.

그녀가 배의 고물을 때렸다. 갑판이 유목처럼 쩍 하고 갈라졌고 난간이 길게 뜯겼다. 파편이 사방으로 튀었다. 인간들이 사방에서 벌벌 떨었고 나도 돛대를 잡고 있지 않았더라면 튕겨져나갔을 것이다. 다이달로스가 명령을 내리는 소리가 들렸지만 그의 모습은 보이지 않았다. 살무사 같은 그녀의 목들이 벌써부터 다시 후퇴하기 시작했고 이번에는 표적을 놓칠 리 없었다. 갑판을 때려서 배를 둘로 쪼개고 물속에서 우리를 한 명씩 건져먹을 것이었다.

하지만 공격은 감행되지 않았다. 그녀의 머리가 우리 뒤에서 바다를 첨벙 때렸다. 그녀는 목줄을 끊으려는 개처럼 몸을 홱홱 비틀고 바다를 향해 달려들며 거대한 턱을 딱딱 부딪쳤다. 내 아둔한 머리는 어느 정도 시간이 지난 다음에야 깨달았다. 그녀가 한계에 다다른 거였다. 동굴을 붙잡은 상태에서 그 이상은 다리를 뻗을 수가 없었다. 우리는 무사히 지나쳤다.

그녀는 나와 동시에 그걸 알아차린 듯했다. 분노의 비명을 지르며 머리로 우리가 지나간 자리를 때리고 거대한 파도를 토해냈다. 배가 기울며 가라앉은 옆쪽과 뒤쪽으로 물이 들어왔다. 다들 물속에 잠긴 다리를 끌어가며 밧줄을 붙잡고 버텼고 시간이 지날수록 우리는 점점 멀어졌다.

그녀는 낭떠러지 옆벽을 때리며 울분을 토했지만 안개로 덮여 더 이상 보이지 않았다.

나는 돛대에 이마를 기댔다. 옷이 어깨에서 미끄러졌다. 망토가 목에 걸린 채 늘어졌고 살갗이 뜨겁게 따끔거렸다. 주문이 풀렸다. 나는 다시 나로 돌아왔다.

"여신이여."

다이달로스가 무릎을 꿇고 있었다. 다른 인간들도 뒤에서 줄줄이 무릎을 꿇고 있었다. 두툼하고 초췌하고 흉터가 있고 수염을 길렀고 화상을 입은 얼굴들이 흙빛으로 질렸다. 갑판 위에서 이리저리 내동댕이쳐지는 바람에 긁히고 혹이 생겼다.

내 눈에는 그들이 거의 보이지 않았다. 먹이를 찾아 날뛰던 스킬라의 입과 공허하게 죽은 눈만 보였다. 그녀는 나를 알아본 게 아니었어, 나는 생각했다. 페르세스가 됐건 누가 됐건 모르는 자였다. 신이라는 참신함이 잠깐 공격을 늦췄을 뿐이다. 그녀에게는 이성이 없었다.

"여신이여," 다이달로스가 말했다. "오늘의 은혜를 잊지 않고 죽을 때까지 날마다 제물을 바치겠습니다. 덕분에 목숨을 구했습니다. 덕분에 해협을 무사히 통과했습니다." 다른 남자들도 그를 따라 말하고 중얼중얼 기도를 하며 큼지막한 손을 접시처럼 위로 들었다. 몇 명은 동방식으로 이마를 갑판에 댔다. 나의 일족은 은혜를 베풀면 대가로 그런 식의 숭배를 요구했다.

목에서 분노가 치밀어올랐다.

"이 바보들아," 내가 말했다. "내가 저 괴물을 만든 자다. 자존심과 허영심에 눈이 멀어 그런 짓을 저질렀다. 그런데 내게 감사한다고? 너희 동료 열두 명이 죽었고 앞으로 몇천 명이 더 목숨을 잃겠느냐? 아까 내가 그녀에게 먹인 약은 가장 강력한 약이었다. 알겠느냐, 인간들아?"

내가 내뱉은 말이 허공에 낙인처럼 찍혔다. 내 눈에서 뿜어져나온 빛이 그들 위로 꽂혔다.

"나는 절대 그녀에게서 해방되지 못할 것이다. 그녀는 지금은 물론 앞으로도 원래 모습으로 돌아가지 못할 것이다. 지금 상태 그대로 남을 것이다. 영원토록 너희를 잡아먹을 것이다. 그러니까 일어나라. 일어나서 노를 잡고 다시는 내 앞에서 어리석은 감사를 늘어놓는 일이 없도록 하여라. 그랬다가는 후회하게 만들어줄 테니."

그들은 몸을 움츠리고 깨지기 쉬운 그릇처럼 벌벌 떨며 주춤주춤 일어나 슬그머니 사라졌다. 머리 위의 하늘은 구름 한 점 없었고 열기가 갑판 위로 그대로 꽂혔다. 나는 망토를 벗어던졌다. 태양에 내 몸을 태우고 싶었다. 뼈만 남기고 모두 태워버리고 싶었다.

10

나는 사흘 동안 뱃머리에 서 있었다. 배는 다시는 섬에서 하룻밤 머물지 않았다. 노잡이들이 번갈아 가며 노를 젓고 갑판에서 눈을 붙였다. 다이달로스는 난간을 고치고 그들과 같이 순서대로 노를 저었다. 변함없이 깍듯하게 음식과 포도주를 권하고 침낭을 펴주었지만 내 옆에 남아 있지는 않았다. 뭘 기대했을까. 나는 내 아버지라도 되는 양 그에게 분노를 퍼부었다. 실수가 하나 더 늘었다.

이레째 되던 날 정오 직전에 크레테 섬에 도착했다. 수면에 반사된 거대한 햇빛의 장막으로 돛들이 눈부시게 빛났다. 온갖 배들이 만을 가득 메우고 있었다. 마케도니아의 너벅선, 페니키아의 상선, 이집트의 갤리선, 그리고 히타이트와 아이티오피아와 헤스페리아의 선박들. 이 바다를 지나는 상인들은 누구나 크노소스라는 부유한 도시를 고객으로 삼고 싶어했고 미노스는 그걸 알았다. 그는 널찍하고 안전한 계류장과 이용료를 수금하는 관리를 준비시켜놓고 그들을 맞이했다. 여인숙과 사창가도 미노스의 것이라 금화와 보석이 거대한 강물처럼 그의 손으로 흘러들어갔다.

선장은 왕실 선박용으로 지정된 첫번째 계류장으로 직행했다. 부두의 소음과 부산함이 나를 감쌌다. 여기저기서 남자들이 뛰어다니고 고함을 지르고 갑판에 상자를 실었다. 폴리다마스가 부두관리소장과 얘기를 나누고 우리 쪽을 돌아보았다. "당장 오시랍니다. 여신님과 명장, 두 분 모두."

다이달로스가 내게 앞장서라고 손짓했다. 우리는 폴리다마스를 따라 부두를 걸었다. 아지랑이 속에서 어른거리는 거대한 석회암 계단이 앞에 등장했다. 하인과 귀족 할 것 없이 새까맣게 탄 어깨를 그대로 드러낸 채 우리 옆을 계속 지나갔다. 위풍당당한 크노소스 왕궁이 벌집처럼 언덕 위에서 반짝였다. 계단을 올랐다. 뒤에서는 다이달로스의 숨소리가, 앞에서는 폴리다마스의 숨소리가 들렸다. 오랫동안 수많은 사람들의 발길이 바쁘게 오가다보니 계단이 반질반질했다.

마침내 꼭대기에 다다라 문지방을 넘어 왕궁으로 들어갔다. 눈부시던 빛이 사라졌다. 서늘한 어둠이 내 몸을 덮었다. 다이달로스와 폴리다마스는 눈을 깜빡이며 머뭇거렸다. 내 눈은 인간들과 달라서 적응할 필요가 없었다. 지난번에 왔을 때보다 더 으리으리해진 것을 한눈에 알아차릴 수 있었다. 왕궁은 실제로 벌집과 비슷해서 모든 홀을 지나면 화려한 방이 나오고 모든 방은 다시 홀로 연결됐다. 벽을 뚫어서 만든 창문을 통해 황금빛 햇살이 두툼한 정사각형 모양으로 들어왔다. 섬세한 벽화가 곳곳을 장식했다. 돌고래와 웃는 여인들, 꽃을 줍는 소년들, 뿔을 흔드는 가슴이 두툼한 황소들이 그려져 있었다. 타일이 깔린 야외의 파빌리온에서는 은빛 분수가 흘렀고 하인들이 적철석으로 붉게 물든 기둥 사이를 바삐 오갔다. 입구마다 미노스를 상징하는 라브리스, 즉 양날 도끼가 걸려 있었다. 결혼식 때 그가 파시파에에게 라브리스 펜던트가 달린 목걸이를 선물했던 기억이 났다. 그녀는 무슨 벌레라도 되는 듯이 그 목걸이를 받았고 자기가 하고 온 오닉스와 호박 목걸이만 걸고서 결혼식을 치렀다.

폴리다마스가 구불구불한 통로를 지나 왕비의 처소로 우리를 안내했다. 강렬한 황토색과 청동색으로 그려진 그림이 걸린 이곳은 더욱 사치스러웠지만 창문이 가려져 있었다. 황금색 횃불과 이글거리는 화로가 창문을 대신했다. 교묘하게 뒤로 물린 천창을 통해 햇빛이 들어왔지만 하늘은 한 조각도 보이지 않았다. 다이달로스의 작품인 것 같았다. 파시파에는 아버지의 엿보는 시선을 좋아한 적이 없었다.

폴리다마스가 꽃과 파도가 소용돌이무늬로 새겨진 문 앞에서 걸음을 멈추었다. "왕비님은 안에 계십니다." 그가 말하고 문을 두드렸다.

우리는 고요하고 어둑어둑한 공기 속에 서 있었다. 묵직한 나무 너머에서는 아무 소리도 들리지 않았지만 옆에서 다이달로스의 거친 숨소리가 들렸다. 그의 음성은 나지막했다. "여신님," 그가 말했다. "그간 심기를 불편하게 해드렸다면 죄송합니다. 하지만 저 안에서 맞닥뜨리실 광경을 생각하면 더 죄송스럽습니다. 부디—"

문이 열렸다. 크레테 양식으로 머리칼을 틀어서 정수리에 얹고 핀으로 고정시킨 시녀가 숨을 헐떡이며 우리 앞에 섰다. "왕비님께서 진통중이시라—" 그녀가 말문을 열었지만 내 여동생의 목소리가 말허리를 잘랐다. "그들이 왔느냐?"

파시파에는 방 한가운데에 놓인 자주색 침상에 누워 있었다. 살갗이 땀으로 번들거렸고 배는 망측할 정도로 부푼 것이, 호리호리한 몸에서 솟은 종양 같았다. 그녀가 얼마나 강렬하고 얼마나 아름다운지 잊고 있었다. 산고를 치르는 와중에도 좌중을 압도하며 모든 빛을 빨아들여 주변을 버섯처럼 희끄무레하게 만들었다. 예전부터 아버지를 가장 많이 닮은 아이였다.

나는 안으로 들어섰다. "열두 명이 죽었어." 내가 말했다. "네 장난과 허영심으로 열두 명의 인간이 목숨을 잃었다고."

그녀는 실실 웃으며 몸을 일으켜 나를 맞았다. "스킬라한테 너를 상대할 기회를 주어야 공평하지 않겠어? 어디 내가 한번 알아맞혀볼까? 스킬라를 원래대로 돌려보려고 했겠지?" 그녀는 내 표정을 보고 폭소를 터뜨렸다. "그럴 줄 알았다니까! 괴물을 만들어놓고 미안하다는 생각밖에 할 줄 모르다니. 아아, 가엾은 인간들, 내가 그들을 위험에 빠뜨렸구나!"

그녀는 여전히 치명적으로 잔인했다. 일말의 위안이었다. "그들을 위험에 빠뜨린 건 너였지." 내가 말했다.

"하지만 그들을 살리지 못한 건 너였잖아. 얘기해봐, 그들이 죽는 걸 보면서 울었어?"

나는 애써 평온한 말투를 유지했다. "틀렸어." 내가 말했다. "내 앞에서는 아무도 죽지 않았어. 그 열두 명은 나한테 오는 길에 죽은 거야."

그녀는 숨을 돌리지도 않았다. "상관없어. 그 앞을 지날 때마다 더 죽어나갈 테니까." 그녀는 손끝으로 턱을 두드렸다. "일 년 동안 몇 명이 죽을 것 같아? 백 명? 천 명?"

그녀는 밍크 같은 치아를 드러내며 오케아노스 신전의 그 나이아스 무리처럼 나를 녹여버리려고 했다. 하지만 내 스스로 입힌 상처 위에 그녀가 새로운 상처를 덧입힐 방법은 없었다.

"이런 식으로 해서 내 도움을 받을 수 있겠니, 파시파에?"

"네 도움이라고? 이거 왜 이러셔. 내가 너를 그 모래섬에서 꺼내줬잖아. 사자랑 멧돼지를 친구 삼아서 같이 잔다며? 하지만 발전했네. 예전엔 오징어 글라우코스였던 걸 감안하면."

"내 도움이 필요 없으면," 내가 말했다. "기꺼이 내 모래섬으로 돌아갈게."

"아, 왜 그래, 언니. 왜 그렇게 뚱하게 굴어, 농담 좀 한 거 가지고. 그리고 네가 얼마나 발전했는지 봐. 스킬라를 무사히 통과하다니! 역시 떠버리 아이에테스가 아니라 너를 부르길 잘했지. 그렇게 인상 쓸 거 없어. 죽은 사람들 가족들에게 주려고 금화를 따로 챙겨놨으니까."

"금화로 죽은 사람을 살릴 수는 없어."

"그 말을 들으니 네가 왕비가 아니라는 걸 알겠네. 내 말 믿어. 가족들 대부분이 금화를 선택할 거야. 자, 이제 다른—"

하지만 그녀는 말문을 맺지 못했다. 끙끙거리며 발치에 무릎을 꿇고 앉아 있던 시녀의 팔을 손톱으로 후벼팠다. 그때까지 시녀가 있는 줄도 몰랐는데, 이제 보니 팔이 자주색이고 핏자국으로 얼룩덜룩했다.

"나가거라," 나는 그녀에게 말했다. "전부 나가거라. 여긴 너희가 있을 곳이 아니야."

후닥닥 도망치는 하인들을 보고 나는 솟구치는 뿌듯함을 느꼈다. 동생을 돌아보았다. "그래서?"

그녀의 얼굴은 여전히 고통으로 일그러져 있었다. "몰라서 물어? 며칠이 지났는데 꼼짝하질 않아. 배를 가르고 꺼내야 해."

그녀는 옷을 젖혀 불룩한 배를 보였다. 배의 왼쪽에서 오른쪽으로 물결이 일었다가 다시 거꾸로 반복됐다.

나는 출산에 대해 아는 게 거의 없었다. 어머니나 사촌의 출산을 옆에서 거든 적이 없었다. 들은 얘기 몇 개를 떠올렸다. "무릎을 안고 힘을 줘봤어?"

"당연히 해봤지!" 다시 진통이 시작되자 그녀는 비명을 질렀다. "내가 낳은 애가 여덟이야! 얼른 배를 갈라서 이 망할 녀석을 꺼내!"

나는 주머니에서 진통제를 꺼냈다.

"바보야? 나를 무슨 갓난애처럼 재우려고? 버드나무 껍질이나 줘."

"버드나무는 머리 아플 때 먹는 거지, 수술이 아니라."

"그럼 그거 줘!"

내가 건네자 그녀는 단숨에 병을 비웠다. "다이달로스," 그녀가 말했다. "칼을 집어라."

나는 그의 존재를 잊고 있었다. 그가 문 앞에 꼼짝하지 않고 서 있었다.

"파시파에," 내가 말했다. "삐딱하게 굴지 마. 나를 불렀으면 나를 써야지."

그녀는 사납게 폭소를 터뜨렸다. "내가 너를 믿고 이 일을 맡길 수 있을 것 같아? 네 용도는 나중이야. 그리고 다이달로스가 해야 맞아, 그도 이유를 알겠지만. 그렇지, 명장? 언니한테 지금 얘기할래 아니면 깜짝 선물로 아껴둘까?"

"제가 하겠습니다." 다이달로스가 내게 말했다. "제 일입니다." 그는 탁자 앞으로 다가가 칼을 집었다. 칼날이 털끝처럼 얇게 벼려져 있었다.

그녀가 그의 손을 잡았다. "명심해." 그녀가 말했다. "네가 딴 길로 샌다 싶으면 내가 어떻게 할지 그걸 명심해."

그는 부드럽게 고개를 끄덕였지만 나는 분노 비슷한 것이 그의 눈을 스치고 지나가는 것을 처음으로 보았다.

그녀는 배 아래쪽을 손톱으로 그어서 빨간 자국을 남겼다. "거기다." 그녀가 말했다.

방안이 후덥지근하고 답답했다. 땀 때문에 내 손이 미끈거리는 게 느껴졌다. 다이달로스가 무슨 수로 그 칼을 흔들리지 않게 잡고 있었는지 모르겠다. 칼끝이 동생의 살을 가르자 빨간색과 황금색이 섞인 피가 뿜어져나왔다. 그의 팔은 팽팽하게 긴장이 됐고 턱에 힘이 들어갔다. 죽지 않는 내 동생의 살성이 반항하는 바람에 시간이 오래 걸렸지만 다이달로스가 고도의 집중력을 발휘해 계속 자르자 마침내 번들거리는 근육이 갈라지고 그 아래의 살이 벌어졌다. 동생의 자궁까지 길이 열렸다.

"이제 너," 그녀가 나를 보며 말했다. 목소리가 쉬고 갈라졌다. "이 녀석을 꺼내."

그녀가 누워 있는 침상이 흠뻑 젖었다. 방안이 농익은 그녀의 신성한 피냄새로 진동했다. 다이달로스가 칼로 갈랐을 때부터 배는 진동을 멈추었다. 이제는 바짝 긴장한 상태였다. 기다리고 있다는 듯이.

나는 동생을 쳐다보았다. "이 안에 뭐가 들었는데?"

그녀의 황금빛 머리칼은 엉겨붙었다. "몰라서 물어? 갓난애가 있지."

나는 벌어진 살 틈새로 두 손을 집어넣었다. 펄떡이는 뜨거운 혈관이 느껴졌다. 천천히, 근육과 그 축축한 것들을 헤치고 손을 넣었다. 동생이 숨가쁘게 꺽꺽거렸다.

미끈미끈한 속을 더듬은 끝에 마침내 찾았다. 물컹한 팔이 느껴졌다.

안심이었다. 내가 어떤 두려움에 떨고 있었는지 차마 말로 표현할 수도 없었다. 그냥 갓난애잖아.

"잡았어." 내가 말했다. 잡을 곳을 찾아서 손가락을 조금씩 위로 움직였다. 머리를 잡을 때는 조심해야 한다고 속으로 중얼거렸던 기억이 난다. 끄집어낼 때 목이 꺾이면 안 될 일이었다.

통증이 손가락을 관통한 순간, 나는 너무 놀라서 비명조차 지르지 못했다. 퍼뜩 몇 가지 생각이 들었다. 다이달로스가 수술칼을 뱃속에 떨어뜨렸구나, 출산 도중 뼈가 부러졌고 거기에 내가 찔렸구나. 하지만 통증은 더욱 세게 내 손을 옥죄고 깊숙이 파고들며 끊길 줄 몰랐다.

이빨. 이빨이었다.

나는 그제야 비명을 질렀다. 손을 빼려고 했지만 녀석이 입을 벌려서 덥석 문 뒤였다. 나는 허둥지둥 손을 홱 당겼다. 여동생의 절개 부위가 벌어지면서 녀석이 빠져나왔다. 미끼를 문 물고기처럼 버둥거리자 오물이 우리 얼굴 위로 튀었다.

동생이 비명을 지르고 있었다. 녀석은 닻처럼 내 팔에 대롱대롱 매달렸고 내 손마디가 찢어지는 게 느껴졌다. 나는 작렬하는 고통에 다시 비명을 지르며 녀석을 깔고 넘어져 다른 쪽 손으로 허우적허우적 목을 더듬거렸다. 겨우 목을 찾아서 조르고 꼼짝 못하게 녀석의 몸을 눌렀다. 녀석은 발뒤꿈치로 돌바닥을 때리며 고개를 좌우로 비틀었다. 마침내 나는 똑똑히 확인할 수 있었다. 넓고 납작한 코는 양수로 번들거렸다. 텁수룩하고 두툼한 얼굴에는 두 개의 뾰족한 뿔이 달려 있었다. 그 아래에서 개구리 같은 갓난아이의 몸이 비정상적으로 기운차게 날뛰었다. 까만 눈은 나를 똑바로 쳐다보았다.

맙소사, 나는 생각했다. 이게 뭘까?

녀석이 캑캑거리며 입을 벌렸다. 나는 피투성이로 심하게 짓이겨진 손을 얼른 치웠다. 맨 끝 손가락 두 개와 세번째 손가락의 일부가 잘렸다. 녀석은 입을 우물거리며 먹은 걸 삼켰다. 내게 붙잡힌 채로 턱을 비틀어 나를 다시 물려고 했다.

뒤에서 그림자가 다가왔다. 몸에 핏방울이 튄 창백한 얼굴의 다이달로스였다. "저 여기 있습니다."

"칼을." 내가 말했다.

"뭐하려고? 해치지 마, 살려야 해!" 동생이 침상에서 버둥거렸지만 배를 갈라놓았으니 일어날 수가 없었다.

"탯줄." 내가 말했다. 두툼한 연골질의 탯줄로 녀석과 동생의 자궁이 아직까지 이어져 있었다. 다이달로스가 탯줄을 끊었다. 꿇어앉아 있느라 내 무릎이 다 젖었다. 두 손은 간헐적인 통증과 핏자국으로 엉망이었다.

"이제 담요," 내가 말했다. "자루로 써야겠다."

그가 두툼한 양털 침대보를 들고 와 내 옆 바닥에 펼쳤다. 나는 너덜너덜해진 손가락으로 그 녀석을 한가운데까지 끌고 갔다. 녀석은 성을 내고 끙끙거리며 계속 반항했고 나는 하마터면 두 번 놓칠 뻔했다. 시간이 지날수록 점점 힘이 세지는 듯했다. 다이달로스가 모서리를 잡고 있다가 모았을 때 얼른 내 손을 치웠다. 녀석은 잡을 데를 찾지 못하고 담요 안에서 몸부림쳤다. 나는 모서리를 건네받아서 담요를 들어올렸다.

다이달로스의 거친 숨소리가 들렸다. "우리^{cage}," 그가 말했다. "우리가 있어야겠습니다."

"가서 들고 오너라." 내가 말했다. "내가 잡고 있을 테니."

그는 달려갔다. 자루 안에서 녀석이 뱀처럼 꿈틀거렸다. 팔다리가 담요 안에서 불룩 튀어나왔고 그 두툼한 머리와 뾰족한 뿔 끝이 보였다.

　다이달로스가 새장을 들고 돌아왔다. 되새들이 아직 안에서 퍼덕이긴 했지만 튼튼하고 충분히 넓었다. 내가 담요를 안으로 쑤셔넣었고 다이달로스가 쾅 하고 문을 닫았다. 그가 다른 담요로 새장을 덮자 녀석이 시야에서 완전히 사라졌다.

　나는 동생을 쳐다보았다. 피투성이였고 배는 도살장이었다. 체액이 이미 흠뻑 젖은 양탄자 위로 뚝뚝 떨어졌다. 두 눈은 흥분한 채였다.

　"해친 건 아니지?"

　나는 그녀를 빤히 들여다보았다. "너 지금 제정신이야? 그 녀석이 내 손을 먹으려고 했어! 어쩌다 이런 흉측한 괴물이 태어난 건지 얘기해."

　"배를 꿰매주기나 하셔."

　"아니," 내가 말했다. "얘기해. 안 그러면 피를 흘리다 죽도록 내버려둘 거야."

　"나쁜 년," 그녀가 말했다. 하지만 그녀는 숨을 헐떡이고 있었다. 아파서 녹초가 되어가고 있었다. 아무리 내 동생이라도 한계가 있었고 닿을 수 없는 곳이 있었다. 우리는 노란 눈으로 서로를 노려보았다. "자, 다이달로스?" 마침내 그녀가 말했다. "이제 네 차례야. 이 녀석이 누구 때문에 태어났는지 언니한테 얘기해."

　그는 피를 뒤집어쓴 지친 얼굴로 나를 쳐다보았다. "제 탓입니다." 그가 말했다. "제 탓이에요. 저 때문에 이 짐승이 태어났습니다."

새장 안에서 쩝쩝거리며 씹는 소리가 났다. 되새들이 잠잠해졌다.

"신들이 미노스 폐하의 왕국을 축복하는 뜻에서 새하얀 황소를 선물했습니다. 왕비님이 그 녀석에게 반하여 가까이서 보고 싶어하셨지만 녀석은 누가 다가가기만 하면 도망을 쳤지요. 그래서 제가 나무로 안이 빈 암소를 만들어드렸습니다. 들어가서 앉을 수 있고, 그 녀석이 잠을 청하는 바닷가로 밀고 갈 수 있게 바퀴도 달았고요. 하지만 저는 오로지…… 저는 꿈에도—"

"아, 제발." 내 동생이 내뱉었다. "그리 더듬더듬 얘기하는 걸 기다리다가는 세상이 저물겠다. 내가 그 신성한 황소랑 떡을 쳤어, 됐어? 이제 실 가져와."

동생의 배를 꿰맸다. 병사들이 조심스럽게 표정을 지운 채로 들어와 새장을 밀실로 옮겼다. 동생이 그들의 등뒤에 대고 외쳤다. "내 허락 없이는 아무도 그 근처에 갈 수 없다. 그리고 먹을 것을 주도록 해!" 시녀들이 날마다 하는 일이라도 되는 듯 흠뻑 젖은 양탄자를 말고 못 쓰게 된 침상을 말없이 치웠다. 그들은 냄새를 없애기 위해 유향乳香과 달콤한 제비꽃을 태운 다음 동생을 목욕시켜주었다.

"신들이 너에게 벌을 내릴 거야." 배를 꿰매는 동안 내가 그녀에게 한 말이었다. 하지만 그녀는 경박하고 요란하게 웃을 따름이었다.

"그렇게 몰라?" 그녀가 말했다. "신들은 자기들이 만든 괴물을 사랑한단 걸."

그 말을 듣고 나는 흠칫 놀랐다. "헤르메스하고 얘기한 적 있어?"

"헤르메스? 그가 이 일하고 무슨 상관인데? 올림포스의 신한테 들을 필요가 뭐가 있나, 빤히 보이는데. 모르는 이가 없어." 그녀는 실실 웃었다. "너만 모르지, 늘 그렇듯이."

옆에 있던 존재가 나를 다시 현재로 불러들였다. 다이달로스였다. 그가 내 섬으로 찾아온 이래 처음으로 우리는 단둘이 있었다. 그의 이마에 갈색 방울이 튀어서 묻어 있었다. 팔은 팔꿈치까지 피투성이였다. "붕대로 손가락을 묶어드려도 될까요?"

"아니다." 내가 말했다. "고맙지만 저절로 나을 거다."

"여신님." 그는 머뭇거렸다. "평생 갚아도 모자랄 빚을 졌습니다. 당신이 오시지 않았더라면 제가 그렇게 됐을 테니까요."

그는 날아올 주먹에 대비하는 듯 잔뜩 긴장하고서 어깨에 힘을 주고 있었다. 지난번에 그가 고마워했을 때 나는 불호령을 내렸다. 하지만 이제는 좀더 이해할 수 있었다. 그 역시 괴물을 만든 자의 심정을 알았던 것이다.

"그러지 않아서 다행이다." 내가 말했다. 다른 곳처럼 딱딱하게 굳고 얼룩이 진 그의 손을 턱으로 가리켰다. "네 손은 저절로 자라지 않을 테니."

그는 언성을 낮추었다. "저 짐승을 죽일 수 있을까요?"

나는 조심하라고 비명을 질렀던 동생을 떠올렸다. "모르겠다. 파시파에는 죽을 수도 있다고 생각하는 눈치던데. 어쨌거나 하얀 황소의 자식이지 않으냐. 신들의 보호를 받고 있을 수도 있고 해치는 자에게 저주가 내려질 수도 있겠지. 생각해봐야할 문제다."

그는 머리를 긁적였고, 나는 간단하게 해결할 수 있을지 모른다는 희망이 그에게서 사라지는 것을 읽었다. "그럼 우리를 새로 만들어야겠습니다. 저 새장은 오래 버티지 못할 겁니다."

그는 떠났다. 선혈이 내 뺨 위에서 뻣뻣하게 굳어가고 있었고 짐승의 악취로 팔이 미끈거렸다. 머리가 멍하고 무겁고, 피를 하도 많이 뒤집어써서 속이 메슥거렸다. 시녀를 부르면 데리고 가서 목욕을 시켜줄 테지만 그걸로는 부족했다. 동생이 그렇게 혐오스러운 짐승을 만든 이유가 뭐였을까? 나를 부른 이유는 뭐였을까? 나이아스들은 대부분 도망쳤겠지만 네레이스들은 워낙 괴물이라면 이골이 나 있으니 그중 한 명이 거들 수도 있었을 것이다. 아니면 페르세스도 있고. 그를 부르지 않은 이유가 뭘까?

나로서는 정답을 알 수 없었다. 생각할 기운도 없고 멍해서 잘린 손가락처럼 내 머리도 무용지물이었다. 내가 뭔가 조치를 취해야 한다는 것만큼은 분명했다. 끔찍한 괴물이 이 세상을 활보하도록 구경만 하고 있을 수는 없었다. 동생의 작업실을 찾아야겠다는 생각이 들었다. 거기에 도움이 될 만한 해독제나 반전의 묘약 같은 게 있을지 몰랐다.

거리가 멀지 않았다. 그녀의 침소와 커튼으로 분리된 홀이었다. 다른 마녀의 작업실은 구경한 적이 없었기에 선반을 따라 걸으며 뭐랄까, 크라켄*의 간이나 용의 이빨이나 거인의 거죽과 같은 수백 가지 섬뜩한 재료를 기대했었다. 하지만 약초, 그것도 독초나 양귀비나 상처를 아물게 하는 뿌리와 같은 기본적인 것들밖에 없었다. 의지가 워낙 강한 아이였으니 이걸 가지고도 수많은 작업을 할 수 있었을 것이다. 하지만 얼마나 게으름을 부렸는지 고스란히 드러났다. 몇 개 안 되는 약초들이 죽은 낙엽처럼 케케묵고 힘이 없었다. 어떤 건 싹이었을 때, 또 어떤 건 이미 시들었을 때 마구잡이로 따다가 아무 시

---

* 노르웨이의 앞바다에서 소용돌이를 일으킨다는 전설 속의 괴물.

간대에 아무 칼로 썰어둔 것이었다.

나는 그때 깨달은 게 있었다. 여신이라는 관점에서 보았을 때는 여동생이 나보다 두 배 더 훌륭했을지 몰라도 마녀라는 관점에서는 내가 두 배 더 훌륭했다. 바스라져가는 그녀의 쓰레기들은 내게 아무 도움도 되지 못했다. 그리고 내가 아이아이에서 들고 온 약물이 아무리 강력해도 그걸로는 부족했다. 이 괴물은 크레테의 책임이었고 내가 어떤 조치를 취하든 크레테를 지표로 삼아야 했다.

홀과 복도를 되짚어 왕궁의 한복판으로 갔다. 거기에는 항구가 아니라 넓고 환한 정원과 파빌리온이 있는 내륙으로 향하는 계단이 있었다. 그곳을 지나면 머나먼 벌판으로 나설 수 있었다.

온 사방에서 남자와 여자들이 판석 길을 쓸고, 과일을 따고, 보리가 담긴 광주리를 들어 옮기며 바쁘게 움직이고 있었다. 그들은 내가 지나가자 애써 시선을 떨어뜨렸다. 미노스와 파시파에와 지내는 동안 나보다 더한 피투성이를 보더라도 못 본 척하는 데 익숙해진 모양이었다. 농부와 양치기들이 사는 외딴 집과 수풀과 풀을 뜯는 가축들을 지났다. 언덕마다 초목이 무성하고 황금빛 햇살로 물들어 마치 거기서 빛이 나는 것처럼 느껴질 정도였지만 나는 걸음을 멈추고 풍경을 감상하지 않았다. 하늘을 배경으로 시커멓게 보이는 윤곽선에 시선을 고정했다.

그곳의 이름은 딕테 산이었다. 그 어떤 곰도 늑대도 사자도 감히 그 땅을 밟을 수 없고 큼지막한 뿔이 소라고둥처럼 하얀 신성한 염소만 들어갈 수 있었다. 아무리 더운 계절에도 그 숲은 어둑어둑하고 시원했다. 밤이면 사냥꾼 아르테미스가 반짝이는 활을 들고 그곳의 언덕을 배회한다 하고, 그 안의 어느 어두컴컴한 동굴에서 제우스가 태어나 자식을 삼키는 아버지를 피해 숨어 있었다.

거기에서만 자라는 약초가 있었다. 워낙 귀하다보니 대개 이름도 없었다. 움푹 꺼진 땅에서 한들거리며 허공으로 마법의 덩굴을 뻗고 호흡하는 그 약초들이 느껴졌다. 한가운데가 초록색인 조그만 노란 색 꽃. 주황색이 섞인 갈색 꽃을 피우는 고개 숙인 백합. 그리고 가장 압권은 치유의 여왕이랄 수 있는 털 달린 꽃박하.

평소의 인간 같은 걸음 대신 신의 걸음으로 걷자 몇 나절은 걸릴 거리가 발밑에서 획획 지나갔다. 땅거미가 질 무렵 기슭의 작은 언덕에 다다라 오르기 시작했다. 나뭇가지들이 얼기설기 머리 위를 덮었다. 물처럼 깊은 그림자가 고개를 들고 내 살갗을 간질였다. 온 산이 내 밑에서 웅웅거리는 듯한 느낌이었다. 나는 피투성이였고 삭신이 쑤셨지만 솟구치는 짜릿함을 느꼈다. 이끼와 흙더미를 따라 위로 올라가다가 흰색 미루나무 밑동에서 꽃을 피운 꽃박하 무더기를 발견했다. 이파리에 능력이 스며들어 있기에 잘린 손가락에 대고 눌렀다. 주문은 한 마디로 끝났다. 아침이면 내 손은 멀쩡해질 것이었다. 뿌리와 씨앗을 몇 개 따서 약초 주머니에 넣고 계속 발걸음을 재촉했다. 피의 냄새와 무게가 여전히 나를 감싸고 있었고, 드디어 얼음 녹은 물이 모이는 맑고 차가운 연못이 나왔다. 깨끗하게 온몸 구석구석을 찌르는 찬물의 충격을 만끽했다. 신이라면 모르는 이가 없는 간단한 목욕재계를 했다. 연못가의 조약돌로 몸을 문대며 씻었다.

그런 다음 연못가의 은빛 잎사귀 아래에 앉아서 다이달로스의 질문에 대해 생각했다. 저 짐승을 죽일 수 있을까요?

신들 가운데 일부에게는 어둠 속을 들여다보면 어떤 운명이 기다리고 있는지 알 수 있는 예지의 능력이 있다. 모든 걸 예견할 수 있는 건 아니다. 대부분의 신과 인간들은 부평초 같은 삶을 산다. 이리 저리 얽히며 정해놓은 계획 없이 여기로 갔다가 저기로 갔다가 한다. 그런가 하면 운명을 올가미처럼 목에 걸고, 아무리 반전을 꾀하려 해도 널빤지처럼 곧게 뻗은 삶을 사는 자도 있다. 그런 경우에는 미래가 보일 수 있다.

나의 아버지에게는 그런 예지력이 있었고, 나는 그 능력이 자식들에게도 대물림된다는 얘기를 태어났을 때부터 들었다. 그걸 시험해볼 생각은 한 적이 없었다. 나는 아버지의 힘을 하나도 물려받지 못했다고 세뇌당하며 자랐다. 하지만 이제 물을 건드리며 중얼거려보았다. 보여줘.

꼬불꼬불한 안개로 빚은 듯 엷고 희미한 형상이 등장했다. 기다란 복도에서 연기를 내며 흔들리는 횃불. 돌이 깔린 통로 위에서 풀려나가는 실타래. 해괴한 이빨을 드러내며 으르렁거리는 짐승. 그 짐승은 썩어가는 옷 쪼가리를 걸치고 인간처럼 우뚝 서 있다. 칼을 쥐고 그림자 속에서 튀어나와 그 짐승을 찔러 죽이는 인간.

안개가 물러나고 연못이 다시 맑아졌다. 나는 답을 얻었지만 바라던 답은 아니었다. 그 짐승은 죽을 운명이긴 했지만 막 태어났을 때나 다이달로스의 손에 죽는 건 아니었다. 앞으로 수많은 날이 남았고 그걸 다 살아야 했다. 그때까지는 가두어놓는 수밖에 없었다. 그건 다이달로스의 일이 될 테지만 나도 도울 방법이 있을지 몰랐다. 그늘이 진 나무 사이를 오가며 그 짐승에 대해, 녀석에게 어떤 약점이 있을지에 대해 생각해보았다. 내 눈을 굳게 쳐다보던 녀석의 게걸스러운 눈빛을 떠올렸다. 내 손을 먹으려고 몸부림치던 그 막무가내식 굶주림을 떠올렸다. 얼마나 먹어야 그 허기를 채울 수 있을까? 내가 만약 신이 아니었다면 녀석은 팔에서부터 나를 한 입씩 잡아먹었을 것이다.

좋은 생각이 떠오르는 걸 느꼈다. 딕테에서 자라는 모든 비밀 약초와 더불어 가장 구속력이 강한 털가시나무의 뿌리와 실가지, 회향과 독미나리, 바꽃, 헬레보루스가 필요했다. 남은 몰리도 전부 넣어야 했다. 나무 사이를 누비며 각 재료를 틀림없이, 차례대로 찾아냈다. 아르테미스가 그날 밤에 산책하러 나왔을지 모르지만 나를 방해하진 않았다.

이파리와 뿌리를 연못으로 다시 들고 가 바위에 올려놓고 갈았다. 병에 담고 연못의 물을 조금 넣었다. 내 손에 묻었던 나와 여동생의 피가 그 물속에 남아 있었다. 그걸 알기라도 하는 듯 묘약이 불그스름한 까만색으로 소용돌이쳤다.

나는 그날 밤에 잠을 이루지 못했다. 하늘이 잿빛으로 밝을 때까지 딕테에 있다가 다시 크노소스로 걸어갔다. 왕궁에 도착했을 무렵에는 태양이 벌판을 환하게 비추고 있었다. 전날 내 시선을 사로잡았던 안뜰을 지나다 걸음을 멈추고 좀더 유심히 들여다보았다. 빙 둘러진 월계수와 오크나무가 작열하는 태양을 막고 그늘을 만들어준, 커다랗고 동그란 무대가 있었다. 바닥이 돌인 줄 알았는데 이제 보니 나무였다. 천 개의 나무 타일이 깔려 있었지만 하도 반질반질하게 광을 내서 하나로 이루어진 듯이 보였다. 휘감긴 물마루처럼 중심에서부터 밖으로 소용돌이가 그려져 있었다. 다이달로스의 작품일 수밖에 없었다.

여자아이 하나가 그 위에서 춤을 추고 있었다. 음악은 없었지만 한 스텝을 디딜 때마다 두 발로 소리나지 않는 북을 때리는 듯 박자가 완벽했다. 아이는 마치 자신이 파도가 된 듯 움직였다, 우아하지만 가차없이 휘몰아치는 동작으로. 머리 위에서 공주의 왕관이 반짝였다. 어디에서든 알아볼 수 있었다. 다이달로스가 만든 선수상의 그 소녀였다.

아이는 나를 보더니 선수상처럼 눈을 동그랗게 떴다. 고개를 숙였다. "키르케 이모님," 아이가 말했다. "만나 뵈어서 영광이에요. 저는 아리아드네라고 합니다."

파시파에의 흔적이 군데군데 보였지만 눈을 크게 떠야 찾을 수 있었다. 턱, 섬세하게 파인 쇄골.

"춤을 아주 잘 추는구나." 내가 말했다.

아이는 미소를 지었다. "감사합니다. 어머니, 아버지께서 찾고 계세요."

"그렇겠지. 하지만 나는 다이달로스를 만나야 한단다."

아이는 자기 부모 대신 다이달로스를 만나고 싶어하는 이가 나 말고도 천 명은 되는 듯 고개를 끄덕였다. "제가 안내할게요. 하지만 조심하셔야 해요. 경비병들이 찾으러 다니고 있거든요."

아이는 춤 연습을 하느라 살짝 땀이 밴 따뜻한 손으로 내 손을 잡았다. 좁은 샛길을 수십 개 앞장서는 동안 돌바닥을 밟아도 발소리가 나지 않았다. 마침내 청동 문 앞에 다다랐다. 아이가 리듬에 맞춰서 문을 여섯 번 두드렸다.

"지금은 같이 놀 수가 없어요, 아리아드네 공주." 안에서 누군가가 외쳤다. "바쁘거든요."

"키르케 여신님을 모시고 왔어요." 아이가 말했다.

문이 열렸고 얼룩덜룩하게 검댕을 뒤집어쓴 다이달로스가 나왔다. 그의 뒤로 하늘을 향해 반쯤 뚫린 작업실이 보였다. 아직 천이 씌워진 조각상과 뭔지 모를 장비와 도구들이 보였다. 맨 뒤편의 주조소에서 연기가 피어올랐고 틀에 담긴 금속이 뜨겁게 이글거렸다. 식탁 위에 생선 등뼈와 삐죽삐죽 이상하게 생긴 칼날이 놓여 있었다.

"딕테 산에 다녀왔다." 내가 말했다. "짐승의 운명을 살짝 들여다보았지. 죽일 수 있지만 지금은 아니다. 녀석을 처치할 운명을 지닌 인간이 올 것이다. 그때까지 얼마나 걸릴지는 모르겠구나. 내가 본 환영 속에서는 그 녀석이 다 자란 상태였어."

나는 이 사실이 그의 머릿속에 자리잡아가는 것을 지켜보았다. 그때까지 남은 날 동안 그가 보초를 서야 할 것이었다. 그는 숨을 들이마셨다. "그럼 녀석을 가두어야겠군요."

"그렇지. 내가 도움이 될 만한 주문을 만들었다. 녀석은……" 나는 뒤에 서 있는 아리아드네를 의식하고 잠깐 말을 멈추었다. "녀석은 너도 먹는 걸 보았듯 살덩이를 탐하지. 내가 그 허기를 없앨 수는 없지만 제한할 수는 있을지 모른다."

"뭐든 감사할 따름입니다." 그가 말했다.

"아직 감사하긴 이르지." 내가 말했다. "해마다 세 계절 동안은 이 주문으로 녀석의 식욕이 다스려질 것이다. 하지만 추수기마다 허기가 돌아올 테니 그때는 먹여야 해."

그의 시선이 내 뒤편의 아리아드네에게로 언뜻 향했다. "알겠습니다." 그가 말했다.

"그 나머지 기간에도 위험하긴 하겠지만 포악한 짐승 수준일 것이다."

그는 고개를 끄덕였지만 추수기와 그때 바쳐야 하는 제물에 대해 생각하는 눈치였다. 그러고는 시뻘겋게 달구어진 뒤편의 틀을 흘끗 쳐다보았다. "내일 아침이면 우리가 완성될 겁니다."

"그래," 내가 말했다. "너무 서두르면 안 되지. 그때 주문을 걸도록 하겠다."

문을 닫고 보니 아리아드네가 서서 기다리고 있었다. "새로 태어난 아기 말씀이시죠? 죽일 수 있을 때까지 가두어야 한다고요?"

"그래."

"하인들 말로는 괴물이라고 하고 아버지한테 물었더니 고함을 지르셨어요. 그래도 내 동생은 맞지 않나요?"

나는 머뭇거렸다.

"어머니하고 하얀 황소 이야기 알아요." 아이가 말했다.

파시파에의 아이들은 오래도록 순수함을 유지할 수 없었다. "너의 이부동생이라 하면 될지 모르겠구나." 내가 말했다. "자, 이제 나를 왕과 왕비에게 데려다주렴."

섬세하고 위풍당당한 그리핀*이 벽 위에서 우쭐거렸다. 창문을 넘어 햇빛이 쏟아져 들어왔다. 동생은 은색 침상에 누워 건강미를 뽐냈다. 그 옆의 설화 석고 의자에 앉은 미노스는 늙어 보였고, 바다로 내버려진 곧 죽을 사람처럼 숨을 헉헉거렸다. 그가 물고기를 발견한 날치기 새 같은 눈빛으로 나를 쳐다보았다.

"어디 계셨습니까? 그 괴물을 처리해야 하는데. 그 때문에 당신을 여기로 모신 게 아닙니까!"

• 사자 몸통에 독수리의 머리와 날개가 달린 신화 속의 동물.

"약을 만들었다." 내가 말했다. "새로 만든 우리로 좀더 안전하게 옮길 수 있게."

"약이요? 나는 그걸 죽이고 싶단 말입니다!"

"여보, 어째 신경질적이게 들린다." 파시파에가 말했다. "언니가 어쩔 생각인지 들어보지도 않았잖아. 계속해봐, 키르케." 그녀는 기대하는 척 손으로 턱을 괴었다.

"이 약을 먹으면 해마다 세 계절 동안은 녀석의 허기를 달랠 수 있어."

"그게 답니까?"

"미노스, 키르케 기분 상하게 왜 그래. 썩 훌륭한 주문인 것 같네, 언니. 내 아들 식욕이 좀 감당이 안 되긴 해, 그렇지? 이미 죄수들을 거의 다 먹어치웠어."

"나는 그 녀석이 죽길 바랍니다. 그걸로 끝이에요!"

"죽일 수가 없다." 나는 미노스에게 말했다. "아직은. 앞으로 한참 동안 남은 운명이 있기 때문에."

"운명이라고?" 동생은 기뻐하며 박수를 쳤다. "뭔데, 어떤 운명인데? 탈출해서 우리가 아는 사람을 잡아먹어?"

미노스는 애써 감추려고 했지만 얼굴이 하얗게 질렸다. "확실하게 해주세요." 그가 내게 말했다. "당신과 명장이 확실하게 가두어주세요."

"그래," 동생이 종알거렸다. "확실하게 해줘. 그 녀석이 탈출하면 무슨 일이 벌어질지는 생각하기도 싫으니까. 내 남편이 제우스의 아들일지 몰라도 육신은 철저하게 인간이거든. 사실—"그녀는 언성을 낮추고 속삭였다. "—내가 보기에는 그 짐승을 무서워하는 것 같아.”

나는 여동생의 발톱에 붙들린 바보를 백 명쯤 보았다. 미노스의 반응은 남들보다 심했다. 그가 나를 향해 손가락질을 했다. “들었죠? 이렇게 나를 대놓고 협박한단 말입니다. 이건 당신들 탓이에요. 당신과 거짓말을 일삼는 당신 집안. 당신 아버지는 이 여자가 무슨 보물이라도 되는 양 내게 건넸지만 나한테 무슨 짓을 했는지 알면—”

“아, 그중 몇 가지를 얘기해주지 그래? 주술 얘기를 들으면 키르케도 좋아할 텐데. 당신이 그 위에서 들썩이는 동안 죽은 백 명의 계집애들 얘기는 어때?”

내 옆에 꼼짝 않고 서 있는 아리아드네의 존재를 느낄 수 있었다. 이 자리에 없었다면 얼마나 좋았을까 싶었다.

미노스의 눈빛에서 증오가 꿈틀거렸다. “이런 잔인한 하르피아이* 같은! 당신이 주문을 걸어서 그들을 죽인 거잖소! 당신이 낳는 건 재앙뿐이야! 그 짐승이 태어나지 못하게 당신의 저주받은 자궁 속에 있었을 때 갈기갈기 찢어발겼어야 하는 건데!”

“하지만 감히 그러지 못했잖아, 안 그래? 사랑하는 아버지 제우스가 그런 괴물을 얼마나 애지중지하는지 아니까. 안 그러면 다른 사생아들이 무슨 수로 영웅의 반열에 오를 수 있겠어?” 그녀는 고개를 모로 꼬았다. “사실 당신이 직접 칼을 들고 나서야 하는 거 아니야? 아, 깜빡했네. 당신은 시녀가 아닌 이상 죽이는 데 취미가 없지? 언니, 정말이지 그 주문을 언니도 배워둬야 해. 준비할 것도 얼마 없는 게—”

미노스가 자리에서 일어났다. “더이상의 대화를 금하노라!”

동생은 은쟁반에 옥구슬 굴러가는 소리를 내며 웃었다. 그녀의 모든 행동이 그렇듯 계산된 반응이었다. 미노스가 분통을 터뜨리는 동안 나는 그녀를 관찰하고 있었다. 처음에는 일탈적인 변덕으로 황소와 교미했나보다 하고 일축했지만 생각해보면 그녀는 충동에 휩쓸리는 법이 없었다. 충동을 무기로 활용했다. 그녀가 진솔한 감정을 표정으로 드러내는 걸 마지막으로 본 게 언제였던가? 출산 당시 그녀가 다급함에 얼굴을 일그러뜨리며 괴물을 살려야 한다고 외쳤던 게 생각났다. 왜 그랬을까? 애정이 있어서 그런 건 아니었다. 그녀 안에 애정은 한 톨도 없었다. 그렇다면 그 녀석에게 용도가 있다는 뜻이었다.

온 세상의 소식을 가져다주는 헤르메스와 보낸 시간이 정답을 파악하는 데 도움을 주었다. 파시파에가 미노스와 결혼했을 때 크레테는 가장 부유하고 유명한 왕국이었다. 하지만 그 이후로 날마다 미케네와 트로이아, 아나톨레와 바빌론에서 새로운 왕국이 부상했다. 그리고 남동생 한 명은 죽은 자를 살리고, 다른 한 명은 용을 길들이고, 언니는 스킬라를 변신시켰다. 이제 아무도 파시파에를 화제로 삼지 않았다. 그런데 희미해져가던 그녀의 별이 단박에 다시 반짝거리기 시작했다. 이제는 온 세상에서 인간을 잡아먹는 거대한 황소를 낳은 크레테의 왕비 이야기를 할 것이다.

그리고 신들은 수수방관할 것이다. 얼마나 많은 기도가 그들에게 바쳐질지 생각해보라.

"정말 어이가 없지 뭐야." 파시파에가 말했다. "한참 만에야 그걸 알아차리다니! 그럼 걔네들이 당신이 사력을 다한 덕에 그 희열로 죽은 줄 알았어? 단순한 황홀경으로 죽은 줄 알았어? 있잖아—"

• 그리스 신화에 등장하는 괴물로, 날개 달린 정령 또는 여자 얼굴을 한 새로 묘사된다.

나는 내 옆에 공기처럼 가만히 서 있는 아리아드네를 돌아보았다.
"가자," 내가 말했다. "여기서 볼일은 끝났다."

우리는 동그란 무대로 돌아갔다. 월계수와 오크나무가 머리 위에서 파릇파릇한 이파리를 펼쳤다. "이모님이 주문을 걸어주시면," 아이가 말했다. "제 동생은 더이상 많이 괴물 같지는 않을 거예요."

"그러면 좋겠구나." 내가 말했다.

한순간이 지났다. 아이는 그 안에 비밀을 간직하고 있는 것처럼 꼭 쥔 손을 가슴에 대고 나를 올려보았다. "저랑 좀더 같이 있어주실래요?"

나는 아이가 팔을 날개처럼 구부리고, 자기 동작과 사랑에 빠진 어리고 튼튼한 다리를 움직이며 춤을 추는 모습을 바라보았다. 인간들은 이런 식으로 명성을 쌓는구나, 하는 생각이 들었다. 노력과 끈기를 통해, 태양 아래에서 빛날 때까지 정원을 가꾸듯 기술을 연마해가며. 하지만 신들은 이코르와 넥타르의 산물이라 탁월함이 이미 손끝에서 터져나왔다. 그렇기 때문에 무엇을 파괴할 수 있는지를 입증하며 명성을 쌓았다. 도시를 무너뜨리고 전쟁을 일으키고 역병과 괴물을 낳고. 우리의 제단에서 은은하게 피어오르는 그 모든 연기와 향기. 남는 건 재 가루뿐이었다.

아리아드네의 가벼운 발이 무대를 가로질렀다가 다시 가로질렀다. 자기 자신에게 내리는 선물처럼 모든 스텝이 완벽했고, 아이는 미소를 지으며 그 선물을 받았다. 아이의 어깨를 잡아주고 싶었다. 뭘 하든 너무 행복해하면 안 된다고, 얘기해주고 싶었다. 그러면 머리 위에 불벼락이 쏟아질 거라고.

나는 아무 말도 하지 않고 그저 춤을 추는 그녀를 지켜보았다.

11

태양이 머나먼 벌판을 건드릴 무렵, 경비병들이 아리아드네를 데리러 왔다. 부모님께서 공주님을 모시고 오라십니다. 그들은 아이를 데리고 뚜벅뚜벅 걸어갔고 나는 방으로 안내를 받았다. 작고 하인들 처소와 가까웠다. 당연히 모욕의 의미가 담겨 있었지만, 아무것도 칠하지 않은 벽과 인정사정없는 태양이 한 조각밖에 보이지 않는 좁은 창문 안에서 한숨 돌릴 수 있어서 좋았다. 그리고 안에 누가 있는지를 아는 하인들이 알아서 살금살금 지나갔기 때문에 조용하기도 했다. 언니 마녀래. 그들은 내가 없을 때 먹을거리를 두고 갔고 내가 다시 방을 비운 동안 쟁반을 치웠다.

잠을 자고 다음날 아침이 됐을 때 다이달로스가 찾아왔다. 문을 열었을 때 그가 미소를 짓자 나도 모르게 미소로 화답하고 말았다. 그 짐승에게 고마운 일이 하나 있다면 우리 사이가 다시 편안해졌다는 것이었다. 그를 따라 계단을 내려가자 왕궁 지하를 구불구불 관통하는 복도가 나왔다. 곡식 저장고와 피토이pithoi가 줄줄이 늘어선 창고를 지났다. 큼지막한 그 도자기 항아리 안에 왕궁의 넘쳐나는 기름과 포도주와 보리가 담겨 있었다.

"그 하얀 황소는 어떻게 됐는지 아느냐?"

"아니요, 파시파에 님의 배가 불러오기 시작했을 때 사라졌습니다. 사제들 말로는 황소가 마지막 축복을 내린 거라 하더군요. 오늘은 누군가가 그 괴물이야말로 우리의 번영을 바라는 신들이 내린 선물이라고 하는 소리를 들었어요." 그는 고개를 저었다. "여기 사람들이 원래 그렇게 바보 같지는 않은데, 두 전갈 사이에 끼어 있다보니 그렇게 됐습니다."

"아리아드네는 다르던데." 내가 말했다.

그는 고개를 끄덕였다. "그분에게서는 희망이 느껴집니다. 사람들이 그 녀석을 뭐라고 부르기로 한지 아십니까? 미노타우로스요. 이 소식을 알리기 위해 열 척의 배가 정오에 출항하고 내일 또 열 척의 배가 뒤이어 출항한답니다."

"영리하군." 내가 말했다. "미노스가 그 괴물을 자기 자식으로 받아들여, 오쟁이 진 남편이 되기보다 내 여동생의 영광을 함께 누리려는 것 아니냐. 괴물을 낳고 자기 이름을 따서 이름을 지어준 위대한 왕이 되겠구나."

다이달로스가 목구멍으로 소리를 냈다. "바로 그거죠."

짐승의 새로운 우리가 있는 널찍한 지하 창고방에 다다랐다. 넓이는 갑판만하고 길이는 그 절반이며 은회색의 금속으로 만들어진 우리였다. 묘목처럼 반질반질하고 두툼한 창살에 손을 얹어보았다. 거기에 쓰인 쇠냄새를 느낄 수 있었지만 나머지 재료는 알 수 없었다.

"새로 개발한 물질입니다." 다이달로스가 말했다. "만들기는 더 어렵지만 좀더 튼튼하죠. 그래도 녀석을 언제까지고 여기 가둘 수는 없어요. 이제 막 태어났는데 벌써부터 섬뜩할 만큼 힘이 세거든요. 하지만 좀더 영구적인 장치를 만들 때까지 시간을 벌 수는 있을 겁니다."

병사들이 기존의 우리를 막대에 얹어서 거리를 유지해가며 뒤따라왔다. 새로운 우리 안에 쿵 하고 내려놓고는 그 메아리가 희미해지기도 전에 줄행랑을 놓았다.

나는 다가가 그 옆에 무릎을 꿇었다. 그새 몸집이 커진 미노타우로스가 통통한 살로 금속 창살을 눌렀다. 양수를 닦아내고 보송보송해지니, 황소와 갓난아이의 경계선이 전보다 더 확연하게 드러났다. 마치 어떤 미치광이가 수송아지의 머리를 잘라서 아이의 몸에 꿰매기라도 한 듯했다. 몸에서 퀴퀴한 고기 냄새가 났고 길쭉한 뼛조각들로 철창 바닥이 달카당거렸다. 현기증이 나를 덮쳤다. 크레테의 포로가 또하나 늘었구나.

녀석은 큼지막한 눈으로 나를 관찰했다. 일어나서 코를 쿵쿵거리며 앞으로 다가왔다. 코에서 날카롭고 격한 신음소리가 흘러나왔다. 나를 기억하는 것이었다. 내 체취와 살맛을. 먹이를 달라는 아기 새처럼 뭉툭한 주둥이를 벌렸다. 더 줘.

나는 이 순간을 놓치지 않았다. 주문을 외우며 녀석의 벌린 입안으로 묘약을 부었다. 녀석은 캑캑거리며 철창을 향해 몸을 던졌지만 그러는 동안에도 눈빛이 달라져서 그 안의 분노가 점점 사라졌다. 나는 녀석의 눈을 똑바로 쳐다보며 손을 내밀었다. 다이달로스가 숨을 마시는 소리가 들렸다. 하지만 녀석은 나를 향해 달려들지 않았다. 뻣뻣했던 팔다리가 풀렸다. 나는 잠시 더 기다렸다가 빗장을 풀고 우리 문을 열었다.

녀석은 덜거덕덜거덕 뼈를 밟으며 발을 질질 끌고 살짝 다가왔다. "괜찮아." 나는 중얼거렸다. 나 자신에게 하는 말인지 아니면 다이달로스나 녀석에게 하는 말인지 알 수 없었다. 천천히 녀석을 향해 손을 움직였다. 녀석이 콧구멍을 벌름거렸다. 내가 팔을 건드리자 녀석은 놀라서 콧김을 내뱉었지만 그게 다였다.

"이리 와." 내가 속삭이자 녀석은 몸을 웅크리고 살짝 비틀거려가며 조그만 철창 입구를 빠져나왔다. 뭔가를 기대하는 듯한, 거의 다정하달 수 있는 눈빛으로 나를 올려다보았다.

내 동생, 아리아드네가 짐승을 카리켜 한 말이었다. 하지만 녀석은 누군가의 가족으로 태어나지 않았다. 내 여동생의 업적이자, 육신으로 빚어진 그녀의 야망이자, 미노스를 상대로 휘두를 채찍이었다. 그 대가로 녀석은 동지도 모르고 연인도 알지 못할 것이다. 햇빛도 보지 못하고 한 발짝도 자유롭게 내디디지 못할 것이다. 증오와 어둠과 이빨 말고는 이 세상에서 가질 수 있는 게 없었다.

나는 예전의 우리를 집어서 뒷걸음질쳤다. 녀석은 호기심이 어린 눈빛으로 고개를 모로 꼬고 멀어져가는 나를 지켜보았다. 내가 새로운 우리의 문을 닫자 녀석은 금속성 소리에 귀를 쫑긋 세웠다. 추수기가 되면 분노의 괴성을 지를 것이다. 철창을 잡고 뜯으려 할 것이다.

다이달로스가 나지막이 숨을 토했다. "무슨 수로 그렇게 하셨습니까?"

"절반은 짐승이지 않으냐." 내가 말했다. "아이아이에의 모든 동물은 길들었지."

"주문이 풀릴 수도 있을까요?"

"다른 이가 풀 수는 없을 거다."

우리 문을 잠갔다. 그러는 동안 녀석은 우릴 지켜보았다. 나지막이 소리를 내며 한 손으로 털이 북슬북슬한 뺨을 문질렀다. 나무로 된 방문을 잠그자 녀석이 시야에서 사라졌다.

"열쇠는?"

"던져버릴 생각입니다. 저 녀석을 옮겨야 하는 때가 되면 철창을 자르려고요."

구불구불한 지하 통로를 지나 다시 위로 올라갔다. 벽화가 그려진 홀로 나서자 산들바람이 불었고 환했다. 아리따운 귀족들이 자기들 만의 비밀을 소곤거리며 여기저기서 지나갔다. 그들은 자신들의 발 아래에 뭐가 사는지 알고 있을까? 때가 되면 알게 될 것이었다.

"오늘 저녁에 연회가 열린다고 합니다." 다이달로스가 말했다.

"나는 참석하지 않을 거다." 내가 말했다. "크레테 왕실하고는 볼 일이 끝났으니."

"그럼 조만간 떠나시는 겁니까?"

"그야 왕과 왕비가 허락을 내려주어야 하는 문제겠지. 그들이 배 를 가지고 있으니. 하지만 오래 걸리지는 않을 거라고 본다. 미노스 로서는 크레테에 마녀가 한 명이라도 덜 있는 게 마음 편할 테니. 집 에 갔으면 좋겠구나."

사실이었지만 그 화려한 복도에 있고 보니 아이아이에로 돌아간 다는 발상이 낯설게 다가왔다. 섬의 언덕과 바닷가, 내 꽃밭이 있는 돌집, 이 모든 게 너무 멀게 느껴졌다.

"저는 오늘 저녁에 얼굴을 비쳐야 합니다." 그가 말했다. "하지만 식사 전에 핑계를 대고 나올 수 있으면 좋겠네요." 그는 머뭇거렸다. "여신님, 주제넘은 말씀인 줄은 알고 있습니다만, 당신과 저녁식사를 함께하는 영광을 누릴 수 있을까요?"

그는 내게 달이 뜨면 오라고 했다. 그의 방은 왕궁에서 내 동생의 방과 정반대쪽에 있었다. 우연인지 어떤 의도가 있는지는 알 수 없었다. 그는 내가 전에 보았던 것보다 고급스러운 망토를 걸쳤지만 맨발이었다. 나를 식탁으로 안내해 오디처럼 시커먼 포도주를 따랐다. 과일과 짭짤한 흰 치즈를 수북이 담은 접시가 놓여 있었다.

"연회는 어땠느냐?"

"빠져나올 수 있어서 다행입니다." 그는 웅어리진 목소리로 말했다. "가수를 불러다 영광스러운 황소 인간의 탄생 이야기를 늘어놓게 하더군요. 하늘에서 떨어졌다는 식이었어요."

안쪽 방에서 남자아이 하나가 달려나왔다. 나는 그때 인간들의 나이를 잘 가늠하지 못했지만 네 살쯤 됐던 것 같다. 까만 머리가 귀를 중심으로 굵직하게 제멋대로 곱실거렸고 팔다리가 아직 어린애처럼 토실토실했다. 그렇게 귀여운 얼굴은 처음이었다. 내가 봐왔던 신들까지 포함해서.

"제 아들입니다." 다이달로스가 말했다.

나는 빤히 쳐다보았다. 다이달로스의 비밀이 아이일 줄은 꿈에도 몰랐다. 아이는 나이 어린 조신처럼 무릎을 꿇었다.

"높으신 마나님," 아이가 종알거렸다. "제 아버지의 집에 오신 걸 환영합니다."

"고맙구나." 내가 말했다. "아버지 말씀을 잘 듣는 착한 아들이겠지?"

아이는 진지한 표정으로 고개를 끄덕였다. "네, 그렇고 말고요."

다이달로스는 웃음을 터뜨렸다. "한 마디도 믿지 마세요. 크림처럼 달콤해 보일지 몰라도 하고 싶은 건 다하는 성격이니까요." 아이는 아버지를 보고 미소를 지었다. 둘 사이의 해묵은 농담이었다.

아이는 좀더 우리 곁을 지키며 아버지에게 어떤 작품이 있고 자기가 어떤 식으로 거들었는지 재잘거렸다. 애용하는 집게를 들고 나와 서 어떤 식으로 잡으면 불에 데지 않을 수 있는지 능숙하게 보여주었 다. 나는 고개를 끄덕였지만 내가 쳐다본 건 아이 아버지 쪽이었다. 다이달로스는 잘 익은 과일처럼 표정이 부드러워졌고 두 눈을 풍성 하게 반짝였다. 나는 아이를 낳을 생각을 한 번도 한 적이 없었지만 그를 보고 있자니 잠깐 상상이 됐다. 우물을 들여다보다가 저 아래에 서 언뜻 물이 반짝이는 걸 본 듯한 느낌이었다.

물론 내 여동생은 그의 이 넘치는 사랑을 단박에 알아차렸을 것이 다.

다이달로스가 아들의 어깨에 손을 얹었다. "이카로스," 그가 말했 다. "이제 잘 시간이다. 유모에게 가보거라."

"와서 잘 자라고 뽀뽀해주실 거예요?"

"당연하지."

우리는 그가 앙증맞은 뒤꿈치로 과하게 긴 튜닉 단을 쓸어가며 걸 어가는 걸 지켜보았다.

"잘생겼구나." 내가 말했다.

"엄마를 닮았습니다." 그는 내가 묻기도 전에 먼저 대답했다. "아 이 엄마는 저 아이를 낳다가 죽었지요. 착한 여자였지만 오래전부터 알던 사이는 아니었습니다. 당신의 동생께서 주선한 결혼이었죠."

그러니까 내 짐작이 영판 틀린 건 아니었다. 동생이 미끼를 던지 기는 했지만 다른 방식으로 고기를 잡았다.

"안타깝구나." 내가 말했다.

그는 고개를 숙였다. "힘든 건 사실입니다. 아버지 겸 어머니로서 최선을 다하고 있지만 아이가 부족함을 느낀다는 걸 아니까요. 지나가는 여자를 볼 때마다 아이가 저더러 저 여자랑 결혼하면 안 되느냐고 묻습니다."

"그럴 생각이 있느냐?"

그는 잠깐 아무 말도 하지 않았다. "없는 것 같습니다. 파시파에 님은 저를 괴롭힐 수단을 이미 충분히 확보하고 있고, 애초에 파시파에 님이 강권하지 않았다면 결혼 자체를 하지 않았을 테니까요. 정신없이 일을 하고 있을 때 가장 행복해하고 지저분한 몰골로 느지막이 집에 들어가니 얼마나 부족한 남편이겠습니까."

"마법과 발명은 그런 점에서 비슷하구나." 내가 말했다. "나도 훌륭한 아내가 되지 못할 게다. 애초에 구혼자들이 떼로 몰려와서 대문을 부술 듯 두드리는 것도 아니고. 이름이 더럽혀진 마녀는 아무래도 인기가 없겠지."

그는 미소를 지었다. "동생께서 그 물에 독을 푸는 데 일조하신 게 아닌가 싶습니다만."

그의 앞에서는 워낙 쉽게 속내를 털어놓을 수 있었다. 그의 얼굴은 모든 걸 깊숙한 곳에 안전하게 담아놓는 잔잔한 연못 같았다.

"그나저나 짐승이 자라면 어떤 식으로 가두어놓는 게 좋을지 생각해보았느냐?"

그는 고개를 끄덕였다. "고민중입니다. 이 왕궁의 지하가 얼마나 벌집 같은지 보셨잖습니까. 요즘은 크레테의 모든 재물을 곡식이 아니라 금으로 보관하기 때문에 쓰지 않는 광이 얼마나 많은지 모릅니다. 그걸로 미로 비슷한 걸 만들까 합니다. 양쪽을 막아놓고 이 안에서 녀석이 마음대로 돌아다닐 수 있게 하는 겁니다. 기반암을 파서만들어야죠. 절대 빠져나올 수 없도록."

좋은 생각이었다. 그러면 적어도 짐승이 좁은 우리보다 넓은 공간에서 지낼 수 있었다. "경이로운 작품이 되겠구나." 내가 말했다. "완전히 자란 괴물을 가둘 수 있는 미로라니. 근사한 이름을 생각해야겠구나."

"미노스 님이 자기 이름을 넣어서 의견을 내놓으시겠지요."

"남아서 도와주지 못해 미안하다."

"이미 제 분에 넘칠 만큼 도와주셨습니다." 그는 시선을 들어 내 시선을 건드렸다.

헛기침 소리가 들렸다. 유모가 문 앞에 서 있었다. "아드님 때문에요, 나리."

"아," 다이달로스가 말했다. "잠깐 실례하겠습니다."

나는 엉덩이가 들썩여서 가만히 앉아 있을 수가 없었다. 방안을 서성였다. 그의 놀라운 작품과 조각상과 상감 세공으로 구석구석 그득할 줄 알았더니 사뭇 간소했고 가구도 아무 장식 없는 나무였다. 그래도 좀더 자세히 들여다보니 다이달로스의 흔적을 감지할 수 있었다. 은은한 광택이 흘렀고 잘 문질러진 나뭇결은 꽃잎처럼 보드라웠다. 의자를 손으로 쓸어도 이음새가 느껴지지 않았다.

다이달로스가 돌아왔다. "잘 자라고 뽀뽀를 해주고 왔습니다." 그가 설명했다.

"행복한 아이로구나."

그는 자리에 앉아서 포도주를 한 모금 마셨다. "지금은 그렇겠죠. 아직은 어려서 자기가 포로인 줄 모를 테니까요." 하얀 흉터들이 그의 손 위에서 이글거리는 듯했다. "황금으로 만들어도 우리^{cage}는 우리죠."

"탈출할 수 있다면 어디로 가고 싶으냐?"

"어디든 좋습니다. 하지만 선택하라면 이집트를 선택하겠습니다. 이곳 크노소스가 뻘밭처럼 보일 건축물을 만들고 있다고 하니까요. 부두에서 마주치는 상인들에게 그 나라 말을 배우고 있습니다. 우리가 가면 환영을 받을 수 있을 거예요."

나는 그의 번듯한 얼굴을 쳐다보았다. 잘생겨서 그런 게 아니라 담금질과 망치질로 강도를 높인 양질의 금속처럼 꾸밈이 없어서 보기가 좋았다. 우리는 함께 두 괴물과 싸웠고 그동안 그는 흔들림이 없었다. 아이아이에로 오너라, 그렇게 얘기하고 싶었다. 하지만 나도 알다시피 거기에는 아무것도 없었다.

그래서 대신 이렇게 얘기했다. "언젠가는 네가 이집트에 갈 수 있었으면 좋겠구나."

식사를 마치고 어두컴컴한 복도를 따라 내 방으로 돌아갔다. 즐거운 시간을 보냈지만 바닥에 깔린 진흙이 들쑤셔진 강물처럼 머릿속이 혼란스럽고 탁했다. 자유를 이야기하는 다이달로스의 목소리가 계속 귓전을 맴돌았다. 간절한 갈망과 쓸쓸함이 느껴지는 목소리였다. 적어도 나는 유배당할 만한 짓을 저질렀다지만 다이달로스는 아무 죄도 없이 허영기 많은 내 여동생과 미노스의 전리품으로 붙잡혀 있었다. 이카로스 얘기를 했을 때 순수한 사랑으로 반짝이던 그의 눈빛이 생각났다. 여동생에게 그 아이는 도구에 불과할 것이다. 노예처럼 움직이도록 그의 머리를 겨누는 칼에 불과할 것이다. 그에게 배를 가르라고 명령을 내리며 희희낙락한 표정을 지었던 동생의 얼굴이 생각났다. 내가 그 방으로 들어섰을 때도 똑같은 표정을 짓지 않았던가.

미노타우로스에 매달리느라 이 모든 게 그녀의 입장에서는 얼마나 엄청난 개가일지 미처 알아차리지 못했다. 새로 낳은 괴물과 새롭게 떨친 유명세뿐 아니라 그에 수반되는 모든 걸 보라. 다이달로스는 하는 수 없이 공범이 되었고, 미노스는 위축되고 망신살이 뻗쳤으며, 크레테 전역이 공포에 휩싸였다. 그리고 나 또한 업적이었다. 다른 이를 부를 수도 있었지만 그녀가 항상 채찍을 휘두르기 좋아한 개는 나였다. 그녀는 내가 얼마나 쓸모 있을지 알았다. 얼마나 묵묵히 뒷정리를 하고 다이달로스를 보호하고 괴물을 안전하게 가둘지 알았다. 그러는 동안 그녀는 황금 침상에 앉아서 깔깔대기만 하면 그만이었다. 내 새로운 애완동물 어때? 주먹질 말고는 준 게 없는데도 내가 부르기만 하면 달려온다니까?

속이 이글거렸다. 내 방에서 등을 돌렸다. 신의 걸음으로 어느 누구의 눈에도 띄지 않게 꾸벅꾸벅 조는 경비병을 지나고 밤 시중을 드는 종복을 지났다. 여동생의 방문 앞에 다다라 안으로 들어갔다. 침대 가에 섰다. 동생은 혼자였다. 자는 동안에는 자기 자신 말고는 어느 누구도 믿지 않았다. 문지방을 넘었을 때 주술을 느꼈지만 그걸로 나를 막을 수는 없었다.

"나를 여기로 부른 이유가 뭐야?" 나는 따져 물었다. "네 입으로 대답을 들어보자."

그녀는 내가 올 줄 예상하기라도 했던 듯이 당장 눈을 번쩍 떴다. "선물이었지, 당연히. 내가 그렇게 피를 흘리는 걸 보고 좋아할 이가 또 누가 있겠어?"

"천 명은 될 것 같은데."

그녀는 고양이처럼 미소를 지었다. 팔팔한 쥐를 가지고 놀아야 더 재미있는 법이었다. "새로 익힌 속박 주문을 스킬라한테 쓰지 못하다니 안타까운 일이지 뭐야. 하기야, 그 어머니의 피가 필요할 테니까. 그 상어 같은 크라타이이스가 네 부탁을 들어줄 리 없지."

나도 이미 생각했던 바였다. 파시파에는 항상 창으로 어디를 겨누어야 하는지 제대로 알았다.

"나를 욕보이고 싶었지?" 내가 물었다.

그녀는 분홍색 혀를 새하얀 이에 대고 하품을 했다. "생각해봤는데 말이야," 그녀가 말했다. "내 아들 이름을 아스테리오스라고 할까 봐. 어때?"

별처럼 반짝이는 자라는 뜻이었다. "동족을 잡아먹는 괴물치고 그렇게 예쁜 이름은 내 평생 처음이네."

"그렇게 난리 부릴 것 없어. 다른 미노타우로스도 없는데 무슨 동족을 잡아먹겠어." 그녀는 턱을 기울이며 미간을 살짝 찌푸렸다. "음, 켄타우로스도 동족으로 칠까? 둘이 친족일 것 같지 않아?"

나는 그녀의 작전에 넘어가지 않을 작정이었다. "페르세스를 부를 수도 있었잖아."

"페르세스는." 그녀는 손사래를 쳤다. 무슨 뜻인지 나로서는 알 수 없었다.

"아니면 아이에테스라도."

그녀가 일어나 앉자 이불이 내려왔다. 금을 네모반듯하게 두드려서 만든 목걸이 말고는 알몸이었다. 금박마다 무늬가 새겨져 있었다. 태양, 벌, 도끼, 거대한 딕테 산. "아, 밤새도록 도란도란 얘기를 나눌 수 있으면 얼마나 좋을까." 그녀가 말했다. "내가 네 머리를 땋아주고 둘이서 구혼자들 얘기를 하면서 웃고." 그녀는 언성을 낮추었다. "다이달로스는 당장 좋다고 할 텐데."

내 분노가 한계치를 넘었다. "난 네 개가 아니야, 파시파에. 미끼로 쓰일 곰도 아니고. 나는 네 과거지사에도 불구하고, 네가 남자들을 죽음으로 내몰았는데도 불구하고 너를 도우러 왔어. 네가 괴물을 낳을 수 있게 거들었고, 네가 할 일을 대신했어. 그런데 너의 선물은 조롱과 경멸이란 말이지. 아무리 지금까지 배배 꼬인 인생을 산 너라 해도 이번 한 번만큼은 진실을 밝혀봐. 나를 바보로 만들려고 여기로 부른 거지?"

"아, 그건 내가 아무 노력을 안 해도 되는 일이야." 그녀가 말했다. "너는 너 혼자서도 바보짓을 일삼으니까." 하지만 그건 솔직한 대답이 아니라 그냥 반사적인 반응이었다. 나는 기다렸다.

"웃기네." 그녀가 말했다. "그렇게 겪어놓고도 아직까지 고분고분하게 말 잘 듣는 것만으로 상을 받아 마땅하다고 생각하다니. 아버지의 신전에서 교훈을 터득했을 줄 알았구만. 너처럼 몸을 움츠리고 바보같이 히죽거린 애도 없었지만 위대하신 헬리오스께서는 너를 오히려 남들보다 먼저 짓밟았지. 네가 이미 아버지의 발치에 납작 엎드리고 있었으니까."

그녀는 황금빛 머리칼을 늘어뜨리고 홑이불로 몸을 수놓으며 상체를 앞으로 기울였다.

"내가 헬리오스와 다른 신들의 진실을 알려줄게. 그들은 네가 착하거나 말거나 관심 없어. 네가 못되거나 말거나 거의 관심 없어. 그들을 귀기울이게 만들 수 있는 유일한 수단은 힘이야. 삼촌의 총애를 받거나 어떤 신을 침대에서 만족시키는 정도로는 부족해. 심지어 예쁜 걸로도 부족해. 그들을 찾아가서 무릎을 꿇으며 '지금까지 착하게 살았는데 저 좀 도와주실래요?' 이러면 그들은 미간을 찌푸리거든. 아, 우리 이쁜이, 그건 해줄 수가 없단다. 아, 우리 꼬맹이, 견디면서 사는 법을 배워야지. 너는 헬리오스한테 뭐 물어본 적 있어? 내가 아버지 허락 없이는 아무것도 못하는 거 알지?"

그녀는 바닥에 침을 뱉었다.

"그들은 뭐든 마음대로 가져가고 그 대가로 족쇄를 채워. 나는 네가 짓밟히는 걸 수도 없이 보았어. 나도 너를 짓밟았고. 그리고 그럴 때마다 생각했지. 됐어, 이제는 끝이다, 이제는 울다 지쳐 돌로 변하거나 깍깍거리는 새가 돼서 우리 곁을 떠나겠지. 얼마나 속이 시원할까. 그런데 너는 다음날이 되면 어김없이 돌아오더라? 그들은 네가 마녀인 걸 밝혔을 때 다들 놀라워했지만 나는 오래전부터 알았어. 네가 비 맞은 생쥐처럼 울더라도 가루가 돼서 땅속으로 스며들 일은 없다는 걸 알았고. 너도 내가 그런 것처럼 그들을 혐오했지. 나는 우리의 힘이 거기에서 비롯된다고 생각해."

그녀의 말 한 마디, 한 마디가 거대한 폭포처럼 내 머리 위로 쏟아졌다. 무슨 소린지 거의 알아들을 수가 없었다. 우리 가족을 증오했다고? 내가 보기에 그녀는 핵심이었다. 쓸데없이 잔인하기만 한 우리 핏줄의 빛나는 업적이었다. 하지만 그녀가 한 말은 맞았다. 님프들은 남의 힘을 빌려야 뭔가를 할 수 있었다. 자기 자신에게는 아무것도 기대할 수 없었다.

"그게 다 사실이라면," 내가 말했다. "나한테 왜 그렇게 잔인하게 굴었어? 아이에테스하고 나는 둘뿐이었는데. 너도 우리하고 친구처럼 지낼 수도 있었잖아."

"친구?" 그녀는 비웃었다. 다른 님프는 칠해야 그 색이 되겠지만 그녀의 입술은 그냥 두어도 완벽한 핏빛이었다. "그 신전에 친구는 없어. 그리고 아이에테스는 평생 여자를 좋아해본 적이 없고."

"그렇지 않아." 내가 말했다.

"그애가 너를 좋아했던 것 같아서 그래?" 그녀는 웃음을 터뜨렸다. "네가 말 잘 듣는 원숭이처럼 자기가 무슨 말을 할 때마다 박수를 쳐주니까 그냥 받아줬던 거야."

"너하고 페르세스도 다를 바 없었잖아." 내가 말했다.

"페르세스에 대해 아는 것도 없으면서. 내가 어떤 식으로 그애를 만족시켰는지 알아? 내가 어떻게 해야 했는지 알아?"

더이상 듣고 싶지 않았다. 그녀의 표정은 전에 본 적 없을 만큼 적나라했고, 그 모양이 되도록 몇 년 동안 갈아오기라도 한 듯 한 마디, 한 마디가 날카롭기 그지없었다.

"그러던 와중에 아버지가 미노스라는 멍청이한테 나를 주었지 뭐야. 뭐, 그래도 그와 공조 관계를 맺을 수 있었고 지금도 마찬가지야. 그는 이제 바로잡혔지만 그러기까지 얼마나 오래 걸렸는지 알아? 예전으로 돌아가고 싶은 마음은 절대 없어. 그러니까 대답해봐, 언니. 내가 너 대신 누굴 불렀어야 할까? 당장 나를 멸시하지 않고는 못 배기면서, 부스러기나마 달라고 애원하도록 만들려고 하는 신을 불렀어야 할까? 아니면 잽싸게 바다를 건너와봐야 별 쓸모도 없을 님프를 불렀어야 할까?" 그녀는 다시 웃음을 터뜨렸다. "둘 다 이빨에 물리자마자 비명을 지르면서 내뺄 거야. 고통을 전혀 참지 못하니까. 우리하고는 다르거든."

충격이 나를 강타했다. 지금까지 아무것도 없었던 그녀의 손에 칼자루가 쥐어진 것 같았다. 욕지기가 목구멍으로 치밀었고 나는 뒷걸음질을 쳤다.

"나는 너랑 달라."

언뜻 그녀가 놀란 표정을 짓는 듯했다. 하지만 파도에 깨끗하게 쓸린 모래사장처럼 금세 사라졌다.

"맞아," 그녀가 말했다. "너는 나랑 달라. 너는 아버지를 닮아서 어리석은 주제에 고고한 척하고 뭐든 이해가 안 되는 게 있으면 눈을 감아버리지. 대답해봐, 내가 괴물과 독약을 만들지 않았으면 어떻게 됐을까? 미노스는 왕비를 원하지 않아. 병 안에 갇혀서 죽을 때까지 헤벌쭉헤벌쭉 새끼를 낳아대는 해파리라면 모를까. 나를 영원히 쇠사슬에 묶으면 속이 후련할 테고 자기 아버지한테 말만 하면 그럴 수 있어. 하지만 그러지 않지. 그전에 내가 자기한테 어떻게 할지 알거든."

아버지가 미노스를 두고 했던 말이 생각났다. 아내가 선을 넘지 않도록 알아서 단속할 것이오. "하지만 아버지가 미노스에게 그 정도로 어마어마한 권한을 허락할 리 없겠지."

그녀의 웃음소리가 내 귀를 할퀴었다. "아버지는 소중한 동맹을 유지하는 데 도움이 된다면 직접 나한테 쇠사슬을 채울걸? 네가 그 증거잖아. 제우스는 마법을 두려워했고 희생양을 요구했어. 아버지가 너를 선택했던 건 네가 제일 쓸모없기 때문이야. 이제 너는 그 섬에 갇혔고 평생 거기에서 벗어날 수가 없지. 네가 나한테 아무 짝에도 쓸모없다는 걸 진작 알아차렸어야 하는 건데. 나가. 그리고 두 번다시 볼 일 없게 해줘."

나는 복도를 되짚어 걸어갔다. 머릿속은 텅 비었고 피부는 살에서 떨어져나오기라도 할 듯이 뻣뻣하게 섰다. 모든 소리, 모든 촉감, 발치에 닿는 돌바닥, 창밖에서 들리는 분수의 물소리가 내 신경을 슬금슬금 불쾌하게 긁었다. 공기가 파도처럼 묵직하게 따끔거렸다. 이 세상이 낯설게 느껴졌다.

방문 앞 그림자에서 누군가가 분리돼 나왔을 때 나는 너무 멍해 있던 터라 소리를 지르지도 못했다. 더듬더듬 약병이 든 주머니를 찾았지만 멀리서 횃불이 두건을 쓴 그의 얼굴을 비췄다.

그는 오직 신만이 들을 수 있을 정도로 나지막이 속삭였다. "기다리고 있었습니다. 한 마디만 하시면 사라져드리겠습니다."

나는 잠깐 후에야 무슨 말인지 이해할 수 있었다. 그가 이렇게 대담하게 나올 줄은 미처 몰랐다. 하지만 그럴 수밖에 없었다. 온 세상을 통틀어 가장 위대한 예술가이자 창작자이자 발명가이지 않은가. 소심한 성격으로는 아무것도 창조하지 못한다.

그가 그전에 왔더라면 내가 뭐라고 했을까? 모르겠다. 하지만 그때 들린 그의 음성은 벗겨진 내 피부에 닿은 향유와도 같았다. 인간이었지만, 언제나 가까이 할 수 없고 죽음을 향해 가는 존재였지만, 그의 손과 그의 모든 것을 가지고 싶었다.

"있어라." 나는 말했다.

우리는 촛불을 켜지 않았다. 방은 어두컴컴했고 한낮의 열기로 따뜻했다. 그림자가 침대 위로 드리워졌다. 어떤 개구리도 울지 않고 어떤 새도 지저귀지 않았다. 마치 우리가 우주의 고요한 심장부를 찾은 듯했다. 우리 둘 말고는 그 어떤 것도 움직이지 않았다.

이후에 우리는 나란히 누웠다. 밤바람이 팔다리를 간질였다. 그에게 파시파에와 옥신각신한 얘기를 할까 고민했지만 그 자리에 그녀를 끌어들이고 싶지 않았다. 밖에서는 별들이 베일에 가려졌고 하인 하나가 깜빡이는 횃불을 들고 마당을 가로질렀다. 처음에는 내가 상상한 줄 알았는데, 방이 실제로 미세하게 떨렸다.

"너도 느껴지느냐?"

다이달로스는 고개를 끄덕였다. "원래 튼튼하게 만들어지지 않았습니다. 회반죽 몇 군데에 금이 갔습니다. 요즘 들어 전보다 더 자주 이러네요."

"철창이 망가지지는 않겠지."

"네," 그가 말했다. "이 정도로는 끄떡없을 겁니다." 잠깐의 시간이 지났다. 그의 목소리가 조용히 어둠을 갈랐다. "추수기가 되면," 그가 말했다. "그 녀석이 완전히 자라면. 얼마나 심할까요?"

"달이 한 번 뜨는 동안 열다섯 명."

그가 헉 하고 숨을 들이마시는 소리가 들렸다. "그 무게가 시시때 때로 느껴집니다." 그가 말했다. "그 많은 목숨의 무게가요. 제가 그 짐승을 만드는 데 일조해놓고는 되돌리질 못하네요."

나도 그가 얘기하는 무게가 어떤 건지 알았다. 그의 손이 내 손 옆에 있었다. 굳은살이 박였지만 거칠지는 않았다. 어둠 속에서 손가락으로 더듬으며 어렴풋이 반질반질한 흉터를 찾았다.

"그걸 무슨 수로 감당하십니까?" 그가 물었다.

내 눈에서 희미한 빛이 반짝였고 그걸로 그의 얼굴을 볼 수 있었다. 놀랍게도 그는 내 대답을 기다리고 있었다. 내가 해답을 알 거라고 믿고 있었다. 나는 어두침침한 또다른 방과 또다른 포로를 떠올렸다. 그 역시 명장이었다. 그의 지식을 토대로 문명이 건설됐다. 프로메테우스가 한 말이 뿌리처럼 깊숙이 꿈틀대며 지금까지 내 안에서 기다리고 있었다.

"최대한 잘 감당하는 수밖에." 내가 말했다.

미노스는 원래 배에 인색했고 이제 괴물을 가두었으니 자기 편할 대로 나를 기다리게 했다. "내 상선 중 하나가 아이아이에 근처를 지납니다. 며칠 있으면 출항하는데, 그때 가시든지요."

나는 두 번 다시 동생을 만나지 않았다. 소풍이나 놀러 나가는 행차를 멀리서 본 게 전부였다. 동그란 무대를 찾아가보았지만 아리아드네도 만나지 못했다. 경비병 하나를 붙잡고 그녀가 있는 곳으로 안내해달라고 했다. 그가 나를 보며 실실 웃을 줄은 상상조차 하지 못했다. "왕비께서 불허하십니다."

파시파에가 이런 식으로 쩨쩨하게 복수를 하다니. 얼굴이 화끈거렸지만 잔인하게 내 정곡을 제대로 찔렀다는 만족감을 선물할 수는 없었다. 왕궁 경내와 주랑과 오솔길과 벌판을 돌아다녔다. 야생 그대로의 흥미진진한 얼굴을 하고 지나가는 인간들을 구경했다. 밤마다 다이달로스가 몰래 내 방문을 두드렸다. 덤으로 주어진 시간이라는 걸 우리는 알았고 그래서 더 달콤했다.

나흘째 되던 날 동이 튼 직후에 경비병들이 찾아왔다. 다이달로스는 이미 가고 없었다. 그는 이카로스가 깼을 때 집에 있고 싶어했다. 경비병들은 내가 그 사이를 뚫고 언덕으로 도망치기라도 할 듯이 자주색 망토를 뻣뻣하게 걸치고 무시무시한 분위기를 풍기며 내 앞에 섰다. 나는 그들을 따라서 그림이 그려진 홀을 지나 거대한 계단을 내려갔다. 다이달로스가 정신없는 부둣가에서 기다리고 있었다.

"파시파에가 알면 벌을 내릴 텐데." 내가 말했다.

"지금보다 더한 벌은 내릴 순 없을 겁니다." 미노스가 감사의 선물로 보낸 양 여덟 마리가 뱃전으로 이동하자 그는 옆으로 비켜섰다. "왕께서 변함없이 인심을 쓰셨네요." 그는 갑판에 이미 실린 두 개의 큼지막한 상자를 가리켰다. "바쁘게 지내는 걸 좋아하시는 걸로 기억해서요. 제가 만든 겁니다."

"고맙다." 내가 말했다. "영광이로구나."

"아뇨," 그가 말했다. "저희가 어떤 빚을 졌는지 압니다. 제가요."

목젖이 뜨끈해졌지만 우리를 지켜보는 시선을 느낄 수 있었다. 그를 더 힘들게 하고 싶지는 않았다. "아리아드네에게 작별 인사를 대신 전해주겠느냐?"

"알겠습니다." 그가 말했다.

나는 배에 올라타서 손을 들었다. 그도 손을 들었다. 헛된 희망으로 나 자신을 속이지는 않았다. 나는 여신이고 그는 인간이었고 우리 둘 다 갇힌 신세였다. 하지만 밀랍을 녹여 인장을 찍듯 그의 얼굴을 내 마음에 새겼다. 그것이라도 가지고 갈 수 있도록.

아무도 볼 수 없는 곳으로 나설 때까지 상자를 열지 않았다. 그전에 열었더라면 제대로 고맙다는 인사를 할 수 있었을 텐데. 한 상자에는 염색을 하지 않은 온갖 종류의 털실과 나사실과 아마실이 들어 있었다. 다른 상자에는 광을 낸 백향목으로 만든 베틀이 들어 있었다. 그렇게 예쁜 베틀은 내 평생 처음이었다.

나는 그 베틀을 아직까지 가지고 있다. 지금도 벽난로 옆에 놓여 있고 심지어 여러 노래에도 등장한다. 어쩌면 놀랄 일도 아니다. 시인들은 원래 대칭을 좋아한다. 마법과 실을 자아내고 주문과 베를 짜는 데 모두 솜씨가 좋은 마녀 키르케. 내가 뭐라고 매끈한 육보격*의 운율을 어그러뜨릴까. 하지만 내가 엮은 옷감에 감탄할 만한 구석이 있다면 모두 그 베틀과 그걸 만든 인간 덕분이다. 수백 년이 지났어도 이음매가 튼튼하고 북이 날실을 통과하면 백향목 향이 허공을 가득 메운다.

내가 떠난 이후에 다이달로스는 실제로 거대한 미로 라비린토스를 만들어 그 안에 미노타우로스의 분노를 가두었다. 거둬들인 수확물이 쌓이고 또 쌓이고 구불구불한 통로는 발목까지 뼈로 덮였다. 왕궁의 하인들이 말하길 귀를 기울이면 그 녀석이 덜거덕거리며 왔다 갔다하는 소리가 들린다고 했다. 그동안 다이달로스는 작업에 매진했다. 노란 밀랍을 바른 두 개의 나무 뼈대에 크레테의 바닷가에서 서식하는 커다란 바닷새의 넓고 하얀 깃털을 길게 붙였다. 이렇게 두 쌍의 날개를 만들었다. 하나는 자기 팔에, 다른 하나는 아들의 팔에 묶었다. 크노소스의 바닷가에서 가장 높은 낭떠러지에 올라가 뛰어내렸다.

그들은 바닷바람에 실려 하늘 높이 날아올랐다. 뜨는 해와 아프리카가 있는 동쪽으로 향했다. 이카로스는 환호성을 질렀다. 그 무렵 그는 청년이었고 생애 처음으로 맛보는 자유였다. 그의 아버지는 급강하하고 선회하는 아들을 보고 웃었다. 아이가 좀더 높이 날아오르자 방대한 하늘에 눈이 부셨고 햇볕이 어깨에 그대로 꽂혔다. 그는 아버지가 외치는 경고를 귀담아듣지 않았다. 밀랍이 녹는 걸 알아차

• hexameter. 호메로스의 『일리아스』, 『오디세이아』를 비롯한 전통 서사시에 쓰인 운율.

리지 못했다. 깃털이 떨어지자 그도 따라서 인간을 삼키는 파도 속으로 추락했다.

그 귀여운 아이의 죽음도 안타까웠지만 끔찍한 슬픔을 뒤로 늘어뜨린 채 끝까지 날아간 다이달로스가 더 안타까웠다. 물론 이 이야기는 벽난로에 발을 얹고 포도주를 홀짝이던 헤르메스가 들려주었다. 나는 눈을 감고 머릿속에 새긴 다이달로스의 얼굴을 떠올렸다. 우리가 아이를 가졌다면 그에게 일말의 위안이 되지 않았을까 하는 생각이 들었다. 하지만 그건 미숙하고 어리석은 발상이었다. 아이가 무슨 곡식 자루처럼 서로 맞바꿀 수 있는 것도 아니고.

아들을 앞세웠을 뿐 다이달로스도 금세 떠났다. 팔다리가 기운을 잃고 회색으로 변했고 그의 모든 능력이 연기로 바뀌었다. 내게 그를 차지할 권한이 없다는 건 알았다. 하지만 고독한 삶을 살다보면 별들이 일 년에 하루 땅을 스치고 지나가듯 아주 간혹 누군가의 영혼이 내 옆으로 지는 때가 있다. 그가 내게 그런 별자리와 같은 존재였다.

12

우리는 스킬라를 피해 아이아이에까지 멀리 돌아서 갔다. 열하루가 걸렸다. 맑고 화창한 하늘이 머리 위에서 등을 수그렸다. 나는 눈이 부신 파도와 하얗게 작렬하는 태양을 물끄러미 바라보았다. 아무도 나를 방해하지 않았다. 남자들은 내가 지나가면 시선을 피했고 내가 건드린 밧줄을 바다에 던졌다. 그들을 나무랄 수는 없었다. 그들은 크노소스에서 살았고 마법에 대해 이미 아는 게 너무 많았다.

아이아이에에 도착하자 그들은 묵묵히 베틀을 들고 숲을 지나서 벽난로 앞까지 운반했다. 여덟 마리의 양도 몰고 왔다. 내가 포도주와 먹을거리를 내놓았지만 그들은 당연히 사양했다. 허둥지둥 배로 돌아가 한시바삐 수평선 너머로 사라질 생각에 열심히 노를 저었다. 나는 그들이 손가락으로 눌러서 끈 촛불처럼 가물가물해질 때까지 지켜보았다.

사자가 문지방에서 나를 노려보았다. 꼬리로 바닥을 때리며 이렇게 얘기하는 듯했다. 다시는 이런 일이 없었으면 좋겠어.

"아마 그럴 거야." 나는 말했다.

햇살이 내리쬐는 크노소스의 쭉 뻗은 파빌리온에 비하면 내 집은 굴처럼 아늑했다. 깔끔한 방을 거닐며 정적과 고요와 나 혼자만의 발소리를 감상했다. 모든 표면과 모든 찬장과 잔을 만졌다. 전부 예전 그대로였다. 앞으로도 그럴 것이었다.

꽃밭으로 나갔다. 늘 자라던 잡초를 뽑고 딕테에서 캐온 약초를 심었다. 달빛이 비치던 움푹한 땅을 떠나 반질반질하고 환한 내 꽃밭에 옹기종기 모여 있는 모습이 낯설어 보였다. 웅웅거리는 소리는 희미해지고 빛이 바랜 듯이 느껴졌다. 옮겨 심으면 능력이 없어질지 모른다는 생각까지는 해본 적이 없었다.

나는 아이아이에에서 사는 동안 갇혀 지내는 신세에 한 번도 짜증을 낸 적이 없었다. 아버지의 신전에 비하면 이 섬은 가장 격정적이고 가장 아찔한 자유였다. 바닷가, 산봉우리, 그 모든 게 수평선까지 기지개를 폈고 마법으로 가득했다. 하지만 야리야리한 그 꽃들을 본 순간 내 유배 생활의 진정한 무게를 처음으로 느낄 수 있었다. 꽃들이 죽으면 그길로 끝이었다. 다시는 웅웅거리는 딕테 산의 비탈을 오를 일이 없었다. 그 은빛 연못에서 물을 길을 일이 없었다. 헤르메스가 얘기한 아라비아, 아수르, 이집트, 그 모든 곳과 영영 안녕이었다.

평생 거기에서 벗어날 수가 없지, 여동생은 그렇게 얘기했다.

반항하는 뜻에서 적극적으로 예전 생활로 돌아갔다. 좋아하는 일을, 생각나는 시간에 했다. 해변에서 노래를 부르고 꽃밭의 배치를 바꾸었다. 돼지들을 불러 뻣뻣한 털로 뒤덮인 등을 긁어주고 양털을 빗기고 늑대들을 호출해 숨을 헐떡이며 내 집 바닥에 드러눕게 했다. 사자는 그들을 향해 노란 눈을 부라렸지만 모든 동물은 서로를 인정해야 한다는 것이 내 규칙이었기에 난동을 부리거나 하진 않았다.

매일 밤 나가서 약초와 뿌리를 캤다. 아무 주문이나 생각나는 대로 외우며 주문이 내 손안에서 엮이는 쾌감을 만끽했다. 아침에는 부엌에 꽂아둘 꽃을 꺾었다. 저녁에는 상을 물리고 다이달로스의 베틀 앞에 앉았다. 신들의 신전에서 본 베틀과는 달라 적응하기까지 조금 시간이 걸렸다. 앉을깨가 있었고 씨실을 위로 올리는 게 아니라 아래로 내렸다. 외할머니가 보았더라면 바다뱀과 바꾸자고 했을 것이다. 이걸로 짠 옷감이 그녀가 짠 최고의 걸작보다 더 고왔다. 다이달로스가 제대로 알아맞혔다. 나는 그 모든 작업이 좋았다. 그 단순함과 기술에 당장 매료됐고 나무의 향도, 쉬익 하고 움직이는 북도, 씨실이 서로 차곡차곡 쌓이는 것도 좋았다. 손을 열심히 놀려야 하고, 예리하고 자유로운 정신을 유지해야 한다는 점에서 주문과 조금 비슷한 구석이 있었다. 그중에서도 내가 가장 좋아한 부분은 베틀이 아니라 염료 만들기였다. 나는 최고의 색을 찾아다녔다. 꼭두서니 뿌리와 사프란, 진홍색의 연지벌레와 바다에 사는 짙은 포도주색의 뿔고둥, 그리고 염료를 털실에 빠르게 물들이는 백반 가루. 그걸 짜고 갈아서 큼지막한 냄비에 넣고, 냄새 고약한 액체가 꽃처럼 환한 색으로 보글거릴 때까지 끓였다. 진홍색과 주황빛이 도는 노란색 그리고 왕손들이 입는 짙은 자주색이 되도록. 내가 아테나처럼 솜씨가 좋았다면 무지개의 여신 이리스가 하늘에서 색을 뿌리는 큼지막한 태피스트리를 짤 수도 있었을 것이다.

하지만 나는 아테나가 아니었다. 그래서 간단한 목도리와 망토, 담요로 만족했고 의자 위에 보석처럼 고이 모셨다. 사자에게도 하나 둘러주고 페니키아의 여왕이라고 불렀다. 녀석은 앉아서 자줏빛 덕분에 자기 털이 얼마나 황금색으로 반짝여 보이는지 과시라도 하는 듯 고개를 좌우로 돌렸다.

너는 죽을 때까지 페니키아를 구경할 일이 없을 거야.

나는 자리에서 일어나 짐짓 섬을 걸으며 시시각각으로 벌어지는 변화에 감탄했다. 연못을 경중경중 건너는 소금쟁이, 굴러서 이끼가 끼고 강물에 반질반질해진 돌멩이, 꽃가루를 묻히고 나지막이 날아다니는 꿀벌. 만은 퍼드덕거리는 물고기로 가득했고, 씨앗은 씨방에서 터져나왔다. 크레테에서 들고 온 꽃박하와 백합도 결국에는 잘 자랐다. 봤지? 나는 동생에게 물었다.

대답한 이는 다이달로스였다. 황금으로 만들어도 우리는 우리죠.

봄이 지나 여름이 되고 여름이 지나서 향긋한 가을이 되었다. 이제는 아침이면 엷은 안개가 꼈고 가끔 밤에 천둥이 쳤다. 나름의 묘미가 있는 겨울이 조만간 들이닥치면 초록색 헬레보루스 이파리가 갈색의 한가운데에서 반짝이고, 사이프러스는 철회색 하늘을 배경으로 시커멓고 우뚝하게 자태를 뽐낼 것이다. 이 섬은 딕테 산 꼭대기처럼 정말로 추운 일은 없지만 그래도 바위를 헤치고 올라가 바람을 맞으며 서 있는 동안에는 새로 만든 망토를 입고 오길 잘했다는 생각이 들었다. 하지만 내가 어떤 묘미를 발견하고 어떤 낙을 찾더라도, 여동생의 말은 나를 따라다니며 비웃고 뼈와 혈관 속 깊이 파고들었다.

"너는 마법에 대해 잘못 알고 있어." 나는 그녀에게 말했다. "마법의 원동력은 증오가 아니야. 나의 맨 첫번째 주문은 글라우코스를 사랑하는 마음에서 만든 거였어."

그녀가 내 앞에 서 있기라도 한 듯 밍크 같은 목소리가 들렸다. 아버지를 향한 반항심, 언니를 무시하고 소원을 제지하는 이들에 대한 반항심도 있었던 건 잊었나봐.

마침내 나의 정체를 파악했을 때 아버지가 어떤 눈빛을 지었는지 나는 보았다. 태어났을 적에 아예 심지를 잘라냈어야 했나 생각하는 눈빛이었다.

그것 봐. 저들이 어머니의 자궁을 어떤 식으로 막아버리는지 봤지? 어머니가 아버지와 다른 이모들을 얼마나 쉽게 구워삶는지 못 느꼈어?

나도 느꼈다. 단순히 외모가 출중하거나 뭔지 모를 방중술 때문에 그런 건 아닌 듯했다. "영리해서 그러잖아."

영리하다고! 파시파에는 폭소를 터뜨렸다. 너는 항상 어머니를 과소평가하더라. 어머니한테도 마녀의 피가 흐른대도 난 놀라지 않을걸. 우린 마법을 헬리오스한테 물려받은 게 아니야.

나도 궁금해했던 생각이었다.

이제는 어머니를 깔봤던 걸 후회하게 될 거야. 너는 어머니를 내쳐주길 바라면서 날마다 아버지의 발만 핥았지?

바위를 서성였다. 백 세대가 지나도록 이 땅을 걸었음에도 내가 느끼는 나 자신은 어린애였다. 분노와 상심, 좌절된 바람, 욕망, 자기 연민. 이건 신들도 익히 아는 감정이었다. 하지만 죄책감과 수치심, 회한, 양가감정은 우리 같은 신족들에게는 미지의 나라와 같아서 돌멩이를 하나씩 세듯 배워야 했다. 나는 절대 그녀처럼 되지 않을 거라고 했을 때 얼빠진 듯 충격을 받았던 파시파에의 표정이 자꾸만 떠올랐다. 그녀는 뭘 바랐을까? 바닷새를 통해 서신을 주고받는 것? 주문을 공유하고 신을 상대로 싸우는 것? 우리의 방식대로 드디어 자매처럼 지내는 것?

열심히 상상해보았다. 머리를 맞대고 함께 약초를 내려다보는 우리, 기발한 것을 생각해내고는 깔깔대고 웃는 그녀. 그러자 아쉬워졌다. 아, 이룰 수 없는 소망이 열 가지도 넘었으니. 그녀의 본모습을 좀 더 일찍 알았더라면 얼마나 좋았을까. 그 휘황찬란한 신전이 아닌 다른 데서 자랐더라면 얼마나 좋았을까. 그랬더라면 사악한 기운을 무디게 만들고, 독설에서 그녀를 끌어내고, 가장 훌륭한 약초를 캐는 법을 가르쳐줄 수 있었을 텐데.

하! 그녀가 말했다. 너 같은 멍청이한테는 아무것도 배우지 않을 거야. 너는 나약하고 맹목적이고, 그게 너 스스로 선택한 길이라 더 나빠. 결국에는 후회하게 될걸?

그녀가 가증스럽게 나와야 상대하기가 더 수월했다. "나는 나약하지 않아. 그리고 너처럼 되지 않은 걸 절대 후회하지 않을 거야. 알겠니?"

두말하면 잔소리지만 아무 대꾸도 없었다. 오직 공기만이 내 말을 삼킬 뿐이었다.

헤르메스가 다시 찾아왔다. 이제 나는 그가 파시파에와 공모했다고 생각하지 않았다. 천성적으로 자기가 아는 걸 떠벌이고 무지한 자를 비웃는 걸 좋아할 따름이었다. 그는 내 은색 의자에 느긋하게 기대고 앉았다. "크레테 여행은 어땠어? 재미있는 일이 있었다고 하던데."

나는 먹을거리와 포도주를 대접하고 그날 밤에 내 침대로 불렀다. 그는 여전히 준수한 외모를 자랑했고, 침대 위에서 열정적이고 장난기 넘쳤다. 하지만 이제는 그를 보면 내 안에서 혐오감이 일었다. 방금 전까지 웃고 있다가도 금세 그의 장난에 욕지기가 났다. 그가 내쪽으로 손을 내밀면 이상하게 혼란스러웠다. 그의 손은 완벽하고 아무 흉터도 없었다.

두말하면 잔소리지만 그는 나의 이 복잡한 심정에서 자극을 받았다. 도전이라면 어떤 것이 됐든 놀이였고 놀이라면 어떤 것이 됐든 재미있었다. 내가 그를 사랑했다면 진작 자취를 감추었을 텐데, 내 혐오감이 그를 자꾸 불러들였다. 그는 나를 와락 끌어안았고, 선물과 새로운 소식을 가져다주었고, 내가 묻지 않아도 미노타우로스 얘기를 시시콜콜 늘어놓았다.

내가 떠난 이후에 미노스와 파시파에의 장남 안드로게오스가 본토 방문길에 아테네 근처에서 살해당했다. 그 무렵 크레테 사람들은 추수 때마다 아들과 딸을 바쳐야 한다는 데 분개하며 폭동을 일으킬 조짐을 보이고 있었다. 미노스가 이 기회를 놓치지 않았다. 그는 아테네의 왕에게 그의 아들을 죽인 대가로 괴물에게 먹일 젊은 남녀를 각각 일곱 명씩 바치라고, 그러지 않으면 크레테의 막강한 해군을 이끌고 전쟁을 일으키겠다고 선포했다. 겁에 질린 아테네의 왕은 수락했고 그렇게 선발된 젊은 남녀 중에 그의 아들 테세우스가 있었다.

내가 산속의 연못에서 본 인간이 이 왕자였다. 하지만 그 환영이 모든 걸 보여준 건 아니었다. 아리아드네 공주가 아니었다면 그는 아마 죽었을 것이다. 공주는 그에게 한눈에 반하여 그를 살리기 위해 칼을 몰래 쥐어주고 다이달로스에게 직접 배운 라비린토스의 길을 가르쳐주었다. 하지만 그가 괴물의 피로 범벅이 된 손을 하고 미로에서 탈출했을 때 그녀는 눈물을 흘렸고, 이는 기쁨의 눈물이 아니었다.

"그 짐승한테 이상하리만치 애정을 보였다고 하더군." 헤르메스가 말했다. "종종 우리에 가서 철창 사이로 소곤소곤 말을 건네고 자기 몫으로 나온 진미를 챙겨주었다고. 한번은 너무 가까이 다가가는 바람에 어깨를 물린 적도 있다지? 무사히 빠져나와서 다이달로스가 상처를 꿰매주었지만 어깨와 목이 만나는 곳에 왕관 모양의 흉터가 남았대."

나는 그녀가 내 동생이라고 말하면서 어떤 표정을 지었는지 기억했다. "벌을 받았나요? 테세우스를 도왔다고?"

"아니. 짐승이 죽은 뒤에 테세우스와 함께 도망쳤어. 테세우스가 그녀와 혼인을 올리려고 했지만 내 동생이 자기 아내로 삼고 싶다고 했지 뭐야. 걔가 발이 가벼운 자를 얼마나 좋아하는지 알잖아. 그래서 테세우스한테 그녀를 섬에 두고 떠나라고 했어. 자기가 나중에 가서 그녀를 차지하겠다고."

어느 동생을 얘기하는 건지 알았다. 담쟁이덩굴과 포도의 신 디오니소스였다. 제우스의 방탕한 아들이었고, 인간들은 근심 걱정에서 해방시켜준다고 그를 해방자라고 불렀다. 디오니소스의 배필이 되었다면 적어도 저녁마다 춤을 출 수는 있겠구나, 그런 생각이 들었다.

헤르메스가 고개를 저었다. "그런데 동생이 너무 늦게 갔지 뭐야. 그녀가 그새 잠이 드는 바람에 아르테미스가 죽여버렸어."

하도 아무렇지 않은 투로 얘기하기에 순간 내가 잘못 들은 줄 알았다. "뭐라고요? 죽었다고요?"

"내가 직접 저승까지 데려다줬다구."

그 유연하고 희망에 찼던 아이를. "이유가 뭔데요?"

"아르테미스한테 확답은 듣지 못했어. 얼마나 성미가 고약한지 알잖아. 무슨 알 수 없는 모욕이라도 당했겠지." 그는 어깨를 으쓱했다.

내 마법이 올림포스의 신들에게 대적할 만한 수준이 아니라는 건 나도 알았다. 하지만 그 순간만큼은 시도해보고 싶었다. 모든 주문을 소환하고 모든 땅의 정령과 짐승과 새를 동원해 사냥당하는 기분이 어떤지 느낄 수 있을 때까지 아르테미스를 뒤쫓게 하고 싶었다.

"어이," 헤르메스가 말했다. "인간이 죽을 때마다 울면 한 달 만에 익사하게 될 거야."

"나가요." 내가 말했다.

이카로스, 다이달로스, 아리아드네. 모두들 손으로는 허공 말고는 아무것도 쥐지 못하고 발로는 더이상 땅을 딛지 못하는 어두컴컴한 세계로 떠났다. 내가 거기 있었더라면, 하는 생각이 들었다. 하지만 그런들 달라졌을까? 헤르메스가 한 말이 맞았다. 인간들은 시시각각으로 죽었다. 난파당하거나 칼에 맞아서, 사나운 짐승이나 사나운 인간에게, 병이나 부주의나 노령으로. 프로메테우스도 얘기했다시피 그것이 그들의 운명이었고 그들 모두가 공유하는 사연이었다. 살아 생전에는 아무리 활기 넘쳤어도, 아무리 눈이 부셨어도, 아무리 경이로운 업적을 남겼어도 결국은 먼지와 연기 신세였다. 반면에 아무리 하찮고 쓸모없더라도 신은 별빛이 꺼질 때까지 계속 환한 공기를 마실 것이다.

늘 그러듯 헤르메스는 다시 찾아왔다. 나는 곁을 허락했다. 그가 내 홀에서 반짝거리고 있으면 내 섬의 바닷가가 그리 좁게 느껴지지 않았고 내가 유배자라는 사실이 그리 무겁게 느껴지지 않았다. "새로운 소식 좀 들려줘요." 내가 물었다. "크레테 소식은요? 파시파에는 미노타우로스의 죽음을 어떻게 받아들였어요?"

"소문에 따르면 길길이 날뛰었다고 해. 이제는 애도하느라 검은 옷만 입는대."

"속지 마요. 자기한테 뭐 떨어지는 게 있어야 길길이 날뛰는 애니까."

"그녀가 저주를 내리는 바람에 테세우스가 역병에 걸려서 지금까지 계속 앓고 있다던데. 그의 아버지가 어떤 식으로 죽었는지 들었어?"

테세우스에게는 관심이 없었고 내가 듣고 싶은 건 동생 소식이었다. 헤르메스는 끊임없이 이야기를 늘어놓으며 분명 웃었을 것이다. 파시파에가 어떤 식으로 미노스의 침소 출입을 금하고 막내딸 파이드라만 예뻐했는지. 어떤 식으로 딕테 산 비탈을 오르내리며 새로운 독초를 찾아 온 산을 뒤졌는지. 나는 보물을 지키는 용처럼 이야기를 한 토막도 남김없이 저장했다. 알고 보니 그게 뭔지를 몰랐을 뿐, 여태 내가 답을 찾고 있던 뭔가가 더 있었다.

헤르메스는 훌륭한 이야기꾼답게 가장 재미난 토막을 마지막까지 아껴둘 줄 알았다. 어느 날 저녁 그가 결혼 초기에 파시파에가 미노스에게 어떤 수법을 썼는지 얘기한 적이 있었다. 미노스는 그녀의 면전에서 마음에 드는 아무 여자나 자기 침소로 부르는 습성이 있었다. 그래서 그녀가 미노스의 씨를 뱀과 전갈로 바꾸는 저주를 내렸고, 그와 동침한 여자마다 안쪽이 거기에 찔려 죽었다.

그 둘이 싸웠을 때 했던 얘기가 생각났다. 파시파에는 백 명의 계집애들이라고 했었다. 시중을 들던 처녀, 노예, 상인의 딸, 왕에게 감히 왈가왈부할 수 없었던 아비를 둔 아이들이었을 것이다. 오로지 비열한 쾌감과 복수심 때문에 모두 숨이 끊겼다.

헤르메스를 내보내고 평소와 다르게 덧문을 닫았다. 누가 보면 어마어마한 주문을 외우려는 줄 알았겠지만 나는 약초를 집지 않았다. 허공에 둥둥 떠 있는 듯한 쾌감이 느껴졌다. 하도 추악하고 기괴하며 구역질나는 이야기라 열이 나는 느낌이었다. 이 섬 안에 갇혀 지내면 적어도 그녀나 그녀 같은 부류와 한 세상에서 살 필요가 없었다. 사자 옆을 서성이며 나는 말했다. "됐어. 다시는 그들 생각을 하지 않을 거야. 그들을 내쫓았고 그걸로 끝이야."

그 고양이 같은 녀석은 포개놓은 앞발에 뺨을 얹고 시선을 바닥에 고정했다. 그러니까 어쩌면 나는 모르는 걸 그 아이는 알았는지도 모른다.

13

봄이었고 나는 동쪽 산비탈에서 일찌감치 열린 딸기를 따고 있었다. 그곳에서는 바닷바람이 거세게 불었기 때문에 달콤한 과일에서 항상 짠맛이 느껴졌다. 돼지들이 꽥꽥거리는 소리를 듣고 고개를 들었다. 배 한 척이 비스듬히 내리쬐는 오후의 햇살을 가르며 우리 쪽으로 다가오고 있었다. 맞바람이 부는데도 속도를 늦추거나 방향을 바꾸지 않았다. 노잡이들이 잘 쏘아진 화살처럼 직진을 고집했다.

속이 울렁거렸다. 헤르메스가 사전에 아무 경고도 하지 않은 게 어떤 의미인지 알 수 없었다. 함선은 미케네 양식이었고 흘수吃水에 영향을 미칠 게 분명할 정도로 거대한 선수상을 달고 있었다. 선체에는 테두리가 까만 두 눈이 그려져 있었다. 바람결에 낯선 냄새가 희미하게 실려왔다. 나는 잠깐 망설이다가 손을 닦고 바닷가로 내려갔다.

그 무렵 배는 해변에 거의 다다라 뱃머리가 파도 위로 바늘 같은 그림자를 드리우고 있었다. 선상의 사람들을 세어보니 서른댓 명이었다. 물론 시간이 지나 훗날 그 배에 탔다고 주장하거나 그들의 후손이라고 족보를 조작한 사람들이 천 명에 달했을 것이다. 이 배의 선원들은 그 시대 최고의 영웅으로 불렸다. 대담하고 흔들리지 않는, 백 가지 위험한 모험을 펼친 대가였다. 과연 외모상으로도 그래 보였다. 귀공자 같은 기품에 키가 크고 어깨가 넓었고, 값비싼 망토를 두르고 머리는 숱이 많았고, 그들의 왕국 안에서 가장 치켜세우는 훌륭한 인재다웠다. 선원들은 다른 남자들이 옷을 걸치는 모양새로 무기를 찼다. 젖먹이 시절부터 멧돼지와 씨름하고 거인을 처단했을 것이다.

그럼에도 난간 앞에 선 그들의 얼굴은 초췌하고 긴장한 기색이 역력했다. 그 냄새가 이제 좀더 진해졌고, 돛대에 무거운 추가 매달려 있기라도 한 듯 공기가 묵직했다. 나를 보았음에도 어떤 소리를 내거나 인사 비슷한 것도 하지 않았다.

첨벙하는 소리와 함께 닻이 내려지고 건널판자가 그 뒤를 따랐다. 머리 위에서는 갈매기들이 맴을 돌며 울었다. 두 사람이 내려와서 팔을 맞대고 고개를 숙였다. 건장한 근육질의 남자는 뒤늦게 불어온 산들바람에 까만 머리가 곤두섰다. 그리고 놀랍게도 다른 한 명은 온몸을 검은색으로 감싸고 뒤로 나풀거리는 베일을 길게 늘어뜨린 장신의 여자였다. 이 한 쌍이 미리 기별을 넣은 손님이라도 되는 양 우아하게, 망설임 없이 내 쪽으로 다가왔다. 그들은 내 발치에 무릎을 꿇었고 여자가 두 손을 위로 들었다. 손가락이 길었고 아무 장신구가 없었다. 베일은 한 올의 머리칼도 보이지 않도록 가지런히 씌워져 있었다. 턱을 결연하게 숙여 얼굴은 보이지 않았다.

"여신이여," 그녀가 말했다. "아이아이에의 마녀시여. 저희는 도움을 청하고자 왔습니다." 목소리가 낮지만 또렷했고, 노래를 부르던 목청인지 듣기가 좋았다. "엄청난 죄를 피하려던 와중에 엄청난 죄를 저지르고 말았습니다. 그리하여 더럽혀졌나이다."

내가 느끼기에도 그랬다. 탁한 공기가 짙어져 번들거리는 묵직함으로 모든 것을 감쌌다. 이런 걸 미아즈마라고 했다. 오염이라는 뜻이었다. 정화되지 않은 범죄, 신의 뜻을 어긴 행위, 축성하지 않고 흘린 피에서 생겨났다. 미노타우로스가 태어나고 딕테의 물로 깨끗하게 씻기 전까지 나도 전염된 바 있었다. 하지만 이건 더 진했다. 역겨웠고 스멀스멀 스미는 전염성마저 있었다.

"저희를 도와주시렵니까?" 그녀가 물었다.

"도와주시옵소서, 위대한 여신이여. 저희는 당신의 처분 아래에 있나이다." 남자가 따라 말했다.

그들이 청한 건 주술이 아니라 우리 신족의 가장 오랜 의식이었다. 카타르시스. 연기와 기도, 물과 피로 하는 정화였다. 내 쪽에서는 그들이 죄를 지었다면 어떤 죄를 지었는지 심문할 수가 없었다. 요청에 응하거나 거부하거나 둘 중 하나만 할 수 있었다.

남자는 여자만큼 규율이 단단히 잡혀 있지 않았다. 얘기를 하면서 턱을 살짝 드는 바람에 얼굴이 언뜻 보였다. 내가 짐작했던 것보다 훨씬 젊어서 수염이 아직 듬성듬성했다. 바람과 햇볕 때문에 피부가 까칠했지만 건강한 홍조를 띄었다. 수려한 것이, 시인들이 말하는 신과 같은 용모였다. 하지만 내게 가장 인상적인 부분은 인간적인 투지였다. 짊어진 부담에도 불구하고 목선에서 강단이 느껴졌다.

"일어나라." 내가 말했다. "그리고 따라오너라. 내 최선을 다해서 도와줄 테니."

나는 돼지가 다니는 길로 앞장섰다. 남자가 넘어지지 않게 챙기려는 듯 여자의 팔을 단단히 붙잡았지만 그녀는 전혀 비틀거리지 않았다. 오히려 남자보다 더 걸음걸이가 안정적이었다. 그리고 여전히 철저하게 고개를 들지 않았다.

둘을 안으로 데리고 들어갔다. 그들은 의자를 지나 아무 말 없이 돌바닥 위에 무릎을 꿇었다. 다이달로스가 보았더라면 사랑스러운 조각상을 만들었을지 모른다. 제목은 겸손.

뒷문으로 가자 돼지들이 내게 달려들었다. 태어난 지 반년도 되지 않은, 깨끗하고 흠결 없는 새끼돼지 위에 손을 얹었다. 내가 사제였다면 겁을 집어먹고 버둥거려 의식을 망치지 않게 약을 먹였을 것이다. 하지만 내 손길이 닿자 돼지는 잠이 든 아이처럼 축 늘어졌다. 씻기고 신성한 리본을 묶고 목에 화환을 두르는 동안, 돼지는 내가 뭘 하려는지 알고 동의하기라도 한 듯 얌전하게 있었다.

바닥에 황금 대야를 놓고 큼지막한 청동 칼을 집었다. 제단이 없었지만 어차피 필요 없었다. 어디든 내가 있는 곳이 신전이었다. 칼을 대자 돼지 목이 별 어려움 없이 벌어졌다. 순간 돼지가 발길질을 했지만 금세 그쳤다. 다리가 잠잠해질 때까지 내가 단단히 붙들었고 그동안 빨간 핏줄기가 대야로 쏟아졌다. 향긋한 약초를 피워놓고 찬가를 부르며 그들의 손과 얼굴을 성수로 씻겼다. 무거운 느낌이 가시는 게 느껴졌다. 공기가 점점 깨끗해졌고 기름내도 희미해졌다. 그들이 기도하는 동안 나는 피를 들고 나가 쪼글쪼글한 나무뿌리에 뿌렸다. 나중에 돼지를 잡아서 그들에게 상을 차려줄 것이었다.

"됐다." 나는 돌아가서 말했다.

남자가 내 망토자락을 들어 자기 입술에 갖다댔다. "위대한 여신이여."

내가 주시한 쪽은 여자였다. 조심스러운 구속에서 마침내 풀려난 그녀의 얼굴을 보고 싶었다.

그녀가 고개를 들었다. 두 눈이 횃불처럼 반짝였다. 베일을 벗어 크레테의 언덕에 떠오른 태양과 같은 머리칼을 드러냈다. 반신반인이었다. 인간과 신 사이에서 태어난 그 막강한 조합이었다. 그뿐만이 아니라 내 핏줄이었다. 헬리오스의 직계자손이 아니고서는 그렇게 완벽한 황금색일 수 없었다.

"여신님을 속여서 죄송합니다." 그녀가 말했다. "하지만 저를 내치시면 어쩌나 싶었어요. 가뜩이나 당신을 알현하는 날을 평생 기다려온 터라서요."

그녀에게는 말로 설명하기 어려운 뭔가가 있었다. 머리까지 뻗치는 열성이랄까 열의가 있었다. 워낙 신들의 여왕처럼 걸었기에 아름다우리라 짐작하고는 있었지만 나의 어머니나 여동생과는 다르게 묘한 아름다움이었다. 이목구비 하나하나는 별 볼 일 없었다. 코는 너무 날카로웠고 턱은 너무 튼튼했다. 그럼에도 한데 어우러진 모습은 불꽃의 심장과 같았다. 눈을 뗄 수가 없었다.

그녀의 두 눈이 내 살갗을 벗기기라도 할 듯이 나를 잡고 놓지 않았다. "당신과 제 아버님이 어렸을 때 가깝게 지내셨다고 들었습니다. 이 고집스러운 딸을 두고 아버님이 어떤 전갈을 보내셨는지 모르겠지만요."

그 강인함, 자신감. 어깨만 보고도 누군지 한눈에 알아차렸어야 하는 거였다.

"아이에테스의 여식이로구나." 내가 말했다. 헤르메스에게 들은 이름을 기억 속에서 찾았다. "메데이아, 맞지?"

"당신은 키르케 고모님이시고요."

그녀는 아비를 닮았다. 우뚝한 이마와 날카롭고 타협을 모르는 시선. 나는 더이상 아무 말도 하지 않고 일어나 부엌으로 갔다. 쟁반에 접시와 빵을 담고 치즈와 올리브, 술잔과 포도주를 추가로 얹었다. 손님이 왔으면 호기심을 충족하기 전에 먼저 대접을 해야 하는 법이었다.

"숨 좀 돌려라." 내가 말했다. "나중에 정리할 시간이 있을 테니."

그녀는 먼저 남자를 챙기며 가장 맛있는 부분을 건네고 얼른 먹어 보라고 재촉했다. 그는 그녀가 건넨 음식을 걸신들린 듯이 먹었고 내가 다시 내오자 그것 역시 영웅다운 턱을 열심히 움직이며 먹어치웠다. 그녀는 거의 먹지 않았다. 비밀스럽게 다시 눈을 내리깔았다.

마침내 남자가 접시를 옆으로 밀었다. "제 이름은 이아손, 이올코스 왕국의 적법한 후계자입니다. 저의 아버님은 덕망이 높았지만 마음씨가 여려 제가 어렸을 때 삼촌에게 왕위를 빼앗겼습니다. 삼촌은 제가 자라서 자격을 증명해 보이면 왕위를 돌려주겠다고 했습니다. 콜키스라는 왕국을 다스리는 마법사의 황금 양모피를 가지고 오라고요."

내가 보기에도 그는 제대로 된 왕자였다. 반질반질한 바위처럼 단어를 굴려가며 자신에 얽힌 전설에 몰입해 왕자답게 말을 하는 재주가 있었다. 나는 젖이 흐르는 분수와 똬리를 튼 용을 좌우에 두고 아이에테스 앞에 무릎을 꿇은 그의 모습을 상상해보았다. 동생은 그를 아둔하고 거기다 오만하다고 생각했을 것이다.

"헤라와 제우스께서 저의 결의를 축복해주셨습니다. 저를 배로 인도하시고 동지를 규합할 수 있게 도와주셨죠. 콜키스에 도착해 아이에테스 왕에게 합당한 보물을 드릴 테니 양모피를 달라고 했지만 거절당했습니다. 한 가지 과업을 이행하면 생각해보겠다고 하시더군요. 황소 두 마리에게 멍에를 씌우고 하루 만에 넓은 밭을 갈고 씨를 뿌리는 것이었죠. 저는 물론 거부할 이유가 없었으니 당장 그의 제안을 받아들였습니다. 그런데—"

"그런데 그게 불가능한 과업이었어요." 메데이아의 목소리가 물처럼 매끄럽게 그의 말과 말 사이로 스며들었다. "이이에게 양모피를 주지 않으려고 꾸민 술책이었죠. 아버지는 그렇게 엄청난 사연과 능력이 깃든 물건을 포기할 생각이 전혀 없었거든요. 아무리 씩씩하고 용맹하더라도 인간이라면—" 그녀는 이 시점에서 이아손을 돌아보며 그의 손에 자기 손을 갖다댔다. "혼자서 할 수 있는 일이 아니었어요. 황소들 자체부터 아버지가 칼날처럼 날카로운 청동과 숨을 쉬는 불을 가지고 마법을 부려서 만든 거였거든요. 녀석들에게 멍에를 씌우더라도 씨앗이 또다른 함정이었어요. 뿌리면 그를 죽이려고 달려들 전사들이 자라나는 씨앗이었으니까요."

그녀는 열렬한 눈빛으로 이아손의 얼굴을 뚫어져라 쳐다보았다. 나는 무엇보다 그녀의 주의를 환기하기 위해 말문을 열었다.

"그래서 네가 꾀를 내었구나."

이아손은 내 말을 못마땅하게 여겼다. 그는 위대한 황금시대의 영웅이었다. 꾀란 진정한 용기를 발휘할 수 없을 만큼 강단 없는 겁쟁이들이나 내는 것이었다. 메데이아가 찌푸린 그의 얼굴 위로 얼른 말했다.

"이이는 모든 도움을 거부하려고 했어요." 그녀가 말했다. "하지만 제가 고집을 부렸죠. 이이가 위험해지는 걸 가만히 두고 볼 수는 없었으니까요."

이 말에 그의 표정이 누그러졌다. 이쪽이 좀더 구미에 맞는 줄거리였다. 잔인한 아버지를 저버리고 그의 발치에서 정신을 잃은 공주. 밤마다 몰래 찾아오는, 단 한 줄기 빛이 되어주는 그녀의 얼굴. 어느 누가 마다하겠는가.

하지만 그녀가 지금은 그 얼굴을 감추고 있었다. 얘기를 할 때도 깍지 낀 자기 손에 대고 나지막이 속삭였다.

"당신과 제 아버님이 아는 그 기술을 저도 조금 쓸 줄 알거든요. 저는 황소들이 내뿜는 불에 타지 않게 이아손의 피부를 보호하는 간단한 묘약을 만들었어요."

이제 그녀의 정체를 알고 보니 그렇게 유순한 태도가 참새의 둥지에 몸을 욱여넣으려 하는 커다란 독수리처럼 어울리지 않게 느껴졌다. 간단한 묘약이었다고? 주술의 강력함은 말할 것도 없거니와, 하물며 인간이 마법을 부릴 수 있을 거라고는 상상도 하지 못했다. 하지만 이아손이 다시 반질반질한 바위를 굴려가며 황소에게 멍에를 씌우고 밭을 갈고 씨를 뿌렸다고 이야기를 하기 시작했다.

전사들이 튀어나왔지만 그는 그들을 진압할 비법을 알고 있었다. 메데이아가 일러준 거였다. 그들 사이로 돌을 던지면 그들이 화가 나서 서로 싸울 거라고 했다. 그는 과업을 완수했지만 그래도 아이에테스는 양모피를 내주지 않으려 했다. 먼저 양모피를 지키는 불사의 용을 무찔러야 된다고 했다. 메데이아가 다시 묘약을 만들어 용을 재웠다. 그는 보물과 더불어 메데이아까지 데리고 배로 도망쳤다. 도의상 이렇게 순결한 아가씨를 그렇게 사악한 폭군 곁에 버려두고 떠날 수 없었다.

상상 속에서 그는 이미 그의 왕궁으로 돌아가 눈을 휘둥그레 뜬 귀족과 황홀해하는 아가씨들 앞에서 무용담을 늘어놓고 있었다. 메데이아에게 고마워하지는 않았다. 그녀 쪽을 거의 쳐다보지도 않았다. 위기 때마다 반신반인에게 받은 도움을 마치 합당하게 주어진 것으로 여겼다.

내 언짢은 속내를 알아차렸는지 메데이아가 말문을 열었다. "이이는 존경받아 마땅하지요. 아버님의 함대로부터 추격을 받는 와중에도 그날 저녁에 당장 선상에서 저와 결혼식을 올렸으니까요. 이올코스로 돌아가 이이가 왕위를 찾으면 저는 그의 왕비가 될 겁니다."

그 말에 이아손의 낯빛이 살짝 어두워진 듯 느껴진 건 나의 착각이었을까? 잠시 정적이 흘렀다.

"내가 너희들 손에서 씻겨준 그 핏자국은 무엇이냐?" 내가 물었다.

"아," 그녀가 조용히 말했다. "그 얘기를 드릴 때가 됐네요. 아버님은 노발대발하셨습니다. 병력을 보내 저희를 뒤쫓고 마법을 부려 배의 돛 주변으로 바람을 모아서 아침 무렵에는 거리가 바짝 좁혀졌죠. 제 주술로는 아버지에게 상대가 안 된다는 걸 알았어요. 아무리 축복을 받았어도 저희 배로는 아버지보다 더 빨리 갈 수 없었고요. 저에게 남은 희망은 딱 하나였어요. 같이 데리고 온 제 남동생. 아버지의 후계자인 그 아이를 인질 삼아 저희의 안전을 보장받으려고 했죠. 하지만 뱃머리에 서서 고래고래 저주를 퍼붓는 아버지를 본 순간, 그렇게는 되지 않겠다는 걸 알 수 있었어요. 사람을 잡아먹을 듯한 분노가 얼굴에 역력했거든요. 저희를 파멸시키지 않는 이상 만족하지 않을 게 분명했어요. 허공에 대고 주문을 외우며 저희 머리 위로 떨어뜨리려고 그의 병사들을 들어올렸으니까요. 엄청난 공포가 저를 훑고 지나갔어요. 제가 아니라 아무 죄 없는 이아손과 그의 선원들 때문에요."

그녀는 이아손을 쳐다보았지만 그는 벽난로 쪽으로 얼굴을 돌리고 있었다.

"바로 그 순간—뭐라고 해야 할까요. 광기가 저를 덮쳤어요. 이아

손을 붙잡고 동생을 죽이라고 명령을 내렸어요. 그런 다음 시신을 토막내 파도 속으로 던졌어요. 아버지가 아무리 흥분했어도 배를 멈추고 동생을 위해 마땅한 장례를 치러줄 걸 알았거든요. 정신을 차리고 보니 바다에 아무것도 없었어요. 꿈인가 싶었죠. 제 손이 동생의 피를 뒤집어쓰고 있는 걸 봤을 때까지는요."

그녀는 증거라도 되는 듯 두 손을 내 쪽으로 내밀었다. 깨끗했다. 내가 씻어준 것이었다.

이아손은 얼굴이 납빛이었다.

"여보," 그녀가 말했다. 큰 소리로 부른 것도 아니었는데 그는 움찔했다. "포도주 잔이 비었네요. 잔 채워드릴까요?" 그녀는 자리에서 일어나 포도주가 가득 채워진 통 앞으로 술잔을 들고 갔다. 이아손은 다른 데를 보고 있었고, 나도 마녀가 아니었다면 알아차리지 못했을 것이다. 그녀가 포도주 잔에 가루를 한 자밤 넣고 뭐라고 속삭이는 것을.

"자요, 내 사랑." 그녀가 말했다.

어머니가 아이를 구슬리는 듯한 말투였다. 그는 포도주를 받아 마셨다. 그의 고개가 뒤로 꺾이고 손에서 잔이 떨어지려고 하자 그녀가 받았다. 조심스럽게 잔을 식탁에 놓고 다시 자리에 앉았다.

"아시겠지만," 그녀가 말했다. "이이로서는 너무 힘든 상황이라서요. 자책하고 있어요."

"광기가 아니었구나."

"네," 그녀의 황금색 눈이 내 눈을 뚫어져라 쳐다보았다. "하지만 혹자는 사랑에 빠지면 광기에 사로잡힌다고 하죠."

"진작 알았더라면 의식을 치러주지 않았을 텐데."

그녀는 고개를 끄덕였다. "고모님은 물론이고 대부분의 신들이 그랬겠죠. 탄원하는 자에게 아무것도 묻지 않는 게 그 때문일지 몰라요. 진상이 밝혀지면 용서를 받을 수 있는 사람이 몇이나 될까요?"

그녀는 까만색 망토를 벗어서 옆 의자에 펼쳐놓았다. 안에 입은 옷은 청금석 색이었고 얇은 은색 허리띠가 달려 있었다.

"후회는 하지 않느냐?"

"고모님을 생각해서 눈물을 흘리며 눈을 비빌 수도 있겠지만 그렇게 거짓으로 살지는 않겠습니다. 제가 그리하지 않았다면 아버지가 배를 통째로 박살냈을 거예요. 남동생은 군인이었어요. 전쟁의 승리를 위해 자신을 희생한 거예요."

"하지만 그 아이는 자신을 희생한 게 아니지 않으냐. 네가 죽인 거지."

"고통을 느끼지 못하게 묘약을 먹였어요. 다른 대부분의 남자들보다 편안하게 갔습니다."

"네 피붙이였다."

그녀의 눈이 밤하늘의 유성처럼 환하게 이글거렸다. "세상에 더 귀하고 덜 귀한 목숨이 있을까요? 저는 그렇게 생각하지 않아요."

"그 아이를 죽일 필요는 없었지. 네가 양모피와 함께 돌아갔으면 됐을 테니. 아버지에게로 말이다."

그녀의 얼굴을 스치고 지나간 표정이란. 그야말로 유성과 비슷했다. 지상으로 방향을 틀면 벌판을 잿더미로 만들었을 만큼.

"그랬다면 아버지가 이아손과 그 배의 선원들을 갈기갈기 찢는 걸 지켜보며 자학해야 했겠죠. 죄송하지만 그건 대안이라고 부르지 못하겠습니다."

그녀는 내 표정을 보았다.

"저를 못 믿으시겠어요?"

"네가 얘기하는 내 동생은 내가 몰랐던 면이 너무 많아서."

"그럼 제가 제대로 소개해드릴게요. 제 아버지가 제일 좋아하는 경기가 뭔지 아세요? 사악한 마법사를 상대로 능력을 증명하려고 섬으로 찾아오는 남자들이 종종 있어요. 아버지는 그 배의 선장 주변으로 용들을 풀어놓고 그들이 도망 다니는 걸 구경해요. 선원들은 돌멩이만큼의 이성도 남지 않게 주문을 걸어서 노예로 삼고요. 아버지가 손님들에게 볼거리를 제공한답시고 인두를 달궈서 어느 선원의 팔에 대고 지지는 걸 본 적 있어요. 아버지가 놓아줄 때까지 살이 타는 채로 그냥 서 있더군요. 그냥 빈 껍질인지 아니면 자기들에게 무슨 일이 벌어지는지 다 알지만 속으로만 비명을 지르고 있는지 궁금했어요. 아버지한테 붙잡혔다면 알 수 있었겠죠. 제가 그 신세가 됐을 테니까요."

이아손에게 썼던, 역겨울 정도로 달짝지근했던 그 목소리 때문이 아니었다. 그녀의 번뜩이는 자신감 때문도 아니었다. 한 마디, 한 마디가 시커먼 도끼처럼 묵직하고 가차없이 내리꽂힐 때마다 내 몸에서 핏기가 가셨다.

"설마 자기 자식한테 그럴 리가."

그녀는 비웃었다. "저는 그분께 자식이 아니에요. 씨를 뿌리면 나오는 전사나 불을 뿜는 황소처럼 마음대로 처분하는 존재지. 후계자를 낳아주자마자 처치한 제 어머니처럼요. 저에게 주술의 능력이 없었다면 이야기가 달랐을지 모르죠. 하지만 저는 열 살 때부터 둥지에 들어앉은 살무사를 길들일 수 있었고, 말 한마디로 새끼 양을 죽였다가 다시 살릴 수 있었어요. 아버지는 그런 저에게 벌을 내렸죠. 그 때문에 상품성이 사라졌기 때문이라지만 사실은 아버지의 비밀을 제 남편에게 보이는 게 싫었던 거예요."

파시파에가 귓가에 대고 속삭이기라도 하는 듯이 그녀의 목소리가 들렸다. 아이에테스는 평생 여자를 좋아해본 적이 없어.

"아버지의 가장 큰 소원은 특이한 독극물과 교환하는 조건으로 자기처럼 마법을 쓸 줄 아는 신에게 저를 넘기는 거였어요. 자기 형 페르세스 말고는 찾을 수가 없게 되자 그에게 저를 주겠다고 했죠. 저는 그 짐승이 저를 데려가지 않게 해달라고 밤마다 기도했어요. 수메르의 어느 여신을 아내로 삼아서 쇠사슬을 채웠다고 들었거든요."

헤르메스에게 들은 얘기가 생각났다. 페르세스와 송장으로 이루어진 그의 왕국. 파시파에의 목소리가 들렸다. 내가 어떤 식으로 그애를 만족시켰는지 알아?

"이상하구나." 나는 이렇게 말했지만 내 귀에도 설득력이 없게 들렸다. "아이에테스는 늘 페르세스를 싫어했는데."

"지금은 아니에요. 지금은 둘도 없는 친구고 페르세스가 오면 둘이서 시체를 일으키고 올림포스를 무너뜨리는 얘기밖에 하지 않아요."

나는 멍했고 겨울 벌판처럼 황량했다. "이아손이 이걸 전부 알고 있느냐?"

"당연히 모르죠, 제정신이세요? 그럼 저를 볼 때마다 독극물과 살이 타는 느낌을 떠올릴 거 아니에요. 남자는 새로 난 풀처럼 싱싱하고 파릇파릇한 아내를 원해요."

이 아이는 이아손이 움찔거리는 걸 보지 못한 걸까? 보지 않으려고 했던 걸까? 그는 이미 너한테서 멀어지고 있어.

그녀는 물마루처럼 눈부신 매무새를 뽐내며 자리에서 일어났다. "아버지가 지금도 저희 뒤를 쫓고 있어요. 얼른 이올코스로 출발해야 해요. 이올코스군은 헤라 여신을 등에 업고 있기 때문에 아무리 아버지라도 대적하지 못해요. 배를 돌릴 수밖에 없을 거예요. 그럼 이아손이 왕이 될 테고 저는 왕비로서 그의 곁을 지킬 수 있겠죠."

그녀의 얼굴은 눈이 부시도록 환했다. 미래를 쌓는 데 쓰일 돌이라도 되는 양 한 마디, 한 마디씩 또박또박 말했다. 그럼에도 내가 그녀를 만나고 처음으로, 아등바등 낭떠러지에 매달려 있지만 벌써부터 발톱에서 힘이 빠져가는 동물처럼 보였다. 그녀는 어렸다. 내가 글라우코스를 맨 처음 만났을 때의 그보다 어렸다.

나는 약에 취해 입을 벌리고 잠이 든 이아손을 바라보았다. "이 사내의 뜻도 확실한 거니?"

"이이가 저를 사랑하지 않을 수도 있다는 말씀이세요?" 그녀의 목소리가 당장 날카로워졌다.

"아직 어린 티가 남아 있지 않으냐. 게다가 완전히 인간이고. 너의 사연은 물론이고 마법도 이해하지 못할 게다."

"이해할 필요 없어요. 이제 결혼했으니 제가 후계자를 낳아주면 이이는 열에 달뜬 꿈처럼 이 모든 걸 잊을 거예요. 저는 좋은 아내가 될 거고 우리는 잘살 거예요."

나는 손가락을 그녀의 팔에 갖다댔다. 한참 동안 바람을 맞으며 걸은 사람처럼 피부가 서늘했다.

"조카야, 사태를 정확하게 보지 못하는 듯하구나. 이올코스에서는 네가 생각하는 만큼 너를 환영하지 않을 수도 있어."

그녀는 미간을 찌푸리며 팔을 뺐다. "그게 무슨 말씀이세요? 왜요? 저는 공주예요, 이아손에게 걸맞은 배필이라고요."

"이방인이잖니." 문득 내 눈앞에서 그림이 펼쳐지듯 선명하게 보였다. 새롭게 등장한 영웅에게 자기 딸을 시집보내 영광의 한 조각이나마 차지하고자 줄을 서서 기다리는, 싸우기 좋아하는 귀족들. 메데이아에 이르러 그들은 한목소리를 낼 것이었다. "그들은 너를 불쾌하게 여길 거다. 거기서 한 걸음 더 나아가 너를 의심할 거야. 마법사의 딸인데다 너 자체로 마녀이니 말이야. 너는 콜키스에서만 살았으니 인간들이 파르마케이아를 얼마나 두려워하는지 모를 수밖에 없겠지. 그들은 사사건건 너를 쓰러뜨리려고 할 거다. 네가 이아손을 도왔대도 상관없어. 그건 한쪽 옆으로 제쳐놓거나 그것이야말로 너의 사악함을 보여주는 증거라고 하겠지."

그녀가 나를 뚫어져라 쳐다보고 있었지만 멈출 수가 없었다. 말들이 저 혼자서 쏟아져나왔고 그러는 동안 불이 붙었다. "거기서는 안전도 평화도 찾을 수 없을 게다. 네 아버지한테서 벗어날 수는 있겠지. 그의 무자비함을 내가 돌려놓을 수는 없다만 너를 더이상 쫓아오지 못하게 막을 수는 있어. 그가 예전에 말하길 마법은 가르칠 수 있는 게 아니라고 했지만 그건 뭘 모르고서 한 얘기였지. 그는 너에게 아무것도 전수하지 않았을지 몰라도 나는 내가 아는 모든 걸 가르쳐주마. 그가 찾아오면 우리 둘이서 내쫓자꾸나."

그녀는 한참 동안 아무 말도 하지 않았다. "이아손은 어쩌고요?"

"그는 영웅이 되게 하고 너는 다른 게 되면 되지."

"그게 뭔데요?"

내 머릿속에서는 머리를 맞대고 바꽃의 자주색 꽃잎과 몰리의 까만색 뿌리를 내려다보는 우리 둘의 모습이 벌써부터 그려졌다. 내가 그녀를 오염된 과거로부터 구원할 것이다.

"마녀," 내가 말했다. "무한한 능력을 소유한, 자기 자신 말고는 어느 누구에게도 답을 할 필요가 없는."

"그렇군요." 그녀가 말했다. "당신처럼요? 외로움의 냄새가 코를 찌르는 애처로운 추방자요?" 그녀는 내 얼굴에 떠오른 충격을 알아차렸다. "왜요, 고양이와 돼지들에게 둘러싸여 있으니까 속일 수 있다고 생각하셨어요? 저를 만난 지 반나절도 되지 않았는데 곁에 붙잡아두지 못해 안달이잖아요. 말로는 저를 돕고 싶어서라지만 정작 도움을 받는 쪽은 누군데요? '아, 조카야, 사랑하는 내 조카야! 세상에 둘도 없는 친구로 지내며 함께 마법을 펼치자꾸나. 내가 너를 숨겨줄 테니 무자식으로 지내는 내 날들을 채워주렴." 그녀는 입술을 삐죽거렸다. "저는 그렇게 산송장처럼 살 생각이 없어요."

뒤숭숭하다고, 그렇게 나는 생각했었다. 그 당시에는 뒤숭숭하고 조금 슬프게 살고 있을 따름이라고 생각했었다. 하지만 그녀에 의해 발가벗겨지고 나니 그녀의 눈에 내가 어떻게 비쳤을지 알 수 있었다. 비참한, 버림받은 할망구, 그녀의 생기를 빨아먹으려고 작정한 거미.

나는 화끈거리는 얼굴을 달래며 일어나 그녀를 마주보았다. "이 아손과 결혼하는 것보다는 낫지. 너는 지금 눈이 멀어서 그가 얼마나 나약한 갈대 같은 인간인지 모르는구나. 벌써부터 너를 피하려 하고 있다는 것도. 지금, 그래, 결혼한 지 사흘이 되었다고? 일 년이 지나면 어떻게 될까? 그는 자기밖에 모르는 사람이야. 너는 임시방편에 불과해. 이올코스에 가면 그의 뜻에 따라 네 처지가 달라지겠지. 그 호의가 언제까지 계속될 것 같으냐? 백성들이 찾아와서 네 동생을 죽인 탓에 자기들 왕국에 저주가 내렸다고 외칠 텐데."

그녀는 주먹을 쥐었다. "내 동생이 죽은 건 아무도 모를 거예요. 선원들에게 입을 다물겠다는 다짐을 받았어요."

"그런 비밀은 지켜질 수 없는 법이다. 어린애가 아닌 이상 알 거라고 본다만. 그들은 자기들 목소리가 네 귀에 닿지 않을 만큼 멀어진 그 순간부터 수군거릴 게야. 하루 만에 온 나라 백성들이 알게 될 테고 그들은 벌벌 떠는 이아손을 쓰러질 때까지 흔들 테지. '폐하, 그 아이가 죽은 건 폐하의 잘못이 아닙니다. 저 악당, 다른 나라에서 건너온 저 마녀의 소행이지요. 자기 동생을 토막낸 여자가 앞으로 뭔들 못 하겠습니까? 내쫓으시어 이 나라를 정화하고 더 나은 인물을 그녀의 자리에 앉히소서.'"

"이아손이 그런 모함을 귀담아들을 리 없어요! 내가 이이에게 양모피를 가져다주었는걸요! 이이는 나를 사랑해요!" 그녀는 반항적인 분노로 이글거리며 그 자리에 서서 꼼짝하지 않았다. 내 망치질은 그녀의 고집만 키웠을 뿐이었다. 외할머니가 내게 너희 둘이 속한 세상은 서로 다르다고 했을 때 그녀의 눈에 내가 그렇게 보였을 것이다.

"메데이아," 내가 말했다. "내 말을 들어주렴. 이렇게 젊은 네가, 이올코스에 가면 늙어버릴 게다. 거기는 안전한 곳이 못 돼."

"어차피 하루하루 지날수록 늙어가는걸요." 그녀는 말했다. "저는 당신처럼 천년만년 허송세월할 수 있는 입장이 못 돼요. 그리고 안전에 대해서라면 그런 건 필요 없어요. 또다른 족쇄일 뿐이니까. 어디 용기가 있으면 덤벼보라고 하세요. 어느 누구도 나한테서 이아손을 빼앗아갈 수 없어요. 내가 가진 능력을 총동원할 테니까요."

그의 이름을 얘기할 때마다 사나운 독수리와 같은 사랑으로 두 눈이 번뜩였다. 그가 죽을 때까지 단단히 거머쥐고 놓지 않을 작정이었다.

"당신께서 저를 붙잡으려고 하시면," 그녀가 말했다. "당신과도 싸울 거예요."

그러겠지, 나는 생각했다. 나는 신이고 그녀는 인간일지라도. 그녀는 온 세상과도 싸울 용의가 있을 것이다. 이아손이 꿈틀거렸다. 주문이 풀리고 있었다.

"조카야," 내가 말했다. "싫다는 너를 붙잡을 생각은 없단다. 하지만 혹시라도—"

"아뇨," 그녀가 말했다. "당신께 더는 부탁드릴 게 없습니다."

그녀는 이아손을 데리고 해변으로 갔다. 잠깐 쉬며 숨을 돌리거나 끼니를 챙기지도, 동이 틀 때까지 기다리지도 않았다. 닻을 올리고 어둠 속으로 나섰다. 길을 밝히는 것이라고는 장막에 가려진 달과 흔들림 없는 메데이아의 황금색 눈동자뿐이었다. 나는 그녀의 눈에 띄지 않도록, 그래서 비웃음을 사는 일이 없도록 나무 사이에 몸을 숨기고서 지켜보았다. 하지만 그런 걱정을 할 필요가 없었다. 그녀는 뒤를 돌아보지 않았다.

바닷가의 모래사장은 서늘했고 별빛이 나를 알록달록하게 물들였다. 파도는 그들의 발자국을 씻어내기 바빴다. 눈을 감고 소금물과 해초 냄새를 머금은 산들바람을 맞았다. 위에서 별자리가 머나먼 궤적을 도는 것이 느껴졌다. 나는 귀를 기울이고 파도에 내 마음을 실어 보내며 그 자리에서 한참 동안 기다렸다. 노를 젓는 소리도, 돛이 펄럭이는 소리도, 어떤 목소리도 바람결에 실려 오지 않았다. 그럼에도 그가 왔을 때 알 수 있었다. 나는 눈을 떴다.

둥그스름한 부리가 달린 선체가 기슭의 파도를 가르고 있었다. 그는 동이 트는 하늘을 등지고 얼굴을 황금빛으로 빛내며 뱃머리에 서 있었다. 해묵은 반가움이 아프게 느껴질 정도로 예리하게 나를 덮쳤다. 남동생이었다.

"키르케," 그가 물길 너머에서 외쳤다. 청동을 친 것처럼 목소리가 쩌렁쩌렁 울렸다. "내 딸이 여기 왔었지."

"응," 내가 말했다. "왔었어."

만족스러워하는 표정으로 그의 얼굴이 환히 빛났다. 갓난아이 시절에는 그의 머리가 유리처럼 금방이라도 깨질 듯이 느껴졌었다. 잠을 자는 동안이면 그의 머리뼈를 손끝으로 훑곤 했다.

"그럴 줄 알았어. 다급해했거든. 내 발목을 잡으려다 자기 발등을 찍었지. 형제를 죽이다니 평생 그 그림자에서 벗어나지 못할 거야."

"아들을 잃었다니 슬프구나." 내가 말했다.

"대가를 치르게 될 거야." 그가 말했다. "그 아이를 내줘."

내 뒤에서 나무들이 고요해졌다. 동물들도 모두 바닥에 엎드린 채 꼼짝하지 않았다. 어렸을 때 그는 내 어깨에 머리를 기대고 물고기를 잡아먹으려고 수직 낙하하는 갈매기들을 구경하는 걸 좋아했다. 웃음소리가 아침햇살처럼 환했다.

"나 다이달로스를 만났어." 내가 말했다.

그는 미간을 찌푸렸다. "다이달로스? 오래전에 죽었잖아. 메데이아 어디 있어? 내놔."

"여기 없어." 내가 말했다.

내가 바다를 돌로 바꿔놓았대도 그는 그렇게 충격을 받지 않았을 것이다. 못 믿겠다는 듯 그의 얼굴이 분노로 시뻘게졌다.

"그냥 보냈다고?"

"여기 있고 싶지 않다고 해서."

"있고 싶지 않다고? 그 아이는 범죄자고 반역자야! 나를 생각해서 응당 붙잡아뒀어야지!"

그렇게 화를 내는 모습은 처음이었다. 사실 화를 내는 모습 자체가 처음이었다. 그럼에도 폭풍 속에 고개를 든 파도처럼 아름다웠다. 아직은 그에게 용서를 빌 수 있었다. 많이 늦지는 않았다. 그녀에게 속았다고 얘기할 수 있었다. 나는 뭐든 너무 잘 믿고 세상의 틈새를 들여다볼 줄 모르는 바보 같은 누이였다. 그러면 그는 기슭에 배를 댈 테고 우리는─하지만 상상의 나래는 여기서 막을 내렸다. 그의 뒤편으로 노 젓는 자리에 부하들이 앉아 있었다. 다들 앞을 똑바로 쳐다보고 있었다. 파리를 쫓지도 가려운 데를 긁지도 꿈쩍하지도 않았다. 얼굴은 힘이 없고 무표정했고 두 팔은 흉터와 딱지투성이였다. 오래된 화상의 흔적들.

내가 아는 그는 오래전에 사라졌다.

바람이 우리 주변을 채찍질했다. "내 말 듣고 있어?" 그가 외쳤다. "이제 누나한테 벌을 내려야 하잖아."

"아니," 내가 말했다. "콜키스라면 네 마음대로 할 수 있었겠지. 하지만 여긴 아이아이에야."

깜짝 놀란 표정이 그의 얼굴을 뒤덮은 두번째 순간이었다. 그러다 입술을 일그러뜨렸다. "소용없는 짓이야. 결국에는 내가 그애를 잡고 말 거야."

"그럴지도 모르지. 하지만 그애가 호락호락하게 나올 것 같지는 않더라. 콩 심은 데 콩 난다고 아이에테스, 너를 닮았거든. 그애는 그걸 감수하며 살아야 할 테고 내가 보기에는 너도 마찬가지야."

그는 비웃음을 흘리다가 몸을 돌리고 팔을 들었다. 선원들이 일제히 관절을 움직였다. 노가 물살을 가르고 그를 점점 멀리 싣고 갔다.

14

밖에서 겨울비가 내리기 시작했다. 암사자가 새끼를 낳았고 새끼 사자들이 앞발로 서툴게 벽난로 앞을 굴러다녔다. 그걸 보고도 웃을 수 없었다. 내가 밟고 지나면 땅이 울리는 듯했다. 머리 위에서는 하늘이 빈손을 내밀었다.

메데이아와 이아손이 어떻게 됐는지 묻고 싶어서 헤르메스를 기다렸지만, 그는 늘 그랬듯 내가 자기를 필요로 하는 때를 아는지 찾아오지 않았다. 길쌈을 하려고 해도 신경이 바늘 끝처럼 곤두섰다. 메데이아가 외로움을 운운한 이후로 그것이 온 사방에 거미줄처럼 매달려 대롱거리는 바람에 피할 길이 없었다. 바닷가를 달리고 헐떡헐떡 숲길을 오르내리며 떨쳐버리려고 했다. 아이에테스에 얽힌 추억을, 서로를 의지하며 보낸 그 모든 시간들을 헤집고 또 헤집었다. 해묵은 메슥거림이 다시 느껴졌다. 나는 평생 아무것도 몰랐던 바보였다.

프로메테우스를 돕지 않았냐고 기억을 환기했다. 하지만 내가 듣기에도 한심한 소리였다. 언제까지 그 한줌의 기억에 매달려 너덜너덜한 담요 같은 그걸로 나를 덮으려 할까? 내가 그때 뭘 어떻게 했는지는 중요한 문제가 아니었다. 프로메테우스는 바위산에 있었고 나는 여기 있었다.

바람에 날린 장미꽃 잎이 떨어지듯 하루하루가 천천히 흘러갔다. 향나무 베틀을 붙잡고 억지로 그 향을 맡았다. 손끝에 닿던 다이달로스의 흉터가 어떤 느낌이었는지 애써 기억을 더듬었지만 공기로 만들어진 추억은 그만 날아가버렸다. 누가 오겠지, 나는 생각했다. 세상에 배가 그렇게 많은데, 사람들이 그렇게 많은데. 누가 올 수밖에 없겠지. 어부나 화물이나 하다못해 난파선이라도 찾을 수 있길 바라며 눈앞이 흐릿해질 때까지 수평선을 내다보았다. 하지만 아무것도 없었다.

사자의 털에 얼굴을 묻었다. 시간의 흐름을 재촉하는 신들의 비법이 있지 않을까. 보이지 않게 흘려보내는, 눈을 떴을 때 새로운 세상이 나를 맞이할 수 있게 몇 년이고 잠을 잘 수 있는 비법이. 벌들이 꽃밭에서 부르는 노랫소리가 창문을 넘어 들어왔다. 사자의 꼬리가 돌바닥을 때렸다. 영원이 지난 뒤에 눈을 떴지만 그림자는 꼼짝도 하지 않았다.

그녀가 미간을 찌푸린 채 위에서 나를 내려다보고 있었다. 까만 머리에 까만 눈, 팔다리는 통통하고 머리는 나이팅게일의 가슴처럼 단정했다. 익숙한 살냄새가 느껴졌다. 장미유와 내 외할아버지의 강물 냄새였다.

"당신을 모시러 왔어요." 그녀가 말했다.

나는 의자에서 졸고 있다가 게슴츠레한 눈으로 올려다보며 유령인가보다고, 내 고독이 빚은 환상인가보다고 생각했다. "뭐라고?"

그녀는 콧잔등을 찡그렸다. 공손한 태도는 좀 전의 그 말로 끝인 모양이었다. "저는 알케예요." 그녀가 말했다. "여기 아이아이에 아니에요? 당신은 헬리오스의 딸이고요."

"그렇다만."

"저는 당신의 몸종으로 지내라는 벌을 받았어요."

꿈을 꾸는 기분이었다. 천천히 자리에서 일어났다. "벌을 받았다고? 누구한테? 나는 그런 얘기를 들은 적 없는데. 얘기해보아라, 누가 너를 보낸 거니?"

무릇 나이아스는 수면 위로 잔물결이 보이듯 자기감정을 감출 줄 모른다. 그녀가 뭘 예상했을지 몰라도 이런 식은 아니었던 것이다. "높으신 신들께서 저를 보내셨어요."

"제우스?"

"아뇨," 그녀가 말했다. "제 아버지요."

"네 아버지가 누군데?"

그녀는 펠로폰네소스의 어느 하찮은 강의 신의 이름을 댔다. 나는 그의 이름을 들은 적이 있었고 한 번 만난 적도 있을지 몰라도 그가 나의 아버지의 신전에서 한자리를 차지하고 앉은 적은 결코 없었다.

"너를 보낸 이유가 뭐지?"

그녀는 이런 멍청이는 처음이라는 듯 나를 쳐다보았다. "당신이 헬리오스의 딸이니까요."

그게 하급 신들 사이에서는 어떤 의미인지를 어떻게 잊고 지낼 수 있었을까? 아무 기회라도 붙잡으려는 다급한 몸부림. 아무리 이름이 더럽혀졌더라도 내 몸속에서는 태양의 핏줄이 흐르고 있었고 그렇기에 바람직한 안주인이 될 수 있었다. 사실 그녀의 아버지와 같은 부류에게 나의 몰락은 우리 핏줄과 동급이 되어보려는 만용을 부리기에 충분한 기회가 될 수 있었다.

"벌을 받은 이유가 뭐지?"

"인간을 사랑했어요." 그녀가 말했다. "고귀한 양치기를. 아버지가 반대한 일이라 일 년 동안 속죄해야 해요."

나는 그녀를 뜯어보았다. 허리가 꼿꼿했고 눈을 똑바로 뜨고 있었다. 나도, 내가 기르는 늑대나 사자도 두려워하지 않았다. 게다가 아버지가 반대한 일을 저질렀다지 않은가.

"앉거라." 내가 말했다. "환영한다."

그녀는 자리에 앉았지만 덜 익은 올리브를 먹은 것처럼 입술을 오므렸다. 혐오스러워하는 눈빛으로 좌우를 두리번거렸다. 내가 먹을거리를 내오자 샐쭉한 어린애처럼 고개를 옆으로 돌렸다. 내가 말을 걸자 팔짱을 끼고 입을 내밀었다. 트집을 잡을 때만 그 입을 벌렸다. 난로에서 끓고 있는 염료의 냄새, 양탄자에 묻은 사자 털, 심지어 다이달로스가 만들어준 베틀까지 트집을 잡았다. 그리고 나를 모시러 왔다고 할 때는 언제고 접시 한 장 옮기려 들지 않았다.

놀랄 것 없어, 나는 속으로 중얼거렸다. 님프잖아, 그러니 마른 샘물일 수밖에. "그럼 집에 가거라," 내가 말했다. "그렇게 우울하거든. 내가 죄를 사해주마."

"안 돼요. 높으신 신들이 내린 명령이에요. 당신이 저를 사할 방법은 없어요. 저는 일 년 동안 여기 있어야 해요."

그러면 심란해야 할 텐데 실실 웃고 있었다. 군중 앞에서 승리를 뽐내듯 으스댔다. 나는 지켜보았다. 신들에게 추방당했다고 말했을 때 그녀는 분노하는 기미도 상심한 기미도 보이지 않았다. 그들의 권위를 천체의 움직임처럼 당연하고 거부할 수 없는 것으로 받아들였다. 하지만 나는 그녀와 같은 님프이자 유배자였고, 그녀보다 더 잘난 아버지를 두기는 했지만 남편도 없었고 손톱은 더럽고 머리 모양은 괴상했다. 때문에 나를 만만한 상대로 간주한 것이다. 그녀에게 나는 싸워볼 만한 상대였다.

바보처럼 굴긴. 나는 네 적도 아니고 인상을 쓰는 건 아무 능력도 아니야. 그 정도는 그들을 통해 깨달았을 텐데—하지만 입속에서 이런 말들이 만들어지자마자 그냥 놓아버렸다. 그녀에게는 저멀리 페르시아말처럼 들릴 것이다. 천년이 지나도 이해하지 못할 것이다. 그리고 나는 훈계라면 지긋지긋했다.

나는 몸을 앞으로 기울이고 그녀가 이해할 만한 단어들로 얘기했다. "앞으로 어떤 식으로 지내면 되는지 설명하마, 알케. 네가 내는 소리가 내 귀에 들리지 않게 하렴. 네 장미유 냄새를 맡거나 내 집에서 네 머리카락을 발견하는 일도 없게 하고. 네가 알아서 챙겨 먹고 알아서 잘 지내. 잠깐이라도 골치 아픈 일을 만들면 너를 발 없는 도마뱀으로 변신시켜서 물고기밥으로 바다에 던져버릴 테니."

그녀의 얼굴에서 능글맞은 미소가 가셨다. 하얘진 얼굴로 손으로 입을 막고 도망쳤다. 이후부터 알케는 내가 명한 대로 혼자 지냈다. 하지만 신들 사이에서 아이아이에가 말 안 듣는 딸을 보내기에 좋은 곳이라는 소문이 났다. 정해준 배필에게서 도망친 드리아스가 찾아왔다. 살던 산에서 쫓겨난 무표정한 얼굴의 오레아스 둘이 그 뒤를 이었다. 이제는 내가 주문을 외우려고 할 때마다 덜거덕거리는 팔찌 소리가 들렸다. 베틀 앞에 앉으면 그들이 시야를 들락날락했다. 온 사방에서 그들이 수군대고 부스럭거렸다. 내가 헤엄을 치려고 할 때마다 누군가가 달덩이 같은 얼굴로 연못을 들여다보고 있었다. 내가 지나가면 킥킥거리는 그들의 웃음소리가 내 뒤꿈치를 쓸고 지나갔다. 나는 두 번 다시 그런 식으로 살 생각이 없었다. 아이아이에서 그럴 수는 없었다.

숲속 공터로 가서 헤르메스를 불렀다. 그가 벌써부터 미소를 머금은 얼굴로 등장했다. "음? 새로 온 몸종들은 마음에 들어?"

"아니요," 내가 말했다. "내 아버지한테 가서 그들을 내쫓을 방법이 있는지 알아봐줘요."

심부름을 거절하겠다고 하면 어떻게 하나 불안한 마음도 있었지만 그가 이렇게 재밌는 기회를 놓칠 리 없었다. "무슨 생각으로 날 보낸 거야? 너희 아버지는 기뻐하고 있어. 자신의 고귀한 핏줄이 그보다 못한 신들에게 떠받들리는 건 당연한 일이라나. 딸을 보내라고 아버지들한테 더욱 적극적으로 얘기하겠대."

"아뇨," 내가 말했다. "더는 받지 않겠어요. 내 아버지한테 그렇게 전해줘요."

"대개는 죄수가 자기 수감 조건을 정하지는 않는데."

얼굴이 화끈거렸지만 최대한 티를 내지 않는 편이 좋다는 건 알았다. "아버지한테 전해요. 그들을 내보내지 않으면 끔찍한 짓을 저지를 거라고. 쥐로 만들어버릴 거라고."

"그러면 제우스가 좋아하지 않을 텐데. 같은 신족을 상대로 그런 짓을 저질렀다가 이리 추방당한 거 아니야? 더 심한 벌을 받을 수도 있어."

"당신이 나를 대신해서 잘 얘기해주면 되잖아요. 아버지를 설득해봐요."

그의 까만 눈이 번뜩였다. "나는 그냥 얘기를 전하는 전령이라고."

"부탁이에요." 내가 말했다. "그들이 여기 있는 게 싫어요, 진심으로. 농담 아니에요."

"그렇겠지," 그가 말했다. "농담일 리가 있나. 이렇게 재미가 없는데. 상상력을 동원해봐. 개네들도 뭔가 쓸모가 있을 거 아냐. 침대로 부르면 어때?"

"말도 안 돼." 내가 말했다. "비명을 지르면서 도망칠 걸요."

"님프들은 원래 그래." 그가 말했다. "하지만 내가 비밀 하나 얘기해줄까? 개네는 도망치는 데 젬병이야."

올림포스의 연회가 열린 자리에서 그런 농담을 했다면 여기저기서 우레와 같은 폭소를 터뜨렸을 것이다. 헤르메스는 염소처럼 씩 웃으며 기다렸다. 하지만 내가 느낄 수 있는 건 새하얗고 차가운 분노뿐이었다.

"당신하고는 이제 끝이야." 내가 말했다. "오래전부터 끝이었어. 두 번 다시 만나는 일 없게 해줘요."

그의 미소가 오히려 더 짙어졌다. 그는 사라졌고 다시는 오지 않았다. 내 말에 순종한 게 아니었다. 내가 재미없게 나오는 씻을 수 없는 죄를 저질렀기에 그쪽에서도 나와 끝장을 낸 거였다. 유머라고는 모르고 쉽게 발끈하며 돼지 냄새가 난다고 내 얘기를 하고 다니는 그의 모습이 그려졌다. 가끔 그가 딱 보이지 않을 만한 곳에서 언덕으로 내 섬의 님프들을 찾아가는 걸 느낄 수 있었다. 그들은 위대한 올림포스의 신이 호의를 베풀었다는 데 현기증을 느끼며 상기된 얼굴로 언덕을 내려왔다. 그는 내가 질투와 외로움으로 이성을 잃고 그들을 정말 쥐로 변신시킬 거라고 생각하는 눈치였다. 내 섬을 백 년에 걸쳐 찾아오는 동안 재미있는 오락거리 말고는 그 어떤 것도 안중에 없었다.

님프들은 남았다. 그들의 형기가 끝나면 다른 님프들이 찾아와 그들을 대체했다. 네 명일 때도 있었고 여섯, 일곱 명일 때도 있었다. 내가 지나가면 부들부들 떨고 고개를 숙이며 마님이라고 불렀지만 아무 의미 없었다. 이미 나는 코가 납작해졌다. 아버지의 말 한 마디, 변덕 한 자락으로 나의 권위가 모두 무너졌다. 굳이 아버지가 나설 필요도 없었다. 아무 강의 신이라도 내 섬을 채울 권리가 있었고 나는 그를 막을 방법이 없었다.

님프들이 내 주변에서 맴돌았다. 숨죽인 그들의 웃음소리가 복도를 타고 흘러들어왔다. 그나마 그들의 형제가 아니라서 다행이라고 나는 속으로 중얼거렸다. 그들의 형제였다면 으스대며 서로 싸우고 내 늑대들을 잡으러 다녔을 것이다. 물론 그런 사태가 벌어질 일은 없었다. 아들들은 절대 벌을 받지 않았다.

벽난로 앞에 앉아서 움직이는 별들을 창밖으로 바라보았다. 한기가 느껴졌다. 겨울의 꽃밭처럼 땅속 깊숙한 한기가 느껴졌다. 나는 주문을 연구했다. 노래를 부르고 옷감을 짜고 동물들을 남편 삼았지만 그 모든 게 개미만큼 쪼그라드는 듯이 느껴졌다. 이 섬은 내 손길을 필요로 한 적이 없었다. 내가 뭘 어떻게 하든 상관없이 번창했다. 양들은 몇 곱절로 늘어나 자유롭게 돌아다녔다. 뭉툭한 얼굴로 늑대 새끼를 쿡 찔러 옆으로 치워가며 풀밭 위를 한가하게 거닐었다. 암사자는 불가를 지켰다. 입가에 흰털이 났다. 녀석의 손주들도 손주를 보았고, 이제는 걸을 때면 녀석의 궁둥이가 떨렸다. 나와 함께 걸으며 적어도 백 년은 살았을 텐데, 내 신의 광휘를 바로 옆에서 호흡한 덕분에 수명이 연장된 것이었다. 내게는 그 시간이 십 년 같았다. 앞으로도 많은 날들이 남았을 줄 알았건만 어느 날 아침에 일어나보니 내 옆에서 싸늘한 주검으로 누워 있었다. 움직이지 않는 옆구리를 바라보는데 믿을 수가 없어서 머릿속이 하얘졌다. 그녀를 흔들자 파리 한 마리가 날아갔다. 억지로 뻣뻣한 입을 열어서 약초를 목구멍으로 밀어넣고 주문을 외우고 또 외웠다. 그래도 녀석은 그대로 누워 있었고, 한때는 황금색으로 기운이 넘쳤던 몸도 회갈색으로 변해버렸다. 아이에테스라면 녀석을 살릴 수 있었을지 모른다. 혹은 메데이아였어도. 나는 그러지 못했다.

내 손으로 직접 장작더미를 쌓았다. 향나무와 주목나무와 마가목이었다. 나무를 직접 패는데, 도끼날에 박힌 곳에서 하얀 수액이 뿜어져나왔다. 들어서 옮길 수가 없었기에 녀석의 목에 둘러주었던 자주색 천을 썰매로 썼다. 녀석의 큼지막한 발바닥에 밟혀 반질반질하게 닦인 돌바닥 위로 주검을 끌고 갔다. 장작더미 꼭대기로 주검을 끌어올리고 불을 붙였다. 그날은 바람이 없어서 불이 천천히 붙었다. 털이 시커메지고 노란색의 길쭉한 몸이 타서 잿더미가 될 때까지 오후 한나절이 걸렸다. 난생처음으로 인간들의 차가운 저승이 축복처럼 느껴졌다. 적어도 그들의 일부분은 계속 살아남을 수 있었다. 내 암사자는 완전히 사라졌다.

마지막 불꽃이 꺼질 때까지 지켜보다가 다시 집으로 들어갔다. 고통이 내 가슴을 할퀴었다. 움푹 들어간 명치와 단단한 뼈에 두 손을 대고 눌렀다. 베틀 앞에 앉았을 때는 급기야 메데이아가 얘기한 그런 생물이 된 듯 느껴졌다. 나는 돌멩이처럼 생기가 없고 칙칙한, 버림받은 외돌토리 할망구였다.

그 무렵에는 자주 노래를 불렀다. 노래가 내가 가진 최고의 친구였다. 그날 아침에 부른 노래는 농사를 찬양하는 오래된 찬가였다. 노래를 부를 때의 내 입술 모양이 마음에 들었고 식물과 곡물, 농장과 우리, 약초와 가축, 그들의 위에서 선회하는 별의 이름을 줄줄이 부르다보면 마음이 편안해져서 좋았다. 냄비에서 끓는 염료를 저으며 가사를 허공으로 띄워 보냈다. 여우를 보았더니 그 털과 어울리는 색을 만들고 싶었다. 사프란에 꼭두서니를 섞은 액체에서 거품이 부글부글 올라왔다. 님프들은 냄새에 줄행랑을 놓았지만 나는 이 냄새가 좋았다. 목이 따끔거리고 눈물이 맺혔다.

그들의 관심을 자극한 것이 오솔길을 타고 바닷가까지 흘러간 내 노랫소리였다. 그들은 그 소리를 따라서 나무 사이를 헤치고 왔다가 내 집 굴뚝에서 나는 연기를 보았다.

남자의 목소리가 외쳤다. "거기 누구 계신가요?"

그때 느꼈던 충격이 아직까지 기억이 난다. 손님이다. 하도 급하게 몸을 돌리는 바람에 염료가 튀어서 내 손 위로 한 방울이 불똥처럼 떨어졌다. 나는 그걸 닦으며 허둥지둥 문 쪽으로 달려갔다.

바람을 맞아서 까칠하고 햇볕에 타서 반짝이는 일행이 모두 스무 명이었다. 손에는 두툼하게 굳은살이 박였고 팔은 오래된 흉터로 자글자글했다. 굴곡 없이 똑같은 님프들하고만 하도 오랫동안 지내다보니 모든 흠집이 반갑게 느껴졌다. 눈가의 주름, 다리에 앉은 딱지, 마디에서 잘린 손가락. 나는 그들의 닳아빠진 옷과 지쳐 보이는 얼굴을 음미했다. 그들은 영웅도 왕의 사병도 아니었다. 예전에 글라우코스가 그랬듯이 먹고살기 위해 그물을 치고, 가끔 화물을 실어나르고, 닥치는 대로 저녁거리를 잡아가며 버둥거리는 인간들이었다. 온

몸으로 온기가 번졌다. 바늘과 실을 찾는 듯이 손가락이 간질거렸다. 그들의 구멍을 내가 기울 수 있었다.

한 남자가 앞으로 나섰다. 키가 크고 희끗희끗하며 몸에 군살이 없었다. 뒤편에 서 있는 남자들 대다수가 칼자루에 손을 올려놓고 있었다. 현명한 태도였다. 섬은 위험한 곳이었다. 친구만큼이나 자주 괴물을 맞닥뜨리는 곳이었다.

"존귀하신 분이시여, 저희는 굶주렸고 길을 잃었습니다." 그가 말했다. "여신과 같은 당신께서 곤궁한 저희를 도와주시길 바라마지 않습니다."

나는 미소를 지었다. 하도 오랜만에 짓는 거라 느낌이 이상했다. "이곳에 온 걸 환영한다. 진심으로 환영한다. 들어오너라."

늑대와 사자들을 밖으로 내보냈다. 모든 남자가 다이달로스처럼 흔들림 없는 건 아니지만, 이 선원들은 이미 충격이라면 이골이 난 듯했다. 나는 그들을 식탁으로 안내하고 부엌으로 달려가 뭉근히 끓인 무화과와 구운 생선, 절인 치즈와 빵을 접시에 산더미처럼 담았다. 그들은 들어오는 길에 돼지를 보고 서로 팔꿈치로 찌르며 한 마리 잡아줬으면 좋겠다고 큰 소리로 속삭였다. 하지만 생선과 과일이 차려지자 심지어 손을 씻거나 칼을 내려놓지도 않은 채 군소리 없이 달려들었다. 기름과 포도주를 시커멓게 수염에 묻혀가며 허겁지겁 게걸스럽게 먹었다. 나는 생선과 치즈를 더 들고 왔다. 내가 지나갈 때마다 그들은 고개를 숙였다. 마님. 안주인님. 감사합니다.

자꾸 미소가 지어졌다. 연약한 인간을 보면 마음이 너그러워지고 기꺼워졌다. 그들은 호의와 넉넉한 씀씀이를 고마워할 줄 알았다. 좀 더 많이 찾아와주면 얼마나 좋을까, 하는 생각이 들었다. 날마다 배

한 척씩은 기꺼이 대접할 텐데. 두 척. 세 척도. 그러면 다시 예전으로 돌아간 듯한 기분이 조금씩 느껴질지도 모를 일이었다.

님프들이 눈을 휘둥그레 뜨고 부엌에서 몰래 내다보았다. 나는 황급히 달려가 남자들의 눈에 띄기 전에 밖으로 내보냈다. 그들은 내 몫, 내 마음대로 접대할 내 손님이었고, 내가 직접 챙길 수 있어서 좋았다. 손을 씻을 수 있게 그릇에 깨끗한 물을 담아 왔다. 나이프가 바닥에 떨어지자 주워주었다. 선장의 잔이 비자 다시 채워주었다. 그는 나를 향해 잔을 들었다. "고마워요, 예쁜 아가씨."

예쁜 아가씨. 그 단어에 나는 잠깐 멈칫했다. 그들이 좀 전에 여신을 운운했기에 나의 정체를 아는가보다고 여겼다. 하지만 생각해보니 경외나 종교적인 경의를 표하지는 않았다. 혼자 있는 여자에게 예우를 갖춘 것에 불과했다. 오래전에 헤르메스에게 들은 말이 생각났다. 인간의 목소리잖아. 그들은 우리를 무서워하듯 너를 무서워하지는 않을 거야.

과연 그랬다. 그들은 사실상 내가 그들과 같은 부류라고 생각했다. 나는 그 자리에 서서 그 사실에 신기해했다. 내가 인간이라면 과연 어떤 존재일까? 진취적인 약제사, 아니면 독립심 넘치는 과부? 아니다, 과부는 아니었다. 우울한 과거는 싫었다. 여사제는 어떨까. 신이 아니라 다른 걸 섬기는 사제.

"예전에 다이달로스가 여기에 온 적 있거든." 나는 그 남자에게 말했다. "그래서 내가 제단을 모시고 있지."

그는 고개를 끄덕였다. 그런 식으로 아무렇지 않게 받아들이다니 실망이었다. 어딜 가든 죽은 영웅을 모시는 제단을 볼 수 있다는 식이었다. 뭐, 어쩌면 그럴지도 몰랐다. 내가 무슨 수로 알 수 있었겠는가.

남자들이 먹는 속도를 늦추고 접시에서 고개를 들었다. 은으로 만든 그릇, 황금 술잔, 태피스트리를 둘러보기 시작했다. 님프들은 그런 사치를 당연하게 여겼지만 남자들은 놀라서 눈을 반짝이며 또 없는지 찾았다. 나는 궤짝마다 가득 든 솜털 베개를 떠올리며 바닥에 잠자리를 마련해주어도 되겠다는 생각을 했다. 베개를 그들에게 건네며 신들이 쓰는 것이라고 하면 그들의 눈이 동그래질 것이다.

　"마님?" 다시 그 대장이었다. "부군께서는 언제 오십니까? 이렇게 융숭한 대접을 받았으니 부군을 위해 잔을 들어야 하겠는데요."

　나는 웃음을 터뜨렸다. "아, 남편은 없다."

　그는 마주 미소를 지었다. "그러시겠죠." 그가 말했다. "결혼을 하기에는 너무 젊은 나이니. 그럼 아버님께 감사를 드려야겠군요."

　밖에는 완벽하게 어둠이 깔렸고 따뜻하고 환한 불빛이 방안을 밝혔다. "아버지는 멀리 사신다." 내가 말했고 그들이 내 아버지가 누구냐고 물어주길 기다렸다. 점등원이라고 답하면 훌륭한 농담이 되겠지. 나는 혼자 미소를 지었다.

　"그럼 다른 분이 계시겠죠? 삼촌이나 오빠나."

　"집주인에게 감사의 뜻을 전하고 싶거든 나한테 하면 된다." 내가 말했다. "여긴 내 집이니까."

　그 말에 방안의 공기가 달라졌다.

　나는 포도주 단지를 집었다. "비었구나." 내가 말했다. "내가 가서 더 들고 오마." 몸을 돌리는데 내 숨소리가 들렸다. 뒤에서 공간을 채우고 있는 스무 명의 몸집이 느껴졌다.

　부엌에 가서 물약에 손을 얹었다. 주책을 떠는구만, 나는 생각했다. 여자 혼자 산다고 하니까 놀라서 그런 거야, 그뿐이야. 하지만 내 손가락이 이미 움직이고 있었다. 약병 뚜껑을 열어서 안에 든 내용물을 포도주에 넣고 꿀과 유장으로 맛을 숨겼다. 단지를 들고 나갔다. 스무 명의 시선이 나를 따라왔다.

"자," 내가 말했다. "제일 좋은 걸 마지막까지 아껴뒀지. 다들 조금씩이라도 마셔라. 크레테에서 손꼽히는 포도원에서 빚은 술이다."

그들은 극진한 대접에 좋아서 미소를 지었다. 나는 모든 이가 잔을 채우는 걸 지켜보았다. 그들이 술을 마시는 걸 지켜보았다. 그 무렵 그들의 뱃속에는 각자 포도주가 한 통씩 들어갔을 것이었다. 접시들은 혀로 핥았는지 깨끗했다. 그들은 서로 몸을 숙이고서 나지막이 속삭였다.

내 목소리가 너무 크게 느껴졌다. "자, 이제 배불리 먹었으니 너희들의 이름을 알려주겠느냐?"

그들은 고개를 들었다. 흰담비처럼 대장을 잽싸게 쳐다보았다. 그가 돌바닥을 긁는 소리를 내며 긴 의자에서 일어났다. "당신의 존함부터 먼저 알려주시지요."

그의 목소리에서 뭔가 느껴졌다. 나는 하마터면 그때, 그들을 잠재우는 주문을 외울 뻔했다. 하지만 그 오랜 세월이 흘렀음에도 내 안에는 묻는 말에만 대답하는 성격이 남아 있었다.

"키르케." 나는 대답했다.

그 이름이 그들에게는 아무 의미가 없었다. 돌처럼 바닥으로 그냥 떨어졌다. 긴 의자가 여기저기서 다시 바닥을 긁었다. 이제는 전원이 시선을 내게 고정한 채 자리에서 일어섰다. 그래도 나는 여전히 아무 말도 하지 않았다. 여전히 내 착각이라고 속으로 중얼거렸다. 내 착각일 수밖에 없었다. 내가 그들을 배불리 먹였다. 그들은 내게 고마워했다. 그들은 내 손님이었다.

선장이 내 쪽으로 다가왔다. 나보다 키가 컸고 노동으로 모든 힘줄이 팽팽했다. 나는 그때 무슨 생각을 했을까? 내가 바보같이 군다고. 내가 상상한 일은 벌어지지 않을 거라고. 포도주를 너무 많이 마시는 바람에 취해서 괜한 공포를 느끼는 거라고. 아버지가 올 거라고. 아버지! 나는 바보처럼 아무것도 아닌 일로 야단법석을 떨고 싶지 않았다. 나중에 오늘의 사건을 얘기하고 다니는 헤르메스의 목소리가 들렸다. 그녀는 예전부터 신경질적이었지.

대장이 이제 바로 앞까지 왔다. 그의 몸에서 뿜어져나오는 열기가 느껴졌다. 그의 얼굴은 오래된 개울 바닥처럼 파이고 갈라졌다. 나는 그가 의례적인 말을 건네길, 고맙다고 인사하길, 질문을 하길 계속 기다렸다. 내 여동생이 그녀의 왕궁 어딘가에서 웃고 있었다. 평생 고분고분하게 지낸 걸 후회하게 될 거야. 네, 아버지. 네, 아버지. 그러더니 꼴좋다.

혀로 마른 입술을 축였다. "뭔가—" 남자가 나를 벽에 대고 던졌다. 머리가 울퉁불퉁한 돌에 부딪혔고 방에서 불똥이 튀었다. 나는 주문을 외우려고 입을 벌렸지만 그가 내 기도를 팔로 누르는 바람에 막혀버렸다. 아무 말도 할 수가 없었다. 숨도 쉴 수가 없었다. 반항해보았지만 그가 생각보다 힘이 셌는지 아니면 내가 생각보다 힘이 약했다. 끈적거리는 그의 몸이 내 몸을 눌렀고 갑작스럽게 실린 그의 체중에 나는 충격을 받았다. 머릿속이 여전히 뒤죽박죽이었고 믿기지가 않았다. 그는 오른손으로 능숙하게 내 옷을 찢었다. 왼손으로는 체중을 실어서 계속 내 목을 눌렀다. 내가 섬에 아무도 없다고 했지만 방심하면 안 된다는 걸 경험으로 터득한 모양이었다. 아니면 그냥 비명소리가 싫었을 수도 있다.

그의 부하들은 뭘 했는지 모르겠다. 아마 구경하고 있었을 것이다. 내 사자가 있었다면 문을 넘어뜨렸겠지만 그 아이는 재 가루가 되어 바람을 타고 날아갔다. 밖에서 돼지들이 꽥꽥거리는 소리가 들렸다. 까칠까칠한 돌바닥에 맨살을 대고 무슨 생각을 했는지 기억이 난다. 나도 결국에는 님프에 불과하다고. 우리한테는 이보다 더 흔한 일도 없으니.

인간이었다면 기절했겠지만 나는 매 순간 깨어 있었다. 마침내 남자가 몸을 부르르 떠는 게 느껴졌고 그의 팔에서 힘이 빠졌다. 내 목은 썩은 통나무처럼 안쪽으로 으스러졌다. 몸을 움직일 수 없을 것 같았다. 그의 머리칼에서 땀방울이 떨어져 내 맨 가슴을 타고 흘렀다. 뒤에서 부하들이 수군대는 소리가 들렸다. 죽었을까? 한 남자가 물었다. 죽으면 안 되지, 내 차례인데. 선장의 어깨 너머로 얼굴 하나가 어른거렸다. 저 여자, 눈을 뜨고 있어.

선장이 뒤로 물러나 바닥에 침을 뱉었다. 젤리 같은 덩어리가 돌 위에서 흔들거렸다. 땀방울이 끈적끈적한 홈을 남기며 계속 흘러내렸다. 마당에서 암퇘지 한 마리가 꽥 소리를 질렀다. 나는 발작적으로 침을 삼켰다. 목에서 딸깍 소리가 났다. 안에서 공간이 생기는 게 느껴졌다. 내가 외우려고 했던 잠재우는 주문은 말라서 날아가버렸기에 쓰고 싶어도 쓸 수가 없었다. 하지만 나는 그 주문을 쓰고 싶지 않았다. 내 시선이 우툴두툴한 그의 얼굴로 향했다. 그 약초에는 효능이 한 가지 더 있었고 나는 그게 뭔지 알았다. 나는 숨을 마시고 주문을 외웠다.

그의 눈은 흐리멍덩했고 사태를 파악하지 못했다. "뭐하는—"

그는 말문을 맺지 못했다. 갈비뼈가 쩍 하고 갈라지며 불룩해지기 시작했다. 살이 철퍼덕 하고 찢어지는 소리, 뼈가 딱 하고 부러지는 소리가 들렸다. 그의 코가 풍선처럼 부풀어올랐고 다리가 거미에게 삼켜진 파리처럼 오그라들었다. 그는 네 발로 기는 자세로 쓰러졌다. 비명을 질렀고 부하들도 덩달아 비명을 질렀다. 그 소리가 한참 동안 이어졌다.

결과적으로 나는 그날 저녁에 돼지를 잡긴 잡은 셈이었다.

15

뒤집힌 의자를 바로 세우고 피로 흠뻑 젖은 바닥을 닦았다. 접시를 쌓아서 부엌으로 들고 갔다. 피가 나올 때까지 모래로 문질러가며 바닷물에 몸을 씻었다. 판석에 남은 침 자국이 보이기에 그것도 닦았다. 그래봐야 소용없었다. 움직일 때마다 그의 손가락 자국들을 느낄 수 있었다.

늑대와 사자들이 어둠 속의 그림자처럼 슬금슬금 들어왔다. 엎드려서 얼굴을 바닥에 갖다댔다. 마침내 치울 게 더는 남지 않았을 때 나는 벽난로 잿더미 앞에 앉았다. 이제는 몸을 부들부들 떨지 않았다. 아예 꼼짝하지 않았다. 살이 나를 감싸고서 굳어버린 느낌이었다. 죽은 듯이 질기고 몹시 불쾌한 피부가 그 위를 팽팽하게 덮고 있었다.

서서히 동이 트려는, 달을 모는 은마가 이제 마구간으로 향하는 시각이었다. 셀레네 고모가 전차 가득 빛을 싣고 밤새도록 하늘을 눈부시게 밝혔다. 나는 그녀의 얼굴이 환하게 비추는 가운데 흉측한 시체들을 배로 끌고 가 부싯돌을 치고 불길이 치솟는 광경을 바라보았었다. 그녀가 지금쯤 헬리오스에게 알렸을 것이다. 나의 아버지가, 자기 자식이 당한 모욕에 분노한 가장이 당장이라도 찾아올 것이다. 그의 어깨에 눌린 내 집 천장에서 삐거덕거리는 소리가 날 것이다. 가엾은 것, 추방당한 내 가엾은 딸. 제우스가 너를 여기로 보내지 못하게 내가 말렸어야 했는데.

방안이 회색을 거쳐 노란색으로 바뀌었다. 바닷바람이 꿈틀거렸지만 살이 탄 악취를 날리기에는 역부족이었다. 아버지는 평생 그런 말투를 쓴 적이 없다는 걸 나도 알았다. 하지만 하다못해 나를 나무라기 위해서라도 찾아와야 하는 게 아닌가 싶었다. 내가 제우스도 아닌데 스무 명의 인간을 단박에 쓰러뜨리면 안 되는 거였다. 희미하게 점점 떠오르는 아버지의 전차 가장자리에 대고 물었다. 제가 무슨 짓을 했는지 들으셨어요?

그림자가 바닥을 가로질러 움직였다. 햇빛이 슬금슬금 내 발을 넘어 치맛자락을 건드렸다. 한순간이 다음 순간으로 이어졌다. 아무도 찾아오지 않았다.

어쩌면 이제야 그런 일이 벌어졌다는 게 진짜 놀라운 대목일지 모른다는 생각이 들었다. 내가 포도주를 따르면 삼촌들의 시선이 나를 훑고 지나갔다. 그들의 손이 내 살에 닿았다. 꼬집고 어루만지고 소맷자락 아래로 슬그머니 손을 넣고. 다들 아내가 있었지만 결혼생활은 안중에도 없었다. 결국에는 그중 한 명이 나를 갖겠다며 아버지에게 넉넉하게 대가를 지불했을 것이다. 모두의 면을 살리는 일이 됐을 것이다.

햇빛이 베틀에 다다르자 향나무 향이 허공으로 피어올랐다. 하얀 흉터가 남아 있던 다이달로스의 손과 그 손에서 내가 느꼈던 희열이 뜨거운 철사처럼 내 머리를 관통했다. 손톱으로 손목을 눌렀다. 이 세상 곳곳에는 신전이 흩어져 있다. 여사제가 신성한 연기를 마시고 그 안에서 찾은 진실을 전하는 제단들. 그곳의 문기둥 위에는 너 자신을 알라고 새겨져 있다. 하지만 나는 나 자신조차 알 수 없는 이방인이었고, 나도 모를 이유로 돌이 되어버렸다.

예전에 다이달로스가 그에게 집의 증축공사를 맡긴 크레테의 귀족 얘기를 들려준 적이 있었다. 그는 공구를 들고 가서 먼저 벽을 허물고 바닥을 뜯었다. 하지만 그 아래에서 반드시 고쳐야 하는 문제점을 발견하면 그들은 미간을 찌푸렸다. 하지만 그건 계약에 없던 얘기 아닌가!

당연하지요, 그는 말했다. 기반 속에 숨겨져 있었으니까요. 하지만 보세요, 확연하게 눈에 들어오지 않습니까. 기둥에 금이 간 거 보이시죠? 딱정벌레들이 바닥을 파먹은 거 보이시죠? 돌이 진창 속으로 가라앉은 게 보이시죠?

그러면 귀족들은 더 화를 냈다. 자네가 파헤치기 전까지는 멀쩡했어! 돈은 줄 수 없네! 덮고 그 위로 회반죽을 칠하게. 지금까지 버텼는데 앞으로도 한참을 버티겠지.

그래서 문제가 있는 부분을 봉합하면 다음 계절에 집이 무너졌다. 그러면 그들이 찾아와 공사비를 돌려달라고 요구했다.

"저는 얘기를 했어요." 그가 내게 말했다. "얘기를 하고 또 했죠. 벽이 썩었으면 고칠 방법은 한 가지밖에 없다고."

목에 생긴 자주색 멍의 가장자리가 푸릇푸릇하게 바뀌었다. 손가락으로 눌러보니 쪼개지는 듯이 아팠다.

　무너뜨려, 나는 생각했다. 무너뜨리고 다시 지어.

　그들이 왜 찾아왔는지 이유를 모르겠다. 운명의 여신 모이라이에
게 엄청난 변화가 생겼을까. 해상 무역과 상선들의 항로가 바뀌었을
까. 어떤 냄새가 허공 속으로 번졌을까. 여기에 자기들끼리 사는 님프
가 있대. 누가 줄을 묶어서 끌어당기기라도 한 듯 선박들이 내 섬으
로 달려왔다. 남자들은 첨벙거리며 기슭으로 걸어와 즐거운 표정으
로 좌우를 두리번거렸다. 마실 수 있는 물, 사냥감, 물고기, 과일. 그리
고 나무 위로 벽난로 연기가 보이는 것 같은데. 노랫소리 안 들리는가?

　그들이 접근하지 못하게 환영으로 섬을 덮을 수도 있었다. 나는
그럴 능력이 있었다. 깎아지른 듯한 바위와 소용돌이, 울퉁불퉁하고
기어오를 수 없는 낭떠러지로 내 평화로운 해변을 덮을 수 있었다.
그러면 그들은 그냥 지나갈 테고 나는 그들은 물론이고 어느 누구도
두 번 다시 맞닥뜨릴 필요가 없었다.

　아니, 나는 생각했다. 그러기에는 너무 늦었지. 나는 발각됐어. 그
들에게 내 실체를 보여주자. 세상은 자기들이 생각하는 것과 다르다
는 걸 알게 해주자.

　그들은 오솔길을 올라왔다. 내 꽃밭에 깔린 돌길을 지나왔다. 하
나같이 절박한 사연을 들고 왔다. 길을 잃었고 기진맥진했고 먹을 게
없다고. 도와주면 그 은혜를 잊지 않겠다고 했다.

　그중 몇 명은, 손으로 꼽을 수 있을 만큼 몇 안 되는 인간은 그냥
보냈다. 그들은 나를 저녁거리로 보지 않았다. 정말로 길을 잃은 독
실한 남자들이었다. 이런 경우에는 배불리 먹이고 그중에 잘생긴 자

가 있으면 내 침대로 데리고 갈 수도 있었다. 욕정은 아니었다. 욕정은커녕 털끝만한 그 부스러기조차 아니었다. 일종의 분노이자 내가 나 자신에게 겨누는 칼이었다. 내 살갗이 아직 내 것인지 증명하는 방법이었다. 그리고 내려진 결론이 마음에 드는지.

"가라." 나는 그들에게 말했다.

그들은 나를 앞에 두고 노란 모래 위에 무릎을 꿇었다. "여신이여," 이렇게 얘기했다. "존함만이라도 알려주시면 감사의 기도를 올리겠습니다."

나는 기도도 받고 싶지 않았고 내 이름이 그들의 입에 오르내리는 것도 싫었다. 그들이 가주길 바랄 따름이었다. 피가 배어나올 때까지 바다에서 몸을 씻고 싶을 따름이었다.

살이 뜯기는 광경을 다시 볼 수 있게 다음번 선원들이 찾아오길 바랄 따름이었다.

항상 대장이 있었다. 가장 덩치가 크지도 않았고 선장이 아닐 때도 있었지만 잔인한 짓을 저지르려 할 때는 다들 그의 지시를 기다렸다. 대장은 눈빛이 차갑고 똬리를 튼 것처럼 긴장감이 넘쳤다. 시인이라면 뱀과 같다고 했겠지만 그 무렵 나는 뱀에 대해 그 정도로 무지하지 않았다. 정직한 독사는 자기를 괴롭히지 않는 사람을 먼저 공격하지 않는다.

이제는 남자들이 찾아왔을 때 내 동물들을 멀리 내보내지 않았다. 꽃밭이 됐건 식탁 아래가 됐건 자기들 마음대로 누워 있게 내버려두었다. 남자들이 이를 부딪힐 정도로 떨며 부자연스럽도록 고분고분 그 사이를 걷는 걸 보면 기분이 좋았다. 나는 인간인 척하지 않았다. 기회가 있을 때마다 희미하게 빛나는 노란색 눈을 보여주었다.

그래도 아무 소용 없었다. 나는 혼자 사는 여자였고 중요한 건 그뿐이었다.

고기와 치즈, 과일과 생선으로 진수성찬을 차렸다. 포도주를 넘치도록 따른, 제일 큰 청동 단지도 내놓았다. 그들은 들이켜고 씹었다. 육즙이 뚝뚝 떨어지는 양고기를 잡고 목구멍으로 꿀꺽꿀꺽 넘겼다. 술을 따르고 또 따라서 입을 흠뻑 적시고 탁자 위를 빨갛게 더럽혔다. 보릿가루와 약초가 입술에 묻었다. 단지가 비면 내게 말했다. 가득 채워와요. 이번에는 꿀을 좀더 타서. 이 포도주에서는 쓴맛이 나네.

여부가 있나요, 나는 말했다.

허기가 잦아들었다. 그들이 슬슬 주위를 두리번거렸다. 대리석 바닥과 접시와 고급 옷감으로 만든 내 옷을 알아차린 눈치를 보였다. 능글맞게 웃었다. 내보인 게 이 정도면 뒤에는 뭐가 얼마나 숨겨져 있겠어?

"마님?" 이쯤 되면 대장이 말문을 열었다. "설마하니 이렇게 아리따운 분이 혼자 지내시는 건 아니겠죠?"

"아, 맞아요." 나는 대답했다. "아무도 없이 혼자 지내요."

그는 미소를 지었다. 자제할 도리가 없었다. 원래부터 두려워할 게 전혀 없었다. 그가 직접 확인했다시피 문가에 남자의 망토가 걸려 있지도 않았고 사냥꾼의 활이나 양치기의 지팡이가 보이지도 않았다. 형제나 아버지나 아들의 흔적도 없으니 나중에 복수를 당할 일도 없었다. 나를 애지중지 여기는 자가 있다면 혼자 지내도록 내버려질 리 없었다.

"그러시다니 안타깝네요." 그가 말했다.

긴 의자가 바닥을 긁는 소리를 냈고 그가 일어났다. 남자들은 눈을 반짝이며 지켜보았다. 내가 얼어붙거나 움찔하거나 애원하길 기다렸다.

나는 그들이 미간을 찌푸리며 어째서 내가 무서워하지 않는지 파악하려고 하는 이 순간이 제일 좋았다. 그들의 몸속에서 연주를 기다리는 현처럼 대기중인 내 약초를 느낄 수 있었다. 나는 그들이 느끼는 혼란과 점점 고개를 드는 공포를 만끽했다. 그런 다음 그 현을 뜯었다.

그들은 등이 휘어서 네 발 자세로 엎드릴 수밖에 없었고 얼굴은 익사체처럼 부풀어올랐다. 그들의 몸부림 때문에 의자가 뒤집히고 포도주가 바닥으로 쏟아졌다. 비명소리가 꽥꽥거리는 소리로 바뀌어갔다. 아픈 모양이었다.

대장은 맨 마지막까지 남겨두었다. 그 광경을 지켜볼 수 있도록. 그는 벽에 대고 몸을 움츠렸다. 제발. 저는 살려주세요, 살려주세요, 살려주세요.

그럼 안 되지, 나는 말했다. 절대 안 되지.

남은 건 그들을 우리로 내쫓는 일이었다. 내가 물푸레나무 지팡이를 들면 그들은 달려갔다. 등뒤에서 문이 닫히면 기둥을 엉덩이로 밀쳤고, 돼지로 변한 눈은 마지막까지 남은 인간의 눈물로 촉촉했다.

님프들은 아무 말도 하지 않았지만 가끔 문 틈새로 구경하는 눈치였다.

"키르케 마님, 배가 또 오는데요. 저희는 방에 들어가 있을까요?"

"그래. 가기 전에 포도주 좀 꺼내주고."

나는 옷감을 짜고 작업을 하고 돼지를 먹이고 섬을 가로질렀다가 다시 가로지르며 하나씩 순서대로 해나갔다. 두 손에 뭐가 가득 담긴 사발을 들고 있는 양, 허리를 꼿꼿하게 세우고 움직였다. 걸으면 넘칠 듯이 시커먼 액체에 잔물결이 일었지만 절대 넘치지는 않았다. 오직 내가 걸음을 멈추거나 몸을 누일 때만 그 사발에서 피가 넘치려 한다는 걸 느낄 수 있었다.

님프들은 신부라고 불렸지만 세상은 우리를 그렇게 보지 않았다. 우리는 식탁 위에 차려진, 아름답고 늘 새롭게 바뀌는 진수성찬이었다. 그리고 도망치는 데 영 젬병이었다.

하도 오랫동안 쓰다보니 돼지우리 울타리가 약해졌다. 가끔 나무가 휘어서 돼지가 도망쳤다. 대개는 낭떠러지 아래로 몸을 던졌다. 그러면 바닷새들이 고마워했다. 녀석들은 토실토실한 뼈를 포식하려고 세상 절반을 날아오는 듯했다. 나는 새들이 지방과 힘줄을 벗겨내는 광경을 서서 지켜보았다. 분홍색의 꼬리 일부가 한 녀석의 부리에서 벌레처럼 대롱거렸다. 그게 인간이었다면 내가 연민을 느꼈을까. 하지만 그건 인간이 아니었다.

돌아와서 우리 옆을 지나면 그의 친구들이 애원하는 표정으로 나를 쳐다보았다. 주둥이를 땅에 대고 끙끙대고 꽥꽥거렸다. 죄송합니다, 죄송합니다.

붙잡혀서 아쉬운 거겠지, 내가 말했다. 내가 힘이 없을 줄 알았는데 그게 착각이라 아쉬운 거겠지.

침대에 누우면 사자들이 내 배에 턱을 올렸다. 나는 녀석들을 옆으로 밀쳤다. 다시 일어나서 걸었다.

예전에 그가 왜 하필 돼지냐고 물은 적이 있었다. 벽난로 앞의 평소 그 자리에 앉아 있을 때였다. 그는 은으로 상감 세공하고 소가죽을 걸친 그 의자를 좋아했다. 가끔 엄지손가락으로 그 소용돌이무늬를 멍하니 문지를 때도 있었다.

"돼지면 안 되는 이유가 뭔가?" 내가 물었다.

그는 꾸밈없는 미소를 지었다. "농담 아닙니다, 궁금해서 그래요."

나도 농담이 아니라는 걸 알았다. 그는 신실한 성격이 아니었지만, 숨겨진 것들을 찾아내는 것이 그에게는 가장 고귀한 신앙이었다.

내 안에 답이 있었다. 작년에 심은 구근처럼 깊숙한 데서 점점 토실토실해지고 있는 게 느껴졌다. 그 뿌리는 그자가 나를 벽에 대고 눌렀던 순간, 사자들은 멀리 사라졌고 주문은 내 안에서 질식당했고 돼지들은 마당에서 꽥꽥거리던 그 순간과 엉켜 있었다.

선원들을 변신시킨 뒤에는 그들이 우리 안에서 허우적거리고 울부짖고, 공포로 바보가 돼서 서로 밟고 넘어지는 광경을 구경하곤 했다. 그들은 풍만해진 살, 정교하게 갈라진 발, 퇴비 위로 끌리는 배를 모두 혐오했다. 그건 굴욕이자 품위 손상이었다. 남자들이 세상을 누그러뜨릴 때 쓰는 부속기관인 손을 괴로울 정도로 그리워했다.

왜 이래, 나는 그들에게 말했다. 그렇게 나쁘지는 않잖아. 돼지라서 좋은 점도 생각해야지. 진창 때문에 미끌미끌하고 날렵해서 잡기 어렵지. 땅바닥에 붙어 다녀서 쉽게 엎어뜨릴 수 없지. 개하고 달라서 주인의 사랑을 갈구하지도 않지. 찌꺼기든 쓰레기든 아무거나 잘 먹고 아무데서나 잘 자라지. 멍청하고 둔해 보여서 적들이 방심하기 십상이지만 사실은 똑똑하지. 상대방 얼굴도 기억하거든.

그들은 절대 내 말을 듣지 않았다. 사실 남자들은 돼지로서 자격 미달이었다.

나는 벽난로 앞의 내 의자에 앉아서 잔을 들었다. "때로는 그냥 모르는 채로 넘어가야 할 때도 있는 법이야."

그는 대답을 못마땅하게 여겼지만 그게 그의 괴팍한 면모였다. 어떤 면에서는 그런 대답을 가장 좋아했으니. 나는 그가 어떻게 굴 껍데기 벗기듯 진실을 발라내는지, 한 번의 눈길과 시기적절한 말 한마디로 어떻게 상대방의 가슴속을 들여다보는지 목격한 적이 있었다. 그가 타진하면 세상의 거의 모든 것이 굴복했다. 나는 그러지 않았다는 게 그가 나에게서 가장 마음에 들어 한 부분이 아닐까 싶다.

하지만 아직은 그 얘기를 할 때가 아니다.

배가 와요, 님프들이 말했다. 아주 너덜너덜하고 선체에 눈이 그려져 있어요.

거기에 나는 호기심이 동했다. 평범한 해적들은 배에 그림을 그리는 데 쓸 금화가 없었다. 하지만 나가서 구경하지는 않았다. 기다림은 즐거움의 일부였다. 문을 두드리는 소리가 들리는 순간, 약초를 앞에 두고 일어나 문을 활짝 열 작정이었다. 더이상 신실한 남자는 없었다. 오래전부터 그랬다. 주문이 내 입에서 강바닥의 돌맹이처럼 반질반질해졌다.

만들고 있던 물약에 뿌리를 한줌 넣었다. 몰리가 섞여 있어서 액체가 희미하게 반짝였다.

오후가 지나도록 선원들은 오지 않았다. 님프들이 보고하길 바닷가에 천막을 치고 모닥불을 피웠다고 했다. 하루가 더 지나고 사흘째 되던 날 드디어 문을 두드리는 소리가 들렸다.

그림이 그려진 배가 그들이 가진 가장 훌륭한 점이었다. 그들의 얼굴은 노인처럼 주름이 깊었다. 두 눈은 핏발이 섰고 생기가 없었다. 나의 동물들을 보고 움찔했다.

"어디 보자." 내가 말했다. "길을 잃은 게로군요? 배가 고프고 피곤하고 슬프고?"

그들은 잘 먹었다. 술은 더 잘 마셨다. 여기저기 군살이 있었지만 그 아래에 있는 근육은 나무처럼 단단했다. 흉터는 칼에 베였는지 길고 불룩했다. 한철 잘 지내다 여기서 그들의 도둑질을 못마땅하게 여기는 사람을 만났다. 그들이 해적인 것만큼은 의심의 여지가 없었다. 내 보물을 세느라 눈을 쉴새없이 움직였고 계산이 나오자 씩 웃었다.

나는 이제 그들이 일어나서 다가올 때까지 기다리지 않았다. 지팡이를 들어 주문을 외웠다. 그들은 남들처럼 울며 우리로 달려갔다.

님프들이 나를 도와서 쓰러진 의자를 세우고 흘린 포도주를 닦고 있었을 때 그중 한 명이 창밖을 흘끗 내다보고는 말했다. "마님, 한 명이 더 오는데요."

안 그래도 정식 함선에 승선한 선원치고는 숫자가 너무 적다 싶었다. 몇 명이 바닷가에서 기다리다가 정찰 삼아 한 명을 보낸 모양이었다. 님프들이 포도주를 새로 꺼내놓고 슬그머니 사라졌다.

남자가 문을 두드리자 나는 문을 열었다. 늦은 오후의 햇살이 그를 비추자 깔끔하게 자른 수염에 섞인 빨간색과 머리칼에 섞인 희미한 은색이 도드라져 보였다. 허리춤에 청동검을 차고 있었다. 이전의 몇몇 남자들처럼 키가 크지는 않지만 뼈마디가 잘 단련된 듯 강건해 보였다.

"존귀하신 여인이여," 그가 말했다. "저희 선원들이 이 댁에서 잠시 휴식을 취한 걸로 알고 있습니다만. 저도 신세를 좀 져도 되겠습니까?"

나는 아버지에게 물려받은 광채를 모두 넣어서 미소를 지었다.

"당신 친구들이 그랬듯이 당신도 환영해요."

잔을 채우며 그를 관찰했다. 도적 하나 추가로군, 하고 생각했다. 하지만 그의 시선은 내 귀한 장식품 위에 머물지 않았다. 대신 아직 뒤집힌 채 바닥에 나뒹구는 의자로 향했다. 그가 허리를 숙이고 의자를 똑바로 세웠다.

"고마워요." 내가 말했다. "고양이를 키우다보니. 늘 뭔가를 쓰러뜨리고 다니네요."

"그렇지요." 그가 말했다.

음식과 포도주를 들고 벽난로 앞으로 그를 안내했다. 그는 술잔을 집고 내가 손짓한 은색 의자에 앉았다. 얼마 전에 다친 곳이 당기는지 허리를 숙이면서 살짝 움찔했다. 삐죽삐죽한 흉터가 근육질의 장딴지를 가로질러 발뒤꿈치에서 넓적다리까지 이어졌지만 오래돼서 희미했다. 그가 잔을 들고 가리켰다.

"저런 베틀은 처음 봅니다." 그가 말했다. "동방에서 온 작품입니까?"

그 같은 인간들이 숱하게 이 방을 지나갔다. 다들 금이나 은이 보이면 한 톨도 남김없이 머릿속에 기록할 뿐 베틀이 있는 줄은 아무도 몰랐다.

나는 아주 잠깐 머뭇거렸다.

"이집트의 것이죠."

"아. 이집트인들이 뭐든 솜씨가 가장 좋지요. 베틀 추 대신 실 감는 속대를 하나 더 달다니 기발하군요. 덕분에 씨실을 더욱 효율적으로 내릴 수 있겠습니다. 도안이 있으면 좋을 텐데요." 그의 목소리는 울림이 깊고 따뜻하며 썰물과 밀물을 연상시키는 끌림이 있었다. "아내가 보면 흥분하겠는데요. 추 때문에 얼마나 짜증을 냈는지 모릅니다. 좀더 괜찮은 걸로 누가 발명해주면 좋겠다고 입버릇처럼 얘기하면서요. 아아, 제가 직접 만들었어야 했는데 그럴 새가 없었네요. 남편으로서 부족했던 게 어디 그거 하나뿐이었을까 싶지만요."

아내. 그 단어가 내게 충격으로 다가왔다. 지금까지 여길 거쳐간 선원들 가운데 유부남이 있었을진 몰라도 아내를 운운한 남자는 한 명도 없었다. 그는 까만 눈으로 내 눈을 쳐다보며 미소를 지었다. 금방이라도 포도주를 마실 듯이 술잔을 느슨하게 들고 있었다.

"사실 아내가 길쌈을 좋아하는 이유는 베틀 앞에 앉아 있으면 사람들이 다들 자기가 하는 말을 아내가 듣지 못할 거라고 생각하기 때문이죠. 그런 식으로 가장 쓸 만한 소문을 수집했어요. 누가 결혼을 하고, 누가 아이를 가졌으며, 누가 분란을 일으킬 예정인지."

"듣자하니 현명한 여인인 것 같네요."

"맞습니다. 저와 혼인한 이유는 모르겠지만 어쨌든 저 좋은 일이기에 아내의 생각이 그쪽으로 미치지 않게 신경을 쓰지요."

입에서 품 하고 웃음이 터지는 바람에 나도 놀랐다. 이런 식으로 얘기하는 남자라니. 지금까지 한 번도 만난 적이 없었다. 그럼에도 불구하고 왠지 모르게 낯익게 느껴지는 구석이 있었다.

"지금 아내는 어디 있나요? 배에 있나요?"

"신들에게 감사하게도 집에 있습니다. 이런 막돼먹은 인간들과 한 배에 태울 수는 없지요. 아내는 그 어떤 섭정관보다 집안을 잘 다스립니다."

이제 그에 대한 호기심이 극에 달했다. 평범한 선원은 섭정관을 운운하지 않는데다 은으로 상감 세공이 된 의자에 그렇게 편안하게 앉아 있을 수 없었다. 그는 의자가 자기 침대라도 되는 양 잘 깎아 만든 팔걸이에 몸을 기대고 있었다.

"당신 부하들이 막돼먹었다고요?" 내가 말했다. "다른 자들과 다를 게 없어 보이던데."

"그렇게 말씀해주시니 감사할 따름이지만 짐승이나 다를 바 없을 때가 많습니다." 그는 한숨을 쉬었다. "다 제 탓이지요. 선장으로서 좀더 제대로 단속해야 했는데. 하지만 전쟁을 치르고 오는 길이고, 전쟁은 더할 나위 없이 훌륭한 인간들도 더럽히지 않겠습니까. 그리고 저는 그들을 진심으로 사랑하긴 하지만, 그들은 더할 나위 없이 훌륭한 인간이라고 불릴 일이 없을 테고요."

그는 잘 알지 않느냐는 듯이 믿거라 하고 얘기했다. 하지만 내가 전쟁에 대해 아는 거라고는 아버지에게 들은 티탄 신족의 전쟁담이 전부였다. 나는 포도주를 한 모금 마셨다.

"내가 보기에 전쟁은 인간들의 입장에서는 늘 어리석은 선택인 것 같아요. 거기서 뭘 얻던 간에 몇 년 누려보지도 못하고 죽잖아요. 그러다가 비명횡사할 가능성이 더 크고."

"음, 명예라는 문제가 걸려 있으니까요. 하지만 당신께서 저희 사령관에게 그 말씀을 해주셨더라면 좋았을 걸 그랬습니다. 그랬더라면 골치 아픈 일이 많이 줄었을 텐데요."

"뭣 때문에 벌어진 전쟁이었나요?"

"하도 많아서 기억을 더듬어봐야겠네요." 그는 손가락으로 꼽았다. "복수. 욕망. 오만. 탐욕. 권력. 또 뭘 빠뜨렸지? 아, 허영심. 그리고 자존심."

"신들 사이에서는 늘 있는 일인 것 같은데요." 내가 말했다.

그는 웃으며 한 손을 들었다. "당신은 여신의 자격으로 그렇게 말씀하실 수 있겠죠. 저야 여러 신들께서 저희 편에서 싸워주셨으니 감사하다고 할 수밖에요."

여신의 자격으로. 그렇다면 내가 여신이라는 걸 안다는 뜻이었다. 하지만 그는 경외감이라곤 보이지 않았다. 울타리를 사이에 두고 무화과 수확에 대해 의논하는 옆집 사람 대하듯 했다.

"신들이 인간들의 전쟁에 끼어들었다고? 누가?"

"헤라, 포세이돈, 아프로디테. 그리고 물론 아테나."

나는 미간을 찌푸렸다. 이런 얘기는 들은 적이 없었다. 이제는 소식을 들을 방법이 없었다. 헤르메스는 오래전에 자취를 감추었고, 님프들은 세상사에 관심이 없었고, 내 식탁에 앉은 남자들은 배를 채울 생각만 했다. 내 하루하루의 영역은 눈과 손끝으로 쪼그라들었다.

"걱정 마십시오." 그가 말했다. "귀 따갑게 장황한 이야기를 늘어놓지는 않을 테니까요. 하지만 제 부하들이 추레한 건 그 때문입니다. 트로이아의 해변에서 십 년 동안 전투를 치른 뒤라 집으로 돌아가고 싶어서 몸이 달았거든요."

"십 년? 트로이아가 요새인가보구나."

"아, 아주 튼튼하긴 했지만 전쟁이 길어진 건 저희가 못났기 때문이었죠. 트로이아가 대단했다기보다는요."

이 말에도 나는 깜짝 놀랐다. 맞는 말이라서가 아니라 그가 그걸 인정했기 때문이었다. 자신들을 그런 식으로 냉소적으로 깎아내리다니, 경계심이 누그러졌다.

"긴 시간 동안 집을 떠나 있었구나."

"그런데 이제 더 길어지고 있습니다. 이 년 전에 트로이아에서 출발했건만, 어째 귀향길에 제 뜻보다 애로사항이 많네요."

"그럼 베틀 걱정을 할 필요가 없겠구나." 내가 말했다. "지금쯤 네 아내는 너에 대한 희망을 버리고 더 괜찮은 베틀을 직접 만들었을 테니 말이다."

그의 표정은 여전히 서글서글했지만 뭔가가 달라졌음을 느낄 수 있었다. "아마 당신의 짐작이 맞을 겁니다. 아내가 저희 땅을 두 배로 늘렸대도 저는 놀라지 않을 겁니다."

"너희 땅이 있는 곳이 어디냐?"

"아르고스 인근입니다. 암소와 보리의 땅이지요."

"내 아버지도 암소를 키운다." 내가 말했다. "새하얀 가죽을 좋아하시지."

"순종을 유지하기가 어려울 텐데요. 수컷을 잘 고르시는 모양입니다."

"아, 물론이지." 내가 말했다. "유일한 관심사니까."

나는 그를 계속 지켜보고 있었다. 손은 넓적하고 굳은살이 박여 있었다. 잔을 들고 이번에는 이쪽, 다음번에는 저쪽을 가리키느라 술을 찰랑거렸지만 절대 흘리지는 않았다. 그리고 절대 잔에 입을 대지 않았다.

"미안하다." 내가 말했다. "내 포도주가 마음에 들지 않는 모양이로구나."

그는 아직까지 그 잔을 들고 있다는 데 놀랐다는 듯이 내려다보았다. "죄송합니다. 융숭한 대접을 만끽하느라 깜빡했습니다." 그는 손마디로 관자놀이를 두드렸다. "부하들이 저더러 말하길 목 위에 얹혀 있기 망정이지 안 그랬으면 머리도 빠뜨리고 다닐 거라더군요. 그나저나 그 친구들이 어디 갔다고 하셨죠?"

나는 폭소를 터뜨리고 싶었다. 머리가 아찔했지만 그처럼 평온한 말투를 유지했다. "뒷마당에 있다. 들어가서 쉴 수 있는 괜찮은 그늘이 있거든."

"솔직히 경이롭습니다." 그가 말했다. "저하고 있을 때는 이렇게 조용했던 적이 없어서요. 당신이 상당한 영향력을 발휘하신 모양입니다."

웅웅거리는 소리, 주문이 효력을 발휘하기 전에 나는 것과 비슷한 소리가 났다. 그의 시선은 벼려진 칼날과 같았다. 지금까지는 서막이었다. 우리는 연극배우처럼 일어섰다.

"술을 마시지 않다니," 내가 말했다. "현명한 판단이다. 하지만 내가 마녀라는 사실에는 변함이 없고 너는 내 집에 있다만."

"우리가 사리에 맞게 이 사태를 해결할 수 있길 바랍니다." 그는 술잔을 내려놓은 상태였다. 칼을 뽑지는 않았지만 칼자루에 손을 얹어놓고 있었다.

"나는 무기를 두려워하지 않는다. 내 피를 보는 것도 마찬가지고."

"그렇다면 다른 대부분의 신들보다 용감하시군요. 예전에 아프로디테는 좀 긁혔다고 아들은 죽거나 말거나 전장에 내버려두고 가버리는 걸 봤습니다만."

"마녀들은 그렇게 예민하지가 않아서."

그의 칼자루는 십 년 동안의 전투로 난자당했고 흉터로 덮인 그의 몸은 단단히 준비를 하고 있었다. 다리는 짧았지만 근육으로 딴딴했다. 내 살갗이 따끔거렸다. 이제 보니 미남이었다.

"들어보자," 내가 말했다. "허리춤에 단단히 차고 있는 그 주머니에는 뭐가 들어 있느냐?"

"제가 찾은 약초가 들어 있습니다."

"뿌리는 검은색이고," 나는 말했다. "꽃은 하얀색일 테지."

"그렇습니다."

"인간은 몰리를 캐지 못하는데."

"네," 그는 간단하게 대답했다. "못 하죠."

"누구였느냐? 아니다, 됐다, 알겠으니." 헤르메스가 약초를 캐는 나를 지켜보며 주문에 대해 캐물은 적이 한두 번이 아니었다. "몰리를 들고 있으면서 왜 술을 마시지 않았느냐? 내가 어떤 주문을 외워도 너에게는 효과가 없을 거라고 그에게서 들었을 텐데."

"듣기는 했습니다." 그가 말했다. "하지만 신중을 기하는 것이 좀처럼 고쳐지지 않는 저의 기벽이라서요. 사기꾼의 신이 베풀어주신 모든 은혜에 감사하지만 그가 믿음직한 것으로 유명하지는 않지 않습니까? 저를 돼지로 변신시키도록 당신을 돕는 것이야말로 그가 딱 좋아할 만한 장난이고요."

"늘 그렇게 의심이 많다고?"

"어쩌겠습니까?" 그는 손바닥을 펼쳐 보였다. "세상은 추악한 곳입니다. 우리는 그 안에서 살아가야 하고요."

"너는 오디세우스로구나." 내가 말했다. "똑같이 사기꾼의 핏줄을 타고난."

그는 나의 예리한 판단에 흠칫 놀라거나 하지 않았다. 신이라면 이골이 난 자였다. "그리고 당신은 태양의 딸, 키르케 여신이고요."

그의 입에서 나온 내 이름이 내 안에서 예리하고 열렬한 감정을 불러일으켰다. 그는 정말이지 밀물과 썰물 같다는 생각이 들었다. 잠깐 한눈을 팔면 그새 해변이 사라져버릴 수도 있었다.

"대부분의 남자들은 내가 누구인지 모른다만."

"제가 경험한 대부분의 남자들도 어리석은 자들이었죠." 그가 말했다. "솔직히 고백하건대 당신이 결정적인 비밀을 드러낸 거나 다름없었습니다. 아버님이 암소를 키운다고요."

그는 우리 둘이 장난꾸러기 어린애라도 되는 양 미소를 지으며 내게도 같이 웃을 것을 권했다.

"너는 왕인가? 귀족인가?"

"왕자입니다."

"그렇다면 오디세우스 왕자, 우리는 막다른 골목에 다다랐다. 너에게는 몰리가 있고 나에게는 네 부하들이 있으니 말이다. 나는 너를 해치지 못하지만 네가 나를 공격하면 그들은 영영 본래의 모습으로 돌아오지 못할 것이다."

"저도 우려하던 바입니다." 그가 말했다. "그리고 당신의 아버지 헬리오스께서 복수에 있어서만큼은 열성적이지 않습니까. 저는 그분의 분노를 경험하고 싶은 생각이 없습니다."

헬리오스가 나를 보호할 일은 없겠지만 오디세우스에게 그 얘기는 하지 않을 작정이었다. "네 부하들은 내가 눈을 감았으면 코를 베어갔을 것이다."

"그 점에 대해서는 죄송하게 생각합니다. 다들 젊고 어리석고 제가 너무 너그럽게 대한 탓입니다."

그가 그런 식으로 사과를 한 게 이번이 처음은 아니었다. 나는 그에게 시선을 고정하고 그를 머릿속에 담았다. 그의 침착함과 넘치는 기지는 다이달로스를 연상시키는 구석이 있었다. 하지만 다이달로스와 다르게 그 차분함 아래에서 소용돌이가 치고 있다는 걸 느낄 수 있었다. 나는 그걸 드러내서 확인하고 싶었다.

"다른 방법을 찾아야 할지 모르겠구나."

그는 여전히 칼자루에 손을 얹어놓고 있었지만 말투는 저녁거리를 정하는 투였다. "어떤 방법이 좋겠습니까?"

"예전에 헤르메스가 너를 두고 예언을 한 적이 있었다."

"그래요? 어떤 예언이었습니까?"

"네가 내 집을 찾아올 운명이라고."

"그리고요?"

"그걸로 끝이었다."

그는 한쪽 눈썹을 치켜세웠다. "지금까지 그렇게 한심한 예언은 들어본 적이 없습니다만."

나는 웃음을 터뜨렸다. 험준한 바위에 앉아 있는 매가 된 느낌이었다. 발톱으로 바위를 움켜쥐고 있었지만 마음은 허공을 날아다녔다.

"휴전을 제안한다." 내가 말했다. "일종의 시험을."

"어떤 시험입니까?" 그가 몸을 살짝 앞으로 숙였다. 내가 조만간 잘 알게 될 몸짓이었다. 그조차도 모든 걸 감추지는 못했다. 어떤 도전 과제든 주어지면 달려가 맞이했다. 그의 몸에서는 육체노동과 바다 냄새가 났다. 그는 십 년 치 이야깃거리를 알았다. 나는 봄날을 맞이한 곰처럼 예민하고 배가 고팠다.

"듣기로는," 내가 말했다. "사랑 안에서 믿음을 발견하는 이가 많다고 하더군."

이 말에 그는 소스라치게 놀랐고 아, 나는 그가 감추기 전에 섬광처럼 지나간 그 표정이 정말이지 마음에 들었다.

"바보가 아닌 이상 그런 영광을 마다할 자가 없을 겁니다. 하지만 또 한편으로는 바보가 아닌 이상 좋다고 하지도 못할 테고요. 저는 인간입니다. 제가 몰리를 내려놓고 당신의 침소에 든 순간 당신이 주문을 외울 수도 있지 않겠습니까?" 그는 말을 하다 말고 멈추었다. "물론 망자의 강에 대고 저를 해치지 않겠노라고 맹세를 하시면 얘기가 달라지겠습니다만."

스틱스 강에 대고 한 맹세는 제우스라도 깰 수가 없었다. "신중한 성격이로구나." 내가 말했다.

"피장파장인 것 같습니다만."

아니지, 나는 생각했다. 나는 그렇게 신중하지 않았다. 무모하고 성급했다. 그 역시 칼이라는 걸 느낄 수 있었다. 종류는 달랐어도 칼은 칼이었다. 그래도 상관없었다. 이런 생각이 들었다, 내게 그 칼을 달라. 피를 흘릴 만한 가치가 있는 일도 있으니.

"맹세하마." 내가 말했다.

16

나중에, 오랜 세월이 지난 뒤에 나는 우리의 만남을 주제로 만들어진 노래를 들을 것이다. 노래를 부르는 남자아이가 실력이 없어서 제대로 부르는 음보다 틀리는 음이 더 많았지만 그 엉망진창 안에서도 운문으로 이루어진 달콤한 가락이 반짝거렸다. 내가 어떤 식으로 그려졌는지를 접하고 놀라지는 않았다. 오만하게 굴다 영웅의 칼 앞에 무릎을 꿇고 자비를 구하는 마녀. 기가 꺾인 여자들이야말로 시인들의 가장 주된 소재인 모양이다. 우리들이 바닥을 기며 흐느껴 울지 않으면 이야기가 만들어질 수 없는 걸까.

우리는 널찍한 황금색 침대에 나란히 누웠다. 나는 희열에 젖어 느긋하게 격정을 달래며 알몸으로 누운 그의 모습을 보고 싶었다. 그는 절대 알몸으로 눕지 않았지만 그 나머지는 보여주었다. 우리 둘 사이에서 신뢰가 조금은 쌓인 것이었다.

"저는 사실 아르고스 출신이 아닙니다." 그가 말했다. 벽난로 불빛이 깜빡이며 이불 위로 긴 그림자를 드리웠다. "제가 다스리는 섬의 이름은 이타케입니다. 소를 키우기에는 돌이 너무 많은 곳이고요. 염소와 올리브 숲이라면 모를까."

"전쟁은? 그것도 꾸며낸 얘기였느냐?"

"전쟁은 실제 있었던 일입니다."

그는 휴식이라는 걸 몰랐다. 어둑어둑한 곳에서 날아온 창을 쳐낼 수도 있을 듯이 보였다. 그럼에도 썰물에 드러나는 돌멩이처럼 이미 피곤한 기색이 보이기 시작했다. 손님을 대접하는 규율에 따르면 배불리 먹고 기운을 되찾기 전에는 아무것도 묻지 말아야 했지만 우린 그런 걸 따질 단계는 지났다.

"여기까지 오는 길이 힘들었다고."

"트로이아를 떠났을 때는 배가 열두 척이었습니다." 누르스름한 불빛에 비친 그의 얼굴은 오래된 방패처럼 너덜너덜하고 우툴두툴했다. "이제는 남은 게 우리뿐이고요."

나도 모르게 충격을 받았다. 배 열한 척이면 오백 명도 넘게 잃은 셈이었다. "어쩌다 그런 재난을 당했느냐?"

그는 고기 조리법을 가르쳐주듯 사연을 읊었다. 그들을 세상 절반 너머로 밀어낸 폭풍. 식인 거인족과 복수심에 불타는 야만족, 사치와 향락을 일삼으며 부하들의 의지를 마비시키는 부족으로 가득했던 땅들. 포세이돈의 아들이자 포악한 외눈박이 거인인 폴리페모스라는 키클롭스에게 매복 공격을 당한 적도 있었다. 그가 여섯 명을 잡아서 뼈까지 쪽쪽 빨아먹자 오디세우스는 그의 눈을 찔러 장님으로 만들고 도망치는 수밖에 없었는데, 덕분에 복수의 칼을 가는 포세이돈에게 쫓기는 신세가 되었다.

그러니 다리를 절고 머리가 희끗희끗해진 것도 무리는 아니었다. 여러 괴물을 맞상대한 남자가 아닌가.

"이제는 항상 길잡이가 되어주었던 아테나까지 등을 돌렸어요."

나는 그녀의 이름을 듣고 놀라지 않았다. 제우스의 영리한 딸은 계책과 조작을 그 무엇보다 높이 평가했다. 그는 그녀의 총애를 받을 만한 인물이었다.

"어쩌다 그녀의 심기를 건드렸느냐?"

과연 대답을 들을 수 있을지 장담할 수 없었는데, 그는 길게 숨을 들이마셨다. "전쟁은 많은 죄를 낳지요. 저 말고도 여럿이 죄를 지었습니다. 제가 용서를 청하면 아테나 여신은 항상 용서해주셨고요. 그러다 도시 약탈이 자행됐습니다. 신전이 무너지고 제단 위로 피가 쏟아졌지요."

신을 기리는 성물에 피를 묻히는 것이야말로 가장 큰 신성모독이었다.

"저도 남들과 더불어 그런 짓을 자행해놓고, 다들 남아서 여신에게 기도를 바치는 동안 먼저 떠나버렸습니다. 조바심이…… 나서요."

"십 년 동안 전쟁을 치르지 않았느냐." 내가 말했다. "그럴 만도 하지."

"그렇게 말씀해주시니 감사하지만 그게 아니라는 걸 당신도 알고 저도 알지 않습니까. 배에 오르자마자 사방에서 바다가 노기등등하게 고개를 들더군요. 하늘은 잿빛으로 어두워졌고요. 기수를 돌리려고 했지만 엎질러진 물이었습니다. 아테나 여신이 보낸 폭풍이 저희 선단을 트로이아에서 반대편으로 멀리 날려보냈으니까요." 그는 손마디가 욱신거리는 듯 손가락으로 문질렀다. "이제는 제가 그녀를 불러도 응답이 없습니다."

엎친 데 덮친 격이었다. 하지만 그는 마녀의 집으로 찾아왔다. 그렇게 피곤하고 상심으로 속이 쓰린 상태임에도. 내 벽난로 앞에 앉아서 매력과 미소 외에는 아무것도 드러내지 않았다. 이 얼마나 굳은 의지이고 신중한 자세인가. 하지만 무한한 인간은 없다. 피로로 인해 그의 얼굴은 혹사당했다. 목이 쉬었다. 나는 그를 칼에 비유했지만 이제 보니 뼛속까지 난자당해 너덜너덜한 상태였다. 내 가슴속에서 이에 상응하는 아픔이 느껴졌다. 그를 침대로 데려간 것은 일종의 도전이었지만 지금 내 안에서 깜빡이는 것은 그보다 훨씬 해묵은 감정이었다. 그가 살을 벌리고 내 앞에 있었다. 이 상처를 내가 고칠 수 있어.

그 생각을 손에 거머쥐었다. 맨 처음으로 선원들이 찾아왔을 때 나는 날 보며 웃어주는 사람이라면 누구에게든 아양을 떨 준비가 되어 있는 절박한 존재였다. 지금은 돼지우리를 채우고 또 채우는 것으로 능력을 입증하는 포악한 마녀였다. 문득 헤르메스가 예전에 나를 두고 벌였던 시험이 생각났다. 나는 엎질러진 물을 두고 우는 여자일까 아니면 매정한 여자일까? 바보 같은 갈매기일까 아니면 사악한 괴물일까?

꼭 둘 중 하나일 필요는 없었다.

나는 그의 손을 잡고 일으켜세웠다. "오디세우스, 라에르테스의 아들이여, 너는 힘든 일을 겪었다. 겨울을 맞은 이파리처럼 말라버렸다. 하지만 여기에 항구가 있다."

안도하는 그의 눈빛이 내 피부를 따뜻하게 감쌌다. 나는 그를 홀로 데리고 나가 님프들에게 시중을 들게 했다. 은색 욕조에 물을 채워서 땀에 전 그의 팔다리를 씻기고 깨끗한 옷을 가져오게 했다. 잠시 후에 그는 환하고 깨끗한 모습으로 음식이 산더미처럼 쌓여 있는 식탁 앞에 섰다. 하지만 그는 자리에 앉지 않았다. "용서해주십시오." 그가 내 눈을 쳐다보며 말했다. "저는 먹을 수가 없습니다."

나는 그가 무엇을 원하는지 알았다. 그는 길길이 날뛰거나 애원하지 않고 오로지 내 결정을 기다렸다.

내 주변의 공기가 금색으로 칠한 것처럼 느껴졌다. "따라오너라." 내가 말했다. 성큼성큼 복도를 지나 돼지우리로 나갔다. 내가 손으로 건드리자 문이 활짝 열렸다. 돼지들이 꽥꽥거렸지만 내 뒤에 서 있는 그를 보고 공포를 누그러뜨렸다. 나는 녀석들의 주둥이에 일일이 향유를 바르고 주문을 외웠다. 뻣뻣한 털이 떨어져나가고 인간의 몸으로 꼿꼿하게 바로 섰다. 그들은 흐느끼며 그에게 달려가 그의 손에 자기들 손을 갖다댔다. 그도 울었다. 대성통곡하지는 않았지만 펑펑 흘린 눈물로 수염이 시커멓게 젖었다. 마치 아버지와 탕자 같았다. 그와 함께 트로이아로 출발했을 때 다들 몇 살이었을까? 대부분 이제 막 소년티를 벗은 참이었을 것이다. 나는 양떼를 지켜보는 목자처럼 조금 멀찌감치 서 있었다. "환영한다." 그들의 눈물이 더디게 흐를 때쯤 내가 말했다. "뭍으로 배를 올리고 동료들을 데려오너라. 너희들 모두 환영한다."

그들은 그날 저녁에 웃고 건배하며 배불리 먹었다. 긴장이 풀려서 그런지 새롭게 태어난 듯 전보다 어려 보였다. 오디세우스도 피곤한 기색이 가셨다. 나는 그의 또다른 측면에 촉각을 곤두세우며 베틀 앞에서 그를 관찰했다. 부하들 앞에서는 어떤 사령관일까. 그는 다른 모든 것과 더불어 그 역할에도 능숙했다. 그들의 익살에 관심을 보이고, 다정하게 나무라고, 안심이 될 만큼 흐트러짐 없는 모습을 보였다. 그들은 꿀벌이 벌집을 감싸듯 그의 곁을 맴돌았다.

접시가 비워지고 그들이 의자에 앉아서 꾸벅꾸벅 졸기 시작하자 나는 담요를 주며 아무데나 편한 곳을 찾아서 누우라고 했다. 몇 명은 빈방에 자리를 폈지만 대부분은 밖으로 나가 여름 별빛 아래에서 잠을 청했다.

오디세우스만 남았다. 나는 그를 벽난로 앞의 은색 의자로 데려가 포도주를 따랐다. 그는 기분 좋은 표정을 짓고 있었고, 내가 무슨 얘기를 꺼내려는지 궁금한 듯 다시 몸을 앞으로 기울였다.

"네가 보고 감탄했던 그 베틀 말이다." 내가 말했다. "다이달로스라는 명장이 만든 작품이다. 그 이름을 들어보았느냐?"

흐뭇하게도 그는 진심으로 놀라며 기뻐했다. "그러니 그렇게 걸작일 수밖에요. 좀 만져봐도 되겠습니까?"

내가 고개를 끄덕이자 그는 당장 달려갔다. 한 손으로 앞다리를 바닥에서 꼭대기까지 훑었다. 제단을 모시는 사제처럼 공손한 손길이었다. "어떻게 이걸 입수하셨습니까?"

"선물로 받았지."

그는 호기심에 눈을 반짝이며 추측하는 눈빛을 보였지만 더이상 캐묻지는 않았다. 대신 이렇게 말했다. "어렸을 때 다른 친구들은 전부 헤라클레스처럼 괴물과 싸우는 놀이를 했지만 저는 다이달로스가 되는 꿈을 꾸었습니다. 다듬어지지도 않은 나무와 쇠를 보고 경이로운 작품을 상상할 수 있는 사람이 더 위대한 천재 같았거든요. 저한테는 그런 재능이 없다는 걸 알았을 때 얼마나 실망했는지 모릅니다. 뭐만 했다 하면 손을 베었으니 말입니다."

다이달로스의 손에 남은 하얀색 흉터들이 생각났다. 하지만 나는 얘기하지 않았다.

그는 사랑하는 반려견의 머리라도 되는 듯 누운다리에 손을 얹었다. "당신이 이걸로 길쌈하시는 걸 구경해도 될까요?"

나는 바로 옆에 사람을 두고 일을 하는 데 익숙하지가 않았다. 실이 평소보다 굵게 나오는 것 같았고 손가락 사이에서 엉켰다. 그는 시선으로 모든 움직임을 좇았다. 각 부품이 무엇이며 다른 베틀과는 어떤 차별점이 있는지 물었다. 나는 최선을 다해 대답했지만 결국에는 비교 대상이 없다고 고백하는 수밖에 없었다. "내가 써본 베틀이 이것뿐이라."

"그게 얼마나 행복한 일입니까. 평생 물 대신 포도주를 마시는 것과 같지 않습니까. 심부름을 하는 하인이 아킬레우스인 셈이고요."

내가 모르는 이름이었다.

그의 목소리는 음유시인처럼 유려했다. 프티아의 왕자 아킬레우스는 모든 아르고스인을 통틀어 가장 날렵했고 트로이아에 참전한 아카이오이 병사들 가운데 으뜸이었다. 용모가 수려하고 똑똑했고,

바다만큼이나 우아하고 치명적이며 모두가 두려워하는 테티스라는 네레이스의 아들이었다. 그가 지나가면 트로이아 병사들은 낫 앞의 풀처럼 쓰러졌고, 강력한 헥토르 왕자도 물푸레나무로 만든 그의 창 끝에 스러졌다.

"너는 그를 좋아하지 않았구나." 내가 말했다.

그는 언뜻 속으로 재미있어하는 표정을 지었다. "그의 진가는 나름대로 인정했습니다. 하지만 아무리 많은 적의 피를 쏟을 수 있다 한들 군인으로서는 형편없었지요. 의리니 명예니 하는 난처한 발상에 집착했으니까요. 우리의 목적에 부합하도록 붙들어 매고 그의 고랑에서 이탈하지 않도록 단속하느라 날마다 얼마나 진땀을 흘렸는지 모릅니다. 그러다 그의 가장 큰 자랑이 죽어버리자 더욱 까다로워졌지 뭡니까. 하지만 말씀드렸다시피 여신의 아들이었고 여러 예언이 해초처럼 그의 몸에 걸쳐져 있었죠. 그는 저로서는 영영 절대 이해할 수 없을 만큼 엄청난 고민과 씨름했습니다."

거짓말은 아니었지만 참말도 아니었다. 그는 아테나가 자신의 수호신이었다고 했다. 세상을 달걀처럼 깨뜨릴 수 있는 자들과 함께 걸었던 셈이었다.

"그의 가장 큰 자랑이라니?"

"파트로클로스라는 연인이요. 그는 저를 별로 좋아하지 않았습니다. 선한 사람들이 전부 그랬던 것처럼요. 그가 죽자 아킬레우스는 실성했습니다. 거의 미친 수준이었죠."

나는 그때 베틀에서 고개를 돌린 상태였다. 얘기할 때 그의 표정이 궁금했다. 창문 너머에서 어두컴컴한 하늘이 회색으로 사그라지기 시작했다. 늑대 한 마리가 앞발에 대고 한숨을 토했다. 그가 마침내 머뭇거리는 기미를 보였다. "키르케 님이시여," 그가 말했다. "아이아이에의 금빛 마녀여. 당신은 저희에게 자비를 베풀었고 저희는 그 자비가 필요한 처지였습니다. 저희가 타고 온 배는 부서졌죠. 제 부하들은 쓰러지기 직전이고요. 여기서 더 부탁을 드리자니 면목이 없습니다만 아무래도 그래야 할 것 같습니다. 간절히 바라옵건대 이곳에 한 달만 머물 수 있었으면 하는데요. 너무 긴 기간일까요?"

환희가 내 목젖에서 꿀처럼 터졌다. 그래도 나는 전과 다름없는 표정을 유지했다.

"한 달은 그리 긴 기간이 아니라고 본다."

그는 낮 동안에는 배를 고쳤다. 저녁에는 부하들이 저녁을 먹는 동안 나와 함께 벽난로 앞에 앉았고 밤에는 내 침소로 찾아왔다. 그의 어깨는 두툼했고 전사로 보낸 오랜 시절 덕분에 울퉁불퉁했다. 나는 그의 우툴두툴한 흉터를 손으로 쓰다듬었다. 그것도 좋았지만 사실은 끝난 뒤에 어둠 속에 나란히 누워서 그가 일거수일투족 재현하는 트로이아 전쟁 이야기를 듣는 것이 더 좋았다. 주최국의 수장이자 잘못 달구어진 쇠처럼 깨지기 쉽고 자존심이 강한 아가멤논. 그의 동생이자, 아내 헬레네를 납치당함으로써 전쟁의 빌미를 제공한 메넬라오스. 덩치가 산만하고 용감무쌍하지만 머리는 모자란 아이아스. 오디세우스의 무자비한 오른팔 디오메데스. 그리고 트로이아군으로는, 웃으며 헬레네의 마음을 훔친 미남자 파리스. 그의 아버지이자 트로이아의 왕이자 관대함으로 신들의 사랑을 받은 흰 수염의 프리아모스. 전사의 영혼을 타고났고 자궁에서 고귀한 열매를 수없이 탄생시킨 그의 왕비 헤카베. 그녀의 장남으로 고귀한 후계자이자 위대한 성벽 도시의 수호자 헥토르.

그리고 오디세우스, 나는 생각했다. 나선형의 껍데기. 다음번 모퉁이가 절대 보이지 않는.

그가 무슨 뜻에서 그들의 약점을 운운했는지 슬슬 알 것 같았다. 흔들린 건 전력이 아니라 기강이었다. 그들보다 더 자존심 세고 성미가 까다롭고 고집이 센 군상이 없었고, 모두들 자기가 없으면 전쟁에서 질 거라고 확신했다.

"전쟁의 진정한 승자가 누구인지 아십니까?" 어느 날 밤에 그가 물었다.

우리는 내 침대 발치에 깔린 양탄자에 누워 있었다. 그는 시시각각으로 활력을 되찾고 있었다. 이제는 뇌우가 번뜩이듯 두 눈이 반짝였다. 얘기를 할 때면 변론자이자 음유시인이자 길거리의 사기꾼이 되어 변론을 펼치고 웃음을 주고 베일을 걷어 세상의 비밀을 보여주었다. 똑 부러지게 말을 잘하기는 했지만 그뿐만이 아니었다. 표정, 몸짓, 달라지는 말투까지 총체적이었다. 주문을 외우는 것 같았다고 말하고 싶지만 내가 아는 주문 중에서는 거기에 상응할 만한 게 없었다. 그건 그 혼자만 가진 재능이었다.

"사령관들이 영광을 누리는 건 당연하죠, 그들이 금화를 댔으니까요. 하지만 시도 때도 없이 자기들 막사로 불러서 뭘 하고 있는지 보고를 하게 만든단 말이죠, 그 일을 하고 있어야 할 시간에요. 노래에서는 영웅들 덕분이라고 해요. 그들도 또다른 조각이긴 합니다. 아킬레우스가 투구를 쓰고 벌판에서 핏빛 길을 내면 평범한 남자들의 가슴이 부풀어올라요. 구전될 이야기를 떠올리며 그 속의 등장인물이 될 수 있길 바라는 것이죠. 내가 아킬레우스 옆에서 싸웠어. 내가 아이아스하고 방패를 나란히 들고 서 있었어. 그들의 거대한 창이 일으키는 바람을 느꼈어. 이 병사들도 당연히 또다른 조각입니다. 힘이 없고 불안정할지 몰라도 똘똘 뭉쳐서 승리를 향해 나아가니까요. 하지만 이 모든 조각을 모아서 완벽하게 맞추는 손길도 있어야 합니다. 목표로 인도하고 전쟁의 불가피한 요소 앞에서 움츠리지 않는 지성 말이지요."

"그리고 그게 너의 역할이었고." 내가 말했다. "그래서 결국 네가 다이달로스와 비슷한 거다. 너는 나무가 아니라 사람을 다루는 것만 다를 뿐."

그때 나를 바라보던 그의 시선이란. 아무것도 섞지 않은 순수한 포도주 같았다. "아킬레우스가 죽자 아가멤논이 저를 아카이오이 최고의 전사로 임명했습니다. 다른 전사들도 용감하게 싸웠지만 전쟁의 본질 앞에서는 움찔했거든요. 뭘 어떻게 해야 하는지 파악할 수 있을 만큼 배짱 좋은 사람이 저밖에 없었습니다."

그의 맨 가슴에서는 흉터들이 둥지를 틀고 있었다. 나는 그 안에 뭐가 들었는지 들어보려는 듯 흉터를 살짝 두드렸다. "예를 들면 어떤 것 말이냐?"

"첩자가 잡히면 살려주겠다고 약속하고 비밀을 캐낸 뒤에 처형해야 합니다. 폭도는 두들겨패야 하고요. 삐친 영웅이 있으면 달래주어야 합니다. 무슨 일이 있어도 사기를 떨어뜨리지 말아야 하고요. 필록테테스라는 위대한 영웅이 상처가 곪아서 불구가 됐을 때 병사들은 그 일로 주눅이 들었습니다. 그래서 저는 그를 어느 섬에 버려두고 그가 자청해서 남은 거라고 말했죠. 아이아스와 아가멤논은 죽을 때까지 트로이아의 잠긴 성문을 두드릴 기세였지만 목마라는 묘책을 생각하고 트로이아 병사들이 그걸 끌고 들어갈 수 있도록 이야기를 만들어낸 건 저였습니다. 정예부대와 함께 목마의 뱃속에 웅크리고 숨어서 공포와 중압감으로 떠는 병사가 있으면 그의 목에 칼을 갖다댔고요. 트로이아 병사들이 마침내 잠이 들자 우리는 보드라운 깃털의 병아리떼 속에 섞인 여우처럼 목마를 가르고 나왔습니다."

재판정에서 부를 노래도, 위대한 황금시대를 기리는 이야기도 아니었다. 그럼에도 그의 입을 거치면 졸렬하지 않고, 타당하고 감동적이며 현명하도록 실용적으로 들렸다.

"애초에 참전한 이유가 무엇이었느냐? 다른 왕들이 어떤 인간들인지 알았으면서."

그는 뺨을 문질렀다. "아, 제가 한 어리석은 맹세 때문이었죠. 발을 빼려고 노력은 했습니다. 아들이 한 살이었고 아직 신혼이나 다름없었으니까요. 이름을 떨칠 다른 기회가 있을 거라고 생각하여, 아가멤논이 보낸 남자들이 저를 데리러 왔을 때 미친 척을 했습니다. 알몸으로 나가서 겨울 들판을 쟁기질하면서요. 그런데 그중 하나가 쟁기날이 지나가는 길에 제 갓난 아들을 두었지 뭡니까. 당연히 쟁기질을 멈추었고 나머지와 함께 불려갔죠."

씁쓸한 역설이로군, 나는 생각했다. 아들을 잃어야 아들 곁에 남을 수 있었다니.

"화가 났겠구나."

그는 손을 들었다가 떨어뜨렸다. "세상이 원래 부당한 곳이잖습니까. 아가멤논의 고문이 어떻게 됐는지 보세요. 이름이 팔라메데스였죠. 좋은 활약을 보였는데, 야간 순찰을 돌다가 구덩이에 떨어졌지 뭡니까. 바닥에 뾰족한 말뚝을 박아놓은 구덩이에. 끔찍한 죽음이었죠."

그의 눈이 반짝거렸다. 만약 선하다는 파트로클로스가 옆에 있었다면 이렇게 얘기하지 않았을까. 당신은 진정한 영웅이 아니에요. 헤라클레스도 이아손도 아니고요. 순수한 마음으로 솔직하게 발언을 하지도 않아요. 햇빛 아래 대낮에는 고귀한 업적을 남기는 일도 없고요.

하지만 나는 이아손을 만난 적이 있었다. 그리고 태양의 눈 아래에서 어떤 업적이 이루어질 수 있는지 알았다. 나는 아무 말도 하지 않았다.

날이 지나고 그와 더불어 밤이 지났다. 내 집은 마흔여 명의 남자들로 북적거렸고 나는 난생처음 인간의 육신에 파묻혀 지냈다. 허약한 그들의 육신은 끊임없는 관심, 음식과 술, 잠과 휴식, 청결과 배출을 필요로 했다. 그걸 매시간 반복하다니 참으로 끈기 있는 족속이라는 생각이 들었다. 닷새째 되던 날, 오디세우스의 송곳이 미끄러지는 바람에 엄지손가락 밑동을 찔렸다. 연고를 발라주고 감염이 되지 않도록 주문을 외웠지만 손가락은 반달은 넘어간 다음에야 아물었다. 나는 통증이 그의 얼굴 위로 서서히 이동하는 것을 지켜보았다. 지금은 아프고, 지금도 아직 아프고, 지금도, 지금도. 그리고 그건 뻣뻣한 목과 쓰린 속과 욱신거리는 예전의 상처 등 여러 고통 가운데 하나에 불과했다. 나는 우툴두툴한 그의 흉터를 손으로 쓰다듬으며 최대한 통증을 없애주었다. 아예 흉터를 없애주겠다고도 했다. 하지만 그는 고개를 저었다. "그러면 무슨 수로 제가 저를 알 수 있겠습니까?"

나는 속으로 기뻐했다. 그 흉터들은 그에게 잘 어울렸다. 그는 인내하는 오디세우스였고 그 이름이 그의 살갗에 꿰맨 자국으로 새겨져 있었다. 그를 본 사람은 누구든 거수경례를 하며 얘기할 것이다. 여기, 세상을 구경한 남자가 있구나. 이야깃거리가 많은 선장이 있구나.

나는 그런 때 내 얘기를 들려줄 수도 있었을지 모른다. 스킬라와 글라우코스, 아이에테스, 미노타우로스. 내 등을 파고들었던 돌벽. 피에 젖어 달빛을 반사하던 홀의 바닥. 한 구씩 산비탈을 끌고 내려가 그들의 배와 함께 태운 시신. 살이 찢어지고 다시 형체를 갖출 때 나는 소리, 인간을 변신시키다가 중간에 멈추었을 때 목도하게 되는, 결국 죽고 마는 그 끔찍한 반인반수.

그러면 그는 가차없이 검토하고 평가하고 분류하며 열심히 귀를 기울였을 것이다. 하지만 나는 그와 같이 능숙하게 나의 생각을 감출 수 있는 척했지만 그럴 수 없다는 걸 알았다. 그는 내 뼛속까지 들여다볼 것이다. 내 약점을 파악하고 그의 소장물 속 아킬레우스나 아이아스의 약점 옆에 나란히 진열할 것이다. 다른 남자들이 칼을 차고 다니듯 그걸 지니고 다닐 것이다.

나는 벽난로 불빛이 비추는 내 맨몸을 내려다보며 그 위에 새겨진 역사를 애써 그려보았다. 번쩍 하고 베인 적이 있는 손바닥, 손가락이 잘린 손, 주술 작업을 하다가 생긴 수천 개의 생채기, 아버지의 불길이 남긴 우툴두툴한 흔적. 반쯤 녹은 양초 같았던 피부. 흔적을 남긴 거라곤 이 정도였다.

거수경례는 없을 것이다. 아이에테스가 못생긴 님프를 가리켜 뭐라고 했던가? 이 세상을 더럽히는 얼룩이겠지.

반질반질한 내 배가 햇빛을 받고 내 손 아래에서 반짝이는 벌꿀색으로 은은하게 빛났다. 나는 그를 가까이 끌어당겼다. 나는 과거라고는 전혀 없는 황금빛 마녀였다.

그가 불안정한 심장이라 표현했고, 물이 새는 배와 같았던 그의
부하들을 조금씩 알아나가기 시작했다. 폴리테스가 가장 예의발랐
고 에우릴로코스는 고집이 세고 뚱했다. 얼굴이 좁은 엘페노르는 올
빼미처럼 쉿소리를 내며 웃었다. 그들을 보면 배가 부를 때에야 근심
걱정을 잊는 새끼 늑대가 연상됐다. 그들은 내가 지나가면 손이 아직
잘 달려 있는지 확인이라도 하는 것처럼 시선을 떨어뜨렸다.

그들은 날마다 시합을 벌였다. 언덕이나 해변에서 달리기 경주를
했다. 항상 숨을 헐떡이며 달려와 오디세우스를 찾았다. 활쏘기 시합
을 하려는데 심판을 봐주세요. 원반던지기도. 창던지기도.

그는 웃으며 그들과 함께 떠날 때도 있었지만 고함을 지르거나
때릴 때도 있었다. 그는 보기보다 편안하고 평온한 사람이 아니었
다. 그와 함께 지내는 것은 바다 옆에 서 있는 것과 비슷했다. 날마
다 색이 달라지고 포말을 쓴 파도의 높이가 달라졌지만, 수평선을
향해 끊임없이 힘차게 움직이는 것은 변함없었다. 배의 난간이 부러
지자 그는 노발대발하며 발로 차서 깨진 조각들을 바다에 던져버렸
다. 그러고는 다음날, 험상궂은 표정으로 도끼를 들고 숲으로 향했
고 에우릴로코스가 돕겠다고 하자 으르렁거렸다. 아직은 자신을 통
제하며 아킬레우스를 제어하느라 날마다 지어야 했을 표정을 지을
수 있었지만 그러려면 대가가 따라서 걸핏하면 우울해하고 화를 냈
다. 그럴 때 부하들은 슬금슬금 뒷걸음질을 쳤고 나는 그들의 표정
에서 혼란스러워하는 심정을 읽을 수 있었다. 예전에 다이달로스가
말한 적이 있었다. 아무리 훌륭한 쇠라도 너무 많이 때리면 깨지기 쉬

워지는 법이죠.

나는 기름처럼 부드럽고 바람 한 점 없는 바다처럼 잔잔했다. 그를 끌고 나가 외국 땅을 여행하며 외국인들을 만난 얘기를 들려달라고 했다. 그는 새벽의 여신인 에오스의 아들이자 아이티오피아의 왕인 멤논의 군대, 그리고 초승달 모양의 방패를 들고 다니는 아마조네스의 여자 기마부대에 대해 들려주었다. 이집트에는 남장을 한 여자 파라오도 있다는 얘기를 들었다고 했다. 인도에는 모래 언덕에서 사금을 캐는 여우만한 개미가 있다는 얘기를 들었다고 했다. 그리고 멀리 북쪽에는 오케아노스의 강이 땅을 에워싸며 흐르는 것이 아니라, 실은 선박만큼 굵은 몸뚱이를 가졌으며 항상 배고파하는 뱀이 대지를 둘러싸고 있다고 믿는 사람들이 산다고 했다. 그 뱀은 허기 때문에 절대 가만히 있지 못하고 계속 움직이며 모든 걸 조금씩 삼키는데, 언젠가 온 세상을 먹어치우면 자기 자신을 삼킬 것이었다.

하지만 그는 아무리 멀리 여행했어도 항상 이타케로 돌아갔다. 그의 올리브 숲과 염소, 충직한 하인들과 그가 직접 키운 훌륭한 사냥개들이 있는 곳. 고귀한 부모와 나이 많은 유모가 있고 맨 처음 멧돼지 사냥에 나섰다가 다리에 지금의 긴 흉터를 입은 곳. 지금쯤은 그의 아들 텔레마코스가 산에서 염소떼를 몰고 내려올 것이었다. 잘할 거예요, 내가 그랬으니까. 왕자라면 모름지기 자기 땅을 알아야 하는데, 염소들에게 풀을 먹이는 것보다 더 좋은 방법이 없죠. 그는 집으로 돌아갔는데 모든 게 잿더미로 변해 있으면 어쩌느냐고 절대 묻지 않았다. 하지만 그 생각이 분신처럼 어둠 속에서 살아 숨쉬며 무럭무럭 자라고 있다는 걸 나는 알 수 있었다.

그 무렵은 햇살이 점점 흐릿해지고 풀을 밟으면 바삭거리는 가을이었다. 한 달이 거의 지났다. 우리는 내 침대에 누워 있었다. "조만간 떠나든지 아니면 겨울 동안 여기 있어야겠어요."

창문이 열려 있었다. 바람이 우리를 스치고 지나갔다. 식탁에 접시를 내려놓는 식으로 말을 던지고 상대가 그 위에 뭘 얹는지 두고 보는 것이 그의 수법이었다. 그런데 이번에는 뜻밖에도 하던 얘기를 계속했다. "여기 있겠습니다." 그가 말했다. "당신이 허락해주신다면. 봄까지만일 겁니다. 바다가 지날 만해지면 떠나겠습니다. 지체 없이."

마지막 말은 내가 아니라 그가 속으로 옥신각신하는 상대에게 한 말이었다. 그 상대가 부하이건 아내이건 상관없었다. 나는 좋아하는 표정을 들키지 않게 고개를 돌렸다.

"그러려무나."

이후로 그는 뭔가가 달라졌다. 품은 줄도 몰랐던 긴장이 풀렸다. 다음날에 그는 콧노래를 부르며 부하들과 함께 해변으로 갔다. 배를 비바람이 들지 않는 동굴로 끌어다 옮겼다. 말뚝에 붙들어 매고 돛을 말고 봄까지 겨울 폭풍을 무사히 지날 수 있게 모든 장비를 집어넣었다.

가끔 나를 쳐다보는 그의 시선이 느껴질 때가 있었다. 그는 갑자기 집중하는 표정을 지으며 평소처럼 아무렇지 않은 듯 에둘러 질문을 던졌다. 이 섬에 대해서, 나의 아버지와 베틀과 내 과거와 마법에 대해서. 나는 그 표정을 너무나 잘 알게 되었다. 집게발이 세 개 달린 게를 발견하거나 아이아이에 동쪽 만의 교활한 밀물과 썰물에 대해 고민할 때 짓는 표정이었다. 이 세상은 신비로 이루어졌고 나는 수백만 개의 수수께끼 중 하나에 불과했다. 내가 대답하지 않으면 그는 실망한 척했지만, 나도 어느덧 알아차렸다시피 묘하게 재밌어하는 눈치였다. 두드려도 열리지 않는 문은 그 자체로 신기한 장치였고 일종의 위안이었다. 온 세상이 그에게 비밀을 털어놓았다. 그도 나에게 비밀을 털어놓았다.

대낮에 하는 얘기도 있었다. 장작불도 모두 꺼지고 그림자 말고는 그의 얼굴을 아는 이가 아무도 없을 때에만 하는 얘기도 있었다.

"키클롭스에게서 벗어난 뒤였어요." 그가 말했다. "마침내 우리에게 행운이 찾아왔죠. 바람의 섬에 상륙했거든요. 거기가 어딘지 아십니까?"

"아이올로스 왕이 있는 곳." 내가 말했다. 그는 제우스의 총아였고 선박들을 세상 곳곳으로 내보내는 바람을 제어하는 일을 맡고 있었다.

"그를 붙잡고 간청했더니 배의 속도를 높여주었습니다. 게다가 온갖 맞바람이 방해하지 못하게 그걸 큼지막한 자루에 담아서 주었고요. 아흐레 낮, 아흐레 밤 동안 파도를 가르며 달렸죠. 저는 자루를 지켜야 했기 때문에 그동안 단 한 시간도 잠을 자지 않았고요. 그 안에 뭐가 들었는지 부하들에게도 당연히 얘기했지만—"그는 고개를 저었다. "그들은 저 혼자 차지하려는 보물이라고 결론을 내렸죠. 트로이아에서 자기들이 건진 몫은 이미 오래전에 수장됐는데 빈손으로 고향에 돌아갈 수는 없었거든요. 그래서," 그는 숨을 크게 들이마셨다. "무슨 일이 벌어졌을지 상상이 되시죠?"

상상이 됐다. 그의 부하들은 요즘 겨울 내내 빈둥거릴 수 있다는 생각에 예전보다 기강이 해이해졌다. 저녁이면 포도주 찌꺼기를 던지며 시합을 했다. 나무 쟁반을 표적으로 삼았지만, 그때쯤이면 연거푸 마신 술에 취할 대로 취한 상태라 적중률이 형편없었다. 살육이라도 벌어진 듯 식탁에 벌건 얼룩이 남으면 님프들이 치워주기를 바랐다. 내가 직접 치우라고 하면 그들은 서로를 쳐다보았다. 내가 아닌 다른 사람이 한 얘기였으면 반항했을 것이다. 하지만 그들은 돼지주둥이의 기억을 아직 간직하고 있었다.

"마침내 더이상 참지 못하고 잠이 들었죠." 오디세우스가 말했다. "녀석들이 제 손에서 자루를 빼가는 것도 느끼지 못했습니다. 울부짖는 바람소리에 잠에서 깼죠. 자루에서 빠져나온 회오리바람이 우리를 원래 그 자리로 되돌려놓았어요. 아예 출발한 적도 없었던 듯 어김없이 그 자리로요. 전우들은 내가 죽은 자기들 동료 때문에 슬퍼하는 걸 알고 사실 그렇기도 합니다. 하지만 가끔은 내 손으로 녀석들을 죽이는 일은 없게 안간힘을 써야 할 때도 있습니다. 나이를 먹어도 주름살만 늘고 지혜는 늘질 않네요. 녀석들은 일을 하며 안정감을 맛보기도 전에 저와 함께 전쟁터로 떠났어요. 미혼이었고 아이도 없었죠. 흉작에 창고 바닥을 긁은 적도 없고 풍작에 아끼는 법을 배운 적도 없고요. 부모님이 나이들어서 쇠약해져가는 모습을 본 적도 없지요. 그들이 죽는 것도요. 제가 녀석들한테서 청춘뿐 아니라 나이까지 강탈한 건 아닌지 두렵습니다."

그는 손마디를 문질렀다. 그는 젊었을 때 궁수였고, 활을 당겨서 시위에 걸고 화살을 쏘는 것만큼 손에 무리가 가는 일도 없었다. 전장에 나서면서 활을 놓았지만 그 여파는 계속 따라다녔다. 예전에 한번 말하길 만약 활을 들고 갔다면 양쪽 군을 통틀어 최고의 사수가 됐을 거라고 했다.

"그런데 왜 두고 갔느냐?"

그의 설명에 따르면 정치 때문이었다. 활은 파리스의 무기였다. 남의 아내를 훔친 미남자 파리스. "영웅들 사이에서 그는 겁쟁이로 간주됐죠. 궁수는 아무리 실력이 뛰어나도 아카이오이 최고의 전사가 될 수 없습니다."

"영웅들은 바보로구나." 그때 나는 얘기했었다.

그는 폭소를 터뜨렸다. "맞는 말씀입니다."

그는 눈을 감고 있었다. 하도 오랫동안 말이 없기에 잠이 든 줄 알았더니 이윽고 말문을 열었다. "얼마나 이타케 근처까지 갔는지 아세요? 바닷가에서 물고기를 구워먹는 모닥불 냄새가 맡아질 정도였습니다."

나는 그에게 사소한 부탁을 하기 시작했다. 저녁에 먹을 수사슴을 잡아주겠느냐, 물고기를 몇 마리 잡아주겠느냐, 돼지우리가 무너지려고 하는데 기둥을 몇 개 손봐줄 수 있겠느냐. 그러면 물고기가 가득 잡힌 그물이나 과수원에서 딴 과일이 담긴 광주리를 들고 들어오는 그를 보는 짜릿한 즐거움을 누릴 수 있었다. 그는 내가 있는 꽃밭으로 와서 덩굴에 받침목을 댔다. 우리는 어떤 바람이 부는지, 엘페노르가 어떻게 지붕에서 잠을 청하는 습관이 들었는지, 그걸 금해야 할지 대화를 나누었다.

"이런 등신," 그가 말했다. "그러다 목이 부러질 텐데."

"정신이 멀쩡할 때만 올라가라고 얘기해야겠다."

그는 콧방귀를 뀌었다. "그런 날이 있어야 말이죠."

나는 내가 바보라는 걸 알았다. 그가 그해 봄을 지나 이듬해 봄까지 머문다 한들 그와 같은 남자가 이 좁은 바닷가에 갇혀 지내면 행복할 리 없었다. 그리고 내가 그를 만족시킬 방법을 찾는다 하더라도 한계가 있는 것이, 그는 인간이었고 젊지 않았다. 그래도 감사해야지, 나는 속으로 중얼거렸다. 한 해 겨울이면 다이달로스와 보낸 시간보다 훨씬 길었다.

나는 감사해지지 않았다. 그가 좋아하는 음식을 파악하고 그 음식이 차려져 기뻐하는 그를 보며 미소를 지었다. 밤이 되면 벽난로 앞에 같이 앉아서 그날 있었던 일들을 얘기했다. "네 생각은 어떠냐?" 나는 그에게 물었다. "벼락을 맞은 그 커다란 오크나무 말이다. 안에서 썩었을까?"

"제가 살펴보죠." 그가 말했다. "안에서 썩었다면 금세 베어서 쓰러뜨릴 수 있을 겁니다. 내일 저녁 식전에 끝내겠습니다."

그날 그는 나무를 베고 나머지 시간 동안 검은딸기 덤불을 정리했다. "너무 많이 번졌는데요. 염소를 몇 마리 키워야겠습니다. 네 마리만 있어도 한 달이면 반반해질 겁니다. 이후로도 마찬가지일 테고요."

"어디서 염소를 찾는단 말이냐?"

우리 둘 사이에서 이타케라는 단어는 주문을 깨는 단어와도 같았다.

"됐다." 내가 말했다. "양 몇 마리를 변신시키면 될 테지."

저녁 식탁에서 님프들이 남자들 곁에서 미적거리고 마음에 드는 이를 자기들 방으로 데려가기 시작했다. 나로서도 기쁜 일이었다. 내 식솔이 그의 식솔과 어울리고 있었다. 예전에 다이달로스에게 나는 절대 결혼할 생각이 없다고, 왜냐하면 내 손은 더럽혀졌고 일을 너무 사랑한다고 얘기한 적이 있었다. 하지만 그 역시 손을 더럽힌 남자였다.

그런데 키르케, 그가 그 많은 집안일을 어디서 다 배웠을까?

제 아내. 그는 부인 얘기를 할 때마다 항상 그렇게 말했다. 제 아내, 제 아내. 이 단어를 방패처럼 앞에 들고 다녔다. 마치 죽음의 신의 이름을 들먹이면 그가 들이닥쳐 소중한 심장을 앗아갈까봐 절대 함구하는 시골 사람처럼.

그녀의 이름은 페넬로페였다. 그가 자는 동안 나는 가끔 까만 허공에 대고 이 네 음절을 내뱉곤 했다. 도전 아니면 방증이었다. 봤지? 그녀는 오지 않아. 그녀에게는 네가 생각하는 그런 능력이 없어.

나는 최대한 오랫동안 참았지만 그녀는 떼어낼 수밖에 없는 딱지와도 같았다. 나는 그의 숨소리가 대화를 나눌 수 있을 만큼 깨어 있음을 의미할 때까지 기다렸다.

"그녀는 어떤 여자이냐?"

온화한 여자라고 했다. 그녀가 부드럽게 명령을 내리면 어느 누가 고함을 지를 때보다 남자들이 더 후닥닥 움직였다. 혜엄을 아주 잘 쳤다. 좋아하는 꽃은 크로코스였고 봄이 되면 행운을 비는 뜻에서 맨 처음 핀 꽃을 머리에 꽂았다. 그는 그녀가 바로 옆방에 있기라도 한 듯이, 둘 사이를 갈라놓은 십이 년이라는 세월과 광활한 바다가 있지도 않은 듯이 얘기하는 재주가 있었다.

그녀는 헬레네의 사촌이었고 그가 말하길 사촌보다 천 배는 더 똑똑하고 현명했다. 헬레네도 나름대로 영리했지만 번덕스러웠다. 나는 그 무렵 헬레네가 누군지 그에게 얘기를 들어서 알고 있었다. 스파르타의 왕비, 인간이면서 제우스의 딸, 세상에서 가장 아름다운 여인. 전쟁이 시작된 것도 트로이아의 왕자 파리스가 남편 메넬라오스에게서 그녀를 채갔기 때문이었다.

"그녀가 자진해서 파리스를 따라나섰느냐 아니면 납치된 것이었느냐?" 내가 물었다.

"누가 알겠습니까? 십 년 동안 우리가 성문 밖에서 진을 치고 있었지만 그녀가 도주를 감행했다는 소문은 들은 적이 없습니다. 하지만 메넬라오스가 그 도시로 들이닥친 순간 알몸으로 그를 맞이하며 괴로웠다고, 남편과 재회하고픈 마음뿐이었다고 했다죠. 그녀가 진실을 실토할 일은 없을 겁니다. 뱀만큼이나 똬리가 복잡하고 항상 사태를 자기한테 유리한 쪽으로 몰고 가는 여자니까요."

너하고 다르지 않은 여자구나, 나는 생각했다.

"반면에 제 아내는," 그가 말했다. "한결같지요. 모든 면에서. 지혜로운 남자들도 가끔 길을 잃을 때가 있는데 그녀는 절대 아닙니다. 항성이자 곧은 활이죠." 잠깐 정적이 흘렀고, 그가 추억 깊숙한 곳에서 움직이는 게 느껴졌다. "절대 딱 한 가지 의미나 한 가지 의도가 담긴 말은 하지 않는데 그럼에도 흔들림이 없습니다. 자기 자신을 잘 아는 거지요."

그의 말이 윤기 나는 칼처럼 부드럽게 내 안으로 들어왔다. 나는 길쌈 얘기를 들었을 때부터 그가 그녀를 사랑한다는 걸 알았다. 그럼에도 그는 한 달이 지나고 두 달이 지나도록 여기 남았고 나는 마음을 놓고 말았다. 이제 나는 좀더 분명하게 알 수 있었다. 그가 내 침대에서 보낸 밤들은 나그네의 꾀와 같은 것이었다. 이집트에 가면 이시스를 숭배하듯, 아나톨리아에 가면 키벨레를 위해 새끼 양을 잡듯. 그래도 고국의 아테나에게 죄가 되지 않았다.

하지만 나는 그렇게 생각하는 와중에도 그게 다는 아니라는 걸 알았다. 그가 전장에서 보낸 모든 시간을 떠올려보았다. 성정이 얇은 유리와도 같은 왕들과 골이 난 왕자들을 다독이고, 자존심이 하늘을 찌르는 전사들 간의 균형을 도모해갔던 세월들. 불을 뿜는 아이에테스의 황소를 오로지 술책의 도움으로 길들인 것에 비견할 만한 위업이었다. 하지만 이타케로 돌아가면 그렇게 성미가 까다로운 영웅도, 각료회의도, 한밤중의 습격도 없었고, 그가 필사적으로 전략을 강구하지 않으면 병사들이 죽어나가는 일도 없었다. 그런 남자가 집으로 돌아가면, 벽난로와 올리브 숲이 있는 곳으로 돌아가면 어떻게 될까? 이제 와 생각해보니 그가 나와 부부처럼 오순도순 지낸 것은 일종의 예행연습이었다. 벽난로 옆에 앉았을 때, 내 꽃밭에서 일을 했을 때 그는 그 요령을 기억하려고 애를 썼다. 도끼로 살이 아니라 나무를 쪼개면 어떤 느낌인지. 어떻게 하면 다이달로스가 만든 이음새처럼 부드럽게 다시 페넬로페에게 맞출 수 있을지.

그는 내 옆에서 잠을 잤다. 가끔 숨이 그의 목젖에 걸릴 때가 있었다. 컥.

파시파에라면 사랑의 묘약을 만들어 붙잡으라고 했을 것이다. 아이에테스라면 그에게서 기지를 없애라고 했을 것이다. 내가 주입한 것 말고는 아무 생각도 할 줄 모르는 그의 멍한 얼굴을 그려보았다. 그가 내 무릎 가에 앉아서 흠모하는 얼빠진 표정으로 멍하니 나를 올려다볼 것이다.

겨울비가 시작됐고 온 섬에서 흙냄새가 났다. 나는 그 계절과 차가운 모래사장과 하얗게 활짝 핀 헬레보루스를 사랑했다. 오디세우스는 살이 붙었고 움직일 때 전처럼 자주 움찔하지 않았다. 가장 우악스러운 성미도 썰물처럼 빠져나갔다. 나는 거기서 뿌듯함을 느끼려고 했다. 잘 가꾼 꽃밭을 보는 것 같네, 나는 속으로 중얼거렸다. 갓 태어나 일어서려고 버둥거리는 새끼 양을 보는 것도 같고.

남자들은 집 근처에 머물며 술로 추위를 녹였다. 오디세우스가 여흥 삼아 아킬레우스, 아이아스, 디오메데스의 영웅담을 늘어놓자 그들이 황혼 속에서 되살아나 위업을 이루었다. 남자들은 감탄하는 표정으로 넋을 잃었다. 잊지 마, 그들이 경외감 어린 목소리로 속삭였다. 우리가 그들과 함께 걸었어. 우리가 헥토르를 상대했어. 우리 아들들이 그 전설을 얘기할 거야.

그는 너그러운 아버지처럼 그들을 보며 미소를 지었지만 그날 밤에 코웃음을 쳤다. "그 녀석들이 헥토르를 상대했다니 지나가던 파리가 웃겠습니다. 제정신 박힌 인간이라면 누구나 그를 보자마자 줄행랑을 놓았는데."

"너도 말이냐?"

"물론이죠. 아이아스가 그를 감당할 수 있을까 말까였고 아킬레우스만이 그를 무찌를 수 있었는걸요. 저도 제법 괜찮은 전사지만 제 한계가 어디인지는 압니다."

그 말대로지, 나는 생각했다. 절대 다수가 눈을 감고, 있지도 않은 기운을 뿜내며 상상의 나래를 펼쳤다. 하지만 그는 돌 하나, 언덕 하나까지 밝은 눈으로 정확하게 측정하고 표시한 지도와 같았다. 자신에게 주어진 재능을 미세한 단위까지 쟀다.

"헥토르를 한번 만난 적이 있습니다." 그가 말했다. "전쟁 초기, 휴전이 가능한 척을 하던 시기였죠. 아버지 프리아모스 옆에 앉아 있는

데, 금방이라도 쓰러질 것 같은 의자가 왕좌처럼 느껴지더군요. 그는 황금처럼 반짝거리지 않았습니다. 우아하거나 완벽하지도 않았고요. 그럼에도 채석장에서 한덩어리로 온전하게 잘린 대리석처럼 어느 한구석도 흐트러짐이 없었습니다. 그의 아내 안드로마케가 포도주를 따라주었지요. 나중에 그녀가 아들을 낳았다는 소식을 들었습니다. 도시의 사령관, 아스티아낙스. 하지만 헥토르는 트로이아를 지나는 강 이름을 따서 아이를 스카만드리오스라고 불렀죠.”

그의 목소리가 왠지 모르게 이상했다.

“그 아이는 어떻게 됐느냐?”

“전쟁중의 다른 모든 아들과 같은 운명을 맞았지요. 아킬레우스가 헥토르를 죽였고 후에 아킬레우스의 아들 피로스가 왕궁으로 쳐들어가 아직 어린 아스티아낙스를 잡고 머리를 박살냈죠. 피로스가 저지른 모든 짓이 그랬듯 경악, 그 자체였습니다. 하지만 필요한 조치였죠. 아이가 가슴에 비수를 품고 자랄 테니까요. 아버지의 복수를 하는 것이 모든 아들의 최우선 임무지요. 그가 목숨을 부지했다면 병력을 규합해 우리를 뒤쫓았을 겁니다.”

창밖에는 사금파리처럼 여윈 달이 걸려 있었다. 그는 생각을 정리하느라 말이 없었다.

“신기하게도 그 생각을 하면 위로가 됩니다. 제가 죽으면 제 아들이 바다로 나설 거라고요. 그 아이는 저를 쓰러뜨린 인간들을 끝까지 추적하겠죠. 그 앞에 서서 이렇게 얘기하겠고요. ‘감히 오디세우스의 피를 흘리게 하다니. 이제는 너희가 피를 흘릴 차례다.’”

방안에 정적이 흘렀다. 올빼미들도 진작 자기들 나무로 사라진 늦은 시각이었다.

"그 아이는 어떤 아이였느냐? 네 아들 말이다."

그는 송곳에 찔려서 구멍이 생겼던 엄지손가락 밑동을 문질렀다. "활을 잘 쏘는 저의 아들이니 이름을 텔레마코스라고 지었습니다." 멀리서 싸우는 자라는 뜻이었다. "그런데 재미있는 게 뭔가 하면 아이가 태어난 첫날, 전장의 한복판에 있기라도 한 것처럼 하루종일 울어 대는 겁니다. 여인네들이 안아서 흔들고, 걷고, 팔을 넣어서 포대기로 감싸고, 엄지손가락에 포도주를 묻혀서 물리는 식으로 온갖 방법을 동원했는데도요. 산파 말로는 그렇게 격정이 넘치는 아이는 본 적이 없다더군요. 심지어 제 유모마저 귀를 막을 정도였죠. 아내는 아이한 테 무슨 문제라도 있을까봐 얼굴이 하얘졌고요. 나한테 아이를 건네게, 제가 말했죠. 그런 다음 아이를 앞에 들고 빽빽거리는 얼굴을 빤히 처다보았습니다. '귀여운 아들아,' 이렇게 말을 걸었어요. '그래, 이 세상은 거칠고 끔찍한 곳이야. 소리를 지를 만도 하지. 하지만 지금 너는 안전하고 우리는 잠을 좀 자야겠는데. 일말의 평화를 허락해주겠니?' 그랬더니 전정하더군요. 제 손안에서 잠잠해졌습니다. 그뒤로는 그보다 순한 아이가 없었습니다. 항상 싱글벙글했고 누가 지나가다가 말이라도 걸면 깔깔대고 웃었죠. 하녀들은 핑계를 대고 와서 통통한 볼을 꼬집곤 했습니다. '나중에 어떤 왕이 되실까!' 그들은 한목소리로 외쳤죠. '서풍처럼 온화한 왕이 되실 거야!'"

그는 계속 추억을 더듬었다. 텔레마코스가 빵을 처음 먹던 날, 처음으로 한 말, 염소를 어찌나 좋아했는지, 의자 아래 숨어 있다가 항상 키득거려서 잡혔던 이야기. 영원 동안 나와 함께 지낸 내 아버지보다 아들과 딱 일 년 동안 함께 보낸 그가 할 얘기가 더 많았다.

"아이 엄마가 아이에게 제 존재를 계속 일깨워주겠지만, 저는 그

나이 때 사냥을 주도했거든요. 이미 혼자서 멧돼지도 잡았고. 돌아갔을 때 아이한테 가르칠 게 남아 있을지 모르겠습니다. 아이한테 뭔가 자취를 남기고 싶은데요."

나는 격려조로 애매모호하게 대꾸했다. 틀림없이 자취를 남길 수 있을 거라고. 아들은 누구나 아버지를 원하니 너를 기다리고 있을 거라고. 하지만 속으로는 가차없는 인간의 삶에 대해 다시금 생각하고 있었다. 우리가 대화를 나누는 동안에도 시간이 흘러가고 있었다. 귀여웠던 아이는 사라졌다. 그의 아들은 나이를 먹고 자라서 어른으로 벼려지고 있었다. 오디세우스는 이미 아이의 십삼 년을 잃었다. 앞으로 몇 년이 더 남았을까?

눈빛이 차분하고 조심스러웠다는 그 소년이 자꾸 생각났다. 아이는 아버지의 기대를 아는지, 그 희망의 무게를 느끼는지 궁금했다. 날마다 낭떠러지로 나가서 배가 보이길 기도하는 아이의 모습을 상상해보았다. 매일 밤 지친 몸으로 내면의 아련한 상심을 달래며 예전에 아버지의 손안에서 그랬듯이 침대 위에서 웅크리고 잠을 청할 아이의 모습을 상상해보았다.

어둠 속에서 내 손을 오목하게 오므렸다. 나는 술책이 넘쳐나지도 않고 항성도 아니었지만 난생처음으로 거기서 뭔가가 느껴졌다. 그 안에서 앞으로 자라날지 모르는 희망, 살아 있는 숨결이었다.

17

나무에서 이제 막 움이 트기 시작했다. 바다는 여전히 포말로 뒤덮였지만 조만간 파도가 잠잠해지면서 오디세우스가 떠나기로 한 봄이 찾아올 것이다. 그는 고향에 시선을 고정한 채 폭풍과 포세이돈의 큼지막한 손 사이에서 침로를 이리저리 바꾸며 바다를 질주할 것이다. 그리고 내 섬은 다시 정적에 휩싸일 것이다.

나는 매일 밤 달빛을 맞으며 그의 옆에 누웠다. 딱 한 계절만 더 있다 가라고 그에게 얘기하는 상상을 했다. 그는 놀랄 것이다. 아주 보일락 말락 하게 실망한 눈빛을 언뜻 지을 것이다. 황금빛 마녀는 매달려선 안 된다. 나는 무언의 웅변을 하는 이 섬의 아름다움이 나를 대신해 그를 붙잡기를 바랐다. 돌은 날마다 얼음장 같은 냉기를 조금씩 벗었고 꽃망울은 부풀었다. 우리는 파릇파릇한 풀밭에서 도시락을 먹었다. 햇볕으로 따뜻하게 데워진 모래사장을 걷고 화창한 만에서 헤엄을 쳤다. 자고 일어나면 향기를 느낄 수 있게 그를 사과나무 그늘로 데려갔다. 아이아이에의 모든 절경을 그의 앞에서 양탄자처럼 펼쳐 보이자 마음이 조금씩 흔들리는 게 보였다.

그의 부하들도 그걸 눈치챘다. 그의 복잡한 생각들은 대부분 그들이 이해할 만한 수준을 넘어섰지만, 십삼 년 동안 그의 옆에서 지내다보니 사냥개들이 주인의 심리 상태를 냄새로 파악하듯 그들도 변화를 감지했다. 그들은 하루하루가 지날수록 점점 더 안절부절못했다. 기회가 있을 때마다 이타케를 큰 소리로 외쳤다. 페넬로페 왕비님. 텔레마코스. 에우릴로코스는 눈을 부라리며 내 집을 활보했다. 구석에서 다른 동료들과 귓속말을 했다. 내가 지나가면 다들 입을 다물고 시선을 떨어뜨렸다. 삼삼오오 슬금슬금 오디세우스를 찾아갔다. 나는 그가 부하들을 내쫓아주길 기다렸지만 그는 그들의 어깨 너머로 해질 무렵의 부연 허공만 바라볼 따름이었다. 돼지로 그냥 내버려두었어야 하는 건데, 하는 생각이 들었다.

시인들은 잠을 죽음의 형제라는 별명으로 부르곤 한다. 대부분의 인간들이 느끼기에 그 컴컴한 몇 시간이 생의 마지막에 기다리는 정적을 연상시키기 때문이다. 하지만 오디세우스의 잠은 그의 인생과 닮아서 엎치락뒤치락했고 늑대들이 귀를 쫑긋 세울 정도로 잠꼬대가 심했다. 나는 진주색 여명 속에서 그를 지켜보았다. 미세하게 떨리는 얼굴, 잔뜩 긴장한 어깨. 레슬링 시합에서 쓰러뜨려야 하는 상대 선수라도 되는 듯 잡고 비트는 홑이불. 나와 함께 지내는 일 년 동안 평화로운 날들을 보냈음에도 매일 밤은 여전히 전투 태세였다.

덧문들이 열려 있었다. 밤새 비가 온 모양이네, 나는 생각했다. 흘러들어오는 공기가 씻긴 듯이 아주 청명했다. 새들이 지저귀고 나뭇잎이 펄럭이고 파도가 속삭이는 각각의 소리들이 차임 소리처럼 허공에 맴돌았다. 옷을 갈아입고 그 아름다운 소리를 따라 밖으로 나섰다. 그의 부하들은 아직 자고 있었다. 엘페노르는 내 담요 중에서 제일 좋은 담요로 몸을 둘둘 말고 지붕 위에 있었다. 바람이 리라의 선율처럼 물결치며 나를 스쳐지나가자 내 숨소리가 화음을 넣어가며 부르는 노래처럼 들렸다. 나뭇가지에서 이슬방울이 떨어졌다. 종이 울리듯 바닥을 때렸다.

내 입이 마르는 게 느껴졌다.

그가 월계수 뒤에서 등장했다. 몸의 모든 곡선이 아름답고 우아하게 완벽했다. 풀어놓은 까만 머리에는 화환이 얹혀 있었다. 어깨에는 올리브나무를 깎아서 끝에 은을 단, 반짝이는 활을 메고 있었다.

"키르케," 아폴론의 목소리는 가장 아름다운 차임 소리였다. 온 세상의 모든 선율이 그의 것이었다.

그가 우아한 손을 들어보였다. "동생한테 네 목소리에 대한 이야길 들었다. 최대한 말을 아껴주었으면 좋겠다만."

악의가 있는 말은 아니었다. 하지만 그 완벽한 목소리로 악의적인 말을 하면 그런 식이지 않을까 싶었다.

"내 섬에서 침묵하지 않겠어요."

그는 움찔했다. "안 그래도 헤르메스가 그러더군, 너는 다르다고. 오디세우스의 예언을 듣고 왔다."

내 몸에 힘이 들어가는 게 느껴졌다. 올림포스에서 내는 수수께끼는 항상 양면성이 있었다. "오디세우스라면 안에 있습니다."

"그래," 그가 말했다. "나도 안다."

바람이 내 얼굴을 때렸다. 비명을 지를 시간도 없었다. 온 하늘이 깔때기를 거쳐 내 몸속으로 들어오듯 바람이 내 목젖을 가르고 나를 두드리며 뱃속으로 들어갔다. 숨이 막혔지만 바람은 점점 부풀어오르며 계속 쏟아져들어와 내 숨통을 틀어막고 그 낯선 힘 속에서 나를 허우적거리게 만들었다. 아폴론은 재밌어하는 표정으로 지켜보았다.

섬의 공터가 쓸려서 없어졌다. 오디세우스는 온 사방이 우뚝한 낭떠러지로 뒤덮인 바닷가에 서 있었다. 멀리서 염소와 올리브 숲이 보였다. 입구가 넓고 마당에 돌이 깔렸고 선조에게 물려받은 무기로 벽이 반짝거리는 집이 보였다. 이타케였다.

잠시 후에 오디세우스가 이번에는 다른 바닷가에 서 있었다. 나의 아버지의 빛을 한 번도 쬔 적 없는 시커먼 모래사장과 하늘이었다. 그늘이 진 미루나무가 어렴풋이 보였고 버드나무는 시커먼 물속으로 이파리를 늘어뜨렸다. 아무 새도 울지 않고 아무 짐승도 움직이지 않았다. 가본 적 없는 곳이지만 나는 거기가 어딘지 한눈에 알아차렸다. 거대한 동굴이 입을 벌리고 있었고 그 입구에 앞을 보지 못하는 노인이 서 있었다. 내 머릿속에서 그의 이름이 들렸다. 테이레시아스.

나는 내 꽃밭의 화단 위로 몸을 던졌다. 허우적허우적 몰리 뿌리를 뜯어서 갈색 흙이 달린 채로 입안에 쑤셔넣었다. 즉시 바람이 그쳤다. 등장했을 때처럼 삽시간에 죽었다. 나는 온몸을 부들부들 떨며 기침을 했다. 혀에서 끈적끈적한 수액과 재 가루 맛이 났다. 억지로 무릎을 딛고 앉았다.

"감히 어떻게," 내가 말했다. "감히 내 섬에서 나를 학대하다니. 나는 티탄 신족의 후손이에요. 전쟁을 벌이고 싶어요? 내 아버지가—"

"이러면 어떻겠냐고 제안한 게 너희 아버지였어. 자기 후손은 예언의 능력을 물려받았다며. 영광으로 알아야지," 그가 말했다. "아폴론의 예언을 품게 됐는데."

그의 목소리는 찬가였다. 아름다운 얼굴은 곤혹스러워하는 기미가 거의 없었다. 나는 손톱으로 그를 갈기갈기 찢고 싶었다. 신들과 그들의 이해할 수 없는 원칙이라면 지긋지긋했다. 항상 무릎을 꿇어야 하는 이유를 들이댔다.

"오디세우스한테 얘기하지 않겠어요."

"그야 내 알 바 아니지." 그가 말했다. "예언은 전달했다."

이 말을 끝으로 그는 사라졌다. 나는 올리브나무의 쭈글쭈글한 줄기에 이마를 댔다. 가슴이 들썩거렸다. 분노와 굴욕으로 몸이 떨렸다. 몇 번을 더 깨달아야 할까? 신들의 기분에 좌우될 수밖에 없는 나의 평화는 매 순간이 거짓이었다. 내가 무슨 짓을 하건, 몇 년을 살건 그들은 마음대로 내려와서 자기들 마음대로 나를 건드릴 수 있었다.

하늘은 아직 완전히 파래지지 않았다. 오디세우스는 안에서 계속 자고 있었다. 나는 그를 깨워서 홀로 데려갔다. 예언 이야기는 하지 않았다. 그가 식사하는 모습을 지켜보며 칼끝이라도 되는 양 분노를 손으로 만지작거렸다. 다음 차례가 뭔지 알았기에 최대한 날카롭게 남겨두고 싶었다. 예언 속에서 그는 이타케로 돌아갔다. 내 작은 희망의 마지막 조각이 날아가버렸다.

가장 맛있는 음식을 차리고 가장 오래된 포도주를 꺼냈다. 하지만 맛을 느낄 수가 없었다. 그는 정신을 딴 데 팔고 있는 표정이었다. 누가 오기라도 하는 듯이 하루종일 계속 창밖만 내다보았다. 우리는 점잖게 대화를 주고받았지만 그가 부하들이 식사를 마치고 잠자리에 들어주길 기다리는 게 느껴졌다. 마지막 웅얼거림이 잠결 속으로 사그라들자 그는 무릎을 꿇었다.

"여신이여," 그가 말했다.

그가 나를 그렇게 부른 적이 한 번도 없었기 때문에 나는 알았다. 정말로 알았다. 어떤 신이 그에게도 찾아왔을까. 페넬로페 꿈을 꿨을까. 우리의 목가牧歌는 끝났다. 나는 희끗희끗한 그의 머리칼을 내려다보았다. 어깨는 굳었고 시선은 땅바닥을 향해 있었다. 무지근한 분노가 느껴졌다. 최소한 내 얼굴은 쳐다보아야 하는 것 아닐까.

"왜 그러느냐, 인간이여?" 내 목소리가 우렁찼다. 사자들이 꿈틀거렸다.

"가야 하겠습니다." 그가 말했다. "너무 오랫동안 머물렀습니다. 부하들이 안절부절못하고 있습니다."

"그럼 가거라. 나는 간수가 아니라 집주인이다."

그는 그제야 나를 쳐다보았다. "압니다, 존귀하신 분이시여. 더할 나위 없이 감사드립니다."

그의 눈은 갈색이었고 여름날의 흙처럼 따뜻했다. 하는 말은 간단했다. 아무 기교도 없는 것이 기교였다. 그는 어떻게 하면 자기 자신을 가장 그럴듯하게 드러낼 수 있는지 알았다. 나는 일종의 복수로 느껴질 얘기를 꺼냈다.

"신들이 너에게 전하는 전언이 있다."

"전언이요." 그는 경계하는 표정으로 바뀌었다.

"그들이 말하길 너는 고향에 도착할 거라고 한다. 하지만 그 전에 죽음의 집으로 가서 예언자 테이레시아스를 만나라는 것이 그들의 명령이다."

제정신이 박힌 사람이라면 그 얘기를 듣고 겁을 내지 않을 도리가 없었다. 그는 돌처럼 딱딱하고 새하얘졌다. "이유가 뭡니까?"

"신들에게는 나름의 이유가 있고 그들은 그걸 공유하는 것을 부적절하다고 여기지."

"과연 그 관행이 끝날 날이 올까요?"

그의 목소리는 노골적이었다. 얼굴은 다시금 벌어진 상처처럼 변했다. 나에게서 분노가 씻겨 내려갔다. 그는 내 적이 아니었다. 우리가 서로 상처를 주고받지 않더라도 그의 여정은 충분히 힘들 것이다.

나는 위대한 선장의 심장이 뛰고 있는 그의 가슴을 건드렸다. "따라오너라." 내가 말했다. "나는 너를 버리지 않는다." 그를 내 방으로 데려가 시냇물에서 생겨나는 거품처럼 하루종일 쉴 새 없이, 빠르게 떠오르던 깨달음을 알려주었다.

"바람이 육지와 바다를 지나 살아 있는 세계의 끄트머리까지 너를 데려가줄 거다. 거기에 까만 미루나무 숲이 자라고 시커멓고 고요한 물 위로 버드나무 가지가 드리워진 해변이 있을 것이다. 바로 저승으로 가는 입구다. 내가 얼만큼이면 되는지 보여줄 테니 그만한 크기의 구덩이를 파라. 그 안을 까만 암양과 숫양의 피로 채우고 사방에 헌주를 뿌려라. 굶주린 그림자들이 떼를 지어 다가올 것이다. 오랫동안 어둠 속에서 지내느라 모락모락 김이 나는 생명에 목마른 그림자들이."

그는 눈을 감았다. 음침한 신전에서 쏟아져나오는 영혼들을 상상하는 모양이었다. 그가 아는 얼굴도 있을 것이다. 아킬레우스와 파트로클로스, 아이아스, 헥토르. 그가 죽인 모든 트로이아 병사들, 모든 아카이오이 병사들, 잡아먹히고서 아직까지 정의에 호소하는 그의 부하들. 하지만 이게 최악은 아니었다. 그가 예상하지 못했던 영혼들도 있을 것이다. 그가 없는 동안 고향에서 죽은 사람들. 어쩌면 그의 부모님 아니면 텔레마코스. 어쩌면 페넬로페.

"테이레시아스가 올 때까지 그들이 피를 마시지 못하게 막아야 한다. 그가 자기 몫의 피를 마시면 너에게 지혜를 줄 것이다. 그러면 여기로 돌아와서 단 하루만 있다 가거라. 내가 더 도울 일이 있을지 모르니."

그는 고개를 끄덕였다. 눈꺼풀이 납빛이었다. 나는 그의 뺨을 어루만졌다. "자거라." 내가 말했다. "앞으로 피곤할 텐데."

"못 자겠습니다." 그가 말했다.

나도 이해했다. 그는 또 한번의 전투를 위해 전의를 다지고 기운을 추스르는 중이었다. 우리는 한참 동안 나란히 누워서 말없이 밤을 샜다. 날이 밝았을 때 내가 직접 그의 군장을 거들었다. 망토를 어깨에 두르고 핀으로 고정했다. 허리띠를 채우고 칼을 건넸다. 앞문을 열어보니 엘페노르가 판석이 깔린 바닥에 대자로 누워 있었다. 결국 지붕에서 떨어진 것이었다. 우리는 파래진 그의 입술과 흉측한 각도로 꺾인 목을 물끄러미 내려다보았다.

"벌써 시작됐네요." 오디세우스가 체념한 목소리로 무뚝뚝하게 말했다. 나는 그게 무슨 뜻인지 알았다. 운명의 여신들이 그에게 다시금 멍에를 씌운 것이었다.

"내가 잘 모셔두겠다. 지금은 장례를 치를 겨를이 없으니."

둘이서 시신을 침대로 옮겨 홑이불로 감쌌다. 내가 여행에 필요한 비축품과 의식에 쓸 양을 들고 나왔다. 배는 이미 준비가 됐다. 부하들이 며칠 전에 의장을 갖추어놓았다. 이제 그들이 짐을 싣고 파도 속으로 밀었다. 바다는 차갑게 소용돌이치며 사방으로 부연 물보라를 뿜어냈다. 그들은 이 바다와 싸워가며 차츰차츰 전진해야 할 테고 저녁 무렵이면 어깨가 단단히 뭉칠 것이다. 그때 바를 연고를 챙겼어야 하는데, 하는 생각이 들었지만 때늦은 후회였다.

배가 어렵사리 수평선을 넘는 것을 지켜보다가 집으로 돌아가 엘페노르의 시신을 덮은 홑이불을 걷었다. 이제껏 내가 봐온 시신은 갈가리 찢겨서 이 집 바닥에 쓰러졌던, 인간인지 알아볼 수도 없었던 것들뿐이었다. 그의 가슴에 손을 대보았다. 딱딱하고 차가웠다. 죽으면 살아생전보다 젊어 보인다고 하던데, 엘페노르는 많이 웃던 성격이라 삶의 활기가 사라지자 얼굴이 쭈글쭈글하게 처졌다. 그가 나의 손길을 느낄 수 있기라도 한 듯 최대한 조심스럽게 씻기고 몸에 향유를 발랐다. 그의 영혼이 거대한 강을 건너 저승으로 들어가길 기다리는 동안 외롭지 않게 계속 노래를 불러주었다. 수의로 다시 한번 그를 감싸고 썩지 않도록 주문을 건 다음 문을 닫고 나왔다.

꽃밭으로 나와보니 초록색 이파리들이 칼날처럼 반짝일 정도로 파릇파릇했다. 손가락으로 흙을 훑었다. 습한 여름이 다가오고 있었고 조만간 덩굴에 버팀목을 대어야 했다. 작년에는 오디세우스가 도와주었다. 나는 그 생각을, 마치 몸에 생긴 멍처럼 만져보며 아픈지 살폈다. 그가 떠나면 나도 연인 파트로클로스를 잃은 아킬레우스처럼 울부짖을까? 그가 두고 간 튜닉 조각을 끌어안고 머리를 쥐어뜯으며 바닷가를 따라 달리는 내 모습을 상상해보았다. 잃어버린 내 영혼의 반쪽을 향해 부르짖는 내 모습을 상상해보았다.

잘 되지 않았다. 그 생각만으로도 가슴이 아팠다. 하지만 어쩌면 처음부터 이럴 운명이었는지 모른다. 이야기에서도 신과 인간은 절대 오랫동안 함께하는 법이 없었다.

그날 밤에 나는 부엌에 남아서 바꽃 줄거리를 벗겨냈다. 오디세우스는 이미 망자를 대면했을 것이다. 나는 떠나는 그의 손에 작은 병을 쥐어주며 구덩이에 채운 피를 담아서 가져다달라고 했다. 영혼의 서늘한 느낌이 거기 깃들 테니 잿빛의 그 귀기 어린 기운을 느껴보고 싶었다. 이제 와 생각해보니 그런 부탁을 한 게 후회스러웠다. 그건 페르세스나 아이에테스처럼 피도 눈물도 없는 주술사나 함직한 부탁이었다.

정확한 손놀림으로 모든 감각을 의식해가며 조심스럽게 작업을 했다. 선반에서 약초들이 나를 지켜보고 있었다. 내 손으로 직접 능력을 부여한 초본들이 줄줄이 놓여 있었다. 그릇과 병에 담긴 그것들을 보고 있으면 좋았다. 샐비어와 장미, 쓴 박하, 치커리, 야생 월계수, 마개 달린 유리병에 담긴 몰리. 그리고 마지막으로, 헤르메스와 맨 처음 몸을 섞은 이후부터 매달 마셨던 약쑥과 함께 간 실피움. 마시지 않고 건너뛴 것은 지난달뿐이었다.

나는 님프들과 함께 모래사장으로 나가서 노를 저어오는 배를 지켜보며 기다렸다. 사내들은 말없이 물살을 헤치고 기슭으로 걸어왔다. 돌을 짊어지기라도 한 듯 몸들이 축 늘어졌고 아프고 나이들어 보였다. 나는 오디세우스의 안색을 살폈다. 섬뜩했고 아무 표정도 읽을 수 없었다. 심지어 그들의 옷마저 물이 빠진 듯 칙칙하고 빛이 바랬다. 겨울의 살얼음 아래에 갇힌 물고기 같았다.

나는 그들을 향해 눈을 반짝이며 앞으로 다가갔다. "환영한다!" 큰 소리로 외쳤다. "다시 돌아온 것을 환영한다, 고결한 너희들아. 오크나무 같은 사나이들아! 너희는 전설에 등장하는 영웅이다. 죽음의 집을 보고도 살아남았으니 헤라클레스의 과업에 필적할 위업을 남겼구나. 가자, 너희를 위해 부드러운 풀밭 위에 담요를 깔아놓았다. 포도주와 음식도 있다. 푹 쉬어라!"

그들은 노인처럼 천천히 움직였지만 그래도 자리에 앉았다. 구운 고기를 담은 접시가 대기하고 있었고 포도주는 진하고 붉었다. 우리는 그들의 안색이 돌아올 때까지 음식을 권하고 술을 따랐다. 내리쬐는 태양이 죽음의 싸늘한 기운을 태워서 없었다.

나는 오디세우스를 파릇파릇한 덤불숲으로 데려갔다. "얘기해보거라." 내가 말했다.

"다들 살아 있습니다." 그가 말했다. "그게 가장 좋은 소식입니다. 아들과 아내가 살아 있어요. 아버지도 살아 계시고요."

어머니는 아니었다. 나는 기다렸다.

그는 흉터로 덮인 자기 무릎 너머를 빤히 쳐다보았다. "아가멤논이 있었습니다. 아내에게 애인이 생겼고 귀향해서 목욕을 하는 도중에 소처럼 도살을 당했다더군요. 아킬레우스와 파트로클로스도 보았고, 아이아스는 자살의 상처를 고스란히 안고 있었습니다. 그들은 목숨이 붙어 있는 저를 부러워했지만 적어도 그들의 경우에는 전쟁이 끝났더군요."

"네 전쟁도 끝날 거다. 이타케로 돌아갈 거다. 내가 보았다."

"돌아가긴 하겠지만 테이레시아스 말로는 돌아가면 사내들이 제 집을 포위하고 있을 거라고 합니다. 제 살림을 먹어치우며 제 자리를 차지하고 있을 거라고요. 그들을 처단할 방법을 찾아야 합니다. 그런데 제가 육지를 걷는 동안 바다에 의해 죽을 거라지 뭡니까. 신들은 어쩌면 그렇게 수수께끼를 사랑하는지."

그의 말투는 지금까지 들어본 적 없을 만큼 신랄했다.

"그 생각은 하면 안 된다." 내가 말했다. "해봐야 괴롭기만 할 테니. 대신 네 앞에 놓인 길만 생각해라. 아내와 아들이 있는 고향으로 돌아가는 길 말이다."

"제 길이요." 그가 음울한 목소리로 말했다. "테이레시아스가 알려주더군요. 트리나키에를 지나야 한다고요."

급소에 꽂힌 화살과도 같은 단어였다. 그 섬의 이름을 마지막으로 들은 게 몇 년 전이었던가. 내 앞에서 추억이 고개를 들었다. 눈부시던 자매들 그리고 금빛 황혼 속에 핀 백합꽃처럼 흔들거리던 깜찍이와 예쁜이와 그 나머지.

"소를 건드리지 않으면 부하들과 함께 고향으로 돌아갈 수 있답니다. 하지만 그중 한 마리라도 다치면 당신의 아버지께서 진노하시겠죠. 저는 몇 년이 지난 다음에야 이타케를 다시 볼 수 있을 테고 부하들은 모두 죽을 겁니다."

"그럼 멈추지 말고 그냥 가거라." 내가 말했다. "기슭에 배를 대지도 말고."

"멈추지 않을 겁니다."

하지만 그렇게 간단한 문제가 아니라는 걸 우리는 알았다. 운명의 여신들은 인간을 유혹하고 장난을 쳤다. 그들이 쳐놓은 올가미 속으로 들어오도록 장애물을 설치했다. 뭐든 동원될 수 있었다. 바람, 파도, 나약한 인간들의 마음까지.

"배가 좌초되거든 기슭에 틀어박혀 있어라." 내가 말했다. "소떼를 구경하러 가지도 말고. 그들이 뭘로 너희의 허기를 자극할지 모르니. 그들과 그냥 소의 차이는 신과 인간의 차이나 다름없다."

"명심하겠습니다."

내가 걱정하는 건 그의 의지가 아니었다. 죽음의 올빼미처럼 문 앞을 지키고 있으라 한들 무슨 소용 있을까. 그도 부하들이 어떤 인간인지 알았다. 이때 새로운 생각 하나가 내 안에서 떠올랐다. 나는 아주 오래전에 헤르메스가 그려준 해로를 기억하고 있었다. 머릿속으로 그 항로를 더듬어보았다. 그가 트리나키에 옆을 지나면……

눈을 감았다. 또다시 신에게 벌을 받을 것이다. 그도, 그리고 나도.

"왜 그러십니까?"

나는 눈을 떴다. "잘 들어라." 내가 말했다. "네가 알아두어야 할 게 있다." 그에게 길을 그려주었다. 그가 피해야 하는 위험들, 모래톱, 야만인들이 사는 섬, 여자의 머리를 달고서 노래로 남자를 유혹해 죽이는 새들, 이름하여 세이렌. 그리고 마침내 더이상 미룰 수 없는 순간이 왔다. "그 길로 가면 스킬라도 지나야 한다. 그녀가 누군지 아느냐?"

그는 알았다. 나는 그 충격의 여파를 지켜보았다. 여섯 명, 많으면 열두 명일 수도 있었다.

"막을 방법이 있지 않을까요?" 그가 말했다. "무기를 쓴다든지."

내가 좋아하는 그의 면모 중 하나가 그런 거였다. 그는 그냥 포기하는 법이 없었다. 나는 내 말을 듣고 그가 어떤 표정을 짓는지 보고 싶지 않았기에 고개를 돌렸다. "아니. 없다. 너 정도의 인간이라도. 나도 아주 오래전에 한 번 마주친 적이 있다만 오로지 마법과 신성 덕에 겨우 빠져나올 수 있었다. 하지만 세이렌에게는 계략을 쓸 수 있을지 모른다. 부하들의 귀를 밀랍으로 틀어막고, 원한다면 네 귀만 그냥 두어라. 네 몸을 돛대에 묶으면 그들의 노래를 듣고도 살아남아 이야기를 전하는 첫번째 인간이 될 수 있을지 모른다. 네 아내와 아들이 좋아할 만한 이야깃거리가 되지 않겠느냐?"

"그렇겠지요." 하지만 그의 목소리는 못 쓰게 된 칼날처럼 둔탁했다. 내가 할 수 있는 일은 없었다. 그는 내 손에서 떠나가고 있었다.

엘페노르를 장작더미로 옮겼다. 의식을 치르고, 그의 위업을 노래하고, 산 자들의 기록에 그의 이름을 올렸다. 님프들은 울부짖고 사내들은 흐느꼈지만 그와 나는 마른 눈으로 말없이 서 있었다. 이후에 그의 배에 내 비축 식량을 실을 수 있을 만큼 최대한 실었다. 그의 부하들은 밧줄과 노 옆에 섰다. 그들은 이제 몸이 달아서 서로 흘끗흘끗 쳐다보고 발로 갑판을 쓸었다. 나는 공허했고 배가 할퀴고 지나간 모래사장처럼 속이 쓰렸다.

오디세우스, 라에르테스의 아들, 위대한 여행자, 계책과 속임수와 수천 가지 수단의 왕자. 그는 내게 자기 흉터를 보여주었고, 그에 대한 보답으로 아무 흉터도 없는 척하는 나를 모르는 척 해주었다.

그가 배에 올라탔고 나를 찾으러 고개를 돌렸을 때 나는 가고 없었다.

18

노래에서는 어떤 식으로 이 장면을 묘사할까? 외로운 곳 위에 서 있는 여신, 점점 멀어지는 그녀의 연인. 촉촉하지만 뜻을 헤아릴 수 없고, 자기 안을 들여다보며 혼자만의 생각에 잠긴 두 눈. 동물들이 그녀의 치맛자락으로 모인다. 참피나무가 꽃을 피운다. 그리고 마침내, 그가 수평선 너머로 사라지기 직전에 그녀가 한손을 들어 자기 배를 만진다.

그의 배가 닻을 올린 순간부터 내 뱃속이 부글거리기 시작했다. 평생 속이 메슥거려본 적 없는 내가 이제는 매 순간 메슥거렸다. 목구멍이 찢어지고 위장이 오래된 견과처럼 덜거덕거리고 입가가 갈라지도록 구역질이 났다. 내 몸이 지난 백 년 동안 먹은 걸 모두 게워낼 기세였다.

님프들은 자기 손을 비틀고 서로 손을 맞잡았다. 다들 그런 광경을 본 적이 없었다. 임신을 하면 우리 신족은 빛이 나고 꽃봉오리처럼 불룩해졌다. 그들은 내가 독약을 먹었거나 몸의 안팎이 뒤집히는 끔찍한 저주에 걸린 줄 알았다. 그들이 도우려고 할 때마다 나는 떼어냈다. 내가 품은 아이는 반신반인이라고 불리겠지만 그건 기만적인 단어였다. 내 쪽에서는 미모나 속도, 힘이나 매력과 같은 몇 가지 특출한 재능을 물려받고 그만일 것이다. 그 나머지는 모두 아비에게 물려받을 것이다. 언제나 인간의 형질이 신의 형질보다 자손에게 잘 전해졌다. 아이의 살은 모든 인간과 마찬가지로 천 가지의 생채기와 치명상에 노출될 것이다. 그렇게 연약한 존재가 다른 신도 아니고 나의 다른 가족도 아니고 다른 어느 누구도 아닌 나에게 맡겨졌다.

"이제 가거라." 나는 전과 다르게 거친 목소리로 말했다. "무슨 방법을 쓸지 모르겠지만, 너희들 아버지에게 전갈을 보내고 떠나거라. 나를 위해서야."

그들이 그 말을 듣고 어떤 생각을 했는지는 알 수가 없었다. 다시금 구역질이 나면서 앞이 안 보이고 눈물이 고였다. 간신히 집으로 돌아가려다 보니 그들이 사라지고 보이지 않았다. 인간의 아이를 임신하는 것이 전염될 수도 있다는 걱정에 그들의 아버지가 내 말을 들은 것 같았다. 그들이 없으니 집이 낯설게 느껴졌지만 그런 생각을 할 겨를도, 오디세우스를 그리며 슬퍼할 겨를도 없었다. 구역질이 멈출 줄 몰랐다. 매시간 나를 괴롭혔다. 왜 이렇게 고생을 심하게 하는지 이해할 수가 없었다. 인간의 피가 내 피와 싸우는 걸까, 정말로 내가 저주를 받았을까, 아니면 아이에테스의 마법이 그동안 길을 잃고 헤매다 드디어 나를 발견한 걸까. 하지만 그 어떤 차단 마법을 동원해도, 심지어 몰리를 써도 고통이 가라앉을 줄 몰랐다. 그럴 만도 하지, 나는 속으로 중얼거렸다. 뭘 하든 남들과 다르게 굴겠다고 항상 고집을 부려왔잖아.

이런 상태라면 선원들이 찾아왔을 때 나 자신을 지킬 수가 없었고 나도 그렇다는 걸 알았다. 약초를 담은 병 앞으로 기어가 오래전에 생각해놓은 주문을 외웠다. 섬이 배를 난파시키기 딱 좋은 험상궂은 바위로 이루어진 것처럼 보이게 만드는 마법이었다. 그런 다음 바닥에 누워서 힘겹게 숨을 쉬었다. 이제는 평화를 누릴 수 있을 것이다.

평화라니. 그렇게 속만 불편하지 않았다면 웃음을 터뜨렸을 것이다. 부엌에서 나는 치즈의 시큼하고 톡 쏘는 냄새, 바람에 실려오는 해초의 소금기, 비가 내린 이후에 벌레가 기어다니는 흙, 덤불에서 갈색으로 말라가는 장미. 그 모든 것에 목구멍이 쓰리도록 위액이 올라왔다. 그뒤로 성게 가시가 눈 속을 파고드는 듯한 두통이 이어졌다. 아테나가 머리뼈에서 뛰쳐나오기 전에 제우스의 기분이 이렇지 않았을까, 하는 생각이 들었다. 나는 방으로 기어가 차단된 어둠 속에 누웠고, 목을 갈라서 이 고통을 끝내면 얼마나 달콤할지 상상했다.

하지만 이상하게 들릴지 몰라도, 그렇게 극도의 고통에 시달리는 와중에도 전적으로 비참하지는 않았다. 나는 정해진 형태도 없고 불투명하며 온 사방의 지평선까지 펼쳐져 있는 불행이라면 이골이 나 있었다. 게다가 지금은 해변도 있고 깊이도 목적도 형체도 있었다. 끝나면 나의 아이가 생긴다는 희망도 있었다. 나의 아들. 마법 때문인지 예지력을 물려받아서 그런 건지 몰라도 나는 아들이라는 걸 알았다.

아이가 자랐고 그럴수록 아이 안의 연약함도 자랐다. 그를 갑옷처럼 겹겹이 감싸고 있는 내 불사의 육신이 그렇게 고마운 적이 없었다. 첫 발길질을 느꼈을 때는 눈앞이 아찔했고, 약초를 빻거나 그의 몸에 맞게 옷감을 자르거나 골풀로 침대를 짜면서 아이에게 계속 말을 걸었다. 내 옆에서 걷는 그의 모습을, 아이에서 소년에서 남자로 자라는 모습을 상상했다. 이 섬과 그 위의 하늘, 온갖 열매와 양떼, 바다와 사자, 그리고 내가 그를 위해 모아놓은 모든 신기한 것들을 보여줄 것이었다. 두 번 다시 외로워질 리 없는 완벽한 고독이었다.

내 배를 만졌다. 예전에 네 아버지가 아이를 더 낳았으면 좋겠다고 했지만 너는 그래서 생긴 게 아니야. 너는 나를 위한 아이야.

오디세우스가 말하길 페넬로페는 진통이 하도 희미하게 시작돼서, 배를 너무 많이 먹는 바람에 배탈이 난 줄 알았다고 했다. 내 경우에는 하늘에서 떨어진 벼락과도 같았다. 꽃밭에 있다가 살을 찢는 진통에 몸을 웅크린 채 집안으로 기어갔던 기억이 난다. 미리 준비해놓은 버드나무 즙을 조금 마셨다가 그다음 다 마셨고 막판에는 병목을 핥았다.

출산의 단계나 방식에 대해서 나는 아는 게 거의 없었다. 그림자가 바뀌었지만 전체가 하나로 이어진 순간과도 같았고 통증은 돌로 나를 빻는 느낌이었다. 비명을 지르며 몇 시간 동안 힘을 주어도 아이는 나올 줄 몰랐다. 산파들은 아이가 움직일 수 있게 돕는 요령이 있었지만 나는 그런 걸 몰랐다. 한 가지 아는 것이라고는 시간이 너무 지체되면 아들이 죽는다는 것이었다.

진통이 계속됐다. 나는 괴로워하는 와중에 식탁을 뒤집었다. 나중에 보니 곰의 습격이라도 받은 듯 방이 엉망진창이었다. 태피스트리는 벽에서 뜯겼고 의자는 산산조각이 났고 접시는 깨졌다. 어쩌다 그랬는지 기억이 나지 않았다. 내 정신은 천 가지 걱정 속에서 휘청거렸다. 아이가 이미 죽었을까? 내가 여동생처럼 뱃속에 괴물을 키웠을까? 이 끝일 줄 모르는 진통이 그 증거인 듯했다. 아이가 멀쩡하고

정상이라면 왜 나오지 않는 걸까?

눈을 감았다. 손을 내 몸속에 집어넣자 아이의 동그란 머리가 느껴졌다. 뿔도 없고 다른 끔찍한 것도 없는 듯했다. 안쪽 구멍을 빠져나오려다 내 근육과 뼈 사이에 걸렸을 따름이었다.

출산의 여신 에일레이티이아에게 기도했다. 그녀는 자궁을 이완시키고 아이를 세상 밖으로 꺼내는 능력이 있었다. 모든 신과 반신반인의 출산을 그녀가 관장한다고 했다. 도와주세요, 나는 외쳤다. 하지만 그녀는 오지 않았다. 동물들이 구석에서 낑낑거렸고, 아주 오래전에 사촌들이 오케아노스의 신전에서 뭐라고 속삭였는지 스멀스멀 기억이 났다. 아이가 태어나지 않길 바라는 신이 있으면 에일레이티이아를 붙잡아놓을 수도 있어.

그 생각이 어지럽던 내 정신을 움켜쥐었다. 누군가가 그녀를 못 가도록 붙잡고 있는 거였다. 누군가가 감히 내 아들을 해치려고 하는 거였다. 그러자 필요한 힘을 낼 수 있었다. 나는 어둠을 향해 이를 드러내며 부엌으로 기어갔다. 칼을 잡고 큼지막한 청동거울을 끌어다가 내 앞에 놓았다. 옆에서 도와줄 다이달로스가 없었다. 대리석 벽에 기대고 부러진 식탁 다리 사이에 앉았다. 돌의 서늘한 기운으로 조금 진정되었다. 이 아이는 미노타우로스가 아니라 인간이었다. 너무 깊게 자르면 큰일이었다.

엄청난 고통으로 무너지면 어쩌나 걱정했지만 거의 느껴지지도 않았다. 돌이 돌을 긁는 것 같은 거친 소리가 들렸다. 알고 보니 내 숨소리였다. 겹겹의 살이 벌어지면서 마침내 아이가 보였다. 껍데기 속의 달팽이처럼 팔다리를 웅크리고 있었다. 나는 겁이 나서 아이를 움직이지 못하고 가만히 쳐다보기만 했다. 이미 죽었으면 어쩐다? 살아 있는데 내가 건드리는 바람에 죽으면 어쩐다? 하지만 끄집어냈고 아이는 살갗이 허공에 닿는 순간 울음을 터뜨렸다. 나도 같이 울음을 터뜨렸다. 그보다 더 달콤한 소리는 들어본 적이 없었다. 아이를 내 가슴에 눕혔다. 우리가 깔고 누운 돌이 깃털처럼 느껴졌다. 아이는 몸을 부르르 떨고 또 떨며, 살아 있는 축축한 얼굴로 나를 눌렀다. 나는 탯줄을 잘랐다. 그러는 내내 아이를 잡고 있었다.

봤지? 나는 아이에게 말했다. 이제 우리한테는 아무도 필요 없어. 대답이라도 하는 듯 아이가 개구리처럼 꺽꺽거리고서 눈을 감았다. 내 아들, 텔레고노스였다.

나는 육아를 설렁설렁 대하지 않았다. 마치 적을 마주하는 군인의 자세로, 날아오는 공격에 대비해 칼을 쳐들듯 단단히 마음의 준비를 했다. 그렇게 온갖 준비를 했음에도 부족했다. 나는 오디세우스와 몇 개월 동안 함께 지내며 인간 생활의 몇 가지 요령을 배운 줄 알았다. 삼시 세끼, 배변, 세탁과 청소. 나는 천기저귀를 스무 장 준비해놓고 스스로 똑똑하다고 생각했다. 하지만 내가 인간 아기에 대해 아는 게 뭐가 있었을까? 아이에테스는 품속에 안겨 있던 기간이 한 달도 채 안 됐다. 기저귀 스무 장은 하루 만에 끝났다.

다행히 나는 잠을 자지 않아도 문제없었다. 시시각각으로 빨고 끓이고 씻고 닦고 담가야 했다. 하지만 그럴 수가 없었던 것이, 아이도 시시각각으로 먹이고 기저귀를 갈아주고 재워야 했다. 인간들에게 가장 자연스러운 일이 잠인 줄 알았건만 아이는 잠을 자지 못하는 눈치였다. 아무리 포대기로 감싸고, 아무리 흔들며 노래를 불러주어도 사자들이 도망칠 때까지, 저러다 어디 다치지 않을까 겁이 날 때까지 소리를 지르고 숨도 제대로 못 쉬어가며 몸을 떨었다. 아이가 내 심장을 느끼며 누워 있을 수 있게 아기띠를 만들어서 안고 다녔다. 진정시키는 약초를 먹이고 향을 태우고 새들을 불러 우리 창가에서 노래를 부르게 했다. 딱 하나, 걸으면 효과가 있었다. 집안을 걷고 언덕을 걷고 해변을 걸으면 효과가 있었다. 그러면 아이가 마침내 나가떨어져서 눈을 감고 잠이 들었다. 하지만 걸음을 멈추거나 내려놓으려고 하면 당장 깨어났다. 심지어 쉴새없이 걷고 있을 때도 금세 일어나서 다시 악을 썼다. 그의 안에 바다만한 상심이 들어 있어서, 잠깐 마개로 덮는 거라면 모를까 절대 비워지지는 않는 모양이었다. 방긋방긋 웃었다는 오디세우스의 아이를 그 시절에 얼마나 자주 떠올렸는지 모른다. 그의 수법도 써보았다. 버둥거리는 아들을 붙잡고 허공으로 들어서 안심해도 된다고 약속했다. 하지만 아이는 더 우렁찬 목소리로 악을 쓸 따름이었다. 뭣 때문에 텔레마코스 왕자가 그렇게 다정한 성격이 됐는지 몰라도 페넬로페에게 물려받은 게 분명하다는 생각이 들었다. 이 아이는 나의 자업자득이었다.

그래도 잠깐 평화로운 순간은 있었다. 아이가 마침내 잠이 들었을 때, 내 젖을 먹을 때, 나무에서 뿔뿔이 흩어져 날아오르는 새떼를 보며 방긋 웃을 때. 아이를 바라보면 살이 갈라질 듯이 격렬한 사랑을 느낄 수 있었다. 아이를 위해서라면 할 수 있는 모든 걸 꼽아보았다. 끓는 물에 살을 데칠 수도 있었다. 두 눈을 뽑을 수도 있었다. 아이가 행복하고 건강할 수 있다면 발바닥이 으스러질 때까지 걸을 수 있었다.

아이는 행복해하지 않았다. 한 순간만, 딱 한 순간만 내 품에 안겨 악을 쓰는 축축한 이 아이에게서 해방될 수 있다면 얼마나 좋을까. 하지만 그런 순간은 없었다. 아이는 햇볕을 질색했다. 바람을 질색했다. 목욕을 질색했다. 옷을 입는 것도, 다 벗는 것도, 엎드려 눕는 것도, 똑바로 눕는 것도 질색했다. 이 위대한 세상과 그 안의 모든 것, 그중에서도 특히 나를 질색했다. 내가 느끼기에는 그랬다.

주문을 개발하고 노래를 부르고 길쌈을 하며 보냈던 그 많은 시간들을 떠올렸다. 팔 한쪽이 떨어져나간 듯한 상실감이 느껴졌다. 심지어 사내들을 돼지로 변신시켰던 것까지 그리워졌다. 적어도 그건 내가 잘하는 일이었다. 아이를 내동댕이치고 싶었지만, 대신 그 어둠 속을 아이와 함께 걷고 파도 앞을 왔다갔다하며 한 발짝씩 옮길 때마다 예전 생활을 그리워했다. 아이가 울부짖으면 밤하늘에 대고 심술 맞게 중얼거렸다. "적어도 죽은 건 아닌지 걱정할 필요는 없구나."

얼른 손으로 내 입을 틀어막았다. 저승의 신은 그보다 훨씬 약한 도발에도 찾아왔다. 악을 쓰는 아이의 조그만 얼굴을 내게 댔다. 눈에 눈물이 고여 있었고, 머리칼은 엉망이었고, 뺨에 조그맣게 긁힌 상처가 생겼다. 어쩌다 다쳤을까? 어느 악당이 감히 이 아이의 얼굴에 손을 댔을까? 인간 아기들에 대해 들은 별의별 이야기들이 퍼뜩 떠올랐다. 아무 이유 없이 죽기도 하고 너무 추워서, 너무 배가 고파서, 이렇게 눕혀서 또는 저렇게 눕혀서, 이런 온갖 이유로 죽는다고 했다. 아이가 여윈 가슴으로 쉬는 숨을 느끼며, 고개조차 가누지 못하는 이 연약한 생명체가 이 험한 세상에서 살아남는다는 것이 얼마나 있을 법하지 않고 얼마나 믿기 어려운 일인지 생각했다. 하지만 이 아이는 살아남을 것이다. 정체를 감춘 신과 내가 직접 싸우는 한이 있더라도 그럴 것이다.

어둠 속을 예의 주시했다. 위험한 소리가 들리는지 늑대처럼 귀

313

를 쫑긋 세웠다. 이 섬을 황량한 암벽처럼 보이게 만드는 환영을 다시 짰다. 하지만 그래도 불안했다. 인간은 절박하면 가끔 무모해졌다. 어찌어찌 바위에 상륙하면 아이 울음소리를 듣고 찾아올 것이다. 내가 주문을 깜빡하는 바람에 그 약을 먹이지 못하면 어쩐다? 병사들이 어린아이들을 어떻게 했는지 오디세우스에게 들은 이야기가 생각났다. 튼튼하게 자라서 나중에 복수를 하러 오지 못하도록, 박살내고 침을 뱉고 갈기갈기 찢고 말발굽으로 짓밟고 살해하고 또 살해했다는 아스티아낙스와 트로이아의 다른 모든 아들들.

평생 동안 나는 비극이 찾아오는 순간을 기다렸다. 그런 순간의 도래를 한 번도 의심한 적이 없었다. 나에게는 남들이 과분하다고 생각할 정도의 소망과 반항심과 능력이 있었고 그건 모두 벼락을 유발할 만한 것이었다. 열몇 번의 상심이 나를 그슬었지만 여태껏 그 불길이 내 살 속까지 태운 적은 없었다. 그 무렵에 내가 미쳐버릴 것 같았던 이유는 새로이 확실해진 사실 때문이었다. 신들에게 드디어 나를 협박할 무기가 생긴 것이다.

나는 고군분투했고 아이는 자랐다. 내가 할 수 있는 말은 그뿐이다. 아이가 차분해지자 나도 차분해졌고 어쩌면 그 반대일 수도 있었다. 나는 이제 전처럼 어둠 속을 주시하거나 내 살을 끓는 물에 데치는 상상을 하지 않았다. 아이가 처음으로 미소를 지었고 요람에서 자기 시작했다. 오전 내내 소리를 지르지 않았고 나는 꽃밭에서 일을 할 수 있었다. 똑똑한 아이야, 나는 말했다. 엄마를 시험하고 있었던 거지? 내 목소리가 들리자 아이는 풀밭 위에서 고개를 들고 다시 미소를 지었다.

이 아이가 언젠가는 죽을 수밖에 없다는 자각은 제이의 심장소리처럼 끊임없이 나를 따라다녔다. 아이가 이제 일어나 앉고 손을 내밀어서 붙잡을 수 있게 되자 내 집의 온갖 평범한 물건들이 숨겨놓았던 이빨을 드러냈다. 벽난로에서 부글거리는 냄비는 그의 손을 향해 달려드는 듯이 느껴졌다. 식탁에서 떨어진 칼날은 그의 머리를 털끝 하나 차이로 비껴갔다. 아이를 내려놓을 때면 말벌이 웅웅거리며 들어오거나 안 보이는 틈새에서 전갈이 쪼르르 기어나와 꼬리를 들었다. 장작불 불똥은 항상 그의 말랑말랑한 살을 향해 포물선을 그리는 듯했다. 내가 아이에게서 한 발짝 이상 떨어진 적이 없었기에 번번이 제때 위험을 막았지만, 점점 두려워져서 눈을 감거나 한시라도 떨어져 있을 수가 없었다. 장작더미가 아이의 위로 쏟아질지도 몰랐다. 평생토록 순했던 늑대가 덮칠지 몰랐다. 자다가 눈을 떠보면 독사가 입을 떡 벌리고 서서 아이 침대를 내려다보고 있을지 몰랐다.

바늘이 달린 벌레들이 한 부대로 날아오고, 내가 아무리 피곤해서 둔해졌기로서니 아침에 병을 열 개나 떨어뜨리다니 얼마나 이상한 일인지 한참이 지난 다음에야 알아차렸다. 내가 기나긴 산고를 치르는 동안 에일레이티이아는 발목이 잡혀 있었다는 것과, 그때 계획이 좌절된 신이 다시 한번 시도할지 모른다는 것도 한참이 지난 다음에야 알아차렸다. 내가 사랑과 공포와 수면 부족으로 얼마나 정신이 없었는지 알 수 있는 대목이었다.

텔레고노스를 아기띠로 매고 산중턱의 연못으로 걸어갔다. 그 안에는 개구리와 은색 피라미, 소금쟁이가 살았다. 수초는 빽빽하게 뒤엉켜 있었다. 그때 내가 왜 물을 찾아가고 싶었는지는 알 수 없었다.

아마 내 몸에 흐르는 나이아스 혈통의 흔적이었을지도 모른다.

연못의 수면에 손가락 하나를 갖다댔다. "신이 내 아들을 해치려고 하느냐?"

연못이 몸서리를 쳤고 텔레고노스의 모습이 서서히 떠올랐다. 아이가 잿빛으로, 죽은 듯이 양모 수의에 둘러싸여 있었다. 내가 헉 하고 소리를 내며 뒷걸음질치자 환영이 산산이 흩어졌다. 잠깐 동안은 숨을 돌리며 텔레고노스의 머리에 내 뺨을 대고 누르는 것 말고는 아무것도 할 수가 없었다. 아이가 침대에서 하도 꼼지락거리는 바람에 몇 가닥 안 되는 뒤통수의 머리칼마저 닳아 없어져버렸다.

나는 부들부들 떨리는 손을 수면에 다시 갖다댔다. "누구냐?"

연못은 머리 위의 하늘만 비쳤다. "제발." 나는 애원했다. 하지만 대답은 보이지 않았고 내 목젖을 타고 서서히 올라오는 공포가 느껴졌다. 나는 님프나 강의 신이 우리 둘을 위협하는 줄 알았다. 하지만 하급 신들은 기껏해야 벌레와 불과 동물을 이용하는 수준에 그쳤다. 심지어 자기는 더는 낳지 못하는 아이를 내가 낳았다고 질투하는 내 어머니가 아닐까 생각한 적도 있었다. 하지만 이 신은 내 시야에서 벗어날 수 있는 능력이 있었다. 그럴 수 있는 신은 온 세상을 통틀어 몇 명 되지 않았다. 나의 아버지. 그리고 어쩌면 외할아버지. 제우스와 올림포스의 몇몇 높은 신들.

텔레고노스를 끌어안았다. 몰리를 쓰면 주술은 물리칠 수 있을지 몰라도 삼지창이나 번개는 아니었다. 그런 권능 앞에서 나는 밀 줄기처럼 쓰러질 것이었다.

눈을 감고 숨막히는 공포를 간신히 눌렀다. 맑은 정신으로 기지를 발휘해야 했다. 태초부터 하급 신이 높은 신을 상대로 동원했던 온갖 수법을 떠올려야 했다. 오디세우스도 예전에 말하길 바다의 님프인 아킬레우스의 어머니가 제우스와 협상을 한 적도 있다고 하지 않았던가. 하지만 어떤 협상이었는지는 얘기하지 않았다. 그리고 결국에는 그녀의 아들이 죽었다.

숨을 쉴 때마다 톱날이 내 가슴속을 쓸고 지나가는 느낌이었다. 누군지 알아내야 해, 나는 속으로 중얼거렸다. 그게 급선무야. 그림자를 상대로 방어태세를 취할 수는 없어. 누구와 맞서 싸워야 하는지를 알아야지.

다시 집으로 돌아가 벽난로에 조그만 불을 지폈다. 따뜻한 밤이었고 여름에서 가을로 점점 넘어가는 시기라 그럴 필요가 없었지만, 향나무 냄새와 불 위에 뿌려놓은 약초의 톡 쏘는 냄새를 맡고 싶었다. 살갗이 따끔거리는 게 느껴졌다. 다른 때 같으면 환절기라 그러는가 보다 생각했겠지만 지금은 사악한 기운으로 얼어붙는 듯했다. 뒷덜미 털이 곤두섰다. 텔레고노스를 꼭 끌어안고 울다 지친 아이가 잠이 들 때까지 돌바닥을 왔다갔다 걸었다. 기다리던 때였다. 아이를 침대에 눕힌 다음 벽난로 가까이 옮기고 사자와 늑대들을 그 주변에 두었다. 그들이 신을 가로막을 수는 없었지만 신들은 대부분 겁쟁이였다. 발톱과 이빨로 시간을 조금 벌 수 있을지 몰랐다.

지팡이를 쥐고 난로 앞에 섰다. 귀를 쫑긋 세운 정적으로 공기가 자욱했다.

"내 아이를 죽이려는 자여, 나와라. 나와서 내 얼굴에 대고 얘기하라. 혹 너는 그림자 속에 숨어서만 살인을 저지르는가?"

방안에 완벽한 정적이 흘렀다. 텔레고노스의 숨소리와 내 혈관을 흐르는 피 소리 말고는 아무 소리도 들리지 않았다.

"그림자는 필요 없다." 누군가의 목소리가 허공을 갈랐다. "그리고 너 같은 것은 내 의도를 물을 자격이 없고."

우뚝하고 꼿꼿한 그녀가 번쩍하고 하얗게 등장하자 번개의 발톱이 밤하늘을 갈랐다. 말갈기가 달린 투구가 천장에 닿았다. 거울 갑옷이 번뜩거렸다. 손에 쥔 창은 길고 가늘었고, 예리한 날이 장작불빛을 받고 어른거렸다. 그녀는 확신으로 이글거렸고 혼잡스럽고 얼룩진 이 세상의 모든 부스러기들이 그 앞에서 오그라들었다. 제우스의 총애를 받는 눈부신 딸, 아테나였다.

"내 바람은 이루어질 것이다. 한 치의 에누리도 없이." 다시 그 금속을 베는 것 같은 목소리였다. 나는 전에도 높은 신 앞에 선 적이 있었다. 내 아버지와 외할아버지, 헤르메스, 아폴론. 하지만 그녀의 시선은 그들과 다르게 나를 관통했다. 오디세우스가 예전에 얘기하길 그녀는 머리카락 두께로 벼려진 칼날과 같다고, 워낙 정교하기 때문에 맥박이 뛸 때마다 내 몸속의 피가 바닥으로 떨어지는 동안 그 칼에 베인 줄도 모를 거라고 했다.

그녀가 티끌 하나 없는 손을 내밀었다. "아이를 내놓아라."

방안에서 모든 온기가 사라졌다. 심지어 내 옆에서 탁탁거리는 장작불마저 벽에 걸린 그림처럼 느껴졌다.

"싫습니다."

그녀의 눈은 은색과 바위 같은 회색이 서로 엮여 있었다. "나한테 맞서겠다는 거냐?"

공기가 답답해졌다. 숨이 막히는 듯한 기분이 들었다. 그녀의 가슴에서 그 유명한 아이기스가 반짝였다. 금실로 테두리를 꿰맨 가죽 갑옷이었다. 그녀가 직접 벗겨서 무두질한 티탄 신족의 거죽으로 만들었다고 했다. 그녀의 번뜩이는 눈빛은 이렇게 단언하고 있었다. 항복하고 자비를 빌지 않으면 네 거죽을 입고 다녀주마. 혀가 말랐고 몸이 떨리는 게 느껴졌다. 하지만 내가 온 세상을 통틀어 아는 게 한 가지 있다면 신들에게 자비는 없다는 것이었다. 나는 손가락으로 내 살갗을 잡고 비틀었다. 날카로운 통증에 마음이 진정됐다.

"네," 내가 말했다. "하지만 당신과 아무 무기 없는 님프라니 공정한 싸움이라고 볼 수는 없겠네요."

"그 아이를 순순히 내주면 싸움을 벌일 필요는 없을 것이다. 얼른 끝내주겠다고 약속하마. 고통을 느끼지도 못할 것이다."

적의 얘기는 듣지 마십시오, 예전에 오디세우스가 얘기한 적이 있었다. 그들을 관찰해야지요. 그럼 모든 걸 파악할 수 있습니다.

나는 그녀를 관찰했다. 머리끝에서부터 발끝까지 투구, 창, 아이기스, 정강이받이로 무장을 하고 또 했다. 섬뜩한 모습이었다. 전투 준비를 마친 전쟁의 여신. 하지만 그렇게 완전히 무장을 한 이유가 뭐였을까? 싸움에 대해 아는 게 아무것도 없는 나를 상대로. 그녀가 두려워하는 뭔가가 있다면, 무방비하고 나약한 기분을 유발하는 뭔가가 있다면.

본능이 나를 이끌었다. 아버지의 신전에서 보낸 수천의 시간과, 지략이 뛰어난 인간인 폴리메티스 오디세우스와 함께 보낸 시간이 나를 이끌었다.

"위대한 여신이여, 저는 평생 동안 당신의 능력을 둘러싼 이야기를 들어왔습니다. 그러니 궁금할 수밖에요. 전부터 제 아이가 죽길 바라셨는데 이 아이가 아직 살아 있지 않습니까. 어떻게 그럴 수 있을까요?"

그녀가 뱀처럼 부풀어오르기 시작했지만 나는 밀어붙였다.

"그렇다면 당신에게 허락이 떨어지지 않았다는 뜻일 수밖에요. 뭔가가 당신을 막고 있는 거죠. 운명의 여신들도 그들만의 복안이 있기에 이 아이를 드러내놓고 죽이지 못하게 하는 거예요."

운명의 여신이라는 단어에 그녀의 눈이 번뜩였다. 그녀는 영리하고 무자비한 제우스의 머리를 가르고 태어난 논쟁의 여신이었다. 누군가에게 무언가를 용납받지 못하면 상대가 아무리 원숙한 여신 삼인방이라 해도 그냥 수긍할 리 없었다. 그 제약을 낱낱이 분해해 빠져나갈 틈을 찾을 것이다.

"그래서 이런 식으로 나오시는 거겠죠. 말벌을 보내고 병을 떨어뜨리는 식으로." 나는 그녀를 똑바로 쳐다보았다. "그런 비열한 수법을 동원하려니 전사의 기백을 갖춘 분이 얼마나 짜증이 나셨을까요."

창 자루를 쥔 그녀의 손이 새하얗게 이글거렸다. "달라지는 건 없다. 그 아이는 죽어야 해."

"죽을 겁니다, 백 살이 되면."

"너의 마법으로 언제까지 나를 저지할 수 있을 것 같으냐?"

"저지할 필요가 있을 때까지요."

"너무 성급하구나." 그녀는 내 쪽으로 한 발짝 다가왔다. 말총 깃털이 천장을 쓸며 스윽 하는 소리를 냈다. "네 처지를 잊은 모양이다, 님프. 나는 제우스의 딸이다. 내가 네 아들을 직접 공격할 수는 없을지 몰라도, 내가 너에게 뭘 해도 될지에 대해서는 운명의 여신들도 왈가왈부한 바가 없다."

그녀는 돌로 모자이크를 맞추듯 정확하게 한 단어씩 바닥으로 내려놓았다. 심지어 신들 중에서도 아테나는 분노로 유명했다. 그녀에게 반항한 자들은 돌과 거미로 변하거나 실성하거나 돌개바람에 휩쓸리거나 세상 끝까지 따라다니는 저주를 받았다. 그리고 내가 죽으면 텔레고노스는……

"그래," 그녀가 말했다. 그녀의 미소는 쌀쌀맞고 냉랭했다. "이제야 네 상황을 이해하는구나."

그녀가 바닥을 짚었던 창을 들었다. 이제는 창이 반짝이지 않았다. 그녀의 손안에서 시커먼 액체처럼 흘렀다. 나는 골풀을 엮어 만든 아기 침대 옆으로 뒷걸음질을 치며 열심히 머리를 굴렸다.

"맞습니다, 당신은 저를 해칠 수 있겠죠." 내가 말했다. "하지만 저에게도 아버지와 가족이 있습니다. 그들은 같은 핏줄이 함부로 처형당하면 그냥 넘어가지 않을 겁니다. 분노하겠죠. 심지어 어떤 조치를 취할 수도 있고요."

그녀는 창을 바닥에 다시 내려놓지 않았지만 위로 들어올리지도 않았다. "티탄 신족이여, 전쟁이 벌어지면 올림포스의 신들이 이길 거다."

"제우스가 전쟁을 원했다면 이미 오래전에 우리에게 번개를 날렸겠죠. 하지만 자제하고 있지 않습니까. 자신이 힘들게 쟁취한 평화를 당신이 파괴하면 뭐라고 생각할까요?"

그녀의 눈을 보니 돌을 이쪽과 저쪽에 한 개씩 얹으며 저울질하는 눈빛이었다. "유치한 협박을 하는구나. 이 문제를 이성적으로 논의할 수 있을 줄 알았더니."

"제 아이를 죽이려고 하는 한 이성적으로 해결할 방법은 없습니다. 오디세우스에게 화가 나신 건 알겠지만 그는 이 아이의 존재도 모릅니다. 텔레고노스를 죽인다고 그를 처벌할 수 있는 건 아니에요."

"네 멋대로 생각하는구나, 마녀야."

내 아들의 목숨이 걸린 문제가 아니었다면 나는 그녀의 눈빛을 보고 웃음을 터뜨렸을지 모른다. 그녀는 영리할지 몰라도 감정을 감추는 데에는 전혀 재주가 없었다. 뭐하러 감추겠는가. 어느 누가 감히 위대하신 아테나의 생각을 걸고넘어질 수 있겠는가. 오디세우스는 그녀가 자신에게 화가 났다고 했지만 그는 신들의 본성을 제대로 이해하지 못했다. 그녀는 화가 난 게 아니었다. 그녀가 잠시 자취를 감춘 것은 헤르메스도 얘기한 적 있는 해묵은 수법에 불과했다. 총아에게서 등을 돌려 그를 절망에 빠뜨린 뒤 영예롭게 복귀해 굽신거림을 만끽하려는 수법이었다.

"오디세우스에게 아픔을 주기 위해서가 아니라면 제 아들을 죽이려는 이유가 뭡니까?"

"그건 네가 알 바 아니다. 나는 미래를 보았기에 이 아이를 살려두면 안 된다고 얘기하는 것이다. 살려두면 평생 후회하게 될 거다. 네가 이 아이를 애지중지하는 건 탓할 수 없겠지. 하지만 어머니로서의 맹목적인 사랑으로 정신이 흐려지면 쓰나. 생각해보아라, 헬리오스의 딸. 아이가 세상에 발을 들인 지 얼마 되지 않았을 때, 아이의 육신과 너의 애정이 아직 온전하지 않을 때 나에게 넘기는 편이 낫지 않겠느냐." 그녀의 목소리가 부드러워졌다. "일 년 아니면 이 년 아니면 십 년 뒤, 네 사랑이 완벽하게 꽃을 피운 다음에는 얼마나 더 고통스럽겠느냐. 지금 영혼들의 집으로 수월하게 보내는 편이 낫지. 다른 아이를 낳아서 새로운 희열과 더불어 잊어버리는 편이 낫지. 자식의 죽음을 겪어 마땅할 어미는 없을 것이다. 하지만 반드시 그래야 한다면, 달리 방법이 없다면 보상이 주어질지 모른다."

"보상이요."

"물론이지." 그녀가 나를 보며 용광로 한복판처럼 얼굴을 환히 빛냈다. "내가 보상도 없이 희생을 요구할 줄 알았느냐? 너는 팔라스 아테나의 총아가 될 것이다. 내가 영원토록 너에게 호의를 베풀 것이다. 이 섬에 아이를 기리는 기념비를 만들어주마. 그동안 다른 아들의 아비가 되어줄 다른 훌륭한 남자를 보내주마. 내가 아이의 탄생을 축복하고 모든 불운으로부터 보호해주마. 그 아이는 전장에 나서면 적에게 두려움을 안기고 평소에는 현명하며 모두에게 존경을 받는, 인간들의 지도자가 될 것이다. 그는 후계자를 여럿 남기고 너에게 어미로서의 모든 바람을 충족시켜줄 것이다. 내가 보장하마."

헤스페리데스의 황금 사과*만큼이나 귀한, 온 세상을 통틀어 가장 값진 선물이었다. 올림포스의 신이 우정을 약속하다니 온갖 안락과 즐거움을 누릴 수 있었다. 두 번 다시 두려움을 느낄 필요도 없었다.

나는 그 반짝이는 회색의 시선을 들여다보았다. 두 눈은 허공에 걸려 꿈틀거리며 빛을 반사하는 두 개의 보석과도 같았다. 그녀는 미소를 지으며 내 손을 잡으려는 듯, 한 손을 벌려 내밀고 있었다. 좀 전에 자식을 운운했을 때 그녀는 자기 아이를 어르기라도 하는 듯 나지막이 노래를 부르다시피 했다. 하지만 아테나에게는 아이가 없었고 앞으로도 낳을 일이 없었다. 그녀가 유일하게 사랑하는 건 이성이었다. 그리고 그건 절대 지혜와 같은 말이 아니었다.

• 헤라가 제우스와의 결혼 선물로 대지의 여신 가이아에게 받은 사과. 헤스페리데스 자매가 정원을 지켰다.

아이가 무슨 곡식 자루처럼 서로 맞바꿀 수 있는 것도 아니고.

"저를 당신 마음대로 사육하는 암말 취급하시는 건 그냥 모르는 척 지나가겠습니다. 제가 정말로 궁금한 건 당신이 제 아들의 죽음에 이토록 집착하는 이유입니다. 이 아이가 무슨 짓을 저지를 운명이기에 천하의 아테나께서 막으려고 이리 아등바등이실까요?"

나긋나긋했던 분위기가 단박에 사라졌다. 그녀는 쾅 하고 닫힌 문처럼 손을 거두었다. "나와 척을 지겠다는 거로구나. 잡초와 보잘것없는 신성을 무기로."

그녀의 능력이 나를 압도했지만 나에게는 텔레고노스가 있었고 나는 무엇을 준다 한들 아이를 포기할 생각이 없었다.

"그렇습니다." 나는 말했다.

그녀는 입술을 비틀고 그 뒤에 숨겨 있던 새하얀 이를 드러냈다. "그 아이를 끝없이 지켜볼 수는 없을 테지. 결국에는 내가 데려갈 거다."

이 말을 끝으로 그녀는 사라졌다. 하지만 나는 텅 빈 방에서 꿈을 꾸는 내 아들의 귀에 대고 얘기했다. "제가 어디까지 할 수 있는지 모르고서 하시는 말씀이죠."

19

그날 밤새도록 왔다갔다 걸으며 아테나가 한 말을 곱씹었다. 내 아들이 자라서 그녀가 두려워하는 일을, 그녀에게 엄청난 영향을 미칠 만한 일을 저지를 운명이었다. 하지만 그게 뭘까? 그녀가 말하길,

나도 후회하게 될 거라고 했다. 왔다갔다 걸으며 고민하고 또 고민해봐도 답을 알 수가 없었다. 결국에는 억지로나마 한쪽으로 제쳐놓는 수밖에 없었다. 운명의 여신들이 낸 수수께끼를 풀어보려고 한들 득이 될 게 없었다. 중요한 건 그녀가 포기하지 않으리라는 점이었다.

나는 아테나에게 내가 어디까지 할 수 있는지 모르지 않느냐고 으스댔지만 모르기는 나 역시 마찬가지였다. 나는 그녀를 죽이지도, 변신시킬 수도 없었다. 선수를 칠 수도, 숨을 수도 없었다. 어떤 환영을 만들어도 그녀의 예리한 시선을 피할 도리가 없었다. 조만간 텔레고노스가 걷고 달릴 텐데 그때가 되면 무슨 수로 그를 안전하게 지킬 수 있을까? 시커먼 공포가 내 머릿속에서 점점 고개를 들었다. 무슨 수를 생각해내지 않으면 연못에서 본 그 환영처럼 잿빛으로 싸늘하게 식은 아이의 시신이 수의를 입고 누워 있을 것이었다.

그 무렵의 기억은 단편적이다. 나는 이를 악물고 집중해가며 섬을 샅샅이 뒤져 꽃을 뽑고 잎을 빻고, 도움이 될 만한 깃털과 돌멩이와 뿌리를 닥치는 대로 찾았다. 집 주변에 그것들이 기우뚱하게 쌓였고 부엌 공기가 먼지로 부예졌다. 나는 짐을 너무 많이 실은 말처럼 눈을 휘둥그레 뜨고 말똥말똥 쳐다보며 잘게 썰고 끓였다. 텔레고노스를 동여맨 채로 그랬다. 겁이 나서 내려놓을 수가 없었다. 아이는 그렇게 붙잡아놓는 걸 질색해서 소리를 지르며 통통한 주먹으로 내 가슴팍을 밀쳤다.

걸을 때마다 그슬린 쇠 같은 아테나의 살냄새가 느껴졌다. 그녀가 나를 놀리는 건지 공포가 환각을 만들어낸 건지 알 길이 없었지만 그것이 채찍처럼 나를 다그치는 역할을 했다. 절박한 마음으로, 삼촌들에게 들은 몰락한 올림포스의 신들에 관한 모든 이야기를 떠올려보려 했다. 외할아버지나 바다의 님프들이나 아버지를 찾아가 발치에 엎드릴까도 고민했다. 하지만 그들이 나를 도울 마음이 있다 한들 감히 분노한 아테나를 대적할 수는 없을 것이었다. 아이에테스라면 가능했을지 몰라도 그는 이제 나를 증오했다. 파시파에는? 물어볼 필요조차 없었다.

무슨 계절인지 하루 중 언제인지도 알 수 없었다. 쉴새없이 움직이는 내 손과 얼룩덜룩해진 칼, 식탁 위에서 으깨지고 짓이겨진 약초, 끓이고 또 끓인 몰리만 보였다. 텔레고노스는 고개를 뒤로 젖히고 잠이 들었다. 화가 나서 아직까지 뺨이 벌겠다. 나는 잠깐 숨을 고르고 정신을 추슬렀다. 눈을 깜빡이자 눈꺼풀이 긁혔다. 벽이 이제는 돌이 아니라 안으로 축 늘어진 부드러운 천처럼 느껴졌다. 드디어 좋은 생각이 났지만 필요한 게 있었다. 바로 하데스의 집에서 가져온 징표였다. 죽은 자들은 대부분의 신들이 갈 수 없는 곳으로 건너갔기에 살아 있는 자들과 다르게 우리 같은 신의 접근을 차단할 수 있었다. 하지만 그런 징표를 입수할 방법이 없었다. 영혼을 관장하는 신 말고는 어느 누구도 저승에 발을 들일 수 없었다. 나는 아무 소득 없는 고민을 하며 몇 시간 동안 왔다갔다 걸었다. 어떻게 하면 지옥의 신에게 사주해 회색 아스포델로스*나 스틱스 강물을 한 움큼 얻을 수 있을까. 어떻게 하면 뗏목을 만들어 타고 저승의 가장자리까지 다가가 오디세우스가 쓴 수법으로 영혼들을 불러내 그 연기를 담아올 수 있을까. 그 생각을 하자 오디세우스가 구덩이의 피를 유리병에 담아서 가져다준 게 기억났다. 그림자들이 그 걸신들린 입술을 여기에 갖

---

* 그리스 신화에서 사자(死者)의 나라에 피는 불사의 꽃.

다댔으니 그들에게서 풍기는 냄새가 아직 남아 있을지 모른다. 상자에서 꺼내 불빛에 비춰보았다. 시커먼 액체가 유리병 안에서 헤엄쳤다. 한 방울을 떨어뜨리고 하루종일 그걸 증류해 희미한 냄새를 끄집어냈다. 여기에 몰리를 추가해 강화하고 형태를 만들었다. 심장이 뛸 때마다 희망과 절망이 교차했다. 효과가 있을까, 없을까.

텔레고노스가 다시 잠이 들 때까지 기다렸다. 아이가 버둥거리면 필요한 만큼 집중할 수가 없었다. 그날 밤에 주문을 두 개 만들었다. 한 주문에는 핏방울과 몰리가 담겼다. 다른 주문에는 낭떠러지에서부터 소금기로 뒤덮인 평지에 이르기까지 이 섬의 모든 단편들이 조금씩 담겼다. 미친듯이 일을 한 끝에 동이 틀 무렵 마개로 덮은 병 두 개가 내 앞에 놓였다.

피곤해서 가슴이 울렁거렸지만 단 한 순간도 기다릴 수 없었다. 텔레고노스를 동여맨 채 가장 높은 산꼭대기로 올라갔다. 허공에 걸린 하늘 아래로 민둥 바위가 한 토막 있었다. 그 바위에 한쪽 발을 얹었다. "아테나가 내 아이를 죽이려 하기에 내가 그를 지키러 왔다." 나는 외쳤다. "보라, 아이아이에의 마녀, 키르케의 힘을."

피로 만든 물약을 바위에 뿌렸다. 녹인 청동을 물에 넣었을 때처럼 쉬익 하는 소리가 났다. 새하얀 연기가 허공으로 피어올라 사방으로 번졌다. 한데 뭉쳐 거대한 아치로 섬을 덮어 그 안에 우리를 가두었다. 살아 있는 죽음의 막이었다. 아테나가 찾아오더라도 민물을 만난 상어처럼 몸을 돌릴 수밖에 없을 것이다.

그 아래로 두번째 주문을 외웠다. 이 섬 자체에, 모든 새와 짐승과 모래알, 모든 잎사귀와 돌과 물방울 속에 마법을 걸었다. 그들에게, 그리고 그들의 뱃속에서 잉태되는 모든 후손들에게 텔레고노스의 이름을 새겼다. 아테나가 저 연기를 뚫고 들어오면 이 섬이, 짐승과 새들이, 나뭇가지와 돌들이, 땅속의 뿌리가 들고 일어날 것이다. 다 같이 저항할 것이다.

나는 태양 아래에 서서 답을 기다렸다. 이글거리는 번개를 기다렸다. 아테나의 회색 창이 내 심장을 바위에 꽂길 기다렸다. 내가 살짝 숨을 헐떡이는 소리가 들렸다. 주문의 무게가 멍에처럼 내 목을 누르고 있었다. 너무 엄청난 주문이라 스스로 유지될 수 없기에 내가 시시각각 젊어지고 내 의지로 보강하며 한 달마다 갱신해야 했다. 갱신하는 데에는 사흘이 걸릴 것이었다. 이 섬 곳곳의 해변과 숲과 들판에서 비늘과 깃털과 털을 다시 모으는 데 하루. 그걸 섞는 데 하루. 고도의 집중력을 발휘해 비축해놓은 핏방울에서 죽음의 냄새를 추출하는 데 또 하루. 그러는 동안 텔레고노스는 몸을 비틀며 울부짖을 테고, 주문은 내 어깨를 짓누를 것이다. 그래도 상관없었다. 그를 위해 무엇이든 할 수 있다고 말했으니 이제 그걸 증명하며 하늘을 떠받들 것이다.

잔뜩 긴장하고서 오전 내내 기다렸지만 답은 없었다. 다 됐다는 걸 마침내 깨달을 수 있었다. 우리는 해방됐다. 아테나뿐 아니라 그들 모두에게서 해방됐다. 주문이 나를 붙들고 있었지만 그럼에도 날아갈 것 같았다. 처음으로 아이아이에가 온전히 우리들만의 것이 되었다. 나는 현기증을 달래며 무릎을 꿇고, 버둥거리는 아들을 풀었다. 땅바닥으로 내려놓았다. "이제 안심해도 된단다. 드디어 우리도 행복해질 수 있어."

내가 얼마나 바보 같았던가. 두려움에 떨며 그를 붙잡아놓았던 그 모든 날들은 반드시 갚아야 하는 빚과 같았다. 그는 앉길 거부하며,

단 한 순간도 멈추지 않고 섬을 이리저리 달렸다. 아테나는 막았을지 몰라도 바위며 낭떠러지, 손대지 못하게 떼어놓아야 하는 독충까지 섬의 일상적인 위협은 여전했다. 내가 붙잡으려고 할 때마다 아이는 낭떠러지를 향해 반항조로 쏜살같이 달려가곤 했다. 아이는 세상에 화가 난 듯했다. 더 멀리 던질 수 없는 돌에, 더 빨리 달릴 수 없는 다리에 화가 난 듯했다. 사자들처럼 한 방에 나무껍질을 벗기고 싶어했고 그게 되지 않으면 주먹으로 나무줄기를 때렸다.

나는 아이를 품에 안고 가르쳐주려고 했다. 너무 조급하게 생각하지 말거라, 때가 되면 너도 힘이 세질 거야. 하지만 아이는 소리를 지르며 몸을 숙여 나에게서 빠져나갔고, 그 어떤 것도 그를 달랠 수 없었다. 그는 반짝이는 걸 보여주며 흔들면 다른 걸 잊고 마는 그런 아이가 아니었다. 진정 작용이 있는 약초와 우유술, 심지어 잠이 오는 약까지 먹였지만 아무 소용이 없었다. 바다만이 유일하게 아이의 화를 가라앉힐 수 있었다. 그 아이처럼 가만히 있지 못하는 바람, 움직임으로 충만한 물결. 아이는 고사리손으로 내 손을 잡고 파도 안에 서서 손가락으로 가리켰다. 수평선이라고, 나는 이름을 알려주었다. 창공. 파도와 조류와 해류. 아이는 하루종일 그 단어를 혼자 중얼거렸고, 내가 다른 데로 데려가 열매나 꽃, 간단한 주술을 보여주려고 할 때면 펄쩍 도망치며 얼굴을 일그러뜨렸다. 싫어!

두 주문을 다시 만들어야 하는 날들이 가장 문제였다. 아이는 내가 곁에 붙잡아두려고 하면 번번이 도망치다가 내가 일에 몰두하면 발뒤꿈치로 바닥을 두드리며 자길 봐달라고 했다. 내일 바다로 데려다줄게, 나는 약속했다. 하지만 그건 아무 의미 없는 약속이었고 아이는 내 시선을 끌기 위해 집안을 찢어발겨놓았다. 그 무렵 아이는 자라서 아기띠에 넣어 안고 있을 수 없었고 아이가 저지르는 말썽도 그와 더불어 커졌다. 접시가 가득 올려진 식탁을 뒤집었다. 선반으로 올라가 유리병을 박살냈다. 늑대들에게 봐달라고 맡겼지만 그들조차 감당이 안 돼서 꽃밭으로 도망쳐버렸다. 나는 점점 커지는 공포를 느낄 수 있었다. 내가 미처 갱신하지 못했을 때 마법의 효력이 끝날 것이다. 아테나가 분노하며 달려올 것이다.

그 당시의 내가 어땠는지 안다. 불안하고 안정감이 없는, 잘못 만들어진 활과 같았다. 아이를 키우면서 내 안의 모든 단점이 발가벗겨졌다. 모든 이기심과 모든 약점이 드러났다. 하루는 주문을 만들기로 했는데 아이가 커다란 유리그릇을 집어서 자기 맨발로 산산조각을 낸 적이 있었다. 내가 아이를 다른 데로 옮기고 유리조각을 쓸고 닦으려고 달려가자 아이는 가장 친한 친구를 빼앗기기라도 한 듯이 나를 때렸다. 결국에는 아이를 침실에 넣고 문을 닫는 수밖에 없었다. 아이는 고함을 지르고 또 질렀고, 머리로 벽을 때리는지 쿵쿵하는 소리가 들렸다. 나는 청소를 마치고 작업을 하려고 했지만 그 무렵에는 내 머리가 쿵쾅거렸다. 분통을 터뜨리게 내버려두면 결국에는 지쳐서 잠이 들 줄 알았다. 하지만 아이의 분풀이는 그칠 줄 몰랐고 그림자가 길어질수록 점점 더 심해졌다. 날이 저물어가는데 주문은 완성되지 않았다. 내 손이 저절로 움직였다고 얘기하면 좋겠지만 마법은 그런 식으로 되는 일이 아니었다. 화가 나서 온몸이 이글거렸다.

나는 아이에게 마법은 쓰지 않겠다고 전부터 다짐했었다. 아이를 내 의지대로 지배하려 하다니 아이에테스나 함직한 짓이었다. 하지만 바로 그 순간 나는 양귀비와 수면제와 나머지를 낚아채 부글거릴 때까지 끓였다. 방으로 갔다. 아이는 창에서 뜯어낸 덧문 조각을 발로 차고 있었다. 이리 와, 내가 말했다. 이거 마시렴.

아이는 마시고 나서 다시 덧문을 뜯기 시작했다. 이제는 신경쓰이지 않았다. 구경하는 게 거의 재미있을 지경이었다. 아이는 교훈을 얻을 것이다. 제 어머니가 어떤 자인지 알아차릴 것이다. 나는 주문을 외웠다.

아이가 돌처럼 쓰러졌다. 머리를 바닥에 하도 세게 부딪히는 바람에 내 입에서 헉 소리가 났다. 아이에게 달려갔다. 나는 마치 잠이 들듯 아이의 눈이 스르르 감길 줄 알았다. 하지만 온몸은 움직이던 모습 그대로 뻣뻣하게 굳었고 손가락은 갈고리발톱처럼 웅크려졌고 입은 벌어졌다. 손가락으로 만져보니 몸이 싸늘했다. 메데이아는 그녀의 아버지의 왕궁에 있는 노예들에게 의식이 남아 있는지 모르겠다고 했다. 나는 알았다. 아이의 멍한 눈 뒤에서 혼란과 공포를 느낄 수 있었다.

내가 경악의 비명을 지르자 주문이 풀렸다. 아이의 몸이 축 늘어졌고 잠시 후에 아이는 구석에 몰린 짐승처럼 미친듯이 돌아보며 허둥지둥 도망쳤다. 나는 흐느껴 울었다. 피처럼 뜨거운 수치심이 나를 덮쳤다. 미안해, 아이에게 몇 번이고 말했다. 아이는 내가 다가가 품안에 자기를 안도록 몸을 맡겼다. 나는 아이가 머리를 부딪힌 곳에 생긴 혹을 조심스럽게 건드렸다. 아픔이 가시게 주문을 외웠다.

그 무렵 방안은 어두워졌다. 밖에서는 해가 저물었다. 나는 아이를 최대한 오랫동안 무릎에 앉혀 끌어안고 중얼중얼 노래를 불러주었다. 그런 다음 부엌으로 데려가 저녁을 차려주었다. 아이는 내게 매달린 채 저녁을 먹고 기운을 차렸다. 내 무릎에서 내려가 다시 뛰어다니며 문을 세게 닫고 손이 닿는 곳에 있는 물건을 선반에서 전부

끄집어냈다. 나는 뼛속까지 너무 피곤해서 땅속으로 꺼질 것만 같았다. 하지만 일 분, 일 초가 지날수록 아테나를 막는 주문의 효력이 약해지고 있었다.

아이는 계속 어깨 너머로 나를 돌아보았다. 마치 도발을 하는 듯했다. 와서 잡아보라고, 주문을 걸어보라고, 때려보라고. 대신에 나는 제일 높은 선반에서 아이가 전부터 몹시 탐을 냈던 큼지막한 꿀단지를 꺼냈다. 자, 내가 말했다. 이거 줄게.

아이는 달려들어 산산조각이 날 때까지 단지를 빙글빙글 굴렸다. 그런 다음 끈적끈적한 꿀 속에서 뒹굴고 쌩하니 달려갔다. 뒤에 실처럼 남은 흔적은 늑대들이 핥아먹었다. 이렇게 해서 나는 주문을 완성할 수 있었다. 아이를 목욕시키고 침대로 데려가기까지 한참이 걸렸지만 그래도 결국에는 누비이불 아래에 눕혔다. 아이는 조그맣고 따뜻한 손가락으로 내 손을 감쌌다. 죄책감과 수치심이 나를 갉아먹었다. 나를 미워하겠지, 나는 생각했다. 도망치겠지. 하지만 아이에게는 내가 전부였다. 아이의 숨소리가 길게 늘어지고 팔다리에서 힘이 풀리기 시작했다. "너는 왜 좀더 평온해지지 못하니?" 나는 속삭였다. "왜 이렇게 힘들어야 하니?"

대답하듯 아버지의 신전이 내 눈앞에 떠올랐다. 척박한 흙바닥, 시커멓게 번뜩이는 흑요석. 체커판 위에서 말이 움직이는 소리, 내 옆으로 보이는 아버지의 황금빛 다리. 나는 꼼짝 않고 조용히 누워 있었지만 내 안에서 떠날 줄 몰랐던 탐욕스러운 허기가 기억났다. 아버지의 무릎 위로 기어올라가고 싶었고, 일어나서 달리며 소리를 지르고 싶었고, 체커판 위의 말을 집어서 벽으로 던지고 싶었다. 불길을 일으키며 터질 때까지 장작을 쳐다보고 싶었고, 나무를 흔들어 열매를 떨어뜨리듯 아버지를 흔들어 모든 비밀을 알아내고 싶었다. 하지만 이중 하나라도 했었다면 자비는 없었을 것이다. 아버지는 나를 태워서 재로 만들었을 것이다.

달이 아들의 이마에 앉았다. 물과 수건으로도 없애지 못한 얼룩이 보였다. 이 아이는 평온해져야 할 이유가 없었다. 나도 그런 적 없었고, 내가 아는 이 아이의 아버지도 마찬가지였다. 차이가 있었다면 그는 재가 되는 걸 두려워하지 않았다는 것이었다.

그뒤로 몇 날 며칠 동안 나는 바다에서 내 목숨을 의탁할 통나무라도 되는 듯이 그 생각에 매달려 지냈다. 그러자 조금은 도움이 됐다. 아이가 성난 표정을 지으며 시비조로 나를 쳐다볼 때, 모든 영혼을 끌어모아서 반항할 때, 그 생각을 하며 숨을 고를 수 있었다.

나는 천 년을 살았지만 텔레고노스의 어린 시절에 비하면 그 세월이 길게 느껴지지 않았다. 아이의 말문이 일찍 트이길 기도했다가 아이의 성질에 말이 더해졌을 뿐이라 곧 후회했다. 싫어, 싫어, 싫어. 아이는 나에게서 발버둥치며 악을 썼다. 그런 다음 잠시 후에는 내 무릎 위로 기어올라와서 귀청이 떨어지도록 어머니 하고 외쳤다. 여기 있잖니, 나는 말했다. 바로 여기 있잖니. 하지만 그 정도로 가까이 있는 걸로는 부족했다. 하루종일 같이 걷고 해달라는 놀이를 모두 해주어도 내 관심이 한순간만이라도 다른 데로 향하면 아이는 내게 매달려 분통을 터뜨리며 울부짖었다. 그러면 님프들이 그리워졌고, 팔을 붙잡고 애가 왜 이러는지 아느냐고 물어볼 누군가가 그리워졌다. 하지만 곧바로 내가 아이에게 무슨 짓을 저질렀는지 본 사람이 아무도 없어 다행스러워졌다. 겁에 질려 있던 처음 몇 달의 시간들이 아이의 머리를 망가뜨려놓지 않았던가. 그러니 아이가 성질을 부리는 것도 무리는 아니었다.

가자, 나는 아이를 구슬렸다. 우리 재밌는 거 하자. 마법을 보여줄 게. 이 산딸기를 다른 걸로 바꿔줄까? 하지만 아이는 산딸기를 내팽 개치고 다시 바다를 보러 달려갔다. 매일 밤 아이가 잠이 들면 나는 그의 침대를 내려다보며 속으로 중얼거렸다. 내일은 좀더 잘할 수 있을 거야. 가끔 그 말대로 될 때도 있었다. 가끔 둘이서 웃으며 바닷가로 달려가 아이를 무릎에 앉혀놓고 파도를 구경할 때도 있었다. 아이는 계속 발길질하며 내 팔을 쉴새없이 잡아 뜯었다. 그래도 뺨은 내 가슴에 얹혀 있었고 숨을 쉴 때마다 부풀어올랐다가 꺼지는 아이의 가슴을 느낄 수 있었다. 인내가 넘쳐흘렀다. 계속 소리를 질러라, 나는 생각했다. 그래도 견딜 수 있어.

의지였다, 매 순간이 의지였다. 따지고 보면 주문과도 같았지만 이건 나에게 거는 주문이었다. 아이는 넘쳐흐르는 거대한 강물이었고, 나는 아이의 급류를 안전하게 유도할 물길을 매 순간 준비해놓고 있어야 했다. 나는 아이에게 이야기를 들려주기 시작했다. 먹을거리를 찾다가 발견한 토끼나 엄마를 기다리다가 만난 아이처럼 쉬운 것부터 시작했다. 아이가 더 들려달라고 아우성치기에 계속 들려주었다. 그런 잔잔한 얘기를 들으면 호전적인 영혼이 차분해지지 않을까 싶었고 어쩌면 내 생각이 맞았을 수도 있었다. 어느 날 문득 생각해보니 한 달이 왔다가 가는 동안 아이가 땅바닥으로 몸을 던지지 않았다. 다시 한 달이 지났고 그 중간 언제인가부터 아이가 더이상 소리를 지르지 않았다. 그게 언제였는지 기억할 수 있다면 얼마나 좋을까. 아니, 언제 그런 날이 오리라는 걸 알고 스스로에게 말해줄 수 있었더라면 얼마나 좋았을까. 그랬더라면 그 암울했던 날들 동안 그날이 찾아오리라며 기다릴 수 있었을 텐데.

아이의 마음에 잎이 돋았는지, 어딘가에서 불쑥 튀어나온 듯한 생각과 말들을 꺼내기 시작했다. 이제 여섯 살이었다. 이마가 반듯해졌고 내가 꽃밭에서 뿌리를 캐는 걸 구경하곤 했다. "어머니," 아이가 내 어깨에 손을 얹으며 말했다. "여길 잘라봐요." 아이가 늘 들고 다니던 조그만 칼을 꺼냈고 뿌리가 잘려나왔다. "봤죠?" 아이가 진지한 표정으로 말했다. "쉬워요."

아이는 여전히 바다를 사랑했다. 모든 조개와 물고기를 알았다. 통나무로 뗏목을 만들어 만에 띄웠다. 밀물로 생긴 웅덩이에 대고 거품을 불었고 게들이 날쌔게 이동하는 걸 구경했다. "이거 보세요." 아이는 내 손을 잡아끌며 이렇게 말했다. "이보다 더 큰 애는 본 적 없어요. 이보다 더 작은 애는 본 적 없어요. 얘는 제일 밝고 얘는 제일 까매요. 이 게는 한쪽 집게발이 없어서 남은 쪽 집게발이 그걸 대신하느라 점점 커지고 있어요. 똑똑하지 않아요?"

나는 또다시 이 섬에 다른 사람이 있었으면 좋겠다는 생각이 들었다. 이번에는 위로를 받고 싶어서가 아니라 이 아이를 같이 예뻐하고 싶어서였다. 나는 이렇게 얘기하리라. 이것 좀 봐, 믿기지가 않지? 우리가 바위와 바람을 뚫고 여기까지 왔어. 나는 실망스러운 엄마였지만 아이는 이 세상의 달콤한 기적으로 자랐어.

아이는 내 눈가가 촉촉해진 걸 보고 얼굴을 찡그렸다. "어머니," 아이가 말했다. "게는 괜찮을 거예요. 얘기했잖아요, 집게발이 벌써부터 다시 자라고 있다고. 이제 여기로 와서 얘를 좀 봐요. 눈처럼 생긴 점이 있어요. 이걸로 앞을 볼 수 있을까요?"

밤이 되면 이제는 내게 이야기를 들려달라고 하지 않고 자기가 이야기를 만들었다. 하는 얘기마다 기괴한 생물들로 가득했던 걸 보면 그걸 통해 난폭한 기질이 해소된 모양이다. 자기가 주는 먹이를 받아먹으러 온 레비아단과 키마이라*와 함께 모험을 떠나거나 아니면 기발한 계략으로 그들을 무찌른다는 식이었다. 어머니와 단둘이 지내면 어떤 아이든 그렇게 상상력이 풍부해질 수밖에 없는 걸까. 잘 모르겠지만, 아이는 이런 상상을 펼치며 넋을 잃은 표정을 지었다. 아이는 날마다 자라는 듯이 보이더니 여덟 살이 되고 열 살이 되고 열두 살이 됐다. 눈빛은 점점 진지해졌고 팔다리는 길고 튼튼해졌다. 한 손가락으로 식탁을 톡톡 두드리며 노인처럼 훈계를 늘어놓는 습관이 생겼다. 용기와 선행이 보상받는 이야기를 가장 좋아했다. 그렇기 때문에 절대 그러지 말아야 하고, 항상 그래야 하는 거예요. 그렇기 때문에 반드시……

나는 아이의 단호함이 좋았다. 옳은 일과 그른 일이 분명하게 갈리고, 실수와 결과, 무찔러야 하는 괴물로 이루어진 아이의 단순한 세상이 좋았다. 나는 이런 세상을 알지 못했지만 아이가 허락만 한다면 그 안에서 계속 머물고 싶었다.

창문 아래에서 돼지들이 나지막이 송로버섯을 찾던 어느 여름날 저녁이었다. 아이는 열세 살이었다. 나는 웃으며 말했다. "네 안에는 아버지보다 더 많은 이야기가 담겨 있구나."

아이는 내가 날려보내기 두려운 희귀한 새라도 되는 듯이 머뭇거렸다. 아이가 전에 아버지에 대해 물은 적이 있었지만 나는 항상 아

• 사자의 머리와 염소의 몸통에 뱀 꼬리가 달린 그리스 신화 속 괴물.

직은 때가 아니라고 대답했다.

"물어보려무나," 나는 말하고 그를 향해 미소를 지어 보였다. "대답해줄 테니. 이제는 때가 되었거든."

"어떤 분이셨어요?"

"이 섬을 찾아온 왕자였단다. 천한 가지 묘책을 가진 사람이었지."

"어떻게 생기셨어요?"

예전에는 오디세우스를 추억하면 소금맛이 날 거라고 생각했었다. 그런데 그를 떠올리자 희열이 느껴졌다. "까만 머리에 까만 눈, 수염에는 빨간색이 섞여 있었어. 손은 큼지막했고 다리는 짧고 튼튼했지. 항상 예상보다 빨랐고."

"떠나신 이유가 뭐예요?"

꼭 오크나무 묘목 같은 질문이라는 생각이 들었다. 위쪽은 단순하고 파릇파릇한 싹뿐이지만 아래로는 곧은 뿌리가 땅속 깊숙이 파묻혀 있었다. 나는 숨을 들이마셨다.

"그는 떠날 때 내 뱃속에 네가 있는 줄 몰랐단다. 고향에 아내와 아들도 있었고. 하지만 그 때문만은 아니었어. 신과 인간은 오랫동안 행복하게 지내지 못하거든. 떠나기로 한 게 옳은 선택이었지."

아이는 얼굴을 찌푸리고 생각에 잠겼다. "몇 살이셨어요?"

"마흔보다 아주 많지는 않았지."

나는 아이가 숫자를 세는 것을 보았다. "그럼 아직 예순이 되지 않으셨겠네요. 아직 살아 계신가요?"

생각해보니 기분이 묘했다. 이타케의 해변을 걸으며 숨을 쉬는 오디세우스라니. 텔레고노스가 태어난 이후로 꿈을 꿀 만한 시간이 거의 없었다. 하지만 내 앞에 떠오른 모습은 탄탄하고 건강해 보였다.

"아마 그럴 거야. 아주 강건했거든. 정신적으로 말이지."

문이 한번 열리자 아이는 내가 기억하는 오디세우스의 모든 것을 알고 싶어했다. 그의 가계, 왕국, 아내, 아들, 어렸을 때 했던 일, 전쟁에서 남긴 무훈. 내 안에서는 그 천 가지의 교활한 음모와 시련이 오디세우스에게 처음 들은 그대로 생생했다. 그런데 텔레고노스에게 이야기를 옮기자 희한한 일이 벌어졌다. 머뭇거리고 내용을 누락하고 고치게 되는 것이다. 아들의 얼굴을 마주하고 있으니 그 잔인성이 전과 다르게 도드라졌다. 모험이라고 생각했던 게 지금은 피비린내 나는 추악한 사건처럼 느껴졌다. 심지어 오디세우스조차 백절불굴하기보다 몰인정하게 느껴졌다. 어쩌다 한 번씩 있는 그대로 전하면 아들이 눈살을 찌푸렸다. 제대로 얘기하신 거 맞아요? 아이가 물었다. 아버지가 그런 짓을 저질렀을 리 없잖아요.

네 말이 맞구나, 나는 이렇게 대답하곤 했다. 네 아버지는 그 족제비가죽 투구를 쓴 트로이아인 정탐꾼을 가족들이 기다리는 고향으로 무사히 돌아갈 수 있게 놓아주었단다. 약속을 지키는 분이었거든.

그러면 텔레고노스는 얼굴을 환히 빛냈다. "아버지가 훌륭한 분일 줄 진작 알았어요. 아버지의 고귀한 행적을 좀더 들려주세요." 그러면 나는 다시 거짓말을 지어냈다. 오디세우스가 알면 나를 나무랄까? 알 수 없었고 관심도 없었다. 아들이 행복해질 수 있다면 나는 그보다 훨씬 더 심한 짓도 할 수 있었다.

그 시절에 가끔 텔레고노스가 내 이야기를 물으면 뭐라고 대답해야 할지 고민한 적이 있었다. 아이에테스, 파시파에, 스킬라, 돼지들을 어떤 식으로 포장하면 좋을지. 하지만 고민할 필요가 없었다. 아이는 그걸 물은 적이 없었다.

아이는 나가서 오랫동안 섬을 돌아다니기 시작했다. 돌아오면 상기된 얼굴로 얘기를 쏟아냈다. 팔다리가 길어졌고 목소리가 갈라지는 게 들렸다. 아버지에 대해 좀더 들려주세요, 아이는 말했다. 이타케가 어디예요? 어떤 곳이에요? 여기서 멀어요? 가는 길에 어떤 위험이 있어요?

때는 가을이었고 나는 겨울을 대비해 과일을 시럽으로 졸이고 있었다. 나무에서 어느 때고 꽃을 피울 수 있었지만, 부글거리는 설탕과 투명한 보석 같은 빛깔과 좋았던 계절을 병에 담아내는 일을 즐기게 됐다.

"어머니!" 아이가 소리를 지르며 집으로 들어왔다. "우리 도움이 필요한 배가 있어요. 바닷가 앞에서 가라앉기 직전이에요. 육지에 배를 대지 못하면 침몰할 거예요!"

아이가 선원을 발견한 게 처음은 아니었다. 그들은 우리 섬 옆을 자주 지나갔다. 하지만 아이가 그들을 돕고 싶어한 건 이번이 처음이었다. 나는 아이가 이끄는 대로 낭떠러지로 나갔다. 과연 배 한 척이 옆으로 기울어 선체로 물이 들어가고 있었다.

"보이시죠? 이번 한 번만 주문을 풀면 안 돼요? 저 사람들은 분명고마워할 거예요."

그걸 어떻게 아니? 나는 묻고 싶었다. 가장 절박한 사람들이 가장 고마워할 줄 모르고, 다시 멀쩡해진 기분을 느끼고 싶다는 이유 하나만으로 너한테 달려드는 일이 허다한데.

"제발요." 아이가 말했다. "아버지 같은 사람이면 어떡해요."

"너희 아버지 같은 사람은 없어."

"가라앉을 거예요, 어머니. 물에 빠져 죽을 거라고요! 그냥 이렇게 서서 구경만 할 수는 없어요. 무슨 수를 내야 해요!"

아이는 괴로워하는 표정을 짓고 있었다. 두 눈에서는 눈물이 반짝거렸다.

"제발요, 어머니! 저들이 죽는 걸 가만히 두고 볼 수는 없어요."

"이번 한 번만이다." 내가 말했다. "딱 한 번만."

바람결에 실려오는 그들의 고함소리가 들렸다. 육지다, 육지! 그들이 기수를 돌려 우리 쪽으로 휘청휘청 다가왔다. 나는 그들이 오르막길을 지나 우리집에 올 때까지 숨어 있기로 아이에게 약속을 받아냈다. 그들이 포도주를 마실 때까지 방에 있어야 했고 내가 보일락 말락 한 신호만 보내도 다시 자리를 피해야 했다. 아이는 모든 조건을 수락했다. 그 어떤 조건이라도 수락했을 것이다. 나는 부엌으로 가서 옛날의 그 약을 만들었다. 동시에 두 개의 부엌에 서 있는 듯한 느낌이었다. 여기 한 곳에서는 내가 익숙한 손놀림으로 백 번쯤 섞었던 약초를 다시 섞고 있었다. 또 여기 내 옆에서 아들은 펄쩍펄쩍 뛰며 흥분한 목소리로 외쳐댔다. 어디에서 온 사람들일까요? 어떤 바위에 부딪혔을까요? 우리가 배 고치는 걸 도울 수 있을까요?

뭐라고 대답했는지 모르겠다. 혈관 속에서 피가 딱딱하게 굳었다. 예전에 어떤 수법으로 그들을 대접했는지 애써 기억을 더듬었다. 들어오너라, 당연히 도와주어야지. 포도주 좀더 마시겠느냐?

예상하고 있었음에도 문을 두드리는 소리가 들리자 나도 모르게 움찔했다. 문을 열어보니 그들이 있었다. 늘 그렇듯 후줄근했고 굶주렸고 절박했다. 선장은 똬리를 튼 뱀처럼 보였던가? 알 수가 없었다. 갑작스럽게 구역질이 나는 바람에 숨이 막혔다. 면전에 대고 문을 쾅 닫고 싶었지만 이미 엎질러진 물이었다. 그들은 이미 나를 보았고 아들이 벽에 바짝 몸을 대고 귀를 쫑긋 세우고 있었다. 나는 그들에게 마법을 써야 할지 모른다고 미리 경고했다. 아이는 고개를 끄덕였다. 그럼요, 어머니. 알겠어요. 하지만 아이는 전혀 몰랐다. 아이는 갈비뼈가 쪼개지며 형체가 바뀌는 소리와 살이 찢어지는 축축한 소리를 들은 적이 없었다.

그들은 긴 의자에 앉았다. 음식을 먹고 포도주를 들이켰다. 나는 계속 선장을 주시했다. 그는 눈빛이 예리했다. 그들은 방을 떠나지 못하고, 나를 떠나지 못하고 미적거렸다. 그가 자리에서 일어났다. "존귀하신 분이여," 그가 말했다. "존함이 어떻게 되십니까? 저희가 어느 분께 식사의 영광을 돌리면 됩니까?"

그때 그들의 몸을 갈기갈기 찢어버릴 수도 있었다. 하지만 텔레고노스가 이미 홀에 들어오고 있었다. 망토를 걸치고 허리춤에는 칼을 찼다. 사내처럼 우뚝하고 자세가 꼿꼿했다. 그때 나이가 열다섯 살이었다.

"이곳은 헬리오스의 딸 키르케 여신과 그 아들 텔레고노스의 집이다. 너희 배가 침몰하려는 걸 보고, 원래는 인간의 접근이 차단된 이 섬으로 올 수 있게 허락한 것이다. 너희가 여기서 머무는 동안 성심을 다해 돕도록 하겠다."

아이의 목소리는 갈라짐이 없었고 잘 말린 널빤지처럼 단단했다. 눈은 아버지처럼 까만색이지만 점점이 박힌 노란색이 반짝거렸다. 남자들이 아이를 쳐다보았다. 나도 쳐다보았다. 오디세우스가 생각났다. 텔레마코스와 수년 동안 떨어져 지내다 만났을 때 갑자기 어른이 된 아들을 보고 얼마나 놀랐을까.

선장이 무릎을 꿇었다. "여신님, 공자님. 저희를 이곳으로 인도한 운명의 여신께 축복을."

텔레고노스는 남자에게 일어나라고 손짓했다. 식탁의 상석에 앉아 접시에 담긴 음식을 나누어주었다. 남자들은 거의 먹지 않았다. 태양을 바라는 덩굴식물처럼 경이로워하는 얼굴로 점점 그에게로 몸을 내밀었고 경쟁적으로 자기 사연을 들려주고 싶어했다. 나는 그 광경을 바라보며 지금까지 그의 어디에 그런 재능이 숨어 있었는지 신기해했다. 하기는 나도 재료를 입수하기 전에는 마법을 부린 적이 없었다.

아이가 그들과 함께 해변으로 가서 선박 수리를 도울 수 있게 허락했다. 별로 걱정하지는 않았다. 이 섬의 짐승들에게 걸어놓은 내 주문이 그를 보호할 테지만 그보다 그 아이 자체의 주문이 훨씬 효과가 있었다. 남자들은 마법에 걸린 거나 다름없었다. 아이가 자기들보다 어린데도 그의 입술에서 나오는 말 한 마디, 한 마디에 고개를 끄덕였다. 아이는 어느 숲이 가장 훌륭한지, 어떤 나무를 베어도 되는지 가르쳐주었다. 그들은 사흘 동안 머물며 배에 난 구멍을 때우고 우리 곳간의 음식을 먹었다. 그러는 동안 아이는 잠자는 시간을 제외한 모든 시간을 그들과 함께 보냈다. 공자님, 그들이 아이에 대해 얘기할 때 지칭하는 이름이었고, 그가 배라고는 난생처음으로 구경하는 소년이 아니라 구십대의 대목수라도 되는 양 그의 의견을 경청했다. 텔레고노스 공자님, 어떻게 생각하십니까, 이렇게 하면 되겠습니까?

아이는 때운 부분을 살펴보았다. "괜찮은 것 같다. 잘했구나."

그들은 얼굴을 밝게 빛냈고 바다로 나서는 동안에도 난간에 매달려 감사 인사와 기도를 외쳤다. 아이는 계속 환한 표정으로 바라보았다. 배가 시야에서 사라지자 희열도 썰물처럼 빠져나갔다.

솔직히 고백하건대 나는 오래전부터 아이가 마법사이길 바랐다. 그래서 약초의 이름과 특징을 계속 가르쳐주었다. 그중 하나라도 그의 눈에 들길 바라며 그 앞에서 소소한 마법을 펼쳐 보였다. 하지만 아이는 일말의 관심조차 보인 적이 없었다. 이제 보니 이유를 알 수 있었다. 마법은 세상을 바꾸는 능력이었다. 아이가 원하는 건 오로지 세상이라는 곳으로 뛰어드는 것뿐이었다.

나는 뭐라고 말을 건네려고 했다. 하지만 아이는 이미 나에게서 등을 돌리고 숲을 향해 걸음을 옮기고 있었다.

아이는 그해 겨울 내내 밖을 전전했고 봄과 여름에도 마찬가지였다. 나는 아침 첫 햇살이 하늘을 밝힐 때부터 그것이 질 때까지 아이를 보지 못했다. 어디 가느냐고 몇 번 물었지만 아이는 해변 쪽으로 어물쩍 손을 흔들고 그만이었다. 나는 더이상 캐묻지 않았다. 아이는 뭔가에 정신이 팔려서 항상 숨가쁘게 뛰어다녔고 온몸에 나무껍질을 묻히고서 벌게진 얼굴을 하고 집으로 돌아왔다. 점점 어깨가 튼실해지고 턱이 넓어졌다. "바닷가의 그 동굴 말이에요." 아이가 말했다. "아버지가 배를 보관했던 곳. 제가 거길 가져도 돼요?"

"이 섬의 모든 게 네 것인걸." 내가 말했다.

"그게 아니라 저 혼자만 써도 되냐고요. 어머니는 들여다보지 않겠다고 약속하실 수 있어요?"

어렸을 때 내게 나만의 공간이 얼마나 소중하게 느껴졌는지 생각이 났다. "약속하마." 내가 말했다.

아이가 선원들에게 썼던 주문을 나에게도 동원한 거였을까. 그 당시 나는 배부른 암소처럼 유순하게 아무것도 의심하지 않았다. 내버려두자, 나는 속으로 중얼거렸다. 행복해하잖아, 잘 자라고 있잖아. 여기서 위험할 일이 뭐가 있겠어?

"어머니," 아이가 나를 불렀다. 동이 튼 직후라 희미한 햇살이 나뭇잎을 달구고 있었다. 나는 꽃밭에 무릎을 꿇고 앉아서 잡초를 뽑고 있었다. 아이는 원래 이렇게 일찍 일어나지 않는데 그날은 생일이었다. 열여섯번째 생일이었다.

"꿀에 절인 배 만들어놨단다." 내가 말했다.

아이는 반쯤 먹은 배를 들어 보였다. 과즙으로 반짝거렸다. "보고 먹었어요. 감사해요." 아이는 잠깐 말을 멈추었다. "보여드릴 게 있어요."

나는 흙을 닦고 아이를 따라서 오솔길을 지나 동굴로 내려갔다. 그 안에 글라우코스가 타고 다녔던 것과 비슷한 크기의 조그만 배가 한 척 있었다.

"이게 누구 배니?" 나는 따져 물었다. "선원들은 어디 있어?"

아이는 고개를 저었다. 상기된 뺨을 하고 두 눈을 반짝였다. "아니에요, 어머니. 제 거예요. 그전부터 생각은 있었지만 그들을 만난 뒤로 더 빨라졌어요. 그들이 자기들 공구도 주었고 다른 공구 만드는 법도 가르쳐주었거든요. 어떻게 생각하세요?"

이제 보니 내 홑이불을 꿰매서 돛을 만들었고 널빤지는 대패질을 대충해서 아직 가시투성이였다. 화가 났지만 또 한편으로는 놀랍고 자랑스러운 마음이 내 안에서 은은하게 번졌다. 내 아들이 조잡한 공구와 의지만으로 혼자서 이걸 만든 거였다.

"아주 깔끔하구나." 내가 말했다.

아이는 씩 웃었다. "그렇죠? 그분은 저더러 아무 말도 하지 말라고 했어요. 하지만 어머니한테 숨기고 싶지 않았어요. 그래서—"

아이는 내 표정을 보고 하던 말을 멈추었다.

"그분이라니?"

"괜찮아요, 어머니. 저한테 아무 해코지도 하지 않아요. 저를 도와주고 계세요. 예전에는 여기 자주 왔었다고 하던데. 어머니하고 오랜 친구 사이였다고요."

오랜 친구. 어쩌다 내가 이 위험을 감지하지 못했을까? 텔레고노스가 저녁마다 얼마나 신이 난 얼굴로 집에 돌아왔었는지 이제야 기억이 났다. 예전에 님프들이 딱 그런 표정으로 돌아오곤 했었다. 아테나는 내 결계를 넘지 못했다. 그녀는 저승에서 전혀 힘을 쓸 수 없었다. 하지만 그는 어디든 다닐 수 있었다. 주사위를 굴리지 않을 때는 영혼들을 하데스의 문까지 직접 데려가기도 했다. 참견의 신, 변화의 신.

"헤르메스는 내 친구가 아니야. 그가 뭐라고 했는지 얘기하거라. 당장."

아이는 당황한 나머지 얼굴을 붉으락푸르락했다. "자기가 도와줄 수 있다고 했고 실제로 도와주었어요. 후딱 해치워야 된다고 했어요. 딱지를 떼려면 얼른 떼는 게 상책이라면서. 보름도 걸리지 않을 테고 저는 봄이면 다시 돌아올 거예요. 만에서 같이 시험해봤는데 튼튼해요."

아이가 하도 조급하게 말을 쏟아내는 바람에 무슨 소린지 알아들을 수가 없었다. "그게 무슨 소리야? 뭐가 보름도 걸리지 않는다는 거야?"

"여행이요." 아이가 말했다. "이타케 여행이요. 헤르메스가 괴물을 피할 수 있게 앞장서주겠다고 하니 걱정하실 것 없어요. 정오에 썰물을 타고 나가면 해가 지기 전에 옆 섬에 도착할 수 있어요."

아이가 내 입에서 혀를 뽑아버리기라도 한 것처럼 아무 말도 할 수가 없었다.

아이가 내 팔에 손을 얹었다. "정말이지 걱정하실 것 없어요. 저는 아무 일 없을 거예요. 헤르메스가 제 아버지 쪽 조상이라면서요. 그러니 저를 배신할 리 없잖아요. 어머니, 제 얘기 듣고 계세요?" 아이가 머리칼로 덮인 눈을 불안하게 반짝이며 나를 빤히 쳐다보고 있었다.

파릇파릇한 아이를 보며 내 피가 차갑게 식었다. 나에게도 저렇게 어렸을 때가 있었던가?

"그는 거짓말의 신이야." 내가 말했다. "바보들이나 그를 믿지."

아이는 얼굴이 벌게졌지만 이미 반항하는 표정을 짓고 있었다. "저도 그분이 누군지는 알아요. 그분만 믿는 건 아니에요. 활도 챙겼어요. 그리고 그분에게 창술도 조금 배우고 있고요." 아이는 한쪽 구석에 기대 세워져 있는 막대를 가리켰다. 내 낡은 부엌칼이 끝에 묶여 있었다. 아이는 나의 경악한 표정을 읽었는지 이렇게 덧붙였다. "저걸 쓸 일은 없을 거예요. 며칠이면 이타케에 도착할 테고 그러면 아버지께서 무사히 지켜주실 테니까요."

아이는 열띤 표정으로 몸을 기울였다. 내가 반대할 만한 구석에 모두 대처했다고 생각하는 것이었다. 아이는 자부심이 넘쳤고 새로운 계획에 대한 희망으로 부풀었다. 무사히, 제 아버지, 이런 단어들을 어쩌면 그렇게 아무렇지 않게 쏟아내는지. 날쌔고 선명한 분노가 나를 관통하는 게 느껴졌다.

"어째서 이타케에서 너를 환영할 거라고 생각하니? 네가 네 아버지에 대해 아는 거라고는 전해들은 이야기뿐인데. 그리고 그에게는 이미 아들이 있어. 사생아 남동생이 찾아오면 텔레마코스가 어떻게 받아들일 것 같으냐?"

아이는 사생아라는 단어에 살짝 움찔했지만 씩씩하게 대답했다. "개의치 않을 거예요. 그의 왕국이나 재산을 노리고 온 게 아니라고 제가 설명할 테니까요. 겨울 내내 거기 있을 테니 서로를 알아가는 시간이 생기겠죠."

"그렇구나. 이미 결정이 내려졌구나. 너와 헤르메스가 그렇게 계획을 세웠으니 나는 순풍을 기원하기만 하면 된다는 거니?"

아이는 머뭇머뭇 나를 쳐다보았다.

"대답해보거라." 나는 말했다. "모르는 게 없는 헤르메스께서 너를 죽이고 싶어하는 자기 누이에 대해서는 뭐라고 하던? 이 섬을 나서는 순간 네가 죽을 거라는 사실에 대해서는?"

아이는 거의 한숨을 쉬다시피 했다. "어머니, 그건 아주 오래된 얘기잖아요. 이제는 그녀도 잊어버렸겠죠."

"잊어버렸을 거라고?" 내 목소리가 동굴 벽을 할퀴었다. "바보 같은 소리. 아테나는 절대 잊지 않아. 부엉이가 어리석은 생쥐를 덮치듯 너를 한입에 꿀꺽 삼킬 거다."

아이는 얼굴에서 핏기가 가셨지만 그래도 당찬 심장답게 순순히 물러서지 않았다. "운에 맡겨보겠습니다."

"안 돼. 내가 불허한다."

아이는 나를 빤히 쳐다보았다. 나는 지금까지 아이에게 뭐든 불허한 적이 없었다. "하지만 저는 이타케에 다녀와야겠어요. 배도 만들었고 준비도 다 끝났어요."

나는 아이에게 다가갔다. "좀더 명확하게 설명을 하마. 이 섬을 떠나면 너는 죽어. 그러니까 배를 타고 나설 생각은 하지도 말거라. 그랬다가는 이 배를 태워버릴 테니."

아이의 얼굴은 충격으로 백지가 되었다. 나는 몸을 돌려 걸음을 옮겼다.

아이는 그날 배를 띄우지 않았다. 나는 부엌을 왔다갔다했고 아이는 숲속에 틀어박혔다. 아이는 땅거미가 질 무렵에야 집으로 돌아왔다. 쿵쾅거리며 궤짝을 닫고 요란하게 이불을 챙겼다. 단지 나와 한 지붕 아래에서 머물 생각이 없음을 보여주기 위해 온 거였다.

아이가 지나가자 내가 말했다. "너를 어른처럼 대해주길 바라면서 어린애처럼 구는구나. 너는 평생 여기서 보호를 받으며 지냈어. 세상 속으로 나서면 네 앞에 어떤 위험이 도사리고 있는지 전혀 모르지. 아테나는 그냥 없는 존재로 간주하면 되는 문제가 아니야."

아이는 불똥을 맞이하는 부싯깃처럼 나를 상대할 준비가 되어 있었다. "맞아요. 저는 세상을 모르죠. 무슨 수로 알 수 있겠어요? 어머니가 저를 한시도 떼어놓지 않는데."

"아테나가 바로 저 벽난로 앞에 서서 너를 죽일 테니 내놓으라고 했어."

"알아요." 아이가 말했다. "어머니가 골백번 얘기하셨잖아요. 하지만 그뒤로 다시는 시도하지 않았잖아요, 아닌가요? 저는 이렇게 살아 있고요."

"내가 걸어놓은 주문 덕분이지!" 나는 자리에서 일어나 아이를 마주보았다. "내가 그 마법의 효력을 유지하느라 어떤 노력을 기울여야 했는지, 아테나가 절대 뚫고 들어올 수 없는 게 확실한지 온갖 시험을 하면서 얼마나 한참 동안 마음을 졸였는지 아니?"

"어머니가 좋아서 하시는 일이잖아요."

"좋아서 하는 일이라고?" 나는 긁는 소리를 내며 웃음을 터뜨렸다. "내가 좋아하는 일은 네가 태어난 뒤로는 할 새가 없어서 거의 하지도 못하는데!"

"그럼 가서 주문 연구 하세요! 그거 하시고 저는 보내주세요! 솔직히 아테나가 아직까지 화가 안 풀렸는지 어쩐지 어머니도 모르잖아요. 아테나하고 대화해보려고는 하셨어요? 십육 년이 지난 일이라고요!"

아이는 십육 세기 전의 일이라도 되는 듯이 말했다. 신들의 시야를, 몇 세대에 걸친 흥망성쇠를 목격한 데서 오는 그들의 냉혹함을 모르고서 하는 얘기였다. 그는 인간이고 어렸다. 느릿느릿 지나는 오후가 그에게는 일 년처럼 느껴질 수 있었다.

불이 붙은 듯 내 얼굴이 점점 뜨거워지는 걸 느낄 수 있었다. "너는 모든 신들이 나와 같은 줄 알지. 마음에 안 들면 무시할 수 있고, 무슨 하인처럼 대할 수 있고, 그들의 뜻은 파리처럼 옆으로 내칠 수 있다고. 하지만 장난 삼아, 분풀이 삼아 너를 박살낼 수 있는 존재가 그들이야."

"공포와 신, 공포와 신! 어머니는 그 소리뿐이죠. 예전부터 온통 그 소리뿐이었어요. 하지만 수없이 많은 남자와 여자들이 이 세상을 활보하며 나이를 먹을 때까지 잘살고 있어요. 심지어 개중 일부는 행복하게 살고 있고요, 어머니. 절박한 얼굴로 안전한 항구만 고수하지 않는다고요. 저도 그렇게 살고 싶어요. 그렇게 살 거예요. 왜 그걸 이해하지 못하세요?"

나를 감싼 허공에 금이 가기 시작했다. "이해하지 못하는 건 너야. 떠나지 못한다고 했지? 그걸로 얘기 끝이다."

"그냥 이렇게 살라고요? 평생 여기 있으라고요? 죽을 때까지? 떠나려는 시도조차 못 해본 채로?"

"그래야만 한다면."

"싫어요!" 아이는 우리 둘 사이의 식탁을 내리쳤다. "이렇게 살지 않겠어요! 여긴 아무것도 없어요. 지나가는 다른 배를 보고 어머니를 졸라서 상륙시킨다 한들, 그런 다음에는요? 며칠 유예됐다가 그들은 떠날 테고 저는 여전히 갇힐 테죠. 이런 게 인생이라면 차라리 죽는 게 낫겠어요. 차라리 아테나의 손에 죽는 게 낫겠다고요, 아시겠어요? 그럼 적어도 이 섬 말고 다른 걸 볼 수 있을 거 아니에요!"

내 눈앞이 하얘졌다.

"네가 차라리 뭘 하고 싶어하든 상관없다. 너무 멍청해서 목숨 하나 건사하지 못하겠거든 내가 대신 건사해주마. 내 주문이면 될 테니."

처음으로 아이가 비틀거렸다. "그게 무슨 말씀이세요?"

"네가 뭘 놓치고 사는지도 모르게 될 거다. 두 번 다시 떠날 생각을 하지 않게 될 거야."

아이는 한 발짝 뒤로 물러섰다. "싫어요. 어머니의 포도주는 마시지 않겠어요. 어머니가 주는 건 아무것도 건드리지 않겠어요."

내 입에서 독기가 느껴졌다. 마침내 아이가 겁에 질린 것을 볼 수 있어서 기뻤다. "그러면 내가 포기할 줄 아니? 내가 얼마나 강한지 너는 절대 모를 거다."

그때 아이가 지은 표정을 나는 평생 잊지 못할 것이다. 베일이 벗겨지고 세상의 민낯을 목격한 인간의 표정이었다.

아이는 문을 열고 어둠 속으로 달아났다.

나는 번개에 맞아 뿌리까지 그슬린 나무처럼 그 자리에 한참 동안 서 있었다. 그러다 바닷가로 걸어갔다. 공기는 시원했지만 모래는 아직 한낮의 열기를 품고 있었다. 아이를 안고, 아이와 살을 맞대고 그 길을 걸었던 수많은 시간에 대해 생각했다. 나는 그때 아이가 불에도 타지 않고 두려움도 없이 자유롭게 세상을 걸을 수 있길 바랐고 이제 그 소원을 이루었다. 그는 창을 들어 자신의 심장을 겨누는 무자비한 여신을 상상하지 못하는 소년으로 자랐다.

나는 아이에게 그가 어렸을 적에 얼마나 성을 내고 힘들게 굴었는지 얘기한 적이 없었다. 신들이 저지른 잔인한 짓과 그의 아비가 저지른 잔인한 짓을 얘기한 적이 없었다. 얘기했어야 하는데, 하는 생각이 들었다. 내가 십육 년 동안 하늘을 떠받치고 있었다는 걸 아이는 알아차리지 못했다. 그의 생명을 구한 풀을 캐러 다닐 때 아이를 데리고 갔어야 하는 거였다. 내가 주문을 외우는 동안 화로를 내려다보도록 세워놓았어야 하는 거였다. 그랬더라면 내가 말없이 짊어지고 있었던 그 모든 것을, 그를 지키기 위해서 한 그 모든 일을 이해했을 것이다.

하지만 그런들 무슨 소용 있을까? 그는 나를 피해 숲속 어딘가에 숨어 있었다. 주문이 내 머릿속에서 너무나 쉽게 떠올랐다. 과일의 썩은 부분을 도려내듯 그 아이에게서 욕망을 잘라낼 수 있는 마법이.

나는 이를 갈았다. 분노하고 나 자신을 갈가리 찢고 흐느끼고 싶었다. 절반의 진실로 아이를 유혹한 헤르메스를 저주하고 싶었지만 헤르메스는 사실 아무것도 아니었다. 나는 텔레고노스가 바다를 쳐다보며 수평선, 하고 속삭였을 때 어떤 얼굴이었는지 본 적이 있었다.

눈을 감았다. 손바닥 보듯 훤한 해변이라 눈을 감아도 걸을 수 있었다. 그가 어렸을 때 나는 아이를 무엇으로부터 지켜주어야 하는지 하나씩 꼽아보곤 했다. 별로 재밌는 놀이는 되지 못했다. 항상 답이 같았으니까. 모든 것.

오디세우스는 예전에 어떤 의사에게 치료를 받아도, 아무리 오랜 시간이 지나도 낫지 않는 부상을 입은 왕의 이야기를 들려준 적이 있었다. 왕은 신탁을 받는 곳을 찾아가 해답을 들었다. 그에게 부상을 입힌 사람만이, 그때 썼던 창으로만 치료해줄 수 있다고 했다. 그래서 왕은 절뚝거리며 온 세상을 찾아다닌 끝에 적을 만났고 치료를 받았다.

나는 오디세우스에게 묻고 싶었다. 왕이 자신에게 그렇게 깊은 상처를 입힌 자를 무슨 수로 설득해서 도움을 받았는지.

해답은 다른 이야기를 통해 내게 전해졌다. 오래전에 내 널찍한 침대에 누워서 오디세우스에게 물은 적이 있었다. "너는 어떻게 했느냐? 아킬레우스와 아가멤논이 네 얘기를 듣지 않았을 때 말이다."

그는 벽난로 불빛을 받으며 미소를 지었다. "그야 간단하죠. 그들이 말을 듣지 않는다는 걸 감안해서 계획을 세우면 됩니다."

20

아이는 올리브 숲에 있었다. 꿈속에서도 나와 싸웠는지 담요를 몸에 둘둘 말고 있었다.

"나의 아들아," 내가 말했다. 고요한 대기 안에서 내 목소리가 크게 들렸다. 아직 동이 트기 전이었지만 거대하게 굴러오는 아버지의 전차 바퀴를 느낄 수 있었다. "텔레고노스."

아이는 눈을 번쩍 뜨더니 나를 밀쳐내느라 두 손을 휘휘 저었다. 뾰족한 단검에 가슴을 찔린 듯이 아팠다.

"가도 좋다고, 내가 도와주겠다고 얘기하러 온 거란다. 하지만 조건이 있어."

아이는 내가 얼마나 많은 걸 감수하며 꺼낸 말인지 알았을까? 몰랐을 것이다. 부담을 느끼지 않는 것이 젊음의 특권이지 않은가. 환희의 파도가 이미 아이를 덮쳤다. 아이는 내게 몸을 던지고 얼굴을 내 목에 갖다댔다. 나는 눈을 감았다. 아이에게서 초록색 잎사귀와 흐르는 수액 냄새가 났다. 우리가 서로를 호흡한 지 십육 년밖에 되지 않았다.

"이틀만 있다가 가거라." 내가 말했다. "그리고 그동안 세 가지를 하고."

아이는 열심히 고개를 끄덕였다. "뭐든 할게요." 내가 고집을 꺾자 아이가 유순해졌다. 승리를 우아하게 받아들이니 그나마 다행이었다. 나는 아이를 집으로 데려가 두 팔 가득 약초와 병을 안겼다. 둘이서 덜거덕거려가며 그걸 배로 옮겼다. 갑판 위에서 썰고 빻고 즙을 섞었다. 평소에는 내가 주문을 만들면 어슬렁어슬렁 자리를 피하던 아이가 이번에는 놀랍게도 옆에서 지켜보았다.

"그건 뭐에 쓰는 거예요?"

"너를 보호해주지."

"뭐한테서요?"

"내가 생각할 수 있는 모든 것으로부터. 아테나가 소환할 수 있는 모든 것으로부터. 폭풍, 레비아단, 쪼개진 선체—"

"레비아단이요?"

나는 아이의 얼굴이 살짝 하얘지는 걸 보고 혼자 좋아했다.

"이게 있으면 레비아단의 접근을 막을 수 있을 거야. 아테나가 바다에서 너를 공격하고 싶으면 직접 나서야 할 텐데, 운명의 여신들이 내린 제약 때문에 그러진 못하겠지. 절대 배에서 내리지 말고 이타케에 도착하자마자 네 아버지를 찾아가 아테나와 네 사이를 중재해달라고 부탁하거라. 아테나가 네 아버지의 수호신이니 말을 들을지 몰라. 그러겠다고 맹세하거라."

"그럴게요." 어둠으로 덮인 그의 얼굴은 엄숙했다.

나는 주문을 외우며 이 묘약을 거친 널빤지와 돛에 일일이, 구석구석 뿌렸다.

"저도 해봐도 돼요?" 아이가 물었다.

나는 남은 묘약을 건넸다. 아이는 갑판에 몇 방울을 뿌리고 내가 한 말을 읊었다.

아이는 나무를 찔러보았다. "됐어요?"

"아니."

"뭐라고 읊으면 되는지 어떻게 아세요?"

"나는 내게 의미가 있는 단어를 읊는단다."

아이는 마치 바위를 밀면서 언덕을 오르는 사람처럼 얼굴에 잔뜩 힘을 주었다. 널빤지를 바라보며 연거푸 다른 마법을 시도했다. 갑판에는 아무런 변화가 없었다. 아이는 비난하는 눈빛으로 나를 쳐다보았다. "어렵네요."

나는 웃음을 터뜨리고 말았다. "그럼 간단할 줄 알았니? 잘 들어라. 이 배를 만들기 시작했을 때도 도끼를 한 번 휘두르면 완성될 거라고 생각하지는 않았을 것 아니니. 매일매일 조금씩 노력한 결과였지. 마법도 마찬가지야. 나 역시 수백 년 동안 노력했음에도 아직 완전히 익히지 못한 게 있어."

"하지만 그뿐만이 아니에요." 아이가 말했다. "제가 어머니처럼 마법에 소질이 없기 때문이기도 하죠."

아버지가 생각났다. 그 옛날에 신전의 벽난로에 든 장작을 태워서 잿더미로 만들며 아버지가 말했다. 이게 나의 가장 간단한 능력이다.

"너는 마법에 소질이 없을 가능성이 크지." 내가 말했다. "하지만 다른 데 소질이 있을 거야. 네가 아직 찾지 못했을 뿐. 그래서 네가 떠나는 것이기도 하지."

아이의 미소를 보고 나는 여름 풀밭처럼 따뜻했던 아리아드네의 미소를 떠올렸다. "맞아요." 아이가 말했다.

나는 아이를 데리고 해변에서도 그늘이 드리워진 곳으로 갔다. 아이가 마지막 남은 배를 먹는 동안 나는 쉬어갈 곳과 위험한 곳을 짚어가며 돌로 항로를 표시했다. 아이는 스킬라 앞을 지나지 않을 것이었다. 다른 길로도 얼마든지 이타케에 갈 수 있었다. 오디세우스가 다른 길을 선택하지 못했던 이유는 포세이돈의 복수 때문이었다.

"헤르메스가 도와주면 좋겠지만 절대로 그에게 기대지는 말거라. 그가 하는 말은 모두 바람에 적힌 거라고 보면 되니. 그리고 항상 아테나를 조심하고. 그녀가 모습을 바꾸고 너를 찾아올 수도 있어. 아리따운 아가씨나 아니면 잘생긴 청년으로. 그녀가 어떤 식으로 유혹하든 절대 넘어가면 안 돼."

"어머니," 아이의 얼굴이 벌게졌다. "저는 아버지를 찾으러 가는 거예요. 제 머릿속은 그 생각뿐이에요."

나는 더이상 아무 말도 하지 않았다. 우리는 예전보다, 심지어 다투기 전보다 더 다정하게 서로를 대하고 있었다. 저녁이면 벽난로 앞에 나란히 앉았다. 아이는 사자 아래에 한쪽 발을 넣었다. 아직 가을인데도 밤이 되면 벌써부터 썰렁했다. 나는 구운 약초와 치즈를 넣은 생선을 내왔다. 아이가 가장 좋아하는 요리였다. 아이는 생선을 먹고 내 잔소리를 가만히 들었다. "페넬로페," 나는 말했다. "그녀에게 모든 경의를 갖추어야 한다. 그 앞에 무릎을 꿇고 칭찬과 선물을 건네고. 적당한 걸로 내가 준비해주마. 분별력이 있다고는 하지만 남편의 사생아가 찾아왔는데 좋아할 여자가 어디 있겠니.

그리고 텔레마코스. 무엇보다 그 아이를 조심해라. 너로 인해 잃을 게 가장 많은 아이니. 예전부터 왕위에 오른 사생아들이 많았고 그도 그 사실을 알 거야. 그를 믿으면 안 된다. 그와 척을 지지도 말고. 그는 아버지에게 직접 훈련을 받아서 영리하고 빠를 거야."

"저도 활은 잘 쏘는데요."

"오크나무 아니면 꿩이나 맞혔지. 너는 전사가 아니야."

아이는 숨을 마셨다. "아무튼 그가 뭘 시도하든 어머니의 능력이 절 지켜주겠지요."

나는 경악한 표정으로 아이를 쳐다보았다. "바보 같은 소리. 내가 무슨 능력으로 여기서 그 멀리까지 너를 지켜준단 말이니. 그걸 믿었다가는 죽음이다."

아이는 내 팔을 건드렸다. "어머니, 그래봐야 인간이라는 뜻에서 드린 말씀이에요. 제 몸의 반은 어머니의 핏줄이니 거기서 오는 자질을 갖추고 있잖아요."

무슨 자질? 나는 그를 붙잡고 흔들고 싶었다. 약간의 귀티? 인간을 홀리는 능력? 담대한 희망으로 가득한 아이의 얼굴을 보면서 나는 노인이 된 기분을 느꼈다. 젊음이 아이의 안에서 무르익으며 부풀어오르고 있었다. 까만 고수머리가 눈을 찔렀고 목소리가 굵어졌다. 남녀 할 것 없이 그 아이를 보며 넋 놓고 한숨을 쉬겠지만 내 눈에는 급소가 될 수 있는 천 군데의 여린 부분만 들어왔다. 벽난로 불빛에 비추어진 목덜미 맨살이 가당치 않게 느껴졌다.

아이는 내 머리에 자기 머리를 기댔다. "아무 일 없을 거예요. 약속해요."

그런 약속은 할 수 있는 게 아니야, 나는 고함을 지르고 싶었다. 너는 아무것도 모르지 않니. 하지만 그게 누구 잘못이겠는가? 내가 세상의 민낯을 보지 못하게 아이의 얼굴을 베일로 덮었다. 그의 역사를 화려하고 대담한 색상으로 칠했고 아이는 내 작품과 사랑에 빠졌다. 이제 와서 돌이키고 바꾸려 한들 엎질러진 물이었다. 이만큼 나이를 먹었으면 현명해져야 하는 건데. 새가 이미 날아갔을 때 울부짖은들 소용없다는 걸 알았어야 하는 건데.

나는 그에게 해야 할 일이 세 가지라고 말했다. 하지만 맨 마지막은 나 혼자 해야 하는 일이었다. 아이는 뭐냐고 묻지 않았다. 무슨 마법인가보다 생각하는 눈치였다. 약초라도 캐고 싶은 모양이라고. 나는 아이가 자러 들어갈 때까지 기다렸다가 별빛을 따라 바닷가로 걸어갔다.

파도가 내 발등을 쓸고 치맛자락을 비틀었다. 그곳은 텔레고노스의 배가 기다리는 동굴 근처였다. 몇 시간 있으면 그가 그 위에 올라타 네모반듯한 바위로 만든 닻을 올리고 비뚤배뚤하게 꿰맨 돛을 펼칠 것이다. 다정한 아이니 내가 더이상 보이지 않을 때까지 손을 흔들 것이다. 그런 다음 고개를 돌리고 그의 희망의 끝에서 기다리는 조그만 바위투성이 섬을 향해 시선을 고정할 것이다.

나는 외할아버지의 신전, 오케아노스의 시커먼 물줄기, 온 땅을 감싸는 그 거대한 강을 떠올리고 있었다. 나이아스의 피를 물려받은 신은 그 물결 속으로 들어가 바위로 된 터널을 뚫고, 천 개의 지류를 넘어, 물살이 해저의 아래를 흐르는 지점까지 나아갈 수 있었다.

아이에테스와 나는 종종 거길 찾아가곤 했다. 두 가지 물이 만나지만 섞이지 않고 해파리처럼 끈적끈적한 막을 형성하는 곳. 그 막 너머의 어두컴컴한 바닷속에서는 희미하게 반짝이는 인광燐光을 볼 수 있었고, 막에 손을 대고 누르면 저쪽을 흐르는, 놀라우리만치 차가운 심해를 느낄 수 있었다. 손을 떼면 손가락이 따끔거리고 소금맛이 났다.

"저것 좀 봐." 아이에테스가 말했다.

그 끝없는 어둠 속에서 움직이는 무언가를 가리키면서 하는 말이었다. 배만큼 거대한 옅은 회색의 그림자가 앞으로 미끄러지듯 움직였다. 유령 같은 날개로 조용히 암흑을 가르며 우리를 향해 돌진했다. 들리는 소리라고는 뼈가 달린 그것의 꼬리가 모래바닥을 긁는 마찰음뿐이었다.

트리곤, 남동생이 알려준 이름이었다. 그 종족 중에서도 가장 컸고 그 자체가 신이었다. 그것의 꼬리에 담긴 독이 온 세상에서 가장 막강하기 때문에 세계의 창조자, 아버지 우라노스가 위험하지 않게 저기 두었다고 했다. 한번 건드리기만 해도 인간은 즉사했고 높은 신조차 영원의 고문을 선고받을 수 있었다. 하급 신은? 우리는 어떻게 될까?

우리는 그 섬뜩하고 낯선 얼굴과 칼로 벤 것처럼 납작한 입을 바라보았다. 하얀 아가미가 달린 배가 우리 위로 지나가는 걸 구경했다. 아이에테스는 눈을 휘둥그레 뜨고 반짝였다. "저게 어떤 무기가 될 수 있을지 생각해봐."

나는 유배지에서 벗어나려는 참이었다. 밤이 찾아와 흘러가는 구름이 고모의 눈을 가려주길 기다린 이유가 그 때문이었다. 성공한다면 내가 사라졌었다는 걸 아무도 모르도록, 아침나절이면 돌아올 수 있을 것이다. 성공하지 못하면, 뭐. 처벌을 받을 수 있는 단계를 넘어설 공산이 컸다.

바닷속으로 발을 들였다. 수면이 점점 올라와 내 다리와 배를 덮었다. 얼굴을 덮었다. 나는 인간들처럼 돌멩이로 체중을 늘려가며 부력과 싸울 필요가 없었다. 해저를 꾸준히 걸었다. 위에서 밀물과 썰물이 가차없는 움직임을 계속하고 있었지만 내가 있는 곳은 너무 깊어서 느껴지지 않았다. 내 눈이 길을 밝혔다. 모래가 일었고 넙치 한 마리가 내 발치에서 쏜살같이 도망쳤다. 어떤 생물도 접근하지 않았다. 내 몸에 흐르는 나이아스의 피를 냄새로 느꼈을까. 아니면 그 오랜 세월 동안 마법을 부리느라 손에 남은 독약의 기운을 느꼈을지도 모를 일이었다. 바다의 님프들에게 도움을 청했어야 했나 싶었다. 하지만 내가 뭘 찾으러 왔는지 알면 그들이 반가워하지 않을 것 같았다.

점점 더 깊숙이, 헤아릴 수 없는 암흑 속으로 들어갔다. 그 물은 나와 영역이 달랐고 물도 내가 그렇다는 걸 알았다. 냉기가 내 뼛속을 파고들었고 염분이 내 얼굴을 자극했다. 바다의 무게가 산처럼 내 어깨를 짓눌렀다. 하지만 예전부터 꿋꿋한 인내가 나의 장점이었고 나는 계속 걸음을 옮겼다. 둥둥 떠다니는 거대한 고래와 대왕 오징어들이 언뜻 보였다. 청동이 허락하는 한도 안에서 최대한 날카롭게 갈아둔 칼을 움켜쥐었지만 그 녀석들도 나와 거리를 유지했다.

마침내 바다의 맨 밑바닥에 도착했다. 모래가 너무 차가워서 발바닥이 화끈거릴 정도였다. 모든 게 고요했고 물도 완전히 잠잠했다. 빛이라고는 이리저리 떠다니는 몇 가닥의 발광체에서 나오는 것뿐이었다. 이 신은 영리했다. 자기 말고는 아무도 살지 않는 이런 적대적인 곳으로 손님들을 유인하다니.

나는 큰 소리로 외쳤다. "심연의 제왕이여, 당신께 도전하기 위해 바깥세상에서 찾아왔습니다."

아무 소리도 들리지 않았다. 앞이 보이지 않는 소금물만 사방으로 이어졌다. 그러다 잠시 후에 어둠이 갈라지면서 그가 등장했다. 흰색과 회색으로 거대했고 태양의 잔상처럼 심연 위에서 이글거렸다. 날개가 소리 없이 물결치자 그 끝에서 해류가 실개천처럼 흘러나왔다. 두 눈은 고양이처럼 가늘게 째졌고 입은 핏기 없는 칼금이었다. 나는 그를 빤히 쳐다보았다. 물속으로 들어섰을 때는 또다른 미노타우로스와 씨름하는 셈이라고, 또다른 올림포스의 신의 의표를 찌르는 거나 다름없다고 속으로 중얼거렸다. 그러나 섬뜩하도록 거대한 그를 마주하고 보니 겁이 났다. 이 생명체는 온 세상의 그 어떤 땅보다 오래됐고 최초로 뿌려진 소금 알갱이만큼 나이가 많았다. 심지어 나의 아버지조차 그의 앞에서는 어린애나 다름없었다. 바다를 막을 수 없듯 그런 존재는 대적할 수 없는 법이었다. 서늘한 공포가 봇물 터지듯 나를 덮쳤다. 나는 평생 엄청난 참사가 나를 덮치지 않을까 하는 두려움에 떨며 지냈다. 이제 더이상 기다릴 필요가 없었다. 이게 바로 그 참사였다.

어인 일로 내게 도전하는 게냐?

높은 신들은 모두 생각으로 말을 전하는 능력이 있었지만 그 생명체의 물음이 내 머릿속에서 들리자 뱃속이 물처럼 흐물흐물해졌다.

"독이 담긴 당신의 꼬리를 가지려고 왔습니다."

그렇게 엄청난 힘을 원하는 이유가 무엇이냐?

"제우스의 딸인 아테나가 제 아들의 목숨을 노리고 있습니다. 제 힘으로는 아이를 지킬 수 없지만 당신의 힘으로는 지킬 수 있기 때문입니다."

깜빡이지 않는 그의 눈이 내 눈 위에 머물렀다. 나는 네가 누군지 안다, 태양의 딸아. 그 모든 바다의 감촉이 궁극에는 내가 있는 이 심연으로 흘러오는 법이니. 나는 너의 맛을 느꼈다. 네 모든 가족의 맛을 느꼈다. 네 남동생도 예전에 내 능력을 구하러 온 적이 있었지. 남들처럼 빈손으로 떠났다만. 나는 네가 맞설 수 있는 그런 상대가 아니다.

그의 말이 사실이라는 걸 알기에 절망이 내 안에서 굽이쳤다. 심연의 괴물들은 모두 형제 레비아단과의 전투에서 입은 상처로 온몸이 뒤덮여 있었다. 그는 아니었다. 어느 누구도 감히 그의 만고의 힘에 맞설 엄두를 내지 않았기에 온몸이 반질반질했다. 심지어 아이에테스조차 자신의 한계를 인정했다.

"그래도," 내가 말했다. "저는 해야 합니다. 제 아들을 위해서요."

불가능한 일이다.

그의 다른 모든 것처럼 이 말 역시 단호했다. 시시각각으로 내 몸에서 의지가 빠져나가는 게 느껴졌다. 이 바다의 가차없는 냉기와 깜빡임 없는 그의 시선으로 인해 줄줄 흘러나가는 게 느껴졌다. 나는 억지로 말문을 열었다.

"받아들일 수 없습니다." 내가 말했다. "제 아들을 반드시 살려야 하니까요."

인간의 삶에 반드시란 없다, 죽음 말고는.

"당신에게 도전하는 것이 불가능하다면 다른 것과 교환할 수도 있습니다. 선물이라든지. 어떤 과업을 수행한다든지."

그가 칼금 같은 입을 벌려 소리 없는 웃음을 터뜨렸다. 내가 너에게 원하는 것이 뭐가 있겠느냐?

아무것도 없다는 걸 나도 알았다. 그가 희끄무레한 고양이 눈으로 나를 물끄러미 바라보았다.

내 원칙은 늘 한결같다. 내 꼬리를 가지고 가려거든 먼저 그 독을 감수해야 한다. 그것이 대가다. 네 아들을 인간의 수명으로 몇 년 더 살리기 위해 영원한 고통에 시달려야 한다. 그럴 만한 가치가 있다고 보느냐?

하마터면 그길로 목숨을 잃을 뻔했던 산고를 떠올렸다. 치료약도 연고도 완화제도 없이 그 고통이 계속된다고 하면 어떨지 생각했다.

"제 남동생에게도 똑같은 제안을 하셨습니까?"

제안은 누구에게나 똑같다. 그는 거부했지. 다들 그러듯이.

그걸 알고 났더니 용기 비슷한 게 생겼다. "다른 조건은 없습니까?"

그 힘이 더이상 쓸모가 없어지면 바다에 던지거라, 내게 돌아올 수 있게.

"그뿐입니까? 맹세하십니까?"

나를 구속할 방법을 찾는 게냐, 아가?

"당신이 약속을 지킬 거라는 확신이 필요합니다."

지킬 것이다.

우리 주변으로 해류가 움직였다. 내가 수락하면 텔레고노스는 살 수 있었다. 중요한 건 그뿐이었다. "준비됐습니다." 내가 말했다. "치시죠."

아니. 네가 직접 독에 손을 갖다대야 한다.

물이 나를 빨아들였다. 어둠이 내 담력을 쪼그라뜨렸다. 모래는 매끈하지 않았고 뼛조각이 뒤섞여 있었다. 바다에서 수장돼 마침내 이곳으로 쉬러 온 유골이었다. 살갗이 내 몸에서 떨어져나가려는 듯이 들뜨고 자꾸 따끔거렸다. 신들에게 자비란 없다는 걸 나는 애초부터 알고 있었다. 앞으로 걸음을 옮겼다. 무언가가 발에 걸렸다. 흉곽이었다. 발을 잡아뺐다. 걸음을 멈추면 다시는 움직이지 못할 것이었다.

그의 꼬리가 회색 껍질과 만나는 경계선 부분에 다다랐다. 그 위쪽의 살은 썩은 것처럼 기분 나쁘게 물컹물컹해 보였다. 뼈가 희미한 소리를 내며 해저를 쓸고 지나갔다. 가까이 다가가자 톱니 같은 가장자리가 보였고, 진하고 숨이 막히도록 달짝지근한 힘의 냄새가 느껴졌다. 독이 내 몸속에 번지면 심연에서 다시 빠져나갈 수 있을까? 아니면 내 아들이 저 위 세상에서 죽어가는 동안 나는 꼬리를 붙잡고 여기에 가만히 쓰러져 있게 될까?

질질 끌지 말자, 나는 속으로 중얼거렸다. 하지만 더는 손가락 한 마디만큼도 움직일 수가 없었다. 간단하게나마 분별력을 갖춘 내 몸이 자멸을 앞두고 머뭇거렸다. 당장이라도 안전한 지상으로 허둥지둥 도망치려는 두 다리가 잔뜩 긴장했다. 이전에 아이에테스가 그랬듯이, 트리곤의 능력을 얻으러 온 다른 모든 이들이 그랬듯이.

암흑과 시커먼 해류가 나를 감쌌다. 나는 텔레고노스의 환한 얼굴을 눈앞에 떠올렸다. 그리고 손을 내밀었다.

내 손이 아무것도 건드리지 않은 채 텅 빈 물속을 그대로 통과했다. 그 생명체가 다시 내 앞에 등장해 단호한 시선으로 내 눈을 쳐다보았다.

되었다.

내 머릿속이 눈앞의 물처럼 시커메졌다. 시간을 건너뛴 느낌이었다. "무슨 말씀이신지 모르겠습니다."

독을 건드렸을 것 아니냐. 그거면 충분하다.

내가 제정신이 아닌 듯이 느껴졌다. "어떻게 그럴 수가 있습니까?"

나는 이 세상만큼 나이를 먹었고 조건은 내 마음대로 정한다. 그 조건을 충족시킨 자는 네가 처음이고.

그가 모래에서 몸을 일으켰다. 펄떡이는 날개가 내 머리칼을 스치고 지나갔고 그가 움직임을 멈추자 꼬리와 몸이 만나는 경계선이 다시 내 눈앞에 등장했다.

자르거라. 위쪽 살에서부터 잘라야 독이 새지 않을 게다.

과일을 자르라고 하는 듯 침착한 목소리였다. 나는 아직까지 머릿속이 어지러웠고 현기증이 났다. 아무 표시도 없고 손목 안쪽처럼 약해 보이는 그 살을 쳐다보았다. 그걸 자르다니 갓난아이의 목을 자르는 것처럼 상상할 수 없는 일이었다.

"이걸 허락하시면 안 되죠." 내가 말했다. "함정이죠? 이 힘으로 제가 세상을 파멸시킬 수도 있습니다. 제우스를 위협할 수도 있습니다."

네가 얘기하는 그 세상은 나와 아무 상관이 없다. 네가 이겼으니 상을 챙기라는 것일 뿐. 자르거라.

그의 목소리는 모질지도 다정하지도 않았지만 내게는 채찍처럼 느껴졌다. 끝없는 밤 속으로 이어지는 광활한 심연이 나를 압박했다. 매끈하고 물컹물컹한 회색의 살이 내 앞에서 기다리고 있었다. 그런데도 나는 여전히 꼼짝할 수가 없었다.

그걸 가지려고 나와 싸울 태세까지 갖추고 있지 않았더냐. 그런데 내가 주겠다니 싫다?

내 뱃속이 소용돌이쳤다. "왜 그러십니까. 제게 이러지 말아주세요."

이러지 말아달라? 아가, 네가 나를 찾아오지 않았느냐.

내 손에 쥐어진 칼 손잡이가 느껴지지 않았다. 아무것도 느껴지지 않았다. 아들이 하늘처럼 멀게 느껴졌다. 칼을 들어 끝을 그의 살에 갖다댔다. 꽃처럼 너덜너덜하게, 쉽게 뜯겼다. 흘러나온 금색 이코르가 내 손을 타고 흩어졌다. 그때 내가 무슨 생각을 했는지 기억이 난다. 분명 나는 벌을 받을 거야. 온갖 주문과 온갖 마법의 창을 내 마음대로 만들 수 있겠지만 앞으로 남은 날 동안 이 생명체의 피 흘리는 모습이 눈앞에서 떠나지 않겠지.

마지막 살갗이 뜯겨졌다. 꼬리가 내 손안으로 떨어져나왔다. 무게가 거의 느껴지지 않았고 가까이서 들여다보니 보는 각도에 따라 색깔이 달라지는 것 같기도 했다. "감사드립니다." 나는 중얼거렸지만 내 목소리에는 소리가 없었다.

물살이 움직이는 게 느껴졌다. 모래알들이 서로 부딪히며 속삭였다. 그의 날개가 위로 솟구쳤다. 그가 흘린 금색 피 구름으로 주변의 어둠이 어른거렸다. 내 발아래에는 천 년의 세월을 머금은 뼛조각들이 있었다. 나는 생각했다. 더는 이 세상을 단 한 순간도 감당 못하겠어.

그럼 아가, 다른 걸 만들려무나.

그는 금색 리본을 길게 늘어뜨리며 어둠 속으로 미끄러지듯 사라졌다.

그 죽음의 도구를 들고 되짚어오는 길은 멀었다. 멀찌감치에서조차 그 어떤 것과도 맞닥뜨리지 않았다. 예전에는 다들 나를 싫어했다면 이제는 다들 나를 피했다. 해변으로 다시 나왔을 때는 거의 동틀 무렵이었고 숨 돌릴 겨를이 없었다. 동굴로 가서 텔레고노스가 창으로 쓰던 낡은 막대를 찾았다. 아직까지도 살짝 떨리는 손으로 막대 끝에 칼을 묶어놓은 끈을 풀었다. 잠깐 서서 그 구부정한 막대를 보며 다른 자루를 찾아야 하나 고민했다. 하지만 아이가 이걸로 연습했으니 구부정하거나 말거나 손에 익은 걸 써야 더 안전할 것 같았다.

조심스럽게 등뼈의 밑동을 잡았다. 움직이는 투명한 막이 씌워져 있었다. 그걸 막대의 끝에 노끈과 마법으로 동여맨 다음 가죽 덮개를 씌우고 독이 새어나오지 않게 몰리로 주문을 걸었다.

아이는 자고 있었다. 얼굴은 매끈했고 두 뺨은 희미하게 상기되어 있었다. 나는 아이가 깰 때까지 서서 지켜보았다. 아이는 화들짝 놀랐다가 실눈을 떴다. "그게 뭐예요?"

"보호장비야. 자루 말고 다른 데는 절대 건드려선 안 돼. 긁히기만 해도 인간은 죽고 신들은 고통으로 몸부림칠 테니까. 덮개를 항상 씌워놓거라. 아테나만을 상대로, 아니면 극도로 위험한 순간에만 써야 하고. 그리고 반드시 나중에 나한테 돌려줘야 한다."

아이는 예전부터 그랬듯 이번에도 겁이 없었다. 주저 없이 손을 내밀어 창 자루를 쥐었다. "청동보다 가볍네요. 이게 뭐예요?"

"트리곤의 꼬리."

아이는 예전부터 괴물 이야기를 가장 좋아했다. 아이가 나를 빤히 쳐다보았다. "트리곤이요?" 놀라워하는 목소리였다. "어머니가 트리곤의 꼬리를 잘랐다고요?"

"아니," 내가 말했다. "그가 주었단다, 대가를 받고." 심연을 물들이던 그 금색 피가 생각났다. "이제 이걸 들고 가 살아서 돌아오너라."

아이는 바닥을 쳐다보며 내 앞에 무릎을 꿇었다. "어머니," 아이가 말문을 열었다. "여신이여―"

나는 아이의 입에 손가락을 갖다 댔다. "아니다." 아이를 일으켜세웠다. 이제는 키가 나만했다. "됐다. 너한테 어울리지 않아, 나한테도 마찬가지고."

아이는 나를 보며 미소를 지었다. 우리는 식탁에 앉아서 내가 준비한 아침을 같이 먹고 배에 비축 식량과 선물을 실은 다음 기슭으로 끌고 나왔다. 시시각각으로 표정이 환해졌고 발이 땅 위를 둥둥 떠다녔다. 아이는 내가 마지막으로 끌어안도록 몸을 맡겼다.

"아버지에게 안부 전할게요." 아이가 말했다. "이야기보따리를 믿기지 않을 만큼 잔뜩 들고 올게요, 어머니. 선물을 갑판이 보이지 않을 만큼 잔뜩 들고 올게요."

나는 고개를 끄덕였다. 아이의 얼굴에 손가락을 갖다댔다. 아이는 내 시야에서 사라질 때까지 손을 흔들며 멀어져갔다.

21

그해에는 겨울 폭풍이 일찌감치 찾아왔다. 찌르는 듯한 빗방울은 땅을 거의 적시지도 않는 듯했다. 그 뒤를 이어서 모든 걸 벗기는 바람이 불자 하루 만에 나무 이파리가 모두 떨어졌다.

내가 이 섬에서 혼자 지내는 게 얼마 만인지…… 계산이 되지 않았다. 백 년? 이백 년이었나? 아이가 없을 때 십육 년 동안 미루어두었던 일을 전부 해치우자고 속으로 중얼거렸다. 새벽부터 해질녘까지 주문을 만들고, 뿌리를 캐고, 식음을 잊은 채 버들가지를 꺾어서 천장에 닿을 때까지 바구니를 짤 것이다. 하루하루가 평화롭게 흘러갈 것이다. 휴식의 시간이 될 것이다.

그런데 눈에 힘을 주면 이타케가 보이기라도 할 듯이 해변을 왔다 갔다 걸으며 바다를 내다보기만 했다. 시간을 따지며 지금쯤은 아이가 얼마만큼 갔을지 짐작했다. 지금쯤 잠깐 쉬면서 물을 마시고 있겠구나. 지금쯤 섬이 보이겠구나. 왕궁으로 가서 무릎을 꿇었겠구나. 오디세우스는—어떤 반응을 보였을까? 그가 떠났을 때 나는 아이가 생겼다고 얘기하지 않았다. 나는 그에게 한 얘기가 거의 없었다. 그가 우리 둘 사이에서 태어난 아이를 어떻게 생각할까?

잘될 거야, 나는 확신했다. 자랑스러워할 만한 아이잖아. 오디세우스라면 그 아이의 자질을 한눈에 알아차리겠지. 다이달로스의 베틀을 알아보았듯이. 아이에게 속내를 털어놓고 검술, 궁술, 사냥, 회의석상에서의 웅변술처럼 남자 인간에게 필요한 기술을 가르치겠지. 텔레고노스는 아비가 뿌듯해하며 지켜보는 가운데 연회에 참석해 이타케인들의 마음을 빼앗겠지. 심지어 페넬로페와 텔레마코스까지 자기편으로 만들 수 있을지 몰라. 어쩌면 왕궁에서 한자리를 차지하고 우리 둘 사이를 오가며 행복하게 살 수 있을지도.

그리고 또 뭐가 있을까, 키르케? 같이 그리핀을 타고 다니고 불사의 존재가 될까?

공기에서 성에 냄새가 풍기는가 싶더니 하늘에서 눈송이가 하나둘씩 떨어졌다. 내가 아이아이에의 산비탈을 넘은 것도 수천 번은 되었다. 까맣고 하얀 미루나무는 벌거벗은 가지를 서로 끌어안고 있었다. 산딸나무와 사과나무에서 떨어진 열매는 땅바닥에서 계속 쪼그라들어가고 있었다. 회향풀은 키가 내 허리까지 왔고 바다의 암반은 말라가는 소금으로 하얘졌다. 머리 위에서는 물수제비뜨듯 날아가는 가마우지들이 바다를 향해 큰 소리로 울었다. 인간들은 그런 자연의 장관에 만고불변의 이름을 지어 붙이는 걸 좋아하지만 섬은 계속 달라지고 있었고, 그것이 이 세대에서 다음 세대로 끊임없이 이어지는 진리였다. 내가 이 섬에 온 지도 삼백 년 하고 몇 년이 지났다. 묘목 시절부터 알았던 오크나무가 내 머리 위에서 삐걱거렸다. 썰물과 밀물을 되풀이하는 해변은 매 겨울마다 윤곽선이 달라졌다. 심지어 낭떠러지마저 비바람과, 허우적거리는 수많은 도마뱀의 발톱과, 그 틈새에 껴서 싹을 틔운 씨앗에 의해 달라졌다. 모든 게 꾸준히 오르내리는 자연의 숨결과 더불어 혼연일체가 되었다. 나만 빼고 모든 게 그랬다.

나는 십육 년 동안 그 생각을 잊고 지냈다. 텔레고노스 덕분에 쉽게 그럴 수 있었다. 아테나의 협박으로 얼룩진 사나웠던 갓난쟁이 시절에 이어 짜증을 폭발하던 시기, 꽃을 피운 발육기와 일상의 자질구레한 뒤치다꺼리들. 튜닉 빨래, 식사 준비, 홑이불 갈이. 하지만 아이가 없으니 진실이 고개를 드는 게 느껴졌다. 텔레고노스가 아테나를 상대로 목숨을 부지한다 한들, 이타케까지 무사히 다녀온다 한들, 결국 나는 그를 잃을 것이다. 난파나 질병이나 습격이나 전쟁의 손에. 내가 바랄 수 있는 최선은 그의 몸이 팔 하나, 다리 한 쪽씩 무너져가는 과정을 지켜보는 것이었다. 어깨가 굽고 다리가 떨리고 배가 안으로 움푹 꺼져가는 걸 지켜보는 것이었다. 그러다 막판에는 머리가 하얗게 샌 아이의 시신 옆에 서서 화염에 집어삼켜지는 광경을 지켜보아야 할 것이다. 내 앞의 언덕과 나무, 벌레와 사자, 돌과 여린 새싹, 다이달로스의 베틀, 이 모든 게 너덜너덜해진 꿈처럼 너울거렸다. 그 아래에 내가 진짜 사는 곳, 끝없는 슬픔으로 이루어진 차가운 영원이 있었다.

늑대 한 마리가 청승맞게 울기 시작했다. "조용히 있어." 내가 말했다. 그럼에도 녀석은 멈추지 않았고 벽에 맞고 튕겨져나온 울음소리가 귀에 거슬렸다. 나는 벽난로 앞에서, 머리를 돌바닥에 얹고 깜빡 잠이 들었다가 피부에 담요 무늬가 찍힌 채 게슴츠레한 눈으로 일어나 앉았다. 황량하고 어스레한 겨울 햇살이 창문을 뚫고 쏟아져 들어오고 있었다. 햇살은 내 눈을 찌르고 바닥에 무릎 깊이의 그림자를 남겼다. 나는 다시 잠을 자고 싶었다. 하지만 늑대가 계속 낑낑대며 짖어대기에 하는 수 없이 일어섰다. 문 앞으로 다가가 활짝 열었다. 자!

늑대는 나를 밀치고 밖으로 나가서 공터를 쌩하니 가로질렀다. 나는 멀어져가는 녀석의 모습을 바라보았다. 이름이 아크투루스였다. 동물들은 대개 이름이 없지만 그 녀석은 텔레고노스의 총아였다. 녀석이 바닷가가 내려다보이는 낭떠러지를 향해 비스듬히 올라갔다. 나는 문을 열어놓은 채로 따라나섰다. 망토를 입지 않았기에 아크투루스가 서 있는 낭떠러지 꼭대기로 오르는 동안 점점 거세어져가는 폭풍에 몸이 흔들렸다. 바다는 새하얀 포말을 머리에 얹고 사납게 바닥을 훑고 위로 솟구치며 겨울의 가장 거친 모습을 보였다. 아주 불가피한 사정이 있는 사공이나 바다로 나섬직한 날씨였다. 나는 내가 착각했겠거니 생각하며 바다를 빤히 쳐다보았다. 그런데 아니었다. 배가 있었다. 텔레고노스의 배였다.

나무와 벌거벗은 가시덤불을 헤치고 도로 달려 내려갔다. 공포와 환희가 목구멍 안에서 서로 엎치락뒤치락했다. 아이가 돌아왔어. 아이가 너무 일찍 돌아왔어. 끔찍한 재앙이 벌어졌을 것이야. 아이가 죽었을 거야. 아이가 달라졌을 거야.

아이는 월계수 사이에서 나와 부딪혔다. 나는 아이를 붙잡아서 팔로 와락 끌어안고 내 얼굴을 그의 어깨에 갖다댔다. 아이한테서 소금 냄새가 났고 전보다 어깨가 넓게 느껴졌다. 나는 긴장이 풀리는 바람에 아이를 붙잡고 매달렸다.

"일찍 돌아왔구나."

아이는 대꾸가 없었다. 나는 고개를 들고 아이의 얼굴을 눈에 담았다. 초췌하고 멍이 들고 잠을 설친 얼굴이었다. 괴로움이 자욱했다. 불안이 번쩍하고 나를 관통했다. "왜 그러느냐? 무슨 일이야?"

"어머니. 드릴 말씀이 있습니다."

아이는 목멘 목소리였다. 아크투루스가 무릎에 몸을 기대도 쓰다듬지 않았다. 온몸이 차갑고 뻣뻣했다. 내 몸까지 덩달아 차가워졌다. "얘기하거라." 내가 말했다.

하지만 아이는 어찌할 바를 몰라 했다. 평생 그렇게 많은 이야기를 만들어냈건만 이번만큼은 바위에 박힌 광석처럼 안에서 꽉 걸렸는지 끄집어내질 못했다. 나는 아이의 손을 잡았다. "뭔지 몰라도 내가 도와주마."

"아뇨!" 아이는 손을 홱 잡아 뺐다. "그런 말씀하지 마세요! 제가 얘기할게요."

아이는 독이라도 삼킨 것처럼 얼굴이 흙빛이었다. 바람이 계속 불어와 우리 옷자락을 비틀었다. 나는 우리 둘 사이의 텅 빈 틈 말고는 아무것도 느낄 수 없었다.

"도착하고 보니 안 계셨어요. 아버지가요." 아이는 침을 삼켰다. "왕궁으로 찾아갔더니 무슨 사냥을 떠나셨다고 하더라고요. 저는 거기 있지 않고 배에 머물렀어요. 어머니가 시키신 대로."

나는 고개를 끄덕였다. 내가 뭐라고 한 마디만 하면 아이가 무너질까 두려웠다.

"저녁이 되면 바닷가를 조금 걸어다녔어요. 늘 창을 들고서요. 창을 배에 두고 다니고 싶지 않았거든요. 왜냐하면—"

경련이 아이의 얼굴 위로 지나갔다.

"해질 무렵에 그 배가 다가왔어요. 제 배처럼 조그만데 보물을 잔뜩 싣고 있더라고요. 파도에 배가 흔들리니 그 보물들이 반짝였어요.
갑옷이었던 것 같아요. 그리고 무기 몇 개와 그릇들. 선장이 닻을 내
리고 뱃전에서 뛰어내렸어요."

아이는 나와 시선을 맞추었다.

"저는 알아차렸어요. 먼발치에서부터. 생각보다 키가 작았어요.
어깨는 곰처럼 넓었고. 머리칼은 희끗희끗했어요. 그냥 평범한 뱃
사람처럼 보였는데 제가 무슨 수로 알아차렸는지 모르겠어요. 마
치…… 마치 제 눈이 오래전부터 딱 그 형체를 기다리고 있던 것 같
았어요."

어떤 기분인지 알 수 있었다. 내 품에 안긴 이 아이를 맨 처음 내려
다보았을 때 내가 느낀 기분이었다.

"제가 큰 소리로 불렀는데 그분은 이미 저를 향해 다가오고 있었
어요. 저는 무릎을 꿇었죠. 저는……"

아이는 살갗을 뚫고 누르기라도 할 듯 주먹으로 가슴을 누르고 있
었다. 감정을 자제하는 중이었다.

"그분도 저를 알아보는 줄 알았어요. 그런데 고함을 지르고 계시
더라고요. 도둑질을 하거나 자기 땅을 약탈할 생각은 말라면서. 저한
테 버르장머리를 가르치겠다고 했어요."

텔레고노스가 얼마나 충격을 받았을지 상상할 수 있었다. 이 아이
는 평생 무슨 이유로든 비난이란 걸 받아본 적이 없었다.

"그러면서 저를 향해서 달려오셨어요. 저는 얘기했죠, 오해하신
거라고. 그의 아들인 왕자에게 허락까지 받았다고. 그분은 그 말을
듣고 더 화를 냈어요. 내가 이곳을 다스리는 사람이다, 이러시면서
요."

바람이 우리를 할퀴었고 아이는 소름이 돋아서 살갗이 꺼칠꺼칠했다. 아이를 감싸안으려고 했지만 오크나무를 끌어안는 거나 다름없었을 것이다.

"그분이 제 옆에 섰어요. 얼굴에 주름살이 많았고 소금 자국으로 얼룩덜룩했어요. 팔에 붕대를 맸는데 피가 배어나오고 있었어요. 허리춤에 칼을 차고 있었고요."

아이는 그 바닷가에서 다시 무릎을 꿇은 듯이 멍한 눈빛으로 얘기했다. 나는 얕게 베인 수백 개의 상처로 흉터투성이였던 오디세우스의 팔을 기억했다. 그는 근접전을 좋아했다. 배를 맞는 것보다는 팔을 맞는 편이 나으니까요, 그는 이렇게 얘기했었다. 어두컴컴한 내 방에서 지었던 그의 미소. 영웅이라는 그 인간들. 제가 그들을 향해 곧장 달려가면 그들이 어떤 표정을 짓는지 당신도 보셨어야 하는데.

"저더러 창을 내려놓으라고 했어요. 저는 그럴 수 없다고 했지만 그분이 계속 내려놓으라고, 내려놓으라고 고함을 질렀어요. 그러더니 저를 잡아챘어요."

내 머릿속에서 장면이 꽃처럼 펼쳐졌다. 곰 같은 어깨와 힘줄이 불거진 다리로, 아직 수염이 나지도 않은 내 아들을 향해 돌진하는 오디세우스. 내가 아이에게 숨겼던 일화들이 모조리 머릿속에서 튀어나왔다. 오디세우스가 반항하는 테르시테스를 기절할 때까지 팼던 이야기. 버릇없는 에우릴로코스가 항상 눈에 멍이 들고 코는 뭉개져 있었던 이야기. 오디세우스가 아가멤논의 변덕에는 무한한 인내심을 발휘했을지 몰라도 아랫사람들에게는 겨울 폭풍처럼 가혹할 수 있었다. 이 세상의 수많은 무지한 인간들이 그를 피곤하게 했다. 수많은 고집불통을 그의 목표에 맞게 다그치고 또 다그쳐야 했고, 수

많은 바보들을 그가 원하는 방향으로 날마다 이끌어야 했다. 어느 누구도 그렇게 말로 어르고 달래가며 끝까지 참을 수는 없었다. 지름길이 있을 수밖에 없었고 그는 지름길을 찾았다. 감히 아카이오이 최고의 전사를 방해하는 불평분자를 짓밟는 데서 희열 비슷한 게 느껴졌을 수도 있었다.

그 아카이오이 최고의 전사의 눈에 내 아들이 어떻게 보였을까? 겁이 없는 물렁한 아이로 보였을 것이다. 평생 남의 의지에 꺾여본 적 없는 애송이로 보였을 것이다.

나는 너무 잡아당겨져 견딜 수 없이 팽팽해진 밧줄이 된 느낌이었다. "그래서 어찌 되었느냐?"

"도망쳤어요. 왕궁 쪽으로. 거기 사람들은 제게 딴마음이 없다고 얘기해줄 수 있을 테니까요. 하지만 그분이 너무 빨랐어요, 어머니."

오디세우스의 짧은 다리는 속임수였다. 그보다 빠른 사람은 아킬레우스밖에 없었다. 트로이아에서 그는 모든 달리기 경주를 휩쓸었다. 레슬링 시합에서는 아이아스를 넘어뜨린 적도 있었다.

"창을 잡고 저를 뒤로 홱 당겼어요. 가죽 덮개가 벗겨졌어요. 저는 무서워서 창을 놓을 수가 없었어요. 무서워서……"

텔레고노스가 멀쩡히 살아서 내 앞에 서 있었지만 나는 뒤늦게 밀물과도 같은 공포를 느꼈다. 얼마나 가까운 거리였을까. 아이의 손안에서 창이 뒤틀려 그를 긁고 지나갔다면……

그때 나는 알아차렸다. 그때 알아차렸다. 까맣게 타버린 들판과도 같은 아이의 얼굴. 상심으로 갈라진 목소리.

"조심하라고 소리를 질렀어요. 얘기했어요, 어머니. 경고했어요, 그게 몸에 닿으면 안 된다고. 하지만 그분은 제 손을 비틀어 창을 빼앗아갔어요. 정말 닿을까 말까 했는데. 끝이 그분의 뺨을 스치고 지나갔을 뿐인데."

트리곤의 꼬리. 내가 아이의 손에 쥐어준 죽음의 도구.

"그분의 얼굴이 그냥…… 멈추었어요. 그대로 쓰러졌어요. 독을 닦아내려고 했지만 상처조차 남아 있지 않았어요. 제 어머니에게로 모시고 갈게요, 제가 말했어요. 어머니가 도와주실 거라고요. 그분의 입술이 하얘졌어요. 저는 그분을 안았어요. 저는 키르케 여신에게서 태어난 당신의 아들 텔레고노스입니다. 그분은 제 얘기를 들었어요. 제가 생각하기에는 들으셨던 것 같아요. 그런 다음 저를 쳐다보고는…… 숨을 거두셨어요."

내 입안에 아무것도 남지 않았다. 마침내 모든 게 분명해졌다. 꽁꽁 감추고 있었던 아테나의 절박함, 텔레고노스를 살려두면 우리 둘 다 후회하게 될 거라며 지었던 굳은 표정. 그녀는 이 아이가 자신이 사랑하는 사람을 해칠까봐 두려워했다. 그리고 아테나가 가장 사랑한 사람이 누구였던가?

나는 손으로 입을 눌렀다. "오디세우스."

아이는 그 단어가 무슨 저주라도 되는 양 몸을 움츠렸다. "저는 경고하려고 했어요. 저는……" 아이는 목이 메어서 더이상 말을 잇지 못했다.

나와 그렇게 많은 밤을 함께한 남자가 내가 들려 보낸 무기에 찔려 내 아들의 품에서 죽다니. 운명의 여신들이 나와 아테나와 우리 모두를 보며 웃고 있었다. 그들이 가장 좋아하는 쓸쓸한 우스갯소리가 있었다. 예언에 반항하면 할수록 그 예언은 더욱 단단히 숨통을 조인다는 것. 반짝이던 덫이 닫혔고 가엾은 내 아들이, 평생 어느 누구도 다치게 한 적 없는 아이가 그 안에 갇혔다. 아이는 심장을 으스러뜨리는 죄책감을 달래며 그 공허한 시간을 달려 집으로 돌아오는 길이었다.

손에 감각이 없었지만 그래도 움직였다. 아이의 어깨를 잡았다. "내 말 들어라." 내가 말했다. "내 말 잘 들어라. 자책하면 안 된다. 이건 오래전에, 백 가지의 방식으로 정해져 있던 운명이야. 오디세우스가 예전에 그랬었지, 자기는 바다에 의해 죽을 운명이라고. 나는 그게 난파당한다는 뜻인 줄 알았지, 다른 것일 거라고는 생각한 적도 없었다. 앞을 보지 못했던 게지."

"아테나의 손에 제가 죽게 내버려두지 그러셨어요." 아이는 어깨를 늘어뜨리고 기운 없는 목소리로 말했다.

"무슨 소리!" 나는 그 못된 생각을 떨쳐버리기라도 하려는 듯 아이를 잡고 흔들었다. "내가 그럴 일은 절대 없을 거다. 절대로. 그때 알았다고 하더라도. 내 말 듣고 있는 거니?" 다급한 마음에 내 목소리가 갈라졌다. "너도 여러 이야기를 알지 않니. 오이디푸스, 파리스. 부모가 그들을 죽이려 했지만 그럼에도 살아서 운명을 감당했지. 너는 원래부터 이 길을 걸을 운명이었던 거야. 거기에서 위안을 얻어야지."

"위안이요?" 아이는 고개를 들었어. "그분이 죽었어요, 어머니. 아버지가 돌아가셨다고요."

앞뒤 재지도 않고 아이를 도우러 황급히 달려가기만 하는 과거의 나쁜 습관이 되살아났다. "아, 아들아." 내가 말했다. "가슴이 아프지. 나도 그렇단다."

아이는 흐느껴 울었다. 아이의 얼굴이 닿은 내 어깨가 점점 축축해졌다. 벌거벗은 나뭇가지 아래에서 우리는 내가 알았던 남자, 아이가 몰랐던 남자를 떠올리며 함께 슬퍼했다. 오디세우스의 넓고 농부 같았던 손. 신과 인간들의 못난 짓을 정확하게 묘사했던 건조한 목소리. 모든 걸 보고 거의 아무것도 드러내지 않았던 두 눈. 그 모든 게 사라져버렸다. 우리는 서로에게 쉬운 상대는 아니었지만 훌륭한 상대였다. 다른 어느 누구도 없었을 때 그는 나를 믿었고 나는 그를 믿었다. 그는 내 아들의 절반이었다.

잠시 후에 아이가 몸을 뗐다. 다시 쏟아지겠지만 지금은 눈물이 말라가고 있었다.

"제가 원했던 건 단지……" 아이는 말끝을 흐렸지만 듣지 않아도 알 수 있었다. 아이들이 바라는 게 무엇이겠는가. 부모에게 빛나는 자부심을 안겨주는 것. 나는 그 희망의 종말이 얼마나 고통스러울지 알고 있었다.

아이의 뺨에 손을 얹었다. "저승의 귀신들은 살아 있는 자들이 어떤 행동을 하는지 안단다. 그분은 원한을 품지 않을 거야. 네 얘기를 들을 거다. 너를 자랑스럽게 여길 거야."

사방에서 나무들이 몸을 흔들었다. 바람의 방향이 바뀌었다. 보레아스 삼촌이 온 세상으로 냉기를 뿜어내고 있었다.

"저승이요." 아이가 말했다. "그 생각은 못했네요. 거기로 건너가시겠지요. 제가 죽으면 그분을 볼 수 있겠네요. 그때 용서를 구할 수 있겠죠. 그때부터 평생을 함께할 수 있을 테고요. 그렇죠?"

아이의 목소리가 희망으로 생생해졌다. 나는 아이의 눈을 통해 그 광경을 볼 수 있었다. 그를 향해 아스포델로스의 들판을 가로지르는 위대한 선장. 아이가 희부연 무릎을 꿇으면 오디세우스는 일어나라고 손짓할 것이다. 그들은 죽은 자의 집에서 나란히 거할 것이다. 나는 갈 수 없는 곳에서, 나란히.

그 비애가 목젖을 타고 올라와 나를 집어삼키려고 했다. 하지만 아이를 위해 영원의 고통을 받을 각오를 하고 독에 손을 댄 적도 있지 않았던가. 아이에게 일말의 위안이 될 수 있도록 간단하게 몇 마디 하는 것쯤이야.

"그렇겠지." 내가 말했다.

아이는 가슴을 들썩였지만 그래도 진정되고 있었다. 뺨에 묻은 눈물자국을 닦았다. "제가 이분들을 데려온 이유를 어머니도 이해하실 거예요. 그런 짓을 저지르고 그냥 두고 떠날 수가 없었어요. 이분들이 같이 떠나겠다고 한 마당에. 둘 다 기운이 하나도 없고 슬퍼하고 있어요."

나도 연달아 들이닥친 파도에 기운이 하나도 없고 피곤하고 심란했다. "누구 말이니?"

"왕비요." 아이가 말했다. "그리고 텔레마코스요. 배에서 기다리고 있어요."

사방에서 나뭇가지들이 기우뚱했다. "두 사람을 여기로 데려왔다고?"

아이는 내 날카로운 목소리에 눈을 깜빡였다. "그럼요. 그분들이 데리고 가달라고 했어요. 이타케에는 남은 게 아무것도 없다고요."

"남은 게 아무것도 없어? 텔레마코스는 이제 왕이고 페넬로페는 모후母后잖니. 그런데 왜 거길 떠나겠다는 거야?"

아이는 미간을 찌푸리고 있었다. "그분들이 그렇게 얘기했어요. 도움이 필요하다고. 제가 무슨 수로 꼬치꼬치 따져 물을 수 있었겠어요?"

"어떻게 따져 묻지 않을 수가 있어?" 심장이 내 목젖을 때렸다. 오디세우스가 바로 옆에 서 있기라도 한 듯 그의 음성이 들렸다. 그 아이는 저를 쓰러뜨린 인간들을 끝까지 추적하겠죠. 그 앞에 서서 이렇게 얘기하겠고요. "감히 오디세우스의 피를 흘리게 하다니. 이제 너희가 피를 흘릴 차례다."

"텔레마코스가 너를 죽이려 들 것 아니냐!"

아이는 나를 빤히 쳐다보았다. 복수하러 나선 아들 이야기를 숱하게 들었음에도 여전히 놀라운 모양이었다. "아니에요," 아이는 천천히 말했다. "그럴 마음이 있었다면 오는 길에 얼마든지 저를 죽일 수 있었어요."

"그건 어떠한 증거도 되지 못해." 내가 말했다. 목소리가 갈라졌다. "그의 아버지에게는 천 가지 계책이 있었고 그 첫번째가 바로 친구인 척하는 것이었지. 우리 모두를 해치는 게 목적일 거야. 내가 보는 앞에서 너를 쓰러뜨리고 싶은 걸 수도 있고."

방금 전까지만 해도 우리는 서로 끌어안고 있었다. 하지만 이제 아이는 뒷걸음질쳤다.

"어머니가 그렇게 말씀하시는 그 사람은 제 형제예요." 아이가 말했다.

아이의 입에서 나온 그 단어, 형제. 미노타우로스에게 손을 내밀던 아리아드네와 그녀의 목에 남아 있었다는 흉터가 생각났다.

"나도 형제가 있다." 내가 말했다. "내가 그들의 권력을 차지하면 그들이 어떻게 나올지 아느냐?"

우리는 아이 아버지의 무덤 앞에서 예전과 똑같은 싸움을 벌이고 있었다. 신과 공포, 신과 공포.

"그는 아버지가 세상에 남기고 간 제 유일한 혈육이에요. 저는 그를 외면하지 않을 거예요." 아이는 허공에 대고 거칠게 숨을 내뱉었다. "이미 저지른 일은 돌이킬 수 없지만 이건 할 수 있어요. 어머니가 싫다 하시면 떠날게요. 다른 데로 데려갈게요."

그냥 하는 말이 아니었고 나도 믿어 의심치 않았다. 그들을 데리고 멀리 떠날 게 분명했다. 아이를 지키기 위해서라면 온 세상을 불태울 수도 있다고 맹세했던 그 해묵은 분노가 내 안에서 용솟음치는 게 느껴졌다. 나는 그런 심정으로 아테나와 맞서고 하늘을 떠받쳤다. 빛이 없는 심연 속으로 걸어들어갔다. 그 엄청난 흥분이 내 몸을 관통하면서 희열마저 느껴졌다. 내 머릿속이 파괴의 형상으로 펄떡거렸다. 어둠 속으로 뱅글뱅글 추락하는 땅, 바닷속으로 침몰하는 섬, 모습이 바뀌어 내 발치에서 기어다니는 적들. 하지만 지금은 이런 환영을 상상해도 아들의 얼굴 때문에 머릿속에서 뿌리내리지 않았다. 내가 온 세상을 불태우면 아이도 함께 타버릴 게 아닌가.

숨을 들이마셔 짭짤한 공기로 내 안을 채웠다. 아직은 그런 능력을 발휘할 필요가 없었다. 페넬로페와 텔레마코스가 영리할지 몰라도 아테나는 아니었고 나는 아테나를 십육 년 동안 저지한 전적이 있었다. 그들이 여기서 내 아들을 해칠 수 있을 거라고 생각했다면 지나친 착각이었다. 아이를 지켜주는 마법이 여전히 섬을 감싸고 있었다. 그의 늑대가 아이의 곁을 절대 떠나지 않을 것이다. 내 사자들이 바위에서 지켜볼 것이다. 그리고 내가, 마녀인 이 아이의 엄마가 여기 이렇게 서 있었다.

"그럼 데려오너라." 내가 말했다. "아이아이에를 구경시켜주자꾸나."

　그들은 갑판에서 기다리고 있었다. 차가운 하늘을 배경으로 희미
하게 이글거리는 동그란 태양을 등지고 있어서 얼굴에 그늘이 졌다.
일부러 그리한 건지 궁금해졌다. 예전에 오디세우스가 말하길 결투
의 절반은 태양을 사이에 두고 어떻게 움직이느냐에 의해 판가름이
난다고, 햇빛이 상대방의 눈을 찌르도록 자리를 잡는 게 관건이라고
했다. 하지만 나는 헬리오스의 혈통이기에 아무리 햇빛이 쨍쨍해도
눈이 부시지 않았다. 그들이 또렷하게 보였다. 페넬로페와 텔레마코
스. 그들이 어떻게 나올까? 나는 희미한 현기증을 달래며 생각했다.
무릎을 꿇을까? 남편과의 사이에서 아이를 낳은 여신에게는 어떤 인
사가 적당할까? 게다가 그 아이가 남편의 죽음을 초래했다면?

　페넬로페가 고개를 숙였다. "영광입니다, 여신이여. 쉴 곳을 내주
셔서 감사합니다." 그녀의 목소리는 크림처럼 매끄러웠고 표정은 잔
잔한 수면처럼 침착했다. 좋아, 나는 생각했다. 앞으로 이렇게 대하면
되겠구나. 이런 장단이라면 나도 잘 알지.

　"나야말로 영광이다." 내가 말했다. "환영한다."

　텔레마코스는 허리춤에 칼을 차고 있었다. 동물 내장을 바를 때
쓰는 칼이었다. 내 심장이 두근거렸다. 영리했다. 검이나 창은 전쟁을
위한 물건이었다. 하지만 손잡이가 너덜너덜한 해묵은 사냥용 칼은
의심을 사지 않을 수 있었다.

　"텔레마코스, 너도."

　자기 이름이 들리자 그가 고개를 살짝 움찔했다. 나는 그도 내 아
들처럼 젊음과 번뜩이는 품위가 넘쳐흐를 줄 알았다. 하지만 여유가

없고 표정이 심각했다. 서른 살일 것이었다. 그런데 그보다 더 나이 들어 보였다.

그가 말했다. "아드님이 제 아버지의 죽음에 대해 얘기하던가요?"

제 아버지. 그 단어가 일종의 도전장처럼 허공에서 맴돌았다. 그의 배짱이 내 허를 찔렀다. 저런 표정 안에 이런 담대함이 숨어 있을 줄이야.

"들었다." 내가 말했다. "나도 상심이 크다. 너희 아버지는 노래로 불리는 남자였는데."

텔레마코스의 얼굴이 굳었다. 내가 감히 그의 아버지의 비문을 읊다니 분노한 것이리라. 다행이었다. 나는 그가 화를 내길 바랐다. 그래야 실수를 저지를 가능성이 컸다.

"따라오너라." 내가 말했다.

회색의 늑대들이 소리 없이 우리 주변을 맴돌았다. 내가 뚜벅뚜벅 앞장섰다. 그들이 내 집과 벽난로를 점령하기 전에 숨쉴 틈을 마련하고 싶었다. 잠깐 계획을 세우고 싶었다. 텔레고노스가 짐을 옮겼다. 자기가 들겠다고 했다. 옷만 해도 어마어마할 게 분명한 왕족치고 그들은 짐이 거의 없었지만 따지고 보면 이타케는 크노소스가 아니었다. 텔레고노스가 뒤에서 미끄러운 뿌리나 바위처럼 위험한 곳을 손으로 가리키며 알려주는 소리가 들렸다. 아이의 죄책감이 겨울 안개처럼 짙게 허공을 채웠다. 그나마 그들의 존재가 아이의 관심을 다른 데로 돌리고 절망의 늪에서 끌어내는 듯했다. 아이는 좀전에 해변에서 내 팔에 손을 얹으며 속삭였다. 왕비님이 기력이 없어요. 아무것도 먹지 않는 것 같아요. 얼마나 말랐는지 보이죠? 동물들은 물려두시는 게 좋겠어요. 간단한 음식을 대접하고요. 죽을 만들어주실 수 있어요?

나는 땅 위를 둥둥 떠다니는 기분이었다. 오디세우스는 죽고 페넬로페가 여기 있고 나는 그녀의 죽을 끓여야 하다니. 그동안 그녀의 이름을 수차례나 입에 올린 끝에 마침내 그녀가 소환되었다. 복수심이겠지, 나는 생각했다. 그럴 수밖에 없었다. 그게 아니면 뭣 때문에 여기까지 왔겠는가.

그들이 내 집 앞에 도착했다. 아직까지 우리의 대화는 매끄러웠다. 들어오너라, 감사합니다, 먹어보겠느냐, 마음 써주셔서 감사합니다. 나는 음식을 대접했다. 정말로 죽과 치즈, 빵, 포도주였다. 텔레고노스는 그들의 접시에 음식을 산더미처럼 쌓았고 잔에서 눈을 떼지 않았다. 죄책감 때문에 여전히 긴장한 얼굴이었다. 한배를 타고 온 수많은 선원들 앞에서 그렇게 능숙하게 주인 노릇을 하던 내 아들이 이제는 용서 한 조각을 구걸하는 개처럼 그들을 예의 주시하며 곁을 맴돌았다. 그뒤 날이 어두워지자 촛불을 켰다. 불꽃이 우리의 입김과 함께 흔들렸다. "페넬로페 왕비님," 아이가 말했다. "제가 말씀드렸던 베틀 보셨나요? 왕비님의 베틀을 두고 와서 안타깝지만 언제든 이걸 쓰세요. 제 어머니께서 허락하시면요."

다른 때 같았으면 나는 폭소를 터뜨렸을 것이다. 옛말에도 있지 않은가. 다른 여자의 베틀로 길쌈을 하는 건 그 여자의 남편과 동침하는 것과 같다고. 나는 페넬로페가 움찔하는지 지켜보았다.

"이렇게 경이로운 작품을 구경할 수 있어서 영광입니다. 오디세우스에게 얘기 많이 들었습니다."

오디세우스. 그 이름이 이 방안에서 적나라하게 등장하다니. 그녀가 움츠러들지 않으면 나도 맞불을 놓을 작정이었다.

"그럼," 내가 말했다. "오디세우스가 다이달로스가 직접 만든 베틀이라는 얘기도 했겠구나. 나는 그런 선물에 걸맞은 솜씨가 못 된다만 너는 워낙 솜씨가 좋기로 유명하니 한번 써보아라."

"마음 써주셔서 감사합니다." 그녀가 말했다. "당신께서 무슨 얘기를 들으셨는지 몰라도 상당히 부풀려졌을 겁니다."

이런 식이었다. 눈물도 비난도 없었고 텔레마코스가 식탁 너머에서 달려들지도 않았다. 나는 그의 칼을 예의 주시했지만 그는 허리춤에 칼을 차고 있는지도 모르는 사람처럼 행동했다. 그는 아무 말도 하지 않았고 그의 어머니도 말이 거의 없었다. 내 아들 혼자 정적을 메우느라 고군분투했지만 시시각각으로 상심이 깊어가는 게 내 눈에도 보였다. 눈에서 점점 총기가 사라졌다. 아까부터는 몸을 희미하게 발작적으로 떨고 있었다.

"다들 무리했겠구나." 내가 말했다. "내가 방으로 안내하마."

그들의 의사를 묻는 게 아니었다. 다들 자리에서 일어났고 텔레고노스는 살짝 휘청거렸다. 페넬로페와 텔레마코스를 각자의 방으로 안내하고 씻을 물을 가져다주고 문을 닫는지 확인했다. 그런 다음 아들을 따라가 침대 옆자리에 앉았다.

"좀 잘 수 있게 약을 줄까?" 내가 물었다.

아이는 고개를 저었다. "잘 수 있을 거예요."

아이는 절망과 피로에 찌들어 고분고분했다. 내가 자기 손을 잡고 머리를 어깨에 기대게 해도 가만히 있었다. 아이가 그 정도로 곁을 허락하는 일이 거의 없었기에 나도 모르게 반가운 마음이 들었다. 제 아비보다 조금 밝은 아이의 머리칼을 쓰다듬었다. 아이가 다시 몸을 부르르 떠는 게 느껴졌다. "자려무나." 나는 중얼거렸지만 아이는 이미 잠이 든 상태였다. 아이를 조심스럽게 침대에 눕히고 이불을 덮어준 다음 주문을 외워 소음을 줄이고 불을 껐다. 아크투루스가 침대 발치에서 숨을 헐떡였다.

"다른 친구들은 어디 갔느냐?" 나는 녀석에게 물었다. "걔들도 여기 있으면 좋겠다만."

녀석은 회색에 가까운 눈으로 나를 쳐다보았다. 저 하나면 충분합니다.

나는 등뒤로 문을 닫고 내 집을 덮은 밤의 그림자 속을 걸었다. 결국에는 사자들을 내보내지 않았다. 인간들이 녀석들을 어떤 식으로 받아들이는지 보면 항상 시사하는 바가 있었다. 페넬로페와 텔레마코스는 흔들림이 없었다. 아마도 내 아들이 미리 경고를 했을 것이다. 아니면 오디세우스가 해둔 얘기가 있었을까? 그 생각이 들자 섬뜩한 한기가 느껴졌다. 그들의 방에서 어떤 대답이 들릴까 싶어서 귀를 기울였다. 집안은 고요했다. 그들은 잠이 들었거나 아니면 말없이 상념에 잠겼다.

식당으로 들어가보니 텔레마코스가 거기 있었다. 시위에 메워진 화살처럼 만반의 태세를 갖추고 식당 한복판에 서 있었다. 허리춤에서 칼이 번뜩였다.

자, 나는 생각했다. 이제 시작으로군. 뭐, 내 식대로 진행하겠어. 나는 그를 지나 벽난로 앞으로 갔다. 포도주를 한 잔 따르고 내 의자에 앉았다. 그러는 동안 그의 시선이 나를 좇았다. 좋아. 폭풍이 들이닥치기 직전의 하늘처럼 강한 기운이 내 피부를 관통하는 게 느껴졌다.

"내 아들을 죽일 생각이라는 거 안다."

벽난로 속의 불길 말고는 아무것도 움직이지 않았다. "그걸 어떻게 아십니까?"

"너는 왕자이자 오디세우스의 아들이니까. 신과 인간의 법칙을 존중할 테니까. 너희 아버지가 죽었고 내 아들이 그 원인이니까. 나도 없앨 생각이겠지. 아니면 그저 내가 보는 앞에서 해치울 작정이었나?"

내 눈이 반짝이며 스스로 그림자를 만들었다.

그가 말했다. "여신이여, 저는 당신에게도 아드님에게도 앙심이 없습니다."

"고맙기도 하지." 내가 말했다. "마음이 완전히 놓이는구나."

그는 전사처럼 근육이 울퉁불퉁하거나 단단하지 않았다. 내 눈에 보이는 흉터도 굳은살도 없었다. 하지만 요람에 있을 적부터 전투 훈련을 받은, 기량이 출중하고 유연한 미케네의 왕자였다. 페넬로페가 그를 주도면밀하게 교육했을 것이다.

"제가 어떤 식으로 증명해 보이면 되겠습니까?" 그의 목소리는 엄숙했다. 나를 놀리는 거로군, 나는 생각했다.

"증명할 방법은 없을 것이다. 아들은 아비를 죽인 자에게 복수하기 마련이니까."

"그건 부인하지 않겠습니다." 그의 시선은 흔들림이 없었다. "하지만 그 말은 살해당한 경우에만 해당이 되겠죠."

나는 한쪽 눈썹을 치켜세웠다. "그럼 네 아비는 아니라는 거냐? 그런데도 내 집에 칼을 들고 오다니."

그는 칼을 보고 놀란 듯한 표정을 지었다. "이건 조각용입니다."

"그래," 내가 말했다. "그렇겠지."

그는 허리띠에서 칼을 꺼내 식탁 위로 내려놓았다. 칼에서 투박하게 떠는 소리가 났다.

"저는 아버지가 돌아가셨을 때 바닷가에 있었습니다." 그가 말했다. "고함소리를 듣고 싸움이 났나 걱정을 했죠. 아버지께서 요즘 들어…… 호의적이지 않았거든요. 제가 너무 늦게 달려갔지만 그래도 마지막을 보았습니다. 아버지가 창을 비틀어서 빼앗는 광경을요. 아버지를 죽인 것은 텔레고노스의 손이 아니었습니다."

"대부분의 사내들은 아버지의 죽음을 용서할 만한 이유를 찾지 않지."

"제가 그들을 대변할 방법은 없겠습니다만," 그가 말했다. "아드님의 탓이라고 주장하면 부당한 처사가 될 겁니다."

그의 목소리로 그 단어를 듣다니 기분이 묘했다. 그의 아버지가 가장 즐겨 쓰던 단어였다. 두 손을 들고 쓴웃음을 지으며. 제가 뭘 어쩌겠습니까? 세상이 원래 부당한 곳이잖습니까. 내 앞에 서 있는 남자를 자세히 들여다보았다. 치미는 분노에도 불구하고 마음이 가는 구석이 있었다. 그는 왕족 특유의 기품을 자랑하지 않았다. 동작이 단순하고 심지어 어색했다. 폭풍에 대비해 받침 나무를 댄 선박처럼 비장했다.

"네가 알아두어야 할 게 있는데," 내가 말했다. "내 아들을 해치려고 해봐야 성공하지 못할 거다."

그는 옹기종기 모여 있는 사자들을 흘끗 쳐다보았다. "제가 보기에도 그럴 것 같네요."

그렇게 건조한 대답이라니 예상 밖이었지만 나는 웃지 않았다. "내 아들에게 이타케에는 남은 게 없다고 얘기했다고 들었다. 너도 알고 나도 알다시피 그곳에는 왕좌가 있지 않으냐. 그걸 차지하지 않은 이유가 뭐냐?"

"저는 이제 이타케에서 환영받지 못하는 처지입니다."

"어째서?"

그는 망설임이 없었다. "아버지가 쓰러지는 동안 지켜보았으니까요. 그 자리에서 당신의 아들을 죽이지 않았으니까요. 그 이후에 시신을 화장할 때도 저는 울지 않았습니다."

차분한 말투였지만 이제 막 불이 붙은 숯처럼 뜨거운 기미가 있었다. 내가 오디세우스를 예우하며 말했을 때 그의 얼굴을 스치고 지나갔던 표정이 생각났다.

"너희 아버지의 죽음이 슬프지 않으냐?"

"슬픕니다. 모두가 얘기하는 아버지를 저는 만난 적이 없기에 슬픕니다."

나는 실눈을 떴다. "이유를 들어보자."

"저는 이야기꾼이 못 됩니다."

"이야기를 들려달라는 게 아니다. 너는 내 섬에 오지 않았느냐. 내게 진실을 밝힐 의무가 있다."

잠깐의 시간이 흘렀고 그는 고개를 끄덕였다. "알겠습니다."

내가 나무의자에 앉았기에 그가 은색 의자에 앉았다. 그의 아버지가 앉았던 자리였다. 오디세우스를 만났을 때 가장 먼저 눈에 띄었던 점 하나가 침대라도 되는 듯이 그 의자에 편안하게 기댄 거였다. 텔레마코스는 암송을 하기 위해 불려나온 학생처럼 꼿꼿하게 앉았다. 나는 그에게 포도주를 권했다. 그는 거절했다.

전쟁이 끝난 뒤에도 오디세우스가 돌아오지 않자 페넬로페와 혼인을 원하는 구혼자들이 들이닥쳤다. 이타케에서 가장 유복한 집안의 자제와 이웃 섬나라의 야심만만한 자손들이 신붓감과, 가능하다면 왕위까지 찾아나선 것이었다. "어머니는 거부했지만 그들은 몇 해가 지나도록 왕궁에 머물며 저희 곳간을 축내고 어머니에게 자기들 중 한 명을 선택하라고 강요했습니다. 어머니가 떠나달라고 몇 번을 간청했지만 듣지 않았죠." 해묵은 분노가 아직까지 그의 목소리에 뜨끈하게 남아 있었다. "남자아이와 여자, 이 둘이서는 자기들을 어떻게 할 수 없다는 걸 알았으니까요. 제가 나무라도 껄껄 웃기만 했죠."

나도 그런 남자들을 알았다. 나는 그런 남자들을 돼지우리로 보냈다.

하지만 이윽고 오디세우스가 돌아왔다. 트로이아를 출발한 지 십 년, 아이아이에를 떠난 지 칠 년 뒤의 일이었다.

"거지 행색을 하고 와서 몇 명에게만 정체를 밝히셨죠. 저희는 기회를 마련했습니다. 구혼자들의 패기를 시험하는 자리를. 오디세우스의 거대한 활을 당길 수 있는 사람이 어머니와 혼인하기로요. 구혼자들이 한 명씩 나섰지만 실패했습니다. 마침내 아버지가 나섰죠. 아버지는 단박에 활을 당겨 그들 중에서도 가장 악질의 목에 화살을 꽂았습니다. 제가 오래전부터 두려워했던 인간들이 마치 낫에 베인 풀처럼 아버지의 발치에 쓰러지더군요. 아버지는 그들을 몰살했습니다."

이십 년의 싸움으로 버려진 전쟁의 사나이. 아킬레우스의 뒤를 잇는 아카이오이 최고의 전사가 다시 한번 활을 들었다. 당연히 그들은 목숨을 부지할 수 없었다. 그들은 배에 기름이 낀 구제불능의 애송이

들이었다. 이야깃거리로도 훌륭했다. 정숙한 아내를 에워싸고 왕위 계승자를 협박한, 게으르고 잔인한 구혼자들. 신의 기준으로 보나 인간의 기준으로 보나 벌을 받아 마땅한 그들 앞에 오디세우스가 죽음의 신처럼 등장했다. 무고하게 해를 당하던 영웅이 세상을 바로잡았다. 텔레고노스조차도 그런 교훈에는 찬성할 것이었다. 그럼에도 나는 그 광경을 상상하면 욕지기가 났다. 그토록 오랫동안 꿈에 그리던 왕궁에 도착해 심장까지 잠긴 채 힘겹게 헤치고 나가는 오디세우스라니.

"다음날 구혼자들의 아버지가 찾아왔습니다. 모두 우리 섬의 백성들이었죠. 키우는 염소의 숫자가 가장 많은 니카노르. 무늬를 새긴 소나무 지팡이를 짚은 아가톤. 예전에 저에게 자기 과수원에서 배를 따먹게 해주었던 에우페이테스. 그가 대변인이었어요. 그대의 집에 손님으로 있던 우리 아들들을 그대가 죽였소. 배상을 해주시오.

'그대의 아들들은 도둑이고 악당이었다.' 아버지가 말하고는 수신호를 보내자 할아버지가 창을 던졌습니다. 에우페이테스의 얼굴이 터지면서 뇌와 함께 사방으로 먼지가 튀었죠. 아버지는 우리에게 나머지도 죽이라고 했지만 아테나가 내려왔습니다."

결국 아테나가 그에게로 돌아간 모양이었다.

"아테나가 싸움은 끝났다고 선포했습니다. 구혼자들이 응당한 대가를 치렀으니 더이상의 유혈사태는 없도록 하자고요. 하지만 다음날부터는 병사들의 아버지들이 찾아왔습니다. '우리 아들들은 어디 있습니까?' 그들이 물었습니다. '트로이아에서 돌아오길 이십 년 동안 기다렸는데요.'"

나는 오디세우스가 그들에게 뭐라고 얘기할 수밖에 없었는지 알았다. 네 아들은 키클롭스에게 잡아먹혔다. 네 아들은 스킬라에게 잡아먹혔다. 네 아들은 식인 거인족의 손에 갈기갈기 찢겼다. 네 아들은 술에 취해 지붕에서 떨어졌다. 도망치는 동안 네 아들이 탄 배는 거인들에게 침몰당했다.

"이 섬에서 출발했을 때만 해도 부하들이 있었다만. 그중에서 목숨을 부지한 자가 한 명도 없었단 말이냐?"

그는 머뭇거렸다. "모르십니까?"

"무엇을?" 하지만 이렇게 되묻는 동안 내 입속이 아이아이에의 노란 모래처럼 말라버렸다. 텔레고노스의 사나운 어린 시절을 지나오느라 내 손밖의 일에는 안달할 겨를이 없었다. 하지만 이제, 방금 전에 오디세우스에게 들은 듯이 선명하게 테이레시아스의 예언이 기억났다. "소," 내가 말했다. "그들이 소를 먹었구나."

그는 고개를 끄덕였다. "네."

이 의욕 넘치고 무모한 사내들이 나와 함께 지낸 기간이 일 년이었다. 나는 그들을 먹였고, 아픈 곳과 다친 데를 치료해주었고, 낫는 걸 지켜보는 데서 희열을 느꼈다. 그런데 이제 그들은 존재하지도 않았던 듯이 이 땅에서 지워져버렸다.

"어떻게 된 일인지 얘기해보아라."

"트리나키에를 지나고 있었을 때 폭풍이 부는 바람에 육지에 배를 대는 수밖에 없었답니다. 아버지가 며칠 동안 보초를 섰지만 폭풍이 계속해서 발목을 잡는 바람에 결국에는 잠이 들고 말았죠."

매번 반복되는 오래된 이야기였다.

"아버지가 잠이 든 새 부하들이 암소를 몇 마리 잡았습니다. 그 섬을 지키던 님프 두 명이 그걸 보고……" 그는 다시 머뭇거렸다. 당신의 아버지라고 해도 될지 고민하는 거였다. "헬리오스께 찾아갔지요. 아버지가 다시 바다로 나섰을 때 배가 폭파돼서 산산조각이 났습니다. 전원 바다에 빠져 죽었죠."

금색의 긴 머리칼과 손으로 그린 듯한 눈을 자랑하는 내 이복자매들이 그 예쁘장한 무릎을 꿇고 있는 광경이 그려졌다. 아버지, 저희 잘못이 아니에요. 그들에게 벌을 내리세요. 그에게 언제 부추김이 필요한 적이 있었던가. 헬리오스와 그칠 줄 모르는 그의 분노.

텔레마코스의 시선이 느껴졌다. 나는 잔을 들어 마셨다. "계속해 보아라. 그들의 아버지가 찾아왔을 때부터."

"그들의 아버지는 찾아와서 아들이 죽었다는 소식을 듣자 자기 아들들이 트로이아에서 쟁취한 보물을 달라고 요구했습니다. 제 아버지가 모두 수장됐다고 해도 포기하지 않았죠. 그들은 찾아오고 또 찾아왔고 그때마다 아버지의 분노는 더욱 끓어올랐습니다. 그래서 마침내 니카노르의 어깨를 막대로 때리고 말았습니다. 클레이토스는 쓰러뜨렸고요. '그대 아들의 진실을 알고 싶은가? 그 아이는 멍청한 떠버리였어. 욕심 많고 어리석었고 신의 명을 거역했지.'"

그렇게 직설적인 말들이 오디세우스의 입에서 내뱉어졌다니 충격이었다. 오디세우스가 그리 얘기했을 리 없다고 반박하고 싶은 마음도 있었다. 하지만 그가 그 수법을 얼마나 술하게 찬양했던가. 유일한 차이점이 있다면 텔레마코스의 경우에는 그럴듯하게 포장하지 않았다는 것이었다. 한숨을 쉬며 손바닥을 펼쳐 보이는 오디세우스 모습이 그려지는 듯했다. 그것이 사령관의 운명이죠. 그것이 인류의 어리석음이고요. 당나귀처럼 두들겨맞아야 정신을 차리는 인간도 있다는 것이 우리 인류의 비극이지 않겠습니까?

"그들은 이후로 얼씬하지 않았지만 아버지는 계속 그 일을 곱씹었습니다. 그들이 음모를 꾸미는 게 분명하다고요. 왕궁 온 사방에 밤낮으로 보초를 세우라고 했습니다. 개를 훈련시키고 해자를 파서 악당들의 덜미를 잡겠다는 얘기도 했고요. 거대한 말뚝 울타리를 건설하는 계획도 세웠습니다. 무슨 포로수용소처럼. 그때 뭐라고 한말씀 드렸어야 하는 건데. 하지만 저는…… 시간이 지나면 해결될 일이라며 희망을 버리지 않았습니다."

"그럼 너희 어머니는? 그녀는 어떻게 생각했느냐?"

"저는 어머니가 어떻게 생각하셨는지 안다고 얘기할 수 있는 입장이 아닙니다." 그의 목소리가 딱딱해졌다. 생각해보니 두 사람은 저녁 내내 한마디도 말을 섞지 않았다.

"혼자서 너를 키운 분이 아니냐. 너도 대강은 짐작을 했겠지."

"어머니가 어떤 일을 벌이면 끝날 때까지 아무도 그 내막을 모릅니다." 이제는 목소리가 딱딱해지기만 한 게 아니라 쓸쓸해지기까지 했다. 나는 기다렸다. 그를 재촉하고 싶으면 말보다 침묵이 더 효과가 있다는 사실을 알아차린 참이었다.

"저희가 모든 비밀을 공유하던 시절도 있었습니다." 그가 말했다. "매일 밤 구혼자들을 물리칠 작전을 함께 짰으니까요. 어머니가 대접을 해야 할지 말아야 할지, 도도하게 얘기해야 할지 회유하는 말투를 써야 할지, 고급 포도주를 꺼내야 할지, 그들끼리 대립하도록 분위기를 조장해야 할지. 제가 어렸을 때 저희 둘은 날마다 붙어서 지냈습니다. 어머니는 저를 데리고 물놀이를 하러 갔고 물놀이가 끝나면 나무 아래에 앉아서 이타케 사람들의 일상을 구경하곤 했죠. 누가 지나갈 때마다 어머니는 모르는 사람이 없었고 그들의 역사를 저한테 들려주시곤 했습니다. 백성을 통치하려면 먼저 이해해야 한다면 서."

텔레마코스의 시선이 허공을 응시했다. 그의 코에서 비뚤어진 부분이 벽난로 불빛에 도드라져 보였다. 좀전까지만 해도 몰랐는데, 예전에 부러진 적이 있는 모양이었다.

"제가 아버지의 안부를 걱정할 때마다 어머니는 고개를 저었습니다. '아버지 걱정은 하지 마라. 그렇게 영리한 분이 죽임을 당할 리 없으니까. 너희 아버지는 인간의 머릿속에 담긴 모든 계책과 그걸 유리하게 활용하는 방법을 아신단다. 전쟁에서 목숨을 부지하고 집으로 돌아오실 거야.' 그러면 저는 안심이 됐습니다. 어머니의 말씀은 항상 현실로 이루어졌으니까요."

오디세우스는 그녀를 곧은 활에 비유한 적이 있었다. 항성이라고, 자기 자신을 잘 아는 여자라고 했다.

"예전에 어머니에게 여쭤본 적이 있습니다. 어떻게 그렇게 세상을 분명하게 파악하시느냐고. 어머니는 미동도 하지 않고 아무 감정도 드러내지 않고, 다른 사람들이 자신을 드러낼 여지를 만들기만 하면 된다고 하셨습니다. 저한테 연습을 시키려고 하셨지만 저는 웃음만 자아내고 말았죠. '너는 비밀스럽기가 바닷가에 숨으려는 황소 수준이구나.' 이렇게 말씀하시면서."

텔레마코스가 속내를 잘 들키는 건 사실이었다. 마음의 상처가 선명하고 정확하게 얼굴에 드러났다. 그가 딱했지만 솔직히 부럽기도 했다. 텔레고노스와 나는 그렇게 가까운 사이였던 적이 없었다.

"그러다 아버지가 돌아오시고 그 모든 게 싹 지워졌습니다. 아버지는 여름 폭풍 또는 흐릿한 하늘을 환하게 가르는 번개 같았습니다.

아버지가 계시면 다른 모든 게 빛을 잃었죠."

나는 오디세우스의 그 수법을 알았다. 일 년 동안 날마다 경험하지 않았던가.

"아버지가 니카노르를 때린 날 어머니를 찾아갔습니다. '도를 넘으시는 건 아닐지 걱정이 돼요.' 어머니는 베틀에서 시선조차 돌리지 않으시더군요. 아버지에게 시간을 드려야 한다고 대꾸하시고는 그걸로 끝이었습니다."

"시간이 도움이 되더냐?"

"아뇨. 할아버지가 돌아가셨을 때 아버지는 니카노르 탓을 하시더군요, 뜬금없이. 거대한 활로 그를 쏴서 죽이고 시신을 바닷가에 버려 새 먹이로 주었답니다. 그 무렵 아버지는 입만 열면 음모를 운운하셨습니다. 섬의 백성들이 아버지에게 맞서 무기를 모으고 있다는 둥, 하인들이 반역 행위에 가담하고 있다는 둥. 밤이면 벽난로 앞을 왔다갔다 걸으며 보초병, 첩자, 조치, 대책, 이런 단어만 내뱉으셨죠."

"실제로 반역 행위가 벌어졌느냐?"

"이타케에서요?" 그는 고개를 저었다. "그럴 시간이 없는걸요. 반란은 좀더 부유한 섬이나 너무 폭정이 심해서 선택의 여지가 없는 곳에서나 벌어지는 거죠. 저는 그 무렵 화가 났습니다. 아버지에게 음모는 없다고, 그런 건 있어본 적이 없다고, 백성들을 죽일 방법을 고민하기보다 다정한 세 마디를 건네는 게 낫지 않겠느냐고 말씀드렸죠. 아버지는 저를 보며 미소를 지으시더군요. '아킬레우스는 열일곱 살에 전쟁터로 나선 걸 아느냐? 그런데 트로이아에서 가장 어린 나이도 아니었다. 열세 살, 열네 살짜리 소년들이 전장에서 눈부신 활약을 보였지. 용기는 나이가 아니라 진정한 정신의 문제더구나.'"

그가 아버지를 똑같이 흉내내지는 않았다. 그럼에도 오디세우스 특유의 은밀하고 매력적인 온화함을 억양으로 잘 살렸다.

"물론 제가 망신감이라는 뜻에서 하신 말씀이었죠. 겁쟁이라고. 저 혼자서 구혼자들을 물리쳤어야 하는 거라고. 그들이 맨 처음 들이닥쳤을 때 제 나이가 열다섯 살이었으니까요. 그러니 아버지의 거대한 활시위를 쏠 수 있어야 하는 거였죠. 당기는 수준도 아니고요. 트로이아에 갔더라면 저는 하루도 버티지 못했을 겁니다."

내 눈앞에 보이는 듯했다. 연기가 모락모락 나는 장작불과 오래된 청동의 코를 톡 쏘는 냄새, 압착한 올리브유 냄새. 그리고 아들을 능숙하게 수치심 속에 파묻는 오디세우스.

"아버지에게 지금 여기는 이타케라고 말씀드렸습니다. 전쟁은 끝났고 다들 그걸 아는데 아버지만 모르신다고. 그 말이 아버지의 분노를 자극했죠. 아버지는 미소를 거두고 이렇게 말씀하시더군요. '너는 반역자다. 내가 죽어서 왕위를 차지할 수 있길 바라지? 어쩌면 그 시기를 앞당기려고 작정했는지도 모르겠구나.'"

텔레마코스의 음성은 차분했고 거의 아무 감정이 느껴지지 않을 정도였지만 의자 팔걸이를 붙잡고 있는 두 손은 손마디가 하얬다.

"우리 집안의 수치는 아버지라고 말씀드렸습니다. 전쟁에 대해서 뭐라고 자랑하시건 상관없지만 아버지가 고향으로 들고 온 건 죽음뿐이라고. 아버지의 손은 두 번 다시 깨끗해지지 않을 테고 피의 호수로 아버지를 따라 들어갔으니 제 손 역시 마찬가지라고. 저는 그걸 평생 후회하게 될 거라고. 이로써 모든 게 끝장났죠. 저는 각료회의에서 배제됐습니다. 알현실을 출입할 수도 없었고요. 독사를 키웠다며 아버지가 어머니에게 고함을 지르는 소리가 들렸습니다."

방안이 고요해졌다. 벽난로의 온기가 희미해지다가 겨울의 공기와 만나서 죽어버리는 지점이 느껴졌다.

"사실, 아버지는 제가 차라리 반역자이길 바라셨을 겁니다. 그러면 적어도 저라는 아들을 이해할 수 있었을 테니까요."

나는 얘기를 듣는 동안 그에게서 아버지의 버릇이 보이는지, 바다에서 썰물과 밀물을 분리할 수 없듯 오디세우스에게서 분리할 수 없는 특유의 수법이 보이는지 관찰했다. 상대방을 설득하고 놀리고, 무엇보다 누그러뜨리기 위해 말을 멈추거나 미소를 짓는 수법, 건조한 목소리와 타이르는 분위기의 손짓. 아무것도 보이지 않았다. 텔레마코스는 주먹을 일직선으로 뻗는 성격이었다.

"그 소리를 듣고 어머니를 찾아갔지만 아버지가 보초를 세워서 제 접근을 차단하셨더군요. 제가 고함을 지르자 어머니는 인내심을 가지라고, 아버지를 자극하지 말라고 하셨습니다. 제게 말을 거는 사람은 아버지의 유모이기도 했던 제 유모 에우리클레이아뿐이었습니다. 저희는 난롯가에 앉아서 곤죽이 될 때까지 생선을 씹었죠. 제 아버지가 원래 그런 분은 아니었다고. 유모는 계속 이 말만 반복하더군요. 그러면 뭐가 달라지기라도 하는 듯이. 이 분노의 사나이가 제가 아는 아버지의 전부였는데 말이죠. 그로부터 얼마 지나지 않아서 유모가 죽었지만 아버지는 화장을 지켜보지도 않았습니다. 유골 사이에서 사는 것도 지긋지긋하다면서. 그길로 배를 타고 나가서 한 달 뒤에 황금 허리띠와 잔, 새 흉갑을 들고 옷에 말라붙은 핏방울을 묻히고 돌아오셨죠. 그렇게 행복해하시는 모습은 처음이었습니다. 하지만 그게 오래가지는 않았죠. 다음날 아침부터 알현실에 연기가 자욱하고 하인들 일손이 서투르다고 다시 노발대발하셨거든요."

나도 그가 그런 심기였을 때를 본 적 있었다. 이 세상의 별의별 사소한 결함에 불같이 화를 냈었다. 쓸모없고 멍청하고 느려터진 부하들, 그리고 몸을 무는 파리, 뒤틀린 나무, 망토를 찢어놓는 가시나무처럼 대자연의 온갖 짜증나는 부분들까지. 나와 같이 살던 시절에는 내가 마법과 신의 광휘로 그를 감싸고 이 모든 걸 가라앉혔다. 그가 여기서 그렇게 행복하게 지냈던 것도 아마 그 때문이었을 것이다. 목가, 나는 우리가 함께 보낸 시간을 그렇게 표현했다. 어쩌면 환상이라는 단어가 더 어울렸는지 모른다.

"아버지는 그 이후로 매달 어딘가를 계속 습격하셨습니다. 믿기지 않는 소문들이 들려왔죠. 어느 내륙 왕국의 여왕을 새로운 아내로 맞이했다는 둥. 거기서 암소와 보리와 더불어 행복하게 지내며 왕국을 다스리고 있다는 둥. 금관을 쓰고 새벽까지 잔치를 벌이고 멧돼지를 통째로 먹고 껄껄대며 웃고 있다는 둥. 다른 아들을 낳았다는 둥."

그의 눈은 오디세우스의 눈이었다. 모양과 색, 심지어 강렬함까지 빼다박았다. 하지만 표정은 달랐다. 오디세우스의 시선은 항상 뻗어나가고 상대방을 회유하려고 했다. 텔레마코스의 시선은 자신을 견지했다.

"그중에 진실이 있었느냐?"

그는 어깨를 들었다가 떨어뜨렸다. "누가 알겠습니까? 어쩌면 아버지가 우리에게 상처를 주려고 스스로 소문을 퍼뜨렸을 수도 있겠지요. 저는 어머니에게 염소를 특별히 잘 돌봐야 할 일이 생겼다는 전갈을 보내고 산비탈의 오두막에서 혼자 지냈습니다. 아버지가 음모를 꾸미고 버럭 화를 내거나 말거나 제가 그걸 지켜보고 있을 필요는 없었으니까요. 어머니가 하루종일 치즈 한 조각으로 연명하고 눈이 침침해지도록 길쌈만 하거나 말거나 그 역시 지켜보고 있을 필요가 없었고요."

벽난로 안에서 장작이 다 탔다. 재로 비늘처럼 덮인 잔재만 하얗게 이글거렸다.

"그렇게 괴로운 상황이었을 때 당신의 아들이 찾아왔습니다. 아침 노을처럼 환하고 잘 익은 열매처럼 달콤한 모습으로요. 희한하게 생긴 창을 들고서 우리 모두에게 선물할 은 사발이며 망토며 금을 챙겨 왔더군요. 준수한 용모에 장작불처럼 요란하게 탁탁거리는 희망을 품고서요. 저는 그를 잡고 흔들고 싶었습니다. 이런 생각이 들었거든요, 아버지가 돌아오시면 이 소년은 삶이 음유시인의 노래와는 다르다는 걸 알게 될 거라고. 제 짐작이 맞았지요."

달빛이 창가에서 멀어지는 바람에 방안 곳곳에 어둠이 드리워졌다. 텔레마코스는 손을 무릎에 얹어놓고 있었다.

"그 아이를 도우려고 했구나." 내가 말했다. "그래서 바닷가로 갔던 거로구나."

그의 시선은 장작 잿더미로 향해 있었다. "알고 보니 제가 도울 필요가 없었더군요."

나는 예전에 텔레마코스를 수도 없이 상상했다. 오디세우스를 지켜보는 조용한 아이, 육지와 바다 너머로 복수심을 불태우는 젊음. 하지만 이제 그는 성인이었고 그의 목소리는 무미건조하고 기운이 없었다. 왕에게 전할 소식을 듣고 먼길을 달려온 전령 같았다. 숨을 헐떡이며 할말을 전하고 땅바닥에 쓰러져 일어나지 못하는 그들 같았다.

나는 아무 생각 없이 손을 내밀어 그의 팔에 얹었다. "네 아비처럼 살 필요는 없다. 죽은 아비에게 휩쓸리지 마라."

그는 내 손을 잠깐 내려다보았다가 내 얼굴을 올려다보았다. "저를 동정하시는군요. 그러지 마십시오. 아버지가 여러 거짓말을 했지만 저더러 겁쟁이라고 하신 건 맞는 말이었으니까요. 아버지가 몇 년 동안 하인들에게 분통을 터뜨리고 때리고, 어머니에게 고함을 지르고, 우리집을 잿더미로 만들도록 내버려둔 게 저였습니다. 아버지가 구혼자들을 죽일 수 있게 도와달라고 하시기에 도와드렸습니다. 그다음에는 그들에게 동조한 사람들을 모두 죽일 수 있게 도와달라고 하시기에 또 도와드렸고요. 그러자 아버지는 저더러 그들과 한 번이라도 동침한 하녀들을 모아서 피로 흠뻑 젖은 바닥을 청소하게 했고, 청소가 끝나자 그들 역시 죽이라고 하셨죠."

그 소리를 듣고 나는 정신이 번쩍 들었다. "그 아이들은 선택의 여지가 없었을 것 아니냐. 오디세우스도 알았을 텐데."

"그 오디세우스가 저더러 그들을 짐승처럼 토막 내라고 했지요." 그는 내 눈을 똑바로 쳐다보며 말했다. "제 얘기를 못 믿으시겠습니까?"

하나가 아니라 십여 개의 이야기가 떠올랐다. 그는 원래부터 복수를 사랑했다. 원래부터 자신을 배신했다고 여기는 사람들을 증오했다.

"그래서 그가 시킨 대로 했느냐?"

"아니요," 그가 말했다. "대신 목을 매달았습니다. 밧줄 열두 개를 찾아서 열두 개의 매듭을 만들었죠." 한 마디, 한 마디가 자기 자신을 찌르는 비수와도 같았다. "한 번도 본 적은 없었지만 여자들이 항상 목을 매서 죽는, 어린 시절에 들은 온갖 이야기가 기억이 났거든요.

그 방법이 좀더 적절하겠다는 생각도 들었고요. 하지만 칼을 쓸 걸 그랬지요. 그렇게 섬뜩하고 오래 걸리는 죽음은 본 적이 없었으니 말입니다. 뒤틀리던 그들의 발이 죽는 날까지 제 눈앞에 어른거릴 겁니다. 안녕히 주무십시오, 키르케 여신이여."

그는 식탁에서 자기 칼을 집어들고 사라졌다.

폭풍이 지나가고 밤하늘이 다시 맑아졌다. 나는 깨끗하게 씻긴 산들바람을 맞고 발아래에서 부드럽게 으스러지는 흙을 느끼며 몸들이 움찔거리는 그 섬뜩한 장면을 떨쳐버리고 싶어서 좀 걸었다. 고모가 밤하늘을 가로질렀지만 이제 그쪽은 신경쓰이지 않았다. 그녀가 좋아하는 건 연인들을 감상하는 일이었고 나는 한참 동안 누구의 연인이었던 적이 없었다. 어쩌면 한 번도 그런 적이 없었는지도 모른다.

오디세우스가 구혼자들을 한 명씩 죽이며 어떤 표정을 지었을지 상상이 됐다. 나는 그가 나무를 패는 걸 본 적이 있었다. 단 한 방이면 충분했고 동작이 빠르고 깔끔했다. 그들은 그의 발치에서 숨을 거두었을 테고 그들의 피가 무릎까지 그를 적셨을 것이다. 그는 산가지를 하나 딸깍 내려놓듯 냉랭하고 무심하게 그걸 대했을 것이다. 해치웠군.

흥분은 나중에 느꼈을 것이다. 미동 없는 도살의 현장을 내려다보며 서 있는데, 분노가 아직 해소되지 않고 여전히 넘쳐흐르는 걸 느꼈을 때. 때문에 불이 꺼지지 않도록 땔감 따위를 좀더 넣었을 것이다. 구혼자에게 동조한 남자들, 그들과 동침한 하녀들, 감히 따지러 온 아버지들. 아테나가 개입하지 않았다면 이런 식으로 끝도 없었을 것이다.

그렇다면 나는? 오디세우스가 찾아오지 않았다면 언제까지 돼지 우리를 채웠을까? 그가 나에게 돼지에 대해 물었던 그날 저녁이 생각났다. "얘기해주세요," 그가 말했다. "벌을 받아 마땅한 남자인지 그렇지 않은 남자인지는 어떤 식으로 결정하십니까? 이 심장은 썩었고 다른 심장은 괜찮다는 걸 무슨 수로 확신하십니까? 잘못 판단했으면 어쩌고요?"

그날 저녁 나는 포도주와 장작불 덕분에 따뜻했고 쏟아지는 그의 관심에 기분이 좋았다. "한배에 타고 있는 선원들을 예로 들어보자." 내가 말했다. "개중에는 남들보다 악질인 인간이 몇 명 있겠지. 일부는 겁탈과 해적질에 희열을 느끼는가 하면 그 나머지는 이제 막 걸음마를 시작한 신출내기일 테고. 일부는 가족들이 굶어죽어가고 있지 않은 이상 도둑질은 꿈에도 생각하지 않았을 테지. 일부는 나중에 수치심을 느낄 테고, 일부는 선장이 시키기 때문에, 많은 인원 속에 숨을 수 있기 때문에 그런 짓을 저지를 테고."

"그러니까요." 그가 말했다. "누구를 변신시키고 누구는 그냥 둡니까?"

"나는 모두를 변신시킨다." 내가 말했다. "그들 쪽에서 내 집을 찾아왔지 않느냐. 내가 왜 그들의 마음속을 신경써야 하느냐?"

그는 미소를 지으며 나를 향해 잔을 들었다. "당신과 저는 생각이 같군요."

올빼미 한 마리가 퍼드덕거리며 내 머리 위를 지나갔다. 몸싸움을 벌이는 소리와 부리로 뭔가를 무는 소리가 들렸다. 덤벙거리던 쥐 한 마리가 죽었다. 나와 그의 아버지 사이에 오갔던 이런 대화를 텔레마코스는 몰라서 다행이었다. 그 당시에 나는 나의 잔인한 면모를 한창

과시하던 중이었다. 내가 위세와 능력으로 무장한 천하무적이 된 듯한 느낌이었다. 이제는 그게 어떤 느낌이었는지 거의 기억조차 나지 않았다.

오디세우스는 평범한 사람인 척하는 걸 좋아했지만 세상에 그와 비슷한 사람은 없었고, 이제 그가 죽고 없으니 그런 사람은 전멸한 셈이었다. 영웅들은 모두 바보라고, 그는 입버릇처럼 얘기했다. 그건 곧, 자기를 제외한 모든 영웅이 그렇다는 뜻이었다. 그랬으니 그가 실수를 저질렀을 때 어느 누가 바로잡아줄 수 있었을까? 그는 바닷가에서 텔레고노스를 보고는 해적이라고 믿었다. 그는 아이가 둘이었지만 그 어느 쪽도 제대로 알지 못했다. 하지만 자기 아이를 제대로 아는 부모는 애초에 없을지도 모른다. 아이를 보면 우리가 저지른 실수만 거울처럼 비쳐 보일 뿐이다.

그즈음에 나는 사이프러스 숲에 다다랐다. 어둠 속이라 가지가 까맣게 보였고 지나갈 때 뾰족한 잎이 내 얼굴을 스치자 아주 살짝 끈적끈적한 수액이 묻는 게 느껴졌다. 그는 이 숲을 좋아했다. 그가 손으로 한 나무줄기를 쓰다듬었던 게 생각났다. 이 세상이 마치 빛에 이리저리 돌려 보는 보석이라도 되는 듯이 감탄했던 것이 내가 좋아한 그의 면모 가운데 하나였다.

세상에 그와 같은 사람은 없었지만 그에 필적할 만한 사람은 있었고 그녀는 지금 내 집에서 자고 있었다. 텔레마코스는 걱정할 필요가 없었지만 그녀는 어떨까? 지금 이 순간에도 복수를 위해 내 아들의 목을 딸 계획을 세우고 있을까? 그녀가 어떤 짓을 시도하건 내 주문이 막아줄 것이었다. 오디세우스조차도 말로 마법을 무마할 방법은 없었다. 대신에 말로 마녀를 무마한 적은 있었을지 몰라도.

풀밭에 이슬이 내리기 시작했다. 이슬에 닿은 발이 시원했고 은빛으로 반짝였다. 텔레마코스는 지금쯤 침대에서 바로 이 어둠을 지켜보고 있을 것이다. 어둠의 동쪽 가장자리가 희미하게 너덜너덜해진걸 보고 있을 것이다. 나는 그가 여자 노예들을 목매달아 죽였다고 했을 때 어떤 표정을 지었는지, 화끈거리는 낙인 같은 그 기억이 그의 살갗에 어떤 식으로 남았는지를 떠올렸다. 좀더 많은 얘기를 해줬어야 하는 건데, 하는 생각이 들었다. 오디세우스를 위해 살인을 자행한 사람이 그 말고도 또 있었다고 얘기해줄 수 있었을 텐데. 한때는 온 부대가 그 과업 아래 창을 기울이지 않았던가. 나는 텔레마코스를 거의 모르긴 했지만 그가 이 사실에서 위안을 느낄 것 같지는 않았다. 그의 신랄한 표정이 그려지는 듯했다. 수많은 악당 가운데 한명이 되었다는 데 기뻐하지 않더라도 용서해주시기 바랍니다.

누가 이 세상의 모든 아들을 놓고 그중에서 오디세우스의 아들을 골라보라고 했다면 나는 그를 선택하지 않았을 것이다. 그는 전령처럼 뻣뻣했고 거의 무례할 정도로 직설적이었다. 상처를 아예 드러내놓고 다녔다. 내가 손을 얹었을 때 그는 뭔지 모를 표정을 지었다. 놀란 표정에 혐오감 비슷한 것이 살짝 섞여 있었다. 뭐, 그로서는 걱정할 필요는 없었다. 내가 두 번 다시 그럴 일은 없을 테니까.

내가 집까지 가는 동안 한 생각이 그것이었다.

나는 베틀 앞에서 일출을 지켜보았다. 빵과 치즈와 과일을 차려놓았고 아들이 부스럭거리는 소리가 들리기에 방문 앞으로 다가갔다. 다행히 표정이 그렇게 생기 없어 보이지 않았지만 아버지가 죽었다는 상심과 무거운 깨달음은 여전했다.

앞으로도 한참 동안 눈을 뜨면 그 생각이 들 것이었다.

"텔레마코스하고 얘기했다." 내가 말했다. "네 말이 맞더구나."

아이는 눈썹을 치켜세웠다. 내가 빤히 보이는 것도 보지 못할 줄 알았던 걸까? 아니면 그걸 시인하지 못할 줄 알았던 걸까?

"그렇게 생각하시다니 다행이에요." 아이가 말했다.

"가자. 아침 차려놨다. 텔레마코스도 일어날 거다. 그를 사자들 속에 혼자 둘 생각은 아니겠지?"

"어머니는 안 가세요?"

"나는 만들어야 하는 주문이 있어서."

사실 그렇지는 않았다. 내 방으로 다시 들어가 그들이 배와 음식과 가장 최근에 겪은 폭풍에 대해 얘기하는 소리를 들었다. 일상이라는 강장제였다. 텔레고노스는 같이 나가서 배를 다시 동굴에 넣는 게 어떻겠느냐고 했다. 텔레마코스는 좋다고 했다. 두 쌍의 발이 돌바닥을 밟았고 문이 열렸다가 닫혔다. 어제 같았으면 그 둘을 같이 내보내다니 내가 제정신이 아닌가보다고 생각했을 것이다. 오늘은 내 아들에게 주어진 선물과도 같았다. 당황스러움이 폐부를 찔렀다. 텔레마코스와 텔레고노스. 아들 이름을 그렇게 짓다니 어떻게 보일지 나도 알았다. 들어갈 수 없는 문을 긁어대는 강아지 같지 않은가. 그 둘이 서로 아는 사이가 될 줄은 몰랐다고, 아이의 이름은 오로지 내 관점에서 지은 거라고 설명하고 싶었다. 멀리서 태어났다는 뜻이었다. 물론 아이의 아버지로부터 멀다는 뜻이었지만 내 아버지로부터 멀다는 뜻이기도 했다. 그리고 내 어머니와 오케아노스, 미노타우로스와 파시파에와 아이에테스에게서도. 나의 섬 아이아이에서 나를 위해 태어난 아이였다.

거기에 대해 변명할 생각은 없었다.

창은 어제 받아서 내 방 벽에 기대 세워놓았다. 가죽 덮개를 벗겼다. 반투명하고 너덜너덜한 가오리 꼬리가 지상에서는 더 희한하게 느껴졌다. 창을 돌리자 털이 난 돌기 꼭대기마다 맺힌 극소량의 독방울이 햇빛을 받고 반짝였다. 돌려주어야 하는데, 나는 생각했다. 하지만 아직은 아니야.

복도에서 또다른 누군가가 부스럭거리는 소리가 들렸다. 페넬로페가 용의주도하게 수집하는 줄도 모르고 그 앞에서 그 오랜 세월 동안 비밀을 발설했을 남자와 여자들이 생각났다. 나는 가죽 덮개를 창에 다시 씌우고 덧문을 열었다. 창밖은 아름다운 아침이었고 바람에서 조만간 봄으로 여물 무언가의 조짐이 처음으로 느껴졌다.

짐작했다시피 방문을 두드리는 소리가 들렸다.

"열려 있다." 내가 말했다.

그녀는 거미줄로 몸을 감싼 듯 회색 치마 위에 옅은 색 망토를 걸치고 내 방문 앞에 섰다.

"송구스러운 마음에 찾아왔습니다. 어제 제대로 감사 인사를 드리지 못해서요. 저희뿐 아니라 제 남편까지 따뜻하게 맞이해주셨는데."

그 온화한 말투 안에 가시가 숨겨져 있는지 여부는 알 도리가 없었다. 숨겨져 있다 하더라도 그녀에게는 그럴 권리가 있었다.

그녀가 말했다. "중간에 그이를 어떤 식으로 도와주셨는지 들었습니다. 당신의 조언이 없었다면 그이가 목숨을 부지하지 못했을 거라고요."

"나를 과대평가하는구나. 그가 워낙 지혜로웠다."

"가끔은요." 그녀가 말했다. 눈이 마가목 색깔이었다. "그이가 당신 곁을 떠난 후에 또다른 님프의 섬에 상륙한 걸 아십니까? 칼립소라는 님프가 그이에게 반해 불사의 남편으로 만들려고 했답니다. 칠년 동안 자기 섬에 붙잡아놓고 신들의 천으로 옷을 만들어 입히고 산해진미를 먹이면서요."

"그는 고마워하지 않았을 텐데."

"네. 그이는 그녀를 거부하고 풀려나게 해달라고 신들에게 기도를 했지요. 결국 신들이 그이를 놓아주도록 압력을 행사했고요."

그녀의 목소리에서 뿌듯해하는 기미가 느껴진 게 내 상상은 아니었을 것이다.

"당신의 아들이 찾아왔을 때 저는 칼립소의 아들인 줄 알았습니다. 하지만 망토의 짜임새를 보고 다이달로스의 베틀을 떠올렸죠."

그녀가 나에 대해서 그렇게 많은 걸 알고 있었다니 기분이 묘했다. 하지만 따지고 보면 나도 그녀에 대해 아는 게 많았다.

"칼립소는 그이의 비위를 맞췄고 당신은 그이의 부하들을 돼지로 만들어버렸죠. 그런데도 그이가 더 좋아했던 쪽은 당신이었어요. 이상하지 않은가요?"

"전혀." 내가 말했다.

그녀는 거의 미소에 가까운 표정을 지었다. "그러시군요."

"그는 아이에 대해서 몰랐다."

"압니다." 그녀가 말했다. "알았다면 저한테 얘기하지 않았을 리 없으니까요." 이번에는 분명 가시가 있었다.

"어제 네 아들과 이야기를 나누었다." 내가 말했다.

"그러셨습니까?" 뭔지 모를 것이 그녀의 목소리를 언뜻 스치고 지나가는 듯했다.

"너희가 왜 이타케를 떠날 수밖에 없었는지 설명을 들었다. 마음이 아프더구나."

"아드님께서 고맙게도 저희를 데리고 떠나주었죠." 그녀의 시선이 트리곤의 꼬리에 닿았다. "한 번밖에 쏠 수 없는 벌독에 가까운가요? 아니면 뱀독에 가까운가요?"

"천 번을 독살하고도 더 할 수 있다. 끝이 없다. 신을 막기 위해 만들어진 거라."

"텔레고노스한테 들었습니다. 위대한 가오리의 제왕께 직접 찾아가셨다고요."

"맞다."

그녀는 고개를 끄덕였다. 뭔가를 확인한 사람처럼 자기 혼자 끄덕인 거였다. "당신이 아이를 위해 다른 조치도 취하셨다고 들었습니다. 이 섬에 주문을 걸어서 어떤 신도, 심지어 올림포스의 신들도 통과할 수 없다고."

"죽음의 신들은 통과할 수 있을지 모른다." 내가 말했다. "나머지는 안 되지만."

"다행이네요." 그녀가 말했다. "그런 보호책을 소환하실 수 있다니." 바닷가에서 희미한 고함소리가 들렸다. 우리의 아들들이 배를 옮기면서 내는 소리였다.

"이런 걸 여쭈어보려니 민망하지만 떠나오면서 검은색 망토를 챙기지 못했습니다. 혹시 제게 빌려주실 만한 게 있을까요? 상복으로 입으려 합니다."

나는 가을 하늘에 뜬 달처럼 선명하게 내 방문 앞에 서 있는 그녀를 바라보았다. 그녀의 회색 눈이 흔들림 없이 내 눈을 들여다보았

다. 흔히 여자는 연약한 존재라고, 한순간의 방심으로도 망가질 수
있는 꽃이나 달걀과도 같다고 한다. 예전에는 그 말을 믿었을지 몰라
도 이제는 아니었다.

"없는데," 내가 말했다. "하지만 실과 베틀은 있다. 들어오너라."

22

그녀의 손가락이 베틀의 앞다리를 가볍게 훑었고, 마구간지기가
입상한 말에게 인사를 건네는 것처럼 씨실을 쓰다듬었다. 아무 질문
도 하지 않았다. 오로지 손길 하나만으로 베틀의 작동 원리를 빨아들
이는 듯했다. 창문을 넘어 들어온 햇살이 그녀의 솜씨를 비춰주고 싶
기라도 한 듯 그녀의 손등 위에서 반짝였다. 그녀는 내가 반쯤 완성
한 태피스트리를 조심스럽게 꺼내고 검은색 실을 끼웠다. 손놀림은
정확하고 군더더기가 전혀 없었다. 오디세우스의 표현에 따르면 그
녀는 긴 팔다리로 목적지를 향해 사부자기 물살을 가르는 물개와도
같았다.

밖에서 하늘이 달라졌다. 구름이 창문을 스치고 지나갈 듯이 낮게
깔렸고 굵은 빗방울이 쏟아지는 소리가 들렸다. 텔레마코스와 텔레
고노스가 배를 옮기느라 젖은 몸으로 대문을 박차고 들어왔다. 텔레
고노스는 베틀 앞에 앉은 페넬로페가 보이자 벌써부터 작품의 수준
에 감탄하며 달려왔다. 나는 텔레마코스를 지켜보았다. 그는 딱딱하
게 굳은 얼굴을 하고 돌연 창문 쪽으로 고개를 돌렸다.

내가 점심을 차렸고 우리는 말없이 식사를 했다. 빗방울이 가늘어

졌다. 오후 내내 갇혀 있을 생각을 하니 견딜 수가 없었기에 아들을 끌고 나가서 바닷가를 걸었다. 모래가 단단하고 축축해서 우리 발자국이 칼로 새긴 듯 선명하게 남았다. 나는 아이와 팔짱을 꼈다. 뜻밖에도 아이는 뿌리치지 않았다. 어제처럼 몸을 떨진 않았지만 언제든 다시 그럴 수 있다는 걸 나는 알았다.

이제 겨우 정오가 조금 지난 시각이었지만 베일로 내 눈을 덮은 듯이 공기가 왠지 모르게 탁하고 부옇게 느껴졌다. 페넬로페와 나눈 대화가 계속 마음에 걸렸다. 그 당시에는 내가 현명하고 신속하게 대처한 것 같았지만 곰곰이 되짚어보니 그녀가 한 말이 거의 없었다. 나는 그녀를 심문할 작정이었는데 그 대신 베틀을 빌려주고 말았다.

대신에 말로 마녀를 무마한 적은 있었을지 몰라도.

"여기 오자고 얘기한 사람이 누구였니?" 내가 물었다.

아이는 내 갑작스런 질문에 미간을 찌푸렸다. "그게 무슨 상관이에요?"

"그냥 궁금해서."

"기억 안 나요." 하지만 아이는 나와 시선을 맞추지 못했다.

"너는 아니었구나."

아이는 망설였다. "네. 저는 스파르타로 가자고 했어요."

그게 자연스러운 선택이었다. 페넬로페의 아버지가 스파르타에서 살았다. 사촌이 그곳의 왕비였다. 미망인은 거기서 환대를 받을 것이었다.

"그러니까 너는 아이아이에 얘기는 꺼내지도 않았다?"

"네. 그건 아무래도……" 아이는 말끝을 흐렸다. 당연히 무신경한 발언처럼 느껴졌을 것이다.

"그럼 누가 맨 처음에 얘기를 꺼냈지?"

"아마 왕비였을 거예요. 스파르타에는 가지 않았으면 좋겠다고 말씀하셨던 게 기억나요. 시간을 좀 가지고 싶다고요."

아이는 신중하게 단어를 선택했다. 내 살갗 아래가 웅웅거리는 게 느껴졌다.

"무슨 시간?"

"그건 얘기하지 않으셨어요."

직녀 페넬로페, 자신이 의도한 방향으로 상대를 유도하는 여자. 우리는 잡목 숲을 지나 시커멓고 축축한 나뭇가지 아래로 오르막길을 걸었다.

"이상하구나. 자기 가족에게 환영받지 못할 거라고 생각했을까? 헬레네와 불화가 있었나? 적이 있다고 얘기하던?"

"모르겠어요. 아뇨. 당연히 그런 얘기는 하지 않았죠."

"텔레마코스는 뭐라고 했고?"

"그때 옆에 없었어요."

"그럼 네가 여기로 향할 거라는 걸 알았을 때 그가 놀라워했니?"

"어머니."

"그녀가 뭐라고 했는지 얘기해보거라. 기억하는 그대로."

아이는 걸음을 멈추었다. "이제는 두 사람을 의심하지 않으시는 줄 알았는데요."

"복수에 관해서는 그렇지. 하지만 다른 의문점이 있어."

아이는 숨을 크게 들이마셨다. "정확하게 기억이 나지 않아요. 그녀가 했던 말도, 그 어떤 것도요. 안개에 싸인 듯 흐릿해요. 지금도 그렇고요."

아이는 다시 괴로운 표정을 지었다. 나는 더이상 아무 말도 하지 않았지만 걸어가는 동안 손가락으로 매듭을 계속 깔짝거리듯 그 생각을 계속 만지작거렸다. 그 거미줄 아래에 비밀이 숨겨져 있었다. 그녀는 스파르타에 가고 싶지 않아 했다. 그 대신 남편의 정부情婦가 사는 섬을 선택했다. 그러면서 시간이 필요하다고 했다. 무슨 시간이 필요하다는 걸까?

그 무렵 우리는 집 앞에 다다랐다. 안에서는 그녀가 베틀을 돌리고 있었다. 텔레마코스는 그냥 창가에 서 있었다. 잔뜩 힘을 준 두 손을 허리춤에 두었고 분위기가 삭막했다. 둘이 싸우기라도 한 걸까? 나는 그녀의 안색을 살폈지만 실 위로 고개를 숙이고 있었고 아무 표정도 없었다. 고함을 지르는 사람도 흐느끼는 사람도 없었지만 이 긴 장감 흐르는 정적보다는 그게 더 낫겠다는 생각이 들었다.

텔레고노스가 헛기침을 했다. "목이 마르네요. 술 한잔 드실 분 계신가요?"

나는 그가 통을 꺼내 술을 따르는 걸 지켜보았다. 씩씩한 내 아들. 상심한 와중에도 우리 모두를 짊어지고 이 순간에서 다음 순간으로 건너갈 방법을 찾고 있었다. 하지만 아이가 할 수 있는 일은 그게 다였다. 오후가 정적 속에 흘러갔다. 저녁 시간도 마찬가지였다. 음식이 자취를 감추자마자 페넬로페가 자리에서 일어났다. "피곤하네요." 그녀가 말했다. 텔레고노스는 좀더 자리를 지켰지만 달이 뜨자 손에 대고 하품을 했다. 나는 아크투루스와 함께 아이를 보냈다. 텔레마코스도 따라서 일어날 줄 알았는데, 고개를 돌려보니 아직 자기 자리에 앉아 있었다.

"제 아버지에 얽힌 일화를 알고 계시죠?" 그가 말했다. "좀 듣고 싶습니다."

나는 그의 배짱에 계속 허를 찔렸다. 그는 하루종일 뒤에서 내 시선을 피했고 쭈뼛쭈뼛하며 거의 없는 사람처럼 굴었다. 그러더니 그새 쉰 살은 먹은 듯이 느닷없이 내 앞에 떡 하니 등장했다. 오디세우스조차 감탄했을 법한 수법이었다.

"내가 해줄 만한 얘기는 너도 이미 알고 있을 거라고 본다만." 내가 말했다.

"아뇨." 그의 대답이 방안을 살짝 울렸다. "아버지가 어머니께는 얘기해주셨지만 제가 물어보면 음유시인을 찾아가보라고 하셨거든요."

잔인한 대답이었다. 오디세우스가 그랬던 이유가 뭔지 궁금해졌다. 단순히 아들을 괴롭히기 위해서였을까? 다른 목적이 있었다 한들 우리는 알 길이 없었다. 그가 생전에 저지른 일은 이제 그대로 굳어버렸다.

나는 술잔을 들고 벽난로 앞으로 갔다. 밖에서는 다시 폭풍이 기승을 부렸다. 작정하고 집을 비바람으로 덮었다. 복도만 지나면 페넬로페와 텔레고노스의 방이 나왔지만 어둠이 우리 주변으로 몰려들어 그들이 다른 세상에 있는 듯이 느껴졌다. 이번에는 내가 은색 의자에 앉았다. 손목에 닿는 상감 무늬가 서늘하게 느껴졌다. 소가죽이 내 아래에서 살짝 미끄러졌다. "어떤 얘기를 듣고 싶으냐?"

"전부요." 그가 말했다. "당신이 아는 것 모두를요."

나는 텔레고노스에게 그랬듯이 아무도 치명상을 입지 않고 행복한 결말로 끝나도록 각색해서 들려줄까 고민조차 하지 않았다. 그는 내 아이가 아니었다. 애초에 아이라고 할 수도 없었다. 왕가의 상속을 원하는 완전한 성인 남자였다.

그래서 나는 들려주었다. 살해당한 팔라메데스와 버림받은 필록테테스. 숨어 있던 아킬레우스를 묘책으로 끌어내 전쟁터로 데려간 오디세우스, 달밤에 트로이아의 동맹이었던 레소스 왕의 진영으로 몰래 들어가 잠을 자던 병사들의 목을 딴 오디세우스. 트로이아에 잠입하기 위해 고안한 목마와 아스티아낙스의 머리가 그의 눈앞에서 박살나는 광경. 그리고 식인 거인족과 해적과 괴물들에게 무참하게 시달렸던 귀향길. 내 기억보다 훨씬 피비린내 나는 이야기라 몇 번 망설여졌다. 하지만 텔레마코스는 꿋꿋하게 견뎠다. 말없이 앉은 채로 나에게서 시선을 떼지 않았다.

키클롭스를 맨 마지막으로 남긴 이유가 뭐였는지 모르겠다. 아마도 오디세우스에게 들은 기억이 워낙 선명하게 남아 있어서였을 것이다. 내가 그 얘기를 하는 동안 그의 목소리가 겹쳐지는 듯이 느껴졌다. 그들은 지친 몸을 이끌고 어느 섬에 상륙했을 때 식량이 잔뜩 쌓여 있는 거대한 동굴을 발견했다. 오디세우스는 약탈해도 될지 모르겠다고, 그게 아니면 섬 주민들에게 자비를 구하는 게 좋을지 모르겠다고 생각했다. 그들은 동굴 안에 쌓인 음식으로 잔치를 벌였다. 그 식량의 주인이었던 애꾸눈의 거인 양치기 폴리페모스가 양떼를 몰고 돌아왔다가 현장에서 그들의 덜미를 잡았다. 그는 큼지막한 돌로 입구를 막아서 그들을 동굴 안에 가둬놓고 한 명씩 잡아서 반으로 씹어 먹었다. 너무 배가 불러서 잘린 팔다리를 게워낼 때까지 계속 그렇게 잡아먹었다. 이렇게 공포스러운 상황에서도 오디세우스는 괴물에게 계속 포도주를 권하고 다정한 말을 건넸다. 자기 이름은 우티스라고 했다—아무도 아니라는 뜻이었다. 마침내 괴물이 인사불

성으로 쓰러지자 그는 큼지막한 말뚝을 뾰족하게 갈고 불에 달구어서 괴물의 눈을 찔렀다. 키클롭스는 포효하며 몸부림을 쳤지만 앞이 보이지 않았기 때문에 오디세우스와 그의 선원들을 잡을 수 없었다. 그들은 거인이 풀을 먹이려고 양떼를 내보냈을 때 북슬북슬한 녀석들의 배에 매달려서 도망쳤다. 격분한 괴물이 같은 외눈박이 거인들에게 도움을 청했지만 "내 눈을 찌른 게 아무도아니요! 도망치는 자가 아무도아니요!"라고 외쳤기 때문에 그들은 달려오지 않았다. 오디세우스와 선원들은 배에 도착했고 안전한 거리를 확보했을 때 오디세우스는 고개를 돌려서 바다 너머로 외쳤다. "그대를 속인 자가 누군지 알고 싶은가? 라에르테스의 아들이자 이타케의 왕자 오디세우스다."

내뱉은 말들이 고요한 허공에서 메아리치는 듯이 느껴졌다. 텔레마코스는 그 소리가 잦아들길 기다리는 것처럼 잠자코 있었다. 마침내 그가 말했다. "끔찍한 인생이었군요."

"그보다 더 불행한 사람들도 많다."

"아뇨." 그의 격한 대답에 나는 깜짝 놀랐다. "아버지 입장에서 끔찍했다는 얘기가 아닙니다. 다른 사람들을 고통스럽게 만들었다는 뜻이죠. 애초에 부하들이 그 동굴로 가게 된 이유가 뭐였습니까? 아버지가 더 많은 보물에 욕심을 냈기 때문이죠. 그리고 모두가 불쌍히 여길 만큼 포세이돈의 노여움을 사게 된 것도 다 자초한 일이었잖습니까. 키클롭스에게 생색을 내지 않고 떠날 재간이 없었기 때문이요."

그의 입에서 말들이 봇물 터지듯 쏟아졌다.

"그 오랜 세월 동안 고생하며 방랑한 건. 왜였을까요? 한순간의 자부심이죠. 아버지는 아무도 아닌 존재로 지내느니 신들에게 저주받는 쪽을 택했을 겁니다. 아버지가 전쟁이 끝난 뒤에 집으로 돌아오셨다면 구혼자들은 찾아올 일이 없었겠죠. 제 어머니의 삶은 그렇게 망가지지 않았을 테고요. 제 삶도. 아버지는 저희와 집이 그리웠다고 입버릇처럼 말씀하셨지만 거짓말이었어요. 이타케에 돌아온 뒤로는 만족을 모르고 항상 수평선만 바라보셨으니 말이죠. 일단 우리를 손에 넣고 나니까 다른 걸 갖고 싶으셨던 거예요. 그게 끔찍한 인생이 아니면 뭡니까? 사람들을 꼬드겨놓고 내팽개친 게 아닙니까."

나는 그게 아니라고 얘기하려고 입을 벌렸다. 하지만 그의 곁에 누워 있으면서도, 페넬로페를 생각하는 그 때문에 가슴이 시렸던 적이 얼마나 많았던가? 그건 내가 선택한 길이었다. 텔레마코스는 그런 호사를 누리지 못했다.

"내가 해주어야 할 얘기가 하나 더 있다." 내가 말했다. "너희에게 돌아가기 전에 신들이 네 아버지에게 저승으로 들어가 예언자 테이레시아스를 찾아가라고 요구한 적이 있었다. 거기서 그는 생전에 알고 지냈던 아이아스, 아가멤논과 더불어 영원한 명성의 대가로 요절을 선택한 과거 아카이오이 최고의 전사 아킬레우스의 영혼을 만났지. 너희 아버지는 그 영웅에게 따뜻하게 말을 건네고, 찬사를 늘어놓고, 세간에 널리 이름을 떨쳤으니 걱정 말라고 안심시켰다. 하지만 아킬레우스는 그를 나무랐지. 교만했던 자신의 삶을 후회한다고, 좀 더 조용하고 행복하게 살았으면 좋았겠다고."

"그러니까 제가 그걸 기대해야 한다는 겁니까? 어느 날 저승에서 아버지를 만나면 아버지가 후회한다고 이야기하기를요?"

그것조차 누리지 못하는 사람도 있었다. 하지만 나는 침묵을 지켰다. 그에겐 분노할 권리가 있었고 나는 그걸 거두려고 할 자격이 없었다. 밖에서 사자들이 낙엽 사이를 배회하느라 꽃밭에서 희미하게 부스럭거리는 소리가 났다. 하늘이 개었다. 구름 속에 한참 동안 갇혀 있다가 이제 어둠 속에 등불처럼 걸린 별들이 정말이지 눈부시게 느껴졌다. 귀를 기울이면 산들바람을 맞고 등불의 고리쇠줄이 희미하게 흔들리는 소리가 들릴 것 같았다.

"저희 아버지가 하신 말씀이 정말이라고 생각하십니까? 선한 사람들은 아버지를 좋아한 적 없었다는 말씀이요."

"네 아버지가 입버릇처럼 했던 얘기일 뿐, 진실과는 전혀 상관없다고 생각한다. 어쨌거나 네 어머니는 그를 좋아하지 않았느냐."

그의 시선이 내 시선과 만났다. "당신도 그렇고요."

"나는 선한 사람이 못 된다고 본다만."

"그래도 제 아버지를 좋아하셨잖습니까. 그 모든 것에도 불구하고."

도전적인 말투였다. 나는 단어를 신중하게 선택했다. "나는 그의 가장 안 좋은 측면을 보지 않았다. 그는 기분이 가장 좋은 상태였을 때도 편한 성격이 아니었지. 하지만 내게 친구가 필요했던 시기에 친구가 되어주었다."

"여신에게도 친구가 필요하다니 신기하네요."

"제정신 박힌 존재라면 누구나 친구가 필요하지."

"아버지에겐 남는 장사였을 것 같습니다."

"내가 그의 전우들을 돼지로 만들어버렸지만."

그는 웃지 않았다. 그는 포물선의 끝을 향해 날아가는 화살과 같았다. "아버지를 도운 신, 아버지를 도운 인간들이 한둘이 아니었죠.

사람들은 아버지의 지략을 운운합니다. 사실 아버지의 진정한 능력은 남의 것을 잘 빼앗는 재주였는데."

"그런 재능을 선물받는다면 기뻐할 사람이 많을 거다." 내가 말했다.

"저는 아닙니다." 그는 잔을 내려놓았다. "이제 괴롭히는 건 그만하겠습니다, 키르케 여신이여. 솔직하게 얘기해주셔서 감사합니다. 저한테 그 정도 정성을 보이는 사람도 얼마 없는데 말이죠."

나는 아무 대꾸도 하지 않았다. 뭔지 모를 게 나를 쿡쿡 쑤시기 시작해 뒷덜미의 털이 곤두섰다.

"여기로 온 이유가 무엇이냐?" 내가 물었다.

그는 눈을 깜빡였다. "말씀드렸잖습니까, 이타케를 떠나야 했다고요."

"그렇지," 내가 말했다. "하지만 왜 여기로 왔느냔 말이다."

그는 꿈에서 깨어난 사람처럼 느릿느릿 대답했다. "제 생각에 그건 어머니가 결정하셨던 것 같은데요."

"이유가 뭐였을까?"

그의 뺨이 홍조로 물들었다. "말씀드렸다시피 어머니는 저와 비밀을 공유하지 않으십니다."

어머니가 어떤 일을 벌이면 끝날 때까지 아무도 그 정체를 모릅니다.

그는 몸을 돌려서 어두컴컴한 복도로 나갔다. 잠시 후에 그의 방문이 나지막이 닫히는 소리가 들렸다.

차가운 바람이 벽 틈새로 거세게 불어와 나를 내 자리에 못박아놓는 듯한 느낌이었다. 내가 바보였다. 첫날에 그녀를 낭떠러지에 세워놓고 진실을 탈탈 털어냈어야 하는 거였다. 그녀가 신들을 저지할 수 있는 내 주문에 대해 얼마나 조심스럽게 물었는지 이제 와 기억이 났다. 심지어 올림포스의 신들도, 라고 하지 않았던가.

나는 그녀의 방으로 찾아가거나 문짝을 떼어내지 않았다. 그냥 내 방 창문 앞에서 씩씩거렸다. 창틀이 내 손가락 아래에서 삐걱거렸다. 동이 트려면 몇 시간이 남았지만 몇 시간은 내게 아무것도 아니었다. 창밖의 별들이 희미해지고 섬이 풀잎 하나씩 햇빛 속으로 등장하는 광경을 지켜보았다. 공기가 다시 바뀌었고 하늘이 베일로 덮였다. 또다시 폭풍이 오려는 징조였다. 사이프러스 가지가 허공에서 쉭쉭거렸다.

그들이 일어나는 소리가 들렸다. 먼저 내 아들, 그다음 페넬로페, 간밤에 워낙 늦게 잠자리에 들었던 텔레마코스가 맨 마지막이었다. 그들이 한 명씩 홀로 들어왔고 매의 그림자를 살피는 토끼처럼 창가에 서 있는 나를 보고 그들이 멈칫하는 것을 감지할 수 있었다. 식탁 위에 차려진 아침이 없었다. 아들이 얼른 부엌으로 건너가 접시를 덜거덕거렸다. 내 등뒤로 꽂히는 그들의 침묵 어린 시선이 기분 좋게 느껴졌다. 아들이 사과를 잔뜩 늘어놓으며 그들에게 식사를 권했다. 아이가 어떤 뜻이 담긴 표정을 짓고 있을지 상상이 됐다. 어머니를 대신해서 사과할게요. 가끔 저러세요.

"텔레고노스," 내가 말했다. "돼지우리를 손봐야 하는데 폭풍이 다가오고 있구나. 네가 좀 맡아주었으면 하는데."

그는 헛기침을 했다. "그럴게요, 어머니."

"네 형에게 도움을 청해도 되고."

그들이 서로 눈빛을 주고받는 동안 다시 정적이 이어졌다.

"좋습니다." 텔레마코스가 부드러운 목소리로 말했다.

접시와 긴 의자 소리가 몇 번 더 이어졌다. 이윽고 그들의 등뒤로 문이 닫혔다.

나는 고개를 돌렸다. "너는 내가 바보인 줄 아는구나. 코를 잡고 내두르면 되는 얼간이인 줄 알아. 그렇게 달콤한 목소리로 주문에 대해서 묻다니. 어느 신이 너를 뒤쫓고 있는지 밝혀라. 누구의 분노를 나에게 뒤집어씌우려는 게냐?"

그녀는 내 베틀 앞에 앉아 있었다. 무릎이 까만색 원모로 뒤덮였다. 옆쪽 바닥에는 물렛가락과 끝에 은이 씌워진 상아 실패가 놓여 있었다.

"제 아들은 모릅니다." 그녀가 말했다. "그 아이에겐 아무 책임이 없습니다."

"그야 당연하지. 내가 거미줄 안에서 거미도 찾지 못할 줄 아느냐."

그녀는 고개를 끄덕였다. "제가 그랬다는 걸 인정합니다. 일부러 그랬습니다. 당신은 여신이자 마녀라 그런 문제는 별일 아닐 줄 알고 그랬다고 주장할 수도 있겠지만 그러면 거짓말일 겁니다. 제가 그 정도로 신들에 대해 모르진 않으니까요."

그녀의 침착한 태도에 나는 분노가 치밀었다. "그뿐이냐? 무슨 짓을 저질렀는지 알고 있다고 뻔뻔하게 나오면 그만이냐? 간밤에 네 아들은 자기 아버지더러 남들한테서 빼앗기만 잘하고 고통을 안기는 사람이라고 하더만. 그 아이가 너에 대해서는 뭐라고 할지 궁금하구나."

나의 일격이 명중했다. 그녀가 충격을 감추느라 멍한 표정을 짓는 게 보였다.

"너는 나를 순둥이 마녀로 아는 모양이다만 남편한테 내 이야기를 제대로 듣지 않은 모양이구나. 너는 내 섬에 이틀 동안 있었다. 그동안 몇 끼를 먹었느냐, 페넬로페? 포도주는 몇 잔을 마셨느냐?"

그녀의 얼굴에서 핏기가 가셨다. 슬금슬금 다가오는 새벽처럼 머리칼과 얼굴이 만나는 부분이 살짝 창백해졌다.

"대답해라. 아니면 내 능력을 동원하겠다."

"이미 동원하지 않으셨습니까?" 말투가 바위처럼 딱딱하고 냉랭했다. "제가 이 섬에 화근을 몰고 온 건 맞습니다. 하지만 당신이 제 섬에 먼저 화근을 갖고 오지 않으셨던가요."

"내 아들은 제 발로 찾아갔다."

"당신의 아들 얘기를 하는 게 아닙니다. 당신도 아실 텐데요. 당신이 보낸 창을 이야기하는 겁니다. 독으로 제 남편을 죽인 창이요."

이번엔 우리 사이에서 그 얘기가 오갈 차례였다.

"나도 그의 죽음을 애도한다."

"그 말씀은 이미 하셨죠."

"내 사과를 기다리고 있다면 들을 수 없을 거다. 내게 시간을 거꾸로 돌리는 능력이 있다 한들 돌리지 않을 테니까. 그 바닷가에서 오디세우스가 죽지 않았다면 내 아들이 죽었을 것 아니냐. 그 아이의 목숨은 무엇과도 바꿀 수 없다."

어떤 표정 하나가 그녀의 얼굴을 스치고 지나갔다. 분노라고 부를 수도 있었겠지만 그녀의 안쪽 아주 깊숙한 곳을 겨냥하고 있었다. "좋습니다. 당신은 거래를 했고 이것이 그 거래의 결과입니다. 아드님은 살았고 우리는 여기로 오게 되었고."

"그럼 너는 그걸 일종의 복수라고 생각하는구나. 신의 분노를 내게 뒤집어씌우는 것이."

"저는 그걸 대납代納이라고 생각합니다."

그녀가 활을 쏘았더라면 훌륭한 궁수가 되었겠다는 생각이 들었다. 그 냉철한 정확성이란.

"너는 홍정을 할 입장이 못 된다, 페넬로페 왕비여. 여긴 아이아이에야."

"그럼 홍정은 하지 않겠습니다. 뭐가 더 좋겠습니까? 간청을 할까요? 그렇겠죠, 당신은 여신이시니."

그녀는 베틀의 발치에 무릎을 꿇고 시선을 바닥으로 떨어뜨리며 두 손을 위로 들었다. "헬리오스의 딸, 밝은 눈의 키르케, 짐승들의 주인이자 아이아이에의 마녀여, 당신의 이 무서운 섬에 제가 피신할 수 있도록 허락해주시옵소서. 저는 남편도 없고 집도 없고 이 세상에서 저와 제 아들이 안전하게 있을 수 있는 곳은 여기밖에 없습니다. 저의 부탁을 들어주신다면 해마다 피를 바치겠나이다."

"일어나라."

그녀는 꿈쩍하지 않았다. 그녀에게 그런 자세라니 얼토당토않게 느껴졌다. "제 남편은 따뜻하게 당신의 이야기를 했습니다. 솔직히 제 심기를 거스를 정도로 따뜻하게요. 그때까지 만난 모든 신과 괴물 중에서 다시 만나고 싶은 이는 당신밖에 없다고 했으니까요."

"일어나라지 않느냐."

그녀는 일어났다.

"네게 정황을 낱낱이 듣고 결정하겠다."

우리는 어둑어둑한 방안에서 서로를 마주보았다. 허공에서 번개의 맛이 느껴졌다. 그녀가 말했다. "제 아들과 대화를 나누셨지요. 그 아이는 아비를 전쟁통에 잃었다는 식으로 얘기했을 겁니다. 영판 다른 사람이 되어서 돌아왔다고, 죽음과 비탄에 푹 빠져서 정상적으로 살아갈 수 없었다고 말입니다. 병사의 저주에 걸렸다고. 그렇습니까?"

"그 비슷하게 얘기했다."

"제 아들은 저보다 낫고 제 아비보다도 낫습니다. 하지만 그 아이가 보지 못하는 게 있지요."

"그런데 너는 볼 수 있다는 거냐?"

"저는 스파르타 출신입니다. 스파르타에서는 노병에 대해 잘 압니다. 부들부들 떨리는 손, 자다가 화들짝 깨는 버릇. 나팔이 울릴 때마다 포도주를 엎지르는 남자. 제 남편의 손은 대장장이의 손처럼 흔들림이 없었고 나팔소리가 들리면 제일 먼저 항구로 나가 수평선을 훑어보았죠. 전쟁이 그를 무너뜨린 게 아니었습니다. 그를 좀더 그답게 만들었을 뿐. 트로이아에서 그는 마침내 자신의 능력과 수준에 맞는 기회를 발견했지요. 항상 새로운 계획, 새로운 계략을 세우고 새로운 참사를 피해야 했으니."

"그는 전쟁을 피하려고 했다."

"아, 그 뻔한 얘기요. 광기, 쟁기질. 그것 역시 계략이었죠. 그이는 신들에게 맹세를 했습니다. 그러니 빠져나갈 방법이 없다는 걸 알았지요. 들통날 걸 안 거예요. 그런 식으로 들통나면 아르고스인들이 보고 비웃으며 그이의 계략을 전부 그렇게 쉽게 간파할 수 있으리라 생각하지 않겠습니까."

나는 미간을 찌푸렸다. "나한테 얘기할 때는 그런 내색을 한 적이 없었다만."

"그랬을 겁니다. 제 남편은 숨을 쉴 때마다 거짓말을 했으니까요, 당신과 자기 자신에게까지. 뭘 하든 목적이 한 가지였던 적이 없었고요."

"그가 너를 두고 똑같은 말을 한 적이 있다만."

상처를 주려고 한 말이었는데 그녀는 고개를 끄덕이기만 했다. "저희는 스스로를 탁월한 지성인이라고 생각했습니다. 맨 처음에 결혼했을 때 건드리는 모든 걸 우리 쪽으로 유리하게 바꾸어놓을 방법을 연구하며 같이 천 개의 계획을 세웠답니다. 그런데 전쟁이 터졌죠. 그이는 아가멤논처럼 형편없는 사령관은 본 적 없다고 했지만 그를 이용해 자기 이름을 널리 알릴 수 있을 거라고 생각했습니다. 그리고 실제로 그렇게 되었죠. 그의 기발한 장치로 트로이아를 무찌르고 세상의 절반을 재편했으니까요. 저도 머리를 잘 썼습니다. 어느 염소끼리 교배를 시킬지, 무슨 수로 수확량을 늘릴지, 어디에 그물을 던져야 고기가 가장 잘 잡힐지. 이타케에서는 그런 게 관심사였죠. 고향으로 돌아왔을 때 그이의 표정을 보셨어야 하는 건데. 구혼자들을 죽였지만 그러고 나니 뭐가 남았을까요? 물고기와 염소. 여신과는 거리가 먼 나이 먹은 아내, 이해할 수 없는 아들."

그녀의 목소리가 으스러진 사이프러스처럼 날카롭게 허공을 채웠다.

"전시회의도 없고, 정복하거나 지휘할 군대도 없고. 남자들 절반은 그의 선원이었고 나머지 절반은 제 구혼자였으니 남은 남자들이 없었을 수밖에요. 그리고 날이면 날마다 멀리서 으리으리한 소식이 새롭게 전해지는 느낌이었습니다. 메넬라오스는 황금 궁전을 새롭게 지었죠. 디오메데스는 이탈리아의 어느 왕국을 정복했고요. 심지어 트로이아에서 망명한 아이네이아스도 도시를 건설했지 뭡니까. 제 남편은 아가멤논의 아들, 오레스테스에게 자기를 고문관으로 쓰지 않겠느냐고 전갈을 보냈습니다. 오레스테스는 필요한 고문관은 모두 있다고, 답장을 보냈습니다. 한때 어마어마했던 영웅의 남은 흔적을 건드리고 싶지 않았겠죠.

그이는 이후에 네스토르와 이도메네우스의 아들을 비롯한 여러 아들들에게 전갈을 보냈지만 하나같이 똑같은 답장을 보냈답니다. 필요 없다고요. 그런데 저는 속으로 뭐라고 중얼거렸는지 아십니까? 그이에게는 시간이 필요할 뿐이라고요. 당장이라도 소박한 가정의 즐거움을 기억할 거라고. 저라는 존재를 통해 느꼈던 즐거움을 기억할 거라고. 우리 둘이서 다시 머리를 맞대고 계획을 세울 수 있을 거라고." 그녀의 입술이 자조적으로 일그러졌다. "하지만 그이는 그런 삶을 바라지 않았습니다. 바닷가로 나가서 왔다갔다 걷기만 했죠. 저는 제 방 창문 너머로 그이를 바라보며 예전에 그이한테 들은 얘기를 떠올렸습니다. 북쪽 사람들이 믿는, 온 세상을 삼키려 한다는 커다란 뱀에 얽힌 이야기를요."

나도 그 이야기를 기억했다. 결국에 그 뱀은 자기 자신을 삼키고 말았다.

"그이는 그렇게 걸으면서 자기 주변으로 모여 가장 눈부신 은색으로 빛나는 공기에 대고 말을 걸었습니다."

은색. "아테나."

"달리 누구겠습니까?" 그녀는 신랄하고 냉랭하게 미소를 지었다. "그이가 잠잠해질 때마다 아테나가 찾아왔답니다. 그이의 귀에 대고 속삭이고, 구름에서 뛰어내려와 그이가 놓치고 있는 온갖 모험에 대한 상상으로 머릿속을 채워놓았죠."

가만히 있지 못하고 쉴새없이 머리를 굴리고 또 굴리는 아테나.

그녀는 아끼는 영웅을 고향으로 데려가 백성들 사이에서 자신과 함께 찬양을 누리며 떠받들어지는 광경을 보고자 안간힘을 썼다. 그가 전하는 승전담과, 함께 쓰러뜨린 트로이아군 이야기를 듣고 싶어했다. 하지만 나는 그녀가 오디세우스를 운운하며 지은 탐욕스러운 눈빛을 기억했다. 발톱으로 먹잇감을 거머쥔 올빼미의 눈빛이었다. 그녀의 총아가 재미없고 가정적인 인간이 된다는 건 있을 수 없는 일이었다. 그는 항상 고군분투하고 목표를 향해 달리고, 항상 허를 찌르는 새로운 지략과 불쑥 소환하는 번뜩임으로 그녀에게 재미를 선사하며, 눈부시고 탁월하게 현재진행형의 삶을 살아야 했다.

창밖에서는 나무들이 까만 하늘을 등지고 몸부림쳤다. 그 섬뜩한 빛 속에서 페넬로페의 얼굴선이 다이달로스가 만든 조각상처럼 정교해 보였다. 나는 그녀가 나를 좀더 질투하지 않는 이유를 궁금해했다. 이제는 알 수 있었다. 그녀에게서 남편을 빼앗아간 여신은 내가 아니었다.

"신들은 자기가 부모인 듯 굴지." 내가 말했다. "하지만 그들은 손뼉을 치며 좀더 달라고 외쳐대는 어린애다."

"이제 그렇게 아끼던 오디세우스가 죽었으니 아테나가 어디에서 대안을 찾겠습니까?" 그녀가 물었다.

마지막 타일이 제자리를 찾아갔고 마침내 그림이 완성됐다. 신들은 보물을 포기하는 법이 없었다. 그녀는 오디세우스 다음으로 훌륭한 대안을 찾을 것이었다. 그의 혈육을 찾을 것이었다.

"텔레마코스."

"네."

나는 갑작스럽게 울컥했다. "그 아이도 아느냐?"

"아닌 것 같습니다. 잘은 모르겠지만요."

그녀는 엉겨붙어서 악취를 풍기는 양털을 계속 손에 들고 있었다. 나는 화가 났고 분노로 뱃속이 뜨거워지는 것을 느낄 수 있었다. 그녀가 내 아들을 위험에 빠뜨렸다. 아테나는 텔레고노스에게 어떤 식으로 복수할지도 이미 계획을 세워놓았을 것이다. 이로써 불에 기름을 부은 격이 됐다. 하지만 솔직히 고백하자면 예전만큼 격렬한 분노는 느껴지지 않았다. 페넬로페가 이 집으로 불러들일 수 있는 모든 신들 중에서 내가 가장 잘 상대할 수 있는 신이 아테나였다. 아테나가 우리를 여기서 얼마나 더 미워할 수 있겠는가.

"진심으로 그 아이를 계속 숨겨놓을 수 있다고 생각하느냐?"

"그럴 수 없다는 건 압니다."

"그럼 네가 원하는 게 무엇이냐?"

그녀는 날개로 몸을 덮은 새처럼 망토로 몸을 감싸고 있었다. "저는 어렸을 때 어의가 하는 얘기를 우연히 들은 적이 있습니다. 그가 말하길 자기가 파는 약은 보여주기 용이라고 하더군요. 대부분의 상처는 충분히 시간을 두고 기다리기만 하면 저절로 낫는다고요. 저는 그런 식의 비밀을 알아내는 걸 좋아했지요. 그러면 냉소하는 기분이 들고 지혜로워지는 것 같았거든요. 저는 그걸 제 생활 철학으로 삼았습니다. 원래부터 기다리는 걸 잘했으니까요, 보시다시피. 저는 전쟁과 구혼자들보다 오래 버텼습니다. 오디세우스의 여행이 끝날 때까지 버텼고요. 충분히 인내심을 발휘하면 가만히 있지 못하는 그의 성격과 아테나도 버틸 수 있을 거라고 속으로 중얼거렸죠. 그녀가 총애하는 다른 인간이 분명 등장하지 않겠느냐고 생각하면서. 하지만 그런 인간은 없는 듯하더군요. 그리고 제가 기다리는 동안 텔레마코스가 몇 년이고 아버지의 분노를 감당했습니다. 제가 외면하고 있는 동안 아이가 고생을 했죠."

오디세우스가 예전에 그녀를 두고 뭐라고 했는지 기억이 났다. 그녀는 정도에서 벗어나거나 실수를 저지르는 법이 없다고 했다. 그 말을 듣고 나는 질투가 났었다. 이제 생각해보니 얼마나 부담스러웠을까 싶었다. 얼마나 고약한 짐이었을까.

"하지만 이 세계에는 진정한 명약이 있지요. 당신이 그 증거고요. 아들을 위해 바닷속 깊숙이 들어갔다 오셨잖습니까. 신을 거역했고요. 지금까지 그 하찮은 인간의 허세에 허송세월한 제 인생의 수많은 시간이 생각납니다. 저는 대가를 치렀고 그것이 당연한 수순이었지만 텔레마코스까지 대가를 치르게 만들고 말았습니다. 텔레마코스는 착한 아들입니다, 예전부터 그랬습니다. 그 아이를 빼앗기기 전에, 물살 속으로 다시 떠밀려나가기 전에 조금만 시간적인 여유를 누리고 싶은데요. 허락해주시겠습니까, 아이아이에의 키르케 여신이여?"

그녀는 나를 상대로 그 회색 눈을 동원하지 않았다. 동원했다면 나는 거부했을 것이다. 그녀는 대신 기다리기만 했다. 과연 기다림이 잘 어울렸다. 왕관에 박힌 보석처럼 공기 안에 딱 들어맞는 듯했다.

"겨울이다." 내가 말했다. "지금은 배를 타고 나설 때가 아니지. 아이아이에가 너를 조금 더 품어줄 것이다."

23

두 아들이 일을 마치고 돌아왔다. 강풍을 맞기는 했지만 몸이 젖지는 않았다. 나머지 셋이 식사하는 동안 나는 제일 높은 산꼭대기로 올라가 나를 덮고 있는 주문을 느꼈다. 이쪽 만에서 저쪽 만까지, 노란 모래사장에서 삐죽삐죽한 바위에 이르기까지 주문이 펼쳐져 있었다. 오래전부터 짊어지고 있었던 그 쇳덩이 같은 무게가 내 혈관 속에서도 느껴졌다. 아테나는 분명 시험해보았을 것이다. 가장자리를 둘러보며 틈새를 찾았을 것이다. 하지만 이 주문은 버텨줄 것이다.

집으로 돌아가보니 페넬로페가 다시 베틀 앞에 앉아 있었다. 그녀가 어깨 너머를 돌아보았다. "날씨가 좀 갠 것 같은데. 지금쯤이면 바다가 충분히 잔잔해지지 않았을까? 텔레고노스, 수영 배우지 않으련?"

그런 대화를 나눈 이후였기에 그녀가 이렇게 나올 줄은 전혀 예상하지 못했다. 하지만 나는 안 된다고 할까 고민할 겨를도 없었다. 텔레고노스가 거의 잔을 넘어뜨릴 정도로 열띤 반응을 보였다. 둘이 꽃밭을 지나는 동안 아이가 내 식물을 소개하는 소리가 들렸다. 뭐가 서어나무이고 무엇이 독미나리인지 언제부터 알았을까? 아이는 그 둘을 가리키며 특징을 읊었다.

텔레마코스가 내 옆으로 다가와 말없이 서 있었다. "꼭 모자지간 같네요."

나도 정확히 같은 생각을 하고 있었지만 그의 음성으로 직접 들었더니 부아가 치밀었다. 나는 아무 대꾸 없이 꽃밭으로 나갔다. 화단에 무릎을 꿇고 앉아서 잡초를 뽑았다.

놀랍게도 그가 뒤따라 나왔다. "아드님을 돕는 건 뭐든 마다하지 않겠습니다만 저희더러 손보라고 하신 돼지우리는 솔직히 오랫동안 쓰인 적이 없던데요. 실질적으로 도움이 될 만한 일을 맡겨주시면 안 될까요?"

나는 발뒤꿈치를 딛고 앉아서 그를 빤히 처다보았다. "왕족이 잡일을 맡겨달라고 간청하다니 신선하구나."

"신하들이 제게 약간의 시간적인 여유를 허락했던 것 같습니다. 당신의 섬은 매우 아름답지만 날이면 날마다 빈둥거리며 지내야 한다면 돌아버릴 겁니다."

"어떤 걸 할 수 있느냐?"

"다들 흔히 하는 것들이요. 고기잡이와 사냥. 이 섬에는 없는 염소 돌보기. 조각과 만들기. 아드님의 배를 제가 고칠 수도 있습니다."

"배에 뭔가 잘못된 게 있느냐?"

"키가 느리고 못 미덥고 돛은 너무 짧고 돛대는 너무 깁니다. 큰 파도가 칠 때마다 암소처럼 허우적거리죠."

"내 눈에는 그 정도로 나빠 보이지 않던데."

"처음 만든 작품치고 인상적인 건 사실입니다. 여기까지 오는 동안 침몰하지 않은 게 신기할 따름이죠."

"침몰을 막는 마법이 걸려 있기 때문이지." 내가 말했다. "너는 어찌 그렇게 배에 대해서 아는 게 많으냐?"

"이타케 출신이잖습니까." 그는 간단하게 대답했다.

"그리고? 내가 알아야 하는 또다른 것들이 있느냐?"

그는 진단을 내리는 의사처럼 표정이 진지했다. "양털이 너무 엉켜 있어서 봄에 털을 깎으려면 심란하겠습니다. 홀에 있는 식탁 세 개가 기우뚱하고 꽃밭 사잇길에 깔린 판석이 흔들립니다. 처마에 새 둥지가 적어도 두 개는 지어져 있고요."

나는 신기하기도 하고 불쾌하기도 했다. "그걸로 끝이냐?"

"아직 완벽하게 둘러보지 못해서요."

"오전에 텔레고노스와 배를 고쳐도 좋다. 지금은 양털 문제부터 해결해보자꾸나."

그의 말이 맞았다. 양털이 뭉쳐 있었고 습한 겨울을 보내다보니 어깨 너머까지 진흙투성이였다. 나는 빗과 내 묘약이 가득 담긴 큼지막한 사발을 들고 나왔다.

그는 묘약을 들여다보았다. "어디에 쓰는 겁니까?"

"양털을 벗기지 않고 진흙을 씻어내는 데 쓰지."

그는 어떻게 해야 하는지 잘 알았고 능숙하게 작업에 착수했다. 내 양들이 말을 잘 듣기는 했지만 그에게도 어르고 달래는 나름의 요령이 있었다. 양의 등에 손을 얹고 이리저리로 유유히 인도했다.

내가 말했다. "전에도 해본 적이 있구나."

"그럼요. 이 세정수 좋은데요. 성분이 뭡니까?"

"엉겅퀴, 향쑥, 셀러리, 황. 그리고 마법."

"아."

나는 들고 있던 전지 칼로 우툴두툴한 털을 깎기 시작했다. 그는 양들의 혈통과 내 사육 방식에 대해 물었다. 녀석들이 말을 잘 듣는 이유가 주술 때문인지 아니면 내 위세 때문인지 궁금해했다. 할일이 생기자 전처럼 어색하게 뻣뻣하지 않았다. 이내 전에 염소를 치면서 어떤 어리석은 실수를 저질렀는지 늘어놓자 나는 웃기 바빠졌다. 태양이 바닷속으로 빠진 줄도 몰랐기에 페넬로페와 텔레고노스가 우리 옆에 등장했을 때 화들짝 놀랐다. 일어나 손에 묻은 흙을 닦는데 페넬로페의 시선이 느껴졌다.

"들어가자." 내가 말했다. "다들 배고프겠다."

그날 저녁에 페넬로페가 또다시 일찌감치 식탁에서 일어섰다. 뭔가 전하고 싶은 바가 있나 싶었지만 진심으로 피곤해하는 것 같았다. 아직 슬픔에서 못 헤어나오지 않았냐고, 나는 속으로 중얼거렸다. 우리 모두가 그랬다. 하지만 수영이 내 아들에게는 도움이 됐다. 그게 아니라 페넬로페의 관심이 도움이 됐을 수도 있다. 아이는 바람을 맞아서 볼이 빨개졌고 얘기를 하고 싶어했다. 자기 아버지 이야기는 아직 너무 깊은 상처였지만 영웅담은 그의 오랜 첫사랑이었다. 이타케에 그런 이야기를 잘 만들어내는 음유시인이 있는지, 그 시인은 어떤 식으로 읊었는지 텔레마코스에게 듣고 싶어했다.

텔레마코스가 이야기를 풀어냈다. 벨레로폰과 페르세우스, 탄탈로스, 아탈란타. 그가 다시 나무의자에 앉고 내가 은색 의자에 앉았다. 텔레고노스는 늑대에 기대고서 바닥에 앉았다. 그 둘을 번갈아 쳐다보자 묘한 기분이 느껴졌다. 거의 술에 취한 듯 비현실적인 느낌이었다. 그들이 온 지 이틀밖에 안 된 게 정말일까? 훨씬 길게 느껴졌다. 이렇게 많은 사람과 이렇게 많은 대화를 나누다니 생소했다. 내 아들은 하나만 더, 하나만 더 하고 계속 졸랐고 텔레마코스는 순순히 응했다. 밖에서 일을 하느라 머리는 이리저리 바람에 날린 채였고 장작불 빛이 뺨을 따라 흘렀다. 여러모로 실제보다 나이들어 보였지만 소년 같다고 느껴질 만큼 귀여운 구석이 있었다. 그는 스스로도 밝혔다시피 이야기꾼이 못 됐지만 진지한 표정으로 날아다니는 말과 황금 사과를 운운하는 것이 그래서 더 재밌게 다가왔다. 방은 따뜻했고 포도주는 훌륭했다. 내 피부가 밀랍처럼 말랑말랑하게 느껴졌다. 나는 앞으로 몸을 숙였다.

"그 시인이 크레테의 왕비 파시파에 얘기도 한 적 있느냐?"

"미노타우로스의 어머니 말씀이죠?" 텔레마코스가 물었다. "당연하죠. 테세우스의 이야기 속에 항상 등장합니다."

"미노스가 죽었을 때 그녀가 어떻게 됐는지 얘기한 사람이 있느냐? 불사신이니 아직 그 나라를 다스리는지."

텔레마코스는 미간을 찌푸리고 있었다. 기분이 상한 것은 아니었고 내 양털 세정수를 살펴보았을 때 짓던 표정이었다. 그가 복잡하게 얽힌 족보의 실타래를 추적하고 있는 게 내 눈에 보였다. 시인의 이야기에서, 파시파에는 태양의 딸이라고 했다. 그가 상황을 이해했다는 것을 나는 알 수 있었다.

"아뇨," 그가 말했다. "그녀와 미노스의 혈통은 더이상 그 왕국을 다스리지 않습니다. 레우코스라는 자가 파시파에의 손자인 이도메네우스에게서 왕위를 찬탈했거든요. 제가 들은 이야기에 따르면 미노스가 죽은 뒤에 그녀는 신들의 신전으로 돌아가 거기서 예우를 받으며 살고 있다고 합니다."

"어느 신전?"

"시인이 그 얘기는 하지 않았습니다."

나는 분위기에 취해서 입이 가벼워졌다. "오케아노스의 신전이겠지. 내 외할아버지의 신전 말이다. 거기서 예전처럼 님프들을 공포에 떨게 만들고 있겠지. 미노타우로스가 태어났을 때 내가 그 자리에 있었다. 우리에 가둘 수 있게 거들었지."

텔레고노스의 입이 떡 벌어졌다. "어머니가 파시파에 왕비와 친족이라고요? 미노타우로스를 보셨다고요? 왜 지금까지 얘기하지 않으셨어요?"

"네가 물어보지 않았으니까."

"어머니! 저한테는 모든 걸 말씀해주셔야죠. 미노스도 만나셨어
요? 다이달로스도요?"

"그가 만든 베틀이 어떻게 내 수중으로 들어왔겠니."

"저야 모르죠! 저는 그게 그러니까……" 그는 허공에 대고 손을
흔들었다.

텔레마코스가 나를 지켜보고 있었다.

"아니," 내가 말했다. "그와 아는 사이였단다."

"얘기하지 않고 숨긴 게 또 뭐가 있어요?" 텔레고노스가 따져 물
었다. "미노타우로스와 트리곤 말고 또 몇 개나 있어요? 키마이라?
네메아의 사자? 케르베로스와 스킬라?"

나는 눈을 동그랗게 뜨고 씩씩대는 그를 보며 웃느라 날아오는 일
격을 미처 예상하지 못했다. 내 아들이 그녀의 이름을 어디서 들었을
까? 헤르메스에게서? 이타케에서? 상관없었다. 차가운 창끝이 내 뱃
속을 헤집었다. 내가 무슨 생각으로 그랬을까? 내 과거는 재미있는
장난도 모험담도 아니었다. 폭풍에 떠밀려 와 바닷가에서 썩어가는
흉물스러운 난파선이었다. 오디세우스의 과거 못지않게 추악했다.

"할 얘기는 다 했다. 더는 묻지 말거라." 나는 자리에서 일어나 놀
란 표정을 짓는 그들을 등지고 걸음을 옮겼다. 방으로 들어가 침대에
누웠다. 늑대도 사자도 없었다. 다들 내 아들 곁을 지키고 있었다. 우
리 위의 어디에선가 아테나가 눈을 번뜩이며 지켜보고 있었다. 내 약
점이 보이면 당장 창을 던지려고 기다리고 있었다. 나는 어둠에 대고
말했다. "계속 기다려보시지."

잠이 오지 않을 거라고 확신했지만 잠이 왔다.

나는 결연하고 맑은 정신으로 일어났다. 간밤에는 피곤했고 평소
보다 술을 많이 마셨지만 이제는 다시 굳건해졌다. 아침을 차렸다.
부엌으로 들어온 텔레고노스가 또 한 차례의 폭발을 예상하며 내 눈
치를 보았다. 하지만 나는 서글서글하게 대했다. 그렇게 놀랄 일인가,
하는 생각이 들었다. 나도 얼마든지 서글서글해질 수 있었다.

텔레마코스는 잠자코 있었지만 식사가 끝나자 동생을 데리고 배
를 고치러 갔다.

"베틀을 또 빌려도 될까요?"

페넬로페는 다른 옷을 입고 있었다. 옅은 크림색으로 표백한, 좀
더 고급스러운 옷이었다. 그녀의 까무잡잡한 피부와 잘 어울렸다.

"괜찮다." 나는 부엌으로 자리를 옮길까 고민했지만 벽난로 근처
의 긴 식탁에서 종종 약초를 썰어왔는데 굳이 좌천을 자청할 이유가
없었다. 칼과 그릇 따위를 꺼냈다. 텔레고노스를 지켜주는 주문은 앞
으로 반달 동안 갱신할 필요가 없었기에 재미 삼아 약초를 말리고 빻
고 나중에 쓸 팅크를 증류하는 게 전부였다.

우리가 말을 섞을 일은 없을 줄 알았다. 오디세우스가 우리 입장
이었다면 재미 삼아 계속 속내를 감추고 머리를 썼을 것이다. 하지만
내가 보기에 우리 둘은 하도 오랫동안 혼자 지내다보니 허심탄회한
대화의 진가를 알게 된 듯했다.

창문을 비스듬히 뚫고 들어온 햇빛이 우리 맨발 위에 고였다. 내
가 헬레네에 대해서 묻자 그녀는 스파르타의 강에서 함께 수영을 하
고 삼촌인 틴다레오스의 궁전에서 같이 놀았던 어린 시절의 이야기

를 들려주었다. 우리는 길쌈과 가장 훌륭한 양의 품종에 대해서 이야기했다. 나는 텔레고노스에게 수영을 가르쳐주겠다고 해서 고마웠다고 했다. 그녀는 기쁜 마음으로 꺼낸 제안이었다고 했다. 열심이고 명랑하며 주변 사람들의 마음을 편하게 해주는 그를 보면 사촌 카스토르가 생각난다고 했다. "오디세우스는 세상을 자기 쪽으로 끌어당겼죠." 그녀가 말했다. "텔레고노스는 세상의 뒤를 쫓으며, 수로를 깎아내는 강물처럼 세상의 형태를 빚는 듯해요."

그녀에게서 아이의 칭찬을 듣다니 말로 표현할 수 없을 만큼 기뻤다. "어렸을 때 어떤 아이였는지 보았어야 하는 건데. 그보다 더 포악한 생물이 없었다. 솔직히 고백하자면 우리 둘 중에 내가 더 포악하긴 했다만. 아이를 낳기 전에는 어미 노릇이 쉬워 보였지."

"헬레네의 아이도 비슷했답니다." 그녀가 말했다. "헤르미오네요. 다섯 살이 되도록 악을 썼지만 어느 누구보다 사랑스러운 아이로 자랐지요. 저는 텔레마코스가 충분히 악을 쓰지 않아서 걱정스러웠어요. 너무 일찍부터 얌전해진 게 아닌가 싶어서요. 둘째는 다를지 항상 궁금했지요. 하지만 오디세우스가 집으로 돌아왔을 무렵에는 물 건너간 얘기처럼 되어버렸습니다." 그녀의 목소리는 담담했다. 노래에서는 후에 그녀를 가리켜 충직하다고 했다. 신의 있고 진실하며 신중하다고 했다. 그렇게 수동적이고 힘없는 단어로 그녀의 본모습을 왜곡하다니. 그녀는 오디세우스가 집을 비운 동안 다른 남자와 결혼해 다른 아이를 낳을 수도 있었다. 그랬더라면 사는 게 훨씬 편했을 것이다. 하지만 그녀는 그를 열렬히 사랑했기에 다른 남자는 받아들이지 않았다.

나는 지붕보에 매달아놓았던 톱풀 다발을 내렸다.

"그건 어디에 쓰는 겁니까?"

"상처에 바르는 연고. 톱풀에 지혈 효과가 있거든."

"구경해도 되나요? 마법은 한 번도 본 적이 없어서요."

그녀가 텔레고노스를 칭찬한 만큼이나 기분 좋은 얘기였다. 나는 식탁에 자리를 만들었다. 그녀는 비위를 잘 맞추는 구경꾼이었다. 내가 재료의 이름을 하나씩 알려주고 용도를 설명하면 신중하게 질문을 던졌다. 그녀는 남자들을 돼지로 만들 때 썼던 약초를 보고 싶어 했다. 나는 말린 잎을 그녀의 손에 떨어뜨렸다.

"이러다 제가 돼지로 변하는 건 아니겠죠?"

"그걸 먹고 주문을 외워야 한다. 신의 피가 떨어진 곳에서 돋아난 풀이어야만 주문을 외우지 않아도 능력이 발휘되지. 그리고 아마 마녀라야 할 거다."

"여신이라야 한다는 말씀이지요."

"아니," 내가 말했다. "내 조카는 인간인데도 나만큼 강력한 주문을 쓰더구나."

"조카요." 그녀가 말했다. "설마 메데이아는 아니겠죠?"

그 오랜 시간이 지난 뒤에 그녀의 이름을 다시 들으니 기분이 묘했다. "그 아이를 아느냐?"

"음유시인들이 왕 앞에서 악기를 연주하며 뭐라고 노래를 부르는지는 압니다."

"듣고 싶구나."

창밖에서 나무들이 바람을 맞고 바스락거리는 가운데 그녀가 이야기를 들려주었다. 메데이아는 과연 아이에테스에게서 도망쳤다. 이아손과 함께 이올코스로 건너가 아들을 둘 낳아주었지만 그는 그녀의 마법을 질색했고 백성들은 그녀를 경멸했다. 결국 그는 고국에서 많은 사랑을 받는 사랑스러운 공주를 새로운 아내로 맞았다. 메데이아는 그의 현명한 선택을 칭찬하며 직접 만든 왕관과 망토를 신부에게 선물로 보냈다. 그것들을 걸친 순간 신부는 산 채로 불길에 휩싸였다. 이후에 메데이아는 아이들을 제단으로 끌고 가 이아손에게 절대 그들을 넘길 수 없다고 맹세하며 아이들의 목을 갈랐다. 그녀는 콜키스로 돌아가겠다며 용이 끄는 전차를 소환했는데 그뒤로 자취를 감추었다.

당연히 음유시인들의 상상이 가미됐겠지만 그래도 메데이아의 환하고 날카로운 얼굴이 엿보이는 듯했다. 그녀는 세상을 잃느니 거기에 불을 질러버리는 편을 택했을 것이다.

"내가 예전에 그 아이에게 결혼하면 상심할 일이 생길 거라고 한 적이 있다만. 짐작이 맞았는데도 기쁘지가 않구나."

"대개 그렇죠." 페넬로페가 나지막하게 말했다. 아마 살해당한 아이들을 생각하고 있었을 것이다. 나도 그들을 생각하고 있었다. 그리고 당연히 내 남동생의 것이었을 용이 몬다는 전차를 생각했다. 둘 사이에서 그 많은 일이 벌어졌는데 메데이아가 아이에테스에게 돌아갔다니 믿기지가 않았다. 하지만 또 한편으로는 이해가 됐다. 아이에테스는 후계자를 원했고 메데이아만큼 그를 닮은 아이도 없었다. 그녀는 그의 잔인한 행각을 보며 자랐고 결국에는 다른 모습을 유지하는 법을 배우지 못한 듯했다.

나는 톱풀에 꿀을 넣고 서로 뭉치도록 밀랍을 더했다. 사향처럼 달짝지근하고 톡 쏘는 약초냄새가 공기 중에 번졌다.

페넬로페가 물었다. "그럼 마녀의 조건이 무엇입니까? 신이 아니라도 된다면요."

"나도 잘은 모르겠다." 내가 말했다. "예전에는 혈통이 아닌가 생각했는데 텔레고노스는 주술에 소질이 없더구나. 의지가 가장 큰 요소가 아닌가 믿게 됐다만."

그녀는 고개를 끄덕였다. 나는 설명할 필요가 없었다. 우리는 의지가 뭔지 알았다.

그날 오후에 페넬로페와 텔레고노스가 다시 만으로 떠났다. 간밤에 내가 퉁명스럽게 돌변했으니 텔레마코스가 거리를 둘 줄 알았다. 그런데 약초를 만지는 내 옆으로 찾아왔다. "식탁을 고쳐볼까 해서요."

나는 헬레보루스 이파리를 빻으며 그를 지켜보았다. 그는 줄자와 표시한 선까지 물로 채운 잔을 들고 있었다.

"지금 뭐하는 거냐?"

"바닥이 수평인지 알아보는 겁니다. 문제는 다리네요. 길이가 살짝 다릅니다. 쉽게 고칠 수 있을 거예요."

나는 그가 줄로 나무를 쓸고 줄자로 치수를 재고 또 재는 걸 지켜보았다. 코는 어쩌다 부러뜨렸느냐고 물었다. "눈을 감고 헤엄을 치다가요." 그가 말했다. "그때 교훈을 얻었습니다." 식탁 수리가 끝나자 이번에는 판석 차례였다. 나는 따라 나가서 별로 있지도 않은 잡초를 뽑았다. 우리는 꿀벌 얘기를 했다. 나는 섬에 꿀벌이 좀더 많았으면 좋겠다고 말했다. 그는 다른 동물들처럼 꿀벌도 길들일 수 있느냐고 물었다. "아니," 내가 말했다. "나도 남들처럼 연기를 쓴다."

"벌이 너무 꽉 찬 벌집을 보았는데요." 그가 말했다. "원하시면 봄에 분봉해드리겠습니다."

나는 좋다고 대답하고 그가 울퉁불퉁한 흙을 긁어내는 걸 지켜보았다. "지붕에서 빗물이 그리로 떨어진다." 내가 말했다. "다음번에 비가 오면 판석이 다시 흔들릴 거다."

"원래 그런 법이죠. 고치고 엉망이 되면 다시 고치고."

"끈기 있는 성격이로구나."

"아버지는 따분하다고 표현하셨죠. 양털을 깎고 벽난로를 청소하고 올리브 씨를 빼고. 아버지는 호기심에 그런 걸 어떻게 하는지는 궁금해하셨지만 실제로 하고 싶어하지는 않으셨죠."

맞는 말이었다. 오디세우스는 한 번만 하면 되는 일을 좋아했다. 도시를 습격하거나 괴물을 무찌르거나 난공불락의 도시 안으로 들어갈 방법을 찾거나.

"어머니에게서 물려받은 모양이다."

그는 고개를 들지 않았지만 내 눈에는 긴장하는 게 보인 듯했다. "어머니는 좀 어떠십니까? 두 분이서 말씀 나누시는 거 압니다."

"너를 그리워한다."

"제가 어디 있는지 아실 텐데요."

분노가 그의 얼굴 위로 숨김없이, 또렷하게 드러났다. 그에게서 순수 비슷한 것이 느껴졌다. 시인들이 얘기하는 그런 의미에서의 순수를 말하는 것은 아니다. 텔레마코스의 그것은 이야기가 끝나면 무너져야 하거나 어떤 희생이 따르더라도 유지해야 하는 미덕 같은 게 아니었다. 그가 어리석었다거나 순진했다는 뜻에서 하는 말도 아니다. 그는 찌꺼기가 들러붙은 우리와 다르게 자기 자신으로만 이루어져 있었다. 그는 생각하고 느끼고 행동하는 것이 일직선상에서 이루어졌다. 그러니 그의 아버지가 당혹스러워할 수밖에 없었다. 오디세우스는 항상 숨겨진 뜻과 어둠 속의 칼을 찾는 사람이었다. 하지만 텔레마코스는 칼을 내놓고 다녔다.

희한한 날들이었다. 아테나가 도끼처럼 우리 머리 위에 매달려 있었지만 그렇게 매달린 지도 십육 년이 되었기에 이제 나는 거의 둔감해졌다. 매일 아침 텔레고노스는 섬으로 형을 데리고 나섰다. 페넬로페는 길쌈을 했고 그동안 나는 약초를 준비했다. 그 무렵에 내 아들을 따로 불러 오디세우스가 이타케로 돌아간 뒤에 어떤 식으로 성미가 고약해졌고, 어떤 식으로 의심과 분노를 일삼았는지에 대해 알게 된 사실을 조금 들려주자 아이는 날마다 조금씩 깨달음에 눈을 뜨는 기미를 보였다. 여전히 그의 죽음을 슬퍼했지만 죄책감을 조금씩 내려놓았고 표정이 다시 밝아졌다. 페넬로페와 텔레마코스의 존재가 더 많은 도움이 됐다. 아이는 사자들이 한 조각 햇살을 만끽하듯 그들의 관심을 만끽했다. 그동안 아이가 가족을 얼마나 원했는지 실감이 되면서 가슴이 아렸다.

페넬로페와 텔레마코스는 여전히 서로 말을 섞지 않았다. 몇 시간이 지나도, 몇 끼를 먹어도 그 둘 사이에서는 냉랭한 공기가 흘렀다. 잘못과 상심을 고백하고 훌훌 털어버리면 될 텐데 왜 그러지 않는지 나로서는 답답한 노릇이었다. 하지만 그들은 달걀과도 같았고 상대방을 깨뜨릴까 싶어 두려워했다.

오후가 되면 텔레마코스는 항상 내 옆에 있을 핑계가 될 만한 일거리를 찾았고 우리는 태양이 바다에 닿을 때까지 이야기를 나누었다. 내가 저녁을 차리려고 안으로 들어가면 그도 따라 들어왔다. 둘이 해도 될 만큼 일이 많으면 도왔다. 그렇지 않으면 벽난로 앞에 앉아서 조그만 나무를 깎았다. 황소, 새, 파도를 가르는 돌고래를 만들었다. 그의 손은 정확하면서 신중한 한편으로 경제적이라, 내가 보기에 감탄스러운 조합을 갖추었다. 마녀는 아니었지만 그에 적합한 기질이었다. 그냥 두면 바닥이 저절로 청소될 거라고 해도 항상 나중에 톱밥과 동그랗게 말려 나온 나무 부스러기를 치웠다.

누군가가 내 곁에 계속 있다니 생소했다. 텔레고노스와 나는 그전에 거의 하루종일 서로 피해 다녔고 님프들은 곁눈으로 언뜻 스치고 지나가는 그림자에 가까웠다. 대개는 그 정도만 돼도 피곤하고 계속 신경이 쓰여서 밖으로 나가 섬을 혼자 걸어야 했다. 하지만 텔레마코스는 자제하는 면이 있었고 조용한 자신감을 풍기며 주제넘게 나서지 않았기 때문에 같이 있으면 편안했다. 가장 닮은 생물을 꼽자면 예전의 내 사자였다. 그 둘은 공통적으로 꼿꼿하고 점잖았고 흔들림 없는 시선 깊은 곳에 장난기가 숨어 있었다. 심지어 흙냄새를 좋아하는 것까지 닮아서 내가 내 일을 하는 동안 그들은 자기들의 일을 했다.

"뭐가 그렇게 재밌으세요?" 그가 물었다.

나는 고개를 저었다.

그들이 온 지 엿새째 되던 날이었을 것이다. 그는 뒤틀린 나무줄기를 표현하고 칼끝으로 옹이와 구멍을 일일이 새겨가며 올리브나무를 만들고 있었다.

"이타케가 그리우냐?" 내가 그에게 물었다.

그는 곰곰이 생각했다. "알고 지냈던 사람들이 보고 싶긴 합니다. 염소들이 새끼를 낳는 걸 보지 못해서 아쉽고요." 그는 말을 하다 말고 잠깐 멈추었다. "제가 왕위에 올랐어도 폭군은 되지 않았을 텐데."

"공정한 자, 텔레마코스."

그는 미소를 지었다. "재미없는 사람한테 붙이면 좋을 좀더 그럴 듯한 별명이 생각나지 않을 때 그렇게들 부르죠?"

"너는 거기다 성군이 되었을 거다." 내가 말했다. "어쩌면 아직 기회가 있을지도 모르지. 인간들은 그리 오래 기억하지 못하거든. 올바른 혈통을 지니고 번영을 가져다줄, 오랫동안 기다려온 적장자로 화려하게 복귀할 수 있을 거다."

"훌륭한 이야깃감으로 손색없겠네요." 그가 말했다. "하지만 아버지와 구혼자들로 그득했던 그 방에서 제가 뭘 할 수 있을까요? 걸음을 옮기는 곳마다 잊고 싶은 기억으로 가득할 텐데요."

"텔레고노스가 옆에 있어서 힘들겠구나."

그는 미간을 찡그렸다. "어째서요?"

"네 아버지하고 너무 닮았으니 말이다."

그는 폭소를 터뜨렸다. "지금 무슨 말씀이세요? 텔레고노스는 어머니를 빼다박았죠. 얼굴뿐만이 아닙니다. 몸짓, 걸음걸이. 말투 심지어 목소리까지."

"그게 무슨 저주라도 되는 듯이 얘기하는구나." 내가 말했다.

"설마요." 그가 말했다.

우리 둘의 시선이 만났다. 저멀리서 내 손은 저녁에 먹을 무화과 껍질을 벗기고 있었다. 꼼꼼하게 껍질에 칼집을 넣어 흰색 격자무늬를 만들었다. 그 안에서 밀랍 같은 조직 사이로 빨간 과즙을 머금은 씨가 반짝거렸다. 갈증으로 입안이 살짝 따끔거렸다. 나는 그와 함께 있는 나 자신을 관찰하는 중이었다. 내 얼굴 위로 번지는 표정과 혓바닥 위로 움직이는 단어에 주목하는 신기한 경험이었다. 나는 지금까지 현실에 매몰돼 이번에는 여기, 다음에는 저기, 이런 식으로 찔끔찔끔 닥치는 대로 문제를 해결해가며 살아온 시간이 너무 많았다. 이 새로운 느낌이 나른함에 가까운 아득한 잠기운처럼 나를 스멀스멀 덮쳤다. 그가 뭔가를 얘기하는 눈빛으로 나를 바라본 게 이번이 처음은 아니었다. 하지만 그게 무슨 상관일까. 내 아들이 그의 동생이었다. 그의 아버지가 나와 동침하던 사이였다. 그는 아테나에게 빚진 몸이었다. 그는 그렇다는 걸 모를지언정 나는 알았다.

밖에서는 계절이 바뀌었다. 하늘이 손을 내밀자 땅이 넘실거리며 그 손을 맞았다. 햇살이 빽빽하게 쏟아져 우리를 금빛으로 감쌌다. 바다는 아주 살짝 뒤에서 꾸물거렸다. 아침을 먹는 자리에서 텔레고노스가 형의 등을 쳤다. "며칠만 있으면 배를 만으로 꺼낼 수 있겠다."

페넬로페의 시선이 느껴졌다. 주문이 미치는 범위가 어디까지인가요?

나도 몰랐다. 쇄파 너머 어느 지점까지였지만 정확히 어느 파도까지인지 콕 집어서 얘기할 수는 없었다. 내가 말했다. "텔레고노스, 항상 마지막에 심한 폭풍이 온다는 걸 생각해야지. 그때까지 기다리거라."

거기에 응답이라도 하는 듯 문을 두드리는 소리가 들렸다.

이어지는 정적 속에 텔레고노스가 속삭였다. "늑대들이 짖지 않았는데."

"안 짖었지." 나는 경고하는 눈빛으로 페넬로페를 쳐다보지 않았다. 누군지 알아차리지 못했다면 바보였다. 신의 광휘를 잔뜩 끌어올려 서늘하게 나를 감싸고 가서 문을 열었다.

전과 다름없이 까만 눈, 전과 다름없이 완벽하고 잘생긴 얼굴. 아들이 헉 하고 숨을 마시는 소리가 들렸고 내 등뒤로 얼어붙은 정적이 느껴졌다.

"헬리오스의 딸아, 잠깐 들어가도 될까?"

"아뇨."

그는 한쪽 눈썹을 치켜세웠다. "네 손님들에게 건넬 전언이 있다만."

내 갈비뼈를 긁는 공포가 느껴졌지만 침착한 말투를 유지했다. "이 자리에서 얘기해도 다 들릴 겁니다."

"그렇단 말이지." 그의 피부가 이글거렸다. 말꼬리를 길게 늘이며 히죽거리던 태도가 사라졌다. 그는 막강하고 불가피한, 신들의 신성한 전령이었다.

"이타케의 왕자 텔레마코스여, 나는 너와 대화를 원하는 위대한 여신 아테나를 대신해 여기에 왔다. 아테나는 마녀 키르케에게 그녀의 접근을 차단하는 주문을 해제할 것을 요청하는 바이다."

"요청이라," 나는 말했다. "내 아들을 죽이려고 했던 분이 그런 단어를 택하다니 흥미롭네요. 그녀가 똑같은 시도를 감행하지 않을 거라고 누가 장담할 수 있답니까?"

"그녀는 네 아들한테는 조금도 관심이 없어." 그는 신의 영광을 벗고 다시 스스럼없는 목소리로 돌아갔다. "네가 바보처럼 우기면—이건 물론 그녀가 쓴 표현이야—그를 보호해주겠다고 맹세할 용의도 있다고 했어. 그녀가 원하는 건 오로지 텔레마코스뿐이야. 그가 유산을 물려받을 때가 되었으니까." 그는 나를 지나 식탁 쪽을 쳐다보았다. "내 말 들었지, 왕자?"

텔레마코스는 시선을 떨어뜨렸다. "들었습니다. 전령님과 그 전언, 양쪽 모두 저로서는 영광입니다. 하지만 저는 이 섬의 손님이잖습니까. 안주인의 처분에 따르겠습니다."

헤르메스는 고개를 살짝 모로 꼬고 강렬한 눈빛으로 나를 쳐다보았다. "자, 안주인?"

내 뒤에서 가을달처럼 솟아오른 페넬로페가 느껴졌다. 텔레마코스의 문제를 바로잡을 시간이 필요하다고 했는데, 아직 그걸 끝내지 못했다. 그녀의 머릿속이 얼마나 부글거리고 있을지 상상이 됐다.

"알겠어요." 내가 말했다. "하지만 주문을 해제하려면 시간이 걸려요. 사흘 뒤에 오시면 될 겁니다."

"지금 나더러 제우스의 딸에게 가서 사흘 동안 기다리라고 얘기하라는 거냐?"

"저들이 여기서 지낸 지 보름이 지났는데요. 마음이 급했다면 좀더 일찌감치 당신을 보냈겠죠. 그리고 제가 기다리라 했다고 전하면 될 겁니다."

그는 재미있다는 듯이 눈을 반짝였다. 예전에 그 눈빛이 내 일용할 양식이었던 시절이 있었다. 굶주려서 그런 부스러기조차 감지덕지였던 시절. "반드시 그렇게 전하마."

우리는 그가 떠난 빈자리에 대고 숨을 토했다. 페넬로페는 나와 눈을 맞췄다. "감사합니다." 그녀가 말했다. 그러고는 텔레마코스를 돌아보았다. "아들아." 그녀가 내 앞에서 그에게 직접 말을 거는 건 이번이 처음이었다. "너를 너무 오랫동안 기다리게 했구나. 나랑 같이 좀 걸으련?"

<h2 style="text-align:center">24</h2>

우리는 내리막길을 따라 바닷가로 걸어가는 그들의 뒷모습을 바라보았다. 텔레마코스는 조금 놀란 듯했지만 자연스러운 반응이었다. 아테나의 선택을 받았다는 사실을 알게 된 동시에 어머니와 화해를 해야 했으니 그럴 수밖에 없었다. 그가 집을 나서기 전에 뭐라도 한마디해주고 싶었지만 아무 말도 생각이 나지 않았다.

텔레고노스가 내 팔꿈치에 와서 부딪쳤다. "그게 무슨 소리예요? 텔레마코스의 유산이라뇨?"

나는 고개를 저었다. 바로 그날 아침에 파릇파릇한 봄 새싹을 처음으로 보았다. 아테나가 완벽하게 시기를 맞추었다. 항해가 가능해지자마자 찾아온 거였다.

"주문을 푸는 데 사흘이나 걸린다니 놀랐어요. 그걸 쓰면 되지 않아요? 그 뭐더라―몰리였나요?"

나는 그를 돌아보았다. "주문이 내 의지에 의해 좌우된다는 걸 알잖니. 내가 놓는 순간 곧바로 풀릴 거다. 그러니 아니지, 사흘이나 걸리지 않아."

그는 미간을 찌푸렸다. "헤르메스한테 거짓말을 하신 거예요? 아테나가 알면 화를 내지 않을까요?"

아이가 이토록 순진한 걸 보니 여전히 겁이 났다. "내가 아테나한테 얘기할 리 있겠니. 텔레고노스, 그들은 신이야. 계략을 잘 숨기지 않으면 모든 걸 잃을 수 있어."

"그 두 사람이 대화를 나눌 시간을 가질 수 있게 그러신 거죠?" 그가 말했다. "페넬로페하고 텔레마코스 말이에요."

아이가 어리기는 해도 바보는 아니었다. "비슷하다고 보면 된단다."

그는 손끝으로 덧문을 두드렸다. 사자들은 꿈쩍하지 않았다. 그가 가만히 있지 못할 때 내는 소리를 익히 알기 때문이었다. "그 두 사람을 다시 볼 수 있을까요? 떠난 뒤에도?"

"아마도." 내가 말했다. 달라진 내 목소리를 알아챘을지 몰라도 아이는 아무 얘기도 하지 않았다. 내 가슴이 살짝 파도치는 게 느껴졌다. 헤르메스와 대화를 나눈 게 하도 오랜만이라 모든 걸 꿰뚫어보는 그 약삭빠른 시선에 맞서려면 얼마나 힘이 드는지 잊고 있었다.

그가 물었다. "아테나가 저를 죽이려고 할까요?"

"맹세를 해야 이 섬으로 들어올 수 있을 테고 그걸 지킬 수밖에 없을 거다. 그래도 만일의 경우에 대비해 창을 준비해야지."

나는 평소처럼 손으로 직접 설거지와 빨래를 하고 잡초를 뽑았다. 날이 어두워지기 시작하자 바구니에 먹을거리를 챙겨 텔레고노스에게 들려 보내며 페넬로페와 텔레마코스에게 가보라고 했다.

"옆에서 꾸물대지 말고." 내가 말했다. "단둘이 있을 수 있게."

아이의 얼굴이 벌게졌다. "제가 아무것도 모르는 어린애인 줄 아세요?"

나는 숨을 마셨다. "아니라는 거 나도 알아."

아이를 보내놓고 나 혼자 왔다갔다 걸었다. 이 얼얼한 긴장감을 설명할 방법이 없었다. 떠날 수밖에 없는 그의 운명을 알고 있었다.

처음부터 알고 있었다.

달이 떴을 때 페넬로페가 돌아왔다. "감사드립니다." 그녀가 말했다. "사는 건 베틀처럼 단순하지가 않네요. 그래도 저는 첫걸음을 뗐다고 생각해요. 당신이 헤르메스를 골탕 먹이는 걸 보고 속이 후련했다고 실토하면 부적절한 말일까요?"

"나도 실토할 게 있다. 사흘 동안 아테나의 좀이 쑤시게 만들었지만 미안하지 않다고 말이다."

그녀는 미소를 지었다. "고맙습니다. 다시 한번 인사드려요."

텔레고노스는 벽난로 앞에 앉아서 화살에 깃을 붙였지만 한 움큼도 하지 못했다. 나처럼 안절부절못하며 돌을 문지르고 헤르메스가 다시 등장하기라도 할 듯이 텅 빈 꽃밭 사잇길을 창밖으로 물끄러미 내다보았다. 나는 닦을 필요도 없는 식탁을 닦았다. 약초가 담긴 병을 여기로 옮겼다가 저기로 옮겼다. 페넬로페의 검은색 상복이 거의 완성된 상태로 베틀에 매달려 있었다. 내가 앉아서 잠깐 도와줄 수도 있었지만 손이 바뀌면 옷감에서 티가 날 것이다. "나갔다 오마." 나는 텔레고노스에게 말했다. 그러고는 그가 뭐라고 대꾸할 겨를도 없이 밖으로 나섰다.

오크나무와 올리브나무 사이에 있는 조그만 공터로 발길이 향했다. 나뭇가지들이 근사한 그늘을 드리우고 풀이 부드러워지는 지점이었다. 여기 있으면 머리 위에서 밤새가 지저귀는 소리를 들을 수 있었다.

그는 어둠을 등지고 쓰러진 나무에 앉아 있었다.

"나 때문에 방해가 됐느냐?"

"아닙니다."

나는 그의 옆에 앉았다. 발에 밟히는 풀이 시원하고 살짝 축축했다. 겨울이라 먹이가 부족해서 배를 채우지 못한 올빼미가 멀리서 울었다.

"저희를 위해 어떤 배려를 해주셨는지 어머니한테 들었습니다. 지금도 그렇고 그전에도요. 감사드립니다."

"도움이 됐다면 반가운 일이지."

그는 보일락 말락 하게 고개를 끄덕였다. "어머니가 세 발짝 앞에 계셨어요, 항상 그렇듯."

머리 위에서 나뭇가지들이 흔들리며 달을 여러 조각으로 나누었다.

"회색 눈의 여신을 대면할 준비가 되었느냐?"

"준비가 되어 있을 사람이 있을까요?"

"그래도 전에 만난 적이 있지 않니. 그녀가 네 아버지와 구혼자들의 친족을 중재하러 나섰을 때."

"만나기야 여러 번 했었죠." 그가 말했다. "제가 어렸을 때 종종 찾아왔으니까요. 원래 모습 그대로 온 적은 없었지만 제 주변 사람들한테서 어떤 특징을 느낄 수 있었습니다. 그게 어떤 건지 아시겠지요. 처음 보는 사람이 너무 자세하게 조언을 늘어놓는다든지. 가족끼리 오래전부터 알고 지내던 친구의 눈이 어둠 속에서 반짝인다든지. 허공에서 기름진 올리브와 쇠 냄새가 난다든지요. 제가 그녀의 이름을 부르면 하늘이 잘 닦은 은처럼 환하게 반짝였죠. 그러면 제 삶의 재미없는 부분들, 엄지손톱의 거스러미, 구혼자들의 비웃음이 희미해졌습니다. 불을 뿜는 황소를 길들이고 용의 이빨을 뽑을 준비가 된, 노래 속에 등장하는 영웅이 된 듯한 기분을 느낄 수 있었고요."

올빼미 한 마리가 소리 없는 날갯짓으로 원을 그렸다. 그의 목소리에 담긴 갈망이 정적 속에서 종처럼 울렸다.

"아버지가 돌아오신 후에는 그녀를 만나지 못했습니다. 저는 한참 동안 기다렸죠. 그녀의 이름으로 암양을 죽이면서. 지나가는 사람들을 한 명도 빠짐없이 관찰하면서요. 저 염소지기가 이상하게 머뭇거리지 않았나? 저 선원이 너무 관심을 보이는 것처럼 느껴지지 않았나?"

그는 어둠 속에서 웃음소리 비슷한 소리를 냈다. "짐작할 수 있으시겠지만 사람들이 별로 좋아하지 않았습니다. 제가 항상 빤히 쳐다보다가 실망하는 표정으로 고개를 돌렸으니까요."

"그녀가 너한테 바라는 게 뭔지 아느냐?"

"신이 바라는 게 뭔지 어느 누가 알 수 있겠습니까?"

나로서는 힐난처럼 느껴졌다. 오랜 역사를 자랑하는, 인간과 신 사이의 그 건널 수 없는 간극.

"너는 분명 권력을 얻게 될 거다, 그리고 부도. 공정한 자, 텔레마코스가 될 수 있는 기회를 누리게 될 거다."

그의 시선은 숲의 그림자 위에 머물렀다. 내 쪽을 쳐다본 적이 거의 없었다. 우리 둘 사이에 뭐가 있었던 간에 바람에 날린 연기처럼 흩어졌다. 그의 관심사는 아테나였고 자신의 미래를 겨냥하고 있었다. 나도 그럴 줄은 알고 있었지만 이렇게 금세 달라진 걸 보고 마음이 놀라울 만큼 아팠다.

나는 무뚝뚝하게 얘기했다. "두말하면 잔소리지만 네가 그 배를 쓰거라. 너도 알다시피 바다에서의 재앙을 막아주는 주문이 걸려 있다. 아테나의 후원을 등에 업으면 그런 주문도 필요 없겠지만 그래도 준비가 되자마자 떠날 수 있을 거다. 텔레고노스도 괜찮다고 할 테고."

그가 하도 오랫동안 아무 말도 하지 않는 바람에 내 얘기를 못 들었나 하는 생각이 들었다. 하지만 한참 만에 그가 말문을 열었다. "친절한 제안 감사합니다. 그럼 당신은 섬을 돌려받을 수 있겠네요."

덤불숲 속에서 탁탁거리는 소리가 들렸다. 멀리 해변에서 전해오는 바다 소리와 그 끊임없는 너울 속으로 사라지는 우리의 숨소리도 들렸다.

"그래," 내가 말했다. "그렇겠지."

그뒤로 몇 안 되는 날들 동안 나는 그를 홀에 놓인 식탁을 대하듯이 했다. 페넬로페가 나를 유심히 쳐다보았지만 그녀에게도 말을 걸지 않았다. 그 둘은 이제 종종 함께 시간을 보내며 어그러졌던 관계를 고쳐갔다. 나는 그 광경을 보고 싶은 마음이 없었다. 텔레고노스를 바다로 데려가 수영하는 걸 보여달라고 했다. 근육으로 단단한 아이의 어깨가 물살을 정확하게 갈랐다. 열여섯 살이 아니라 다 큰 어른처럼 보였다. 신의 아이들은 인간들보다 좀더 빠르게 건장해졌다. 나도 알다시피 그는 그들이 가고 나면 그리워할 것이다. 하지만 내가 다른 걸 찾아줄 것이다. 잊을 수 있게 도울 것이다. 한 계절 동안 이 세상을 스쳐지나가기만 하는 별자리와 같은 사람도 있다고 얘기할 것이다.

저녁을 차린 다음 망토를 들고 어둠 속으로 나섰다. 인간들은 따라올 수 없는 덤불이 있는 가장 높은 산꼭대기로 올라갔다. 그러는 동안에도 실소를 터뜨렸다. 과연 어떤 인간이 너를 쫓아올까? 오디세우스에게 하지 않았던 아이에테스, 스킬라 그리고 그 밖의 것들에 얽힌 이야기들을 하나씩 떠올렸다. 내 과거가 단순한 우스갯거리로 전락하거나 가차없이 영리한 그에게 이용당하는 게 싫었다. 하지만 그가 아니면 누가 그렇게 추악하고 실수 많은 과거를 받아줄 수 있었을까. 나는 이야기할 기회를 놓쳤고 이제는 너무 늦어버렸다.

잠자리에 누웠다. 동이 틀 때까지 트리곤의 꼬리가 달린 창이 나오는 꿈을 꾸었다.

사흘째 되던 날 아침에 페넬로페가 내 소매에 손을 얹었다. 그녀는 검은색 망토를 완성했다. 망토 때문에 얼굴이 더 홀쭉하고 안색이 더 칙칙해 보였다. 그녀가 물었다. "무리한 요구라는 건 알지만, 저희가 그녀와 얘기할 때 옆에 있어주시겠습니까?"

"그러마. 텔레고노스도 있으라고 하겠다. 깔끔하게 끝나길 원하니까. 계략이라면 이제 지긋지긋하다."

내가 내뱉는 모든 말이 그렇게 입안에서 딱딱하게 느껴졌다. 성큼성큼 산꼭대기로 올라갔다. 십육 년 동안 내 묘약에 젖어서 바위가 까매졌다. 허리를 숙이고 시커멓게 패인 곳에 대고 손가락을 문질렀다. 지금까지 몇 번이나 여길 올라왔던가. 여기서 얼마나 많은 시간을 보냈던가. 눈을 감고 나를 덮고 있는, 유리처럼 깨지기 쉬운 주문을 느꼈다. 그걸 내려놓았다.

지나치게 잡아당겨진 활시위가 끊기듯 들릴락 말락 하게 핑 하는 소리가 났다. 해묵은 무게가 어깨에서 사라지길 기다렸지만 어둑어둑한 피로만 내 몸을 관통했다. 쓰러지지 않으려고 손을 내밀었지만 잡히는 건 허공밖에 없었다. 무릎에서 힘이 빠지는 바람에 휘청거렸

다. 하지만 그렇게 나약한 모습을 보일 겨를이 없었다. 우리는 노출
됐다. 아테나가 화살로 내 섬을 겨누고 수직 낙하하는 독수리처럼 다
가오고 있었다. 나는 억지로 산을 내려갔다. 뿌리마다 발에 채였고
돌멩이들이 내 발목을 겨누었다. 숨이 가늘고 얕아졌다. 문을 열었다.
세 사람이 화들짝 놀라며 고개를 들었다. 텔레고노스가 자리에서 일
어났다. "어머니?"

나는 그를 밀치고 지나갔다. 하늘이 열렸기 때문에 매 순간이 위
기였다. 내게 필요한 건 창이었다. 구석에 세워둔 구부정한 자루를
움켜쥐고 달콤한 독의 향기를 맡았다. 머릿속이 조금 맑아지는 듯했
다. 아무리 아테나라도 이걸 상대로 모험을 벌이지는 않을 것이다.

창을 들고 홀로 나가 벽난로 앞에 섰다. 그들도 머뭇머뭇 나를 따
라왔다. 경고할 겨를도 없었다. 나뭇가지처럼 생긴 벼락이 방을 때렸
고 주변이 은색으로 바뀌었다. 흉갑이 아직 반쯤 녹아 있는 듯이 이
글거렸다. 투구의 깃 장식이 우리 위로 곤두섰다.

그녀의 시선이 내게 못박혔다. 목소리는 광석처럼 거무칙칙했다.
"내가 말했지, 이 아이를 살려두면 후회하게 될 거라고."

"당신의 생각이 틀렸습니다." 내가 말했다.

"너는 항상 오만하기 짝이 없었지, 티탄 신족." 그녀는 나를 콕 집
어서 상처를 주려는 듯이 휙 하니 텔레마코스 쪽으로 시선을 돌렸다.
그는 무릎을 꿇고 있었고 페넬로페가 그의 옆을 지켰다. "오디세우스
의 아들이여," 그녀가 말했다. 목소리가 금박을 입힌 듯이 달라졌다.
"제우스가 예언하길 서쪽에서 새로운 왕국이 탄생할 거라 하는구나.
아이네이아스가 트로이아의 잔당들과 그리로 피신했으니 그들을 저
지해 균형을 도모할 아르고스인이 필요하다. 그 땅은 비옥하고 윤택

하고, 들판과 숲속의 동물들로 가득하며, 온갖 과일들이 열려 있다. 거기서 너는 왕성한 도시를 건설하고, 튼튼한 성벽을 쌓고, 야만의 물결을 제지할 법률을 제정할 것이다. 앞으로 오랫동안 그곳을 통치할 위대한 민족의 씨를 뿌릴 것이다. 내가 우리 땅 전역에서 훌륭한 사내들을 규합해 배에 태워놓았다. 그들이 오늘 도착해 너를 네 미래로 데려갈 것이다."

그녀의 희망이 피워내는 금빛 찬란한 불꽃으로 방안이 이글거렸다. 텔레마코스도 덩달아 이글거렸다. 그의 어깨가 넓어지고 팔다리에 힘이 차오르는 듯했다. 심지어 목소리마저 굵어졌다. "여신이여," 그가 말했다. "현명하신 회색 눈의 여신이여, 인간으로서 큰 영광이옵니다. 그런 은총을 누릴 자격이 있는 사람이 어디 있겠습니까."

그녀는 크림이 든 그릇 위를 기어가는 독사처럼 미소를 지었다. "땅거미가 질 무렵에 배가 너를 태우러 올 것이다. 준비하거라."

이것이 일어나라는 신호였다. 그녀가 부여한 영광을 휘황찬란한 깃발처럼 들어서 과시하라는 신호였다. 하지만 그는 무릎을 꿇은 채 꼼짝하지 않았다. "저는 당신의 선물을 받을 자격이 못 됩니다."

나는 눈살을 찌푸렸다. 왜 저렇게 굽실거리는 걸까? 그건 현명한 태도가 아니었다. 그녀에게 꼬투리를 잡히기 전에 감사 인사를 건네고 끝내야 했다.

그녀의 목소리에서 짜증의 기미가 느껴졌다. "나도 네 나약함을 안다." 그녀가 말했다. "내가 옆에서 창 자루를 붙잡아줄 테니 다른 사내들도 문제삼지 않을 것이다. 예전에 구혼자들을 상대할 때 승리를 거둘 수 있도록 너를 인도한 적이 있지 않으냐. 이번에도 내가 너를 인도해줄 것이다."

"당신은 저를 계속 보살펴주셨죠." 그가 말했다. "감사하게 생각합니다. 하지만 이건 받아들일 수 없습니다."

방안의 공기가 완벽하게 고요해졌다.

"그게 무슨 소리냐?" 한 마디, 한 마디가 지글거렸다.

"고민해보았습니다." 그가 말했다. "사흘 동안 고민해보았습니다. 그리고 제 안에는 트로이아를 상대로 싸우거나 왕국을 건설하고 싶은 욕구가 없다는 걸 깨달았습니다. 저는 다른 하루하루를 원합니다."

내 목구멍이 말라버렸다. 이 바보가 무슨 짓일까? 가장 최근에 아테나를 거부한 인간이 트로이아의 왕자 파리스였다. 아프로디테 여신을 선택한 죄로 그는 죽고 그의 도시는 잿더미로 변했다.

그녀의 두 눈이 나사송곳처럼 허공을 뚫었다. "욕구가 없다? 왜 이러느냐? 다른 신이 이보다 괜찮은 제안을 하더냐?"

"아닙니다."

"그럼 무엇이냐?"

그는 그녀의 시선에도 움찔하지 않았다. "저는 그런 삶을 살고 싶지 않습니다."

"페넬로페." 그건 말이 아니라 채찍이었다. "네 아들을 설득해라."

페넬로페는 바닥으로 얼굴을 숙이고 있었다. "설득해보았습니다, 여신이여. 하지만 원하는 방향이 확고합니다. 이 아이의 아비가 원래 고집이 셌다는 걸 아시지 않습니까."

"성취를 거두는 점에서 고집이 셌지." 아테나는 부리로 쪼는 비둘기처럼 한 마디, 한 마디씩 쏘아붙였다. "재간을 부리는 점에서도. 어쩌다 이렇게 퇴보한 게냐?" 그녀는 텔레마코스 쪽으로 고개를 홱 돌렸다. "같은 말을 반복하지 않겠다. 이런 어리석은 선택을 고집한다면, 나를 거부한다면 나의 모든 영광이 너를 떠날 것이다. 아무리 애원해도 두 번 다시 찾아오지 않을 것이다."

"알고 있습니다." 그가 말했다.

그의 평온한 태도에 그녀는 격분한 듯했다. "너를 위해 만들어지는 노래는 없을 것이다. 이야기도 그렇고. 알겠느냐? 너는 아무도 모르는 삶을 살게 될 것이야. 역사에 이름을 남기지 못할 것이다. 아무도 아닌 존재가 될 것이다."

한 마디, 한 마디가 대장간에서 내리치는 망치 같았다. 나는 그가 굴복할 거라고 생각했다. 당연히 그럴 거라고 생각했다. 그녀가 묘사한 명성은 모든 인간이 동경하는 것이었다. 불사의 존재가 되는 것이 그들의 유일한 희망이었다.

"저는 그쪽의 운명을 택하겠습니다." 그가 말했다.

못 믿겠다는 표정이 그녀의 서늘하고 아름다운 얼굴 위에서 적나라하게 번뜩였다. 지금까지 영원을 사는 동안 거부당한 게 몇 번이나 됐을까? 그녀로서는 알 길이 없었다. 그녀는 토끼를 향해 달려들었다가 다음 순간 진흙창에 처박힌 독수리 같았다.

"바보로구나." 그녀는 내뱉었다. "내가 너를 이 자리에서 죽이지 않는 걸 다행으로 여겨라. 네 아비에 대한 애정으로 살려는 주겠지만 나는 이제 너의 수호신이 아니다."

그의 위에서 반짝이던 영광이 사라졌다. 그게 사라지자 그는 올리브나무 껍질처럼 칙칙하고 울퉁불퉁하며 쪼그라든 것처럼 느껴졌다. 나도 아테나 못지않게 충격을 받았다. 이게 무슨 짓이란 말인가? 생각에 빠져 있느라 나는 사태가 어떤 방향으로 흘러가고 있는지 미처 알아차리지 못했다.

"텔레고노스여," 아테나가 말했다. 그녀의 은빛 시선이 휙 하니 그에게로 향했다. 목소리가 다시 바뀌었다. 쇳덩이에 금줄세공이 생겼다. "내가 너의 형에게 제안한 것을 너도 들었을 테지. 이번에는 너에게 묻겠다. 배를 타고 나가 이탈리아에서 나의 보루가 될 생각이 있느냐?"

나는 낭떠러지에서 발을 헛디딘 듯한 기분을 느꼈다. 허공을 가르며 추락하고 있는데 아무것도 나를 붙잡아주지 않았다.

"아들아," 나는 큰 소리로 외쳤다. "아무 말도 하지 마라."

그녀가 시위를 떠난 화살처럼 빠르게 내 쪽으로 고개를 돌렸다. "감히 나를 또 방해하겠다? 나에게서 뭘 더 바라느냐, 마녀야? 저 아이를 해치지 않겠다고 이미 맹세를 하지 않았느냐. 나는 인간들이 영혼과도 맞바꾸겠다고 드는 선물을 제안하는 것이다. 못 쓰게 된 말처럼 평생 저 아이를 묶어둘 참이냐?"

"당신이 저 아이를 원할 리 없잖습니까." 내가 말했다. "저 아이 손에 오디세우스가 죽었는걸요."

"오디세우스는 스스로 목숨을 끊었다." 그녀가 말했다. 그 말이 풀을 베는 낫처럼 쉬익 하는 소리와 함께 이 방을 관통했다. "길을 잃고 헤매다가."

"길을 잃게 만든 게 당신이었잖습니까."

그녀의 눈에서 분노가 피어올랐다. 나는 그 안에 담긴 생각을 읽을 수 있었다. 그녀의 창끝이 내 목의 혈관을 찢어놓는 광경이 어떨지.

"나는 그를 신으로 만들 수도 있었다." 그녀가 말했다. "동등한 존재로. 하지만 막판에 너무 나약해져버렸지."

신에게서 들을 수 있는 사과는 그 정도가 전부였다. 나는 으르렁거리며 창끝으로 허공을 갈랐다. "내 아들은 안 됩니다. 나와 맞서 싸우기 전에는 못 데리고 갑니다."

"어머니." 내 옆에서 나지막한 목소리가 들렸다. "제가 한말씀 드려도 될까요?"

나는 산산이 무너졌다. 고개를 돌리면 무엇이 나를 맞이할지 알았다. 간절한 희망이 어린 호소하는 눈빛. 그는 떠나고 싶어했다. 내 품 안에서 태어난 순간부터 항상 떠나고 싶어했다. 나는 페넬로페가 아들을 지킬 수 있도록 내 섬을 내주었다. 그 덕분에 내 아들을 잃게 생겼다.

"저는 이 순간을 꿈꿔왔어요." 아이가 말했다. "지평선까지 끝없이 이어지는 황금빛 벌판. 과수원, 반짝이는 강물, 무럭무럭 자라는 가축. 예전에는 제 눈에 보이는 곳이 이타케인 줄 알았어요."

아이는 홍수처럼 안에서 점점 벅차오르는 흥분을 자제하며 애써 침착한 목소리로 얘기했다. 자유로운 몸이 되었다가 목숨을 잃은 이카로스가 생각났다. 텔레고노스는 자유로운 몸이 되지 못하면 목숨을 잃을 태세였다. 육신이 그렇게 된다는 게 아니었다. 그에게 있었던 그 모든 사랑스러웠던 자질들이 시들고 이울 것이었다.

아이가 내 손을 잡았다. 음유시인의 몸짓이었다. 하지만 사실상 노래의 한 장면과도 같았다. 우리 둘이 수도 없이 연습한 후렴구였다.

"위험하다는 거 저도 알아요. 하지만 어머니께서 조심하라고 일러주셨잖아요. 저는 할 수 있어요, 어머니. 하고 싶어요."

나는 아무것로도 채워지지 않은 회색 공간이었다. 내가 무슨 말을 할 수 있었을까? 우리 둘 중 한 명은 상심할 수밖에 없는 운명이었다. 그게 이 아이가 되도록 할 수는 없었다.

"아들아," 내가 말했다. "너의 결정에 맡기겠다."

희열이 파도처럼 아이에게서 쏟아져나왔다. 나는 그걸 보고 있지 않을 수 있게 고개를 돌렸다. 아테나가 좋아하겠다는 생각이 들었다. 드디어 이렇게 그녀의 복수가 이루어졌다.

"준비하거라, 배를 타고 갈 수 있게." 그녀가 말했다. "오늘 오후에 도착할 거다. 이번이 마지막 기회다."

빛이 사라지고 다시 평범한 태양이 등장했다. 페넬로페와 텔레마코스는 긴장을 풀었다. 텔레고노스는 어렸을 때 이후 처음으로 나를 끌어안았다. 앞으로 두 번 다시 없을 일일지도 몰랐다. 이걸 기억에 담아야지, 나는 속으로 중얼거렸다. 아이의 넓은 어깨, 등뼈의 곡선, 따뜻한 숨결. 하지만 머릿속이 바싹 말랐고 강풍이 휘몰아쳤다.

"어머니? 저를 위해서 기뻐해주시면 안 될까요?"

아니, 나는 그를 향해 고함을 지르고 싶었다. 아니, 못 그러겠다. 내가 왜 행복해해야 한단 말이니? 너를 보내주는 것만으로도 충분하지 않니? 하지만 창창한 날들이 아직도 한참 남은 아들이 죽기라도 한 것처럼 울부짖고 곡을 하는 것을 어머니의 마지막 모습으로 기억하게 하고 싶지는 않았다.

"잘됐구나." 나는 억지로 말했다. 아이를 방으로 데려갔다. 짐 싸는 걸 거들며 갖가지 약으로 궤짝을 가득 채웠다. 상처와 두통, 매독과 불면증을 거쳐 심지어 분만에 이르자 아이는 얼굴을 붉혔다.

"앞으로 왕조를 건설할 것이 아니니." 내가 말했다. "그러면 대개 후계자가 필요해진다."

봄이고 조만간 여름이 될 참이었지만 내가 가지고 있는 옷 중에서 가장 따뜻한 옷을 모조리 주었다. 새끼였을 때부터 그를 엄청나게 따른 아크투루스를 데리고 가라고 했다. 아이에게 부적을 걸고 주문으로 감쌌다. 새로운 왕은 내어줄 만한 선물이 있을 때 가장 많은 사랑을 받을 수 있기에 금과 은과 가장 고운 자수와 같은 보물을 쌓고 또 쌓았다.

이쯤 되자 아이는 정신이 들었다. "실패하면 어쩌죠?"

아테나가 어떤 식으로 그 땅을 묘사했는지 생각해보았다. 묵직한 열매와 곡식 들판이 굽이굽이 이어지는 언덕, 그가 건설할 화려한 성채. 아이는 햇빛이 가장 환하게 비치는 홀의 높다란 의자에서 판결을 내릴 테고 사면팔방에서 찾아온 남녀노소가 그에게 무릎을 꿇을 것이다. 이 아이는 훌륭한 통치자가 될 거라는 생각이 들었다. 공정하고 마음씨가 따뜻한 왕. 아비처럼 소진되지 않을 것이다. 이 아이는 삶이라면 모를까, 영광에 목말라한 적은 없었다.

"실패하지 않을 거야." 내가 말했다.

"그녀가 설마 저를 해치지는 않겠죠?"

이제야 불안해지는 모양이었다. 이미 너무 늦어버린 지금에 와서야. 아이는 겨우 열여섯 살이었고 세상 경험이 전혀 없었다.

"그래," 내가 대답했다. "그러진 않을 거다. 지금은 혈통 때문에 너를 높이 평가하지만 나중에는 너 자체도 높이 평가하게 될 테고. 헤르메스보다는 그녀가 더 믿음직하긴 하지만 변함없다고 얘기할 수 있는 신은 없단다. 너는 네가 지켜야 한다는 걸 명심하거라."

"그럴게요." 아이는 나와 눈을 맞추었다. "화 안 나셨어요?"

"응," 원래부터 두렵고 서글펐을 뿐 화가 나지는 않았다. 이 아이는 신들이 나를 상대로 동원할 수 있는 무기였다.

문을 두드리는 소리가 들렸다. 텔레마코스가 길쭉한 양모 꾸러미를 들고 있었다. "방해해서 죄송합니다." 그는 계속 내 시선을 피한 채 꾸러미를 내 아들에게 내밀었다. "너한테 주는 거야."

텔레고노스는 꾸러미를 풀었다. 끝이 뾰족하고 눈금이 새겨진, 반질반질하고 기다란 나무 막대였다. 시위가 깔끔하게 감겨 있었다. 텔레고노스는 가죽 손잡이를 쓰다듬었다. "멋지다."

"우리 아버지가 쓰시던 거야." 텔레마코스가 말했다.

텔레고노스는 괴로워하는 표정으로 고개를 들었다. 해묵은 상심의 그림자가 아이의 얼굴을 스치고 지나갔다. "형, 이건 안 되겠어. 내가 이미 형의 도시를 차지했잖아."

"그 도시는 원래부터 내 것이 아니었어." 그가 말했다. "이것도 마찬가지고. 내가 보기에는 두 가지 모두 네가 더 잘 활용할 수 있을 것 같은데."

나는 멀찌감치 서 있는 듯한 기분이 들었다. 둘의 나이차가 이토록 극명하게 느껴지기는 처음이었다. 갈망하는 내 아들, 그리고 아무도 아닌 존재의 길을 선택한 이 사내.

텔레고노스의 짐을 들고 다 같이 바닷가로 나섰다. 텔레마코스와 페넬로페는 작별인사를 하고 뒤로 물러섰다. 나는 아들의 옆에서 같이 기다렸지만 아이는 그런 줄도 거의 몰랐다. 아이의 시선은 바다와 하늘이 맞닿은 수평선을 찾았다.

배가 부두로 들어왔다. 뱃전에 이제 막 송진과 색을 칠했고 새로 만든 돛이 반짝거리는 대형선이었다. 선원들이 깔끔하게 능률적으로 움직였다. 수염은 단정하게 손질했고 몸은 튼튼하게 다져져 있었다. 건널판자가 내려지자 그들은 열띤 표정으로 난간에 집합했다.

텔레고노스가 그들을 향해 앞으로 걸어갔다. 태양을 한몸에 받으며 당당하고 눈부시게 섰다. 뒤따라가던 아크투루스가 숨을 헐떡이며 옆에서 걸음을 멈추었다. 아버지의 활은 시위를 얹은 채 아이의 어깨에 매어 있었다.

"나는 아이아이에의 텔레고노스, 위대한 영웅과 그보다 더 위대한 여신의 아들이다." 아이가 큰 소리로 외쳤다. "환영한다. 회색 눈의 아테나가 여기까지 몸소 인도한 너희들이 아니냐."

선원들이 무릎을 꿇었다. 나는 견디지 못할 것 같았다. 아이를 붙잡고 놓지 못할 것 같았다. 하지만 내 살 속에 박으려는 듯이 마지막으로 한 번 으스러져라 끌어안고는 그들 속으로 들어가 하늘을 등지고 뱃머리에 자리를 잡는 아이의 모습을 그저 바라보았다. 파도에 반사된 햇빛이 은빛으로 반짝였다. 나는 손을 들어 축복하고 아들을 세상으로 내보냈다.

이후로 며칠 동안 페넬로페와 텔레마코스는 나를 이집트산 유리 그릇이라도 되는 듯이 대했다. 나지막이 속삭이고 내 의자 옆을 살금살금 지나다녔다. 페넬로페는 길쌈을 권했다. 텔레마코스는 계속 잔을 채웠다. 장작불을 들쑤셔 늘 포근하게 했다. 이 모든 게 나도 모르는 새 이루어졌다. 친절하기는 했지만 그들은 내게 아무것도 아니었다. 식료품 곳간의 시렁이 그들보다 더 오래된 친구였다. 약초를 만져보려고 했지만 내 손안에서 약초들이 쪼그라드는 느낌이었다. 주문이 없으니 주변이 벌거벗겨진 듯했다. 이제는 신들이 마음대로 드나들 수 있었다. 뭐든 할 수 있었다. 내게는 그들을 막을 힘이 없었다.

날이 점점 따뜻해졌다. 온화해진 하늘이 머리 위에서 잘 익은 과육처럼 벌어졌다. 창이 여전히 내 방 벽에 기대고 세워져 있었다. 그 앞으로 다가가 덮개를 벗기고 독이 담긴 그 희끄무레한 꼬리뼈 위에 대고 숨을 마셨지만, 그 창을 가지고 뭘 하고 싶은 건지 나도 알 수가 없었다. 빵 반죽이라도 되는 듯이 내 가슴을 문질렀다. 텔레마코스가 물었다. "괜찮으십니까?"

"당연히 괜찮지. 안 괜찮을 일이 뭐가 있느냐? 신은 병에 걸리지 않는데."

바닷가로 나갔다. 갓난아이라도 안고 있는 것처럼 조심스럽게 걸었다. 태양이 수평선 위에서 이글거렸다. 내 등과 팔과 얼굴, 모든 곳에서 이글거렸다. 숄은 걸치지 않았다. 그래도 타지 않을 것이다. 나는 지금까지 탄 적이 없었다.

내 섬이 사방으로 펼쳐져 있었다. 내 약초, 내 집, 내 동물들. 언제까지나 변함없이 이런 식으로 계속 이어지겠구나, 하는 생각이 들었다. 페넬로페와 텔레마코스가 친절하거나 말거나 상관없었다. 그들이 평생 여기에 머물거나 말거나, 그녀는 내가 그토록 바라던 친구가 되고 그는 또다른 무언가가 되거나 말거나 결국에는 눈 깜빡할 순간에 불과할 것이다. 그들은 시들 테고 나는 그들의 시신을 태우며 그들에 얽힌 추억이 누렇게 바래는 걸 지켜보아야 할 것이다. 그칠 줄 모르는 세월이라는 파도 앞에서는 모든 게 빛이 바랬다. 다이달로스도, 미노타우로스의 핏방울도, 스킬라의 허기도. 텔레고노스조차도. 인간의 수명은 육십 년에서 칠십 년이었다. 이후에 아이는 저승으로 떠나겠지만, 신은 죽음과 대척점에 있기에 나는 그곳으로 절대 건너갈 수가 없었다. 어둑어둑한 언덕과 칙칙한 벌판, 그 사이를 천천히 움직이는 하얀 그림자를 상상해보았다. 어떤 이는 생전에 사랑했던 사람들과 손을 잡고 걸어갔다. 또 어떤 이는 사랑했던 사람들이 언젠가 찾아올 거라 확신하며 기다렸다. 사랑한 적 없었던 사람들, 삶이 고통과 공포로 얼룩졌던 사람들을 위해서는 레테라는 시커먼 강이 마련되어 있었다. 그 강물을 마시면 기억을 지울 수 있었다. 이 얼마나 엄청난 위안인가.

나에게는 아무것도 없었다. 헤아릴 수 없는 수천 년을 관통하는 동안 내가 만났던 모든 사람들은 손가락 사이로 빠져나가고 나와 닮은 이들만 남을 것이다. 올림포스의 신과 티탄 신족. 내 여동생과 남동생. 나의 아버지.

그때 내 안에서 뭔가가 느껴졌다. 길 하나가 내 발치에서 갑작스럽고 선명하게 열렸던 그 옛날, 내가 마법을 처음 배우던 시절 같았다. 그 오랜 세월 동안 몸부림치고 싸웠음에도 불구하고, 여동생이 얘기했던 것처럼 내 안에는 달라지지 않는 부분이 있었다. 그 창백한 생명체가 시커먼 심연 속에서 내는 속삭임이 들린 듯했다.

그럼 아가, 다른 걸 만들려무나.

나는 아무런 준비도 하지 않았다. 지금 준비가 안 되었다 한들 언제는 준비될 수 있을까? 심지어 산꼭대기로 올라가지도 않았다. 그가 내 섬의 이 노란 모래사장으로 내려와 지금 이 자리에서 나를 마주하면 그만이었다.

"아버지," 나는 허공에 대고 말했다. "드릴 말씀이 있습니다."

25

헬리오스는 부른다고 소환되는 신이 아니었지만 나는 트리곤의 꼬리를 입수한 뻐득뻐득한 딸이었다. 앞에서도 얘기했다시피 신들은 참신함을 좋아했다. 그들은 고양이만큼이나 호기심이 많았다.

그가 하늘에서 나왔다. 왕관을 쓰고 있어서 그 광채가 내 바닷가를 금빛으로 물들였다. 자주색 옷은 깊게 고인 핏물처럼 색이 진했다. 수백 년이 지났는데도 털끝 하나 달라진 게 없었다. 태어난 순간 내게 각인된 그 모습 그대로였다.

"내가 왔다." 아버지가 말했다. 목소리가 모닥불에서 뿜어져나온 열기처럼 일렁거렸다.

"제 유배의 종식을 청하고자 합니다."

"종식은 없다. 너는 영원의 벌을 받은 몸이다."

"아버지께서 제우스를 찾아가 저를 대신해 말씀해주세요. 저를 풀어주면 은혜를 잊지 않겠다고요."

그의 표정은 화가 났다기보다 믿기지 않는다는 쪽에 가까웠다. "내가 왜 그래야 하느냐?"

내가 할 수 있는 대답은 많았다. 저는 처음부터 아버지의 협상용 패였으니까요. 아버지는 그 남자들을 보았고 그들이 어떤 인간들인지 알면서도 제 섬에 발을 들이도록 허락하셨으니까요. 그 이후에 제가 너덜너덜해졌을 때도 찾아오지 않았으니까요.

"그러면 아버지의 딸인 제가 풀려날 수 있을 테니까요."

그는 고민조차 하지 않았다. "여전히 불손하고 뻔뻔하구나. 그렇게 한심하고 쓸데없는 일로 나를 부르다니."

나는 응당한 능력으로 이글거리는 그의 얼굴을 바라보았다. 하늘의 위대한 파수꾼. 구세주. 만물을 꿰뚫어보는 빛의 전달자. 인간들의 기쁨. 그를 부르는 호칭이었다. 나는 그에게 기회를 주었다. 그가 여태 나에게 준 것보다 더 많은 기회를 베풀었다.

"프로메테우스가 아버지의 신전에서 채찍질을 당했던 때를 기억하세요?" 내가 물었다.

아버지의 눈이 실눈으로 변했다. "당연하지."

"다른 이들이 모두 나간 뒤에 저는 혼자 남아 있었어요. 그에게 마실 거리를 가져다주고 잠깐 얘기를 나누었죠."

그의 시선이 내 눈 위에서 이글거렸다. "어디서 감히."

"제 말 못 믿으시겠거든 프로메테우스한테 직접 물어보시든가요. 아니면 아이에테스한테. 그애가 진실을 실토한다면 기적 같은 일이 겠지만요."

내 살갗이 그의 열기로 욱신거리기 시작했다. 눈에 눈물이 고였다.

"그런 짓을 저질렀다면 아주 심각한 반역 행위다. 유배로 될 일이 아니야. 내가 내릴 수 있는 가장 큰 벌을 받아도 싸다. 어리석은 충동으로 우리 모두를 제우스의 분노에 노출시켰으니."

"맞아요," 내가 말했다. "아버지가 제 유배를 종식할 수 있도록 주선하지 않으면 다시 거기에 노출될 거예요. 제가 무슨 짓을 저질렀는지 제우스한테 얘기할 테니까요."

그의 얼굴이 일그러졌다. 내 평생 처음으로 그에게 진정한 충격을 안겼다. "그럴 리가 있나. 그랬다가는 제우스의 손에 죽을 텐데."

"아마 그러겠죠." 나는 말했다. "하지만 일단은 제 얘기를 들어주겠죠. 그리고 엄밀히 따졌을 때 제우스가 비난할 쪽은 아버지예요. 딸을 제대로 단속했어야죠. 물론 저는 제우스한테 다른 얘기도 할 거예요. 아버지가 삼촌들과 함께 어떤 반역 행위를 속닥거렸는지. 티탄 신족의 반란이 어느 정도로 심각하게 진행됐는지 알면 제우스도 기뻐하지 않겠어요?"

"감히 나를 협박하는 게냐?"

신들이란, 나는 생각했다. 다들 항상 똑같은 말만 한다니까.

"네."

아버지가 눈이 부시도록 환하게 불타올랐다. 그의 목소리에 내 뼛속까지 달구어졌다. "너로 인해 전쟁이 벌어질 게다."

"그랬으면 좋겠어요. 그러면 더는 아버지의 편의를 도모한답시고 감옥에서 지내지 않고 아버지가 쓰러지는 걸 볼 수 있을 테니까요."

활활 타오르는 그의 분노에 그를 둘러싼 공기가 뒤틀리고 일렁거렸다. "나는 생각만으로 너를 끝장낼 수 있다."

그런 식으로 하얗게 소멸되는 것이 나의 가장 오랜 공포였다. 공포의 전율이 나를 관통하는 것을 느낄 수 있었다. 하지만 지긋지긋했다. 마침내 지긋지긋했다.

"그러시겠죠." 내가 말했다. "하지만 아버지는 지금까지 계속 섣불리 움직이지 않으셨어요. 제가 아테나와 맞섰다는 걸 아시니까요. 가장 어두컴컴한 심연 속에 들어갔다 나오기도 했고요. 아버지는 제가 무슨 주문을 쓸 수 있는지, 아버지한테서 저를 보호하기 위해 어떤 독을 모아놓았는지, 아버지의 능력이 어떤 식으로 역효과를 일으킬지 전혀 모르시잖아요. 제 안에 어떤 능력이 있는지 누가 알겠어요. 아버지께서 한번 알아내보실래요?"

내가 내뱉은 말들이 허공에서 움직이지 않았다. 그의 눈은 이글거리는 황금색 원반과도 같았지만 나는 시선을 돌리지 않았다.

"내가 만약 네 말을 들어준다면," 그가 말했다. "이게 너를 위해 베푸는 내 마지막 배려가 될 게다. 다시는 찾아와서 내게 매달리지 마라."

"아버지," 내가 말했다. "절대 그럴 일은 없을 겁니다. 저는 내일 여길 떠날 거예요."

그는 어디로 갈 거냐고 묻지도, 심지어 궁금해하지도 않을 것이었다. 나는 그의 자식으로 지낸 수많은 세월 동안 그 환한 얼굴을 샅샅이 살피고 그의 생각을 읽으며 그중에 나와 얽힌 생각이 하나라도 있는지를 열심히 찾았다. 하지만 그는 줄이 하나뿐인 하프였고, 낼 줄 아는 음이라고는 자기 자신뿐이었다.

"너는 언제나 내 자식들 중에 가장 못난 녀석이었지." 그가 말했다. "내 이름에 먹칠하는 일이 없도록 해라."

"저한테 더 좋은 생각이 있는데요. 그냥 제 마음대로 살 테니까 앞으로 자식을 꼽을 때 저는 빼주세요."

그의 몸이 분노로 뻣뻣하게 굳었다. 삼킨 돌멩이가 목에 걸린 듯한 표정이었다.

"어머니한테 안부 전해주시고요." 내가 말했다.

그는 입을 꾹 다물고 사라졌다.

노래졌던 모래사장이 원래 색깔로 돌아갔다. 그늘이 다시 등장했다. 나는 잠깐 동안 꼼짝 않고 그 자리에 서서 숨을 쉬었다. 가슴이 쿵쾅거렸지만 이내 가라앉았다. 앞으로 풀려나간 생각들이 땅을 스치듯 지나치고 언덕을 날아올라 희끄무레한 독을 묻힌 창이 기다리고 있는 내 방으로 향했다. 오래전에 트리곤에게 돌려주었어야 했는데, 보호장비 삼아 그리고 뭔지 모를 이유에서 아직까지 보관하고 있었다. 이제 드디어 그 이유가 뭐였는지 알 수 있었다.

집으로 올라가보니 페넬로페가 베틀 앞에 앉아 있었다.

"결정을 내려야 할 때가 왔다. 해야 할 일들이 있어서 내일 이 섬을 떠날 예정인데 얼마나 걸릴지는 모르겠다. 원하면 너를 먼저 스파르타에 데려다주마."

그녀는 태피스트리를 만들다 말고 고개를 들었다. 거친 바닷속에서 한 사람이 어둠을 향해 헤엄치는 그림이었다. "제가 가지 않겠다고 하면 어찌됩니까?"

"그럼 여기 있어도 된다."

그녀는 뼛속이 빈 새라도 되는 듯이 북을 살짝 잡았다. "그럼…… 너무 폐를 끼치는 거 아닐까요? 저 때문에 뭘 희생하셨는지 아는데요."

텔레고노스를 두고 하는 얘기였다. 나는 가슴이 아팠고 그 고통은 영원할 것이었다. 하지만 잿빛 안개가 사라졌다. 높디높은 창공으로 날아오른 매처럼 멀리서 아주 또렷하게 사방을 바라보는 느낌이었다. "그 아이는 여기 있으면 절대 행복해지지 못했을 거다."

"하지만 저희 때문에 아테나와 함께 떠나지 않았습니까."

일전에는 그걸 생각하면 속이 쓰렸지만 오로지 자존심 때문이었다. "아테나가 그들 중에서 최악도 아니지 않으냐."

그들, 내 입에서 나온 단어였다.

"너에게 선택권을 주겠다, 페넬로페. 어떻게 하겠느냐?"

늘대 한 마리가 기지개를 펴며 하품을 하자 입에서 살짝 끼익 하는 소리가 났다. "스파르타로 한시 바삐 돌아가고 싶은 마음은 없습니다."

"그럼 나를 따라오너라. 네가 알아두어야 하는 게 몇 가지 있으니." 나는 단지와 병들이 줄줄이 놓여 있는 부엌으로 그녀를 데려갔다. "이 섬에는 배를 댈 만한 곳이 아닌 것처럼 보이도록 하는 환영이 걸려 있다. 내가 자리를 비우더라도 그 주문은 계속 유지될 거다. 하지만 선원들이 무모할 때도 있고 대부분 가장 절박한 상황일 때 가장 무모해지지. 이것들은 마법을 몰라도 쓸 수 있는 약이다. 독약도 있고 다쳤을 때 바르는 연고도 있다. 이건 잠이 오게 하는 약이고." 나는 그녀에게 병을 하나 건넸다. "당장 효과가 나타나는 게 아니라서 마지막까지 아껴두면 안 된다. 포도주에 타서 먹여야 할 거다. 열 방울이면 충분한데 할 수 있겠느냐?"

그녀는 안에 든 물약을 기울여 무게를 느꼈다. 희미한 미소가 그녀의 입가를 건드렸다. "기억하실지 모르겠습니다만 제가 불청객을 다루는 데에는 좀 경험이 있지요."

텔레마코스는 어디 갔는지 몰라도 저녁을 먹으러 오지 않았다. 상관없다고, 나는 속으로 중얼거렸다. 내가 밀랍처럼 물렁했던 시절은 끝났다. 가야 할 길이 눈앞에 펼쳐져 있었다. 짐을 쌌다. 갈아입을 옷 몇 벌과 망토를 제외하면 나머지는 약초와 약병이었다. 창을 들고 따뜻한 밤공기 속으로 나섰다. 외워야 할 주문이 있었지만 먼저 배가 있는 곳에 들르고 싶었다. 텔레마코스가 수리를 시작한 뒤로 본 적이 없어서 타고 나가도 될지 확인해야 했다. 번개가 바다 위로 번쩍거렸고 불에 타는 냄새가 멀리서 바람에 실려왔다. 내가 텔레고노스에게 기다리라고 했던 그 마지막 폭풍이었지만 걱정은 되지 않았다. 아침이면 스스로 소멸될 것이었다.

동굴 안으로 들어가 멍하니 바라보았다. 예전의 그 배라니 믿기지가 않았다. 이제는 좀더 길었고 뱃머리가 좁게 다시 만들어졌다. 돛대는 좀더 의장을 갖추었고 키는 군더더기가 사라졌다. 한 바퀴 돌아보았다. 뱃머리에 조그만 선수상이 추가됐다. 앉아서 입을 벌리고 있는 암사자였다. 털이 동방풍으로 가닥가닥 나뉘어서 달팽이 껍데기처럼 동그랗게 말렸다. 나는 만져보려고 손을 뻗었다.

"밀랍이 아직 덜 말랐어요." 그가 어둠 속에서 걸어나왔다. "저는 모름지기 배라면 선수상이 있어야 한다고 생각하거든요."

"멋지구나." 내가 말했다.

"만에서 물고기를 잡고 있는데 헬리오스가 등장했어요. 그늘이 모두 사라지더라고요. 당신이 뭐라고 하는지 들었어요."

당황스러워서 얼굴이 벌게졌다. 우리가 얼마나 독하고 해괴하고 잔인하게 보였을까. 그를 쳐다볼 필요가 없도록 시선을 배에 고정했다. "그럼 내 유배 생활이 끝났고 내일 배를 타고 떠난다는 것도 알겠구나. 네 어머니에게 스파르타로 가겠는지 여기 남겠는지 물었다. 여기 남겠다고 하더구나. 너한테도 똑같은 선택권을 주마."

밖의 바다에서 베틀의 북이 움직이는 듯한 소리가 들려왔다. 배처럼 노란 별들이 무르익은 채로 나뭇가지에 나지막이 걸려 있었다.

"저는 당신께 화가 났었습니다." 그가 말했다.

뜻밖의 발언이었다. 피가 솟구쳐 뺨이 화끈거렸다. "화가 났었다?"

"네," 그가 말했다. "당신은 제가 아테나를 따라갈 거라고 생각하셨죠. 제가 그렇게 말씀을 드렸는데도 말이죠. 저는 당신의 아들이 아니고 제 아버지도 아닙니다. 제가 아테나와 조금도 엮이고 싶어하지 않는다는 걸 왜 몰라주십니까."

그의 목소리는 차분했지만 날카롭게 나무라는 기미를 느낄 수 있었다. "미안하구나." 내가 말했다. "이 세상에 그녀의 광휘를 거부하는 사람이 있을 줄은 몰랐다."

"당신께 그런 말을 듣다니 재밌네요."

"나는 많은 기대를 모으는 젊고 미래가 창창한 왕자가 아니지 않느냐."

"저를 과대평가하시는군요."

발톱이 달린 사자의 발을 어루만지자 끈적끈적하고 반지르르한 밀랍의 감촉이 느껴졌다.

"너는 항상 화가 난 상대를 위해 아름다움 작품을 만들어주느냐?"

"아뇨," 그가 말했다. "오로지 당신한테만 그리합니다."

밖에서 번개가 깜빡거렸다. "나도 화가 났었다." 내가 말했다. "네가 한시라도 빨리 떠나고 싶어하는 줄 알았거든."

"왜 그렇게 생각하셨는지 모르겠네요. 제가 표정을 숨기지 못하는 걸 아시잖습니까."

달짝지근하고 진한 밀랍의 냄새가 느껴졌다.

"아테나가 너를 만나러 오는 이야기를 했을 때의 너의 말투. 나는 그게 갈망이라 생각했다. 네가 몰래 간직하고 있었던 은밀한 마음 같은 것."

"제가 그걸 몰래 간직했던 이유는 부끄러웠기 때문입니다. 그녀가 줄곧 제 아버지를 얼마나 더 편애했는지 당신이 몰랐으면 했고요."

그야 그녀가 바보라서 그렇지. 하지만 이 말을 입 밖에 내지는 않았다.

"저는 스파르타에 가고 싶지 않습니다." 그가 말했다. "여기 남고 싶지도 않고요. 제가 어디에 있고 싶은지는 당신도 알 거라고 생각하는데요."

"너는 따라오면 안 된다." 내가 말했다. "인간에게는 위험한 일이라."

"제가 보기에는 누구에게나 위험한 일인 것 같은데요. 당신 얼굴을 보세요. 당신도 표정을 감추지 못하는 건 마찬가지예요."

내 얼굴이 어떻다는 거냐? 나는 묻고 싶었지만 다른 말을 했다. "네 어머니 곁을 떠나겠다는 거냐?"

"여기서 잘 지내실 겁니다. 만족스럽게요."

나무 가루가 둥실둥실 지나가자 향기가 났다. 조각을 할 때 그의 몸에서도 피어오르는 냄새였다. 문득 될 대로 되라는 생각이 들었다. 안달하고 설득하고 조심스럽게 획책하는 거라면 신물이 났다. 천성적으로 그게 되는 이가 있을지 몰라도 나는 아니었다.

"같이 가겠다면 막지는 않겠다." 내가 말했다. "새벽에 출발한다."

나는 나대로, 그는 그대로 준비를 했다. 하늘이 창백해질 때까지 바쁘게 움직였다. 배에 치즈와 구운 보리, 말린 과일과 생과일을 실을 수 있을 만큼 잔뜩 실었다. 텔레마코스는 여기에 그물과 노, 여분의 밧줄과 칼을 추가해 꼼꼼하게 제자리에 싣고 묶었다. 배를 굴림대에 실어서 바다까지 옮기자 선체가 유유히 쇄파를 갈랐다. 페넬로페가 바닷가까지 따라 나와 우리를 배웅했다. 텔레마코스가 혼자 찾아가서 같이 떠난다고 얘기했다. 그녀가 무슨 생각을 하고 있었는지 몰라도 표정만 보고는 알 수 없었다.

텔레마코스가 돛을 올렸다. 폭풍은 지나갔다. 상쾌한 바람이 제대로 불었다. 바람이 등을 떠밀자 우리는 만을 가르고 미끄러져나갔다. 나는 아이아이에를 돌아보았다. 여기서 그 오랜 세월을 지내는 동안 섬이 내 뒤로 점점 멀어져가는 광경을 목격한 것이 두 번이었다. 섬과 나 사이의 바다가 점점 늘어났고 낭떠러지가 점점 작아졌다. 입술에 튄 짭짤한 물보라맛이 느껴졌다. 온 사방이 은빛으로 굽이치는 파도였다. 벼락은 떨어지지 않았다. 나는 자유였다.

아니지, 나는 생각했다. 아직은 아니지.

"어디로 가나요?" 텔레마코스의 손이 키 위에서 기다리고 있었다.

내가 마지막으로 그녀의 이름을 입에 올린 때가 그의 아버지 앞에 서였다. "해협으로," 내가 말했다. "스킬라가 있는 곳으로."

내 대답이 그의 머릿속으로 접수되는 광경을 지켜보았다. 그는 능숙한 솜씨로 뱃머리를 돌렸다.

"무섭지 않으냐?"

"위험한 일이라고 경고하셨잖아요." 그가 말했다. "무서워한다고 도움이 될 것 같지는 않습니다."

바다가 흘러갔다. 예전에 크레테로 가는 길에 다이달로스와 쉬어 갔던 섬을 지났다. 해변이 여전했고 아몬드나무 숲이 언뜻 보였다. 폭풍에 쪼개진 미루나무는 오래전에 흙속으로 바스러졌을 것이다.

수평선 위로 희끄무레한 점이 등장했다. 시간이 지날수록 연기처럼 부풀어오르며 점점 커졌다. 나는 그게 뭔지 알았다. "돛을 내려라." 내가 말했다. "여기서 먼저 할 일이 있다."

최대한 큼지막한 녀석으로 물고기를 열두 마리 잡았다. 녀석들은 갑판 위에서 펄떡거리며 차가운 소금 방울을 튀겼다. 약초를 한 자밤 집어서 녀석들의 벌린 입안에 넣고 주문을 외웠다. 쩍 하고 살이 찢어지는 예전의 그 소리에 이어 물고기가 열두 마리의 통통하고 어리둥절한 새끼 양으로 변신했다. 눈을 부라리고 밀치락달치락하며 좁은 공간에 빽빽하게 모였다. 다행스러운 일이었다. 그러지 않았다면 발이 익숙지 않은 그들이 제대로 서 있을 방법이 없었을 것이다.

텔레마코스는 그들을 타고 넘어서 노를 잡아야 했다. "노를 젓기가 좀 힘들 수도 있겠어요."

"금세 없어질 거다."

그는 한 마리를 쳐다보며 얼굴을 찡그렸다. "양고기맛이 날까요?"

"나도 모르겠다." 약초 주머니에서 전날 밤에 채운 조그만 진흙단지를 꺼냈다. 주둥이는 밀랍으로 봉해졌고 고리 모양의 손잡이가 달려 있었다. 긴 가죽끈으로 가장 덩치가 큰 양의 목에 단지를 묶었다.

돛을 펼쳤다. 안개와 물보라에 대해 미리 경고를 한 바 있었기에 텔레마코스가 노 한 쌍을 임시변통으로 만든 노걸이에 대기시켜놓았다. 이 배는 항해용이라 노가 어울리지 않게 보였지만 그래도 바람이 완전히 죽었을 때 도움이 될 것이었다. "계속 움직여야 한다." 내가 그에게 말했다. "무슨 일이 있어도."

그는 별일 아니라는 듯이 고개를 끄덕였다. 나는 이곳을 훤히 알고 있었기에 별일 아니라고 착각할 수 없었다. 독이 든 꼬리를 매단 창을 쥐고 있었지만 나는 그녀가 얼마나 빠른지 본 적이 있었다. 예전에 오디세우스에게 그녀를 배겨낼 재간은 없다고 얘기했었는데 그럼에도 이렇게 다시 찾아왔다.

텔레마코스의 어깨를 가볍게 토닥이고 주문을 속삭였다. 환영이 슬슬 그를 덮는 게 느껴졌다. 그가 사라지고 빈 갑판과 허공만 남았다. 자세히 들여다보면 들킬 테지만 흘끗 지나가는 그녀의 눈길로부터 숨길 수는 있었다. 그는 아무것도 묻지 않고 지켜보기만 했다. 나를 믿었다. 나는 무뚝뚝하게 고개를 돌려 뱃머리를 마주했다.

안개가 스멀스멀 우리를 향해 다가왔다. 머리칼이 축축해졌고 물을 빨아들이는 소용돌이 소리가 파도를 넘어 우리 귀에 닿았다. 인간들은 그 소용돌이를 카립디스라고 불렀다. 걸신들린 스킬라를 피하려고 했던 선원들을 나름대로 제법 잡아먹었다. 양들이 내게 몸을 기대고서 휘청거렸다. 진짜 양과 다르게 아무 소리도 내지 않았다. 목청을 어떻게 써야 하는지 모르기 때문이었다. 기괴한 모습으로 부들부들 떨고 있는 그 녀석들이 안쓰러웠다.

멀리서 해협이 등장했고 배가 그 입구로 들어섰다. 텔레마코스를 흘끗 쳐다보았다. 기민한 눈빛으로 노를 잡고 있었다. 뒷덜미의 털이 곤두섰다. 내가 무슨 짓을 한 걸까? 그를 데려오다니.

그 오랜 세월이 지났음에도 익숙한 냄새가 나를 강타했다. 썩은 내와 증오의 냄새였다. 잠시 후에 회색 안개 속에서 스르르 그녀가 등장했다. 아둔하게 생긴 머리가 바닥을 쓰는 소리를 내며 낭떠러지를 따라 기어왔다. 충혈된 시선은 기름기와 공포의 냄새로 진동하는 새끼 양들에게 고정되어 있었다.

"오너라!" 내가 외쳤다.

그녀가 덮쳐들었다. 쩍 벌린 여섯 개의 입이 여섯 마리의 양을 낚아챘다. 그걸 물고 쏜살같이 안개 속으로 다시 사라졌다. 뼈가 으스러지는 소리, 목젖이 축축하게 꿀떡거리는 소리가 들렸다. 낭떠러지를 타고 피가 뚝뚝 떨어졌다.

텔레마코스를 딱 한 번 흘끗 쳐다볼 겨를이 있었다. 바람이 거의 죽었고 이제 그가 열심히 노를 젓고 있었다. 팔에는 땀이 송송 맺혀 있었다.

머리를 사악하게 흔들며 스킬라가 돌아왔다. 이빨 사이에 낀 양털 터럭이 보였다.

"이제 나머지다." 내가 말했다.

그녀가 남은 여섯 마리를 어찌나 잽싸게 채가는지 내 말이 떨어지고 그 여섯 마리가 사라지기까지 숨을 쉴 겨를도 없었다. 단지를 목에 묶은 양이 그 여섯 마리 중에 있었다. 단지가 깨지는 소리가 들리는지 열심히 귀를 기울였지만 뼈와 살 소리 말고는 아무것도 분간할 수가 없었다.

나는 간밤에 차가운 달빛을 맞으며 창에서 독을 짜냈다. 투명한 방울이 반질반질한 청동 사발 안으로 가늘게 똑똑 떨어졌다. 여기에 오래전에 크레테에서 딴 꽃박하, 사이프러스 뿌리, 내 섬의 낭떠러지 부스러기, 꽃밭의 흙 그리고 마지막으로 내 빨간 피를 섞었다. 액체가 부글거리며 노란색으로 바뀌었다. 이걸 단지에 넣고 밀랍으로 봉했다. 지금쯤 그 묘약이 그녀의 목젖을 타고 들어가 뱃속에 고였을 것이다.

양 열두 마리면 허기가 달래질 거라고 생각했건만 그녀가 전처럼 탐욕스럽고 걸신들린 눈빛으로 다시 돌아왔다. 마치 배가 아니라 잦아들 줄 모르는 분노를 채우는 듯했다.

"스킬라!" 나는 창을 들었다. "나다, 키르케. 헬리오스의 딸, 아이아이에의 마녀다."

그녀가 괴성을 지르자 그 옛날과 똑같은 불협화음이 내 귀청을 할퀴었지만 내 말을 알아들은 것 같지는 않았다.

"오래전에 내가 님프였던 너를 지금의 이 모습으로 바꾸었지. 이제 내가 시작한 것의 끝을 맺기 위해 트리곤의 강한 기운을 들고 왔다."

이윽고 안개로 젖은 허공을 향해 내 의지가 담긴 단어를 읊었다.

그녀가 쉿소리를 냈다. 그녀의 눈빛에는 일말의 호기심도 들어 있지 않았다. 머리를 좌우로 흔들며 못 보고 지나친 양이 있기라도 한 듯이 갑판을 훑었다. 내 뒤에서 텔레마코스가 끙끙대며 노를 젓는 소리가 들렸다. 돛은 힘없이 늘어졌다. 오로지 그 혼자서 우리 배를 앞으로 움직이고 있었다.

나는 그녀가 환영을 뚫고 그를 포착한 순간을 감지했다. 그녀가 나지막하고 열띤 신음소리를 냈다.

"안 돼!" 나는 창을 휘둘렀다. "이 인간은 내 보호 아래 있다. 그를 잡아가려고 하면 영원한 고통 속에서 몸부림치게 될 거다. 내가 트리곤의 꼬리를 들고 있는 게 보이지?"

그녀가 다시 괴성을 질렀다. 악취가 코를 찌르고 데일 듯이 뜨거운 입김이 나를 덮쳤다. 흥분한 머리들이 좌우로 더 빠르게 움직였다. 턱 아래로 기다란 침을 대롱대롱 매달고 허공을 향해 덥석거렸다. 창을 무서워하기는 했지만 이 상태로 오래 버틸 수는 없었다. 그녀는 인간의 살맛을 좋아하게 됐다. 그걸 간절히 원하게 됐다. 냉혹하고 시커먼 공포가 나를 관통했다. 분명 주문이 풀리지 않았다고 맹세할 수 있었다. 내 착각이었다면? 두려움으로 어깨가 흠뻑 젖었다. 먹잇감을 찾아 날뛰는 여섯 개의 머리를 한꺼번에 상대해야 했다. 나는 훈련을 받은 전사가 아니었다. 그중 하나라도 나를 지나치면 텔레마코스는—더이상 생각하지 않기로 했다. 머릿속으로 대안을 훑었지만 하나같이 쓸모가 없었다. 그녀를 건드리지도 못할 주문, 들고 오지 않은 독약, 나를 도우러 올 리 없는 신들. 텔레마코스에게 뛰어내리라고 할 수도 있었지만 갈 데가 없었다. 그녀의 사정권에서 벗어나면 소용돌이 카립디스가 입을 벌리고 기다리고 있었다.

나는 창을 내밀고 신경을 곤두세우고서 그녀와 텔레마코스 사이에 자리를 잡았다. 나를 지나치기 전에 상처를 입혀야 한다고, 속으로 중얼거렸다. 최소한 그녀의 혈관 속으로 트리곤의 독을 주입해야 했다. 나는 일격에 대비했다.

일격은 날아오지 않았다. 그녀의 입 하나가 턱을 닫았다 벌렸다하며 이상하게 움직였다. 가슴속 깊은 곳에서 캑캑거리는 소리가 들렸다. 그녀가 구역질을 하자 노란색 거품이 이빨 위로 흘러내렸다.

"저게 뭐죠?" 텔레마코스가 묻는 소리가 들렸다. "무슨 일이에요?"

대답할 겨를이 없었다. 그녀의 몸통이 안개 밖으로 축 늘어졌다. 물컹물컹하고 거대한 그 몸통은 나도 본 적이 없었다. 우리가 지켜보는 가운데 몸통이 우리 머리 위에서 낭떠러지를 긁으며 내려왔다. 그녀는 몸통을 다시 위로 올리려는 듯이 비명을 지르며 머리를 마구 흔들었다. 하지만 몸통은 돌을 매달기라도 한 것처럼 가차없이 점점 더 아래로 처졌다. 이제 그녀의 다리가 시작되는 곳이 보였다. 촉수가 달린 열두 개의 흉측한 다리가 안개 속으로 뻗어 있었다. 헤르메스의 말에 따르면 그녀는 뼈와 먹다 남은 살점 사이로 똬리를 틀어서 동굴 속에 다리를 항상 숨겨놓는다고 했다. 먹잇감을 향해 돌진했다가 돌아올 수 있게 그 다리로 동굴의 바위를 붙잡고 버틴다고 했다.

스킬라의 머리가 끙끙거리는 소리를 내며 허공을 덥석거렸고 뒤로 돌진해 자기 목을 물었다. 회색 거죽이 노란 거품과 그녀의 빨간 피로 얼룩덜룩하게 변했다. 바위를 땅 위로 끌고 오는 듯한 소리가 시작되더니 갑자기 회색의 무언가가 우리 옆으로 굴러떨어져 파도가 뱃전을 때렸다. 배가 걷잡을 수 없이 기울었고 나는 하마터면 넘어질 뻔했다. 다시 균형을 잡고 보니 그녀의 거대한 다리 하나가 나를 맞이했다. 아이아이에서 가장 오래된 오크나무만큼 굵은 다리가 그녀의 몸뚱이에 힘없이 매달린 채 바닷속으로 점점 가라앉고 있었다.

잡고 있던 동굴 속 바위를 놓은 것이었다.

"여기서 빠져나가야 해." 내가 말했다. "지금 당장. 또 떨어질 거야." 내 말이 아직 끝나기도 전에 뭔가가 끌리는 소리가 다시 시작됐다.

텔레마코스가 조심하라고 외쳤다. 다리가 고물 바로 옆 수면을 때리는 바람에 난간이 바다 밑으로 반쯤 딸려 들어갔다. 나는 무릎을 꿇으며 쓰러졌고 텔레마코스는 자리에서 튕겨져나왔다. 그래도 노를 놓지 않았고 끙끙대며 노를 원래 자리로 돌려놓을 수 있었다. 주변의 바다가 부글거리는 파도로 뒤덮였고 배가 위아래로 요동쳤다. 머리 위에서는 스킬라가 울부짖으며 몸부림쳤다. 떨어진 다리의 무게 때문에 낭떠러지에서 아까보다 더 미끄러져 내려왔다. 머리들이 이제 사정거리 안에 있었지만 그녀는 우리에게 전혀 관심이 없었다. 축 늘어진 자기 다릿살을 씹으며 공격했다. 나는 잠깐 망설이다 난리 통에 굴러가지 않도록 창 자루를 비축품 사이에 꽂았다. 텔레마코스의 노 하나를 움켜쥐었다. "가자."

열심히 노를 저었다. 질질 끌리는 소리에 이어 다리 하나가 또 떨어지자 엄청난 파도로 갑판이 흠뻑 젖고 뱃머리가 카립디스 쪽으로 휙 돌아갔다. 배를 통째로 삼기는 혼돈의 소용돌이가 언뜻 보였다. 텔레마코스가 키와 씨름하며 배의 방향을 돌리려고 했다. "밧줄을." 그가 외쳤다.

내가 비축품 안에서 허우적허우적 밧줄을 하나 꺼냈다. 그가 밧줄로 키를 감고 잡아당겨 해협에서 벗어나는 쪽으로 뱃머리를 돌리려고 했다. 스킬라의 몸통이 돛대 두 개 높이 위에서 좌우로 천천히 흔들렸다. 다리가 계속 떨어졌고 그럴 때마다 대롱대롱 매달린 몸통이 점점 더 아래로 내려왔다.

열, 나는 숫자를 셌다. 열하나. "빠져나가야 한다!"

텔레마코스가 뱃머리의 방향을 바로잡았다. 그가 키를 묶고 우리는 허둥지둥 다시 노를 잡았다. 낭떠러지 아래에서 우리 배가 일렁이는 파도를 타고 낙엽처럼 흔들렸다. 주변의 바다가 노란색으로 물들었다. 남은 다리 하나가 낭떠러지 위를 향해 길게 뻗어 있었다. 섬뜩하리만치 팽팽하게 당겨진 그 다리 하나에 그녀가 매달려 있었다.

그녀가 다리를 놓았다. 거대한 몸뚱이가 수면을 강타했다. 파도가 우리 손에서 노를 빼앗아갔고 내 머리는 차가운 소금물을 뒤집어썼다. 바다로 쓸려 들어가는 비축품과, 그와 함께 하얀 파도 속으로 사라지는 트리곤의 창이 언뜻 보였다. 가슴을 한 대 얻어맞은 듯한 충격이 느껴졌지만 거기에 연연할 겨를이 없었다. 당장이라도 갑판이 갈라질지 몰라 텔레마코스의 팔을 붙잡았다. 하지만 튼튼한 널빤지는 버텨주었고 키를 묶은 밧줄도 마찬가지였다. 집채만한 마지막 파도가 우리를 해협 밖으로 밀어냈다.

카립디스의 소리가 잦아들었고 뻥 뚫린 바다가 펼쳐졌다. 나는 일어나서 뒤를 돌아보았다. 스킬라가 있었던 낭떠러지 기슭은 거대한 모래톱이었다. 그 위로 뱀처럼 생긴 여섯 개의 목이 아직까지 어렴풋이 보였지만 꿈쩍하지 않았다. 그것들은 두 번 다시 움직이지 않을 것이었다. 그녀가 돌로 변해버렸기 때문이다.

육지까지는 먼길이었다. 채찍으로 맞은 듯이 팔과 등이 아팠고 텔레마코스는 나보다 더 심했을 테지만 돛이 기적적으로 온전했기에 앞으로 계속 나아갈 수 있었다. 해가 접시 떨어지듯 바닷속으로 지고 수면 위로 밤이 솟았다. 별이 구멍을 뚫은 암흑 사이로 육지가 보이자 배를 기슭으로 끌고 올라갔다. 마실 물이 다 없어졌고 텔레마코스는 멍한 눈빛으로 거의 말이 없었다. 내가 강을 찾아서 돌멩이를 변신시켜 만든 그릇에 물을 가득 담아 왔다. 그는 그릇을 비우고 한참 동안 꿈쩍 않고 누워 있었다. 조금씩 걱정이 들 무렵, 그가 마침내 헛기침을 하고 남은 식량이 뭐가 있느냐고 물었다. 나는 산딸기를 몇 개 줍고 물고기를 잡아서 꼬챙이에 꿰어 모닥불에 굽고 있었다. "그렇게 위험한 상황으로 몰아넣어서 미안하다." 내가 말했다. "네가 없었다면 배가 산산조각날 뻔했어."

그는 음식을 씹으며 힘없이 고개를 끄덕였다. 얼굴이 여전히 핼쑥하고 창백했다. "솔직히 이번 한 번으로 끝이라 다행입니다." 그는 다시 모래사장 위로 몸을 누이고 스르르 눈을 감았다.

낭떠러지 구석 깊숙한 곳에 안전하게 자리를 잡았기에 그를 두고 혼자 바닷가를 걸었다. 섬인 것 같기는 했지만 확실하지는 않았다. 나무 위로 피어오르는 연기가 보이지 않았고 아무리 귀를 기울여도 밤새와 덤불과 쉭쉭거리는 파도소리 말고는 아무 소리도 들리지 않았다. 내륙에서 꽃과 나무가 빽빽하게 자랐지만 가서 살펴보지는 않았다. 바윗덩어리로 변해버린 스킬라가 다시금 눈앞에 떠올랐다. 그녀는 사라졌다, 영영. 몇백 년 만에 처음으로 참담하고 비통한 심정이 파도처럼 나를 후려치지 않았다. 앞으로는 내 이름의 낙인을 찍고 저승으로 들어가는 영혼이 없을 것이다.

바다를 마주보았다. 창 자루 없이 빈손으로 있고 보니 기분이 이상했다. 파릇파릇한 봄 향기와 소금냄새가 섞인 공기가 손바닥을 가로지르는 게 느껴졌다. 회색의 길쭉한 꼬리가 어둠을 뚫고 가라앉아 주인을 찾아가는 광경을 상상해보았다. 트리곤이여, 내가 말했다. 꼬리가 당신 곁으로 귀환하고 있어요. 내가 너무 오랫동안 가지고 있었죠. 그래도 막판에는 제대로 활용했어요.

부드러운 파도가 모래사장을 쓸고 지나갔다.

살갗에 닿는 어둠이 깨끗하게 느껴졌다. 연못에서 목욕하듯 시원한 공기를 가르며 걸었다. 그가 손목에 차고 있었던 공구 주머니와 내 몸에 묶어놓은 약초 주머니만 빼고 모든 걸 잃어버렸다. 노를 만들고 식량을 다시 비축해야 했다. 하지만 그건 내일 생각할 일이었다.

하얀 꽃이 한들거리는 배나무를 지났다. 달빛이 비치는 강에서 물고기 한 마리가 첨벙거렸다. 한 발, 한 발 걸을수록 점점 더 가벼워지는 느낌이었다. 부풀어오르는 감정이 목젖을 눌렀다. 어떤 감정인지 잠시 후에야 알아차릴 수 있었다. 나는 후회와 세월이 새겨진 거석처럼 너무 오랫동안 칙칙하고 근엄하게 지냈다. 하지만 그건 남들이 나를 억지로 끼워맞춘 틀에 불과했다. 이제 그 안에 갇혀 있을 필요가 없었다.

텔레마코스는 계속 자고 있었다. 어린애처럼 턱밑으로 손깍지를 꼈다. 노를 젓느라 피를 흘렸던 그 손을 내 무릎에 올려놓고 따뜻한 무게를 느끼며 연고를 발라주었다. 손가락에 생각보다 굳은살이 많았지만 손바닥은 반질반질했다. 아이아이에서부터 종종 그를 만지면 어떤 기분일지 궁금했었다.

내 생각을 듣기라도 한 것처럼 그가 눈을 떴다. 늘 그랬듯이 눈빛이 맑았다.

내가 말했다. "스킬라가 태어날 때부터 괴물이었던 건 아니다. 내가 그렇게 만든 거지."

그의 얼굴이 모닥불의 그림자 속에 가려졌다. "어쩌다가요?"

내 머릿속 한구석에서 경고의 외침이 들렸다. 얘기하면 그가 하얗게 질려서 너를 미워할 거야. 하지만 나는 밀어붙였다. 낮에는 옷감을 짜고 밤에는 그걸 다시 풀며 아무 소득도 없는 삶을 더는 살고 싶지 않았다. 그에게 전말을 공개했다. 질투심과 어리석은 선택, 나 때문에 목숨을 잃은 수많은 사람들.

"그녀의 이름 말입니다." 그가 얘기했다. "스킬라. 그게 찢는 자라는 뜻이잖아요. 그러니까 원래부터 괴물이 될 운명이었고 당신은 도구에 불과했는지도 모르죠."

"하녀들을 목매단 것에 대해서도 그런 식으로 변명하느냐?"

그는 한 대 맞은 듯한 표정을 지었다. "거기에 대해서는 변명하지 않으려고요. 그 수치심을 평생 짊어지고 다닐 겁니다. 되돌려놓을 방법은 없지만 죽을 때까지 그럴 수 있기만을 바랄 겁니다."

"네가 그래서 네 아버지와 다르다는 거로구나." 내가 말했다.

"네." 그의 목소리는 날카로웠다.

"나도 마찬가지다." 내가 말했다. "나에게서 후회를 거두어갈 생각은 하지 마라."

그는 한참 동안 아무 말도 하지 않았다. "현명하시네요." 그가 말했다.

"만약 그렇다면," 내가 말했다. "그건 내가 백 번의 생애 동안 이골이 나도록 바보로 지내온 탓이겠지."

"그래도 사랑하는 것, 그걸 위해서는 싸우셨잖습니까."

"그게 축복이 아닐 때도 있지. 이제 와서 밝히지만 내 과거는 오늘처럼 아무도 듣고 싶어하지 않을 괴물과 끔찍한 사건의 연속이었다."

그는 내 시선을 놓지 않았다. 이상하게도 왠지 모르게 트리곤이 생각났다. 섬뜩하고 고요한 인내심 때문일까.

"저는 듣고 싶습니다." 그가 말했다.

그간 내가 그를 외면한 이유에는 여러 가지가 있었다. 그의 어머니와 내 아들, 그의 아버지와 아테나. 나는 신이고 그는 인간이었기에. 하지만 문득 그 모든 이유의 이면에는 두려움이 도사리고 있었다는 생각이 들었다. 그리고 나는 평생 겁쟁이였던 적이 없었다.

나는 우리 둘 사이의 숨결이 흐르는 공간 너머로 손을 내밀어 그를 찾았다.

26

우리는 그 바닷가에 사흘 동안 머물렀다. 노를 만들지도 돛을 집지도 않았다. 물고기를 잡고 과일을 땄고, 우리 손끝에 닿는 게 아니면 아무것도 찾으러 나서지 않았다. 손바닥을 그의 배에 얹고 숨을 쉴 때마다 오르내리는 걸 느꼈다. 그의 어깨는 근육으로 단단했고 뒷덜미는 햇빛에 타서 까칠해졌다.

그에게 이야기를 했다. 희열은 젖혀둔 채 모닥불 옆에서 아니면 아침햇살을 받으며. 어떤 이야기들은 생각했던 것보다 하기가 쉬웠다. 그를 위해 프로메테우스를 묘사하고 아리아드네와 다이달로스를 재현할 때는 쾌감을 느꼈다. 하지만 다른 이야기들은 그렇게 쉽지가 않아서 말을 하다보면 분노가 나를 덮치고 입안에서 단어들이 뒤엉켰다. 내가 속내를 모조리 토해내는 동안 그는 어떻게 그렇게 끝까지 참고 들을 수 있었을까? 나는 성인이었다. 여신이었고 그보다 천 세대 연장자였다. 그의 동정이나 관심이나 그 어떤 것도 필요 없는 존재였다.

"아니, 왜 아무 말도 하지 않느냐?" 나는 계속 따져 물었다.

"듣고 있느라고요." 그는 계속 대답했다.

"이제 알겠느냐?" 이야기가 끝났을 때 내가 물었다. "신은 추악한 존재다."

"아버지처럼 살 필요는 없죠." 그가 대답했다. "예전에 어떤 마녀가 저한테 그러던데요."

사흘째 되던 날에 그가 노를 새로 깎았고 나는 마법으로 물 담는 주머니를 만들어 가득 채운 다음 과일을 주웠다. 나는 그가 편안하고 능숙하게 돛을 준비하고 선체에 물이 새는 곳이 없는지 점검하는 모습을 지켜보았다. 내가 말했다. "내가 무슨 생각을 했는지 모르겠다. 항해를 할 줄도 모르면서, 네가 같이 오지 않았으면 어쩔 뻔했을까."

그는 폭소를 터뜨렸다. "결국에는 도착하셨을 겁니다. 영원의 시간이 걸렸겠지만. 다음 목적지는 어딥니까?"

"크레테에서 동쪽으로 가면 나오는 바닷가. 거기에 반은 모래, 반은 바위로 덮였고 덤불숲과 언덕이 보이는 조그만 동굴이 있다. 이 시기에는 하늘에서 용자리가 길을 가르쳐줄 거다."

그는 눈썹을 치켜세웠다.

"네가 가까이 데려다만 주면 찾을 수 있을 거다." 나는 그를 쳐다보았다. "거기에 뭐가 있느냐고 물을 참이냐?"

"묻지 말아주길 바라시는 것 같은데요."

둘이 함께 지낸 지 한 달도 되지 않았는데도 불구하고 그는 이 세상의 어느 누구보다 나를 더 잘 아는 눈치였다.

순탄한 여행이었다. 바람은 상쾌하고 태양은 아직 한여름의 열기를 뿜어내지 않았다. 밤이 되면 아무 바닷가에서나 야영을 했다. 그는 양치기처럼 지내는 데 익숙했고 나는 금은 사발과 태피스트리가 그립지 않았다. 꼬챙이에 꿰서 물고기를 구워먹고 내 치마로 과일을 날랐다. 집이 보이면 일손을 돕고 빵과 포도주와 치즈를 얻어먹을 수 있었다. 그는 나무를 깎아서 아이들 장난감을 만들어주고 거룻배를 때웠다. 나는 연고가 있어서 얼굴만 가리면 통증과 열을 달래주는 약제사로 행세할 수 있었다. 사람들은 간단하고 소박하게 감사의 뜻을 전했고 우리도 마찬가지였다. 어느 누구도 무릎을 꿇지 않았다.

파란 아치 모양의 하늘 아래에서 항해하는 동안에는 갑판에 나란히 앉아서 지금까지 만났던 사람들, 지나온 해안지대, 난간에 물을 튀겨가며 아침 반나절 동안 따라오던 히죽거리는 돌고래 얘기를 했다.

그가 말했다. "아이아이에로 가기 전까지 제가 이타케를 떠난 적이 한 번밖에 없던 거 아세요?"

나는 고개를 끄덕였다. "나도 크레테나 가보았고 거기로 가는 길에 섬을 몇 군데 가본 게 전부다. 예전부터 이집트에 가보고 싶었지만."

"네," 그가 말했다. "그리고 트로이아하고 수메르의 위대한 도시들도요."

"아수르," 내가 말했다. "그리고 아이티오피아도 구경하고 싶다. 북쪽의 눈 덮인 땅들도. 텔레고노스가 다스릴 서쪽의 새로운 왕국도."

우리는 바다 너머를 내다보았고 정적이 우리 둘 사이를 감쌌다. 같이 가보자, 그 말이 다음 차례라야 했다. 하지만 나는 지금도 그렇고 어쩌면 영원히 그 말을 할 수가 없었다. 그리고 그는 나를 너무나 잘 알기에 그 말을 꺼내지 않을 것이었다.

내가 물었다. "네 어머니가 우리한테 화를 낼 것 같으냐?"

그는 코웃음을 쳤다. "아뇨," 그가 말했다. "어머니는 우리보다 먼저 알고 계셨을 겁니다."

"돌아가보니 그녀가 마녀가 되어 있다고 해도 나는 놀라지 않을 거다."

그의 허를 찔러서 평정심을 무너뜨리면 번번이 재미있었다. "네?"

"그렇다니까," 내가 말했다. "처음부터 내 약초에 눈독을 들였거든. 시간이 있었다면 가르쳐줬을 텐데. 나랑 내기를 하겠느냐?"

"그렇게 자신 있게 말씀하시니 제가 이길 가망이 없겠습니다."

밤이 되면 서로의 우묵한 곳을 넘나들었고, 그가 잠들면 나는 우리의 팔다리가 서로 맞닿은 지점의 온기를 느끼고 그의 목을 가볍게 때리는 맥박을 바라보며 그의 옆에 누워 있었다. 그의 눈가에는 주름이 있었고 목은 그보다 더 심했다. 우리를 본 사람들은 내가 더 어린 줄 알았다. 하지만 생김새와 목소리가 인간과 비슷할지 몰라도 나는 무혈의 물고기였다. 물속에서 그와 그 너머의 하늘을 볼 수 있을지 몰라도 거기로 건너갈 수는 없었다.

용자리와 텔레마코스 덕분에 내가 찾던 바닷가를 찾을 수 있었다. 그 좁은 만에 도착했을 무렵에는 오전이었고 아버지의 전차가 정점까지 반쯤 움직인 상태였다. 텔레마코스가 닻으로 쓰는 돌을 들고 물었다. "여기에 떨어뜨릴까요, 아니면 모래사장으로 끌고 올라갈까요?"

"떨어뜨려라." 내가 말했다.

수백 년 동안의 밀물과 썰물과 폭풍으로 해안선의 생김새가 달라졌지만 내 발이 고운 모래와 깔쭉깔쭉하게 가시가 달린 풀을 기억했다. 멀리서 희미한 회색 연기가 피어올랐고 염소 목에 단 종소리가 들렸다. 아이에테스와 내가 자주 앉아 있었던, 뾰족하게 튀어나온 바위를 지났다. 아버지에게 화상을 입었을 때 누워 있었던 숲도 지났다. 지금은 제멋대로 자란 소나무만 남았다. 내가 글라우코스를 끌고 올라갔던 언덕은 봄으로 가득했다. 밀짚꽃과 히아신스, 백합, 제비꽃 그리고 반일화가 한창이었다. 그리고 그 한복판에 크로노스가 피를 흘린 곳에서 자라난 노란색 꽃 뭉치가 있었다.

인사라도 하는 듯 그 옛날의 웅웅거리던 소리가 나를 맞았다. "건드리지 말거라." 나는 텔레마코스에게 말했지만 그렇게 얘기하는 순간에도 얼마나 바보 같은 소린지 알았다. 그 꽃은 그에게 아무 영향도 미칠 수 없었다. 그는 이미 본연의 모습이었다. 터럭 하나 바뀌지 않을 것이었다.

나는 칼로 꽃을 하나씩 뿌리까지 캤다. 흙이 달린 채로 천에 싸서 어두컴컴한 주머니 안에 잘 넣었다. 더는 여기 남아 있을 이유가 없었다. 닻을 올리고 뱃머리를 집으로 돌렸다. 바다와 섬들이 지나갔지만 내 눈에는 거의 들어오지 않았다. 나는 하늘을 바라보며 새가 날아오르길 기다리는 궁수처럼 팽팽한 긴장 상태였다. 마지막날 저녁, 아이아이에가 코앞에 있고 그 섬의 꽃향기가 바닷바람을 타고 흘러오는 듯이 느껴졌을 때 나는 그때까지 묻어두었던 이야기를 꺼냈다. 맨 처음 내 섬을 찾아왔던 남자들에 대해, 그 대가로 내가 그들을 어떻게 했는지에 대해 말했다.

별들이 눈부시게 밝았고 개밥바라기가 머리 위에서 불꽃처럼 환하게 빛났다. "지금까지 얘기를 하지 않았던 것은 그로 인해 우리 둘 사이에 거리낌이 생기지 않길 바랐기 때문이다."

"그런데 지금은 그래도 상관없으신 건가요?"

어두컴컴한 내 주머니 안에서 꽃들이 노란색 노래를 불렀다. "지금은 결과가 어찌되든 너에게 진실을 밝히고 싶어서."

소금기를 머금은 산들바람이 바닷가의 풀밭을 쓸고 지나갔다. 그는 내 손을 잡아서 자기 가슴에 얹어놓고 있었다. 일정하게 고동치는 그의 맥박이 느껴졌다.

"저는 지금까지 당신을 다그치지 않았죠." 그가 말했다. "앞으로도 그럴 겁니다. 당신에게는 제 질문에 대답하지 못하는 이유가 있다는 걸 아니까요. 하지만―" 그는 잠깐 말을 멈추었다. "이것만은 알아주셨으면 합니다. 당신이 이집트에 간다면, 다른 어디든 간다면 저도 동행하고 싶다는 걸요."

두근 또 한번 두근, 그의 생명이 내 손가락 아래를 지나갔다. "고맙다." 내가 말했다.

페넬로페가 아이아이에의 바닷가로 마중나왔다. 태양은 높이 떴고 섬은 걷잡을 수 없이 만개해 과일은 가지에서 불룩해졌고 모든 굴곡과 틈새마다 새롭게 자란 신록이 고개를 내밀었다. 그녀는 그 풍성함 안에서 편안한 얼굴로 우리를 향해 손을 흔들며 인사했다.

그녀는 우리 둘 사이의 변화를 알아차렸을지 몰라도 아무 말도 하지 않고 우리를 끌어안았다. 잠잠했고 찾아온 사람도 없었지만 또 한편으로는 전혀 잠잠한 건 아니었다고 했다. 새끼 사자들이 태어났다. 안개가 동쪽 만을 사흘 동안 덮었고 심한 폭우로 개울물이 넘쳤다. 이런 얘기를 늘어놓는 그녀의 얼굴에서 혈색이 돌았다. 윤기가 흐르는 월계수와 진달래를 구불구불 지나고 내 꽃밭과 큼지막한 오크 대문을 지났다. 깨끗한 약초냄새를 짙게 풍기는 내 집의 공기를 마셨다. 음유시인들이 수도 없이 노래한 귀향의 기쁨이 어떤 건지 느낄 수 있었다.

내 방으로 들어가보니 널찍한 금색 침대에 언제나처럼 깨끗한 홑이불이 깔려 있었다. 어머니에게 스킬라 얘기를 하는 텔레마코스의 목소리가 들렸다. 나는 집을 나서 맨발로 섬을 걸었다. 발바닥에 닿는 흙이 따뜻했다. 꽃들이 반짝이는 머리를 흔들었다. 사자가 내 뒤꿈치를 따라왔다. 내가 작별인사를 하고 있었던 걸까? 나는 넓은 아치 모양의 하늘을 향해 우뚝 섰다. 오늘밤이라고 생각했다. 오늘밤,

달빛 아래에서, 혼자.

해가 저물어가고 있었을 때 집으로 돌아갔다. 텔레마코스는 저녁
에 먹을 물고기를 잡으러 나갔고 페넬로페와 나는 식탁에 앉았다. 그
녀의 손끝에 초록물이 들었고 허공에서 주술의 냄새가 느껴졌다.

"오래전부터 궁금했던 게 있다만," 내가 말했다. "아테나를 두고
옥신각신했을 때 어떻게 내 앞에서 무릎을 꿇을 생각을 했느냐? 그
러면 내가 수치스러워할 거라고 어찌 알았느냐?"

"아. 그냥 넘겨짚은 겁니다. 예전에 오디세우스에게 들은 얘기가
있어서요."

"어떤 얘기를?"

"당신만큼 신의 광휘를 기꺼워하지 않는 신을 본 적이 없다고 했
습니다."

나는 미소를 지었다. 그는 죽어서도 나를 놀래는 재주가 있었다.
"아마 그 말이 맞을 거다. 너는 그가 왕국의 기틀을 잡았다고 했지만
실은 남자들에 대한 관념의 기틀도 잡았지. 그 이전에는 모든 영웅이
헤라클레스 아니면 이아손이지 않았느냐. 이제는 아이들이 항해놀
이를 하고 기지와 말주변으로 적의 땅을 정복하는 놀이를 할 거다."

"그이가 좋아할 일이겠네요." 그녀가 말했다.

내가 생각하기에도 그랬다. 잠깐의 시간이 지나갔고 나는 내 앞의
식탁에 얹어놓은 그녀의 물이 든 손가락을 바라보았다.

"그리고? 얘기해줄 테냐? 마법 수업이 어떻게 돼가고 있는지."

그녀는 특유의 은근한 미소를 지었다. "당신 말이 맞았습니다. 의
지의 문제더군요. 의지와 훈련."

"나는 여기 생활을 접었다," 내가 말했다. "이럭저럭. 나를 대신해

아이아이에의 마녀로 지낼 생각이 있느냐?"

"좋습니다. 정말 좋습니다. 그런데 제 머리칼이 문제네요. 당신과 전혀 다르게 생겨서요."

"염색을 하면 되지."

그녀는 우거지상을 썼다. "차라리 마귀할멈처럼 마법을 쓰다가 백발이 되어버렸다고 하겠습니다."

우리는 폭소를 터뜨렸다. 그녀는 태피스트리를 완성해 그녀의 뒤편으로 보이는 벽에 걸어놓았다. 폭풍이 치는 깊은 바다를 향해 헤엄치는 자를 담은 태피스트리였다.

"만약 같이 지낼 이가 필요하거든," 내가 말했다. "신들에게 말 안 듣는 딸들을 보내달라고 해라. 너라면 그 아이들을 제대로 다룰 것 같으니."

"칭찬으로 받아들이겠습니다." 그녀는 식탁의 얼룩을 문질렀다. "그리고 제 아들은요? 당신과 함께 떠납니까?"

이제 보니 내가 긴장하고 있었다. "그가 원한다면."

"당신은 어떻게 하고 싶으신데요?"

"그가 같이 가주었으면 좋겠다." 내가 말했다. "가능하다면. 하지만 그전에 내가 처리해야 하는 일이 있는데, 결과가 어떻게 될지 모른다."

그녀는 회색 눈으로 차분하게 내 눈을 들여다보았다. 눈썹이 신전처럼 아치 모양이라는 생각이 들었다. 우아하고 끊임이 없었다. "텔레마코스는 그의 소임 이상으로 오랫동안 착한 아들이었습니다. 이제 독립할 때도 됐죠." 그녀는 내 손을 건드렸다. "확실한 건 아무것도 없다는 걸 저희도 압니다. 하지만 반드시 이루어야 하는 일이 있으면 저는 당신에게 맡길 겁니다."

접시를 치우고 반짝거릴 때까지 꼼꼼하게 닦았다. 칼도 잘 갈아서 각각의 자리에 넣었다. 식탁을 닦고 바닥을 쓸었다. 벽난로 앞으로 돌아가보니 텔레마코스 혼자 있었다. 우리는 한평생 전에 아테나를 두고 얘기를 나누었던 조그만 공터로 나갔다. 우리 둘 다 사랑해 마지않는 공간이었다.

"내가 외우려는 주문이 있다만," 내가 말했다. "그걸 외우면 어떻게 될지 나도 모른다. 심지어 효과가 없을지도 모른다. 크로노스의 힘이 그 땅 바깥에서는 통하지 않을 수도 있어서."

"그럼 다시 가면 되죠. 당신이 이제 그만 됐다 싶을 때까지 다시 가면 되죠."

그렇게 간단했다. 당신이 원한다면 내가 할게요. 그래서 당신이 행복해진다면 내가 같이 갈게요. 심장에 금이 가는 순간이 세상에 있을까? 하지만 금이 간 심장으로는 부족했고 이제 나는 그걸 모를 정도로 어리석지 않았다. 나는 그에게 입을 맞추고 혼자 걸음을 옮겼다.

27

개구리들은 진창으로 떠났다. 도롱뇽들은 갈색 구멍에서 잠을 잤다. 연못이 반으로 잘린 달의 얼굴과 바늘 끝처럼 보이는 별과 사방에서 고개를 숙이고서 펄럭거리는 나무를 비췄다.

나는 수북하게 풀로 뒤덮인 연못가에 무릎을 꿇었다. 내 앞으로는 초창기부터 마법을 부릴 때 썼던 오래된 청동 사발이 놓여 있었다. 희끄무레한 뿌리로 몸을 감싼 꽃들이 내 옆에 놓여 있었다. 하나씩 줄기를 잘라서 흐르는 수액을 짜냈다. 사발 바닥이 점점 시커메졌다. 여기에도 달이 비치기 시작했다. 마지막 꽃은 수액을 짜지 않고 매일 아침마다 태양이 비추는 기슭에 심었다. 아마 잘 자랄 것이었다.

내 안에서 물처럼 어슴푸레하게 반짝거리는 공포가 느껴졌다. 이 꽃은 스킬라를 괴물로 변신시켰다. 그녀가 저지른 짓이라고는 누굴 비웃은 것밖에 없었는데도. 글라우코스도 신이 되면서 그 안의 다정했던 면모가 모조리 사라져버렸으니 괴물 비슷하게 되어버린 셈이었다. 텔레고노스를 낳았을 때 느꼈던 오랜 두려움이 되살아났다. 내 안에서 어떤 존재가 기다리고 있을까? 상상력이 공포를 부채질했다. 끈적끈적한 머리와 누런 이가 솟아나겠지. 공터로 살금살금 내려가 텔레마코스를 갈기갈기 찢어 죽일지도.

하지만 어쩌면 그렇지 않을 수도 있어, 나는 속으로 말했다. 내 소원이 모두 이루어지고 텔레마코스와 나는 이집트와 다른 모든 곳을 가볼 수도 있을 거라고. 나의 마법과 그의 목공일로 생계를 해결하며 바다를 넘고 또 넘을 것이고, 예전에 거쳐갔던 마을을 또다시 찾아가면 주민들이 집밖으로 나와 우리를 맞이할 거라고. 그는 그들의 배를 때우고 나는 피를 빠는 파리와 열병을 물리치는 주술을 빚어주고, 그렇게 우리는 세상을 다니며 노련한 수선공으로서의 희열을 느낄 거라고.

내가 밟고 있는 시원한 풀처럼, 머리 위의 까만 하늘처럼 생생한 상상이 꽃을 피웠다. 우리는 아가멤논의 후계자들이 다스리는 미케네의 사자의 문과, 꼭대기가 얼음으로 덮여 있고 이디 산에서 불어오는 바람으로 냉기를 머금은 트로이아의 성벽을 구경할 것이다. 코끼리를 타고 사막의 밤을 걸을 것이다. 티탄 신족이나 올림포스의 신에 대해선 들어본 적도 없고 우리 발치에서 느릿느릿 기어가는 딱정벌레만큼도 우리한텐 관심 없는 신들이 지켜보는 가운데서. 그가 아이를 낳고 싶다고 말하면 나는 "그게 얼마나 무리한 부탁인지 모르고서 하는 얘기"라고 대답할 테고, 그러면 그는 말할 것이다. "이번에는 혼자가 아니잖아요."

우리는 딸을 낳고 나중에 한 명을 더 낳는다. 페넬로페가 내 분만을 지킨다. 산고가 있지만 지나간다. 아이들이 어렸을 때는 섬에서 살고 나중에도 자주 찾아간다. 길쌈을 하고 주문을 외우는 그녀의 옆을 님프들이 미끄러지듯 지나다닌다. 그녀는 아무리 머리가 세어도 지치지 않는 눈치지만, 가끔은 죽은 자들의 집과 그들의 영혼이 기다리는 수평선 쪽으로 시선을 돌리는 그녀를 본다.

내가 낳고 싶은 딸들은 텔레고노스와 다르고 자기들끼리도 서로 다르다. 한 명은 뱅글뱅글 사자를 쫓아다니고 다른 한 명은 구석에 앉아 지켜보며 모든 걸 기억한다. 우리는 아이들에 대한 사랑을 주체하지 못하고, 잠이 든 아이들을 내려다보며 오늘 아이가 무슨 말을 하고 무슨 행동을 했는지 속삭인다. 황금빛 과수원의 왕국에서 왕위에 오른 텔레고노스에게 아이들을 데려간다. 그는 자리에서 벌떡 일어나 우리 모두를 끌어안고 그의 곁을 떠날 줄 모르는, 젊고 키가 큰 검은 머리의 호위대장에게 우리를 소개한다. 그는 아직 결혼을 하지 않았고 어쩌면 평생 혼자 살지 모른다고 한다. 나는 좌절하는 아테나를 상상하며 미소를 짓는다. 그는 아주 깍듯하지만 자기 도시의 성벽처럼 든든하고 확고부동하다. 그의 걱정은 하지 않는다.

나는 나이를 먹는다. 반질반질한 청동 거울을 들여다보면 내 얼굴에 주름이 져 있다. 몸도 붇고 피부도 점점 늘어지기 시작한다. 약초를 썰다 베면 흉터가 남는다. 어떨 때는 그래서 좋다. 또 어떨 때는 허영심이 생겨서 못마땅해진다. 하지만 예전으로 돌아가고 싶지는 않다. 내 육신의 종착지는 당연히 흙이다. 거기가 내 육신이 있을 곳이다. 언젠가 헤르메스가 나를 죽은 이들의 신전으로 안내할 것이다. 나는 백발이 성성할 테고 그는 영혼을 인도할 때만 유일하게 진지해지는 이답게 신비로운 분위기를 물씬 풍길 테니 우리는 서로를 거의 알아보지도 못할 것이다. 나는 그걸 보고 재미있어할 것 같다.

나는 내가 얼마나 운이 좋은지 안다. 그로 인해 바보가 되었고 넘쳐나는 행운에 취해서 비틀거릴 정도라는 걸 안다. 가끔은 한밤중에 잠에서 깨 아슬아슬한 내 삶을 떠올리며, 그 가느다란 숨결을 떠올리며 겁에 질릴 때도 있다. 옆에서는 남편의 맥박이 목을 두드린다. 침대에 누운 아이들의 피부에서는 아주 희미한 생채기마저 고스란히 드러난다. 산들바람이 아이들 위로 불지만 세상은 산들바람보다 더한 것으로 가득하다. 질병과 재앙, 괴물과 천 가지 다양한 고통. 나는 하늘에서 칼처럼 눈부시고 날카롭게 우리의 괴로운 육신을 겨누고 있는 아버지와 그의 일족을 잊지 않는다. 그들은 앙심과 악의에 겨워서, 또는 실수로 아니면 충동으로 우리를 덮칠 것이다. 숨이 목구멍에서 걸린다. 그렇게 불행한 운명을 짊어진 채 무슨 수로 계속 살아갈 수 있을까?

나는 이윽고 자리에서 일어나 약초가 있는 곳으로 간다. 뭔가를 만들고 뭔가를 바꾼다. 내 마법은 그 어느 때 못지않게, 그 어느 때보다 강력하다. 이것도 행운이다. 이 정도의 능력과 여유와 방어를 갖춘 자가 몇이나 되겠는가. 텔레마코스가 자다 말고 일어나 나를 찾아온다. 내 손을 잡고 풋풋한 냄새가 나는 어둠 속에 나란히 앉는다. 이제는 세월의 흔적으로 우리 둘 다 얼굴에 주름살이 생겼다.

키르케, 그가 말한다. 괜찮을 거예요.

신탁이나 예언이 아니다. 어린애한테 함직한 얘기다. 그가 악몽을 꾼 아이를 안고 흔들며 다시 재울 때, 베인 상처를 소독할 때, 뭔가에 쏘인 곳을 진정시킬 때 그렇게 얘기하는 걸 들어왔다. 손끝으로 느껴지는 그의 살결이 내 살결만큼 익숙하다. 밤공기 위로 따뜻하게 번지는 그의 숨소리가 들리자 왠지 모르게 마음이 편안해진다. 그는 아프지 않을 거라는 뜻에서 한 말이 아니다. 무섭지 않다는 뜻에서 한 말도 아니다. 그저 우리가 여기 있다는 뜻에서 한 말이다. 파도 속에서 헤엄친다는 게, 흙을 밟고 걸으며 그 느낌을 감상한다는 게 그런 뜻이다. 살아 있다는 게 그런 뜻이다.

하늘에서 별자리가 어둑어둑해지고 자리를 바꾼다. 바닷속으로 추락하기 직전의 마지막 햇살처럼 신의 광휘가 내 안에서 빛을 발한다. 예전에는 신이 죽음의 반대말이라고 생각했지만 지금은 그 무엇보다 죽은 존재라고 생각한다. 바뀌지도 않고, 손에 쥘 수 있는 게 아무것도 없지 않은가.

나는 평생 전진한 끝에 지금 이 자리에 왔다. 인간의 목소리를 가졌으니 그 나머지까지 가져보자. 나는 찰랑거리는 사발을 입술에 대고 마신다.

감사의 말

일일이 열거하기가 불가능할 정도로 이 책의 여정에 일조한 사람들이 워낙 많았다. 친구, 가족, 학생, 독자, 가던 길을 멈추고 나에게 말을 걸 정도로 이 고대의 이야기에 열렬한 관심을 보여주신 모든 분들에게 진심 어린 감사 인사를 전하는 것으로 대신하는 게 낫겠다.

초고 단계에서 귀한 시간을 할애해 문학적으로 예리한 조언을 아끼지 않은 댄 버풋, 내 작품에 항상 열렬한 반응을 보이며 흔쾌하게 여러 단계의 원고를 읽고 스토리텔링, 신화, 페미니즘의 관점에서 논의한 조녀 라무 코언에게 고맙다고 얘기하고 싶다.

영감의 원천이 되어주는 고전문학계의 멘토, 그중에서도 특히 데이비드 리치, 조지프 푸치 그리고 마이클 C. J. 퍼트넘에게는 언제나 감사한 마음이다. 뿐만 아니라 몇 가지 중요한 부분에서 지혜를 빌려준 자애로운 데이비드 엘머의 은혜는 어찌 잊을 수 있을까. 설령 이 작품에 왜곡된 부분이 있더라도 이들에게는 아무 책임이 없다.

글을 쓰는 내내 기운을 북돋워준 마고 랩, 애덤 로젠블랫 그리고 어맨다 레빈슨에게도 고맙다는 인사를 전하고 싶다. 새러 야드니와 미셸 워프시 로도 마찬가지다. 계속 응원해준 남동생 털과 그의 아내 비벌리에게도 사랑한다는 말을 전하고 싶다.

게이트우드 웨스트는 통찰력과 값진 지혜와 따뜻한 마음씨로 무장하고서 이 여정을 처음부터 끝까지 나와 함께했다.

환상적이고 끈기 있는 피드백과 내 원고에 대한 믿음으로 무장했고 어느 모로 보나 탁월한, 세상에서 제일가는 편집자 리 부드로에게는 영원한 헌신을 약속하는 바이다. 리틀 브라운의 패멀라 브라운, 커리나 기터먼, 그레그 쿨릭, 캐런 랜드리, 캐리 닐, 그레이그 영 그리고 다른 모든 분들에게도 감사 인사를 전한다. 열성적으로 응원해준 주디 클레인과 레이건 아서에게는 특별히 더.

천사 같은 알렉산드라 프링글과 로스 엘리스, 매들린 피니, 데이비드 만, 앤젤리크 트랜 반 상, 어맨다 십, 레이첼 윌키 등등 블룸즈버리 UK의 모든 식구들도 고맙다.

그리고 늘 그러듯이 언제든 내 원고를 다시 한번 읽어주는, 세계 최고의 에이전트이자 사랑스럽고 눈부시고 열렬한 내 작품의 팬이자 거기다 훌륭한 친구이기도 한 줄리 베어러에게 백만 번의 인사를. 더 북 그룹, 그중에서도 특히 니콜 커닝햄과 제니 마이어에게 엄청난 감사를. 그리고 빼놓으면 섭섭한 캐스피언 데니스와 샌디 바이올렛에게도.

사랑과 응원을 아끼지 않는 할아버지 조너선 드레이크와 할머니

캐시 드레이크를 향한 나의 애정과 감사를 적절하게 표현할 방법은 이 지구상에 존재하지 않는다. 감사합니다! 그리고 티나, BJ, 줄리아도 고마워요.

근사한 새아버지 고든과, 나를 고전의 세계로 인도했고, 어렸을 때 날마다 책을 읽어주셨고, 둑스 페미나 팍티˙의 선두에서 시범을 보이는 등 이 책을 완성하는 데 크고 작은 방식으로 기여한 어머니 매들린에게 사랑과 세상에서 제일 큰 감사를.

마법으로 내 인생을 바꾸어놓았고 내가 몇 시간씩 보이지 않아도 참을성 있게 기다려주는, 햇살처럼 환하고 강력한 V.와 F.에게 사랑을. 그리고 마지막으로 모든 페이지마다 함께했던 나의 시네 쿼 논˙˙ 너새니얼에게 끝없는 감사와 사랑을.

부록

등장인물
해설

티탄 신족

◆ **네레우스** 올림포스의 포세이돈에게 밀려난 초창기 바다의 신. 바다의 님프 테티스를 비롯해 수많은 자녀들을 낳았다.

◆ **모네모시네** 기억의 여신, 아홉 뮤즈의 어머니.

◆ **보레아스** 북풍의 상징. 일부 신화에서는 그가 미소년 히아킨토스를 죽였다고 한다. 형제로 제피로스(서풍), 노토스(남풍), 에우로스(동풍)가 있다.

◆ **셀레네** 달의 여신이자 키르케의 고모, 헬리오스의 누이. 은색 말이 끄는 전차를 타고 밤하늘을 가로지른다. 남편은 주문에 걸려 나이를 먹지 않고 평생 잠을 자는 미소년 양치기 엔디미온이다.

◆ **아이에테스** 키르케의 남동생이자 북해 동쪽 끝의 콜키스 왕국을 마법으로 다스리는 왕. 인간 마녀인 메데이아의 아버지이고 황금 양모피의 주인이었지만 메데이아의 도움을 받은 이아손과 아르고호의 선원들에게 이를 도난당한다.

◆ **오케아노스** 호메로스의 시에 따르면 우리 조상들이 세상을 에워싸고 있다고 믿었던 거대한 오케아노스 강을 다스리는 티탄 신족. 나중에 담수인 오케아노스 강을 넘어 바다와 염수까지 아우르게 되었

다. 키르케의 외할아버지이고 수많은 님프와 신을 낳았다.

◆ **칼립소** 오기기아 섬에 사는, 티탄 신족 아틀라스의 딸.『오디세이아』에서 난파당한 오디세우스를 받아주었다가 그에게 반해 신들이 풀어주라는 명령을 내릴 때까지 칠 년 동안 붙잡아놓는다.

◆ **키르케** 아이아이에 섬에 사는 마녀. 헬리오스와 님프 페르세의 딸이다. 매를 뜻하는 단어에서 유래된 이름일 가능성이 크다.『오디세이아』에서 오디세우스의 전우들을 돼지로 만들었다가 그의 저항을 받은 뒤에 그를 연인으로 삼고, 다시 떠날 때까지 그와 전우들을 섬에 데리고 있으면서 돕는다. 키르케는 문학계에서 장수하며 오비디우스, 제임스 조이스, 유도라 웰티, 마거릿 애트우드와 같은 작가들에게 영감을 주었다.

◆ **테티스** 오케아노스의 티탄 신족 아내이자 키르케의 외할머니. 남편처럼 처음에는 담수만을 관장했지만 나중에는 바다의 여신으로 묘사됐다.

◆ **파시파에** 키르케의 여동생. 제우스와 인간 사이에서 태어난 미노스와 결혼해 크레테의 왕비가 되는 강력한 마녀. 미노스와의 사이에서 아리아드네와 파이드라를 비롯해 여러 자녀를 낳았고, 신성한 하얀 황소의 아이, 즉 미노타우로스를 낳았다.

◆ **페르세** 오케아노스의 님프 딸인 오케아니스. 키르케의 어머니이

자 헬리오스의 아내. 후대의 이야기에서는 그녀도 마법에 발을 담그는 것으로 나온다.

◆ **페르세스** 키르케의 남동생. 일부 이야기에서는 고대 페르시아와 연관이 있는 인물로 그려진다.

◆ **프로메테우스** 제우스를 거역해 인간을 돕고, 불을 선물하고, 일부 이야기에서는 문명에 필요한 여러 가지 기술을 전수했다고 하는 티탄 신족. 코카서스 산의 바위에 묶여서 독수리에게 날마다 간을 쪼아 먹히고 다음날이 되면 간이 새로 돋아나는 벌을 받는다.

◆ **프로테우스** 변신에 능한 바다의 신. 포세이돈의 물개떼를 관장한다.

◆ **헬리오스** 티탄 신족 태양신. 키르케, 아이에테스, 파시파에, 페르세스, 이들과 이복지간인 님프 람페티에와 파에투사 등 수많은 자녀를 낳았다. 주로 황금 말이 끄는 전차를 타고 날마다 하늘을 가로지르는 것으로 묘사된다. 『오디세이아』에서 오디세우스의 부하들이 신성한 소를 잡아먹자 제우스에게 그들을 처단해달라고 요청한다.

올림포스의 신

★ **디오니소스** 제우스의 아들이자 포도주, 주연, 황홀의 신. 아리아드네 공주를 아내로 삼으려고 테세우스에게 그녀를 두고 떠나라고 명령했다.

★ **아르테미스** 사냥의 여신이자 제우스의 딸, 아폴론의 누이.『오디세이아』에서 아리아드네 공주를 살해한 신으로 지목된다.

★ **아테나** 막강한 지혜, 직물, 전쟁의 여신. 트로이아 전쟁에서 그리스군을 열렬하게 후원했고 잔꾀가 많은 오디세우스를 특별히 아낀 수호신이었다.『일리아스』와『오디세이아』에 종종 등장한다. 제우스의 총애를 받으며, 완벽하게 무장한 채로 그의 머리에서 태어났다고 한다.

★ **아폴론** 빛, 음악, 예언 그리고 의술의 신. 제우스의 아들이자 아르테미스와 쌍둥이이고 트로이아 전쟁에서 트로이아군을 옹호했다.

★ **에일레이티이아** 임신한 여성의 분만을 돕는 출산의 여신. 아이를 태어나지 못하게 막는 능력도 있다.

★ **제우스** 올림포스 산에서 온 세상을 통치하는, 신과 인간들의 제왕. 티탄 신족을 상대로 전쟁을 일으켜 아버지 크로노스에게 복수하

고 결국 그를 타도했다. 아테나, 아폴론, 디오니소스, 헤라클레스, 헬레네, 미노스 등 수많은 신과 인간을 낳았다.

★ 헤르메스 제우스와 님프 마이아 사이에서 태어난 아들이자 신들의 전령. 여행자, 사기, 상업, 국경의 신. 죽은 자들의 영혼을 저승으로 인도하기도 했다. 일부 이야기에서는 헤르메스가 오디세우스의 조상으로 그려졌고 『오디세이아』에서는 그가 오디세우스에게 키르케의 마법에 대처하는 법을 가르쳐준다.

인간

● **글라우코스** 마법의 약초가 피는 곳에서 잠이 들었다가 신으로 변신한 어부. 오비디우스의『변신 이야기』에 그의 이야기가 등장한다.

● **다이달로스** 아리아드네가 쓴 무대와 미노타우로스를 가둔 라비린토스를 비롯해 고대의 유명한 발명품과 예술품을 창조한 명장. 아들 이카로스와 함께 크레테에 붙잡혀 있다가 밀랍과 깃털로 날개를 만들어 탈출 계획을 세웠다. 탈출에는 성공했지만 이카로스가 태양과 너무 가까이 날아가는 바람에 날개를 붙이는 데 쓴 밀랍이 녹아버렸다. 이카로스는 바다로 추락해 익사했다.

● **라에르테스** 오디세우스의 아버지이자 이타케의 왕.『오디세이아』에서 아직 살아 있지만 왕궁에서 사저로 퇴임한다. 오디세우스의 편에 서서 구혼자들의 가족을 상대한다.

● **메데이아** 콜키스를 다스린 아이에테스 왕의 딸이자 키르케의 조카. 아버지와 고모처럼 마녀이고 이아손이 황금 양모피를 가지러 왔을 때 그녀와 결혼해 데리고 간다는 조건 아래 능력을 동원해 그가 양모피를 입수할 수 있게 도왔다. 그 둘은 도주하지만 아이에테스가 추적에 나서자 메데이아는 피비린내 나는 작전으로 아버지를 따돌렸다. 그녀의 일화는 에우리피데스의 그 유명한 비극『메데이아』를 비롯해 고대와 현대의 여러 작품에서 소개된다.

● **미노스** 제우스의 아들이자 막강한 크레테의 왕. 아내 파시파에 여신이 미노타우로스를 낳자 아테네에 이 괴물에게 제물로 바칠 청춘 남녀를 요구했다. 사후에 미노스는 저승에서 다른 영혼들을 심판하는 영광스러운 역할을 맡았다.

● **아가멤논** 그리스에서 가장 넓은 면적을 자랑한 미케네 왕국의 왕. 남동생 메넬라오스의 아내 헬레네를 트로이아에서 되찾아오기 위해 출항한 그리스 원정대의 총사령관을 맡았다. 십 년의 전쟁 기간 동안 호전적인 태도로 자존심을 내세우다 미케네로 돌아가자마자 아내 클리타임네스트라에게 살해당했다. 『오디세이아』에서 오디세우스가 저승에서 그의 그림자와 대화를 나눈다.

● **아리아드네** 파시파에 여신과 반신반인 미노스 사이에서 태어난 크레테의 공주. 테세우스가 미노타우로스를 처단하러 왔을 때 칼과, 죽인 뒤에 라비린토스를 되짚어 나올 수 있도록 실타래를 주었다. 이후에 그와 함께 달아나 결혼하려고 했지만 디오니소스가 훼방을 놓았다.

● **아킬레우스** 바다의 님프 테티스와 프티아의 왕 펠레우스 사이에서 태어난 아들. 그 세대를 통틀어 가장 빠르고 가장 아름다우며 가장 위대한 전사였다. 십대 시절에 무명으로 장수할 것인지 화려한 명성을 누리며 단명할 것인지 선택권이 주어졌을 때 명성을 선택하고, 다른 그리스군과 함께 트로이아로 갔다. 하지만 구 년째 되던 해에 아가멤논과의 불화로 참전을 거부했다가 연인 파트로클로스가 헥토

르에게 살해되자 그제야 전장으로 복귀했다. 분노의 일격으로 트로이아의 위대한 전사를 죽이지만 결국에는 아폴론 신의 도움을 받은 헥토르의 동생 파리스의 손에 목숨을 잃었다.

● **에우리클레이아** 오디세우스와 텔레마코스의 유모. 『오디세이아』에서 오디세우스가 변장을 하고 돌아왔을 때 그의 발을 씻기는데, 어렸을 때 멧돼지 사냥을 하다가 생긴 다리의 흉터를 보고 그의 정체를 파악한다.

● **에우릴로코스** 오디세우스의 전우이자 사촌. 『오디세이아』에서 오디세우스와 종종 의견 충돌을 빚으며, 헬리오스의 신성한 소를 잡아먹자고 선동한다.

● **엘페노르** 오디세우스의 전우. 『오디세이아』에서 키르케의 지붕에서 떨어져 죽는다.

● **오디세우스** 잔꾀가 많은 이타케의 왕자, 아테나 여신의 총아, 페넬로페의 남편, 텔레마코스의 아버지. 트로이아 전쟁 때 아가멤논의 고문으로 트로이아 목마 작전을 고안해 그리스를 승리로 이끌었다. 키클롭스 폴리페모스, 마녀 키르케, 괴물 스킬라와 카립디스, 그리고 사이렌과 만나가며 십 년 동안 집으로 돌아가는 과정이 호메로스가 쓴 『오디세이아』의 줄거리이다. 호메로스는 그에게 폴리메티스(지략이 뛰어난 자), 폴리트로포스(많이 떠돌아다닌 자), 폴리틀라스(참을성 많은 자)와 같은 거창한 별명을 여러 개 부여했다.

● 이아손 이올코스의 왕자. 삼촌 펠리아스에게 왕위를 빼앗기고, 마법으로 콜키스를 다스리는 아이에테스의 황금 양모피를 들고 고향으로 돌아가 자신의 가치를 입증하기 위해 원정길에 나섰다. 수호신 헤라의 도움으로 그 유명한 아르고호와 아르고나우타이를 확보했다. 콜키스에 도착하자 아이에테스 왕은 불을 뿜는 두 마리의 황소에게 멍에를 씌우라는 등 불가능한 과업을 제시했다. 하지만 아이에테스의 딸이자 마녀인 메데이아가 이아손에게 반해 과업을 완수할 수 있게 도왔고, 양모피를 들고 함께 도주했다.

● 이카로스 명장 다이달로스의 아들. 깃털과 밀랍으로 만든 날개를 달고 아버지와 함께 크레테를 탈출했다. 너무 태양 가까이 다가가지 말라는 아버지의 경고를 무시하는 바람에 밀랍이 녹아 날개는 산산조각났고 바다로 추락했다.

● 테세우스 아테네의 왕자. 아테네에서 미노타우로스의 사나운 식욕을 달래기 위해 바치는 열네 명의 젊은 남녀 중 한 명으로 크레테에 보내졌다. 아리아드네 공주의 도움을 받아 미노타우로스를 처치했다.

● 텔레고노스 오디세우스와 키르케의 아들. 전설에 따르면 이탈리아의 투스쿨룸과 프라이네스테, 두 도시를 건설했다고 한다.

● 텔레마코스 오디세우스와 페넬로페의 외아들, 이타케의 왕자. 『오디세이아』에서 아버지를 도와 그들의 집을 포위한 구혼자들을 향한 복수를 계획하고 실천에 옮기는 것으로 그려진다.

● **파트로클로스** 영웅 아킬레우스가 가장 사랑한 시종. 많은 각색본에서 연인으로 묘사된다. 아킬레우스의 갑옷을 입고 그리스군을 구하러 나서는 그의 운명적인 결단이 『일리아스』의 결말을 촉발한다. 파트로클로스가 헥토르에게 죽임을 당하자 아킬레우스는 엄청난 충격에 휩싸이고 트로이아군을 상대로 끔찍한 복수를 자행하다 그 역시 최후를 맞는다. 『오디세이아』에서 오디세우스는 저승을 찾아갔을 때 아킬레우스의 옆자리를 지키고 있는 파트로클로스를 만난다.

● **페넬로페** 영리하고 충직하기로 유명한 스파르타의 헬레네의 사촌, 오디세우스의 아내, 텔레마코스의 어머니. 전쟁이 끝나도 오디세우스가 돌아오지 않자 구혼자들이 그녀의 집을 포위하고 자기들 중 한 명과 결혼할 것을 강요했다. 이 유명한 이야기 속에서 그녀는 만들고 있는 수의가 완성되면 그중 한 명을 고르겠다고 약속하고는 낮 동안 짠 옷감을 매일 밤 푸는 식으로 몇 년 동안 시간을 벌었다.

● **피로스** 트로이아 점령에 결정적인 역할을 한 아킬레우스의 아들. 트로이아의 왕 프리아모스를 살해하고, 일부 각색본에서는 나중에 복수를 감행하지 못하게 헥토르의 어린 아들 아스티아낙스도 살해했다고 한다.

● **헤라클레스** 제우스의 아들이자 황금기의 손꼽히는 영웅. 어마어마하게 힘이 세기로 유명했고, 제우스의 혼외자라는 이유로 헤라 여신에게 미움을 사 열두 가지 과업을 수행하여 죗값을 치러야 했다.

● **헥토르** 프라이아모스의 장자이자 트로이아의 후계자. 힘이 세고 고귀하며 가족에 대한 사랑이 끔찍한 걸로 유명했다. 『일리아스』에서 호메로스는 헥토르와 아내 안드로마케, 어린 아들 아스티아낙스가 등장하는 가슴 뭉클한 장면을 소개한다. 파트로클로스를 죽인 대가로 아킬레우스에게 살해당한다.

● **헬레네** 전설상 고대 최고의 미녀. 스파르타의 왕비로, 레다 왕비와 백조로 변신한 제우스 사이에서 태어났다. 수많은 남자들이 그녀와의 혼인을 희망했고 (오디세우스의 제안으로) 누가 승자가 되건 그 혼인을 지지하기로 각자 맹세를 했다. 메넬라오스의 차지가 되었지만 나중에 트로이아의 파리스 왕자와 도주해(또는 납치당해) 트로이아 전쟁을 유발했다. 전쟁이 끝난 뒤에 메넬라오스와 함께 스파르타로 돌아오는데, 호메로스에 따르면 오디세우스의 아들 텔레마코스가 아버지의 행방을 수소문하러 나섰다가 그녀를 만난다.

괴물

■ **미노타우로스** 파시파에 왕비와 신성한 하얀 황소 사이에서 태어났다. 다이달로스가 라비린토스를 만들어 인육을 먹는 이 괴물을 가두었고, 미노스는 아테네에 열네 명의 젊은 남녀를 제물로 보낼 것을 요구했다. 그중 한 명이었던 아테네의 왕자 테세우스에 의해 살해당했다. 크레테의 왕 미노스의 이름을 따서 지은 이름이다.

■ **세이렌** 주로 새의 몸통에 여자의 머리가 달린 것으로 묘사된다. 험준한 바위 꼭대기에서 노래를 부르는데 목소리가 워낙 달콤해 그 노래를 들으면 남자들은 이성을 잃었다. 『오디세이아』에서 키르케는 오디세우스에게 전우들의 귀를 밀랍으로 봉하면 안전하게 지나갈 수 있다고 조언하고, 한 걸음 더 나아가 그의 귀는 막지 않고 돛대에 몸을 묶으면 그들의 황홀한 노래를 듣고도 목숨을 부지한 최초의 인간이 될 수 있을지 모른다고 얘기한다.

■ **스킬라** 호메로스에 따르면 소용돌이 카립디스를 마주보고 좁은 해협 한쪽 동굴에 몸을 숨긴 머리 여섯 개, 대롱거리는 다리 열두 개의 괴물이라 한다. 배가 지나가면 쏜살같이 달려들어 입 하나당 한 명씩 선원을 집어삼켰다. 나중에는 여자의 머리, 바다괴물의 꼬리가 달렸고 배에서 맹견이 뛰쳐나오는 괴물로 묘사됐다. 오비디우스의 『변신 이야기』에서는 원래 님프였다가 괴물로 변신했다고 그려진다.

■ **카립디스** 괴물 스킬라와 마주보고 좁은 해협 한편에 자리잡은 무시무시한 소용돌이. 스킬라의 이빨을 피하려는 선박들을 통째로 집어삼킨다.

■ **폴리페모스** 키클롭스(외눈박이 거인)이자 포세이돈의 아들. 『오디세이아』에서 폴리페모스의 섬에 상륙한 오디세우스와 부하들은 그의 동굴로 들어가 비축한 식량을 먹는다. 이걸 목격한 폴리페모스는 그들을 동굴 안에 가두고 부하 몇 명을 잡아먹는다. 오디세우스는 다정한 말을 건네고 그의 이름이 '아무도 아니'라는 뜻의 우티스라며 괴물을 속인 뒤, 괴물의 눈을 멀게 해 배를 타고 달아나며 본명을 밝힌다. 그러자 폴리페모스는 아버지 포세이돈에게 오디세우스를 처벌해달라고 한다.

옮긴이의 말

『아킬레우스의 노래』로 우리나라 독자들에게도 많은 사랑을 받은 매들린 밀러의 신작 소식을 접했을 때, 내가 맨 처음에 받은 느낌은 뜻밖이라는 것이었다. 전작의 주인공 아킬레우스는 누가 봐도 납득이 되는 선택이었다. 그는 그리스 최고의 전사인 아리스토스 아카이오이였고, 아킬레스건이라는 명칭에 얽힌 전설은 그리스로마 신화에 관심이 없는 사람들조차 알고 있을 만큼 유명하다. 하지만 키르케는 『오디세이아』에서 오디세우스의 발목을 잡아 그의 귀환을 늦추는 아이아이에의 마녀로 잠깐 등장하는, 그야말로 조연급이 아닌가. 궁금했다. 저자는 과연 키르케 안에서 무엇을 보았을까. 일단 키르케는 처음부터 끝까지 찬란하게 빛나는 전형적인 영웅이었던 아킬레우스와 다르게 점진적인 발전을 거친 입체적이고 비전형적인 캐릭터였다. 그녀는 태양신 헬리오스의 딸이지만 님프였다. 신의 세계에서 님프는 서열상 말단 중에서도 말단이라 노리개 아니면 사냥감이었다. 결혼해서 떨려 나가거나 지속적으로 성폭행에 노출됐고 자기 삶의 결정권이 전혀 없었다. 하지만 키르케는 서구 문학계에 최초로 등장한 마녀였다. 『오디세이아』에서 그녀는 남성들이 두려워하는 능력을 갖춘 여성의 상징이었다. 마음에 들지 않으면 그들을 돼지로 만들어버리는 능력자. 오늘날에도 '마녀'라는 단어는 사회를 불안하게 만들 정도의 능력을 손에 쥐고 있는 여성을 지칭하는 용어로 쓰인다.

그런데 모름지기 모든 행동에는 이유와 동기가 있기 마련인데, 키르케가 자기 섬에 찾아온 남자들을 돼지로 둔갑시킨 이유가 뭐였을까? 호메로스도 그 부분도 대해서 구체적으로 설명한 적이 없었고, 원체 성격이 포악했기 때문이라고 일축해버리면 재미도 없고 진실과도 거리가 멀다. 오디세우스와 사랑하는 사이가 되었을 때 그녀는 어느 누구보다도 너그러운 면모를 보여주지 않는가. 저자의 호기심을 자극한 부분이 이 지점이었으니 키르케를 위한 변명이 이 작품의 출발점이었다고 보아야 할까?

여성에게 독립권과 자주권이 거저 주어지지 않고, 운신의 폭이 좁은 사회적 분위기는 『오디세이아』의 시절이나 지금이나 마찬가지다. 여성은 기존의 틀 안에서 고정관념에 순응하면 무시당한다. 그 틀을 박차고 나와 남성들처럼 권력을 휘두르면 매도당한다. 심지어 신의 세계를 논한 그리스로마 신화에서도 여신은 대개 질투와 변덕이 심하고, 미모에만 집착하며, 후계자를 낳는 데 만족하는 존재로 그려졌다. 이런 상황에서 키르케의 여동생 파시파에가 동원할 수 있었던 유일한 수단은 마법에 카리스마를 결합해 남성에게서 두려움을 유발하는 것이었다. 그리하여 '괴물'이 되는 것이었다. 파시파에의 삶은

매들린 밀러 Madeline Miller

1978년 미국 보스턴에서 태어났다. 필라델피아에서 성장했고 브라운대학교에서 고전학 학사학위와 석사학위를 받았다. 졸업 후 고등학생들에게 라틴어와 고대 그리스어, 셰익스피어를 가르쳐왔으며, 예일 연극영화대학원에서 고전을 현대적으로 각색하는 수업을 받았다. 현재 매사추세츠주 케임브리지에서 살고 있다.

고등학교 교사로 일하면서 10년 동안 집필한 첫 장편소설 『아킬레우스의 노래』가 출간과 동시에 베스트셀러에 오르면서 전 세계적으로 주목받는 작가가 되었다. 첫 작품으로 2012년 여성 작가를 대상으로 수여하는 영국 유수의 문학상인 '여성 문학상Women's Prize for Fiction'을 수상하기도 했다.

성공적인 데뷔전을 치른 매들린 밀러는 전업작가가 되어 두번째 장편소설 『키르케』를 집필했다. 출간 전부터 런던도서전 최고의 화제작으로 떠올랐고, 2019년에 '여성 문학상' 최종후보에 올랐다. 22개국에 소개된 이 책은 현재 HBO MAX에서 8부작 드라마로 제작중이다.

매들린 밀러는 '키르케'가 서양 문학에서 처음으로 등장한 마녀라는 점에 매혹되었다고 한다. 사회가 여자에게 허용해준 힘보다 더 큰 힘을 가진 여성에게 주어지는 단어가 마녀인데, 키르케가 바로 그 경우라고 본 작가는 소설 『키르케』를 통해 남성 영웅들이 당연하게 갖고 있는 능력을 여성에게도 부여하고 싶었다고 말한다.

이 소설은 기원전 8세기 호메로스가 지은 대서사시 『오디세이아』에서 영감을 받은 것으로, 매들린 밀러는 『오디세이아』가 고향을 동경하는 지친 남자의 이야기라는 점에 주목한다. 작가는 오디세우스의 이야기에 키르케를 투영하며 이렇게 말한다. "키르케 역시 고향을 동경한다. 하지만 오디세우스와는 달랐다. 그녀에게는 자신을 기다리는 고향 이타케 같은 곳이 없다. 키르케는 그런 고향을 발견해야만 하고, 직접 개척해야 하는 인물이다. 심지어 자기에게 적대적인 세계에 반항하면서까지." 매들린 밀러가 처음부터 '여성 대서사시'를 염두에 두고 쓴 이 소설은, 풍부한 디테일과 서정시처럼 아름다운 언어, 숨이 막히도록 탄탄한 스토리로 다시 한번 전 세계 독자들을 사로잡았다.

옮긴이 **이은선**

연세대학교에서 중어중문학을, 국제학대학원에서 동아시아학을 전공했다. 편집자, 저작권 담당자를 거쳐 전문 번역가로 활동 중이다.

옮긴 책으로 매들린 밀러의 『아킬레우스의 노래』, 요 네스뵈의 『맥베스』, 스티븐 킹의 『악몽과 몽상』 『자정 4분 뒤』 『미스터 메르세데스』, 마거릿 애트우드의 『그레이스』, 프레드릭 배크만의 『딸에게 보내는 편지』 『엄마, 나 그리고 엄마』 『사라의 열쇠』 『할머니가 미안하다고 전해달랬어요』 『베어타운』 등이 있다.

투쟁의 연속이었고 최대한 잔인하게 능력을 남용해야 그 투쟁에서 이길 수 있었다. 키르케는 미노타우로스의 출산을 거들러 갔을 때 여동생의 그런 면모를 접하고 치를 떨지만, 대화를 통해 그녀와 여동생의 지향점이 같다는 사실을 깨닫고 심란해져버렸다. 타협점은 없는 걸까. 부드러운 카리스마라는 것은 존재할 수 없는 걸까.

신들은 대부분 고인 물과 같다. 이미 모든 것을 갖추고 있기 때문에 뭔가를 시도할 필요성을 느끼지 못하고, 그렇기 때문에 실패를 통해 배우고 성장하고 달라질 기회를 놓친다. 하지만 키르케는 목소리가 인간과 비슷하다는 이유로 자의 반, 타의 반 침묵하며 지내는 보잘것없는 여신에서 출발했어도 변신이 그녀의 가장 큰 능력이었기에 끝내는 자신의 생각과 감정을 우렁차게 노래할 줄 아는 성격으로 발전했다. 그럼에도 여전히 사랑과 긍휼이 넘쳤으니 강성과 연성을 동시에 갖춘 매력적인 여신이었다. 그런데 이 작품 속에서는 여기에 그치지 않고 막판에 엄청난 도약을 시도한다. 그 도약의 결과는 우리의 상상에 맡겨졌지만 그로써 『키르케』라는 그녀의 성장 이야기는 엄청난 여운과 함께 막을 내린다.

저자 매들린 밀러는 요즘 셰익스피어의 『템페스트』, 그중에서도 칼리반이라는 인물에 푹 빠졌다고 한다. 톨킨의 골룸이 그에게서 영감을 받아 만들어진 캐릭터라고 하는데, 차기작의 주인공은 칼리반이 되는 걸까? 고전과, 고전을 현대적으로 각색하는 공부를 한데다 연극 감독으로 활동 중인 저자의 이력을 감안했을 때 또 어떤 근사한 작품으로 탄생될지 벌써부터 기대가 된다.

2020년 5월 이은선

키르케

1판 1쇄 2020년 5월 28일 | 1판 15쇄 2024년 12월 13일

지은이 매들린 밀러 | 옮긴이 이은선
편집 고미영 정선재 이희연 | 디자인 위앤드(정승현)
저작권 박지영 형소진 최은진 오서영
마케팅 정민호 서지화 한민아 이민경 왕지경 정유진 정경주 김수인 김혜원 김예진
브랜딩 함유지 함근아 박민재 김희숙 이송이 김하연 박다솔 조다현 배진성
제작 강신은 김동욱 이순호 | 제작처 한영문화사(인쇄) 신안제책(제본)

펴낸곳 (주)이봄 | 펴낸이 김소영
출판등록 2014년 7월 6일 제406-2014-000064호
주소 10881 경기도 파주시 회동길 210
전자우편 yibom@munhak.com | 대표전화 031)955-8888 | 팩스 031)955-8855
문의전화 031)955-3579(마케팅), 031)955-2672(편집)

ISBN 979-11-90582-30-8 03840

www.munhak.com

전 세계에 신화소설 열풍을 몰고 온 매들린 밀러의 데뷔작
『아킬레우스의 노래』 양장본 전격 출간!!

2012
여성문학상
수상작

조앤 K. 롤링
강력추천

뉴욕타임스
베스트셀러

25개 언어로
번역출간

트로이아 전쟁의
미친 듯이 로맨틱한 각색

〈타임〉

그리스 영웅 아킬레우스, 그의 친구 파트로클로스.
핏빛 전쟁터에서 빛나는 두 인간의 사랑과 비극.

"인간의 마음이 할 수 있는 일이 무엇인지 보여준다."

_2012년 여성문학상 심사평 중